李箱적 越境과 詩의 生成

『詩と詩論』 수용 및 그 주변

李箱적 越境과 詩의 生成

초판 인쇄 2010년 6월 21일
초판 발행 2010년 6월 28일

지은이 蘭　明 외
펴낸이 이대현
편　집 권분옥
펴낸곳 도서출판 역락
　　　　서울시 서초구 반포4동 577-25 문창빌딩 2층
　　　　전화 02-3409-2058(영업부), 2060(편집부)
　　　　팩시밀리 02-3409-2059
　　　　이메일 youkrack@hanmail.net
　　　　등록 1999년 4월 19일 제303-2002-000014호

ISBN 978-89-5556-837-0 93810
정　가 35,000원

* 잘못된 책은 교환해 드립니다.

李箱적 越境과 詩의 生成

『詩と詩論』 수용 및 그 주변

蘭 明 외

도서출판 역락

『李箱적 越境과 詩의 生成』에 부쳐

신 범 순

  동경에서 한국의 천재 시인 이상에 대한 호기심 하나만으로 한국의 서울로 날아온 란명 교수가 동경으로 되돌아간 지 벌써 한 달이 넘었다. 한국에 와 있는 동안에 국문과 대학원 현대문학 전공 학생들 여러 명과 더불어 『시와시론』 세미나를 이끌었으며, 청화대학교 인문사회과학원에서 비교문학강좌를 한 달 이상 이끌기도 하는 등 그녀는 매우 바쁜 일정을 보냈다. 대개 해외에서 연구 년을 휴식시간으로 삼아 여행이나 다니는 것이 일반적인 일인데 란명 교수는 정말 연구에 전념하는 생활을 했던 것이다. 내가 몇 년 전에 이상에 대한 연구서 하나를 내는 바람에 서로 연락하게 된 것이 인연이 되어 서울대학교로 오게 되었지만 그녀가 서울에 있는 동안 나는 별로 도움이 되지 못했다. 그저 인사나 하고 건강 조심하라는 말이나 건넬 뿐 더 이상 해줄 일이 없었던 것이다. 그녀는 혼자 대학원생들을 여러 명 엮어서 『시와시론』 세미나를 강행군했고, 마침내 그 결과를 책으로 내기에 이르렀다. 나는 그 세미나 구성원들의 면모를 잘 알기 때문에 그 결과물인 이 책에 대해서도 신뢰와 기대를 하지 않을 수 없다. 그리고 특히 란명 교수가 서울에 있는 동안 고서점을 들락거리며 옛 자료들을 구하고, 동경의 자료들을 통해서 이상의 국제적인 면모에 대해 매우 심도 있는 해석을 시도할 수 있었던 것에 대해서는 더 관심이 간다. 이 책에 실린 논문의 하나, 이상의 <지도의 암실>을 다룬 글은 이미 교수발표회에서 들어본 것이다. 나는 국내 연구자들이 미처 짚어내지 못한 이상의 국제적 맥락을 그녀가 철저하게 추적하는 모습을 보고 감명받았다. 물론 일본 학계의 실증주의는 정평이 나있지만 사실에 대한 추적을 어느 정도의 시야 속에 갖다놓느냐 하는 문제는 전혀 다른 문제이다. 이상을 '상하이'라는 당시의 국제적인 도시의 세계사적 맥락 속에서 조명하는 데 있어서, 그녀는 당시 신문자료를 독해하면서 이상과 관련된 사실들을 추적하고 동시에 그 세계사적 맥락 속에서의 의미를 추적했다. 이러한 국제적 관점은 물론 그녀가 중국인이라는 사실, 그리고 지금은 동경의 대학교수라는 데서 나올 수 있을지 모른다. 그러나 그러한 출신성분이 사실을 추적하고 분석하는 모든 것에 따라다니는 것은 아니다. 나는 이상의 외국문학 수용에 대한 연구들을 너무 많이 보아왔기 때문에 솔직히 그러한 류의 연구에 대해 별로 큰 관심을 갖지 않는다. 왜냐하면 너무나 뻔한 비교연구가 대무문이기 때문이다. 한국의 교수나 학생들은 대부분 외국적인 것과 유사하면 그 원류를 찾는 것에 몰두하고, 그 인류를 찾으면 소리친다. '봐라 아무개의 어떤 것의 원류는 바로 이것이다'라고 말이다. 그러나 독창적인 작가들은 그러한 비슷한 소재나 주제들을 가져와도 전혀 다른 것을 만들어낸다. 나는 이상이 바로 그러한 작가라고 생각한다. 그런데 동경에서 온 란명 교수는 비슷한 방식의 수용연구를 했지만 전혀 다른 태도를 보여주었다. 그녀는 수용과 동시에 원류가 지녔던 본래의 맥락과 차이나는 이상의 사유, 그의 독창성을 보여주고 있는 것이다. 치밀하게 수용적인 측면을 검토하면서 그녀는 거기에서 한걸음 더 나아갔던 것이다. 아마도 이러한 작업이야말로 한 작가의 독창성을 뿌리깊이 이해하는 가장 성실하고 정확한 태도라고 할 수 있을 것이다.

인사하는 자리에서 학문에 대한 너무 깊은 이야기를 다루는 것은 재미없는 일이다. 그러나 이 책의 주제인 '이상의 월경'에 대한 나의 견해 정도는 조금 말해도 괜찮지 않을까? 이미 이제는 세계 각 나라가 유기적으로 모두 얽혀 있는 마당에 '월경'이란 주제는 우리 속에 성큼 깊이 들어와 있다. 이상의 국제적 감각에 란명 교수가 '월경'이란 관점을 부여한 것은 자신의 신분과도 관계되지만 현대적인 '월경'적 현상의 보편성을 염두에 둔 것이기도 하리라. 그녀가 던진 이 '월경'이란 주제어가 이상 문학에 대한 분석을 통해 힘을 얻고, 또 우리 시대의 모든 월경적 현상들에 대해 통찰하고, 거기에서 나오는 모순과 문제점들을 돌파하는 데 어떤 빛을 던져줄 수 있을까? 나는 그녀의 발표를 들으면서 그러한 가능성까지 기다리지 않을 수 없게 되었다. 당시 상하이는 중국과 일본, 그리고 세계 열강과 한국 등이 뒤얽혀 있는 세계의 축소판이었다. 이상은 그저 국제적인 지식과 감각을 동원하며 그것을 뽐내는 세계주의자가 아니었다. 그보다는 자신과 식민지 조선의 문제를 그렇게 뒤얽힌 세계적 관점에서 바라보려 했을 뿐인 것이다. 란명 교수가 '상하이'에 대한 요코미쓰의 관점과 이상의 관점을 하나의 맥락에서 간파하면서도 이상의 독자적인 시각을 추적하는 것이 내게는 매우 중요한 시도로 보인다. 국문학과 교수발표회에서 란명 교수가 언급한 이 중요한 부분에 대해 사람들이 별로 주목하지 못한 것 같아 아쉽다. 그녀는 분명히 이상과 요코미쓰 리이치가 겹쳐 있는 부분에 대해서 말하면서 이상 자신만의 시각과 그의 독창적인 사유를 짚어냈는데 말이다. 논문 자체의 내용에 대해 깊이 따라가는 것보다 더 중요하게 생각하는 것들이 있는 것이 아닐까?

아무튼 나는 이제 즐겁다. 이상 연구자로서 그에 대한 진지한 연구, 더 깊이 있는 연구가 진행되고 있음을 보는 것은 즐거운 일이 되지 않을 수 없다. 나에게 배운 학생들도 란명 교수와의 세미나를 8개월 정도 끝어가면서 이상의 '월경'적 맥락에 대해 한층 깊이 있게 알게 된 것도 행복한 일이다. 이형진의 이상과 요코미쓰의 여성상에 대한 비교 연구를 보는 것도 그렇다. 이형진은 의외에도 이상의 여성관이 다양하게 복합적임을 간파해내는 성과를 거뒀다. 그것은 상하이의 기생에 대한 요코미쓰적 관점을 전복하는 것이기도 하니 비교 이상의 성과를 보여준 것이다. 이민정은 이상의 거울 이미지와 기계적인 카메라 렌즈를 비교함으로써 보는 주체에 대한 새로운 문제제기를 하였다. 이상의 거울 이미지는 광대한 사유를 담고 있다. 이러한 측면에 대한 연구는 그 일부를 감당할 수 있을 것이다. 김예리는 이상의 작품 가운데서도 가장 난해한 <삼차각설계도>에 도전했다. 그녀는 벤야민의 역사철학을 참조하면서 이상의 반근대적 시간관을 이 시들에서 추출했다. 파편화된 이미지들이 널려 있는 것은 이러한 관점에서 적절하게 이해될 수 있을 것이다. 송민호는 이상의 노트에서 그대로 전재된 두 개의 작품이 사실은 이상의 작품이 아니라 다른 작품을 메모한 것임을 밝혔다. 그리고 이상의 초기 시인 <且8氏의 출발>에 나오는 구절들이 일본에서 수용된 국제적 면모, 특히 비행선과 관련된 측면과 이렇게 관련되는지 치밀하게 추적했나. 이러한 사실들에 대한 추적은 텍스트 확정 작업에서 가장 중요한 일이 된다. 권희철의 논문은 이상의 시에 나오는 '예수'와 '마리아' 등 성경적 인물들의 의미를 추적한 것이다. 그는 '절름발이 짝패'라는 이상 문학의 구조적 양상을 간파함으로써 이상이 추구했던 사유의 본질을 파악하려 했다. 기존 연구들이 이상문학의 거울식 대칭점 추구라는 것에 몰두한 것에서부터 한 차원 더 나아간 것이라 할 수 있다.

앞으로 이상과 그 시대에 대한 연구는 이러한 수용의 관점을 더 치밀하게 파악하고, 단지 영향관계에 대한 연구에서 나아가 서로 다른 입장과 견해, 시각의 차이, 그리고 독자적 사유로의 비상 같은 것들에 대해

알아보는 쪽으로 나아가야 할 것이다. 란명 교수와 그 세미나 팀은 이러한 시각에서 볼 때 분명 상당한 성과를 거뒀다. 앞으로 그들의 후속 논문에 대해 다 같이 기다려보기로 하자. 또 어떤 즐거움을 보탤 것인지 궁금해하면서 말이다. 이 글을 쓰는데 갑자기 뇌우가 몰아친다. 푸르른 여름나무가 우거진 캠퍼스를 시원한 빗발이 두드리고, 이곳에 깃든 모든 생명체의 심장을 울리는 듯 우르릉거리는 소리가 진동한다. 이상에 대한 연구는 앞으로, 이상이 작품을 세상에 내밀면서 품었던 그러한 야심, 즉 세상을 모두 뒤집어 잠든 영혼을 깨우고자 했던 그 야심을 밝혀내야 하지 않을까? 이상의 '월경'에 대한 관심의 궁극적 지점은 바로 그곳에 있을 것이다.

머리말

李箱的인 越境과 創造 : 方法으로서의 日本文學

1. 이상적 방법과 이상에의 접근법 : 시대의 현장을 되돌아보면서

이상은 1920년대의 피날레 1929년에 문단에 등장했다. 그리고 그는 정치 역사적이고 문학 예술사적으로 격동적인 시대를 통과하면서, 언어의 국경과 표현의 장르를 넘나들며 실천한 창작 활동을 통해 이채로운 문학 텍스트를 남겼다.

1930년대의 "지(知)"의 표상으로서 그의 문학 텍스트는 어디까지 인식 가능한 것인가, 그리고 그 특징을 어떤 방식으로 파악할 수 있는 것인가 등의 물음을 통해 이상 연구자는 문제의식뿐만 아니라, 연구 방법도 질문을 받게 된다.

이러한 맥락에서 우리는 1930년대라고 하는 역사적 현장을 되돌아보면서, 이상 그 자체에 접근하기 위한 필수적인 방법 혹은 시점으로서 두 가지 견해를 특별히 강조하고 싶다.

하나는 일본 문학 텍스트(및 구미 문학 예술)와의 교섭의 실태를 계통적이고 구체적으로 고증하는 것이며, 또 하나는 영상 예술, 예를 들면 전위영화·전위 사진·전위 회화 등과의 상관도를 고려하여 재검토하는 것이다. 이상이 살았던 시대는 정치적으로는 일제 식민지적 언어 제도의 통제하에 놓여 있었고, 문학 예술적으로는 영상 문화의 발흥기로 표현의식이 격변하고 있던 시기라고 할 수 있다. 이러한 시대적 분위기는 그의 시상(詩想)과 언어적 "월경"의 조건이었던 것이다.

"월경"이라는 주제에 대해서 이야기하자면 이상이 단골이었던 경성의 한 특별한 장소를 상기하고 싶다. 그곳은 "낙랑"이라고 하는 다방이다. 이 다방은 한국의 전위적 표현자(화가·시인·배우·음악가)들이 출입했던 곳으로, 그 벽에는 당시의 정황을 기록한 하나의 낙서(오늘의 시점으로 보면, 확실히 한국 현대문학적 "월경"의 현장 안내도)가 남아 있다.

樂浪祭紅白試合　朝鮮軍惜敗
· アントン・チェホフ － 李泰俊(棄權)
· O・ヘンリ － 朴泰遠(TKO)
· 北園克衛 － 李箱(判定)
· 安井曾太郎 － 金鐘泰(KO第2ラウンド)
· 李光洙 － 菊池寬欠席故不戰勝
· 張赫宙(內地的) － 張赫宙(朝鮮的) ×

창작 경향의 유사성에 근거해 '조선군'과 서구 및 일본의 작가가 한 명씩 짝을 이루어 대전을 하지만, 시합의 결과는 '조선군석패'이다. 확실히 이 대진표를 통해 우리는 "조선의 문인들이 자신의 문학 세계를 전개하는 것에 있어 항상 서구와 일본의 문학을 가상적인 적으로서 의식하고 있었다."는 것을 미루어 짐작할 수 있다.[1] 그러나 이 대진표가 우리에게 말해주는 것이 단지 1930년대 식민지 조선이 개진했던 모더니즘 문학의 모방적인 측면뿐일 것인가. 우리는 이 질문에 의문을 던진다.

복싱의 형태와 대결 상대를 선정하고 그 후의 판정 결과 등을 세세하게 살펴보면, 유쾌하고 냉정하며 건전한 이지와 자신감과 같은 심리가

---

1) 白惠俊, 「1930年代植民地都市京城の「モダン」」. 文化文京學院大學外國語學部文京學院短期大學紀要제5집, 2006, 329-344면.

느껴진다. 구체적으로 흥미로운 점을 이야기하자면, 우선 장혁주(張赫宙)를 내지와 조선의 양 측에 동시에 세우고 있는 것이다. 이 점은 대진표가 1932년 4월 이후, 즉 장혁주가 일본의 대표적 종합잡지『개조』의 현상 소설에 <餓鬼道>로 수상해, 화제가 된 이후에 작성된 것이라는 점을 알려준다. 덧붙여 장혁주를 조소하는 태도에서 조선의 표현자들이 일본 문단에 대해 가졌을 법한 복잡한 심정도 읽어낼 수 있다. 이 대진표에서 주목해야 할 또 다른 점은 이상의 대전 상대가 키타조노 카츠에이며, 그 결과가 "판정"이라는 점이다. 키타조노 카츠에는 당시 가장 권위적인 전위잡지『詩と詩論』의 중요한 멤버였다. '좋은 승부다'라는 의미의 "판정"이라는 결과는 이상이 당시의 주류적 비평가들에는 인정받지 못했다고 하더라도, 그의 빼어난 재능이 당대에 확실히 주목받고 있었다는 점, 혹은 이상 스스로도 강한 자신감을 가지고 있었다는 점(이 대진표를 이상이 작성한 것이라면 말이다)을 말해 준다.

한국문학에 있어서의 일본과 구미 문학 예술의 수용에 대해서는, 모방론이 오랫동안 계속되어 왔지만, 이 대진표는 우리에게 시대적 창의가 농축되어 있는 역사를 간과하는 것도, 경시하는 것도 오만하고, 위험한 것이라는 점을 통감하게 한다. 원래 수용은 반드시 수동적인 영위라고는 할 수 없다. 오히려 그것은 참가이며, 선택이며, 생산에의 전제이다. 일본인 또는 구미인의 것을 수용했다는 점이 이상 문학 텍스트의 의미를 왜소하게 만든다고 생각할 필요는 없다. 환언하면 이상에 있어서의 일본 문학 텍스트 수용 연구는 이상 텍스트에 새로운 의미를 부여한다는 의미에서라기보다는 우선 당대의 분위기 속에서 이상 그 자체를 살펴보기 위한 것이다.

이런 맥락에서 이상이 일본 문학 텍스트를 어떻게 선택했고, 예술 영역과 어떻게 관련되고 있었는지, 이 두 개의 과제를 동시에 다루기 위해

우리는 그의 신변에 놓여져 있었던 일본의 전위잡지 『詩と詩論』(일본과
거의 동시에 조선총독부 도서관에 소장)을 특별히 주목한다. '에스프리 누보'
를 기치로 하는 『詩と詩論』은 당시의 일본 시단의 폐색적인 국면을 타파
하기 위해 새로운 실험을 도모하는 한편, 구미 문학(자콥, 부르통, T. S. 엘
리엇, 죠이스, 콕토 등에서부터 미국이나 헝가리 시단에 이르기까지)과 전위 예술
(20세기 초두의 미래파로부터 동시대의 초현실주의적 회화 영화 시네포엠까지)을
폭넓게 소개하고 있으며, 시의 산문화, 미래파의 언어 등 풍부한 논제를
채택하고 있었다. 이상과 이 전위시지의 교섭의 현장은 분명히 이상적
독특한 사유의 회로가 보이는 시적 생성의 현장이다. 이 책에 수록된 많
은 논문은 이러한 문제의식을 공유하고 있으며, 일부의 논문은 그 구체
적인 양상을 분명히 논증하고 있다.

　　물론, 비교 연구의 시점에서 이상 연구가 진행된 바가 없는 것은 아니
다.[2] 그러나 역사적 현장에 선 면밀한 고증적 연구와 계통적인 연구는
아직 없는 것이 사실이다. 특히 앞서 논의한 바와 같이 우리가 강조하고
싶은 두 개의 시점은 명백하게 결여되어 있다. 굳이 말하면, 이상 연구
의 문제점은 한국 현대문학연구의 한계를 나타내고 있을지도 모른다.

---

2) 구연식, 「한국 다다이즘의 비교문학적 연구」, 『동아논총』, 동아대학교, 1975, 19-175면.
　　박철석, 「한일 근대시의 비교문학적 연구」, 『국어국문학』 5, 동아대학교 국어국문학과,
　　1983, 29-61면.
　　이금재, 「이상에 있어서의 요코미쓰 리이치의 수용—이상 문체를 중심으로」, 『日本學報』
　　44, 한국일본학회, 2000, 329-344면.
　　사노 마사토가, 「한국 모더니스트의 일본 문학수용—이상의 시와 요코미쓰 리이치를 중
　　심으로」(<제14회 국제 일본 문학연구 집회 회의록>) 1991, 102면.
　　최시은, 『李箱作品集』, 작품사, 2006, 349-352면.
　　川村湊, 「모더니스트 이상의 시세계」, 『文學思想』, 1987. 10. 등 참조.

2. 구성 및 내용

이상 문학에서의 일본문학의 수용이야말로 이상의 문제의식 특히 이상 문학이 보여주는 독특한 사유의 회로가 관찰되는 중요한 현장이라고 할 수 있다. 우리는 시대적 사상, 예술, 문학 등에 관련되는 담론적 맥락에서 그의 문학을 파악하고자 한다. 본 논문집은 아래와 같이 4부 및 부록으로 구성되어 있다.

제1부 "이상에 있어서의 요코미쓰 리이치(橫光利一) 수용의 위상"에서는 동아시아 문학의 관점에서 살펴본 이상 문학 텍스트의 의의를 논의한다. 란명의 논문은 일본을 발신지로 하는 1930년대 전후의 동아시아 문학의 연동적 구도의 일면으로서 지금까지 간과되어온 요코미쓰 수용과 이상적 "동양"의식의 관련에 초점을 맞추어 선행연구에서의 선입관에 대해 주위를 환기한다.

「이상 <지도의 암실>을 부유하는 "상하이"」는 이상 문학의 기점을 이루는 중요한 텍스트 <지도의 암실>에 삽입된 현대 중국어를 중심으로, 이상의 "암실"에 퍼지는 아시아, 특히 1930년대의 국제 도시 "상하이"의 그림자를 파악하면서, 작품에 대한 새로운 해석을 시도했다.

「이상 <소영 위제>와 요코미쓰 리이치 "朝鮮人像"의 갈등－<푸른 대위> 및 『상하이』를 중심으로」는, <소영 위제>와 요코미쓰 리이치의 조선 체험에 근거해 그려진 <푸른 대위>와의 관련성을 처음으로 제시하면서, 요코미쓰의 '동아시아' 및 조선에 관한 언설, 예를 들면 조선인의 "데스·마스크"와의 갈등을 밝히기 위한 시론이다.

이형진의 「李箱의 女性像에 관한 연구－橫光利一와의 비교를 중심으로」는 이상과 요코미쓰 리이치의 "여성 인물"을 각각 "賣春婦"(橫光利一)와 "買春婦"(李箱)라는 키워드를 통해 읽어냄으로써 두 작가의 작품에서 발견되는 근대국가에 대한 입장의 상이성이라는 근본적 차이를 탐구한다.

제2부 "이상적 월경과 창조"는 표현의 장르를 넘나든 이상적 시의식(詩意識)과 시적 방법의 형성의 실태에 관한 해명, 더 나아가 그 시학적 본질에의 접근을 시도한다.

란명의 「"여자의 눈"은 왜 찢어졌는가 — 이상과 전위영화 및 『詩と詩論』과 그 주변」은 활자 표현이 영상 표현의 흥기(興起)와 조우하는 1930년대를 살았던 이상의 문제의식과 고민을 표상하는 텍스트로서 <흥행물 천사> 및 <광녀의 고백>을 채택하고 일본어 매체와의 관계를 단서로 하면서 이상 시의 생성의 문맥을 다시 읽는다.

이민정의 「이상 문학에 나타나는 '보는' 주체와 이원적 육체의식 — 시네포엠과 '카메라 아이'를 중심으로」는 '시네포엠'과의 관련성을 바탕으로 이상 문학에 있어서의 "거울"을 "카메라 아이"라고 하는 장치와 연결시켜 "주체"와 "육체"의 형상을 폭로하는 이상적 방법을 파악하려고 한다.

김예리의 「이상 문학의 역사 이미지와 "전등형 인간"」은 이상 문학의 서사학적 성격에 주목하면서, 이상 문학에서 비어 있는 '역사'와 세계상의 본질을 탐구하고, 이상 문학의 혁명적 성격의 근간을 살펴본다.

「이상의 전위성, 현해탄 건너기의 의미」는, 김기림에게 보낸 편지를 단서로 이상의 전위 의식과 도쿄행의 의미를 되물어 제국 언어 공간과의 갈등 속에서의 전위 의식의 형성과 좌절의 실상을 포착한다.

제3부 "이상의 일문시의 전고"는 이상의 독특한 어휘와 일본 문학 수용의 관계에 관한 연구의 전개를 기대하며 논의를 진행한다.

송민호의 「李箱의 미발표 창작노트의 텍스트 확정 문제와 일본 문학 수용 양상 — 「與田準一」와 「月原橙一郎」의 출처에 관하여」는 현안이었던 일본어 노트의 출전을 밝혀내고 있다.

「李箱의 초기 일문시 「且8氏의 出發」의 전고(典故)와 모더니티의 이중

적 구조」는 <且8氏의出發>에서의 『莊子』의 인용이 安西冬衛의 시 <一九
二七年>에서 이미 똑같은 형태로 바꾸어 쓰고 있었다는 사실을 바탕으
로, 새로운 추론을 제시한다. 이상의 미발표 창작 노트, 나아가서는 일본
어로 발표한 시편의 정확한 해석에 도움이 될 것으로 기대한다.

제4부의 "이상과 아쿠타가와 류노스케"를 통해서는 이상이 일본 문학
을 폭넓게 흡수한 실상을 제시하려는 의도를 읽을 수 있을 것이다.

아쿠타가와 류노스케(芥川龍之介)는 일본 현대문학사뿐만 아니라 세계
문학사적인 측면에서도 "불안의 문학"(1920년대)의 상징적 존재이다. 특
히 노신, 이광수를 비롯하여 동아시아 현대문학의 형성에 있어 영향이
큰 작가다.

권희철의 「이상의 '마리아'와 아쿠타가와 류노스케의 '예수'」는 이상
과 아쿠타가와 류노스케에 대한 본격적인 비교문학적 연구를 위한 예비
작업으로서 이상이 제시한 "연애관계 속에서" "비대칭 짝패들의 신성한
결합에 대한 은밀한 요구"를 읽어내면서, <봉생기>와 아쿠타가와 류노
스케의 관련성에 대한 분석과 새로운 추정을 제시한다.

마지막으로 부록에 번역 수록한 일본 시인의 작품(11명의 시 128편)은
조선총독부 도서관에 소장되어 있는 것을 전제로, 이상과의 관련성을 의
식하면서 선택한 것이다. 참고 자료로서 앞으로의 이상 연구에 도움이
될 것이라 확신한다.

2010년 3월 31일

蘭 明

차례

제1부 이상에 있어서의 요코미쓰 리이치(橫光利一) 수용의 위상

제4부 이상과 아쿠타가와 류노스케

부록＿＿1930년대 일본 모더니즘의 현장(란명 편)

제1부

이상에 있어서의 요코미쓰 리이치(橫光利一) 수용의 위상

이상 〈지도의 암실〉을 부유하는 "상하이"*

동아시아 현대문학생성의 시점에서 본 요코미쓰 리이치 수용

란명(蘭明)

1. "상하이" : 이상 문학의 새로운 지평을 열기 위한 단서로서

20세기 초두의 상하이(上海)는 식민지 근대의 표상으로서, 동북아시아 (주로 한일중 三國)의 현대문학을 구성하는 중요한 부분이다. 제1차세계대전 후의 격동한 세계정세 속에서, 사상적 고뇌와 방법론적 욕망을 안고 있던 문학자들이 실험적 피사체로서 각각의 이른바 "상하이스토리"를 구축하였던 것이다.[1] 그중에서도 요코미쓰 리이치(橫光利一)의 『상하이』는 구미 중심의 진보주의와 식민지주의에 대항하려던 아시아주의 담론이 녹아 있는 작품이며, 식민지 '상하이'를 그리고 있는 대표적인 작품

---

* 이 글은 일본어 논문 〈李箱「地図の暗室」を浮遊する"上海"―橫光利一受容及びその他〉(『日本研究』 제40호, 韓國外國語大學校 日本研究所, 2009. 6, 273-294면)를 한국어로 번역 수정한 것이다.

1) 와다 히로후미 외, 『언어 도시·상하이 1840~1945』, 후지와라서점, 1999.
　류건휘, 『마도상하이―일본 지식인의 '근대' 체험』, 코단사, 2000 등의 연구가 있다.

이라고 볼 수 있다. 이것은 근년 유행한 포스트식민지주의 담론 하에서 『상하이』가 새롭게 주목받는 이유이기도 하다.

　이 글은 이상 문학의 기점을 이루는 중요한 텍스트 <지도의 암실>의 내용 구조에 초점을 맞추어, 지금까지 논의되지 않았던 『상하이』와의 깊은 관련성을 논증하고, 이상 문학의 사상적인 성격 즉 이상의 문제의식의 핵심에 접근하자고 한다. 더 나아가 이상의 '암실'을 부유하는 음화(陰畵)들에 관한 고찰을 통해, 현대 동북아시아 문학 형성에서의 연대적 그리고 다중적인 구도의 한 측면도 밝혀보려고 한다.

2. 『상하이(上海)』 수용의 실태 및 의의
: "지도"를 질주하는 "손가락"에 걸린 "옷"

　ⓓ 삼키에게는 이 망대한 농아의 소용돌이가, 방대한 모습으로 보이지 않았다. 그에게는, 그것이 머릿속에 간직되어 있는 지도와 동일하기 때문이다. 그는 손가락에 끼운 여송연의 잎과, 손가락 사이에 시두화(環)이 천천히 지고 있는 것을바라보면서, 현실이라고 하는 것은, 자신에게 있어서는, 이 시든 여송연의 잎일까,머릿속의 지도일까, 생각해 냈다.

—『상하이』〈지병과 탄환〉 2(밑줄, 역 필자)

　參木には此の厖大な東亞の渦卷きが、厖大な姿には見えなかつた。それは彼には、頭の中に疊み込まれた地図に等しい。彼は指に挾んだ葉卷の葉つぱが、指の間で枯れた環を弛めているのを眺めながら、現實とは自分にとつてこの枯れた葉卷の葉つぱであらうか、頭の中の地図であらうか、と考へ出した。

—『上海』〈持病と彈丸〉二

ⓑ 세면에 박혀 있는 거을의 저쪽에서는, 수많은 피부의 공장이, 히미하게 펼쳐져 있었다. (…중략…) 세계는 지금 모든 것은, 올려다보아야만 필름의 아름다음을 느낄 수가 있다. (…중략…) 그는 보았다. 그는, 그 거대한 동물을 떠 오르게시킨 옷의 물결 속에서, 오히려 문명의 건축을 느끼게 되었다.

— 〈지병과 탄환〉3(밑줄과 생략, 역 필자)

　三方に嵌つた鏡面の彼方では、無數の皮膚の工場が、茫々として展けていた。

　(略)世界は今や何事も、下から上を仰ほがねばフィルムの美觀が失はれ出したのだ。(略)彼は見た。彼は、その巨大な動物を浮き上らせた衣服の波の中から、逆に野蛮な文明の建築を感じ出した。

— 〈持病と彈丸〉三

ⓒ 그는 탄환이 나는 속력을 응시하려고 했다. 그의 앞에서, 사람의 물결의 강이 질주했다.

— 〈지병과 탄환〉 9(역 필자)

　彼は彈丸の飛ぶ速力を見詰めやうとした。彼の前を、人波の川が疾走した。

— 〈持病と彈丸〉九

ⓓ (삼키는)支那 옷을 입은 채로 골목과 큰 길를 걷고 있었다. 그는 더 이상 市街에 무슨 일이 일어났는지, 생각하지 않았다. 단지 그는 가끔 멍한 영화에 초점을 맞추도록 자신의 마음의 위치를 측정 했다……그는 다시 그 자신이 일본인인 것을 의식했다……그러나, 삼키는 본능대로 자살을 결행하려고 하고 있는 자신을 깨달았다.

— 〈해항장〉1(밑줄과 생략, 역 필자2)

---

2) 초출, 〈지병과 탄환〉은 『개조』 1929년 10월호, 각각 3면, 5면, 20면. 〈해항장〉은 『개조』 1929년 12월호, 31-3?면

> (參木は)支那服を着たまま露路や通りを歩いていた。彼はもう市街に
> 何が起つているのかを考へなかつた。ただ彼はときどきぼんやりした
> 映書に焦点を与へるやうに、自分の心の位置を測定した。(略)彼は再び
> 彼自身が日本人であることを意識した。(略)しかし、參木は本能のまま
> に自殺を決行しようとしている自分に氣がついた。
>
> —〈海港章〉1

『상하이』는 한 명의 일본인(삼키)이 '방대한 동아'라는 지도를 머리에 간직한 채 상하이로 나아갔지만 오히려 그곳에서 분류(奔流)하는 세계정세에 직면하면서 일본인의 "마음"을 재인식한다는 내용의 소설이다. 인용된 부분은 『상하이』의 클라이맥스에 위치하는 단락과 종장의 일절이다. 여기에는 작품의 핵심을 관통하는 모티프 및 장치, 설정 등이 거의 갖춰져 있다고 말할 수 있다.

그런데 이것은 필자가 임의로 추출한 것이 아니라, 이상이 읽고 있었던 『상하이』라고 말하는 편이 좋을 것이다. 이상이야말로 이러한 표현의 중요성 즉 요코미쓰적 구상과의 관련을 알고 있었다고 할 수 있다. 이를 증명해 주는 것이 〈지도의 암실〉에서의 다음 부분이다.

(1) 어떤방에서그는손가락끝을걸린다손가락끝은질풍과같이지도위를거 엇는데 그는마않은은광을보았건만의지는걷는것을엄격케한다

(2) 시가지한복판에 이번에새로생긴무덤위로 딱정버러지에묻은각국웃 음이 헤뜨려떨어뜨려져모여들었다……그는여러번여러번죽어보았으나 결국마찬가지에서 끝나는끝나지않는것이었다……그는그의무덤을어떻게 치울까생각하던끄트 머리에그는그의잔등속에서 떨어져나온근거없는저고 리에그의무덤파편을 주섬주섬싸끌어모아가지고 터벅터벅걸어가보기로 작정하여놓고……(생략, 밑줄 필자).3)

<지도의 암실>은 1932년 '제1차 上海事變' 중에 쓴, 산문 가까운 체재를 취하는 14,500자 미만의 단편소설이다. 밤낮이 불분명한 방에서 뒹굴고 있는 한 남자는(분신으로서의 '이상'이기도 하다) 손가락 끝으로 '질풍과 같이 지도 위를' 뛰어돌아다닌다. 그래서 이 손가락 끝으로 몽롱한 의식의 흔적 즉 옷(또는 침구,[4] 램프에 씌어놓은 봉투), 길, 문자, 시간 및 죽음, 여자란 무엇인가 등이 그방('암실')에서 현상한다. 한편, 질주하는 '손가락'은 '외출'도 한다. 그리고 '시가전'을 목격하고, 그 잔해인 '무덤'의 파편을 주우면서, 밤의 어둠으로 향했지만, 결국 '모든 것은 아무 것도 아니다'라고 생각하기에 이르게 되고, 남자는 다시 침상으로 돌아와버린다.

『상하이』와 <지도의 암실>은 각각 장편과 단편이지만, 위에 인용된 부분을 통해, 두 작품의 주된 모티프의 유사성을 찾아낼 수 있는 것만이 아니고, 이 사실을 통해 <지도의 암실>이 어떻게 구상되고 무엇을 초점화하였는지 유추할 수도 있다. 즉, 다음과 같이 생각하는 것이 가능하다. 이상의 '암실'은『상하이』의 삼키가 "방대한 동아의 소용돌이"을 목격하는 '삼면거울'과 '필름'의 미믹크이다, 즉 이상은『상하이』(인용문 ⓐ 참조)에서의 '손가락'과 '지도'라는 모티프를 잘라내고(콜라쥬 형식), 움직이는 오브제처럼 그의 '암실'에 설치했다. 그리고 이 방법에 의해 피사체의 질주와 주체의 의식의 질주를 뒤섞고, '머릿속의 지도'와 '현실'의 경계를 모호하게 하여 혼돈으로서의 시공을 형성시켰던 것으로 가정해볼 수 있다.

이러한 가정을 바탕으로 이 글은 <지도의 암실>에서의『상하이』수용의 실태와 그것이 의미하는 바를 구체적으로 분명히 하기 위해, 본장

---

3) 초출, 『조선』 3월호, 임종국 편, 『이상전집』, 문성사, 1966, 82-90면. 인용은 82면, 84면.
4) "친구"와 "침구", 제3단락으로부터 나온 "친구"(임종국, 상게서)는, 전후의 내용구성으로 찾아 보면, "침구"로 읽는 것이 적당해보인다. 혹은 오식의 가능성이 있다.

에서는 이상의 ‘암실’에 떠오르는 중요한 모티프로서 “지도”·“손가락”·“옷”의 의미를 고찰하고, 이 모티프들과 요코미쓰적 문맥과의 관계를 검증해 보려고 한다.

(1) “지도”의 사정

널리 알려지고 있는 대로 일반적으로, “지도”는 지구 표면의 일부 또는 전부를 기호·문자·색채 등을 이용하여 일정한 축척으로 표면상에 표현한 것이다. 그에 비해 언어의 구조체에 그려진 지도는 정치학적으로는 지배적 팽창욕구를 의미하고, 문학에 있어서도 시대적 역사적 사정을 표상하는 데 적지 않게 이용되고 있다. ‘지도’는 요코미쓰가 빈번히 즐겨 사용한 기호이기도 하다. 특히 “지도의 氾濫과 收拾”라는 상상은 <조용한 羅列>, <나폴레옹과 쇠버짐> 등 단편에서도 잘 볼 수 있다. 뿐만 아니라 동시대의 사상적 위상을 보여주는 중요한 모티프 중의 하나이기도 하다. 그 시대적 문맥을 읽어보자면, 20년대 이전에는 이시카와 다쿠보쿠(石川啄木)의 유명한 단가(短歌) “지도 위의 / 조선국에 검게 / 먹을 칠하면서 추풍을 듣는다”가 있으며,[5] 『상하이』와 함께 『개조』에 게재된 마에다가와 코이치로(前田河 廣一郎)의 <지나는 움직인다> 및 <상하이여관> 등에서도, “지도”가 전경에 클로즈업되는 장면이 배치되고 있다.[6] “지도”를 작품의 타이틀로까지 끌어올린 이상의 착상은, 삼키의 머릿속에 간직하고 있었던 東亞地圖에서 자극을 받았던 것임에 틀림없다. 즉

---

5) ‘한일병합’의 날로부터 13일 후인 1910년 9월 9일에 쓰였다. 「9월 밤의 불편함」 중의 1수. 초출은 메이지 43년 10월 『창작』 제1권 제8호. 『이시카와 다쿠보쿠 전집』 제3권. 개조사, 1928, 540면.

6) <상하이 여관>에서 상하이에 도착한 첫날 밤, 빗속에 레인코트를 찾으러 나가는 장면이라든가, 대중을 응시하는 시선, 대로와 골목의 묘사, 거울안의 나, 자살 등 우연이라 하기 어려운 많은 유사점이 보여진다.

요코미쓰 리이치『상하이』에 나오는 지도가 상징하는 폐색적이면서 팽창하는 시대적 분위기에 강하게 공명했던 것이다.

(2) 질주하는 "손가락"

요코미쓰 리이치라고 하면, "백주이다. 특별 급행 열차는 만원인 채로 전속력으로 달리고 있었다. 철로를 따라 위치해 있는 간이역은 돌과 같이 묵살되었다."라는 일본문학사에서도 자주 언급되는 〈머리 그리고 배〉 서두의 일절을 연상하게 된다.

이 유명한 문장과 함께 요코미쓰의 많은 작품에서는 1920년대 전후의 표현세계의 공통적 미학으로서 '비상하는 의식'을 표상하는 모티프들이 제시되고 있다. 예를 들어, "낙하하도록 질주한 거리"(〈7층의 운동〉)와 같은 것들.『상하이』에서는 인용문을 비롯하여 '질풍과 같은 발 끝'이 '질주한다', '황포차'가 '질주했다', '높은 지붕위에서 질주한', '영국 군악대' 등의 표현이 교착해서 등장하고, 이러한 이미지들은 주인공 삼키의 눈에 비친 '상하이'라는 표상의 일부가 되고 있다.

한편, 인용문 (1)에 나타내고 있는 것처럼 이상도 구조적인 지도를 캠퍼스로 넓혀놓고, "손가락"이라는 사고적인 오브제를 만들어, 거기에 시각적인 '질주'의 이미지를 부여하고 있었다. 물론 이 '질주'의 이미지는『상하이』를 관통하는 이미지이기도 한 것이다. 환언하자면, 이상의 "손가락"의 질주는 요코미쓰의 "지도" 즉, 東亞의 소용돌이를 담고 있는 "지도"를 읽어내려고 하는 의지의 응축이며, 또 그 동시에 요코미쓰 리이치와의 우연한 마주침으로 자신만의 "語彙"를 탈환하기 위한 계기로 위치하는 것이라고 말할 수도 있다. 사실 이상은 초기 요코미쓰의 대표작에 상당히 신경을 쓰고 있었던 듯하다. 소설 〈동해〉에 다음과 같은 구절을 보자.

> "一着選手여! 나를 列車가 沿線의 小驛을 잘디잔 바둑돌 默殺하고 通過
> 하듯이 無視하고 通過하야 주시기(를) 바라옵나이다",
> "나는 二着의 名譽 같은 것은 요세쯤 내다버리는 것이 좋았다. 그래 얼
> 른 릴레를 棄權했다. 이경우에도 語彙를 蕩盡한 浮浪者의 자격에서 恐懼,
> 橫光利一氏의 出世를 사글세 내어온 것이다."7)

요코미쓰의 이 명문은 문학동인과 영화를 보러가서, 연인을 빼앗겼다
고 하는 이중의 의미적 문맥 사이에 끼워지고 있다. 종주국의 출세작가
에 대해서, 말을 빼앗긴 식민지의 부랑자인 입장에 놓인 젊은 표현자의
굴욕, 초조, 불안이 행간에서부터 배어나오는 한 구절이다. 그리고 무엇
보다도 요코미쓰 리이치와의 해후가, 표현자로서의 이상에게 얼마나 큰
충격이었는가를 선명히 나타내고 있다.

(3) "옷"의 의미

계속해서 앞서 인용한 요코미쓰 리이치와 이상의 (2)에서 밑줄 쳐진
부분에 주목하고 싶다. 구체적으로 말하면, 『상하이』의 삼키가 질주하는
'인파' 속에서 본 "옷"과 "야만의 문명의 건축"이라고 하는 독특한 의미
조합에 유의하고 싶은 것이다. 왜냐하면 "옷"은 <지도의 암실>에서도
매우 중요한 모티프 중의 하나이기 때문이다.

주인공인 '그'에게 있어서 "옷"은 번거로운 '일'과 같은 것이고, 결국
은 육체가 "옷"으로부터 뿔뿔이 떨어져서 "옷"은 고독한 폐허가 된다.

---

7) 『조광』, 1937. 2, 임종국, 앞의 책, 65면, <金裕貞─小說體로 쓴 金裕貞論>(『청색지』,
   1939. 5) 중에서도 요코미쓰 리이치와 <기계> 등을 언급하고 있다. 임종국, 상게서,
   158면.

그리고 “초초히그의뒤를따르는저고리의영혼의소박한자태에”, 그는 “그의옷깃을여기저기적시어건설되지도항해되지도않는한성질없는지도를 그려서가지고” 밤의 깊은 곳으로 향했다.

도식적인 우화 같지만, 문명론적 사고를 가시화하는 수단으로서의 기능을 “옷”에 부여하고 있는 점이 『상하이』와 일치하고 있다. 삼키에 ‘지나 옷’을 입혔던 것은 요코미쓰 리이치적 문명론 (또는 신체론적 문명론)을 시각적으로 전개함에 있어 중요한 코드로 세우기 위한 것이고 ‘지나 옷’을 입는 이유를 생각하는 것이 ‘나(삼키)의 새로운 고민’인 것처럼 말이다. 집착이라고 할 정도로 반복해서 ‘지나 옷’을 몸에 휘감고 상하이의 골목을 걸어 돌아다니는 삼키의 이미지를 강조한 요코미쓰 리이치의 착상을 이상은 날카롭게 포착하여 그것에 호응하면서, 한층 더 추상적 처리를 더했다고 볼 수 있다.

다만 시가전의 흔적이 남아 있는 무덤의 ‘파편’들을 ‘근거가 없는’ “옷”으로 싸는 장면에서는 이상의 거부하는 듯한 태도를 확인할 수 있다. 이러한 태도에서 요코미쓰와 이상의 사고방식의 친근성과는 별도로, 현실의 차원에 있어서의 중국(상하이) 및 한반도의 위기를 암시하는 메시지를 읽어낼 수도 있다. 또한 이 “옷”에 따른 ‘아파오는 시간’, 나아가 조선반도의 문화적 현실을 표상하는 ‘문자’와 얽혀 있는 대결상대의 한 명으로서 예로센코(에스페란토를 상징하는 인류주의의 대명사)를 호출했던 것이라고 볼 수 있다(예르센코에 관해서는 5절에서 논의하겠다).

여기까지는 〈지도의 암실〉의 구상에 있어서의 중요한 모티프인 “지도”, “손가락”, “옷”에 주목하면서, 이상 텍스트에 있어서 요코미쓰 리이치 『상하이』 수용의 윤곽과 양상의 일부를 검증했다. 그런데 과연 이상이 어디까지 ‘방대한 동아’의 축도로서의 “상하이”를 의식하고 있었는가? 이것은 요코미쓰 리이치 수용 과정의 확인을 통해, 〈지도의 암실〉

의 의미 구조 및 이상 문학의 특징에 접근하려고 하는 본고의 목적과 관계되는 중요한 문제이다. 사실 <지도의 암실>에는 변장한 "상하이"가 등장하고 있다는 사실을 지적할 필요가 있다. 이것은 이상이 "상하이"를 강하게 의식하고 있던 것을 표출하고 있다는 점을 방증하는 것이기도 하다.

3. '上海事變'의 암영 : '삽입'된 중국어 백화문의 의미 구조

<지도의 암실>의 최대의 특징은 수수께끼와 같은 다섯 개의 현대 중국어(백화문)가 삽입되고 있는 점에 있다. 다른 작품에 비해 <지도의 암실>에 대한 연구가 늦어진 것도 텍스트의 기발한 구성에 한 요인이 있다고 말할 수 있다. <지도의 암실>에 삽입된 백화문은 장과 절의 구분이 없는 텍스트를 5부 구성으로 나누는 경계선의 역할을 하고 있지만, 편의상 추출하여 번호와 번역을 붙여두겠다.

(1) 離三茅閣路到北停車場 坐黃布車去
　　(산모각로로부터 북정거장에까지 황포차로 간다)
(2) 你上那兒去 而且 做甚麼
　　(당신은 어디로, 게다가 무엇을 하러 가는가?)
(3) 活胡同是死胡同 死胡同是活胡同
　　(관통한 골목은 막다른 골목 막다른 골목은 관통한 골목)
(4) 笑 怕 怒
　　(웃다, 두려워하다, 화내다)
(5) 我是二 雖說沒給得三也我是三
　　(나는 二이다 三을 얻지 못하더라도 나는 역시 三이다)[8]

한국어 속에 백화문을 삽입하고 이것을 전부 한글 문자로 번역하고 있는 이 삽입부의 이면에 어떠한 특별한 정황이 있으며, 또 어떠한 주관이 강하게 기입되어 있는가를 읽어내는 것은 상당히 어려운 작업이다. 지금까지의 연구에서 밝혀진바, 현대 중국어를 삽입한 이유는 이상(＝離三) 자신의 이름을 삽입하기 위한 장치라는 설명이 있으며,9) 또한 이상의 생활 환경에 착안하여, '離三茅閣路到北停車場 坐黃布車去' 이 구절은 "밤에 잠자리에 들기 전에 화장실에 가서 쭈그리고 앉는 장면을 그려놓은 것이다"라는 해석이 있다.10) 삽입된 현대 중국어가 내용적으로는 작품의 각 장면과 '밀접한 관계를 갖고 있지 않다'라는 견해도 있다.11) 텍스트의 흐름을 이해하는 데 있어 연결고리로 작용하고 있는가를 살펴본다고 하더라도 이것은 (3)에 한하는 것으로 보이며, 작품의 전체적인 구조와 관련지어서는 그 의미가 쉽게 해독되지 않았다.

그러나 본고는 이 삽입부야말로, 이상의 '암실'을 이해하기 위한 열쇠라는 점을 지적하고 싶다. 결론부터 말하자면, 작품 속에 삽입되어 있는 백화문 문장은 '만주사변'에 이어 1932년 1월 28일에 발발한 '상하이 사변'에 대한 '시국'적인 성격을 갖는 것인 한편, 일본의 중국 침공에 따른 문명적 사유와 철학적 곤혹의 표출이기도 하다.

텍스트의 문맥을 쫓아가며 분석을 진행해보자. 우선 (1)은 '北停車場',

---

8) 임종국, 앞의 책, 82-88면. 출전 불명. 단지 이 형식은 아쿠타가와 류노스케『支那游記』의 한시의 삽입을 연상시킨다. 덧붙여서 조선 중기로부터 한반도에서 오랫동안 사용된 중국어 회화 독본에『朴通事』,『老乞大』가 있다. 관련성이 있을까 확인이 되어 있지 않지만, 참고로서 예를 하나 붙여둔다. "大哥你從那裡來 / 我從高麗王京來 / 如今那裡去 / 我往北京去". 서울大學校奎章閣資料叢書語學編1『老乞大諺解』, 2003, 3면.

9) 사에구사 도시카스, 「이상의 모더니즘―그 성립과 한계」, 김윤식,『이상 문학 전집』5 부록, 문학사상사, 2001, 280-281면.

10) 권영민,『이상전집』2, 뿔, 2009, 194-195면.

11) 사에구사 도시카스, 「이상의 모더니즘―그 성립과 한계」, 김윤식,『이상 문학 전집』5 부록, 문학사상사, 2001, 281면.

'三茅閣路', '黃布車'라는 세 개의 명사를 단서로 '상하이 사변'과의 관련성를 찾아야 한다. '북정거장'은 상하이의 교통 중추이며, 일본근대문학의 많은 "상하이 이야기" 속에서는 '북스테이션'으로서 종종 등장한다. 이곳은 '제1차 상하이 사변' 당시 격전지가 되어, 그 후 중립지대로 협약된 장소이기도 하다. 『東亞日報』와 『朝鮮日報』는 일본의 신문과 비슷한 수준으로 '上海事變'에 대한 기사를 연일 일면 톱에 게재하고 있으며, 30일에 걸쳐서는 연속 "號外"가 발행되어 "北停車場"이 지면에 크게 보도되었음을 알 수 있다(<지도의 암실>의 마지막 부분에 명기되어 있는 1932년 2월 13일 전후는 시가전이 가장 격렬할 때였으며, 『東亞日報』, 2월 3일자 <號外>에는 "日本軍攻擊開始 上海宛然火海化北停車場에砲彈命中" 『朝鮮日報』, 2월 6일자 일면에는 '上海要所爆擊全市黑煙掩覆 凄慘한市街戰繼續' 등의 글이 눈에 띈다). 조선과 비슷한 처지의 상하이에서 벌어진 사태로 일본 식민지 통치하의 조선의 시선이 쏠리고 있었던 것이다.

'삼모각로'는 삼모각에서 유래된 길이다. '삼모각'은 상히이62도교사원 중의 하나로 道敎사상에 있어 중요한 존재인 '삼모신군(三茅眞君)'[12]의 제사를 지내는 곳이다. '삼모각로'와 비슷하게 '산모각'에서 유래한 '산모각다리'는 '하남중로(河南中路)'와 '북문밖 큰거리(北門外大街)'를 연결하는 접점이며, 일본인클럽 '혼겐지(本願寺)' 등을 포함한 조계 지구(租界地區)[13]와 북정거장 부근에 위치한다. 격전지와 조계지를 연결하는 도교의 성지를 텍스트에 늘어놓고, 게다가 그 이동의 방향을 조계지에서 죽음의 땅으로 '황포차'[14](황포차라는 것은 근현대문학 텍스트에서 일본에서 출발한 식민

---

12) 모영, 모고, 모충(茅盈, 茅固, 茅衷)

13) 19세기 후반에 영국, 미국, 일본 등 8개국이 중국을 침략하는 근거지로 삼았던, 개항도시의 외국인 거주지. 외국이 행정권과 경찰권을 행사하였으며, 한때는 28개소에 이르렀으나 제2차 세계 대전 이후에 폐지되었다.

14) '黃布車', '布'와 '包'은 표기도 소리도 같고, 미스프린트라고 생각할 수 있지만, 황색을 강조하는 특별한 의도가 있었다고도 생각한다.

지코드로 정착되어 있다)를 달리게 하는 설정에는 당대 시대적 「정황」을 고발하려는 작가의 내적 긴장이 녹아 있고, 『상하이』를 통해 짐작할 수 있는 요코미쓰의 지리적 저변에 호응하려는 작자의 예리한 의도가 내재해 있었던 것임에 틀림없다.

덧붙여서 상하이에서 활동하고 있던 애국지사 신규식(申圭植)은 중국인 혁명가 서혈아(徐血兒)를 애도하는 글 『追悼故友血兒君併叙』에서, "落月三茅閣, 人琴兩不存"라는 시구를 쓰기도 했다.[15]

이어서 (2)와 (3)에 대한 논의로 넘어가보자. (2)는 '옷'이나 '문자', '시간' 등을 둘러싸고 사고에 열중하던 '그'가 외출하려고 하는 거울 안의 이상(=李箱)의 모습을 탐색하던 지점에 삽입되고 있다. 그리고 '죽음'의 암영이 접근해 온 것을 계기로, '행방'을 암시하도록 (3) "活胡同是死胡同 死胡同是活胡同"이 삽입된 것이다.[16] 앞서도 언급했지만, 이상은 후에 대표작 〈오감도·시제일호〉에서 이 표현을 "길은막다른골목이適當하오", "길은골목뚫닌이라도適當하오"라고 변주시켜, 이 시행을 처음 연과 마지막 연에 위치시켜 시각적으로 전체 시행을 에워싸고서, 그 사이에 '무서운' 또 '무서워하는' 13명의 아이를 '질주'시켰던 것이다. 즉 '胡同'은 '공포'를 회전축으로 하고 있는 生과 死의 철학적 가역반응을 나타내고 있다. 표현적인 측면에서 본다면 『상하이』의 '露路'와 연관되어 있다는 가능성을 생각해볼 수 있다. 요코미쓰는 이 이미지를 중요한 코드의 하나로서, 질주하는 '황포차'와 비슷한 수준으로 자주 등장시키고 있으며, 이것은 혼돈된 상하이·중국을 표상하는 것이었기 때문이다.

---

15) 徐血兒가 활약한 『民立報』의 소재지는 三茅閣橋이다. 「南社与韓國志士的抗日救亡運動——從申檉說開去」, 『南社史長編』, 中國人民大學出版社, 1995, 550면.

16) (2)의 문장은 '而且'를 전후로 하는 두 개의 의문사를 가지는 구문으로서 읽는 것이 자연스럽지만, 현대 중국어의 구문으로서는 '那兒'를 지시사로서 파악하는 것도 가능하다. 그 경우는 '而且'은 어조를 강조하는 것으로서 기능한다.

계속하여 (4) "笑 怕 怒"를 보자. "골목"이 철학적 구조라고 말하면, 이것은 3단계에 추출된 감정적 구조이다. "怕"은 '常態'로서 중추에 놓여져 "笑"와 "怒"가, 본질상 "가역적"인 의미로서, 양측으로 배치되어 있다. 요컨대, (4)는 "웃을수있는時間을가진標本頭蓋骨에筋肉이없다"(<정식 III>), "市街戰이끝난 都市步道에「麻」가어즈럽다 (…중략…) 나는 이런 일을흉내내어 껄껄 껄"(유고<파첩>2) 등의 시구와 미적으로 동위 구조라고 할 수 있다.[17]

마지막 (5) "나는 二이다 三을 얻을 수 없어도 나는 역시三이다"의 의미를 파악하기는 쉬운 일이 아니다. 선행 연구가 지적한 것처럼, 이상의 이름의 표출로서 해석할 수 있지만, 그러나 중국어 삽입부의 최종장에 맞는 배치를 염두에 둔다면, 이 부분은 언어유희(遊戲)의 차원보다 더 심층적인 고찰이 필요하다고 여겨진다. 예를 들어 (3)에 연결시켜 도교적 사상으로서 해석하는 것이 무리는 없을 것이다. 또는 작가의 억제하지 못할 심징의 도로로서 생각하면, 3난세로 추출한 감성 상태 (4) "笑 怕 怒"에로 연결시켜 포착할 수도 있다. 즉 '나는 二이다'는 '나는 무섭다'라는 이미로 읽을 수 있다. 건술한 것처럼 '13명의 아이'에 대한 수식어로 '무서운'과 '무서워하는'을 끈질기게 반복(18회!)함으로써 개별성을 넘어서 전체 인류에 닥친 '정황'의 전경으로서 한반도의 강력한 집단적 감정의 표상으로 구축했던 <오감도 시제일호>에서 읽을 수 있듯이, '(나는) 무섭다'라는 언표는 공격적 유머를 내면에 간직하고 있는 이상의 일관적인 메시지였다. 그리고 '나는 역시三이다'의 '역시'라는 굴절된 표현은 자기 측정의 곤란과 자기 규정을 정밀하게 수행하는 의지를 표출하

---

17) 문법적으로도 내용적으로도, 하세가와 뇨제칸의 "戰爭の前は憤怒なり、戰爭の中は悲慘なり、戰爭の後は滑稽なり。"라는 문장과 근사하다. 또한, 이상의 「空腹」(誰ハ俺ヲ指シテ孤獨デアルト云フカ / コノ群雄割據ヲ見ヨ / コノ戰爭ヲ見ヨ / 俺ハ彼等ノ軋轢ノ發熱ノ眞中デ昏睡スル)를 상기시키기도 한다. 임종국, 앞의 책, 251면.

는 한편, '나는(두개골과 같이 웃으면서) 분노한다'라고 선언하고 있는 것은 아닌가.18)

여기까지의 분석을 통해 첫머리에서 미리 지적했던 바와 같이, 중국어 백화문 삽입부는 하나의 의미 조합으로서 작품 속에 내장되어 있었다고 단언해도 좋을 것이다.

그리고 앞에서 본 『상하이』 수용의 실태 분석을 정합하여 생각하면, 〈지도의 암실〉은 '5·30 사건'을 기초로 하는 요코미쓰 리이치의 『상하이』에서 구상을 얻으면서, 현실에 일어난 '상하이사변'을 계기로서 요코미쓰에 제시된 세계도(또는 삼키가 머릿속에 간직한 '동아의 소용돌이')와 요코미쓰의 삼키에 의해 표현된 동양 주의에 대한 곤혹이 나타나 있다고 할 수 있겠다.

계속해서 이 점에 대해서 두 작품 각각의 암실의 구조를 제어하는 주체 측의 "마음"의 행방과 "죽음"의 논리의 상이함을 부분적으로 검증해 보겠다.

4. 논리적 또 윤리적 차이 : "마음"과 "죽음"의 문맥

『상하이』의 삼키가 머릿속에 간직한 '지도'(=동아의 소용돌이)와 '손가

---

18) 물론, 현대시에 있어서의 숫자의 시학의 흐름에, 노장과 禪적인 사상을 도입하는 일본의 다다이즘의 모습도 상기시키고, 헤겔의 논리학(三一론)을 시야에 넣어 논의를 (예를 들어, 숫자를 사변적 진리에 반대하기 위한 수단으로서 그 사변적 진리 되는 것이 배리인 것을 지적한다) 전개할 수 있을 것 같은 문장이다.
최근의 연구에서는, 5번의 「二」와 「三」을 "각각 여자과 남자의 상징"으로서 파악하는 해설도 있다. 이경훈, 「〈一九三一年(作品第一番)〉에 대한 몇 가지 주석」, 이상문학회, 『이상시작품론』, 도시출판 역락, 2009, 183면

락'과 관련된 '여송연'을 관련지어 구성할 수 있었던 것은, 중국의 민족 운동을 상징하는 방직공장 노동자들의 데모가 잔혹하게 탄압되는 '시가전' 때문이었다. 그 '시가전'을 목격한 뒤, 자신의 "마음의 위치"를 반성해 본 결과 삼키는 '다시 그 자신이 일본인인 것을 의식하고" "본능대로 자살을 결행하려고 하고 있는 자신을 깨달았다"는 것이다.

그런데 앞에서 인용된 것처럼 <지도의 암실>에서도 『상하이』와 유사한 스토리가 진행되고 있음을 알 수 있다. '암실' 안에 있으면서도 '그'는 '시가로'의 사건 즉 '방대한 동아의 소용돌이'를 목격하고, '새롭게 만들어진 무덤'으로부터 흩어지는 '각국의 웃음'을 참으면서, 몇 번이나 몇 번이나 자살하려고 한 사실을 고백하고 있다.

그러나 '마음의 위치'를 측정하는 작업과 관련되는 '자살', 이것은 『상하이』의 요코미쓰와 <지도의 암실>의 이상의 사고 회로의 친화성을 가리키는 것이지만, 배후에 있는 '마음'과 '죽음'의 윤리 및 논리의 차이를 간과해서는 안 된다. 요코미쓰가 삼키에게 '자살'을 생각하게 한 것의 문맥상의 이유는 '그는 자신에게 자살을 유도하는 모국의 동력을 느낌과 동시에" "그는 자신의 생각이 사말석인 것이 아니라, 모국에 의해서 강요당한 것이라는 느낌이 들었다. 이제 그는 스스로 생각하고 싶다. 그건 아무것도 생각하지 않는 것이다. 그가 그를 죽이는 것"[19]라고 한 것처럼 '모국'이라는 윤리적 갈등이다. 삼키가 자살을 생각한 것은 '모국'에 대한 책임과 '개인'의 자유 사이의 모순 때문이며, 또 모국으로 돌아갈 수 없어 식민지 도시 상하이를 부유하는 이국인이라는 자기 인식에서 기인하는 허탈감 때문이었다. 이에 비해, 이상의 '그'를 괴롭혔던 것은 문명의 '옷'이 갖는 근거와 새로운 무덤을 계속 만들어내는 '각국의 웃음'이

---

19) 이상사후, 1938년 10월 동인지 『貘』에 게재. 임종국, 앞의 책, 235면.

며, 또 그 웃음에 삼켜진 자국의 현실이었기 때문에 '그'에게 '자살'은
어디까지나 '권해진 것'이자, '학습'이며, '죽음'에 대한 '역설', 다시 말
해 죽음에 대한 '거절'이었던 것이다. 그것을 구체적으로 보여주는 유고
중의 하나를 살펴보자.

> 내 마음의 크기는 한개 卷煙 기러기만하다고 그렇게 보고,
> 處心은 숫제 성냥을 그어 卷煙을 붙여서는
> 숫제 내게 自殺을 勸誘하는도다.
> 내 마음은 果然 바지작 바지작 타들어가고 타는대로 작아가고,
> 한개 卷煙 불이 손가락에 옮겨 붙으렬 적에
> 果然 나는 내 마음의 空間에 마지막 재가 떨어지는
> 부드러운 音響을 들었더니라.
>
> 處心은 재떨이를 버리듯이 大門 밖으로 나를 쫓고,
> 完全한 空虛를 試驗하듯이 한마디 노크를 내 옷깃에 남기고
> 그리고 調印이 끝난듯이 빗장을 미끄러뜨리는 소리
> 여러번 굽은 골목이 담장 이 左右 못보는 내 아픈마음에
> 부딪혀 달은 밝은데
> 그때부터 가까운 길을 일부러 멀리 걷는 버릇을 배웠더니라[20]

『이상전집』에서는 〈무제〉라고 표기되고 있고, 쓰인 시기 역시 불명
이지만, 앞에서 인용한 『상하이』의 ⓐ, ⓒ와 비교하여 읽어 보면 상당히
흥미롭다. "현실이라고 하는 것은, 자신에게 있어서는, 이 시든 여송연의
잎일까, 머릿속의 지도일까,"[21]라고 고민하는 『상하이』의 삼키가 손에
들고 있는 그 여송연은, 지금은 확실히 이상의 손에서 소리를 내면서 그
의 마음을 흔들고 있다고까지 말할 수 있다. 다만 「무제」에서 '處心'(『상

---

20) 이상사후, 1938년 10월 동인지 『貘』에 게재. 임종국, 앞의 책, 235면.
21) 〈시병과 탄환〉 2.

하이』에서의 '본능')의 역할은 '자살'을 권유하는 것이지만, '나'에게 있어서 '자살'이란, '구부러지는 골목'의 담에 '아픈마음'을 부딪치면서, '가까운 길을 일부러 우회하는' 요령을 배우는 과정, 즉 '공허한 테스트'로서 위치하는 것이다. 확실히 <무제>에서의 '나'와 같이 <지도의 암실>의 '그'도 같은 과정을 통과하여 아픈 마음을 감싸기 위해 침대로 돌아오곤 했다. 즉, 이상에게 있어서 '자살' 체험은 회의와 논리의 막다른 골목에 내몰린 자의 말로라기보다 역설적으로 '죽음'에 대한 철저한 거절을 의미한다. 요컨대, '나'의 '자살'은 삼키의 자살에 대한 일종의 침묵·아이러니라고 볼 수 있다.

5. 텍스트와 향후의 과제 : 에로센코와 그 밖에

본고의 결론을 정리하기 전에, 이상이 『상하이』를 접한 경위 및 그 밖의 문제를 몇 가지 제기해 두고 싶다.

1920년대의 문화 징지직 환성 가운데에 '지나', '상하이'를 다루었던 언론은 수없이 많지만, 서적유통의 관점에서 본고는 "개조사의 출반물"("改造社もの")에 주목하려고 한다. 조선반도의 신문·잡지 상황의 통계에 의하면, 개조사의 대표지 『개조』가 종합잡지로서 발행량이 톱이며, 소위 '내지' 일본과 같이 시대의 담론 공간을 지배하는 중요한 정보원의 하나였다.22)

덧붙여 『상하이』(연재 당시의 제목은 <모장편>이다. 『개조』 1928년 11월, 1929년 3·6·9·12월, 1931년 1·11월)를 주로, 마에다가와 코우이치로우

---

22) 나카네 타카유키 『<조선> 표상의 문화잡지』, 신요사, 2004, 240면.

(前田河廣一郎)의 ＜상하이 여관＞(＜上海の宿＞, 『개조』 1929년 5월) 과 ＜지나는 움직인다＞(1～3)(＜支那が動く＞, 『개조』 1929년 1～3월), 요시유키 에이스케(吉行エイスケ) ＜상하이의 암흑가＞(＜上海の暗黑街＞, 『개조』 1931년 7월) 등과 그 외에 아쿠타가와 류노스케(芥川龍之介), ＜지나유기＞(『支那游記』 1925년 11월)도 개조사를 통해 간행되었다.

　문제인 『상하이』 텍스트의 루트는 두 개가 있다. 하나는 『改造』이며, 또 다른 하나는 『상하이』 단행본이다. 다만 본고는 『改造』의 連載라고 보는 것이 타당하다로 생각한다. 왜냐하면, 改造社에서 『상하이』 최초의 단행본을 출판된 것은 昭和 7년 7월(1932. 7)이며, 이상이 ＜삼차각설계도＞(＜선에관한각서＞)들을 창작한 것은 1931년 5월 31일부터 9월 12일까지 사이, 발표는 同年 10월, 무엇보다도 ＜지도의 암실＞은 소설 말미에 "1932・2・13"이라고 표기되어 있고, 그해 4월에 발표되었기 때문이다. 비록 그 후에 단행본을 손에 넣을 기회가 있었다고 해도, 최초로 접한 것은 『개조』 잡지로밖에 생각할 수 없다고 단언할 수 있다.

　그러나 1920년대부터 1930년대에 걸쳐 일본을 비롯하여 동아시아의 문학적 담론 공간의 큰 흐름으로서 구미를 중심으로 하는 진보주의・식민주의에 대한 안티테제로서 『상하이』적 동양주의가 현저해지고 있는 한편, 에스페란토에 의해 제창된 평화주의 및 세계주의도 변화하면서 숨쉬고 있었다. 이러한 시대적 분위기의 투영인 듯, ＜지도의 암실＞의 구상 및 표현 형성에 예로센코라고 하는 텍스트가 관련을 맺고 있었다.[23]

　　그는에로시엥코를읽어도좋다 그러나그는본다 왜나를못보는 눈을가졌

---

23) 예로센코가 이상의 초기 작품에 등장하고 있는데, 지금까지는 계속 경원되어 왔다. 양자의 통로를 찾는 시험도 없으면, 문제시하는 목소리마저 들려 오지 않는 것이다. 전후 기간의 전집, 작품집에 대해도, 예로센코에 관한 주해는, 거의 통틀어 사전적 기술 "1889-1952 러시아의 시인"로 그치고 있다

느냐 차라리본다 먹은조반은 그의식도를거쳐서바로 에로시엥코의뇌수로 들어서서 소화가되든지안되든지 밀려나가 던버릇으로 가만가만히시간관 념을 그래도아니어기면서앞선다 그는그의조반을 남의뇌에떠맡기는것은 견딜수없다 고 견디지 않아버리기로한다음 곧견디지않는다 그는찾을것 을곧찾고도 무엇을찾았는지알지않는다[24]

예로센코가 <지도의 암실>에 등장하는 장면이다. '슬픈 먼지'가 '옷에 떨어져'라는 분위기에 예로센코를 굳이 본다고 굴절된 문장처럼 보이지만, 문맥을 더듬어 따라가다보면 그다지 돌출적인 것은 아니다. 왜냐하면 마침 제1장이 끝나고 이어, 타이틀로 간주해도 괜찮은 중국어의 삽입문 "你上那兒去 而且 做甚麼"로 단락 지어지는 제2장의 시작에서 즉 '그'는 '무엇' 인가를 찾는 도중에 예로센코를 언급하고 있는 것이다.

그렇다면 이상은 왜 예로센코를 읽지 않으면 안 되었던 것일까? 거기에는 어디까지 시대에 상응하는 '정황'과 그의 '심정'을 읽어낼 수가 있는 것인가? 이상의 <지도의 암실>에 펼쳐지는 지적 지평과 고뇌를 보다 정확하게 읽어내기 위해서, 이 물음에 대한 고찰이 필요하다. 하지만 지면에 한계가 있으므로 상세한 논고는 다음의 기회로 미루고, 여기에 문제 제기로서 주로 <시간의 할아버지> 및 <인류를 위하여>와의 관련을 제시해 두고 싶다.

널리 알려지고 있는 대로 <시간의 할아버지>는 노신(魯迅)에 의해 번역되어 1922년 12월 1일의 『晨報副刊』에 발표된 것이 최초이다. 그 후 약 한 달 정도 늦게 잡지 『우리들』에서 일본어판이 게재되었다(1923년 1월, 제5권 1호). 북경의 늦가을밤, 시인이라 자칭하는 '나'는 잘 수 없는 밤에 시계의 소리를 들으면서, 인류가 "결국에 퇴화해야 하는 것이 아닌

---

24) 임종국, 앞의 책, 84면.

가"라고 적막인 심정을 토로한다. 거기서 "시간의 할아버지"에게 하나의 우화를 듣는다. 어느 큰 절의 낡은 신들에 인간의 목숨이 제물로 올려지고 있었다. 어느 날 의심을 품은 젊은이가 창을 열어 버렸다. 그러자 창으로부터 내리쬐는 봄 빛에 비추어진 신들은 젊은이들의 머리 위로 부서져 떨어졌다. 희생이 된 젊은이가 "낡은 신들이 부서지지 않고는 인간이 행복하게 될 수 없다"라고 유언을 남긴다. 그런데 살아 남은 젊은이들이 자유의 기쁨에 취한 채 그 말을 잊어버린다. 그 사이 노인들은 몰래 넘어진 신들의 자리를 차지해버렸다고 한다. 이 이야기를 들은 '나'는 가슴이 아파져서, 인류의 행복을 위해서라면 자신의 생명을 바치고 싶다고 침상에서 일어나서 밤하늘을 향해서 외치는 것이다.

한편, 〈인류를 위하여〉는 〈시간의 할아버지〉와 거의 같은 시기에 쓰였다. 어느 큰 마을에 살고 있는 K라고 하는 유명한 해부학자가, 인류를 위해 살아 있는 인간을 해부 실험의 도구로 가져오고 비록 내 자식이라고 하더라도 '저능아(低能兒)', '퇴화아(退化兒)'라면 무자비하게 실험의 대상으로 만들어버린다고 하는 이야기이다. 제3부에는 "도련님, 그렇게 의심해하지 않아도 괜찮아. 개나 소나 새나, 또 물고기도, 내용은 조금도 인간과 다르지 않아. 단지 다른 것은 옷만이야."라는 것처럼 '옷'에 관한 논의가 반복되고 있다.

〈지도의 암실〉을 예로센코의 작품들과 비교해보면, 인류 문명론적 테마가 유사하고, 더욱이 그러한 테마를 표출하기 위해 구사했던 기호('시간' 과 '옷' 등)까지 일치한다는 점이 분명하다. 다만 잘 살펴보면 〈지도의 암실〉과 〈시간의 할아버지〉의 차이를 발견할 수 있다.

〈시간의 할아버지〉에서는 "퇴화한 인류"에 대해 주의를 환기하면서, 주인공의 '나'가 침상에서 일어나서 밤하늘을 향해 불행한 인류를 위해 몸을 바치고 싶다고 외친다.

한편, <지도의 암실>의 '그'는 '원숭이와절교'해야 하는가 고민하면서, '무서운 시간의 힘을' 믿을 수밖에 없고, '끝까지구경하고' 하는 입장에 철저하고, 결국 다시 이불로 되돌아오는 선택을 했다.

가설이지만, 이상이 '그'에게 부여한 '견학한다'라고 하는 입장은 에로센코적 인류주의와 평화주의에 대한 강한 보류로서 파악될 수 있을 것 같다. 덧붙여서, <지도의 암실>에 등장하는 '그'의 네 사람의 분신 가운데 한 명으로 생각할 수 있는 'K'는 어쩌면 <인류를 위하여>의 해부학자 'K'와 관련이 있을지도 모른다.

그런데 예로센코적 인류주의라는 것은 에스페란토라는 실체에 마주하지 않고서는 이야기 될 수 없다. 우연이라고는 생각할 수 없는 것이, <지도의 암실>에서 정확히 에로센코가 등장하는 부분에서 '인류가 아직 만들지 않은 문자'에 대한 소망과 인간과 '문자'의 갈등을 표현하는 대목이 설정되어 있다.

이와 같이 주제와 문맥으로부터 추정하면, 이상은 꽤 신중하게 싸움 상대로서 에스페란토의 상징 즉 에로센코를 호출했던 것이다. 덧붙여 말하자면, 같은 선상에서 당시 김억이 주장한 에스페란토적 '절대 중립'의 세계 문학도 그의 비판적 시야에 들어가 있다고 볼 수 있다.

요컨대 예로센코의 등장은 '말'을 사수(死守)하는 동시에 새로운 '문자'를 찾으려고 한 젊은 작가의 의지에 의한 요청이다.25) 그리고 이데올로기적 경향이 다른 요코미쓰 리이치의 『상하이』와 예로센코를 함께 다룬 것은 시대의 담론을 찢어버리고 자신의 언어를 뽑아내기 시작하려고 하는 작가의 고민과 야망 때문일 것이다. 환언하면 여론을 대표하는 어느

---

25) '인류가 아직 만들지 않은 문자'라는 표현에 주목하고, 이상은 '제4문명'을 탐구하고 있다라고 신범순이 지적하고 있다. 『이상의 무한정원 삼차각 나비─역사시대의 종말과 제4세대 문명의 꿈』, 현암사, 2007, 368-373면.

것과도 다른 자신의 입장을 형성하려고 한 것은 아닌가.

이상과 같이 〈지도의 암실〉에는 풍부한 음화(陰畵)가 존재한다. 조금 과장되게 말하면, 이상의 문학적 지평을 형성하는 대부분의 요소가 여기에 포함되어 있다고 볼 수 있다.

그러한 의미로 마지막으로, 두 명의 인물에 대해서도 언급해두고 싶다. 그들은 김소운과 하세가와 뇨제칸(長谷川如是閑)이다.

〈지도의 암실〉의 특징 중 하나는 추상화와 같은 문체와 동화적 문체의 혼재라고 할 수 있다. 그것은 에로센코가 등장한 제2장에 집중해 나타나고 있다. 예를 들어면 "에로시엥코를 읽어도좋다"라고 하는 일절에 이어 "태양은제온도에조을린것이다"로 시작되는 단락이다.

거의 도외시되고 있었지만 이상은 조선 아동문학에 직접 관계하고 있었다. 유고 〈이兒孩들에게장난감을 주라〉에서 그는 "遊戱 않는 兒孩란 있을 수 없다. 遊戱를 出張한다. 遊戱를 要求한다"[26]라고 요행도 없게 당시의 아동문학 문단을 의식한 발언을 하고 있다. 그리고 실은 이러한 아동의 본능 존중의 주장의 배후에는 이상과 친교가 있었던 김소운의 그림자가 있다. 김소운은 이상이 〈지도의 암실〉을 쓰고 있었을 때, 한반도에 전승되고 있는 동요를 수집해, 1933년에 『조선동요선』을 출판했다(이와나미 문고). 그 서문 〈순서에 대신―조선의 아동들에게〉에서 '예술상에서나, 민족 문화 상에서나, 세계주의적 입장을 취하는 것을 받아 들어가기 어렵지만, 실생활에 있어서는, 이 말을 거절할 수 없는 사람에 되어버려다. 그렇지만 나는 자신의 자랑을 잊지는 않는다'라고 굴절한 심정을 토로하고 있다. 김소운의 문학적 영위는 당시 조선 아동문학을 뒤덮은 "동심 천사주의"와 "계급 주의 문학"을 동시에 넘으려고 한 것

---

26) 임종국, 앞의 책, 310면.

이라고 한다면, 이상은 김소운과 공통인식을 가지고 있었다고 추측해도 이상하지는 않을 것이다. 뿐만 아니라 김소운이 1934년에 조선 아동 교육회를 시작했을 때, 이상(및 九人會의 친구 박태원)은 회지 『아동세계』의 편집을 담당하고 있었다.27)

하세가와 뇨제칸은 『我等』(후에 『비판』으로 타이틀이 바뀜, 1934년에 종간)의 주최자이며 이 잡지의 머리말 등의 지면에 군국주의나 국가주의를 통매하는 "현대 국가비판" "일본파시즘 비판" 등 많은 논고를 발표하고 대정데모크러시의 선도자로서 일본 또는 중국과 조선의 지식인이나 젊은 학생들에게 막강한 영향력을 행사했다.

예로셴코도 <시간의 할아버지> 등 많은 작품을 『我等』에 기고하고 있었으며, 그의 작품집 『인류를 위하여』의 서문을 쓴 것도 하세가와 뇨제칸이다.

덧붙여 <시간의 할아버지>를 게재한 호의 머리말에 뇨제칸은 <一의 글자의 不可思議>라는 글을 싣고 있다. 노상의 복술가인 '나'는 "감기에 걸리고, 불결하지만 남향의 따뜻한 2층에서 오랜 시간 자거나 일어나거나 하고 있었다." 매일이 지루함을 숨기기 위해서 파리를 죽이거나 그 수를 확인하거나 하지만, 셈이 맞지 않는 것에 고민한다. 그리고 진짜 복술가로 보이는 남자에게 '숫자의 임금님 1의 글자'의 철리를 배운다. 글의 배경의 설정과 주역적 표현 등이 <지도의 암실>의 서두와 삽입부의 중국어에 방불케 하는 점이 많다. 이와 함께 에로셴코 및 뇨제칸은 <지도의 암실>의 또 하나의 텍스트라고 추정해, 확인 작업을 전개할 필요가 있다.28)

---

27) 『아동세계』 편집부에서 이상과 김소운, 박태원 세 명이 함께 찍은 사진이 한 장 남아 있다. 김주현 『이상문학전집』 2 부록, 240면.

28) 예를 들면 『我等』에 연재한 <한 마음의 자서전>(제3권 제1호와 제2호, 1921)와의 관련도 검증할 필요가 있다. 다른 기회로 미룬다.

6. 새롭게 나타난 음화(陰畵)들의 재확인

본고는 이상 연구에 있어서 지금까지 계속 간과해 온 요코미쓰 리이치(橫光利一) 『상하이』의 수용문제를 중심으로, 텍스트의 비교적 고찰을 통해 이상의 〈지도의 암실〉에 나타난 1930년대의 국제도시 "상하이"의 음영을 파악하면서, 작품에 대한 새로운 해석을 시도했다.

이상 문학의 기점을 이루는 중요한 텍스트 〈지도의 암실〉은 요코미쓰의 『상하이』에 착상을 얻고 있다. 특히 〈지도의 암실〉은 요코미쓰 리이치적 문명관에 대한 일종의 역설적인 발언인 동시에 '제1차 상하이 사변'에 충격을 받은 시인의 내면적 곤혹(삽입된 중국어가 암시하고 있는 것처럼)에 의한 요청이라고 할 수 있다.

그 밖의 문제로 이상 문학에서 동화적 문체가 혼재되어 있다는 사실에 주목해 향후 과제로서 다음 세 가지 문제를 제기했다.

① 이상과 예로센코. 〈지도의 암실〉과 예로센코의 대표작 〈시간의 할아버지〉 등의 관련성을 간과해서는 안 된다. 예로센코를 대표로 하는 평화주의·세계주의, 그리고 동심주의(童心主義) 사상과 관련하여 이상 문학과의 연관성을 살펴볼 필요가 있다.

② 이상과 김소운. 〈지도의 암실〉에 혼재되어 있는 동화적 문맥을 포함해 김소운의 영향, (특히 『아동 세계』 시기에 있어서의 이상의 활동) 문제에 관한 고찰은 필수적일 것이다.

③ 이상과 하세가와 뇨제칸(長谷川如是閑). 하세가와 뇨제칸은 북동 아시아 문학의 형성에 큰 위치를 차지하고 있는 작가이다. 이상에 있어서의 하세가와 뇨제칸 수용의 위상 특히 『我等』과의 관련을 분명히 하는 것이 이상 문학의 광대한 지평을 개척하는 중요한 과제일 것이다.

요컨대 <지도의 암실>을 비롯하여 이상 문학은 동아시아의 "위기적 정황"에 직면하면서, 소위 문명의 구조 및 본질을 궁구하려고 한 피식민지의 모더니스트의 야망과 굴절의 표상 그 자체이며, 동북아시아에 있어서의 문학적 표현과 일본 근현대문학과의 공진(共振)의 양상을 나타내는 각별히 중요한 텍스트이다. 즉 요코미쓰 리이치(및 에로센코・하세가와 뇨제칸) 수용은 동북아시아 작가들이 같은 사회 정치 문제와 표현논적 문제에 국제적으로 조우한 체험을 공유하고 있던 것을 나타내 보이고 있다. 시대적 공통되는 과제와 표현자들이 각각 놓여져 있던 다른 경우, 거기에서 생기는 곤혹과 동요야말로 동북아시아 현대문학의 근저를 이루고 있다고 생각할 수 있다.

참고문헌

김윤식, 『이상문학텍스트연구』, 서울대학교출판부, 1998.
한국현대시학회, 『20세기한국시의 사적 조명』, 태학사, 2003.
이상문학회편저, 『이상시작품론』, 도서출판 역락, 2009.
권영민 편저 『이상문학연구60년』 문학사상사, 1998.
신범순, 『이상의 무한정원 삼차각 나비―역사시대의 종말과 제4세대 문명의 꿈』, 현암
        사, 2007.
三枝壽勝, 「이상의모더니즘」, 김윤식, 『李箱문학전집』 5부록, 문학사상사, 2001.

井上聰, 『橫光利一と中國 ―「上海」の構成と五・三〇事件』, 翰林書房, 2006.
中根隆行, 『＜朝鮮＞表象の文化誌』, 新曜社, 2004.
和田博文ほか, 『言語都市・上海』, 藤原書店, 1999.
劉建輝, 『魔都上海　日本知識人の「近代」体驗』, 講談社, 2000.
改造社, 『新興文學集』, 『現代日本文學全集』 50, 1929.
芥川龍之介, 『支那游記』, 改造社, 1925.
崔眞碩, 『李箱作品集成』, 作品社, 2006.
岩波書店, 『長谷川如是閑集』, 1～6卷, 1989～1990.
高杉一郎編譯, 『エロシェンコ全集』, みすず書房, 1959.
竹田晃編, 『中國幻想小說傑作集』, 白水社, 1990.

＊이상전집(임종국・이어령・김윤식・김주현) 橫光利一전집 등 생략.

이상 〈소영 위제〉와 요코미쓰 리이치 "朝鮮人像"의 갈등*

〈푸른 대위〉 및 『상하이』를 중심으로

란명(蘭明)

1. 요코미쓰 리이치 수용의 계기를 다시 찾는다

동아시아 문학 및 역사 연표를 이상 연보와 비교해보면 다음과 같은 흥미로운 점이 눈에 띈다. 이상이 작품활동을 시작하는 시기인 1929년에는 『개조』에 요코미쓰 리이치의 『상하이』가 '한 장편'이라는 제목으로 연재되었는데 이 작품이 급변하는 동아시아의 정치적 상황을 예리하게 포착하고 있다는 점,[1] 그리고 '滿洲事變'(1931)과 '上海事變'(1932)이 일어난 때는 이상이 자신의 작품 대부분을 쓰고 발표한 시기라는 점이 그것이다.

요코미쓰 리이치 또는 이상에 대한 풍부한 기존의 연구들에서도 이상

---

* 본 논문은 2008년 10월 12일 도쿄에서 개최된 제32회 국제 일본 문학연구 집회(인간문화연구 기구국문학연구자료관)에서 구두 발표한 후 『일본연구』(제38호, 韓國外國語大學校 日本研究所, 2008, 187-209면)에 게재한 일본어 논문을 고쳐 쓴 것이다.
1) 1925년 상하이에서 일어난 반제국주의혁명운동인 "5·30사건"를 배경으로 한 소설이다.

의 요코미쓰 수용에 관한 지적이 있었지만[2] 그 대부분은 표현 수법의 유사성에 주목한 것이고, 요코미쓰의 동아시아에 대한 태도 즉 그의 동양주의적 사상과의 관련성을 언급하지는 않았다.

이러한 문제제기에서 출발하여, 필자는 「이상 <지도의 암실>을 부유하는 "상하이"」를 통해, 이상의 소설 <지도의 암실>과 "상하이 사변" 및 요코미쓰 리이치의 『상하이』와의 관련성을 고증하면서 이상에 있어서의 요코미쓰 리이치 수용의 사상적 성격을 지적했다. 본고에서는 주로 이상의 <삼차각설계도> 등 시 작품들과 『상하이』의 관련성 더 나아가 <소영 위제>를 다루면서 지금까지 간과되어 온 이 작품과 요코미쓰의 조선 체험에 근거해서 그려진 <푸른 대위(靑い大尉)>와의 관계 즉 요코미쓰의 "동아" 및 "조선인"에 관한 담론과의 갈등을 계속하여 확증하고, 이상의 요코미쓰 수용의 내재적 계기를 밝히기 위한 시론이다. 환언하면 이상 문학의 성질의 재확인을 위해서 그의 문학적 영위(營爲)에 있어서의 요코미쓰 리이치의 특별한 의미를 파악하려고 하는 것이다.

2. 『상하이』 수용에 관한 "각서"
: <삼차각설계도>의 수수께끼 풀기

이상이 모더니즘 시인으로서 많은 작품을 발표한 것은 1931년부터였

---

2) 초기 단계부터 이상과 요코미쓰에 관한 비교 연구에 착수해 온 것에 대해, 사노 마사토가 「한국 모더니스트의 일본 문학수용—이상의 시와 요코미쓰 리이치를 중심으로」(<제14회 국제 일본 문학연구 집회 회의록>, 国文学硏究資料館 1991, 102면)에서 <機械>의 문체에 대해서, "일본의 모더니스트들보다 이상 쪽이 더 본질적인 차원에서 받아들이고, 그 가능성을 전개시켰다."라고 지적하고 있다. 이외에 최진석은 <金裕貞>과 <機械>, <날개>와 <눈으로 보인 이> 등의 장면 또는 수법적 유사성과 차이점을 지적하고 있다. 『李箱作品集』, 작품사, 2006, 349-352면.

다. 그해에 이상은 『조선과 건축(朝鮮と建築)』에 일본어로 쓴 시 〈이상한 가역반응(異常ナ可逆反応)〉(7월호)에 이어서, 〈삼차각설계도(三次角設計図)〉를 발표한다(10월호). 후자는 〈선에관한각서(線に關する覺書)〉라고 하는 7편의 지극히 기묘한 시들로 이루어지고 아직도 정체가 해명되지 않고 있는 것이 많다. 예를 들면, 다음과 같은 것이다.

> 彈丸が一円壔を走った(彈丸が一直線に走ったにおける誤謬らの修正)
> 正六砂糖(角砂糖のこと)
> 瀑筒の海綿質填充(瀑布の文學的解說)
>
> 탄환이일원도를역주했다(탄환이일직선으로질주했다에있어서의오류등
> 의수정)
> 정육각탕(각설탕을칭함)
> 폭통의해면질전충(폭포의문학적해설)3) (밑줄 필자)

이것은 불과 3줄로 이루어진 〈선에관한각서 4〉의 전문이고, 여기에 '미완성원고'라는 표기와 "1931. 9. 12"의 일자가 붙이고 있다. 지금까지는 모자이크적기술에 의해 구도 된 3줄의 내용이 '서로 아무 관련성도 없다',4) '시인의 세계인식의 측면을 잘 드러내 주지만 문학적인 성취도는 미숙하다고 할 수밖에 없다.', '이에 대한 지나친 의미부여는 본질을 호도하는' 위험성이 있기 때문에 '엄격한 가치 판단이 요구된다 하겠다'5) 등의 지적이 있다. 그러나 납득할 만한 구체적인 해석이 없고, 이 시는 풀 수 없는 암호인 채로 남겨져 있다.

---

3) 임종국, 『이상전집』, 문성사, 1966, 331면.
4) 사이구 토시가쓰, 「이상의 모더니즘」, 김윤식 편저, 『李箱문학전집』 5, 부록, 문학사상사, 2001, 273면.
5) 김주현, 「텍스트부터 잘 못되어 있다─이상 문학 연구의 문제점」, 권영민 편저, 『이상 문학 연구 60년』, 문학사상사, 1998, 399면.

그런데 이 이상한 활자의 덩어리를 요코미쓰『상하이』의 일부에 비추어 보면, 상황이 일변한다.

　圓筒から墜落する瀧の棉。廻るローラー。奔流する棉の流れの中で、工人達の夜業は始まつていた……噛み合ふ齒車の面前を、隊伍を組んだ絲の大群が疾走した。6)

　원통으로 추락하는 폭포의 솜. 회전하는 롤러. 분류(奔流) 하는 솜의 흐름속에서, 노동자들의 밤일은 시작되고 있었다……서로 맞물리는 톱니바퀴의 면전(面前) 을, 대열을 짠 실의 무리가 질주 했다. (역과 밑줄과 생략, 필자)

　주인공 삼키(參木)의 눈에 비치는 노동자의 폭동이 일어나기 직전의 외국자본(일본)이 지배한 紡織工場 밤일의 장면이다. 이 장면에 뒤이어 노동자들의 리더이며 공산당원인 방추란(芳秋蘭)에게 삼키가 "당신들 마르크시스트는 서양과 동양의 문화의 속도가 같은 것이라고 생각하는 듯이 보입니다만, 그런 오류로 인해, 단지 뛰어난 인재를 희생시킨 뿐인 것처럼 생각됩니다"7)라고, 구미 열강에 잡아져 버리는 것보다, 같은 동양인 일본이 무엇이든 해야 한다는 자신있는 "동양대 서양"론을 서툰 영어로 피력한다. 하지만 방추란은 '그건 당신이 동양주의자이기 때문이'라고 말을 되받는다.

　이상의 시의 밑줄 친 부분에 유의하면서, 여기에 인용된 『상하이』의 문장을 비롯해 <쓰레기터의 의문>(<掃溜の疑問>)으로부터 <지병과 탄환>(<持病と彈丸>)까지의 문맥을 잘 읽으면 일견 기묘하기 짝이 없는 이

6) <쓰레기터의 의문> 2, 『개조』, 1929년 6월호, 3면.
7) <쓰레기터의 의문> 3, 11면.

상의 "각서"는 『상하이』의 요소와 얽혀 있는 것이 보인다. 요코미쓰적 모티프 '원통', '직선', '탄환', '질주' 등(미래파 이래의 모더니즘적 공통의 미학의 표출)과의 일치를 확인할 수 있다. 즉 시각적 속력이 나타내는 표현을 추구하는 지향이 두 작가에게 공통점이다. 또한 이와 동시에, 요코미쓰를 경유해서 형성된 이상적 수법, 덧붙여 그 과정에 숨겨져 있는 이상의 복잡한 심중을 추측할 수도 있다('폭포'와 '해면'이 「상하이」의 흔적이 분명하다).

 그러면 각 행에 따라 자세하게 검토해보기로 하자. 우선 1행에서 눈에 띄는 것은 '원통'이며, 이것과 관련되는 것으로, 지도투영법의 '원통도법'이 있다8)(건축기사이기도 한 이상이, 이 정도의 지식은 당연히 가지고 있었을 것이다). 그 다음에, '탄환'이 '직선' 또는 '원'을 달린다고 하는 것은, 요코미쓰가 좋아하는 모티프의 하나다. 『상하이』 외, 단편 〈정원〉에도 다음과 같은 대목이 있다. "그는 자신의 영혼이 일직선적으로 달린다는 것이라고는 생각하지 않았다." "그는 총구를 태양으로 향해서 노려보았다. 태양은 총구의 앞으로 빛나면서 쑥쑥 회전했다. 한 의사(意思)가 광선과 등속도를 가지고 태양에 역행했다. 일순간, 20만 년의 도역(倒逆)의 역사가 총구의 첨단에 집합했다."9) 즉 '탄환'이 '직선'에서 '원'으로 궤도를 수정한다고 하는 표현에는, 요코미쓰에서 읽어낸 물리적 표현에 정치적이고 사상적인 의도를 함축시키는 구조가 내장되어 있는 것이다. 덧붙여서 "지구는빈집일境遇封建時代가눈물나리만큼그리워진다", "사람은절망하라, 사람은탄생하라, 사람은절망하라"라고 하는 표현으로 각각 끝맺고 있는 〈선에관한각서 1〉과 〈선에관한각서 2〉도 같은 구조를

---

8) 『일본국어대사전』 제이권, 소학관, 1979, 284면.
9) 『新選 橫光利一集』, 개조사, 1928, 245면. 〈정원〉은 이상의 복수의 작품에 영향을 주고 있다. 같은 선상에 미야자와 겐지와의 관계도 볼 수 있다. 별도로 고찰해야 한다.

취하고 있다.

요컨대 1행에서는 『상하이』의 노동자 폭동을 예감케 하는 紡績 工場의 製綿풍경의 묘사에서 때와 장소를 한정하는 정보를 지워 버려, 요코미쓰가 '분류하는 솜의 흐름'을 통해 보려고 하는 근대 문명의 속도와 행방, 즉 '지구'적의 사정 및 그 사정을 파악하는 방법, 이 이중적 의도를 훌륭하게 포착했던 것이다. 피식민지 시인으로서 이상은 요코미쓰의 주인공 등에 공명과 저항을 느끼면서, "직선은원을살해했는지"(<이상한가역반응>)이라고 하는 굴절된 문맥을 통해, 서양적 진보주의와 동양적 순환론이 조우하는 표상을 재구성하려고 한 것은 아닌가.

어떤 의미에서는 이상이야말로 요코미쓰의 이해자라고 말할 수 있는 것일지도 모른다. 요코미쓰는 『개조』의 연재를 『상하이』라는 제목으로 출판하는 것에 소극적이었다. 왜냐하면, 그의 애초의 의도는 "자신이 사는 비참한 동양을 한 번 알아보고 싶다"10)라고 하는 것이고, 그가 쓴 것은 현실이 상하이가 아니고, 어디까지나 <동양의 쓰레기장>으로서의 "상하이"였기 때문이다.

다음으로 2행을 보자.

'正六砂糖'은 '정육면체'와 '각설탕'을 합성한 표현이다. 일부러 '각설탕'을 고집하는 이유가 무엇인가, 그리고 이 표현의 이면에 구체적으로 어떤 사정이 있어, 또 『상하이』와는 어떻게 관련되어 있는지를 생각해 보기 위해서, 보조적으로 『조선과 건축』에 게재한 <건축무한육면각체>(1932년 7월호)의 제일편 <AU MAGASIN DE NOUVEAUTES>을 맞추어 같이 읽어 보는 것이 좋을 것이다.

　　四角の中の四角の中の四角の中の四角の中の四角。

10) 단행본 『상하이』 서문, 『橫光利一全集』 제16권, 河出書房新社, 1987, 370면.

四角な円運動の四角な円運動の四角な円。

石鹼の通過する血管の石鹼の匂を透視する人。

地球に倣つて作られた地球儀に倣つて作られた地球。

去勢された襪子。(彼女のナマへはワアズであつた)

貧血緬包、アナタノカホイロモスヅメノアシノヨホデス。

平行四辺形對角線方向を推進する莫大な重量。

マルセイユの春を解纜したコテイの香水の迎へた東洋の秋。

快晴の空に鵬遊するZ伯号、回虫良藥と書いてある。

屋上庭園、猿猴を眞似てゐるマドモアゼル。

彎曲された直線を直線に走る落体公式。

文字盤にⅫに下された二個の濡れた黄昏。

ドアアの中のドアアの中の鳥籠の中のカナリヤの中の嵌殺戸扉の中
のアイサツ。

食堂の入口迄來た雌雄の様な朋友(トモ)が分れる。

黒インクの溢(コボ)れた角砂糖が三輪車に積荷(ツマ)れる。

名刺を踏む軍用長靴。街衢を疾驅する造花金蓮。

(後略)

사각형의내부의사각형의내부의사각형의내부의사각형의내부의사각형.

사각이난원운동의사각이난원운동의사각의난원.

비누가통과하는혈관을투시하는사람.

지구를모형으로만들어진지구의를모형으로만들어진지구.

거세된양말.(그여인의이름은워어즈였다)

빈혈면포,당신의얼굴빛깔도참새다리같습네다.

평행사변형대각선방향을추진하는막대한중량.11)

마르세이유의봄을해람한코티의향수의마지한동양의가을12)

---

11) "평행 사변형의 중량"은, 보일의 법칙을 기초로 하는 죽음을 상상하는 이미지이다. 〈지
도의 암실〉에도 같은 이미지를 이용하고 있었다. 덧붙여서 요코미쓰의 〈정원〉에는 주
인공이 보일의 법칙을 근거로 자신의 사후의 영혼이 목성에 도착하는 시간을 계산하고
있었다. 양자의 관련성을 생각할 수 있다. 앞의 책, 『新選 橫光利一集』, 244-245면.
12) '동양의 가을'은 개조사의 초대를 받고, 1922년 10월 8일 마르세이유로부터 일본우편선

쾌청의공중에붕유하는Z백호.13) 회충양약이라고씌어져있다.14)

옥상정원.15) 원후를흉내내이고있는마드무아젤.

만곡된직선을직선으로질주하는낙체공식.

시계문자반에XII에내리워진일개의침수된황혼.

도아ー의내부의도아ー의내부의조롱의내부의카나리야의내부의

감살문호의내부의인사.

식당의문깐에방금도달한자웅과같은붕우가헤어진다.

파랑잉크가옆질러진각설탕이삼륜차에적하된다.

명함을짓밟는군용장화. 가구를질구하는조화금련.

(후략)

말할 필요도 없이 육면 입방체라고 하면, '각설탕' 이외에도 '상자'를 떠올릴 수 있다.

상자의 각면은 사각형이다. "사각형의내부의사각형의내부의사각형의내부의사각형의내부의사각형"이라는 것이, 상자 안에 상자를 또 상자를

기타노 마루(北野丸)에 승선하고, 11월 17일에 고베에 상륙한 아인슈타인의 일본 방문을 암시한 것으로 볼 수도 있다.

13) 1929년 8월 19일 미국에서 출발한 'Z伯호'가 일본을 방문한 것은 다음날의 8월 20일, 각 신문이 크게 채택하고 있었다. 이시히신문 서간은 "大歡聲に迎えられてZ伯号帝都の 空に入る", "午後四時三十五分ーサイレン高く鳴り響く中を巨体悠々旋回航進す"라는 큰 표제 아래 사진을 첨부해서 보도했다.
'Z伯호'를 근대의 표상으로 그린 것은 고가 하루에(古賀春江)의 유화 <海>(1929년 "二 科會"에 입선)이다. 여기에는 하늘에 유유하게 날아다니는 Z伯호, 바다 안에는 내부가 보이는 潛水艦이 그려져 있다. 'Z백호"는 또한 키타하라 하쿠슈(北原白秋<ツエツペリン 伯號に寄す>) 등 일본시인의 작품에 등장하기도 한다.
14) '회충약'은 당시 관심을 모은 화제의 하나이다. 백화점의 옥상에서, 비행선을 날리고, 거대한 광고를 내거나 하고 있었던 것이다. 김연수(2005), 「시인의 상상력, 詩 안에만 가두지 말라」, 『동아일보』 2005년 4월 23일, B3.
15) 미쓰코시 경성지점의 옥상. 미쓰코시 경성지점(한반도 최초에 개업한 백화점, 현재 '신 세계백화점'. 서울 명동)의 개점은 1930년, 1914년 낙성한 미쓰코시 니혼바시 본점과 거의 같이 르네상스 양식의 지상 5층 지하 1층 철근건물. 최신 설비가 설치되어 있었 다. <九人會>리더, 이상의 친구 편석촌(김기림)의 산문시 <옥상 정원>가 이 백화점을 제재로 하고 있다(『조선일보』, 1931년 5월 31일). 이상은 의도적으로 친구에게 호응했 다라고도 생각된다.

삽입한다고 하는 상자적인 무한번식의 과정, 또는 '탄환'과 같이 질주하는 근대 문명의 허상과 주체의 의식과의 교섭 과정의 표상으로서 보여지는 것이다. 즉 이 작품은, 상자의 카메라옵스큐라적인 기능을 방법적으로 최대한 이용하고 있었던 것이다.

1920년대 전후로, '상자'는 하나의 표현 장치로서, 그 형태 그대로 여러 예술가들 특히 뒤샹 등에 의해 많이 받아들여졌다. 건축을 전문으로 하면서 裝幀 등도 손수 다루고 있었던 이상이, 이 형태의 성질을 숙지하고 그 기능성에 매료되어 있었던 것은, 필명까지 '상자'로 한 것에서도 엿볼 수 있다.16)

그래서 이 상자를 열어 보면 안에서는 시대의 모드로서 당시의 신문 등을 흔든 아인슈타인의 일본 방문, "지구는 하나이다"라고 인상을 남길 수 있었던 Z백호의 세계일주 비행이 항공사상의 장거, 미츠코시 경성 지점 및 그 옥상 정원의 카페(대표작인 소설 〈날개〉의 라스트 신에 등장한다)의 개업 등등, 과학적 진보에 발맞춰 격렬하게 변화하는 도시의 풍경, '군용 장화'와 '조화금연'이 교착하는 거리를 감도는 정치적으로 위험한 냄새가 가득 담겨 있는 것이다. 문제의 '정육설탕'을 고집하는 이유는 우선 '상자'와 같은 '형태'에 있음이 틀림없다. 그리고 '각설탕'이라고 일부러 설명하고 있는 점으로 하면, 시인의 의도는 이 이미지가 가지고 있는 조형성과 시사성 즉 두 개의 측면에서 파악해야 한다.

요컨대 '각설탕'은 〈건축무한육면각체〉의 제일편 〈AU MAGASIN DE NOUVEAU TES〉의 축사로서 생각할 수 있다. 그것은 시인의 표현 방법 가운데 실험적 기호인 한편, 시인이 파악하고 있는 역사적 정황의

---

16) '이상'라고 하는 필명에 대해서는 지금까지는 주로 '소리'로부터 잡을 수 있어, '異常', '理想', '以上' 등이라고 해석되어 왔다. 그것은 자연스러운 연상이지만, 오히려, 이상은 음악가와 다르고, 건축가이며, 화가이며, 형태에 의해 정신성을 느끼고, 형태에 말을 생성하는 성질의 주인인 점에 주의하고 싶다.

표상이라고 할 수 있다.

　문제의 '정육설탕'을 고집하는 이유는 우선 '상자'와 유사한 '형태'를 가지고 있을 것임에 틀림없다. 그리고 일부러 '각설탕'이라고 설명을 한 것을 보면, 시인의 의도는 이 이미지가 가지고 있는 조형성과 시사성 즉 두 개의 측면에서 파악해야 한다.

　즉 '각설탕'은 <건축무한육면각체>의 제일편 <AU MAGASIN DE NOUVEAU TES>의 축사로서 생각할 수 있다. 시인의 표현 방법에 있어서의 실험적 기호인 한편, 시인이 파악하고 있는 역사적 정황의 표상이라도 있다.

　인용문의 하단부를 장면화(場面化)해보면 '검은 잉크'(커피)에 녹아 가는 각설탕은 '사각의 원운동'을 반복하면서 확실히 시의 제일행 '직선'에서 '원'으로의 "수정"이라고 하는 표현과 부합하고 있다.

　그럼, 마지막 행 "폭통의해면질전충(폭포의문학적해설)"의 의미는 어떤 것일까. '해면질'은, 본래 골격하 용어이다.17) 그런데 시인은 왜 이 표현을 '폭포'의 이미지와 결합했는가. 또 그것을 통해 무엇을 표출하려고 했는가. 타당한 의미 측정의 열쇠는 역시 요코미쓰의 『상하이』에 있는 것 같다. 우선 표현으로서는 앞에 인용한 『상하이』의 방직공장 특유의 생산 장면을 그린 "원통으로부터 추락하는 폭포의 솜"의 콜라주라고 말할 수 있다. 또한 '솜'과 비슷한 이미지를 가지는 '해면질'의 현실적 배경으로서는 "인도 솜의 세력의 대두는, 동양에 있어서의 영국의 대두와 같았다", "삼키는 이 綿花 속에서 피기 시작한 거대한 영국의 세력을 생

---

17) 뼈의 내부는 뼈기질이 조밀한 치밀질과 골수를 포함하는 해면질로 분류할 수 있다. 치밀질은 혈관이나 신경을 내포 하는 공간(하 버스관)과 그 주위에 형성하는 동심원장의 뼈기질(하 버스층판)을 기본 단위로 하는 오스테온이 얼마든지 집합해서 할 수 있다. 한편 해면질은 골량에 골아세포와 파골세포가 많이 존재해, 뼈의 생산·흡수를 균형 있게 하고 있다.

각할 때마다 모국의 현상을 걱정했다"[18] 등의 대목과의 관련성을 생각
해볼 수 있다. 널리 알려진 대로, 20세기 초두의 제면업은 민족공업과
구미 자본과의 항쟁의 상징이며, 치열한 綿花무역 전쟁과 면사관세문제
는 자주 당시의 신문의 중요지면을 차지하고 있었으며, 여러 문학 텍스
트의 제재로 쓰이기도 했다.[19] 요코미쓰는 『상하이』에서 일부러 한 구
절을 마련해서 주인공들에게 논의를 전개시킨 것도 그 때문이다.

나아가서, 이미지 형성의 시점으로 보면, '솜'을 '해면질'로 변형시킬
때에 전문에 언급된 『상하이』의 "원통으로추락하는 폭포의 솜"의 자극
은 물론이고, 요코미쓰가 섬세하게 반복해서 그린 노동자 폭동을 진압하
는 소방대의 '호스의 방수'의 장면과 연결 지을 수 있었던 것이다.[20]

도로의 양측에 벌집과 같이 줄지어 있던 소방대의 <u>호스의 입으로부터
물이</u> 군집을 목표로 해 분출했다……드디어 호스의 물속으로부터 뛰어
나올 것이다 그 <u>탄환</u>을 예상했다[21]. (역과 밑줄과 생략, 필자)

'솜'을 '해면질'로 변형시켜 가는 과정에 있어서는 화가로서의 이상의
눈이 위의 인용문에서의 '탄환'과 같이 분출하는 '물'의 이미지에 자극
을 받은 것 이외에도 '벌집'이라고 하는 표현도 간과하지 않았을 것이다.
바꾸어 말하면 이상은 벌집(구멍은 육각형)과 유사한 '해면질'이라는 표현
에 걸치고 격동하는 세계정세 특히 혼돈되는 세계 질서를 '문학적'으로
표출하려고 한 것이다. 시인의 욕망의 확장은 확실하게 이 표현 속에서

---

18) 〈발과 정의〉 9, 『개조』 3월호, 18면.
19) 예를들면, 중국의 작가 마오 둔(茅盾)의 『자야(子夜)』 開明書店, 1933.
20) 이노우에 사토시은 『요코미쓰 리이치와 중국─『상하이』의 구성과 5·30사건』(한림 서
    방, 2006, 263-269면)에 있어서, 요코미쓰가 「호스의 방수」에 구애하고 있었던 것을 지
    적하고 있다.
21) 〈해항장〉 1, 『개조』, 1929년 12월호, 32-33면.

계속해서 진행하고 있다.

이렇게 추상화와 같은 오브제를 가지고 다만 3행만으로 구성한 <선에관한각서 4>는, '동아' 및 세계의 정세에 대한 요코미쓰의 '문학적 해설'에 대한 반어적 콜라주였다고 하면, 같은 맥락에서 이상적 표현의 사상적 성격과 『상하이』의 문제의식이 깊이 관련되어 있음을 뒷받침할만한 보다 흥미로운 사례가 있다. 그것은 <선에관한각서 3>이다.

```
      3   2   1
  3   ●   ●   ●
  2   ●   ●   ●
  1   ●   ●   ●


      1   2   3
  1   ●   ●   ●
  2   ●   ●   ●
  3   ●   ●   ●
```

$$\therefore n\,P\,n = n(n-1)(n-2){=\!=\!=\!=}(n\quad n\mid 1)$$

(腦髓는부채와같이圓에까지展開되었다, 그리고완전히廻轉하였다)

세 개의 숫자에 의해 조립된 기묘한 수식의 뒤에 한층 더 기묘한 한 줄로 완성시킨 작품이다. 수식은 분명히 수학순열과 조합이지만, 이 수식으로부터 $\triangle + \triangledown = \square = 0$을 읽어내고, "무한히 확장하는 이상의 세계관을 상징하고 있다"라고 이상의 수학적 상상력을 날카롭게 포착한 지적이 있다.[22] 하지만 이러한 지적까지도 이상적 표현의 유래에 대해서는

---

22) 조수호, 「도형에서 바라본 이상시의 해독」, 김윤식, 앞의 책, 47-48면. "이것은 이상의 시 표면상에 나타난 도형의 공식이다(물론 이 공식 속에도 이상의 치밀한 계획과 숨기기가 있다). 이 도형 공식은 이상의 세계관과 그의 글쓰기의 규칙이 들어 있다. 이 도형들의

주목하지 않고 있어서 시인이 직면하고 있는 문제에 대한 해명에 이르지는 못한 것 같다. 사실, 이 시도『상하이』와 관련되어 있는 것이다. 결말의 "腦髓는부채와같이圓에까지展開되었다, 그리고완전히廻轉하였다"를 삼키와 방추난의 말다툼에 계속되는 다음의 대목과 비교해 보자.

> 추란은 頭腦의 回轉력을 표현하는 기회를 얻을 수 있게된 것을 자랑스러워하듯이 경쾌하게 支那 부채를 펼치고 미소를 지었다. ……삼키는 참회를 마친 신자와도 같은 긍지에 피로를 느끼면서 매끄러운 陶器의 계단을 내려 갔다. 그러자 추란의 부채가 딱 소리를 내며 흑단나무 원탁 위에 내던져졌다[23] (역과 밑줄 생략 필자)

이것은 "서양과 동양과의 문화의 속도"에 관해서 삼키와 추란이 말다툼한 뒤 떠나가는 추란을 삼키가 눈으로 쫓는 장면이다. 삼키를 "동양주의자"로 보는 추란은, 삼키의 시선에서 보면 그리워해야 할 동양의 여성이지만, 민족주의적 이데올로기의 희생양에 지나지 않을 것이다. 그러니까, 삼키의 눈에는 추란이 부채를 펼쳐 던지는 장면이 연예풍적인 놀이로 비칠 뿐이다. 물론 〈선에관한각서 3〉은 立體派 및 다다이즘적 기호시의 흐름에서 이미 추정도 되지만 시의 마지막 행은 확실히 요코미쓰가 정력적으로 그린 이 영화와 같은 장면과 관련된 것으로 보인다. 즉 이상은 요코미쓰가 그린 "지나의 허무"와 "사상의 허무"의 표상을 간과하지 않고, 날카롭게 자른 뒤 한층 더 추상화시켜 '인문의 뇌수'(〈삼차각 설계도〉의 테마)의 조감도로 완성했을 것이다. 덧붙여서 〈선에관한각서 4〉의 '원통'을 펼치면, '부채'의 형태가 된다.[24]

상징하는 의미와 이름, 그리고 그 구성을 통해서 이상으로 다가갈 수 있을 것이다."
23) 〈쓰레기터의 의문〉 3, 『개조』, 1929년 6월호, 13면.
24) 신범순은『이상의 무한정원 삼차각 나비―역사시대의 종말과 제4세대 문명의 꿈』에 있어서, '3차각'은 이상이 "근대적 기하학의 추상적 체계를 초월하기 위해서 고안한 용

이상과 같이 『상하이』는 이상에 있어서 사상적 '어휘'와 소재의 寶庫와 같은 존재였다. 『상하이』의 수용은 요코미쓰가 거느리고 있던 "상징을 종극적 귀착점으로" 한다는 욕망과 이상의 화가적 또 건축가적 재능과의 만남인 한편, 각각 입장이 다른 모더니스트들의 강한 사상성과 정치성의 격렬한 당착이기도 했다. 바꿔 말하면 이상은 요코미쓰와 함께 기하학적 촉수, 예를 들어 시대적 '양식'인 과학적 사상 방법(즉 '속도', '광', 아인슈타인의 상대론) 촉수를 구사하여, '문명"의 메커니즘과 본질에 대한 인식 과정을 가시화하려고 하는 표현자의 욕망을 공유하는 한편, 요코미쓰적 문명관(동양의 점묘)에 대한 강한 관심과 경계를 가지며 어려운 교섭을 계속하고 있었던 것이다. 요컨대, 일견 진기함을 자랑하는 이미지가 강한 이상의 시적 수법은 식민주의 비판의 곤란과 상대적 입장에 대한 심정적 저항의 표출로서 파악할 수 있다.

이상은 요코미쓰의 대표작 <머리와 배> 중의 "列車가 沿線의 小驛을 잘디간 비둑돌 默殺하고 通過하듯이'라는 문상을 상기하면서, "말"을 '蕩盡'한 위급한 상황에 처해 있다고 자신의 심정을 토로했다. 요코미쓰 리이치와의 해후는, 이상에게, 단순한 표현 기법 차원의 자극을 준 것이 아니다. 요코미쓰 리이치는 '遲刻者'의 입장에 놓인 젊은 표현자에게 그의 '語彙'를 '蕩盡'시켜고, 또 그 탕진된 '語彙'를 탈환하게 하는 역할이었다.

<선에관한각서> 등, 여기서 채택한 작품군은, 말없는 패자의 충동의 표상이며, 또 '일착'선수에 대한 그 외의 '길'을 찾으려고 하는 의지의 현상일 것이다. 즉, 이상은 표현 방법에 대해서는, 요코미쓰와 같이 기성

어"라고 지적하고, 이상이 요구하고 있는 인간과 우주가 새로운 차원에서 "광대한 순의 우주적 운동 선"을 회복한 세계를 잡기 위해서 '초극선'이라고 하는 용어를 제안하고 있다. 현암사, 2007, 157면.

의 질서에 대해서 반란을 일으킨 '신감각'을 공유하고 있지만, 사상적으로는 요코미쓰와 다른 방향을 향하고 있었던 것이다, 예를 들어, "敗者"는 "淘汰"되는 것이 아니라, "變形·轉位"하면서 생존하는 것이라고 하는 문명관의 형성을 기도하고 있었던 것이다.25) 그 독자적인 '직선'으로부터 '원'에의 수정인 것 같이.

3. 〈素榮為題〉와 〈푸른 대위〉 : 요코미쓰의 "朝鮮人像"과의 갈등

앞에서 『상하이』 수용의 실태를 고찰하면서, 다음의 두 가지 사실을 지적한 바 있다. 즉 이상의 요코미쓰 수용의 계기는 한편으로는 요코미쓰적 新感覺 표현법에 대한 호응이며, 다른 한편으로는 동양과 근대 문명의 행방에 대한 요코미쓰적 우려에의 공감과 저항이다. 그러나 다음의 사항 역시 간과해서는 안 된다. 다시 말해서 이상이 요코미쓰에 민감하게 반응하는 이유는, 요코미쓰가 그려놓은 "朝鮮人像"과 밀접한 관련이 있다.

널리 알려진 대로, 요코미쓰 리이치는 조선과 인연이 깊다. 그가 6살 때 아버지는 철도 부설(敷設)工事를 위해서 조선으로 건너갔고, 18년 후 京城에서 타계했다. 어머니와 함께 조선 땅을 처음 밟은 것은 1922년 여름 8월이다. 나중에 그때의 체험을 바탕으로 쓴 단편 소설 〈푸른 대위(青い大尉)〉26)에서는 다음과 같이 조선인의 '걸식'을 표현하는 대목이 있다.

---

25) 이상, 『조선과 건축』, 권두어, 1932년 제11집 제8호.
26) 『黑潮』 1927년 1월. 대본은 1925년 3월 『時流』에 발표한 〈푸른 돌을줍고나서〉, 〈푸른 대위〉와 함께 『新選 橫光利一集』에 수록. 개조사, 1928, 261면.

私はふとあの跛足の死面を思ひ出した。あのマスクのあつた所はど
こだつたか。私はマッチを擦ると足もとの暗い泥濘の上を捜し廻つ
た。マッチの光りに照らされた泥の皺は、油を塗られた皮膚のやうに
輝きながら私の顔を映し出した。と、泥の中から、額を靴で踏みつけ
られた犬のやうに無表情な一つの凹んだ面を見た。私は動き停つた。
これだ。私は周章ててマッチを擦り變へると近々と顔を面の傍へ近寄
せた。と、私はそのデツドマスクの中から、歪んだ自分の顔を見附出
した。私は思はずマッチを泥の中へ投げ捨てた。私は自分の顔を撫で廻
した。が、いくら撫でても跛足の慄へる顔が、眼前で生き生きと、無
數に慄へる吸盤のように慄へ出した。

　나는 돌연 그 파족의 죽은 얼굴을 생각해 냈다. 그 마스크가 있던 곳
은 어디였는가. 나는 성냥을 켜고 발 밑의 어두운 진창 위를 찾아 돌았
다. 성냥의 빛에 비추어진 진흙의 주름은 기름이 칠해진 피부와 같이 빛
을 내며 나의 얼굴을 비추었다. 그랬더니 곧바로 진흙 속에서 이마를 구
두에 짓밟히던 개와 같은, 무표정한 하나의 패인 얼굴이 보였다. 나는 움
식임을 멈추었다. 이것이다. 나는 낭황해서 성냥을 다시 켜서 얼굴 가까
이 가져갔다. 그러자 나는 그데드마스크 속에서, 비뚤어진 나의 얼굴을
발견했다. 나는 무심코 성냥을 진흙에 내던졌다. 나는 내 얼굴을 어루만
졌다. 그러나 아무리 쓰다듬어도 파족의 떨리는 얼굴은 눈앞에서 생생하
게 무수히 떨리는 흡반과 같이 전율했다. (역과 밑줄, 필자)

　조선에서 살고 있던 아버지가 돌연 타계, 계속해서 아내와 어머니도
잃어 버렸다. 이런 요코미쓰의 개인적인 사정이 확실히 〈푸른 대위〉와
관련되어 있다. 하지만 위 인용대목으로만 봐도 이 短篇에 대해서는 이
른바 '사소설'로 파악하기보다27) 『상하이』와 유사한 모습 및 성질에 주

---

27) 가와바타 야스나리가 〈橫光利一〉 중에서, 이 단편은 '사소설'이라고 지적하고 있다.
　　『橫光利一 伊藤 整集』 현대일본문학대계 51 筑摩書房, 1970, 399면. 요코미쓰 자신은 이
　　소설에 대해서, '내면의 빛과 외면의 빛'을 동시 가지고 있기 때문에, 마음에 든다고 명

목해야 한다. 예를 들면 종주국의 "내지"에서 "외지"로 와서 사는 일본인의 자세를 응시하는 시선, 특히 주인공의 눈에 비쳐보인 "무수히 떨고 있는 흡반"이라는 피식민지인의 표상, 내지(乃至) 그 표상을 형성하기 위한 방법적 장치까지 비슷하다.28) 『상하이』적 관점과 문법은 이미 이 작은 단편에 배태되고 있었다고 생각할 수 있다.

요컨대 "파족"의 "걸식"의 "죽은 얼굴"은 요코미쓰 리이치에서의 조선 및 "외지"적 아시아의 원풍경으로 볼 수도 있을 것이다. 그리고 이 "朝鮮人"의 "죽은 얼굴"과의 조우(遭遇)야말로 이상의 요코미쓰 수용의 내면적 계기이며 또한 그의 문학적 출발점과 깊게 관련되어 있다고 볼 수 있다.

여기에서는, 이러한 추정의 근거로서 한국어로 쓴 〈素榮爲題〉 및 〈자화상〉, 〈시제14호〉 등 시 작품을 고찰하고자 한다. 우선 〈素榮爲題〉를 보자.

> 1
> 달빛속에있는네얼굴앞에서내얼굴은한장얇은皮膚가되
> 어너를칭찬하는내말씀이發音하지아니하고미닫이를간
> 지르는한숨처럼冬栢꽃밭내음세지니고있는네머리털속
> 으로기어들면서모심듯이내설움을하나하나심어가네나
>
> 2
> 진흙밭헤매일적에네구두뒤축이눌러놓는자국에비내려
> 가득괴었으니이는온갖네거짓말네弄談에한없이고단한
> 이설움을哭으로울기전에따에놓아하늘에 부어놓는내억
> 울한술잔네발자국이진흙밭을헤매이며헤뜨려놓음이나

언하고 있다. 『橫光利一全集』 제13권, 河出書房新社, 1999, 84면.
28) 조선에 있는 주인공의 어머니가 살고 있던 집은 유리벽과 같은 "삼각형의 집"로 설정되어 있다.

3
달빛이내등에묻은거적자국에앉으면내그림자에는실고
추같은피가아물거리고대신血管에는달빛에놀래인冷水
가방울방울젖기로니너는내벽돌을씹어삼킨 원통하게배
고파이지러진형겊心臟을들여다보면서魚항이라하느냐

1934년 9월 『중앙』 11호에 게재된 <素榮爲題>의 전문이다.[29) 현재로
서는 <素榮爲題>에 관한 선행 연구가 풍부하다고 하기 어려운데, 이 가
운데 가장 유력한 것으로는 '남녀관계의 파탄에서 생긴 비통한 심정의
토로'라는 해석이 있다.[30) 그러나 요코미쓰 <푸른 대위>의 인용문 특히
밑줄 친 부분에 유의하면, 이러한 독해에 대해서, 의문을 느끼지 않을
수 없다. 따라서 필자는 여기에 새로운 해석을 제시하고자 한다.

우선은 장면의 설정 및 핵심적 표현의 유사에 주목하고 싶다.

<素榮爲題>의 중요한 장경인 "달밤"은 <푸른 대위>의 주요 장면인
"푸른 가두(街頭)"와 흡사하다. 그리고 '피부가 된 얼굴' "신흙밭헤매일석
에네구두뒤축이눌러놓는자국"은 <푸른 대위>에 있어서의 "진흙 속에서
이마를 구두에 짓밟히던 개의 같은, 무표정힌 히니의 패인 얼굴" 등과,
완전히 일치하고 있다.

다음으로 연에 따라서 내용을 살펴보자.

제일연은 "나"의 쇼크로부터 시작된다. "나"는 "네"가 찾아낸 "나"
(즉 발뒤꿈치의 발자국에 비치는 조선인의 "걸식"의 "데드마스크")에게 놀라서
떨고, 말을 잃는 상태가 된다. 계속해서 제이연은, '네거짓말' '네농담'을
강하게 막고, 슬픔의 술잔을 든다. 그리고 끝으로 제삼연에서 "네"는 결

---

29) 원작은 구한자사용. 각연은 96글자에 의해 구성되어 있다.

30) 권영민, 「산호珊瑚나무와상아象牙파이프—이상의 시 <且8氏의出發>를 위한 서설」, 『문
　　학사상』 3월호, 2008, 26-31면.

국 피투성이가 되어 너덜너덜한, 수난당하는 "나"의 "심장"을 구경하다 하고 있는 것뿐이라고, "네"의 입장을 날카롭게 비난한다.

마지막에 제목 〈素榮爲題〉를 재확인해 봐야 한다.

"素榮"의 본래의 의미는 확실히 흰 꽃이며, 중국에서도 한반도에도, 흔히 찾아볼 수 있는 여성의 이름이다. 그러나 이상이 이것을 詩作제목으로 사용한 이유는 거기에 있는 것이 아니라, 이 표현의 典據 즉 굴원(屈原)의 〈구장 귤송(九章 橘頌)〉에 있었던 것이 틀림없다.

> 后皇嘉樹(후황가수)
> 橘徠服兮(귤래복혜)
> 受命不遷(수명불천)
> 生南國兮(생남국혜)
>
> 深固難徙(심고난사)
> 更壹志兮(갱일지혜)
> **綠葉素榮**(녹엽소영)
> 紛其可喜兮(분기가희혜)
>
> (…중략…)
>
> 年歲雖少(연세수소)
> 可師長兮(가사장혜)
> 行比伯夷[31](행비백이)
> 置以爲像兮(치이위상혜)[32] (밑줄과 생략 필자)

---

31) 백이(伯夷)가 '百世의 스승', "義"의 상징. 중국 고대 은(殷)나라의 말기 무렵, 호죽국. 백이와 숙제는 不義인 왕의 「녹」(祿)을 받들 수 없다고 산에 들어간 山菜를 취하고 생활을 해서, 마디를 지켜 최후는 餓死했다고 한다.

32) 토도 아기야스 『楚辭』, 학습연구사, 1982, 244면.

굴원의 "素榮"은 어떠한 장소에 흘러가도 고국을 사랑하고, 향기롭게 고결하게 살려는 자세를 표현하는 상징인데, 이상은 바로 자신의 불우한 운명을 굴원(및 伯夷)에 비유하여 그 "素榮"을 겨울 꽃의 상징 "冬柏꽃"과 호응시켜, 자신의 심정과 의지를 표출하고 있다. 요컨대, <素榮爲題>는 <귤송>(橘頌)에서 연유한, 식민지하 굴욕적인 처지에 있는 한 사람의 조선청년의 자화상이다.

이상의 통곡이 요코미쓰 리이치의 귓전에 와 닿는 일은 없었을 것이다.33) 하지만 이상은 자기의 곤욕(困辱)과 곤혹스러운 심정을 계속 발신하고 있었다. 다음은 시 <自畫像>을 읽어보기로 하자.

여기는 도무지 어느 나라인지 分間을 할수없다. 거기는 太古와 傳承하는 版圖가 있을 뿐이다. 여기는 廢墟다. 「피라미드」와 같은 코가 있다. 그 구녕으로는 「悠久한 것」이 드나들고 있다. 空氣는 褪色되지 않는다. 그것은 先祖가 或은 내前身이 呼吸하던 바로그 것이다. 瞳孔에는 蒼空이 凝固하여있으니 太古의 影像의 略圖나. 여기는 아무 記憶노 遺言되어 있지는 않다. 文字가 닳아 없어진 石碑처럼 文明의 「雜踏한 것」이 귀를 그냥 지나갈 뿐이다. <u>누구는 이것이 「데드마스크」(死面)라고 그랬다. 또 누구는 「데드마스크」는 盜賊맞었다고 그랬다.</u>

---

33) 요코미쓰가 쓴 <밤의 구두>에 다음과 같은 일절이 있다. "어느 날, 나는 한 조선인 작가에게, 문학의 극북의 관념으로서 말라르메시론의 감상을 설 했던 적이 있다. 독립 문제로 시끄럽게 된 때의 일이다. '말라르메는, 비록 전인류가 멸망해도 이 시의 일행만 남으면, 인류는 산 보람이 있다고 그렇게 몰래 생각했다고 해요. 그것이 상징주의의 모습이니까, 만약 예술을 인간의 그런 상징으로서 풀었을 때에, 당신에게 있어서 독립이라고 하는 것은, 저것은 분명히 정치라는 것이 되겠지요.'(「朝鮮のある作家に、ある日、文學の極北の觀念として、私はマラルメの詩論の感想を洩したことがある。獨立問題の喧しくなって來ていた折のことだ。「マラルメは、たとえ全人類が滅んでもこの詩ただ一行殘れば、人類は生きた甲斐がある、とそうひそかに思っていたそうですよ。それが象徵主義の立ち姿なんですからね、もし芸術を人間のそんな象徵と解したときに、君にとって獨立ということは、あれははっきり政治ということになるでしょう。」), 이 조선 작가는 누구인가는 아직 확인되지 못했지만, 요코미쓰와 식민지하의 조선 작가와의 거리를 간접적으로 엿볼 수 있다. 『橫光利一全集』, 「夜の靴」 제11권, 河出書房新社, 1999, 378면.

주음은 서리와 같이 내려 있다. 풀이 말라 버리듯이 수염은 자라지 않
는 채 거칠어갈 뿐이다. 그리고 天氣 모양에 따라서 입은 커다란 소리로
외우친다― 水流처럼. (밑줄 필자)

한편으로는 유구한 고대 문명의 폐허에 초점을 맞추고, 다른 한편으로
는 이 "太古의 影像" 위에, 정체불명의 "누구"를 꺼내서, "데드마스크"의
"命名", 또는 "데드마스크의 도난"이라는 역사적 현실의 분위기를 감돌
게 한다. 그리고 끝으로 '죽음'의 발 소리와 함께, 이 적막한 풍경에 "커
다란 소리"를 미치게 했다. 이와 같은 구조는 분명히 〈소영 위제〉와 유
사하다. 구체적으로 보면, 시인의 심정을 표현하는 마지막 '커다란 소리'
와 〈소영 위제〉 제2연의 절규 및 하늘을 향해 호소(呼訴)하는 듯한 느낌
까지 일치하는 것을 확인하게 된다.

약간 반복되지만, 여기서 요점을 세 가지로 정리해보자.

첫째, 이 〈자화상〉은, 인류 문명사와 민족사에 관한 이중적 기억과
서술로 구성되어 있다.

둘째, 서술을 작동시키는 계기는 작품 후반에 얼굴을 보인 정체 불명
의 "누구"(혹은 "데드마스크")란 것이다.

그리고 셋째, 전체 구도로서, 태고의 폐허에 떠오르는 두개골에 포커
스를 맞추지만, 문제 제기로서의 중심은 후반부 "누구는 이것이 「데드마
스크」(死面)라고 그랬다. 또 누구는 「데드마스크」는 盜賊맞었다고 그랬
다"란 서술에 놓여 있다. 말하자면, 이 부분은 요코미쓰적 조선 담론을
겨냥할 뿐만이 아니고, "데드마스크"라는 명명을 받은 조선인 이 쪽에
대해서도 의문시하는 시인의 문제의식을 표출하고 있는 것이다. 즉 피식
민지인의 마비상태에 대해 고발하는 것은 아닐까. 요컨대 〈소영 위제〉
와 같이 이 작품의 동기는, "누구"(요코미쓰 리이치)에 대한 응수이며, "누

구”로 인해 마음에 상처를 받은 시인의 기억과 그 기억을 재구축하려고 하는 의지의 표출이었다.

　마지막에 이상에서의 <푸른 대위> 수용의 흔적을 확인할 수 있는 작품으로서 또 한 편의 시를 다루지 않으면 안 된다. <소영 위제>와 같이 1934년에 발표한 <오감도 시제14호>이다.

　　古城앞에풀밭이있고풀밭위에나는帽子를벗어노앗다.城위에서나는내記憶에쮀묵어운돌을매어달아서는내힘과距離껏팔매질첫다.捕物線을역행하는歷史의슬픈울음소리.문득城밑내帽子겻헤한사람의乞人이장승과가티서잇는것을나려다보앗다.乞人은성밑헤서오히려내위에잇다.或은綜合된歷史의亡靈인가.空中을향하야노힌내帽子의깁히는切迫한하늘을부른다.별안간乞人은율률한風彩를허리굽혀한개의돌을내帽子속에치뜨러넛는다.나는벌써氣絶하얏다.심장이頭蓋骨속으로옴겨가는地圖가보인다.싸늘한손이내니마에닷는다.내니마에는싸늘한손자옥이烙印되어언제까지지어지지안앗다.[34]

　<푸른 대위>의 주인공 ‘나’의 눈에 항상 비쳐보이는 것은 언제나 ‘떨고 있던’ 朝鮮人 “거지”이다. 그 “거지”는, <자화상> 안의 ‘隱し繪’(錯視圖形. 숨겨그림)과 같은 두개골을 대신해서 <시제14호>에도 마치 “종합적인 역사”의 증인과 같이 ‘고성’에 등장한다. 즉 인류 문명사의 관점을 취하면서, 피식민지의 부조리한 현실을 암시한 “捕物線을역행하는歷史의슬픈울음소리”를 마주보려고 하는 <시제14호>의 의도는, <자화상>과 같은 것이었다. 그리고 두개골 안을 이동하는 역사의 기억을 환기시킨 장치적 역할을 하고 있는 것은, ‘나’를 ‘기절’시킨 ‘거지’가 손에 넣은 “돌”이다(혹시, 이것은 요코미쓰가 처음 조선의 흙을 밟았을 때에 주운 ‘푸른 돌’ 일지도 모른다. <푸른 대위>의 底本은 <푸른 돌을 주운 후>). 그리고 “두개골 안으

―――――――――――――

34) 임종국, 앞의 책, 223면.

로 이동하는 심장의 지도"란 것은, 요코미쓰의 '삼키'가 마음에 간직한 "東亞의 소용돌이"의 지도 즉 『상하이』의 잔상으로서 파악해도 좋을 것이다.

여기까지, 요코미쓰 리이치의 '朝鮮人 像'과의 격투에 초점을 맞춰서 이상에서의 요코미쓰 리이치 수용의 내면적 계기에 관해 검토해 보았다. 말하자면, 이상에서는 아마 계몽의 장치로서 '朝鮮人'을 우매의 대명사와 같이 관상적으로 구축한 타카하마 쿄시(高浜虚子)의 『조선』(1912)[35] 이래의 일본의 담론공간 전반이 그의 사정(射程)에 넣여져 있었을지도 모른다.

4. 텍스트의 경로 : 개조사 출판물("改造社もの")을 중심으로

이상에서의 『상하이』 수용 텍스트에 관해서는, 대체로 두 가지 가능성이 있다. 관련 논문 「이상 〈지도의 암실〉을 부유하는 "상하이"」에서 고찰을 해본 적이 있다.[36] 여기서는, 『상하이』 이외, 〈푸른 대위〉 등의 입수 경로에 관해서도 검토해 봐야 한다.

〈푸른 대위〉의 초출본이 동인지 『黑潮』(쿠로시오)이고, 또는 底本 〈푸른 돌을 주워더니〉가 『時流』(지류)이다.[37] 손쉽게 구할 수 있는 것은, 간행부수가 적은 동인지 『黑潮』(쿠로시오) 또는 『時流』(지류)보다, 앞의 논문에서 언급한 것처럼 '개조사 출판물' 쪽의 가능성이 더 크다고 본다.[38]

---

35) 『大阪每日』, 『東京日日新聞』 동시 연재. 『高浜虚子全集』 제5권, 개조사, 1934.
36) 〈李箱「地図の暗室」を浮遊する"上海"－横光利一受容及びその他〉(『日本研究』 제40호, 韓國外國語大學校 日本研究所, 2009. 6, 273-294면.
37) 전게주 27을 참조.
38) 초출본을 입수하는 것은 거의 불가능한 일이다. 물론 유학생들의 인적유동으로 생각해 보면 단언할 수는 없지만.

구체적으로 말하며 두 가지 판본이 있다. 우선은 改造社 『현대일본문학전집』 제50권 『新興文學集』이다.[39]

현대 일본 서적 출판 史上의 일화로서 널리 알려지고 있는 것처럼, 『현대일본문학전집』 시리즈는 "엔본(円本)" 붐[40]을 일으켜, 당시의 사상이나 사회라는 이름이 붙은 진지한 책이 一掃된 시대에, 많은 젊은이의 갈증을 풀어 주었다. 특히 이 "엔본" 붐이 일본국내에 머무르지 않고, "일본어언설의 流通圈의 거의 전역을 타깃으로 전개한 광고 전략"에 의해, 당시의 식민지인 朝鮮이나 台灣 등에도 흘러갔던 것이다.[41]

그리고 또 하나의 판본은 改造社 『新選 名作集』 시리즈의 한 권으로서, "엔본"보다 약 1년 전에 출판된 요코미쓰 리이치의 첫 작품집 『新選 橫光利一集』이다. <푸른 대위> 외, "엔본"에 수록되지 않지만, 관련성이 있다고 생각되는 작품이 다수 수록되어 있다.

한편, 이상 본인은 특히 정보취득에 편리한 입장에 있었다. 예를 들면, 영향을 받은 흔적을 가장 많이 볼 수 있는 제2부로부터 제5부(『상하이』의 핵심적 부분)까지 연재된 1929년은, 이상이 경성고등공업학교를 졸업하고, 技官으로서 朝鮮총독부 내무국 건축과에 취직된 그해이며, 본격적으로 문학창작 활동을 시작한 시기이기도 하다. 경성의 정보중추인 총독부도서관이 바로 옆에 있는 환경에 있었던 문학 청년이, 『改造』를 비롯한 '내지'의 서적을 일상적으로 손에 넣고, 그리고 현대文藝운동의 대명사적 존재인 요코미쓰의 작품에 눈이 끌려 있었던 것은, 충분히 상상할 수

---

39) <푸른 돌을 주워더니> 등 작품이 함께 수록.

40) "엔본"("円本"), 1엔으로 1권을 살 수 있는 책.

41) "엔본시대의 다음은 팔다 남은 책의 정리가 몹시 난처했다" "도쿄에서 파는 것뿐 팔아서 다음은 지방에 가고, 마지막에는 조선, 타이완에 가져갔다. 시마 켄시로우, 「出版小僧思出話(2)」. 『日本古書通信』 661호, 1983, 12면. 이외, 고미 후치 노리츠키, 「구개조사 광고 관계 자료로부터 무엇이 보일 것인가─미디어라고 하는 표상과 이데올로기」를 참조. 『일본 근대문학』 제77집, 일본 근대문학회, 2007, 21면.

있다.[42]

그리고 조선총독부 내무국 건축과라면, 그것은 요코미쓰 리이치의 아버지 우메지로(梅次郎)처럼 조선에서 철도공사의 청부업을 경영하고 있었던 사람들을 관할하는 부서이며, 거기에 이상이 배속된 것은, 요코미쓰의 아버지의 사후 7년째였다.

이상과 요코미쓰 리이치의 이런 이상한 인연을, 덧붙여 메모해 두자.

5. 동양 및 시인의 활로(活路)는 있는 것인가?

이 글은 이상 〈삼차각설계도〉와 〈素榮爲題〉 등의 시작을 다루고, 지금까지 간과되어 온 이 작품들과 요코미쓰의 『상하이』 특히 그의 조선 체험을 기초로 그려진 〈푸른 대위〉와의 관계를 고찰했다. 환언하면, 이상 문학 텍스트를 1920~1930년대의 일본문학 표현공간과 대화시키면서, 이상의 문학적 영위에서의 요코미쓰 리이치의 특별한 의미를 발굴하려고 했다. 결론으로서 다음과 같이 정리할 수 있다.

〈삼차각설계도〉 일부의 시작의 착상 및 소재가 『상하이』와 관련된다. 사상적 성격에서 보면, 『상하이』를 비롯한 요코미쓰적 "동양주의"에 대한 일종의 "콜라쥬"이며, 또 쓸쓸한 아이러니로 볼 수 있다.

〈素榮爲題〉의 주제는, 선행 연구가 지적한 것과 같이 남녀 감정 차원의 갈등에 머무르는 것이 아닌 것 으로 보인다. 그것은 요코미쓰의 조선인 상에 대한 통렬한 응수 즉 메시지이고, 또한 제목이 암시하는 것처럼,

---

42) 당시 많은 젊은이가 총독부 도서관에서 일본의 서적을 탐독하고 있었다. 앞의 책, 『<조선> 표상의 문화지』, 240-241면.

이 시는 굴원(屈原)의 <귤송(橘頌)>에서 연유한, 피식민지의 굴욕적인 처지에 있는 한 사람의 조선청년의 자화상이다.

요컨대 이상에서의 요코미쓰 수용의 내적계기, 또는 요코미쓰에게 민감하게 반응하는 이유는, 요코미쓰의 그려놓은 "東亞" 및 "朝鮮人像"이다.

제1차세계대전과 제2차세계대전 사이에 끼워져 있었던 불온한 시대에 몸 담고, 근대과학 사상과 "인류주의"사상 등의 세례를 받으면서, 이상은 요코미쓰 리이치와 함께 "동양을 연구한다"(『황』은 욕망을 공유하고 있었다).

그러나 이상은 요코미쓰에 대한 공감을 가지면서도, '피식민지의 아이'로서의 "非凡한 發育"(<날개>)은, 그의 심정과 윤리의 밑바탕으로서, 항상 기능하고 있었다. 중국의 민중운동의 소용돌이에 "야만인 문명의 건축"(『상하이』)을 찾아내고, 또 조선인의 "데드마스크"에서 "자신의 얼굴을 발견"했다(<푸른 대위>)라는, 東洋의 이웃(隣人)에 대한 요코미쓰 리이치의 자세가, 이상의 눈에서는 "其父攘羊 其子直之"(<출판법>43)) 즉 진위(眞僞) 양면적으로 비쳐서, 그때문에 심정은 언제나 공감과 거절로 격렬하게 흔들리고 있었던 것이다.

"어휘(語彙)가 탕진"된 '부랑자'라고 스스로 인정하는 입장과 요코미쓰적 입장과의 사이야말로, 이상의 詩적 "어휘"가 형성되는 자장(磁場) 가운데에 하나이며, 그는 이 사이에서 스스로의 소리를 지르면서, 피식민지적 담론공간을 찢어보면서, 활로(活路)를 모색하고 있었던 것이다.

---

43) 출처는 『論語』「子路」. [葉公語孔子曰 吾黨 有直躬者 其父攘羊 而子證之, 孔子曰 吾黨之直者 異於是 父爲子隱 子爲父隱 直在其中矣](섭공이 공자에게 말씀드렸다. 우리 마을에 躬이라고 하는 매우 정직한 사람이 있는데, 그는 자기 아버지가 羊을 훔치자 이것을 고발했습니다. 이에 공자께서 말씀하셨다. 우리들이 말하는 정직이란 그런 것이 아니고, 어버이는 자식을 위해 숨기고, 자식은 어버이를 위해 숨겨 주는 것, 정직은 그런 가운데 있어야 하는 것이오.).

참고문헌

김용직, 『現代詩原論』, 學硏社, 1988.
김윤식, 『이상문학텍스트연구』, 서울대학교출판부, 1998.
한국현대시학회, 『20세기한국시의 사적 조명』, 태학사, 2003.
고　은, 『이상평전』, 향연, 2003.
신범순, 『이상의 무한정원 삼차각 나비－역사시대의 종말과 제4세대 문명의 꿈』, 현암
　　　사, 2007.
권영민, 『이상문학연구60년』, 문학사상사, 1998.

川村湊, 『＜醉いどれ船＞の靑春』, 講談社, 1986.
井上聰, 『橫光利一と中國－「上海」の構成と五・三〇事件』, 翰林書房, 2006.
中根隆行, 『＜朝鮮＞表象の文化誌』, 新曜社, 2004.
和田博文외, 『言語都市・上海』, 藤原書店, 1999.
改造社, 「新興文學集」, 現代日本文學全集50, 1929.
橫光利一, 『新選　橫光利一集』, 改造社, 1928.
崔眞碩, 『李箱作品集成』, 作品社, 2006.

佐野正人, 「韓國モダニストの日本文學受容－李箱詩と橫光利一をめぐって」『第14回國際
　　　日本文學硏究集會會議錄』, 國文學硏究資料館, 1991, 102면.
三枝壽勝, 「이상의모더니즘」, 김윤식『李箱문학전집』5 부록, 문학사상사, 2001, 272-273면.
김주현, 「텍스트부터 잘못되어있다－이상문학 연구의문제점」, 권영민 편저, 『이상문학
　　　연구60년』, 문학사상사, 1998, 398-399면.
권영민, 「산호珊瑚나무와상아象牙파이프－이상의　시＜且8氏의出發＞를　위한　서설」,
　　　『문학사상』3月号, 2008, 26-31면.
前田愛, 「SHANGHAI 1925－都市小說としての「上海」－」『文學』第49卷, 1981.

李箱의 女性像에 관한 연구

橫光利一와의 비교를 중심으로

이 형 진

1. 근대 문학의 풍경 : 거미를 만나다

1928년 11월, 일본에서 발행된 잡지 『改造』에 연재되기 시작한 橫光利一의 장편 『上海』의 한 장면. 요코미쓰 리이치는 일본 新感覺派의 기수답게 감각적인 문체로 뜨거운 증기에 싸인 오류(お柳)라는 여성의 나체를, 그리고 그녀의 등에 화려하게 새겨진 거미 문신을 생생하게 그려낸다.

스위치를 틀었다. 그러자 벽에서 뿜어내는 증기와 함께 축음기에서 베리 마인이라는 노래가 흘러나왔다. 그 노래에 맞추어서 고야는 잔걸음으로 스텝을 밟기 시작했다. 그러자 천천히 비틀린 비누거품이 감싸고 있던 육체를 깨끗이 씻어내면서 꽃이 떨어지듯이 뚝뚝 떨어졌다. 그때마다 <u>오류의 등에서 화려한 거미 문신이 점점 선명하게 드러났다.</u> (…중략…) <u>오류의 몸을 감싼 듯한 거미 문신 부분에서 땀이 흘러나왔다.</u> 마침내 증기가 욕실을 가득 차게 되자, <u>사방이 온통 수증기에 뒤덮여 새하</u>

<u>얀 안개 속에서, 주인도 손님도 거미도 거품도 희미해져서 보이지 않</u> <u>게 되었다.</u> 증기 속에서 오류의 목소리가 들려왔다.[1]

그리고 1936년 6월 식민지 조선에서 발행된 『中央』에 실린 「鼅鼄會豕」의 한 장면. 한국 모더니즘의 기수 李箱은 '아내'를 후덥지근하고 흉악한 내음새를 풍기는 'ㅅ거미'로 표현한다.

> <u>아내는꼭거미. 라고그는믿는다.</u> 저것이어서도로환투를하여서거미형상을나타내었으면 – 그러나거미를총으로쏘아죽였다는이야기는들은일이없다. 보통 발로밟아죽이는데 신발신기커냥일어나기도싫다. 그러니까마찬가지다. 이방에 그 외에또생각하야보면 – 맥이뼈를디디는것이빤이보이고, 요밖으로내어놓는팔뚝이밴댕이처럼꼬스르하다 – <u>이방이그냥거민게다. 그는거미속에가넙적하게들어누어있는게다. 거미내음새다. 이후덥지근한내음새는 아하 거미내음새다. 이방안이거미노릇을하느라고풍기는흉악한내음새에틀림없다.   그래도그는아내가거미인것을잘알고있다.</u> 가만둔디. 그리고기껏게을러서아내 – ㅅ서미 – 로하여금육체의자리 – (或, 틈)를주지않게한다.[2]

橫光利一와 李箱, 이 두 작가들은 왜 여성을 다른 곤충의 체액을 빨아먹으며 사는 동물인 '거미'로 형상화시키고 있는 것일까. 이들에게 여성은 그런 거미와 같은 존재였던 것일까. 혹은 이들이 여성을 통해 그려내 보이고자 한 '근대'라는 시간, 그리고 제국 일본, 식민지 조선, 그리고 국제 식민 도시 상해 등의 동아시아 공간은 '거미'라는 은유를 통해 가장 잘 표현될 수 있는 성질의 것이었을까.

---

1) 橫光利一, 김옥희 역, 『상하이』, 도서출판 소화, 1999, 23-24면.
2) 권영민 편, 『이상 전집』 2, 뿔, 2009, 240면. 본고에서는 권영민 편 『이상 전집 1~4』에서 인용하며, 이후에는 (작품명, 권 : 페이지)의 형태로 작품명, 권수와 페이지만을 표시한다.

橫光利一는 일본 모더니즘 혹은 '예술적 근대파'3)를 대표하는 작가이고, 李箱은 한국 모더니즘을 대표하는 작가이다. 李箱은 동서양의 다양한 작가들의 문학 작품들을 폭넓게 섭렵하고, 이들과 경쟁하면서 작품 활동을 했다고 할 수 있다. 특히 일본문단의 동향을 잘 파악하고 있었는데 따라서 당시 일본 모더니즘의 기수였던 橫光利一를 李箱이 의식하고 있었으리라는 짐작이 충분히 가능하며, 실제로 李箱은 자신의 작품에서 橫光利一를 몇 차례 언급하고 있기도 하다.

이러한 연관성 때문에 최근 李箱과 橫光利一를 비교하는 연구가 많이 이루어지고 있다. 그러나 지금까지의 비교 연구는 일본과 한국을 대표하는 '모더니즘 작가'라는 점에 초점을 맞추어 이들의 문체나 형식상의 혁신에 주목하거나, 몇몇 개별 작품들을 일대일로 비교하는 식으로 이루어져 왔다. 그러나 이러한 연구는 대체로 개별 작품 차원에서의 단편적인 비교에 머무르게 되면서, 작가의식에 대한 총체적인 비교로까지는 나아가지 못한 한계가 있다. 따라서 본고에서는 각기 제국과 식민지의 모더니즘 문학의 운명을 두 어깨에 걸머졌던 橫光利一와 李箱을 마주 세워놓고, 특히 이들이 여성이라는 타자를 형상화시키는 방식에 초점을 맞추어 이들의 작가의식의 심층에 접근해 보고자 한다.

李箱의 문학을 타인과의 만남에의 희구와 만남의 실패에 대한 절망으로 파악한 김현은 "상에게 있어서 흥미로운 일은 그의 소설 속에서 타자의 위치에 언제나 […] 여인이 등장한다는 것이다"라고 지적한 바 있다.4) 그만큼 李箱에게 있어 여성인물은 중요한 비중을 차지한다고 할 수

---

3) '예술적 근대파'는 일본의 문학자 카타오카 요시카즈(片岡良一)의 용어로, 일본에서는 모더니즘이라는 용어보다는 '근대 예술파'라는 표현이 더 보편적으로 사용된다. 강인숙, 『일본 모더니즘 소설 연구─요코미쓰 리이치, 류탄지 유, 이토 세이를 중심으로』, 생각의 나무, 2006.

4) 김현, 「이상(李箱)에 나타난 만남의 문제─소설을 주로 하여」, 『김현 예술 기행 : 반고비

있으며, 이는 橫光利一에게 있어서 역시 마찬가지이다. 각기 제국과 식민지라는 공간에서 근대라는 시간을 동시대적으로 호흡한 이 두 작가에게 있어 여성은 어떤 의미였을까. 또 그들은 자신들이 만난 여성을 어떻게 형상화시키고 있을까. 橫光利一와 李箱이 서로 유사성을 보이는 부분과, 또 변별점을 드러내고 있는 부분을 분석함으로써 이들의 여성관, 나아가 세계관을 비교하여 보고, 이러한 과정을 통해 李箱의 여성인물들의 특징과 그의 여성관을 더욱 선명하게 드러내 보고자 한다.

2. 橫光利一의 '賣春婦'와 李箱의 '買春婦'

橫光利一는 자신의 여성인물을 거미 문신을 한 여인으로, 李箱은 자신의 여성인물을 거미 그 자체로 형상화한다. 橫光利一와 李箱이 왜 여성을 거미로 형상화시기고 있는지, 그 실마리를 우리는 우선 이늘의 직업에서 찾을 수 있다. 橫光利一가 『上海』에서 감각적으로 그려낸 거미 문신을 한 여인 오류는 터키탕의 주인이지, 중국인 부호의 칩이다. 그리고 李箱이 「鼅鼄會豕」에서 거미 여인으로 그리고 있는 아내는 많은 남자를 상대하는 카페의 여급이다. 즉, 이 두 여인 모두 '賣春'과 관련된 일을 하는 여성들인 것이다.

이능화는 『朝鮮解語花史』에서 遊女, 즉 매춘부에 대한 총칭으로 蝎甫라는 표현을 소개하면서, 그 어원에 대해 "갈蝎(빈대)이라는 것은 중국 말에서 이르는 바 취충臭忠"에서 나온 말이며, 취충이란 "냄새나는 벌레"를 뜻한다고 설명한다. 또한 그는 매춘부에 대해 이러한 표현을 하게 된 이

나그네 길에』, 문학과지성사, 1993, 347면.

유로 "밤에 나와서 피를 빨아서 사람을 괴롭히기 때문"이라고 부연하고 있다.5) 이러한 맥락에서 볼 때, 「竈竈會豕」에서 후덥지근하고 흉악한 내 음새를 풍기며 '나'를 여위도록 '빨아먹는' 아내, 그리고 『上海』에서 남편이 있으면서도 고야와 산키 등에게 유혹의 손길을 뻗치는 오류가 왜 '거미'로 형상화되고 있는지 쉽게 짐작할 수 있다. 즉, 橫光利一와 李箱의 여인들이 '거미'의 이미지로 형상화되고 있는 것은 일차적으로는 이들이 '賣春'과 연관된 직업에 종사하고 있다는 사실과 관련되는 것이며, 이러한 '매춘부'로서의 여성의 이미지는 橫光利一와 李箱의 공통적인 특징인 것이다.

李箱은 「逢別記」에서 남성 화자 '나'의 입을 빌려 "天下의女性은 多少間 賣春婦의要素를품었느니라고 나혼자는 굳이 信念한다"(「逢別記」, 2 : 384)라고 말한 바 있거니와, 실제로 李箱의 여인들은 기생이나, 카페 여급, 혹은 성적으로 방탕한 여학생으로 그려지는 등, 매춘부이거나, 매춘부적인 요소를 지니는 것으로 그려지고 있다. 橫光利一 역시 다수의 작품에서 매춘부 혹은 매춘부적인 여성을 등장시키고 있다. 여기에서는 먼저 1930년 2월 『改造』에 발표된 요코미쓰 리이치의 「鳥」를 살펴보도록 하자.

橫光利一의 「鳥」는 '나'와 '나'의 친구 Q, 그리고 '나'와 결혼한 이후에도 '나'와 Q 사이를 오가는 리카코라는 여성 사이의 삼각관계를 주 내용으로 하고 있다. Q와 '나'는 같은 학교의 학생으로, 둘 모두 리카코의 집에서 하숙을 하면서 리카코에게 관심을 갖게 된다. 그러던 어느 날 結晶學 수업 준비를 위해 다이아몬드에 대해 토론하던 중, Q는 다이아몬드에 대해 '나'보다 더 많이 안다는 사실을 드러내 보임으로써 언제나 Q와 '나'를 비교하곤 하는 리카코의 눈에 우위를 점하게 된다. '나'는 이 최초의 패배를 결코 만

---

5) 李能和, 李在崑 역, 『朝鮮解語花史』, 동문선, 1992. 442면.

회할 수 없었지만, 아이러니컬하게도 결국 리카코와 결혼하게 되는 것은 바로 '나'이다. 그러나 리카코는 '나'와 결혼한 후에도 항상 Q를 생각하고 '나'에 만족하지 못한다. 이러한 상황에서, '나'는 결혼에 실패했다고 느끼며, 애초에 리카코를 Q로부터 빼앗은 것은 자신이라는 생각에 리카코를 Q에게 돌려보낸다. 그러나 막상 Q에게 돌아가게 되자, 리카코는 이번엔 다시 '나'를 찾아오기 시작하며, Q와 '나' 사이를 오가기를 계속한다.

「鳥」의 이러한 줄거리는 1937년 2월 李箱이 『朝光』에 발표한 「童骸」의 줄거리와 상당히 유사하다.6) 「童骸」는 '나'와 姙과 尹 사이의 삼각관계에 대한 이야기로 姙이는 원래 尹과 함께였으나,7) 어느 날 밤 '슈-트케-스'를 들고 '나'를 찾아오고, '나'는 임이의 손가락에 가짜 반지를 그려줌으로써, 그날 밤 임이와 결혼하게 된다. 그러나 이어지는 장의 제목에서 알 수 있듯이, 그것은 '나'의 "패배[의] 시작"이다. 어느 날 '나'는 임이와 함께 윤을 만나게 되는데, 윤은 '나'로부터 임이를 '빌려' 영화관에 데리고 간다. 그러나 영화관에 다녀온 윤이 '나'에게 "바통 가저가게"라며 임이를 '돌려주려' 하자, 『童骸』의 '나'는, 『鳥』의 '나'와는 다르게, 임이를 돌려받기를 거절한다. 아래는 '나'가 임이를 거절하는 장면이다.

> 尹은 우물쭈물하는것도같드니
> 「바통 가저가게」

---

6) 이금재는 「鳥」와 「날개」를 비교하면서 橫光利一 문학의 주요한 모티프로 "한 여성을 둘러싼 두 남자라는 삼각관계 구도"를 들며, 이러한 구도가 橫光利一에게서는 「鳥」나 「負けた良人」, 그리고 李箱에게서는 「날개」, 「불행한 계승」, 「逢別記」, 「失花」, 「童骸」, 「환시기」 등에서 유사한 형태로 나타나고 있음을 지적한다. 그러나 「鳥」와 「날개」의 비교에 주로 집중하면서, 나머지 작품들에 대해서는 언급만 하고 지나가고 있을 뿐이어서 보다 정밀한 비교가 요청된다. 이금재, 「이상의 「날개」와 요코미쓰 리이치의 「새(鳥)」」, 『일어일문학연구』 제40집, 2002.

7) "결혼하면 나는 姙이를 미워한다. 尹? 姙이는 지금 尹헌테서오는길이다. 尹이 내어대었단다. 그래보는거다. 그런데 姙이가 채 오해했다. 정말 그러는줄알고 울고 왔다."(「童骸」, 2 : 286)

한다. 나는 일 없다. 나는 절을 하면서

「一着選手여! 나를 列車가 沿線의 小驛을자디잔바둑돌 默殺하고 通過하듯이 無視하고 通過하야 주시기(를) 바라옵니다.」

瞬間 姙이 얼굴에 毒花가핀다. 응당 그러리로다. 나는 二着의名譽같은 것은 요새쯤 내다버리는 것이 좋았다 그래 얼른 릴레를 棄權했다. 이경우에도 語彙를 蕩盡한浮浪者의 자격에서 恐懼 橫光利一氏의 出世를 사글세 내어온것이다.

—「童骸」, 2：307-308

앞에서 살펴본 바와 같이 橫光利一의 「鳥」와 李箱의 「童骸」는 줄거리 구성과 여성인물의 성격화에 있어 상당한 유사점이 발견되는데, 특히 흥미로운 점은 李箱이 화자의 입을 통해 橫光利一르 직접 언급하고 있다는 점이다.8) 위의 장면에서 우리는 李箱이 橫光利一를 적극적으로 패러디하는 동시에, 그와는 상반된 결말을 보여줌으로써 橫光利一와의 차이 역시 분명히 하고 있음을 보게 된다.

그런데 이 두 작품을 비교하는 데 있어서 줄거리 상의 표층적인 유사성을 지적하는 것보다 더 중요한 것은 이 두 작가가 매춘부라는 동일한 기표를 통해 근대를 비판하고 있는 태도를 정밀하게 분석하고 비교하는 것이다.

「鳥」에서 橫光利一가 두 남자 사이를 오가는 리카코라는 여성인물을 통해 드러내고자 했던 것은 사랑까지도 과학적으로 분석 가능해진 시대의 왜곡된 욕망의 모습이다. 요코미쓰 리이치는 이 작품에서 리카코가

---

8) 이금재는 "一着選手여! 나를 列車가 沿線의 小驛을자디잔바둑돌 默殺하고 通過하듯이 無視하고 通過하야 주시기(를) 바라옵니다."라는 표현이 요코미츠의 출세작 「頭ならびに腹」에 나오는 "眞晝である。特別急行列車は滿員のまま全速力で馳けてゐた小沿線の小驛は石のやうに默殺された。"와 유사하다는 점을 지적한 바 있다(이금재, 「한국문학에 있어서 요코미츠 리이치(橫光利一)의 수용—李箱 문체를 중심으로」, 『日本學報』 제44집, 2000, 333면).

'나'와 가까워진 계기가 바로 투열 요법 장치라는 '기계'의 영향인 것으로 서술하고 있다. 즉, 리카코가 이 기계로 인해 성적으로 흥분된 상태에 있던 터에 우연히 '나'와 집에 함께 있었기 때문에, '나'는 Q를 물리치고 리카코와 결혼하기에 이를 수 있었던 것이다. 이렇듯 橫光利一는 일체의 낭만주의적인 시선을 걷어내고, 사랑이라는 감정의 물질적 토대를 적나라하게 폭로한다.

근대 자본주의 사회에서 낭만적 사랑이란 존재하지 않으며, 모든 것은 경쟁의 대상일 뿐이다. 따라서 「鳥」에서 중요한 것은 '나'와 리카코, 혹은 Q와 리카코의 사랑의 관계라기보다 실습용 다이아몬드의 産地가 어디인가 등의 시시콜콜한 지식의 '축적'을 놓고 서로 우열을 겨루는 Q와 '나' 사이의 경쟁 관계이다. 그러나 첫 대결에서 Q에게 진 '나'는 아무리 노력해도 Q가 축적해 나가는 지식의 양을 따라잡을 수가 없다. 내가 아무리 열심히 공부해서 지식을 쌓아도 Q역시 같은 속도로 지식을 축적해 나가기 때문이다. 이러한 실정을 통해 요코미쓰 리이치는 지식마저도 축적과 경쟁의 대상이 된 근대 사회의 한 단면을 성공적으로 묘파해 내고 있으며, 여기에서 우리는 지식을 포함한 모든 것이 계량화되는 근대사회에 대해 요코미쓰 리이치가 경계의 시선을 보내고 있음을 보게 된다.

橫光利一의 근대 사회에 대한 통찰은 매우 날카롭다. 그러나 또한 지적해야 할 것은 근대 사회에 대한 비판이라는 목적 하에 그의 여성인물들이 단순한 대상물의 지위로 전락해 버리고 만다는 점이다. 즉 낭만주의와 절연하고 근대 사회의 물질적 속성을 비판하는 과정에서 '기계화'되는 것은 '여성'의 몸이며, 사랑의 감정을 삭제당하는 것 역시 여성인 것이다. 이러한 관점에서 보면 「鳥」에서 삼각관계의 중심축은 리카코가 아니라, Q와 '나'의 경쟁관계이며, 리카코는 둘의 경쟁관계를 성립시키거나 혹은 가속화시키는 대상물의 위치를 점하게 될 뿐이라는 사실을 알 수 있다. 리카코의 이러한 상징적인 전략은 Q와 '나'가 처음에는 누가 리카코를 얻느냐를 놓고 경쟁하지만, 나중에는 누가 내 '것'인 리카코를 상대에게 더 많은 인내심을 가지고 양보하느냐를 놓고 계속해서 경쟁을 한다는 사실에서도 드러난다.

横光利一가 자신의 작품에서 매춘부를 자주 형상화하는 것도 이와 같은 맥락이다. 먼저 국제 식민 도시 상하이의 선착장에서 러시아 매춘부들이 호객행위를 하는 장면에서 시작하고 있는 横光利一의 대표작『上海』를 살펴보자. 1925년 5월 30일에 일어났던 상하이의 반제국주의 운동을 무대로 한 이 작품에서 横光利一는 남자 주인공 산키(參木)를 중심으로 오류(お柳), 오스기(お杉), 올가, 미야코(宮子), 방추란(芳秋蘭) 등 여러 유형의 여성인물들을 등장시키고 있는데, 그 중 오스기와 올가는 매춘부이며, 오류는 중국인 부호의 방탕한 첩, 그리고 미야코는 여러 애인을 거느린 댄서로 나온다. 横光利一는 이 가운데에서도 특히 오스기라는 인물이 매춘부로 전락해가는 과정을 단계적으로 보여주고 있어 주목을 요한다.

오스기의 아버지는 원래 일본 군인이었으나 임무수행 중 죽고, 어머니마저 국가에서 몇 년간 지급해 온 연금이 잘못 지급되었다면서 갑자기 반환을 요구하자 그 충격으로 자살하고 만다. 어린 나이에 홀로 남겨지게 된 오스기는 그리하여 상하이까지 흘러들어오게 되었던 것인데, 남자 주인공 산키의 가벼운 장난으로 인하여 그동안 일하던 터키탕에서조차 쫓겨나게 되는 상황에 직면하게 된다. 오스기가 쫓겨나게 된 이유는 산키가 오스기에게 관심이 있는 듯한 태도를 보이는 바람에 터키탕의 주인인 오류의 질투를 사게 되었기 때문이다. 그녀의 불행은 여기에서 끝나지 않고, 오갈 데 없는 신세가 되어 산키의 집 앞에서 그를 기다리다기 산키의 친구 고야(甲谷)에게 강간까지 당하게 된다. 결국 산키의 집에서도 나오게 된 오스기는 생계를 위해 매춘부로 전락하고 만다.

　요코미쓰 리이치가 일련의 불행한 사건들의 연쇄로 인해 밑바닥 생활로 전락하고 마는 오스기의 운명을 통해 이야기하고자 하는 바가 무엇인지는 매우 분명하다. 그는 오스기라는 인물을 통해 국민을 책임져주지 않는 국가, 그리고 매춘부를 양산하는 근대 사회를 비판하고 있는 것이다.

　李箱과 橫光利一가 매춘부를 작품의 전면에 등장시키고 있는 것은 물론 여러 가지 요인이 있겠지만, 이 시기 일본과 조선 모두에서 매춘부의 수가 급격히 늘어났던 것도 영향을 미쳤으리라 짐작할 수 있다.9) 또한 이들은 성매매를 통해 돈을 얻는 매춘부의 모습에서 타락한 자본주의의 실체를 상징적으로 읽어냈다고 할 수 있다. 이러한 사실은 이 두 작가가 근대 사회의 현실을 예리하게 간파하고 있었으며, 비판적인 시각을 견지하고 있었음을 보여준다.

　李箱 역시 백화점, 카페, 시네마 등의 공간에서 이루어지는 도시적 삶을 다수의 작품들을 통해 묘파해내면서 근대 소비사회에 대해 비판적인 시선을 드러낸 바 있다. 李箱의 이러한 측면에 착안하여, 몇몇 논자들은 李箱이 근대에 대해 매혹과 불안이라는 양가적인 태도10)를 보이고 있다

---

9) 송연옥, 종군위안부 문제와 전쟁책임, 히로시마현립도서관 국제이해강좌 팸플릿, 1993, 35면, 표 3(김윤선, 1920년대 한국 소설에 나타난 성담론 연구—성매매 문제를 중심으로, 고려대박사 2001에서 재인용).

구분 연도	예기		창기		작부		카페 여급		계		총계
	일본	조선	일본	조선	일본	조선	일본	조선	일본	조선	
1910	977	427	851	569	2263	197			4091	1193	5284
1915	1226	612	1530	674	1924	482			4680	1768	6448
1920	1336	1224	2289	1400	705	868			4330	3492	7822
1925	1409	826	2034	1017	642	962			4085	2805	6890
1930	2156	2274	1833	1370	442	1241			4431	4885	9316
1933	1985	2635	1551	1009	382	1056	1988	501	5906	5201	11107
1935	2128	3933	1778	1330	414	1290	2395	939	6715	7492	14207
1940	2280	6023	1777	2157	216	1400	2226	2145	6499	11725	18224
1942	1796	4490	1774	2076	240	1376	1644	2227	5454	10169	15623

고 분석한다. 김경욱은 특히 李箱이 근대에 대한 이러한 매혹과 불안을 여성의 이미지에 투영시켜 드러내고 있다고 주장하는데, "소비라는 관점에서 모더니티를 둘러싼 담론의 한복판에는 언제나 여성이 자리매김되어 왔[으며], 백화점, 카페, 다방과 같은 소비사회의 공간들은 소비사회의 이율배반적인 모습을 여성의 이미지에 투영시켰다"는 것이다.11) 李箱의 여성을 모더니티의 기호로 읽는 김경욱의 독법은 李箱을 모더니스트로 보고, 李箱의 작품을 '근대성'의 체현이라는 측면에서 접근할 때에는 매우 유효한 방법이지만, 이러한 접근은 李箱의 작품을 '근대'라는 틀에 가두어 버리는 결과를 낳게 될 수도 있다는 한계가 있다. '근대'라는 틀에 온전히 가둘 수 없다는 것, 그것이야말로 李箱이 橫光利一와 구분되는 지점이기 때문이다. 그리고 이것은 바로 橫光利一의 '賣春'과 李箱의 '買春' 사이의 차이이기도 하다.

橫光利一에게 있어 여성이 '賣春婦'라면, 李箱에게 있어 여성은 '買春婦'이다. 橫光利一는 자신을 상품화할 수밖에 없는 극한적인 상황으로 내몰린 賣春婦를 근대의 어두운 단면을 체현하는 존재이자, 자본주의적인 소비사회의 폐단을 상징하는 존재로 그려냄으로써 근대사회에 대한 그의 비판적인 인식을 첨예하게 드러낸다.

한편 李箱에게 있어 여성은 단순히 은화에 몸을 파는 賣春婦가 아니라는 점에서 橫光利一와 구별된다. 李箱은 앞서 인용했던 「逢別記」에서 "天下의女性은 多少間 賣春婦의要素를품었느니라고 나혼자는 굳이 信念한다"(「逢別記」, 2 : 384)라고 말한 바 있거니와, 여기에 이어 "그대신 내가 賣春婦에게銀貨를支拂하면서는 한 번도 그네들을賣春婦라고 생각한일이 없다"(「逢別記」, 2 : 384)라는 모순된 말을 하고 있다. 李箱의 작품에 비추

10) 김경욱, 「이상 소설에 나타난 '단발'과 유혹자로서의 여성」, 『관악어문연구』 vol.24, 1999. 김승구, 『이상, 욕망의 기호』, 월인, 2004.
11) 위의 글, 307면

어보았을 때 "천하의 여성[이] 다소간 매춘부의 요소를 품었[다]"고 한 부분은 이해하기 어렵지 않다. 실제로 李箱이 그리고 있는 여성들은 대부분 賣春婦이거나(「날개」, 「逢別記」 등), 여러 남자를 거느린 '여왕봉'과도 같은 인물로 그려지고 있기 때문이다. 그러나 '나'는 곧바로 한 번도 그네들을 賣春婦라고 생각한 일이 없다며 자신의 말을 부정한다. 이는 무슨 의미일까. 危篤 연작 중 「買春」이라는 시가 어떤 실마리를 던져줄 수 있지는 않을까. 그 전문은 아래와 같다.

記憶을마타보는器官이炎天아래생선처럼傷해들어가기始作이다. 朝三暮四의싸이폰作用. 感情의 忙殺.
나를너머트릴疲勞는오는족족避해야겟지만이런때는大膽하게나서서혼자서도넉넉히雌雄보다別것이여야겟다.
脫身. 신발을벗어버린발이虛天에서失足한다.

—「買春」, 1 : 146

이 시는 '나'가 '春', 즉 '젊음', 혹은 '생명'을 잃어가는 과정을 묘사하고 있다. "記憶을마타보는器官이炎天아래생선처럼傷해들어가기始作"히고 있고, 그로 인하여 나의 신경과 감정은 더욱 바빠지고, 결국 감당할 수 없는 피로가 '나'를 넘어뜨리려고 한다. '나'를 덮쳐오는 피로와 자웅을 겨루는 승부, 혹은 자웅의 승부를 펼쳐보지만, 역부족이다. 탈신. '나'는 결국 '피로'의 공격을 피하기 위해, 생선처럼 상해 들어가는 나의 '몸'을 벗고 비상해 보지만, 빈 하늘, 즉 허공에서 실족하여 추락하고 만다.

이 작품에는 '젊음을 사다', 즉 '買春'이라는 역설적인 제목이 붙여져 있는데, 여기서 문제가 되는 것은 바로 이러한 반어법이다. '나'는 '피로'에 져서 '젊음'을 잃었으니, '젊음'을 사 간 이는 바로 '나'를 넘어뜨린 '피로'이거나, '나'의 기관을 상하도록 하는 '병마', 즉 죽음의 그림자이겠다. 그러나 이 작품은 특이하게도 시적 화자인 '나'가 아니라 '나'로부터 젊음 혹은 삶을 뺏어가는 '죽음'을 행위자로 내세우는 제목을 붙이고 있다. 그리고 '買春'이라는 제목은 곧바로 李箱이 자주 다루는 '賣春', 그리고 '賣春婦'를 연상시킨다.

동음이의어로 인한 이러한 연상 작용은 賣春婦를 한 번도 賣春婦로 생각한 적이 없다는 「逢別記」의 '나'의 말을 납득할 수 있게 해주는 실마리를 제공한다. 즉, 李箱의 작품 속에 등장하는 여인들은 賣春婦인 동시에, '나'의 삶을 탕진시키고 죽음으로 이끄는 買春婦이기도 한 것이다.

3. 참수당하는 '永遠의 女性'

橫光利一와 李箱의 여성 인물들 사이에 상당한 유사성이 발견된다는 점은 분명하다. 그러나 명확한 변별점 역시 존재하는데, 이는 李箱의 여성인물들이 '나'를 죽음으로 이끄는 치명적인 존재로 상징화된다면, 橫光利一의 여성들은 반대로 '나'로 인해 죽음을 맞이하게 되는 것으로 그려진다는 점에서 찾을 수 있다. 우리는 여기에서 이 두 작가의 여성에 대한 시선의 차이를 확인하게 된다.

즉, 橫光利一에게 있어 여성인물은 근대 사회를 비판하기 위한 효과적인 도구이며, 바로 그러한 이유 때문에 橫光利一의 여성인물들은 작품 내에서 능동적인 행위자로 등장하는 것이 아니라, 수동적인 성격을 지니는 경우가 많다. 또한 인간 소외를 체현하는 존재로서 억울한 희생을 당하거나, 희생되지 않더라도 '도구'나 '사물'의 지위를 넘어서지 못하게 되는 것이다. 그들의 이러한 열등한 지위는 「鳥」에서 '나'가 리카코에게 하는 말을 통해서 단적으로 드러난다. '나'는 리카코에게 Q에게 돌아가기를 권하면서 "[Q는] 자신이 져야 할 돌을 나에게 지운 것이다. 내가 그 돌을 다시 Q에게 돌려준다고 해서 그가 나에게 화낼 수는 없을 것이다"라고 말한다.12) 이러한 언술을 통해 우리는 리카코가 '나'와 Q에게 있어 서로에게 건네주는, 혹은 떠넘기는 '돌'로 사물화 되어 버리고 있음을 확인하게 된다. 그리고 여기에서 우리는 橫光利一가 여성을 형상화 시키는 방식의 일면을 엿보게 되는 것이다.

요코미쓰 리이치가 여성인물들을 그려내는 방식의 심층을 파악하기 위해 여기에서 그의 또 다른 단편 「七階の運動」을 살펴보기로 하자. 제목부터 李箱의 「鳥瞰圖」 연작 중 「運動」이라는 시를 연상시키는 이 단편 소설은 李箱의 시가 『朝鮮と建築』에 발표되기 4년 전인 1927년 「文藝時代」에 발표된 작품이다. "一層우에있는二層우에있는三層우에있는屋上庭園에올라서南쪽을보아도아무것도없고北쪽을보아도아무것도없고해서屋上庭園밑에있는三層밑에있는二層밑에있는一層으로내려간즉"으로 시작하는 李箱의 「運動」과 마찬가지로 백화점을 작품의 무대로 하고 있는 「七階の運動」의 주인공 쿠지(久慈)는 백화점 주인의 아들로, 그의 하루 일과는 백화점의 일곱 층을 오르내리며 여점원들에게 현금을 뿌리는 것이다. 그는 생계를 위해 백화점에서 일하는 것이 아니라 "永遠의女性"을 창조하기 위해 백화점에서 일하는데, 이 '영원의 여성'은 요시코(能子), 교코(競子), 요코(容子), 토리코(鳥子), 니코(丹子), 모모코(桃子), 그리고 우츠코(鬱子) 등의 각 층의 여점원들을 조합함으로써 만들어진다. 즉 교코는 이 '영원의 여성'의 몸, 요시코는 머리인 식으로 말이다. 이러한 측면에서 이 백화점의 여성들은 전체를 구성하는 파편적 존재에 지나지 않으며, 개별적인 성격

---

12) "一度人の妻になつた身だとは云へ、人の妻などにさせたのはQではないか、<u>然もおのれの負ふべき石を私に負はしたのだ。私がその石を再びQに返したとて彼が私に怒ることは出來ないであらう</u>と私が云ふと、リカ子は顔を赧らめながら「行く」と云つた."(橫光利一、「鳥」、『高架線』, 新潮社, 1930, 29-30면.)

을 부여받지 못하고 있다. 그나마 백화점의 생리로부터 자유로운 것으로 그려지는 것은 '영원의 여성'의 머리 부분을 구성하는 요시코인데, 쿠지와 요시코의 호텔에서의 만남이 어긋난 채로 끝나버리면서 쿠지의 '영원의 여성'은 "머리가 잘린" 상태가 되고 만다. 그러나 그 이후에도 일곱 층을 오르내리는 쿠지의 운동은 계속된다.

이 단편은 백화점으로 상징되는 근대 자본주의 사회에 대한 요코미쓰 리이치의 강한 비판을 담고 있다. 이 작품을 통해 橫光利一가 보여주고자 한 것은 자본주의 사회에서 산산이 해체되어 버리고 마는 인간의 모습이겠지만, 그 과정에서 남성 주인공의 시선에 의해 물화된 채, 팔이나 다리, 몸통 등 신체의 각 부분으로 조각나 버리고 마는 것은 결국 여성의 신체이다.[13] 여기에서 '운동'의 주체는 어디까지나 남성인물이며 여성인물들은 '영원의 여성'의 한 부분을 구성할 뿐인 파편화된 모습으로 백화점의 판매대 앞에 서서 쿠지가 오기를 기다릴 뿐이다.

李箱의 여성인물과 橫光利一의 여성인물 사이의 차이가 바로 여기에 있다. 즉, 李箱의 작품 속에서 '운동'의 주체는 橫光利一와는 반대로 여성인물들인 것이다. 집을 나가는 것은 언제나 여성인물들이며, 언제 올지, 혹은 언제 또 떠날지 모르는 여성인물들을 막연히 기다리는 것은 李箱에

---

13) 인간을 파편화된 모습으로 인식하는 것은 橫光利一의 중요한 특징이라고 할 수 있다. 따라서 혹자는 이러한 인식 방식이 여성인물에 국한된 것이 아니라 인간 일반에 해당하는 것이 아닌가라는 의문을 제기하며 다음과 같은 장면을 제시할 수도 있을 것이다 : "산키는 이 닳고 닳은 여자의 머리속에서 전부터 몇 분씩 생활하고 있었을 자신의 모습을 생각했다. 그 모습은 아마도 어딘가의 수많은 남자들의 모습 중에서 부분 부분들을 주워 모아서 만든 누더기와 같은 것일 게 틀림없다." 이는 산키가 미야코와 대화하면서 떠올리는 생각이다. 그러나 이 장면을 두고 '파편화된 남성'의 모습을 보여주는 것이라고 보기는 어렵다. 이는 실제로 미야코의 시선이 아니라 산키의 생각일 뿐이며, 오히려 역으로 산키가 대상을 바라보는 방식이 그러함을 드러내줄 뿐인 것이다. 橫光利一가 의도한 것은 자본주의 사회에서 파편화되는 인간 일반의 모습이겠으나, 그 과정에서 시선의 주체가 언제나 남성이며, 그 시선의 대상이 여성이라는 점 역시 부정하기 힘들다(橫光利一, 앞의 책, 129면).

게 있어서 남성 인물들의 몫이다. 앞서 横光利一의 「鳥」와의 연관성을 언급했던 「童骸」에서도, 요코미쓰 리이치와 유사하게 임이를 '바통'으로 묘사하는 식의 표현이 나타나고 있지만, 그럼에도 불구하고 여전히 '운동'의 주체는 여성인물 임이이다. 어느 날 밤 가방을 들고 불쑥 '나'를 찾아오는 것도, 또 독화가 핀 얼굴을 하고 윤과 함께 사라져버리는 것도 임이인 것이다.

横光利一는 그의 작품을 통해 근대 소비 사회의 물질주의를 비판한다. 그러나 근대사회를 비판하기 위해 그 병폐를 고발하는 과정에서, 横光利一의 여성인물은 그 수단으로써 타자화되어 버리고 만다. 『上海』에서 역시 이렇듯 타자화된 여성인물을 볼 수 있는데, 앞서 언급한 오스기가 대표적이라고 할 수 있다. 그녀는 아버지의 죽음 이후 처음에는 국가로부터, 그리고 다시 산키로부터 외면당함으로써 불행해지는 인물이다. 타구치 리츠오(田口律男)는 오스기의 그러한 절망적인 상황을 다음과 같이 묘사한다 : "즉 일본에의 귀속을 거부당하고, 게다가 또 산키에의 귀속을 거부당하고 말았던 것이다."[14] 타구치 리츠오가 사용한 국가 또는 남편에의 "귀속"이라는 가부장적인 표현에서 간접적으로 여성인물들에 대한 요코미쓰 리이치의 시선의 일면을 읽어낼 수 있다. 그의 여성들은 국가 혹은 남성의 보호의 대상으로 그려지며, 여성이 이러한 국가나 남성의 보호를 잃게 되었을 때, 그들은 사회의 밑바닥으로의 전락을 경험할 수밖에 없는 것으로 그려지고 있기 때문이다.

오스기와 같이 비극적인 운명을 맞이하는 인물로 중국인 여성 방추란을 들 수 있다. 『上海』에는 주인공 산키를 둘러싼 수많은 여성들이 등장하는데, 그 중에서 가장 긍정적인 여성상이 바로 중국 여인 방추란이다. 방추란은 중국 공산당에서 활동하는 혁명가이자, 최종적으로 산키의 사

---

14) 田口律男, 「横光利一・『上海』論の試み(一) : 娼婦＜お杉＞の意味」, 『近代文學試論』, no.23, 1985. 12, 3면.

랑을 받게 되는 인물이다. 오류가 독부의 표본으로 그려지고 있다면, 미야코는 여러 남자를 두고 저울질하는 방탕한 여자로 그려진다. 오스기는 순진하긴 하지만, 결국 매춘부로 타락하고 만다. 올가 역시 매춘부로 전락한 인물이다. 이러한『上海』의 여성인물군 중 방추란이야말로 순수한 이상을 향해 행동하는 이상적인 여성인물이라고 할 수 있다. 그러나 결국 방추란은 일본인인 산키와의 관계 때문에 스파이라는 혐의를 받아 동료에게 피살당하는 불행한 최후를 맞이하게 된다. 여기에서 우리는「七階の運動」에서 '영원의 여성'이 겪었던 운명이, 일 년 후 1928년에 연재되기 시작한『上海』의 방추란에게서 또다시 반복되고 있음을 보게 된다. 국제식민도시 상해에서 일어난 반제국주의 운동을 배경으로 하고 있는『上海』에서 정치적인 서사를 걷어내고 산키와 다른 여성인물들 사이의 관계만을 보면, 그 구도가「七階の運動」와 매우 흡사함을 알 수 있다.「七階の運動」이 주인공 쿠지가 백화점의 각 층에서 여러 여성들을 만나며 '영원의 여성'을 만들어가는 과정과 그 실패를 그리고 있다면,『上海』에서는 산키가 오류(お柳), 오스기(お杉), 올가, 미야코(宮子), 방추란(芳秋蘭) 등의 여러 여자를 만나면서 첫사랑 교코(競子)의 빈자리를 채워줄 여성을 찾지만 결국 실패하고 마는 과정을 보여준다고 할 수 있다. 그리고「七階の運動」에서 머리가 잘리는 '영원의 여성'의 운명과도 같이, 방추란은 결국 살해되어 버리고 마는 것이다.

요코미쓰 리이치는 이들 작품들에서 해체되어버린 자아, 파편화되어가는 존재들, 그리고 살해되어 버리고 마는 '영원의 여성' 등의 이미지를 통해 근대의 비극을 드러내 보이고 있다고 할 수 있다. 산키가 자신의 첫사랑이었던 교코를 대신할 사랑을 결국 얻지 못하는 것, 그가 고향 일본으로 절대로 돌아갈 수 없는 것 등은 니힐리스트로서의, 그리고 근대인으로서의 그의 운명을 보여준다. 그러나 橫光利一가 그리고 있는 근대인은 쿠지이고 산키이지, 결코 요시코나 방추란 혹은 오스기는 아니다. 여성의 몸이라는 대상을 해체하는 시선도, 또 귀속을 거부당하거나 몰락을 경험한 여성들에게 던져지는 연민의 시선도 결국 남성인물들의 것이다.

그러나 이러한 시선의 주체가 李箱에게 와서는 다르게 나타나고 있음을 볼 수 있다. 아래는 李箱의 「날개」의 한 장면이다.

> 래객들이 돌아가고, 혹 밤외출에서도라오고 하면 안해는 경편한것으로 옷을바꾸어입고 내방으로 나를 찾아온다. 그리고 이불을들치고 내귀에는 영 생동 생동한 몇마디말로 나를위로하려든다. 나는 嘲笑도苦소도哄笑도 아닌 우숨을 얼골에띠우고 안해의아름다운얼골을처다본다 아내는 방그레웃는다. <u>그러나 그얼골에떠도는 일말의 애수를나는놓지지안는다.</u>
>
> —「날개」, 2 : 268

위 작품에서 우리는 애수어린 눈으로 '나'를 바라보고 있는 아내의 시선을 목격하게 된다. 그리고 이 장면을 통해, 李箱의 작품에서 대상을 타자화시키는 남성인물의 시선으로부터 비켜서서 시선의 주체로서 남성인물을 바라보는 여성인물의 모습을 확인하게 된다. 이러한 아내의 연민어린 시선은 여성인물을 타자화하는 남성인물의 시선을 교란시키고, 여성들을 대상물의 자리에서 비켜서게 해 주는 것이다.

4. 거짓말 하는 여인, 어디 갔는지 모르는 아내

李箱의 여성인물들은 대상물의 자리에서 비켜서 있을 뿐만 아니라, '비밀'을 가직한 채 남성화자들을 속이는, '야웅의 천재'들이다. 妍이는

"아직도 수없이 지니고있는 秘密을 만지작만지작 하고 있"(「失花」, 2 : 358)
으며, "姙이의 怜悧한 거즛뿌렁이"(「童骸」, 2 : 303)에 '나'는 속고 또 속는
다. 이는 불과 몇 십 년 전까지 통용되던 전통적인 여인상과 비교해 보
았을 때, 획기적인 변화라고 할 수 있다. 전통적인 여인들은 남성들의
거짓말에 속고 또 속으면서도 참고 인내하며 떠나간 정인이 돌아오기를
기다렸다. 그러나 李箱의 여성은 다르다. 아래는 「素·榮·爲·題」의 한
연이다.

> 진흙밭헤매일적에네구두뒤축이눌러놋는자욱에비나려
> 가득고엿스니이는**온갓네거짓말**네에한없이고단한
> 이설음을哭으로울기전에따에노아하늘에부어놋는내억
> 울한술잔네발자욱이진흙밭을헤매이며헛뜨려노음이나

> —「素·榮·爲·題」, 1 : 88

위의 시에서 우리는 여성인물의 거짓말에 우는 남성 화자의 목소리를
듣게 된다. 李箱은 전통사회에서 여인을 버리고 떠나는 남자의 전유물이
던 '거짓말'을 여성의 것으로 전도시키고 있는 것이다.

여성이 거짓말을 한다는 것은 왜 중요한가? 그것은 바로 李箱이 남자
의 거짓말에 속는 것이 아니라, 자신의 거짓말로 남성을 속이는 능동적
인 여성, 행위의 주체로서의 여성인물을 새롭게 창조해 내고 있기 때문
이다. 즉, 李箱은 여성인물에게 '비밀'을 부여함으로써 여성과 남성 사이
의 권력관계를 역전시키고 있다고 할 수 있는데, 이는 李箱의 작품 전반
에 걸쳐 나타나는 특징이라고 할 수 있다. 여기에서 이러한 작품들의 면
면을 살펴보도록 하자.

「黿鼉會豕」에서 남자 주인공 '그'는 아내와 부부 사이임에도 처음에
그녀가 왜 그를 따라왔던 것인지, 그리고 또 왜 떠나버린 것인지 알 수

가 없다. 아내는 지금은 돌아와 있지만, 그것은 '왜 갔는지 모르게' 가버
릴 징조일 뿐이다.

> 그가어쩌다가그의아내와부부가되어버렸나. 아내가그를맞아온것은사실
> 이지만 웨맞아왔나?아니다. 와서웨가지않았나ㅡ 그것은분명하다. 웨가지
> 않았나 이것이분명하였을때ㅡ그들이부부노릇을한지 ㅡ년반쯤된때ㅡ아
> 내는갔다. <u>그는아내가웨갔나를알수없었다.</u> 그까닭에도저히아내를찾을
> 길이없었다. 그런데아내는왔다. 그는웨왔는지알았다. 지금그는아내가웨
> 안가는지를알고있다. <u>이것은분명히웨갔는지모르게아내가가버릴증조에
> 틀림없다.</u> 즉 경험에의하면그렇다. 그는그렇다고웨안가는지를일부러몰
> 라버릴수도없다. 그냥 아내가설사또간다고하드래도웨안오는지를잘알고
> 있는그에게로불숙돌아와주었으면하고바라기나한다.
>
> ㅡ「黿鼉會豕」, 2 : 241

즉 아내는 '그'로서는 알 수 없는 비밀에 싸인 존재인 것이다.

「날개」의 주인공인 '나'에게 있어서 역시 아내가 하는 행동들은 난해
하고 알 수 없는 일투성이이다. 심지어 '나'는 아내의 직업이 무엇인지
조차 모른다.

> 나는 위선 내아내의직업이무었인가를 연구하기에착수하였으나 좁은시
> 야와 부족한지식으로는 이것을 <u>알아 내이기힘이든다. 나는 끝끝내 내
> 아내의직업이 무엇인가를모르고 말야나보다.</u>
>
> ㅡ「날개」, 2 : 267

그럼에도 '아내에 관하여서 연구'하는 것이 가장 중요한 업무인 '나'는
아내라는 기호를 해독하기에 골몰하는 것이다.

'나'는 아내의 비밀을 알아내고자 하지만 아내는 외출의 비밀을 감추

기 위해 "外出에서도라오면房에들어서기전에洗手" 즉, "닦아온여러벌表
情을벗어버리는醜行"(「追求」, 1 : 134)을 하기 때문에 아내의 비밀을 알아
내는 것은 쉽지 않다. '나'의 앞에 서기 전에 세수를 하여 표정을 벗어버
림으로써 자신의 비밀을 숨기기 때문이다. '나'는 아내의 비밀을 밝혀내
기 위해 '한조각毒한비누'를 감춰버리기도 하지만, 결국 아내의 비밀을
알아내지는 못한다.

이처럼 '비밀'을 간직한 채 거짓말하는 것은 이제 언제나 여성들이며,
'나'는 그 여인들의 거짓말을 폭로하고, 그 이면에 숨겨진 '비밀'을 알아
내기 위해 애쓴다. 그렇다면 '비밀'이 의미하는 바는 무엇인가? '비밀'이
란 '나'에게는 알려져 있지 않으며, 상대방만이 아는 것, 그러나 '나'로
하여금 알아내도록 강요하는 감춰진 의미이다.[15]

수필 「十九世紀式」에서 李箱은 "秘密이 없다는 것은 財産 없는것 처럼
가난할뿐만 아니라 더 불쌍하다. 情痴世界의 秘密－내가 남에게 간음한
秘密, 남을 내게 간음시킨 秘密, 즉 不義의 兩面－이것을 나는 萬金과 오
히려 바꾸리라. 주머니에 푼錢이 없을 망정 나는 天下를 놀려먹을 수 있
는 實力을 가진 큰 富者일수 있다."(「十九世紀式」, 4 : 259)라고 말한 바 있
다. 실제로 李箱의 여성들은 그들의 '비밀'로 인해 남성 화자들보다 우월
한 지위를 획득한다. '나'와 여인들 사이의 관계는 비대칭적인데, 이는
여성들이 비밀을 소유하고 있다는 점에서 기인하는 것이다.

여인의 비밀과 마주치는 순간, '나'는 그 비밀을 해독하도록 강요당한

---

15) 들뢰즈는 『프루스트와 기호들』에서 프루스트의 『잃어버린 시간을 찾아서』를 분석하면
서 '기호'라는 개념을 사용한다. 李箱 역시 프루스트의 『잃어버린 시간을 찾아서』를 읽
은 바 있기 때문에, 들뢰즈가 사용하고 있는 '기호'의 개념은 李箱의 작품을 설명하는
데 있어 유용한 도구가 될 수 있다. 본고에서는 들뢰즈의 '기호'라는 개념을 李箱의 '비
밀'과 등치로 놓고 설명을 전개하고자 한다. 질 들뢰즈, 서동욱 · 이충민 역, 『프루스트
와 기호들』, 민음사, 2004.

다. 즉 여인의 비밀은 폭력과도 같으며, '나'의 지위를 수동적인 위치로 강등시키는 것이다. "이런녁달이 지나고 어리석은꿈을 그럭저럭 어리석은꿈으로 돌릴줄 알만한時機에 안해는 꿈을 거츠름거름거리로 逆行하야 여기 暴君의印象으로 나타난것이다"(「恐怖의記錄」, 4 : 268)라는 말은, 비밀을 가진 여인이 '나'에 대해 폭군과도 같은 위력을 가짐을 단적으로 보여준다. 폭력을 행사하는 자와 폭력을 당하는 자 사이의 관계, 혹은 '부자'와 '가난한 자' 사이의 관계가 비대칭적이듯이, '나'와 여인과의 관계 역시 비대칭적이다. 비밀의 폭력에 노출된 '나'는 수동적인 위치에서 여인의 폭력을 감내하는 수밖에 없는 것이다.

李箱의 여성인물들의 특징과 새로움이 바로 여기에 있다. 이는 橫光利一의 여성인물들과 비교했을 때 더욱 분명하게 나타난다. 가령『上海』의 오스기와 같은 경우, 그녀는 아무런 비밀도 갖고 있지 못하며, 산키에게 자신의 불행과 치부의 전부를 언제나 들켜버리고 만다. 오스기에게 일어나는 불행한 사건들─고아에게 겁발 낭한 일까지도─을 간파해내는 산키의 능력은 놀라울 정도이다. 산키는 오스기에 대한 모든 것을 쉽게 알아낸다 반대로 오스기는 자신을 겁탈한 것이 신기인지 고야인시소자 확실하게 '모르는 상태'에서, 그날 밤의 비밀을 산키의 표정에서 알아내려고 하기 때문에 산키와의 관계에 있어 언제나 열등한 위치를 차지할 수밖에 없게 된다.

한편 李箱은 여성인물들에게 남성화자 '나'가 알 수 없는 비밀을 부여함으로써 이들보다 우월한 위치에 서게 하며, 이들을 거짓말하는 여인, 출분하는 아내로 그려냄으로써, 행위의 주체가 되도록 한다. 李箱의 여인들은 단순히 '비밀'에 싸인, 거짓말하는 주체일 뿐만 아니라, 행동하는 주체이기도 하다. 어디 갔는지 모르는 곳으로 가버리는 것은 언제나 여인들이기 때문이다. 이제 거짓말하는 비밀에 싸인 여성을 기다리는 것은 남성의 몫이다.

아내는 자주 '나'가 모르는 곳으로 외출을 하고, '넉 달'만에 홀연히 귀가하기도 하며, 또다시 '어디 갔는지 모르게' 사라져 버린다. 돌아올 땐 '왕복엽서'처럼 초조히 '살[에]허다한指紋내음새'(「黿鼉會豕」, 2 : 247)를 묻힌 채, 혹은 "附箋붓흔 편지 모양으로 째와손자죽[을] 잔득뭇[흰]"(「恐怖의記錄」, 4 : 267) 채 돌아온다. 아내의 살에 묻은 '지문 내음새' 그리고 '때와 손자죽'은 '나'가 알 수 없는 미지의 세계를 지시한다. '나'는 이 미지의 세계로부터 묻혀온 아내의 비밀한 흔적들이 무엇을 의미하는지 알아내려고 하지만, 끝내 알아내지 못한 채 아내는 결국 사라져버리고 만다.

그렇다면 이 사라져버리는 여인들이 간직한 '비밀'은 무엇일까. 일차적으로 그것은 '賣春'한 비밀이지만, 이는 또한 '買春'의 비밀, 즉 '나'를 죽음으로 이끄는 비밀이기도 하다. "손가락 같은 여인이 입술로 지문을 찍으며 간다. 불쌍한 수인은 영원의 낙인을 받고 건강을 해쳐 간다"(「무제」, 4 : 337)라는 표현에서 우리는 여인의 키스를 죽음의 낙인과 동일시하고 있는 李箱의 상상력의 한 단면을 확인할 수 있다.

李箱이 여인과 죽음을 연결시키고 있는 장면을 우리는 「紙碑 — 어디갓는지모르는안해」라는 시에서도 확인할 수 있다. 墓誌銘이 새겨진 '墓碑'가 죽음의 표식이라면, "이런 紙碑가붙어있는 책상앞이 兪政에게있어서는 生死의岐路다"(「失花」, 2 : 357)라는 말에서 추정해 볼 수 있듯이, '紙碑'는 죽음 직전, "生死의 岐路"에 있는 상태를 의미하는 것이라고 할 수 있다. 그리고 '나'의 "생사의 기로"에는 언제나 "秘密한발을 늘보선신ㅅ고 남에게 안보이다가"(「紙碑 — 어디갓는지모르는안해」, 1 : 102) 결국 어디 갔는지 모르게 사라져버리는 아내가 있다. 즉 아내는 '나'의 생사에 대한 비밀을 간직한 존재로 상징화되고 있는 것이다.

李箱의 남성인물들의 삶은 여성의 ‘방’ 안에서 펼쳐진다. 「竈鼈會豕」에서 아내를 상징하는 거미는 ‘방’ 그 자체이며, ‘나’는 “거미속에가녑적하게들어누어있[다].”(「竈鼈會豕」, 2 : 240) 「날개」에서 역시 ‘나’의 삶은 아내의 방 안에서 이루어진다. “어떤巨大한母체가나를여기다갖다버렸나”(「竈鼈會豕」, 2 : 239)라는 말에서 짐작할 수 있듯이, 李箱에게 있어서 ‘나’는 모체라는 ‘방’에서 나서, 여인의 ‘방’에서 살다가, 그 “구중중한방에 홀로누어 終生”(「終生記」, 2 : 314)할 것이다. 따라서 李箱에게 있어 여성은 橫光利一에게서처럼 타자화되는 대상적인 존재일 수 없다. 李箱에게 있어 여성은 그로부터 분리됨으로써 탄생하고, 그 안에 합일될 때 죽음을 경험하게 하는, ‘나’의 근원으로서의 절대적 타자이기 때문이다.

5. ‘終生’ 이후

橫光利一는 『上海』에서 오스기라는 여성인물이 일본이라는 근대 국가로부터 외면당한 채 매춘부로 전락해 가는 과정을 상세히 그린다. 한편 李箱은 ‘나’와 만나기 전부터 이미 매춘부였던 여성들을 그리고 있다. 요코미쓰 리이치가 사회 구성원을 나락으로 내모는 근대 국가의 제도적인 폐해에 대해 고발하고 있다면, 李箱은 매춘부를 양산하는 사회에 대해 아무런 직접적인 비판도 하지 않는다. 그녀들은 이미 매춘부이며, 李箱에게는 그녀들의 전락을 책임지울 수 있는 국가가 존재하지 않기 때문이다. 이러한 차이는 범박하게 말하자면 제국의 국민과 피식민지인의 차이라고도 할 수 있겠다.

그러나 이러한 차이로 인하여 요코미쓰 리이치가 여성에게 국가나 남성의 보호 아래 있어야 하는 종속적인 지위를 부여하고 있다면, 李箱은 여성을 전통적인 윤리나 구속으로부터 해방시키고, 이 여인들에게 우월한 위치를 부여한다. 요코미쓰 리이치의 여성인물들이 남성 인물들의 행위에 수동적으로 반응하며, 남성들로 인해 매춘부로 전락하거나, 강간을 당하고, 끝내 죽임을 당하는 운명을 감수해야 하는 존재들이라면, 李箱의 여인들은 남성들이 모르는 비밀을 간직한 채, 어디 갔는지 모르게 출분하는 존재들이다. 橫光利一가 여성 인물들을 쉽게 더럽혀지고 버려지는 대상으로 타자화시키고 있다면, 李箱은 그들을 국가라는 제도 너머에서 유구하게 이어지는 삶과 죽음 자체를 상징하는 존재로 형상화한다. 따라서 橫光利一에게 여성인물들이 연민의 시선으로 바라보거나, 보호를 해야 하는, 혹은 보호하지 못한 것에 대해 부채감을 느껴야 하는 대상이라면, 李箱에게 있어서 여성은 연민의 시선으로 바라보아야 하는 존재가 아니라, '나'를 연민의 시선으로 바라보는, 내가 보호해야 하는 대상이 아니라, '나'의 운명의 비밀을 간직하고 있으며, 국가라는 제도가 사라진 뒤에도 여전히 이어지는 生과 死라는 시간의 순환 그 자체를 상징하는 존재인 것이다.

橫光利一와 李箱의 유사성은 이들이 근대라는 시간대를 동시적으로 호흡하고 있었다는 데에서 기인한다. 그러나 요코미쓰 리이치가 일본 근대문학을 이끌어간 선구자라면, 그는 또한 그렇기 때문에 '근대'와 일본이라는 '근대 국가'에 갇혀버릴 수밖에 없었다. 橫光利一와 경쟁하면서 작품 활동을 해 나간 李箱은 그러나 '국가'의 부재로 인해 오히려 '근대'를 넘어설 수 있었다고 할 수 있다. 橫光利一에게는 언제나 근대 국가가 그 배경으로서 버티고 있었고, 또 비록 비판적이었을지언정 그는 한 번도 그 국가라는 토대로부터 완전히 일탈하지는 않는다. 그러나 식민지에 태어난 李箱은 동일시할 국가가 없었기 때문에, 이러한 결핍으로 인해 오히려 가부상적인 시선이니 국가주의적인 이데올로기로부터 자유로울 수 있었으며, 따라서 그의 여성 인물들도 그러한 시선과 이데올로기로부터 해방될 수 있었다. 李箱의 여성 인물들은 국가라는 토대를 상실한 피식민지인에게 있어 유일하게 보장되는 영속성이자, 개인적인 죽음 이후까지 이어지는 유구한 삶 그 자체이다. 아래는 「終生記」의 한 장면이다.

> [⋯] 貞姬는 그리갔다. 이리하야 <u>나의 終生은 끝났으되 나의 終生記는 끝나지않는다.</u> 왜?
> <u>貞姬는 지금도 어느뻴딩걸상우에서 뜌로워스의 끈을풀르는中이오 지금도 어는 泰西舘別莊방석을 비이고 뜌로워스의 끈을 풀르는 中이오 지금도 어느 松林속잔디버서놓은外套우에서 뜌로워스의 끈을 盛히 풀르는中이니까</u> 다.
>
> —「終生記」, 2 : 336–337

정희가 '뜌로워스'을 끈을 푸르고 있는 한, 생은 영원히 지속된다. 그렇기 때문에 '나'라는 개체의 종생 이후에도 '나'의 '종생기'는 끝나지 않는다. 李箱의 '종생기'야말로 '역사'를 대체하는 유구한 시간의 기록이며, 李箱은 이를 통해 근대라는 역사의 한 시기를 넘어설 수 있게 되기 때문이다.

참고문헌

권영민 편, 『이상 전집』 1~4, 뿔, 2009.
김윤식 편, 『이상문학전집』 1~3, 문학사상사, 1993.
김주현 주해, 『정본 이상문학전집』 1~3권, 소명출판, 2005.
요코미쓰 리이치, 김옥희 역, 『상하이』, 소화, 1999.
橫光利一, 『新選橫光利一集』, 改造社, 1928.
橫光利一, 『高架線』, 新潮社, 1930.

강인숙, 『일본 모더니즘 소설 연구-요코미쓰 리이치, 류탄지 유, 이토 세이를 중심으
　　　로』, 생각의 나무, 2006.
김경욱, 「이상 소설에 나타난 '단발'과 유혹자로서의 여성」, 『관악어문연구』 vol.24, 1999.
김승구, 『이상, 욕망의 기호』, 월인, 2004.
김윤식, 『이상연구』, 문학사상사, 1987.
김　현, 『김현 예술 기행 : 반고비 나그네 길에』, 문학과지성사, 1993.
서동욱, 『차이와 타자』, 문학과지성사, 2000.
서영채, 『사랑의 문법-이광수, 염상섭, 이상』, 민음사, 2004.
신범순, 『이상의 무한정원 삼차각 나비-역사시대의 종말과 제4세대 문명의 꿈』, 현암
　　　사, 2007.
이금재, 「한국문학에 있어서 요코미츠 리이치(橫光利一)의 수용-李箱 문체를 중심으
　　　로」, 『日本學報』 제44집, 2000.
_____, 「이상의 「날개」와 요코미츠 리이치의 「새(鳥)」」, 『日語日文學硏究』 제40집,
　　　2002.
_____, 「한국과 일본의 모더니즘 문학-이상과 요코미츠 리이치를 중심으로」, 『日語
　　　日文學硏究』 제59집, 2006.
이능화, 이재곤 역, 『朝鮮解語花史』, 동문선, 1992.

田口律男, 「橫光利一『上海』論の試み(一)：娼婦＜お杉＞の意味」, 『近代文学試論』 no.23, 1985. 12.
蘭明, 「李箱文学テクストの「女」に関する覚書-ダリ及び橫光利一との関わりをめぐって」, 『九
　　　葉読詩会』 第4号, 2009.

蘭明, 「李箱における橫光利一受容の深層ー『上海』および「青い大尉」との葛藤ー」, 일본연
　　구 제38호, 2008. 12.
蘭明, 「李箱「地図の暗室」を浮遊する"上海"ー橫光利一受容及びその他ー」, 일본연구　제
　　40호, 2009. 6.
질 들뢰즈, 서동욱・이충민 역, 『프루스트와 기호들』, 민음사, 2004.

제2부

이상적 월경과 창조—『詩と詩論』 수용을 중심으로

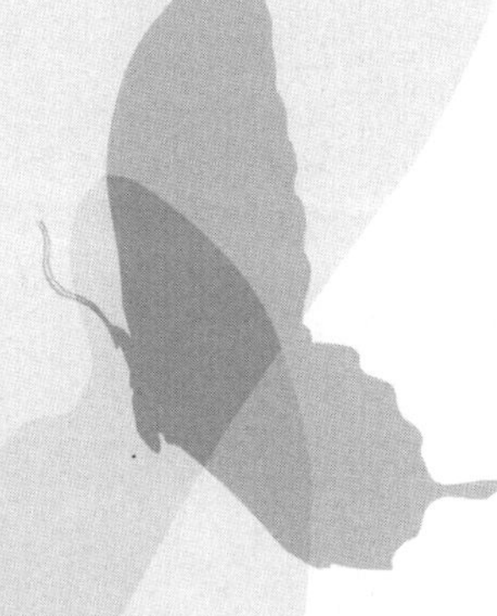

"여자의 눈"은 왜 찢어졌는가*

이상과 전위영화 및 『詩と詩論』의 그 주변

란명(蘭明)

1. '눈'과 '렌즈' : 영화가 흥기(興起)한 시대의 감성

이상은 시인으로서 1930년대를 살았다. 1930년대는 어떠한 시대였으며, 특히 표현의 세계에서는 어떠한 과제에 직면했던 것인가. 현실로서 이상이 위치해 있었던 일본어 언설 공간에서부터 관련 기술들을 확인해 보자.

사진기의 「렌즈의 눈」은 「인간 이외의 눈」인 것. 그러므로 자기중심적이지는 않은 성질로 건축을 양식에 의해 보는 것, 자연을 회화적으로 보는 것에서 우리를 해방했다. 게다가 이런 시각의 해방은 영화가 출현에 의하여 한없는 그 전망을 우리들에게 약속하고 있다. 매일, 우리들 중 누군가는 영화관에서 이런 시각으로 새로운 말을 배우고 있었다.[1]

---

* 이 글은 『한국현대문학연구』 제29집(255-288면, 2009年 12月)에 게재된 것이다.
1) 香野雄吉, 『現代住宅建築論』, 天人社, 1930, 19면.

현대예술은 분명히 「눈의 승리」, 영상의 승리, 조취사진(早取寫眞)의
승리, 올바른 단편적인 절대적인 환각적인 형식의 승리를 주장한다.
(생략)2)

앞의 코노 유키치의 글은 "회화적이 된 눈"에 관해서 "사진기에 의한
완전히 다른 눈"을 가지지 않으면 안 된다고 말하는 모호리 나기의 주장
을 소개하는 문맥에 둘 수 있고,3) 후자의 키타가와 후유에(번역자)는 『詩
と詩論』의 멤버 중에서도 영화에 관해 유독 다양한 발언을 한 인물로,
둘 다 이상이 본격적으로 창작활동을 시작했을 무렵 접했을 가능성이
있는 작가들이다.

이 글에서의 "렌즈의 눈"이나 "영화의 출현"과 같은 구절에 나타나는
것처럼, 1930년대는 활자표현이 영상표현의 흥기(興起)에 조우하는 시대
였으며, "영화나 사진과 같은 '기계'를 매개로 해서 성립하는 예술이 '활
자문화'를 대표하는 문학을 대신해서 사람들에게 매력적으로 다가온 것
은 진실로 이 시기의 일"이었다.4) 그래서 회화, 장정, 건축, 소설 등의
다분야를 왕래하면서, 특히 시인으로서 창작활동을 했던 이상이 표현지
적 생애는 마침 이 시기와 겹쳐진다. 즉, 이상은 "눈이 렌즈"로 변한 시
대, 발터 벤야민의 말을 빌려 말하자면, "복제기술"의 시대를 마침 살았
던 것이다.

본고는 이즈음의 사유와 양상, 즉 1920년대부터 격렬하게 변화해 온
표현 의식의 흐름을 참작하여 이상이 얼마나 새로운 표현 방법을 모색
하고 있었는지를 밝히는 것으로서, 이상의 시 <흥행물 천사> 및 <광녀

---

2) 마르셀 소바쥬, 北川冬彦 역, 「今日のポエジイ」, 『詩と詩論』 제3권, 厚生閣書店, 1929, 3면.
3) 잘 알려져 있듯이 이상은 모호리 나기에 깊은 관심을 보였다(『朝鮮と建築』) 1932년 제11
   집 9권 권두의 말 등).
4) 鈴木貴宇, 「板垣鷹穂と<機械>-「機械のリアリズム」と「プチ・ブルジョワ・インテリゲン
   チャ」」, 『日本近代文學』 제67집, 日本近代文學會, 2002, 116면.

의 고백>을 일본어 매체와의 관련성을 단서로 하면서 다시 읽어본 것이다. 본고가 기성의 연구에 대한 보정이 되어, 이상의 문학적 표현의 새로운 지평의 개척으로 연결된다면 다행이겠다.

2. ‘눈’과 ‘면도칼’ : 〈홍행물 천사〉와 〈안달루시아의 개〉

<홍행물 천사―혹은 후일담으로서>(『朝鮮と建築』, 1931년 8월호)는 일본어로 써진 시이다. 작품의 구성과 표현 등에 관하여 해독하고, 나아가 텍스트 수용이라고 하는 관점에서 검증하기 위해 조금 길어지겠지만 전문을 인용하는 것으로 하겠다.

整形外科는여자의눈을찢어버리고형편없이늙어빠진曲藝師의눈으로만들고만것이다. 여자는싫것웃어도또한웃지아니하여도웃는것이다.

여자의눈은北極에서邂逅하였다. 北極은초겨울이다. 여자의눈에는白夜가나타났다.
여자의눈은바닷개의잔등과같이얼음판우에미끄러져떨어지고만것이다.

世界의寒流를낳는바람이여자의눈에불었다. 여자의눈은거칠어졌지만여자의눈은무서운氷山에싸여있어서波濤를일으키는것은不可能하다.

여자는大膽하게NU가되었다. 汗孔은汗孔만큼의荊棘이되었다.
여자는노래를부른다는것이찢어지는소리로울었다. 北極은鐘소리에戰慄하였던것이다.

◇   ◇

거리의音樂師는따스한봄을마구뿌린乞人과같은天使. 天使는참새와같이
瘦瘠한天使를데리고다닌다.

天使의배암과같은회초리로天使를때린다.
天使는웃는다, 天使는고무風船과같이부풀어진다.

天使의興行은사람들의눈을끈다.
사람들은天使의貞操의모습을지닌다고하는原色寫眞版그림엽서를산다.

天使는신발을떨어뜨리고도망한다.
天使는한꺼번에열個以上의덫을내어던진다.

◇   ◇

日曆은쵸콜레이트를늘인다.
여자는쵸콜레이트로化粧하는것이다.

여자는트렁크속에흙탕투성이가된스로오즈와함께엎드러져운다. 여자는
트렁크를運搬한다.

여자의트렁크는蓄音機다.
蓄音機는喇叭과같이紅도깨비靑도깨비를불러들였다.

紅도깨비靑도깨비는펜긴이다. 사루마다밖에입지않은펜긴은水腫이다.
여자는코끼리의눈과頭蓋骨크기만큼한水晶눈을縱橫으로굴리어秋波를濫
發하였다.

여자는滿月을잘게잘게썰어서饗宴을베푼다. 사람들은그것을먹고돼지같
이肥滿하는쵸콜레이트냄새를放散하는것이다.

――九三―, 八, 一八[5]

이와 같이 시는 3부로 구성되어 있다. 제1부와 제3부는 각각 '눈이 찢어진 여자'와 '그 후의 여자'가 묘사되어 있고, 그 사이에 있는 제2부에는 길 위에서 재주를 펼쳐보이는 "천사"가 삽화처럼 삽입되어 있다.

선행 연구에 따르면, 인식론적 시각의 중요성에 주목한 "눈 다래끼"설[6]과 '여자'라는 특성에서 날카롭게 포착한 "창부"설[7] 등 계시적으로 풍부한 지적들이 있다. 그러나 모두 '찢어진 여자의 눈'이라고 하는 발상의 계기는 어떠한 것인가라는 문제, 즉 이 작품과 '렌즈로서의 눈'이라는 시대적 감성 및 시대적 과제와의 깊은 관계에는 충분히 주의를 기울이지 않았다고 해도 좋을 것이다.

앞으로 서술하겠지만, 이 시는 복수의 영상 및 활자 텍스트 등이 교차되고 있지만 본고는 우선 무엇보다도 특별히 한 편의 영화에 주목하고 싶다. 그것은 1928년에 제작되고 1929년에 상영되었으며, 당대에 엄청난 센세이션을 일으킨 프랑스 전위영화의 대표작이자 초현실주의의 교과서적 작품이라고 평가되는 <안달루시아의 개(Un chien andalou)>이다. 제작과 감독은 루이스 브뉘엘이며, 각본은 브뉘엘과 살바도르 달리가 공동 제작했다.[8] 영화는 무성영화이며, 흑백의 스크린에 담배를 입에 문 한 명의 남자(브뉘엘)가 발코니에서 면도칼을 가는 장면에서 시작하여,

---

5) 임종국, 『李箱全集』, 文成社, 1972, 321-322면.
6) 권영민, 『이상전집』 1, 뿔, 2009, 263-267면.
   권영민은 여자의 찢어진 눈의 이미지를 '다래끼', '화농이 생겨 고름이 나는 눈' 등으로 해석하고 있다.
7) 신범순, 『이상문학의 새로운 지평』, 140-141면.
   신범순은 '쾌락의 극지를 탐험한 후의 허탈감과 절망감'이라고 지적. 이외에 달리로 대표되는 전위예술과 이상의 관련성에 대한 지적은 계시적이다.
8) 루이스 브뉘엘(Luis Buñuel, 1990. 2~1983. 7), 살바도르 달리(Salvador Dalí, 1904. 5~1989. 1).
   두 사람이 꾼 꿈을 그대로 영화에 가져온 것으로 여겨지고 있다. 브뉘엘과 달리는 이 영화에서 출연하고 있는데, 여성의 안구를 잘라내는 이발사를 브뉘엘이, 피아노와 함께 로프에 끌려가는 신부를 달리가 연기했다.

계속해서 젊은 여성의 눈동자를 면도칼로 자르고, 잘려진 눈동자에서는 수정체가 흘러 떨어지는 전율적인 장면, 그리고 그 뒤에는 면도칼이 눈을 찢는 장면을 환유하는 듯, 가느다란 횡운(橫雲)이 달을 가로지르는 특별한 장면이 이어진다.

물론 영화의 주제를 암시하는 이 첫 장면을 1920년대에 유행했던 프로이트적 방법론에 따라 해석하는 것은 용이하다. 예를 들어, 여성의 눈을 찢는 '면도칼'은 남성 성기를, 그리고 잘려 벌어진 '눈동자'는 여자 성기를 나타내는 것으로 바꾸어 읽을 수 있을 것이다. 그러나 본고는 일부의 비평가가 지적했던 것처럼 여기에서 잘려진 것은 "관습의 눈"9)으로, 나아가 표현자 자신의 눈이었을 것으로 생각하고 싶다. 즉, 이 영화는 기성가치에 얽매여 있는 우리들의 '눈'을 부수고 기성정보에 저항하고 그것을 거절하는 것, 그리고 새로운 '또 하나의 눈'의 존재, 혹은 특별히 다의적으로 불특정적인 표현의 존재를 암시하고 있다고 말해도 좋을 것이다.

그렇다면 이상의 <흥행물 천사>와 이 영화는 어떤 관련성을 가지는가, 특히 무엇을 표현하기 위해 창작된 것인가.

우선 작품의 구성적 특징에 주목하여 양자의 유사점 등을 두 가지 정도 예증해보자.

하나는 <안달루시아의 개>의 프롤로그의 이중적 반영. <흥행물 천사>의 제1부의 정형외과의가 "여자"의 눈을 자르는 것과 <안달루시아의 개>의 초반부가 유사하다는 점은 이미 명백한 것이지만 이상이 영화의 이 장면을 시적 스토리 속에, 나아가서 콜라쥬적으로 숨겨놓고 있다는 점을 간과해서는 안 된다. 예를 들어 "정형외과는 여자의 눈을 찢어

---

9) ジャン・ヴィゴ,「もう一つの眼で見る」(1930年6月14日)アド・キルー, 種村季弘譯 『ブニュエル』(『現代のシネマ3』), 三一書房, 1970, 221면.

버리고"와 제3부의 "여자는 만월을 잘게 썰어서 향연을 베푼다"에서 관찰되는 "目"과 "月"가 수미 호응하는 세부적 구성을 보자. 이것은 마치 <안달루시아의 개>의 초반부, 여성의 눈동자가 잘려나가고 그 뒤 가느다란 횡운이 달을 가로지르는 특별한 장면을 강하게 의식하고 있었던 것으로 생각될 수 있다. 요약하자면 이상은 제1부에서 <안달루시아의 개>의 프롤로그를 반영했다는 것만이 아니라 시의 전체적 구성 속에 프롤로그를 재차 내장하고 있다.

또 다른 하나는 '막간'적인 요소의 응용에 대한 것이다. 제1부의 '북극의 여자'와 제3부의 '후일담으로서 여자'의 사이에 제2부(봄 거리에 수수께끼 같은 "천사"의 출현)를 삽입한 형식에 주의하고 싶다. 이것은 <안달루시아의 개>의 프롤로그의 뒷 장면, "8년 후의 봄"[10]라고 하는 자막과 함께 거리에서 날개와 같은 망토를 몸에 걸치고 노상(路上)의 연예인의 분위기를 풍기는 주인공이 스크린을 생각나게 하는 흑백의 줄무늬의 상자(영화를 관통하는 중요한 장치)를 머리에 쓰고 자전거를 타고서 등장하는 장면을 희미하게 떠올리게도 하지만, 당시 유행했던 '막간극'을 의식한 것으로 생각될 수 있다. 즉, 이상이 좋아했던 르네 클레르의 ≪막간≫의 영향도 있었을지도 모르겠다.[11]

이어서 작품의 내용 줄거리에서 살펴보자. <홍행물 천사>의 발상의 원전을 <안달루시아의 개>로 간주하고, 즉 전위영화와의 관계를 이상 작품의 심층으로 들어가기 위한 입구로서 정한다면, 작품의 내용을 다음과 같이 해독하는 것이 가능할 것이다.

---

10) 각본은 『초현실주의혁명』 1929년 12월 15일 12호에 게재. 영화와 달리 각본에서는 프롤로그의 뒤 '8년 후'만 있다. 그 대신 최종 막의 설정은 '봄의 사막'. アド・キル―著 種村季弘譯, 앞의 책, 159면, 167면.

11) 金起林은 <이상의 모습과 예술>에서 "이상은 르네 클레르를 퍽 좋아하는 눈치다"라고 증언하고 있다. 임종국 편, 『이상전집』 서문, 백양당, 1949 참조.

제1부는 "눈의 사건"의 충격이다. 앞서 기술한 바와 같이 "整形外科는 여자의눈을찢어버리고형편없이늙어빠진曲藝師의눈으로만들고만것이다."의 구절은 <안달루시아의 개> 초반부를 반영하고 있으며, 그 다음에 이어지는 "여자"와 "북극"의 해후는 "면도칼"이라는 기계(정형외과)의 파괴적 의미에 대한 표현자 이상의 독자적인 인식과 감수성의 표출이다. 즉, 이 행은 "눈의 사건"의 충격으로 전류처럼 달려간 북극에의 상념을 몽타쥬적 구성한 것, 즉 사상적·E표현적 원점을 획득(혹은 소실)하는 순간에 있어서의 시인의 내면에서 일어나는 격렬한 전율과 동요(기묘하게 '웃는 얼굴'을 하면서 쇳소리로 운다)를 표현하고 있다.

제2부 이른바 '천사의 편'은 창작과정에 찾아온 관념적 사고의 이미지이다. "천사"의 '초라한' 자태, 우스꽝스럽고 수수께끼 같은 행동은 전통적 천사의 문맥과는 상이한 '새로운 천사'에 대한 관심과 곤혹스러움을 의미하고 있으며, 한편 "天使의興行은사람들의눈을끈다. 사람들은天使의貞操의모습을지닌다고하는原色寫眞版그림엽서를산다."라는 시의 구절은 전위와 대중문예의 괴리감(조선문예의 현실)을 나타낸 것이리라(천사의 문맥에 대해서는 3장에서 서술하겠다)

제3부는 선행연구에서 자주 지적되었던 것처럼 제1부의 "여자"의 후일담이겠지만, 역시 전위영화와의 관계라고 하는 시점에서 읽는다면, 완만한 시간에 흘러가도록 축음기를 운반하는 여자의 스토리의 배후에는 "축음기"와 "활동사진기"로 상징되는 새로운 영상 문화의 흥기가 표층화되면서 비상업주의에 대한 상업주의 혹은 예술 대 대중이라는 딜레마 앞에서 고뇌하는 이상의 심정을 읽을 수 있다. 조금 더 구체적으로 말해본다면, "코끼리의 눈"과 "두개골 크기만큼 한 수정눈"은 활동사진 카메라의 이미지로, "縱橫으로굴리어秋波를濫發하였다."와 "여자는滿月을잘게잘게썰어서饗宴을베푼다"는 기계적 복제의 이미지로 파악될 수 있을 것

이다. 나아가 해변에서의 대중영화 제작현장을 암시하는 "사루마다밖에 입지않은펜긴은水腫이다."[12]나 "사람들은그것을먹고돼지같이肥滿하는쵸콜레이트냄새를放散하는것이다." 등, "여자"와 그 주변을 해학적으로 그리고 있는 표현은 당시 조선의 표현의 세계에 있어서의 활동사진의 현실을 반영하는 것으로 이해된다. 즉 "렌즈의 눈"은 전위적 예술 실험의 장치이지만, 단순히 대중을 기쁘게 하는 오락의 기계가 되어 있는 현실에 대한 시인의 우려가 나타난 지점일 것이다.

이상을 종합하여 결론적으로 말하자면 <홍행물 천사>의 "여자의 눈을 찢어버리고"라는 발상의 계기는 <안달루시아의 개>에 있으며, 그리고 시인이 의도하는 것은 예술적 표현에 있어서의 혁명적 사건과 그것에 조우했던 시인 자신에 있어서의 방법적 모색, 즉 표현론적 고뇌의 표출이라고 생각할 수 있다(어디까지나 추정이지만, "B군"은 감독이자 이발사역의 브뉘엘(Luis Buñuel)을, "S자"는 여주인공으로 분장한 시몬(Simone Mareuil) 혹은 같이 영화를 제작한 달리(Salvador Dal)를 말하는 것은 아닐까).

덧붙여 <홍행물 천사>와 같은 계열의 작품인 <광녀의 고백>에 관해서도 같은 논의가 가능하다. "S자양에게는정말미안하오", "B군자네에게 감사하지않으면아니될것이오", "S자양의전도에 다시광명이있기를빌어아 하오"라는 기묘하게 문두에 쓴 것은 <안달루시아의 개>의 프롤로그를 반영하고 있는 것임에 틀림없을 것이다.

그런데 이러한 시각에서 본장의 결론을 대신하여 중요한 경험을 의미하는 "후일담"이라는 부제가 암시하는 것에 따라, 더 나아가 "目과 月"이라고 하는 詩想的 구조에 주목하여 또 다른 한 편의 영화 ≪월세계 여

---

12) '사루마타(猿股)'는 남자 수영복으로 생각된다. 참고로 나츠메 소세끼의 명작 『마음』 (1924년 4월부터 『朝日新聞』에 연재)이 있다. 주인공이 '선생'을 안 것은 가마쿠라의 해수욕장. 거기서 서양 남자가 '사루마타의 일종'인 수영복으로 주위의 이목을 끌고 있다. "수종"이라는 것은 빛에 의해 변형된 수영복 입은 사람의 모습이 아닐까.

행≫(1902)과의 관계를 언급하고 싶다. 원작은 잘 알려져 있듯이 줄 베른느의 모험 과학소설이며, 감독은 프랑스 영화의 아버지이자 영상의 마술사로 불린 조르쥬 메리에스이다.[13] 영화에서 인간이 탄 로켓이 대포로 발사되어 사람의 얼굴을 하고 있는 달 표면에 꽂힌다. 그리고 나서 달 표면에서 원주민과 조우하는 실로 황당무계하지만 환상적인 작품이다. 이 영화의 유명한 심볼마크를 유심히 살펴보면 로켓이 꽂혀진 곳은 확실히 '눈'이었다. '사건적'이라고 할 수 있는 이 영화는 초기의 많은 영화제작자들에게도 영향을 미쳤지만, 이상을 필두로 하여 1920년대와 30년대 전후에 있어서의 조선의 표현자들에게 있어서도 "후일담"이라는 형식으로 써 두지 않으면 안 될 정도로 중요한 체험이었다. 김기림의 에세이 <월세계여행>과 <미래투시기>[14]에서도 이 영화의 흔적을 확인할 수 있다. 이상의 <흥행물 천사>에서 "月"을 자르는 것은 <안달루시아의 개>의 영향을 받은 것이라고 지적했지만, 이상의 시상의 한층 더 먼 곳에는 이 세기적인 "달의 사건"의 환영이 존재하고 있던 것임에 틀림없다. <흥행물 천사> 외에도 <오감도 시제7호>와 산문 <월상>에서도 그것의 리듬에는 분명히 관계하는 비기 있다.[15] "유형의 몸"인 "나"가 "영원적거의 땅"으로부터 "剔刑"을 받은 '만신창이의 만월'을 응시한다.[16] "緣傷한달의惡血가운데遊泳하면서드디어結氷하여버리고말것이다"라고 하지만 확실하게 "도도한 대음향"[17]을 붙잡고 있는 "나"는 "엄동과 같은 천문과 싸워야 한다"라고 표현자로서의 스스로의 처지와 그 후

---

13) Georges Melies(1861~1938), 『월세계여행』 외에 『해저이만리』 등이 있다.
14) 앞의 타이틀 표기가 일본어한자표시와 완전히 똑같다는 점에 주의할 필요가 있다. 일본 어매체를 경유했을 가능성이 높다. 『김기림 전집』 제5권, 심설당, 1998, 348-349면, 365-367면.
15) 신범순의 앞의 책 참조, 141면.
16) <시제7호>, 임종국 ,앞의 책, 219면.
17) 위의 책, <월상>, 168면.

의 숙명을 깨닫고 있었던 것이다. 말하자면 "月"이라는 것은 희망과 불모라고 하는 양가적인 의미로서의 땅인 것이다. 시대적 "기계"가 "月"에로 돌진하는 것은 표현의 세계의 "낙원"의 개척이면서 "실락원" 즉, "고향" 상실의 시작이기도 하다. 그리고 날카로운 사유로 "달의 사건"에 불길한 예감을 한 이상은 북극과 달세계에서 생겨나는 태도, 즉 시인의 사상적 원점에의 상념과 표현자로서의 곤혹 및 새로운 표현에의 욕망을 거듭해 맞추어 <흥행물 천사>와 같은 "日과 月"의 "후일담"을 새로 썼던 것이다.

3. '천사'의 문맥
: <광녀의 고백>과 콕토 · 北園 · 近藤, 그리고 <잔다르크의 수난>

<흥행물 천사>의 난해성은 어떤 의미에서서는 제1부와 제3부의 "여자" 사이에 삽입되어 있는 제2부의 "천사"의 이미지와 그것의 함의에서 나온다고 말할 수 있을지도 모른다.

"천사"라고 하는 것은 표현의 세계에 있어서 존재인식을 위한 패러다임으로서, 또는 사용하기에 편리한 지적 도구로서 작동해왔던 것이며, 관념의 변혁과 새로운 표현 미디어의 충격과 관련하여 그 양상이 많이 변용되고 있던 것은 주지의 사실이다. 여기에서 "천사"의 역사적 문맥을 상술할 여유는 없지만, 계몽주의적 이성에 대한 저항의 형상으로서 근대부터 현대에 걸쳐 점차 세속화하는 천사 상징주의의 문맥 속에서 탄생한 "새로운 천사"들을 간략하게 정리하자면, 릴케와 콕토의 "무서운 천사"와 "타락한 천사", 그리고 벤야민의 "파괴의 천사" 등을 들 수 있다.

이상의 "천사"는 확실히 이러한 문맥과 조밀하게 관계되고 있으며, 나아가 기성의 문맥과 교섭하면서도 독자적인 이미지와 함축이 존재한다. 본장에서는 이 점을 분명히 하면서, 장 콕토 등의 천사 및 전위영화 <잔다르크의 수난>과의 관련을 지적하고 싶다.

(1) 이상의 "천사"와 콕토

장 콕토는 1920년대와 30년대의 모더니즘을 언급함에 있어 빠트릴 수 없는 존재이며, 시인으로서의 활동 외에도 극, 발레, 회화, 그리고 특히 영화라고 하는 새로운 미디어에도 적극적으로 관계하여 실제로 시와 시네마의 관계에 많은 관심을 나타낸 <시인의 피>[18]라고 하는 전위영화사상의 명작을 남겼다. 그리고 다음에 인용한 시와 같이 많은 작품 속에서 "천사"를 그리고 있었다.

> 꿈속의 가짜 거리
> 그리고 비현실적인 비스톤
> 천국에서 내려온 한 명의 천사가
> 휘감아 불어 올린 것이 거짓말이다.
>
> 꿈이든 아니든
> 여하튼 위에서 내려다보면
> 금세 거짓말을 알게 되지.
> 천사들은 모두가 꼽추이니까
>
> 적어도 내 방의 벽 위에 만들어지는

---

18) 1930년. 프랑스뿐만 아니라 일본에서도 화제가 되었다. 이상은 <실화>와 <동해> 등에서 콕토를 언급하고 있다. 덧붙여 콕토는 본고에서 언급한 <안달루시아의 개>를 4편의 '위대한 영화' 중 한 편으로 극찬했다. ジャン・コクトオ, 堀口大學 譯, 『阿片』, 角川書店, 1988, 130면 참조.

그들의 그림자는 꼽추이다

— 장 콕토, 〈천사의 등〉[19]

가을이 와서 천사가 떨어진다 천사는 우유병처럼 흩어진다!
황금의 수목, 오페라에는 많은 밀감이 열린다.
특히 삼층에서 구경할 때는 밀감을 먹지만,
일층에서 구경할 때는 밀감을 먹거나 하는 것은 싫은 일이다

이 열 줄의 시는 아름다운가, 추한가?
아름답지도 추하지도 않고 그것에는 특별한 가치가 있다.

— 장 콕토, 〈서투른 천사〉[20] 부분

잘 읽어보면, 이상의 "천사"(<흥행물 천사>, 그리고 같은 계열의 작품인 <광녀의 고백>)와 콕토의 "천사" 사이에는 상당한 유사성이 존재한다는 것을 알 수 있을 것이다. 예를 들어, <흥행물 천사>에서 봄의 항구를 떠돌고 있는 거지로 묘사되고 있는 '참새와 같이 마른 천사'와 콕토의 "내" 꿈속의 거리에 나타난 "꼽추"로 묘사되고 있는 "천사"와는 정경 및 이미지를 구성하는 표현에서 분명히 유사성이 있으며, 나아가 작품의 의도를 나타내는 "천사"의 함의, 즉 시상적 성격에서도 서로 닮은 점이 발견된다. 예를 들면, 콕토는 '천사가 떨어지고 있는 극장'에서 밀감의 가치는 관객석에 따라 다르다는 비유로 "이 열 줄의 시의 가치"는 어떠하냐고 관객석으로 던지고 있다. 그러나 이상의 "천사"는 콕토가 던진 문제를 우리들에게 다시 한 번 던지듯이 '원색그림엽서'를 구하는 사람들 앞에서 몹시 당황한 모습으로 도망치는 사이 "열 개 이상이 덫"을 던져두었던 것이다. 그러나 이상은 콕토의 "천사"를 패러디한 것만은 아니

---

19) 堀口大學譯, 『ジャン・コクトオ詩抄』, 第一書房, 1929, 91-92면.
20) 위의 책, 117-118면.

다. 콕토의 경우는 "계절"에 따라 "천사"가 떨어져 흩뿌려지지만, 이상의 경우에 있어서는 "천사"가 주체가 되어 "잉태"를 거치고 "낙태"하여 "고풍스러운 지도위를 독모를 산포하면서 불나비와 같이 날"(<광녀의 고백>)고 있는 것이었다. 즉, 이상에 있어서 "천사"라고 하는 것은 콕토처럼 관념적 표현의 표상이자 창작 과정에 있어서의 순간적이고 다의적인 부유물처럼 나타나는 존재인 한편, 표현자 자신의 주관적 사유를 보다 농후하게 떠오르게 하는 도구인 셈이다.

(2) 이상과-北園克衛의 "천사"-콕토와 관련하여

그런데 이상의 "천사"에 관련된 많은 표현은 직접적으로 일본 매체와 관련되고 있으며, 콕토의 수용도 주로 일본 매체를 통한 것일 가능성이 크다(텍스트의 루트에 대해서는 제4장에서 고찰한다). 특별히 주목하고 싶은 작가는 콕토와 깊은 관련성이 있는 키타조노 카츠에(北園克衛)[21]이다. 여기서는 문제제기 차원에서 두 가지 정도 주의점을 언급하고자 한다. 하나는 이상의 "천사"는 키타조노 카츠에가 묘사한 콕토의 모습과 겹쳐지고 있다는 것이다. 키타조노는 1929년 『詩と詩論』으로 콕토論이자 詩論인 「화장해야만 하는 시인-시는 사치스러움의 정점인가? Jean Cocteau」[22]를 발표하고 있다. 그 글에서 키타조노는 콕토를 "망원경적 시인"이라고 부르고 있으며, 나아가 "망원경적 시인이여 잠들어라. 망원경적 이발사야 잠들어라.", "광포한 천사, 순백의 태아야 잠들어라" 등의 표현을 늘

---

21) 이상에게 키타조노 카츠에(北園克衛)는 어떤 의미에서는 라이벌과 같은 존재였다. 이상의 아이디어로 개최된 「낙랑제」의 프로그램을 통해서도 알 수 있듯이, 그는 스스로 자신의 상대를 키타조노 카츠에로 지명하고 있었다(카페 「낙랑」의 벽의 낙서, 김주현, 『이상 문학전집』를 참조, 소명출판, 2005.

22) 北園克衛, 「化粧すべき詩人-詩は贅澤の頂点である?Jean Cocteau」, 『詩と詩論』 4, 厚生閣書店, 1929, 152-155면. 속편은 『詩と詩論』 5, 220-224면.

어놓고 있었다. 이상의 "천사", 예를 들어 <광녀의 고백>에서 망원경을 손에 넣어 'SOS를 듣는 나', 순백의 캠퍼스에 떠오르는 "태아" 등의 이미지에서 키타조노가 콕토에 대해 상상하고 있는 이미지와의 유사성이 발견된다. 즉, 이상의 "천사"의 저변에는 키타조노를 사이에 둔 콕토의 존재가 있었다고 생각할 수 있다.

또 하나는 키타조노가 전위영화에 대해 취한 태도의 영향이다. 이상이 주목했다고 생각되는 키타조노의 다음의 작품을 보자.

> 그들을 위한 그들의 몹시 닦아야 할 머리와 오이 같은 무릎들과 비슷하게 네 녀석들의 우산 위의 작열하게 하는 눈동자 속의 문학자 (생략) 혹은 천공을 표류해야만 하는 이발소에서 등받이가 긴 의자에로 몹시 뛰어오를 만큼 아픈 치료 : 나는 이미 머리가 연약한 배우와 달을 대리석 욕실 속에서 교살당한 인어 무리 무리 무리를 구가하는 것을 거절했다. 여름이 도려내진 구름처럼 원거리가 아닌 시가지에 푸른 줄무늬의 비틀린 막대기 또는 담쟁이에 의해 지탱된 구체(球体)에 약탈당한 영애(令嬢), 혹은 미끄러지는 눈동자 위의 당혹한 여배우의 찢어진 눈에 관해서 전혀 흥미로워하지 않는다 : 그러므로 네 녀석들은 무엇을, 사진기로 만취(滿醉)를, 꿈을, 소방수를 노래하려고 하는 것일까? 혹은 무엇을? 나는 레몬 청량 음료수를 나를 위해 요구했다.23) (부분)

> 彼等の爲めの彼等の非常に磨く可き頭と胡瓜の如き膝等と同樣に汝等の傘の上の炸裂せる眼球の中の文學者(略)或ひは天空の漂流すべき理髮店に於いて背の長い椅子での非常に飛び上がる可き治療 : 僕は既に頭の脆い俳優と月を大理石の浴室の中の絞殺せられた人魚等等等を謳歌する事を拒絶した。夏のえぐられた雲の如く遠距離でない他の街區に青い縞のねぢれた棒, または薦類に依つて支へられた球体への掠奪せられた令嬢,

---

23) 北園克衞, 「TEXTE NOUVEAU PARNASSIEN」, 『白のアルバム』, 厚生閣書店, 1929, 122 면. 『現代の芸術と批評叢書』의 한 권으로 간행되었던 키타조노의 대표적 시집.

> 或ひは滑べる眼球の上の当惑した女優の裂目に就いて全全面白がらな
> い：それ故汝等は何を，寫眞機をもつて亂醉を，夢を，消防夫を歌はむと
> するのであるか?或ひは何を?僕はレモン淸凉飮料水を僕の爲めに要求し
> た. (部分)

키타조노가 여러 편의 영화24)를 접하면서, 시인으로서 직면한 과제와 고뇌가 중층으로 표현된 시이다. <안달루시아의 개>를 암시하는 이발소에서의 "날아올라야만 하는 치료"도, "미끄러지는 눈동자 위의 당혹한 여배우의 찢어진 눈에 관해서"도, "전혀 흥미로워하지 않"지만, "사진기로 만취"할 수 있는 것이 발견되지 않는다. 물론 이것은 "렌즈의 눈"이 향하고 있는 대상에 대한 의문만이 아니라 "렌즈" 그것에 대한 시인의 복잡한 심정이기도 할 것이다. "레몬 청량 음료수"가 구체적으로 무엇을 의미하는지는 확실하지 않아도 "렌즈의 눈"에 대해서 가져야 할 독자적인 특별한 수단을 포착하려고 하는 의사 표명임에 틀림없다. 이와 관련하여 말하자면 작품의 타이틀인 「TEXTE NOUVEAU PARNASSIEN」(새로운 고답파의 텍스트)로부터 그 의도를 탐색해보는 것이 가능할 것이다.

주목하고 싶은 것은 <안달루시아의 개>를 시작으로 전위영화에 제시된 새로운 수법에 대한 키타조노의 깊은 관심과 도발적인 태도가 이상에 영향을 주었을 가능성이 있다는 것이다. 그 흔적을 <흥행물 천사> 제1부에서 "여자"의 "눈"에 관해 비꼬는 듯이 묘사하는 등에서 확인할 수 있을 것이다. 이상의 "천사" 이미지는 키타조노가 소묘한 콕토의 이미지와 겹쳐 보인다고 지적했지만, 콕토로부터 자극을 받으며 동시대의 새로운 미디어에 냉정하면서도 적극적으로 참여하려 했던 키타조노도 어떤 의미에서는 이상에게 "천사"와 같은 존재였을지도 모른다.

---

24) 예를 들어 ≪채프리의 소방수≫(The Fireman, 1916)와 ≪거짓 경보≫(The False Alarm, 1926) 등.

　이와 같이 이상이 관심을 가졌던 콕토 및 콕토와 관련성이 있는 키타조노 카츠에는 두 사람 모두 전위영화에 대한 강한 문제의식으로 “천사”라는 이미지를 구사하고 있었다. 이상에게 콕토와 키타조노적 시상의 계승에 관한 상세한 고증은 계속되어야 하겠지만 본고에서는 문제제기와 간략한 예증을 든 것으로 논의를 멈추고, 계속해서 이상과 전위영화라는 본 문맥으로 돌아가 이상과 <잔다르크의 수난>과의 관련성, 그리고 콘도 아즈마의 수용가능성을 예증하고 이상적 수법의 특징을 포착해보고 싶다.

　<잔다르크의 수난>(또 다른 일본어 번역은 ≪재판받는 잔다르크(裁かるる ジャンヌ・ダルク)≫, la passion de Jeanne'Arc)은 1928년 10월에 프랑스에서 상영되어 일본에서 개봉한 것은 다음 해인 1929년 10월이다. 영화사상에서 금자탑으로 칭송받는 이 영화의 감독인 드라이어[25]는 이 영화를 발표한 것으로, “그 존재 지위를 확고한 것으로 했다.”[26] 타이틀에서 알 수 있듯이 15세기 프랑스의 애국 소녀 잔다르크를 그린 작품이지만, 기본적으로는 얼굴을 클로즈업하는 기법으로 구성되어 있다. 주된 장면을 제시해보자면, 머리카락을 잘리는 잔, 흰 옷감 위에 하늘하늘 떨어지는 머리카락, 각각 기예를 펼치고 있는 노상의 연예인, 화형을 당해 화염 속에서 고개를 숙이고 있는 잔 등이 있다.

　이러한 전위의 걸작을 둘러싼 많은 논의 중에서 요코미쓰 리이치의 언급이 주목받고 있다.[27] 요코미쓰는 “얼굴만으로 심리를 표현할 수 있다는 믿음, 기교에 대한 대담함 등이 성공했다”[28]라고 말하며 이 영화의

---

25) Carl Th. Dreyer(1889~1968)

26) 堀野正雄, 『現代寫眞藝術論』, 天人社, 1930, 127면.

27) 十重田裕一, 「<機械>の映畫性」, 『日本近代文學』 제48집, 1993, 58면.

28) 橫光利一, 「『ジャンヌ・ダルクの受難』合評記錄」, 『映畫往來』, 1929, 11.
　　이상은 요코미쓰에 상당한 영향을 받고 있다(졸고, 「李箱における橫光利一受容の深層(이

기교에 대한 인식력을 평가하여 실제로 그의 대표작인 ≪기계≫ 등에서
활용하고 있었다. 그러나 이 영화를 시네포엠의 형식으로 써 보인 것은
콘도 아즈마이다. 작품은 이런 형태이다.

풍염한 천사가 / 풍염하여 악학한 천사가 / 날개를 도박판에 잃은 천사
가 / 기만을 천계하는 천사가 / 퇴비 위의 천사가 / 전쟁을 다스리는 천
사가 / 견사를 짓는 천사가 / 경마장과 능금밭의 천사가 / 수태되었다 //
달밤의 천사가 / 기상을 환산하는 천사가 / 호색으로 무장한 천사가 / 백
색의 전율해야할 천사가 // (…중략…) 난류처럼 서정적인 잔느가 / 계절
에 거역한 잔느가 / …… 백색의 백색의 너무나 백색의 잔느가

豊艶な天使の / 豊艶で惡虐な天使の / 翼を賭博盤に忘れた天使の / 欺
瞞を天啓する天使の / 堆肥の上の天使の / 戰爭をしろしめす天使の / 絹
絲の詐術の天使の / 競馬場と林檎畑の天使の / 墮胎された // 月夜の天使
の / 氣象を換算する天使の / 好色で武裝した天使の / 白色の戰慄すべき
天使の // (中略)暖流のようにリリカルなジャンヌの / 季節と逆上した
ジャンヌの / ……白色の白色のあまりに白色のジャンヌの /29)

바닷바람은 희고 흰 바닷바람이 나의 상처난 자리로부터 투입되는 나
는 마네킹과 같은 웃음을 웃는 마네킹은 웃지 않는 마네킹의 피부는 닦
인다 (…후략…)

シオカゼハシロイシロイシオカゼガボクノキズグチカラツギコマ
レルボクハマネキンノヨウニワラヒヲワラウマネキンハワラハナイ
マネキン (…後略…) 30)

상에 있어서의 요코미쓰 리이치 수용의 심층)」, 『일본연구』 제38호, 한국외국어대학교
일본연구소, 2008 참조). 그러나 『잔다르크의 수난』의 수용이 요코미쓰로부터 영향을
받았는지에 대해서는 확실한 기록은 없다.
29) 近藤東, <白いジャンヌ・ダルク>, 『詩と詩論』 제6권, 119면.
30) 近藤東, <海ノゼロ>, 위의 책, 121면.

앞의 작품은 <흰 잔다르크>이다. 전설의 영웅을 역설적으로 포착하여 마치 다의적인 "천사"를 압축하여 그려내고 있는 교과서적인 작품이다. 뒤의 작품은 독자의 눈을 거절하는 것처럼 전문이 가타카나(片仮名)로 되어 있지만 그것을 고쳐 써 보면 "바닷바람은 희고 흰 바닷바람이 나의 상처난 자리로부터 투입되는 나는 마네킹과 같은 웃음을 웃는 마네킹은 웃지 않는 마네킹의 피부는 닦인다."가 된다.

이 두 작품은 동시에 발표되어 <바다의 제로>에서 "흰 바닷바람"에게 상처를 아프게 하는 "나"와 <흰 잔다르크>에서 "계절에 거역한" "백색의 백색의 너무나 백색의 잔"의 수난이라고 하는 것은 '후일담' 격으로 연결되어 있다. 콘도 아즈마는 『詩と詩論』 중심 멤버이며, 시네포엠의 기수와 같은 존재이다. 이상이 <잔다르크의 수난>31)을 실제로 보았는지 어떠했는지는 별도로, 콕토 등이 창조한 다양한 "천사"와 함께, 이처럼 『詩と詩論』에 게재되어 활자화된 콘도의 "천사"도 그의 시야에 들어가 있었던 것은 충분히 생각할 수 있을 것이다. <광녀의 고백>을 중심으로 비교해본다면, "흰 바닷바람"과 흰 달밤에서의 "낙태" 거기에 "데크"라고 하는 장소의 지정 등 여러 모티프의 유사점 등은 물론이고, 특히 간과해서는 안 되는 것은 "창백한 여자", "얼굴은 여자의 이력서" 등의 '얼굴'을 클로즈업한 듯한 표현에는 <잔다르크의 수난>적인 수법의 계시가 있었다는 점이다. 다음 인용된 부분은 꽤 흥미롭기 때문에 조금 섬세하게 보려고 한다.

여자의얼굴에는하룻밤사이에참아름답고빤드르르한적갈색쵸콜레이트
가무수히열매맺혀버렸기때문에여자는마구대고쵸콜레이트를방사하였다.

---

31) 이 영화는 당시 조선에서 공개된 기록은 눈에 띄지 않는다. 비공개 상영을 생각할 수 있지만, 본고 집필을 현재로서 상세한 확인까지는 도달하지 않았다.

초코레이트흑단의사아벨을질질끌면서조명사이사이에격검을하기만하여
도웃는다.

"초코레이트"라는 것은 안료이고, "사아벨"은 페인팅 나이프이다. 캠퍼스의 흰색칠과 구도를 암시하는 앞의 대목에 이어 캠퍼스에 그려진 "여자"의 표정을 시간에 따라 미묘하게 계속 변하는 그림물감 자체의 질감에 비유하고 있다. 덧붙여 일부러 안료와 페인팅 나이프의 역할을 바꾸어 놓아 캠퍼스 이쪽에 있는 창작 주체가 빛과 마주보는 고투하는 모습을 즉, 여자의 얼굴의 형성과정을 <잔다르크의 수난>과 같이 에로틱하면서도 금욕적으로 표현하고 있는 것이다. 분명히 회화적인 표현에는 활동사진이라고 하는 미디어의 영향으로 시각이 변화하면서 원근법적 중심이 상실되고 시각의 상호성이 발견되는 등 시간성과 불가분의 관계 속에서 시간적 경험의 획득 과정이 관찰된다. 요컨대 <광녀의 고백>(<흥행물 천사>와 함께)은 여러 전위적인 예술 텍스트와의 관련 속에서 회화와 시 그리고 영화와 시라는 당대의 표현의 세계에서 화제와 과제의 교섭의 기록이며, "천사"의 의의와 표현적 방법을 찾는 과정의 산물이라고 말할 수 있을 것이다.

다만, 이상은 콕토 등의 다수성 속에서 나타나면서 숨고, 접근하는 듯 도망가는 통로와 같은 "천사"의 형상과 교차하면서, 앞서 논의한 것처럼 기성 현실에 대한 비판과 구제(에로의 회의)라고 하는 주제와 결부되어 '태고로의 상기(想起)'라고 하는 거대한 과제를 내걸었다고 할 수 있다. 종합적인 표현 방법에 대한 깊은 관심은 경세적이라고도 할 수 있는데, 이것은 인류학적 사상과 상호 호응하면서 시인 이상만의 야망을 표상하고 있는 것이다.

4. 부록으로서 : 텍스트 및 그 밖의 문제들

> 이마당에서 오늘밤에 금융조합선전활동사진회가 열님니다. 활동사진?
> 세기의 총아─온갖 예술우에 군림하는 『넘버』 제팔예술의승리. 그고답
> 적이고도 탕아적인 매력을 무엇에다 비하겟습니가. (…중략…) 활동사진
> 을 보고난다음에 맛보는 담박한 허무─ 장주의 호접몽이 이러하얏슬것
> 임니다.32)

이것은 잘 알려져 있는 수필 <산촌여정>의 한 부분이다. "온갖 예술
우에 군림하는 '넘버' 제팔예술의승리"와 "고답적이고도 탕아적인 매력"
이라고 하는 표현은 각각 본고 1장에서 다루었던 코노 유키치와 마르셀
소바쥬의 논의, 그리고 2장에 가져왔던 기타조노의 시와 연관성이 있어
보인다. 특히 상업에 이용되는 "활동사진"의 현실을 보면서 새로운 미디
어의 위력을 인정하지 않을 수 없는 이상의 복잡한 심중의 자백은 전장
에서 모든 시작에 관한 고찰을 저변에서 지탱해주는 근거의 하나이기도
하다.

서론에서 언급한 시대적 경향과 분위기를 재확인하고, 관련 정보를 조
금 보충하자면, 이상이 총독부에 취직하여 창작활동을 본격적으로 전개
한 1929년에는 일본의 타카오 이타가키가 『기계와 예술과의 교류』(機械
と藝術との交流』, 岩波書店, 1929)를 간행한 해이자, 러시아 영화감독 지가
베르도프의 기록영화 <카메라를 가진 남자>가 제작된 해이기도 하다.
새로운 미디어의 영향력이 강력하게 펼쳐지고 있던 시기, 이상에게 영향
을 주었다고 생각할 수 있는 당대 작가들(다니자키 쥰자부로, 아쿠타카와 류
노스케, 미야자와 겐지, 요코미쓰 리이치, 가와바타 야스나리)은 영화를 창작에

---

32) 인종국, 앞의 책, 111-112면.

반영하고 있었다. 예를 들어 가와바타 야스나리는 시나리오 「미친 1페이지」(『영화 시대』, 창간호 1926. 7)를 쓰고 있었다.

한편, 당시 조선의 상황은 어떠했는가. 조선총독부가 활동사진반을 설치한 것은 1920년이지만, 사진반이 대활약한 것은 조선에서 처음으로 박람회를 개최한 1929년의 일이다. 박람회에서는 일본의 박람회과 유사하게 선전 영화의 영사만이 아니라 사회 교화용의 영화를 사전에 많이 제작해 동시 상영했다. 이러한 분위기는 당시의 조선 영화계 및 기성 문단에 큰 영향을 미쳤다고 여겨진다. 당시의 신문이나 잡지에 있어서도 영화 관련의 글을 많이 찾아 볼 수 있다. 예를 들어, 구인회의 발기인이기도 한 김유영은 『조선일보』에 「今日 — 映畵藝術」을 연재하면서 "運搬複寫의便利, 그의集團的抱擁과 相伴하야, 文化의濃淡距離를 超越하고, 不斷히 社會的意識生活에接觸과領域을 擴大하고있다"라고 하며 '영화의 기술적 특이성'과 '상품으로서의 가치"를 서술하고 있었다.[33]

특히 언급해야 하는 것은 1920년대 후반부터 1930년대에 걸쳐 일본 식민지 하의 조선에서는 일본어 서적의 유통 경로가 형성되어 있어 정치적 측면에서뿐만 아니라 문화 예술 영역에서도 그 우월적인 시위를 강탈하고 있었다. 언론 표현의 세계에서는 이른바 '내지' 일본과 거의 같은 정보를 공유하고 있었다. 예를 들어 본고에서 언급한 전위 예술 관련 서적의 대부분은 일본과 동일한 시기에 조선총독부 도서관(현 국립중앙도서관)에 소장되고 있었다. 사실, 이상에게 전위예술의 수용은 일본에 관한 것은 물론 구미에 관해서도 주로 일본의 정보를 경유한 이중적인 차원에서 이루어졌다고 말할 수 있다. 엄청나게 방대한 일본어 정보 속에서 그에게 특히 중요한 텍스트 중 하나는 『詩と詩論』이었다.

---

33) 김유영, 「今日 — 映畵藝術」, 『조선일보』, 1931. 8, 6-22면.

주지된 바와 같이, 『詩と詩論』은 1930년대에 있어서의 일본의 전위 예술 및 모더니즘의 최전선이며, 실험적 창작의 무대인 한편, 구미의 전위 예술(시, 영화·E극·E소설)을 폭넓게 발신하는 핵심 근거지이기도 했다. 전장에 있어서, 이상의 전위영화 수용과 『詩と詩論』의 관련에 관해서 일부(주석 참조) 언급했지만, 본장은 이러한 점을 재확인하면서 다양한 예들을 제시하고자 한다.

(1) 〈안달루시아의 개〉에 관하여

이 영화는 당시 일본이나 조선에서 영화 업계 내부에서의 상영은 있었지만 공개되었던 적은 없었다.[34] 따라서 이상이 접한 정보는 주로 신문이나 잡지와 같은 매체에 의한 것이라고 생각할 수 있다. <흥행물 천사> 및 같은 계열 작품이 발표될 때까지의 것으로 한정한다면, 확실한 정보원은 역시 『詩と詩論』이다. 다음의 기술에 주목하고 싶다.

> 루이스 브뉘엘과 그의 동료 살바도르 달리는 혁명적인 방법으로 그 영화를 편집했다. 이 점에서 우선 우리들은 놀라는 것이다. 브뉘엘의 면도 칼은 우선 눈동자에 접촉하여 빛이 나는 눈동자를 자른다. 그것은 달콤한 그림엽서를, 아마추어화를, 석판화를 쓰윽 찌른다. 조화라고는 없다.[35]

이이지마 타다시의 「최근의 전위영화」의 한 부분이다. 영화에 관한 생생한 서술과 함께 <안달루시아의 개>의 중요 장면의 사진 자료도 아

---

34) 『キネマ旬報』 및 朝鮮總督府 편 『朝鮮總督府キネマ』(1931, 1939) 등의 데이터에 의함. 이상이 본 영상을 보았을 가능성, 또는 잡지 "La Revolution Surrealiste"(12호. 1929)에서 그 대본을 읽었을 가능성도 부정할 수 없다. 다만, 현재로서는, 증거를 포착하는 단계에까지는 도달하지 않았다.

35) 飯島正, 「最近の前衛映畫」, 『詩と詩論』 제7권, 1930. 3, 182-183면.

울러 게재되고 있었다. 일본의 전위작가들의 "놀라움"이 이상에게 깊은 인상을 준 것은 상상할 수 있을 것이다. 덧붙여 달리의 방법론적 혁명에 대한 언급도 이상에게 있어서는 일종의 자극으로 다가왔던 것을 아닐까. 예를 들어 "초라한 천사"에 대해서 "원시의 그림 엽서"를 요구하는 "사람들"의 현실을 야유하고 있는 이상의 비웃음이 그의 시에 투영되어 있음을 알 수 있을 것이다.

이이지마 타다시는 『詩と詩論』의 창간 멤버로서 초기에 「폰다누의 시네・포엠」(2권, 1928. 12)을 발표한다. 그는 "영화를 탄생시킨 것은 현대 사회의 오래된 내장을 씹는 권태이다"라는 폰다누(Benjamin Fondane)의 주장을 시나리오 작품 <숙성된 눈꺼풀>과 함께 소개하고 있다. 그리고 그는 『전위영화 예술론』에서도 단독 일절을 마련하여 <안달루시아의 개>를 논평하고 있다.36)

(2) 콕토와 키타조노 카츠에 및 그 밖의 것

3장에서 다루었던 콕토와 키타조노 카츠에의 작품은 단행본 《킹 콕토 시선집》과 《흰색 앨범》에서 인용된 것이며, 이 두 서적은 『현대 예술과 비평 총서』에 속해 있다. 모더니즘 관련 서적으로서 이 총서의 중요성은 차치하고, 당시 『詩と詩論』에는 총서 관련의 광고가 연속적으로 게재되고 있었다. 이 광고들은 잡지에 수록된 작품과 더불어 이상을 포함하는 문학 청년들에게 영감을 주었던 것으로 생각할 수 있을 것이다. 이 총서는 일본에서 출판 후 불과 3개월 후에 벌써 조선총독부 도서관에 구비되고 있었다.

---

36) 佐々木能理男・飯島正, 『前衛映畫芸術論』, 天人社, 1930, 129-131면. 朝鮮總督府図書館所藏.

『詩と詩論』은 키타조노 카츠에의 중요한 활동 무대이기도 하지만 콕토에 관한 자료가 가장 많이 소개되고 있었던 것도『詩と詩論』이다.『콕토의 예술론』(앞의 총서의 1권)이 간행되는 전후에 게재된 콕토의 대표적 논저 및 관련 자료를 정리해 보면 다음과 같다.

> 「장 콕토」, 佐藤朔 (2권, 1928. 12)
> 「장 콕토와 말한다」, 시몬 라텔, 佐藤朔譯 (4권, 1929. 6)
> 「職業의秘密」, 장 콕토, 佐藤朔譯 (5권, 1929·9)
> 「무질서로 여겨지는 질서에 대해서」, 장 콕토, 堀辰雄譯 (8권, 1930, 6)
> 「사기꾼 장 콕토」, 폴 쇼보오, 佐藤朔譯 (9권, 1930. 9)
> 「阿片」, 장 콕토, 堀口大學譯 (12권, 1931. 6)
> 「사기꾼 토마에 대해」, 장 콕토, 堀辰雄 (14권, 1931. 12)

『詩と詩論』은 당시로서는 최첨단의 이론과 실제 작품을 소개하는 전문지였으며, 이 잡지가 제공하는 콕토에 대한 정보와 콕토에 대한 이러한 '대우'는 이상 및 조선의 모더니즘 작가들의 콕토 수용에 있어서 영향을 주고 있던 것이 틀림없다.

(3) 〈동해〉라는 표현의 수용 경로

소설 〈동해〉에 관해서는 〈홍행물 천사〉 및 〈광녀의 고백〉과의 연관성이 가끔 지적되고 있다. 그러나 영상 미디어 수용이라는 시각으로부터의 언급은 아직 눈에 띄지 않는다. 그런데 앞 장의 논의와 같은 시각에서 〈동해〉에는 〈안달루시아의 개〉의 흔적이 관찰된다. 예를 들어 소설의 머리말에 주인공과 대치하기 위해 방안에 준비된 "여인"과 "서슬이퍼런 칼" 및 "나쓰미캉" 그리고 「北시작」의 장에서의 이발사의 등

장, 마지막 장인 「顚跌」에서의 "서슬 퍼런 칼"과 "나쓰미캉"의 세 번째
의 출현, 특히 반복되는 "나(주인공)는 그 毒花 핀 눈초리를 網膜에 映像한
채 往生하다니", "내 心臟이 꽁 꽁 얼어드러온다"라고 하는 "눈"과 관계
된 표현 등이 여기에 해당한다.37) <안달루시아의 개>의 이발사로 보이
는 남자가 손에 쥐고 있는 면도칼, 잘라 떨어지는 여자의 눈동자 등의
장면을 콜라주적으로 삽입하는 기법은 물론이고, 여기에 더하여 영화 타
이틀의 비관념적 경향을 날카롭게 포착하여 완구용 강아지 "DOUGHTY
DOG"라는 모델으로 자신의 "초조"한 심정을 나타내는 지점은 그야말
로 李箱다운 것이라고 말할 수 있을 것이다.

　그러나 본고에서는 이 소설의 주지를 상세하게 논의할 여유는 없다.
다만 본고의 논의 파악에 참고가 되기 위해 "童骸"라는 표현 자체의 수
용 경로를 언급하고 싶다. 기성 연구에서는 주로 "童孩"(아이)를 "'童骸'
(아이의 해골)로 바꾸어 놓은 것"이라는 견해38)와 '童貞'과 '殘骸'에 의해
만든 것39)이라고 하는 두 개의 해석이 있다. 그러나 이것은 한문을 모방
해 새롭게 만든 것이라기보다는 본래 한문용어에 있는 어휘의 하나이며,
문자 그대로 '아이의 屍骸'를 의미한다. 다만 이 표현은 일상적으로 존재
하긴 하지만 문학적으로 사용되는 경우는 드물다. 일본어 매체 범위에서
확인할 수 있는 예는 요시다 카즈호의 시 <고원(故園)의 서>이다. 이 작
품이 처음으로 발표된 곳은 다름 아닌 『詩と詩論』이다.40)

---

37) "나쓰미캉"은 '눈'(또는 남성의 성기)의 투영으로서 양의적으로 파악할 수 있다.
38) 김윤식, 『이상 문학 텍스트 연구』, 서울대출판부, 1998, 300면.
39) 권영민, 앞의 책, 2권, 284면.
40) 『詩と詩論』 제1권, 168면. 전술한 『현대의 예술과 비평 총서』는 콕토의 저서 등과 함께
　　요시다 카즈호의 『고원(故園)의 서』를 수록하고 있다. 냉철한 내면성을 추구하면서 태곳
　　적 사유의 시상을 보여주는 요시다의 작품에 주목해야 할 점이 많다. 지면의 제한으로
　　상세한 설명은 아쉽지만 생략한다. 덧붙여서 미발표 작품 있지만 타나카 카즈미의 <야
　　광운>(시 일기)에 "童骸未燒"의 시구가 있다.

童骸未不燒 哀夜來白雨 蔽柩以蔽艸 待霽故山春

　사계절의 모습을 내면적으로 그리고 있는 연작의 한 편인 <봄>의 끝 부분이다. 이 일문을 <동해>의 서사와 함께 읽어보면 물론 '童貞喪失'설은 비교적 자연스러운 해독이다. 그러나 전술한 내용에 근거한다면 한층 더 요시다 본인의 시적 추구, 예를 들어 "감각적 발상의 메커니즘은 새로운 실재의 한 계열을 창조했던 시대권(時代圈)의 경사와 예각화한 급속한 박자로 앞으로 굴러간다. 계획된 감정과 의지의 좌표는 차원의 밖에 의식의 층을 가설했다"(시집『고원의 서』의 광고문,『현대 예술과 비평 총서』9권)라는 언급을 고려한다면 요시다의 "봄"은 과거의 "시간의 흘러감"을 안타까워하는 시라기보다 "새로운 실재"의 발견에 대한 표현자의 욕망이 드러난 구절이라고 생각할 수 있다. 즉, 이상이 특별히 요시다의 시로부터 잘라낸 "동해 "라는 표현은 윤리적 신체의 "상처"를 나타내는 것이라고 하는 것보다, "계획된 감정과 의지의 좌표"의 흔들림, 다시 말해 표현론적 "눈의 상처" 또는 "눈동자의 잔해"라는 뜻으로 파악할 수도 있는 것은 아닌가. 이렇게 본다면 이상의 창작 활동은 대체로 <안달루시아의 개>를 상징으로 하는 "눈의 사건"의 "후일담"에 해당될지도 모른다.

　이상, 본고는 활자 표현이 영상 표현의 흥기와 조우하는 1930년대를 살았던 이상의 문제의식과 고민을 표상하는 텍스트로서 그의 시 <흥행물 천사> 및 <광녀의 고백>을 채택하고, 일본어 매체와의 관계를 단서로 하여 다시 이상의 문맥을 읽어보는 작업이었다.

　결론으로서 다음 두 가지 사항을 정리하고자 한다.

　하나는, 이 두 편의 시의 창작 계기는『詩と詩論』등을 매개로 수용한 프랑스 선위영화(특히 <안달루시아의 개>)인 것을 예증했다. 환언하면,

1930년대의 조선 문단이 일본어 매체와 교통하여 시대적 조류의 최전선과 관련되고 있던 한 측면을 명시하는 것과 동시에, 지금까지 저본의 존재를 충분히 문제시하지 않았기 때문에 지적되는 것이 없었던 표현자로서의 이상의 새로운 한 면, 즉 시각 예술과 활자 매체의 사이에 고민하면서 종합적 방법을 모색하고 있던 실태를 투시했다.

또 하나는, 이상의 "천사"와 콕토 등의 "천사" 및 영화 <잔다르크의 수난>과의 관련성에 대해서 논증을 시도했다. <흥행물 천사> 및 <광녀의 고백>은 1930년대에 있어서의 표현 세계의 과제(시와 영화 및 회화와의 갈등과 융합)를 반영하는 기록인 것을 재차 지적했다.

요컨대 이상의 창조적 영위의 저변을 지탱하고 있는 것은 종래의 표현자를 묶는 장르 즉 "문턱"의 돌파, 혹은 표현자로서 "월경"하려는 의지이며, 이것이 바로 그가 그리는 "선형의 인간"41)의 이념이다. 그것은 확실히 "종합"으로 이끄는 전위영화의 욕망과 통저하고 있는 것이다.42) 이러한 의미에서 이상을 투시하는 향후의 과제로서 마지막으로 본고에서 다룬 작품에 한정하지 않고 이상 문학 텍스트 그 자체가 활자 작가와 미디어 아티스트의 공동제작과 같은 체질을 내포하고 있다는 점을 언급하면서 이러한 시점으로부터 한번 더 파악해 보아야 하는 작품의 일부를 제시했다.

물론, 이상 문학 텍스트는 본고가 안지 못할 광대한 지평에 의해 구축되고 있다. 다양한 시점에서 그의 텍스트가 읽혀진다는 것 자체가 우리는 새로운 '허무'에 습격당하거나, "눈"이 찢어질 수 있을 것임을 방증

---

41) 『朝鮮と建築』 권두의 말. 제11집 9권(1932) 이상이 추구하고 있는 「선형의 인간」이란, 모호리·나기와 같은 기성의 표현 영역을 걸치는 표현자적 인간의 이상상이라고 볼 수 있다.

42) <광녀의 고백>의 고투하는 모습은, 회화와 "영화"라고 하는 표현 장르와 교차하면서, 새로운 활자 표현을 시를 통해 개척하려 하고 있던 것은 아닌가?

한다. 비범한 텍스트는 우리에게 그 각오를 요구하고 있다.[43]

— 김예리 역

---

43) 이상의 많은 작품은 전위영화와 관계하고 있다. 지면상 전개할 여유가 없었던 문제 가운데 향후의 과제로서 몇 가지 사례를 언급하고자 한다. 하나는 <오감도>. 이 연작의 다수의 시편에 콕토의 영화 <시인의 피>의 투영이 보여진다. 예를 들어, "여자"에 권총을 건네받아, 자살이 권유되는 것, 거울이 큰 수면으로 변하고, 시인이 그 속에 뛰어드는 것 등 메인·씬의 투영을 볼 수 있다. 또 다른 예. 시 <且 8씨의 출발>의 해독도 전위영화 또는 예술 사진과의 관련으로부터 찾아 볼 필요가 있다. "且8"은 사람이 아니고, "제8(차)" 즉 "제8의 예술"을 의미하는 것은 아닌가라고 생각할 수 있다. 이상이 <산촌여정>에 "제8 예술의 승리"라고 언급하고 있는 점, 그 밖에 『詩と詩論』에 게재된 <만.레이씨에 관해서>에 있어서는 만 레이의 영화 <海盤車>를 상찬하면서 "<제8의 예술>라는 말은 갑자기 날아갔다"라고 하는 표현이 있다(209면). 시 전체의 이미지나 "事實且8氏는自發的으로發狂하였다. 그리하여어느덧且8氏의溫室에는隱花植物이꽃을피워가지고있었다. 눈물에젖은感光紙가太陽에마주쳐서는희스무레하게光을내었다." 등의 표현도 활동사진을 의식하고 있음을 느끼게 한다. 덧붙여서 '且'의 한문어음은 "qie", 한국어'제'의 발음에 가깝다. 고증할 가치가 있을 것이다. 그 밖에 활자 텍스트와의 관계에 관해서는 『詩と詩論』 외에, 신감각파 작가 요코미쓰 리이치의 단편 <7층의 운동>과의 관련등도 도외시할 수 없다. 초출은 『文藝時代』 제9호(1927.9), 그 후에 『新選요코미쓰 리이치집』(개조사 1928. 10, 조선총독부 도서관 소장)에 수록되었다. 덧붙여서 졸고 「이상 문학 텍스트의 "여자"에 관한 각서—달리 및 요코미쓰 리이치와의 관련을 중심으로(李箱文學テクストの"女"に關する覺書—ダリ及び橫光利一とのかかわりを巡って)(『九葉讀詩會』 제4호, 2009. 4, 124-138면)에서 <홍행물 천사>와 요코미쓰 리이치, 특히 <안달루시아의 개>와의 관련성에 관해서 언급하고 있다.

참고문헌

〈기본 자료〉
임종국, 『李箱全集』, 文成社, 1972.
김주현, 『이상 문학전집』, 소명출판, 2005.
권영민, 『이상전집』, 뿔, 2009.
(그 외 전집 각종)
『金起林全集』 5권, 尋雪堂, 1988.
<안달루시아의 개>, 맥스(MAX)엔타테먼트, 2007.
<잔다르크의 수난>, 이시네마, 2007.
厚生閣書店, 『詩と詩論』 1~14권, 1928~1931.
堀口大學, 『ジャン.コクトオ詩抄』, 第一書房, 1929.
北園克衛, 『白のアルバム』, 厚生閣書店, 1929.

〈단행본〉
厚生閣書店, 『現代の藝術と批評叢書』, 1929.
飯島正・佐佐能理男, 『前衛映畵藝術論』, 天人社, 1930.
新興藝術編, 『機械藝術論』, 天人社, 1930.
香野雄吉, 『現代住宅建築論』, 天人社, 1930.
堀野正雄, 『現代寫眞藝術論』, 天人社, 1930.
新居格, 『アナキズム藝術論』, 天人社, 1930.
西脇順三郎, 『シュ?ルレアリズム文學論』, 天人社, 1930.
板垣鷹穂, 『現代都市建築論』, 天人社, 1930.
朝鮮總督府編, 『朝鮮總督府キネマ』, 1931.
朝鮮總督官房文書課編, 『朝鮮總督府キネマ』, 1939.
ヴァルター.ベンヤミ著作集ン 2, 『複製技術時代の芸術』, 晶文社, 1970.
ヴァルター.ベンヤミン著作集 13, 『新しい天使』, 晶文社, 1979.
崔炳德, 『寫眞의歷史』, 寫眞괘評論社, 1978.
김진해, 『영화의이해』, 玄岩社, 1987.
アド.キル―著 種村季弘 역, 『ブニュエル』(『現代のシネマ3』)三一書房, 1970.

澤正宏, 和田博文 편, 『都市モダニズムの奔流―『詩と詩論』のレスプリヌーボー』, 翰林書房, 1996.
김윤식, 『이상 문학 텍스트 연구』, 서울대출판부, 1998.
권영민, 『이상 텍스트 연구』, 뿔, 2009.
조남현, 『현대문학사상논구』, 서울대출판부, 1999.
김동근, 『이상문학 연구―60년』, 문학사상사, 1998.
신범순, 『이상의 무한정원 삼차각 나비―역사시대의 종말과 제4세대의 꿈』, 현암사, 2007.
신범순, 『이상문학 연구의 새로운 지평』, 도서출판 역락, 2006.
강인숙, 『일본 모더니즘 소설 연구』, 생각의나무, 2006.
문혜원, 『한국 현대시와 모더니즘』, 신구문학사, 1996.

〈논문〉
월터K.류, 「활동사진과 공동체적 동일시」, 김윤식 편저, 『李箱문학전집』 5, 문학사상사, 2001.
사에구사 도시카스, 「이상의 모더니즘」, 김윤식 편저, 『李箱문학전집』 5, 문학사상사, 2001.
소래섭, 「1930년대의 웃음과 이상」, 신범순 외편, 『이상 문학 연구의 새로운지평』, 도서출판 역락, 2006.
나민애, 「이상의 「광녀의 고백」에 대한 주석―'죽음'의 법칙과 '생'의 법칙」, 『이상시 작품론』, 이상문학회 편, 도서출판 역락, 2009.
김수이, 「모타니즘 글쓰기 주체의 시각 중심주의의 고찰―1930년대 이상의 시와 산문을 중심으로」, 『한국문예창작』 제6권, 제1호, 2007. 6.
十重田裕一, 「「機械」の映畫性」, 『日本近代文學』 제48집, 日本近代文學會 1993. 5.
鈴木貴宇, 「板垣鷹穗と＜機械＞―「機械のリアリズム」と「プチ.ブルジョワ.インテリゲンチャ」」, 『日本近代文學』 제67집, 日本近代文學會, 2002. 10.
白惠俊, 「1930年代植民地都市京城の「モダン」文化」, 文京學院大學外國語學部文京學院短期大學紀要 제5집, 2006. 2.

이상 문학의 '보는' 주체와 이원적 육체의식

시네포엠과 '카메라 아이'를 중심으로

이 민 정

1. 시네포엠과 '카메라 아이'

시네포엠(cine poem), 혹은 영화시는 우리 문학사에서 김기림, 오장환 등에 의해 단편적으로, 실험적으로 창작된 것으로 알려져 왔으며 이와 관련한 연구도 제한적으로 진행되어 왔다.1) 이상의 경우, 영화와의 관련성에 대한 언급은 있었으나,2) 영화시와의 직접적 영향관계에 대해서는 논의되지 못했다. 이는 이상이 '영화시'라는 것을 표면적으로 드러낸 적이 없기 때문이다. 이 글은 영화시에서의 '카메라 아이'가 이상 문학의 특징적 국면과 만나고 있다는 판단 아래 논의를 출발한다.

---

1) 나희덕, 「김기림의 영화적 글쓰기와 문명의 관상학」, 『배달말』 38, 2006; 조영복, 「김기림 시론의 기계주의적 관점과 '영화시'(Cinepoetry)」, 『한국현대문학연구』 26, 2008.
2) 조영복, 「이상의 예술 체험과 1930년대 예술 공동체의 기원—'제비'의 라보엠적 기원과 르네 끌레르 영화의 受容」, 『한국현대문학연구』 23, 2007; 조영복, 「이상 혹은 리토르넬로의 비교교유록」, 『이상의 사상과 예술』, 신구문화사, 2007.

이상 문학의 빛나는 개성은 작품 「오감도」로 대표되는 특징적인 시선일 것이다. 도시의 뒷골목을 질주하는 13명의 아이들과 이를 조감하는 까마귀의 눈. 이 까마귀의 차갑고 준열한 응시가 이상 문학의 도저에 흐르고 있는 것은 주지의 사실이다. 그런데 이 시선의 문제는 대상뿐만 아니라 주체 스스로에게도 향한다는 점은 주목되어야 한다. 이 시선이 주체에게로 향할 때 이것은 편집증적으로 집요하고 사디스트적인 면모를 보인다. 언뜻 차가운 이성의 잣대로 보이는 이 시선은, 주체 외부의 대상에 대한 준열함 만큼이나, 그 잣대는 주체 스스로에게도 가해진다. 이것은 일차적으로는 해부학적, 혹은 현미경적 시선이라고 명명할 수 있을 것이다. 본고는 일견 차이를 보이는 이 두 개의 시선이 하나의 기능적인 관점에서 출발했음을 전제하고 그 지렛대 역할로 '카메라 아이(camera eye)'를 설정할 것이다.

'카메라 아이'는 일차적으로는 영화적 장치에서 비롯되었다. 이러한 '카메라 아이'가 문학상에서는 김기림과 박태원의 경우에 제한적으로 언급된 바 있다. 본고는 이상 문학에 나타나는 '카메라 아이'의 특징적 국면들을 살펴보고, 이것이 단순한 수사적 장치에 국한되지 않고 인식론적 문제와 결부되어 있음을 확인하고자 한다.

일본의 경우 영화시는 잡지 『시와시론(詩と詩論)』에서 본격적으로 출현한다. 『시와시론』은 1928년 9월 하루야마 유키오(春山行夫), 미요시 다쓰지(三好達治), 기타가와 후유히코(北川冬彦), 우에다 토시오(上田敏雄), 안자이 후유에(安西冬衞) 등을 주축으로 창간된 시와 시론을 전문적으로 다룬 잡지이다. 편집후기에서 하루야마 유키오는 구 시단의 무시학적(無詩學的) 독재를 타파하고, 오늘날의 시를 정당하게 나타내고자 했음을 밝히고 있다. 『시와시론』 동인들은 구 시단을 비판하고, 한편으로는 자콥, 브루통, T. S. 엘리엇, 죠이스 등 서구 문학을 적극적으로 소개하고 번역하여 일본근대시의 길을 개척하게 된다.3) 요컨대 『시와시론』은 시의 새로운 실험을 꾀하고 있었다는 점은 분명해 보인다. 이때 새로운 시는 형식과 내용에 모두 해당되는 말이다. 실제로 동인들은 자콥, 부르통, T. S. 엘리엇, 죠이스 등의 소개에 그치지 않고 아메리카나 헝가리 시단에 이르기까지 광범위하게 소개하고 있다. 이를 통해 이들이 서구 시단의 수용에 머물지 않고, 현대시의 새로운 길, 현대시의 새로운 전범을 세우고자 했음을 짐작할 수 있을 것이다. 이 새로운 잡지의 기치는 '에스프리 누보'로 요약될 수 있는데, 새로운 에스프리를 위하여 이들은 시의 다양한 형식 실험에 심혈을 기울인다. 이와 관련하여 「시의 진화」, 「소재와 형식」, 「현대시의 산문화를 논하다」, 「미래파의 자유어를 논하다」 등의 논의가 활발하게 개진되었으며, 영화시는 이러한 실험 중 하나였다. 주요 시인으로는 콘도 아즈마, 다케나카 이쿠, 기타가와 후유히코 등을 들 수 있다.

당시의 시 제목들을 일별해 보면 "에스키스", "데생", "스케치", "카톤" 등 회화의 용어들이 자주 등장한다. 이는 비단 회화와의 관련성에 국한되지 않는다. 물론 이러한 제목을 걸고 있는 작품들은 대체적으로 대상을 회화적으로 포착해 내거나, 순간적 혹은 특징적 이미지를 텍스트로 구현해 내는 것을 목표로 하였다. 시네포엠이라는 실험 역시 은막 위에 영사되는 영화의 장면들을 그대로 재현하는 것을 기본적인 목표로 삼고 있었다. 이미지의 충실한 재현은 가치 판단의 이전 문제로, 충실하고 객관적인 관찰이 가장 우선시되는 덕목이었다.

1 열고는 닫히는 승강기다. 사람 하나 없다.
2 마루 위에 떨어지고 있는 꽃이다, 꽃잎이 없는 꽃이다.

---

3) 오석윤, 「三好達治의 詩의 形成」, 『일본문화학보』 13, 2002, 129-130면 참조.

3 계단을 달려 올라가는 구두 구두 구두. 여자의 구두.

4 안에는 뒤꿈치를 잡은 구두.

5 거울의 표면으로 몸통을 구불거리게 한 보석 머리장식을 잡아 보시
  오. 아름다운 보석은 아름다운 뱀을 닮은 집요함을 지니고 있다.
    (그 날카로운 광선이 우물을 들여다보는 것처럼 깊다.)

6 경쾌한 계산기가 혀를 내밀고, 혀를 내밀고, 혀를 내민다.

7 하얀 혀.

8 매니큐어를 한 가느다란 여자의 손이다.

9 1굴덴4)의 은화를 그러모으는 손, 여자의 손.

10 계산기가 멈춘다. 그 숫자가 최대한에 달했기 때문이다.

11 자동차 후미의 배기통에서 나오는 가스의 계속. 하얀 가스다.

12 커다란 아기.

13 독일 글자로 「이 아이의 아버지를 찾고 있습니다」

14 쇼윈도에 비추이는 절규하는 군상.

15 어머니는 유리 안에 고용되어, 살아 있는 인형 역할을 맡고 있다.

16 나체의 어머니.

17 특히 아름다운 나리에서 허벅지.

18 흰 연회의 넥타이가 난다. 나비들을 흉내 내어 난다.

19 단지 회전하는, 회전하는 회전문. 공허한 한낮의 회전.

20 (그 가운데 갇힌 움직이지 않는 남자의 그림자가 보입니까.)

21 소나기와 회전문. 지척을 분간치 않고 급한 회전수와 빗줄기다.

22 23초.

23 흐름에서 떠오르는 꽃.

24 곧 이리저리 밀리는 꽃.

25 손아래 손, 손아래 손, 손아래 손 끝없이 나오는 손, 손.

26 계산기 내부의 아름다운 속삭임을 보라.

27 계단을 달려 내리는 쥐다, 쥐다.

28 뒤돌아보는 쥐.

29 짓이겨진 꽃, 형태가 없는 꽃이, 부러진 성냥개비, 불탄 종이, 유리

---

4) gulden. 네덜란드의 화폐단위.

파편, 담배꽁초 등과 함께 떨어지고 있다.
30 열고는 닫히는 승강기다. 사람 하나 없다.

—「백화점」[5]

인용은 영화시 창작에 적극적이었던 다케나카 이쿠(竹中郁)의 「백화점」
이다. 이 시는 "Cinépoème á M. Man Ray"라는 부제를 달고 있으며, 번
호 하나가 하나의 연을 구성하고 있다. 각각의 번호는 하나의 쇼트에 해
당한다고 볼 수 있다. 이렇게 모인 30개의 쇼트가 백화점의 단상들의 특
징적 국면을 적나라하게 포착하고 있다. 좀 더 세부적으로 들어가 보자.
각각의 쇼트는 백화점의 다양한 군상들을 포착하여 보여주는데, 그 대상
은 사람들에 국한되지 않고 다양한 대상들까지 포괄하고 있다. 승강기와
회전문, 여자들의 구두, 신사의 나비넥타이, 계산기와 영수증, 쇼윈도의
마네킹에 이르기까지 백화점이 환기하는 모든 이미지들이 포착되고 있
다. 이처럼 시네포엠은 카메라가 대상을 기록하는 것처럼 시선에 포착된
대상들을 집요하게 묘사한다. 사람이 있든 없든 관계없이 열렸다 닫히는
승강기, "단지" 회전만을 반복하는 회전문, 숫자의 최대한에 달할 때까
지 출력되는 영수증의 물결에 이르기까지 백화점의 천태만상은 빠르게
돌아가는 현대 사회의 속도감을 여실히 대변해 주는 것들이다.

그런데 이 현기증 나는 속도가 지배하는 어지러운 군상들 속에서 이
와는 전혀 대조적으로 회전문 유리에 비치는 한 남자가 있다. 이 남자는
백화점의 어지럽고 숨 가쁜 흐름과는 대조적으로 움직이지 않고 정지해
있다. 물론 이 남자가 그 흐름을 포착하는 시인의 분신이라는 것을 짐작
하는 것은 자연스러운 일일 것이다. 백화점이 지배하는 질서와는 동떨어

---

5) 다케나카 이쿠, 「백화점」, 『시와시론』 4(시의 연 구분은 생략했다. 하나의 번호가 하나의
  연에 해당한다)

져 유리에 비친 그림자 같은 모습으로만 존재하는 자기 자신에 대한 존재론적 질문이 아니겠는가. "그 가운데 갇힌 움직이지 않는 남자의 그림자가 보입니까."라는 가장 이질적인 연은 형식적으로도 괄호로 묶여 있는 부차적인 진술임을 표방하고 있으며 이는 생략해도 무방하다는 의미이기도 하다. 백화점의 군상들 중 하나이면서 또한 단지 회전문 유리에 비친 그림자로만 포착되고 있는 남자. 이 남자의 존재는 현실적 중량감을 잃고 유령 같은 모습을 하고 있지만, 또한 백화점의 군상들 중 하나라는 것도 틀림없는 사실이다. 이 대목은 남자의 위태로우면서도 또한 확고한 존재론적 위치를 짐작하게 한다.

이 불완전한 존재, 백화점의 다양한 천태만상을 기록하는 단 하나의 눈이 바로 카메라 아이(camera eye)다. 어지러운 운동의 흐름 속에 참여하지 않고 멈추어 있는 그림자와 같은 것. 이 눈은 인간의 그것과 닮았다는 점에서 친숙하지만, 인간의 감각 영역을 초월한다는 점에서는 낯설다

카메라 아이는 인과적 흐름, 혹은 시선의 자연스러운 이동경로가 아닌, 독립된 쇼트들을 인위적으로 혹은 폭력적으로 결합할 수 있다. 이러한 결합은 영화에서의 '편집'이라는 기술로 설명될 수 있을 것이다. 어떤 장면은 과감하게 생략되고 또 어떤 장면은 클로즈업된다. 구두와 구두, 영수증과 영수증, 손과 손들의 연쇄. 이미지들은 같은 것들과 혹은 다른 것들과 끊임없이 교체되면서 속도가 발생한다. 이것은 흡사 영화의 필름이 돌아가는 속도와 닮아 있다. 그리고 계속해서 겹쳐지는 이미지들 스스로가 만들어내는 속도이기도 하다. 하나의 이미지 위에 또 하나의 이미지가 포개어지고 이것이 무한히 반복되면서 발생하는 속도야말로 이미지가 가지는 서사적 속도이다. 이미지들의 거대한 총합은 그대로 이미지들의 서사, 즉 시네포엠이 된다.

　카메라 아이의 이러한 특성은 보통의 인간적 감각을 넘어서는 기계적
감각에 기인한다. 기계에게서는 감정이나 사고의 흐름과 관련 없는 독립
적인 쇼트들이 얼마든지 결합될 수 있다. 기계의 비인격적인 눈, 카메라
아이는 이렇게 자신의 기능에 충실하여 '객관적으로' 대상을 재현한다.
그리고 이 객관성이야말로 카메라 아이의 강력한 미덕이 된다. 1930년
대, 문학에서의 객관적 태도는 이처럼 기계적 문법으로부터 시사점을 제
공받았다.

　　…예술의 리얼리티는 외부세계 혹은 내부세계에만 한해서 있는 것은
　아니다. 그 어느 것이나 객관적 태도로써 관찰하는 데 리얼리티는 생겨
　난다.
　　문제는 재료에 있는 것이 아니라 보는 눈에 있다. 주관의 막을 가린
　눈을 가지고 보느냐 아무 막도 없는 맑은 눈을 가지고 보느냐 하는
　데서 예술의 성격은 규정된다. <막을 가리지 않은 맑은 눈> …시네마
　에 있어서의 카메라의 존재는 이 문제에 대하여 적지 않은 서광을 던져
　준다고 나는 생각한다.6)

　인용은 최재서가 이상의 「날개」를 두고 카메라적 정신을 언급하는 대
목이다. 이때의 카메라는 작품 내의 화자나 서술자의 문제가 아니며 작
가의 인식론과 결부되어 있음을 알 수 있다. 이러한 인식론적 카메라는
서술을 비롯한 작품 전체를 지배하는 강력한 조건으로 기능하고 있다.
따라서 카메라 아이는 기법적 차원에 머무르지 않고 인식론적 차원의
도구로 확대된다. 인식론적 차원으로 확대된 카메라 아이는 더 이상 감
각기관으로서의 육체적 눈이 아니라 정신의 눈이 된다. 이를 최재서는

---

6) 최재서, 「리얼리즘의 확대와 심화―「천변풍경」과 「날개」에 관하여」, 『조선일보』, 1936.
　10. 31~11. 7(김윤식 편, 『한국현대모더니즘 비평선집』, 서울대출판부, 1991).

"객관적 태도"라고 명명한 셈이다. 바꾸어 말하면 객관적 태도가 준비되면 카메라 아이는 작동을 시작한다. 이상에게 이 눈은 언제 준비되는가. 그는 "육신이 흐느적흐느적 하도록 피로했을 때만 정신이 은화처럼 맑"[7])다고 한 바 있다.

카메라 아이의 이러한 특징은 보이는 것과 보이지 않는 것, 존재하는 것과 존재하는 않는 것, 현상과 본질, 가상과 실재 등에 관한 의문으로 바꾸어 읽힐 수 있다. 현상과 본질의 문제는 진짜와 가짜의 테마와도 상통하며 이 또한 이상 문학의 한 테마라는 사실은 주지하는 바이다. 가상과 실재, 현상과 본질, 환영과 실재의 구분은 시각적 질서가 지배하는 세계에서는 경계가 모호해진다.

다케나카 이쿠의 영화시 「백화점」에 등장하는 낯선 남자. 백화점의 천태만상을 '카메라 아이'로 기록하는 이 남자는 시인 자신의 모습과 겹쳐진다. 결국 '카메라 아이'의 뒤에서 그 기계장치를 조종하는 것은 시인 자신인 셈이다. 이제 양상은 좀 더 복잡해진다. 하나의 쇼트 혹은 장면에 포착된 이미지는 누구에 의한 것인가. 그리고 그러한 이미지들을 결합하는 것은 누구인가. 카메라인가, 작가인가. 이러한 질문은 독자들의 몫일뿐만 아니라 시인이나 작가 자신이 스스로에게 되묻는 질문이기도 할 것이다.

왜 카메라의 눈은 이상에게 인식의 도구로서 선택되었는가. 먼저 지각능력의 확장을 들 수 있다. 지각능력의 확장은 자연히 상상력의 영역을 확장한다. 이 새로운 상상력은 자연히 시가 보여줄 수 있는 영역 역시 확장시킨다. 다음으로 이 기계장치가 제공하는 객관성을 들 수 있다. 주관적 감정 표출로 요약할 수 있는 1920년대적 문학과의 결별을 고하며

---

7) 이상, 「날개」, 『정본 이상문학전집』 2, 252면.

1930년대적 새로움, 새롭고도 게다가 객관성을 보장해 줄 수 있는 것으로 '카메라 아이'는 도입된 것이다.

2. 카메라 옵스큐라와 육체의 상동성

카메라의 어원은 카메라 옵스큐라(camera obscura)에서 유래한다. 이것은 라틴어로 '어두운 방'이라는 뜻으로, 원래 눈에 부담을 주지 않고 일식을 관찰하기 위하여 고안된 장치였다. 작은 입구를 통해 완전히 어두운 공간으로 들어온 빛이 그 앞에 놓인 물체와 그림의 모상(模像)을 밝은 벽에 비추는 것이다. 최초의 언급은 BC 3세기 아리스토텔레스의 「핀 홀 상의 방법론」에서 출발한다. 어두운 방의 벽면에 뚫린 작은 구멍에서 들어온 빛에 의해 반대편의 벽면에 바깥 풍경이 비치는 현상을 기록하였다. 15세기 레오나르도 다빈치는 이를 원근법 고안에 이용했다. 초기에는 그림을 그리기 위한 보조수단으로 사용되었고, 19세기에 들어와 이 모상을 감광재료를 이용하여 상을 영구적으로 정착시키려는 시도와 더불어 사진기로 발전하게 되었다.[8]

카메라 옵스큐라에서 주목할 점은 '어두운 방'이라는 본래적 의미이다. 이 어두운 방은 '빛'이라는 가장 민감한 자극만을 감각하기 위해 준비된 공간이다. 이상에게서 이것은 육체 전체와 관련된다. 카메라의 눈은 '보다'라는 시각적 감각으로 특화되어 있지만, 기본적으로는 빛과 어둠의 분별을 위한 기초적 감각이다. 감각의 이러한 특징은 '보다'라는 낱말에서도 나타난다. '보다'는 단지 시각의 차원에만 국한되는 않고 분별하다, 생각

---

8) 김석원, 「관찰자의 시점과 카메라 옵스큐라와 카메라」, 2004. 12; 안드레아 그로네마이어, 권세훈 역, 『영화』, 예경, 2005, 9-10면.

하다, 판단하다 등의 의미로 확대될 수 있다. 따라서 카메라 아이에 포착되는 대상은 보는 대상일 뿐만 아니라 판단의 대상이기도 하다. 이렇게 되면 객관과 주관은 선명하게 구획되지 않고 뒤섞인다. 오히려 객관적인 포착이나 기록의 대상이었던 세계는 실상 주관적 선택으로 이루어진 세계와 다르지 않다. 이때의 객관성이라는 것은 감정적 차원만을 살짝 걷어낸 자리에 주관적 의지를 더욱 확고하게 덧씌운 것으로도 이해될 수 있다. 즉 현대사회가 객관적인 또는 합리적인 질서에 의해 총괄되는 것으로 보이지만, 이 또한 지극히 주관적인 질서에 의해 구성된 셈인 것이다.

이상 문학에서 육체는 거대한 '하나의' 눈이다. 그의 육체는 '보다', '감각하다', '생각하다', '판단하다' 등의 모든 감각의 바로미터로 기능한다. 미세한 떨림에도 진동하는 시각을 위시한 모든 감각의 총화이다. 먼저 가장 두드러진 시각의 경우를 살펴보자.

이상 문학에서 시각이 가장 극적으로 표출되는 것은 거울이라는 장치를 통해서이다. 거울을 통해 들여다보이는 자기 자신의 모습은 그 묘사가 충실하면 충실할수록 자기인식의 엄정한 객관성이라는 문제와 맞닿아 있다. 거울을 통한 자기인식은, 이런 사유의 출발점에 놓여 있다. 이상 문학에서 거울은 차가운 근대세계를 대변하는 메타포로 이해되어 왔다. 거울은 수없는 반사상을 반복하고 중첩함으로써 "거울무한"9)을 만들어내는 기하학의 법칙이 지배하는 세계이다. 이것은 거울이 담고 있는 현실 자체가 차갑고 직선적인 평면 속에 갇혀 있는 것에 기인한다. 이러한 거울상의 세계는, 거울에 비친 자신의 모습을 통해 자기 인식으로 심화된다. 먼저 「오감도 시제15호」를 보자.

---

9) 신범순은 이 '거울무한'이 결국 "악무한적 가상들"에 불과하다고 지적하고 있다. 신범순, 「무한육면각체의 정원(제논적 거울무한)」, 『이상의 사상과 예술』, 신구문화사, 2007. 15면, 46-47면 참조.

1

나는거울없는실내에있다. 거울속의나는역시외출중이다. 나는지금거울
속의나를무서워하며떨고있다. 거울속의나는어디가서나를어떻게하려는음
모를하는중일까.

3

나는거울있는실내로몰래들어간다. 나를거울에서해방하려고. 그러나거
울속의나는침울한얼굴로동시에꼭들어온다. 거울속의나는내게미안한뜻을
전한다. 내가그때문에영어되어있드키그도나때문에영어되어떨고있다.

4

내가결석한나의꿈. 내위조가등장하지않는내거울. (…) 나는드디어거울
속의나에게자살을권유하기로결심하였다. (…) 그러나내가자살하지아니하
면그가자살할수없음을그는내게가르친다. 거울속의나는불사조에가깝다.

5

내왼편가슴심장의위치를방탄금속으로엄폐하고나는거울속의내왼편가
슴을겨누어권총을발사하였다. 탄환은그의왼편가슴을관통하였으나그의심
장은바른편에있다.

— 「烏瞰圖 詩第十五號」 부분10)

이 시는 거울이라는 장치를 통한 이상의 자기 인식을 보여 준다. 이
시에서 거울 속의 나와 거울 밖의 나는 철저하게 이분되어 있으며 소통
이 부재한다. 철저히 시각적이라는 점, 이것은 오히려 소리 없는 공포를
조장하는 요인이기도 하다. 화자는 거울 없는 실내에서도 "거울 속의
나"를 무서워하며 떨고 있다. "거울 속의 나"의 음모를 두려워하여 나는
먼저 그를 죽이려 하지만, 이 둘은 서로가 서로를 가두면서도 존재시키

---

10) 김주현 주해, 『정본 이상문학전집』 1, 소명출판, 2005, 93-94면.

는 역설적 관계를 이루고 있다. 나를 죽여야만 그도 죽는다는 딜레마가 둘 사이의 팽팽한 긴장을 형성한다. 이처럼 거울 속의 나와 거울 밖의 나는 결코 소통되지 못하고 깊은 심연으로 나뉘어져 있다. 이러한 양상은 「거울」에서도 마찬가지로 확인된다. 거울이라는 장치를 통한 자기인식은 철저히 시각적인 차원에서 진행되고 있으며 이로써 인식의 객관성이 확보된다. 그러나 거울상을 통한 시각적인 차원에서의 자기 인식은 온전한 자기소통이 부재한다는 점에서 문제적이다. 거울에 비친 자기의 모습은 외형상으로는 철저한 타인에 불과하기 때문이다. 철저한 타인의 눈에 의해 포착된 '자화상'은 어떤 모습일까.

여기는 도모지 어느나라인지 分間을 할수없다. 거기는 太古와 傳承하는 版圖가 있을뿐이다. 여기는 廢墟다. 「피라미드」와같은 코가있다. 그구녕으로는 「悠久한것」이 드나들고있다. 空氣는 褪色되지않는다. 그것은 先祖가 或은 내前身이 呼吸하던바로 그것이다. 瞳孔에는 蒼空이 凝固하야 있으니 太古의 影像의 略圖다. 여기는 아모 記憶도遺言되여있지는 않다. 文字가 달아 없어진 石碑처럼 文明의 「雜踏한것」이 귀를 그냥지나갈뿐이다. 누구는 이것이 「떼드마스크」(死面)라고 그랬다 또누구는 「떼드마스그」는 盜賊맞었다고도 그랬다.

죽엄은 서리와같이 나려있다. 풀이 말너버리듯이 수염은 자라지않는채 거츠러갈뿐이다. 그리고 天氣모양에 따라서 입은 커다란 소리로 외우친다―水流처럼.[11]

여기는어느나라의떼드마스크다. 떼드마스크는盜賊마젓다는소문도잇다. 풀이極北에서破瓜하지안튼이수염은絶望을알아차리고生殖하지안는다.　千古로蒼天이허방이빠져잇는陷穽에遺言이石碑처럼은근히沈沒되어잇다.　그러면이겨틀生疎한손짓발짓의信號가지나가면서無事히스스로워한다.　점잔튼內容이이래저래구기기시작이다.[12]

---

11) 「自畵像(習作)」, 『조광』, 1939. 2. 유고로 발표(『정본 이상문학전집』 1, 130-131면).

　인용한 두 작품은 '자화상'이라는 테마의 두 가지 버전이다. 「自畵像(習作)」에서 자신의 얼굴은 거울이라는 "裝置"[13]를 통하지 않고서도 하나의 '떼드마스크'로 등장한다. 「自像」에서도 이는 그대로 반복된다. 첫 번째 인용한 '습작'이라는 부제를 달고 있는 쪽이 이에 대한 자세한 묘사를 보여주고 있고, 두 번째 「자상」은 이를 축약하고 있다고 할 수 있다. 이 두 작품에서 화자는 자신의 얼굴을 데드마스크라고 선언한다. 그곳은 (얼굴은) 이미 고대의 무덤 '피라미드'며 '폐허'다. 그래서 "수염은" 이미 "絶望을알아차리고生殖하지" 않는 것이다. 이 두 작품에서 자화상은 데드마스크와 피라미드로 요약될 수 있는 죽음의 세계 바로 그것이다. 왜 자화상은 이렇게 '죽음'의 세계로 그려지고 있는가. 이것은 이상이 자기 자신의 얼굴을 죽음 자체로 규정했거나 또는 제3자적 눈을 통한 풍경으로서의 자기 자신은 이미 자기 자신과는 통합될 수 없는 거울상이기 때문이기도 할 것이다. 거울상의 세계는 거울 밖의 세계와 결코 통합되지 않는 소통 불가능한 세계이다. 그러므로 그곳에서 문자는 이미 "石碑처럼" 닳아 없어지고 文明은 그저 "雜踏한것"에 불과하게 되어버린다.

　그렇다면 이 거대한 소통 불가능성은 어디에서 비롯되는가. 이것은 바로 거울의 세계는 이상(異常)한 세계이기 때문이다. 시각 감각은 비정상적으로 특화되고 다른 감각들은 비정상적으로 억압된 불구적인 세계이기 때문이다. 거울 속과 거울 밖은 소통으로 연결되지 않고 다만 상대를 비추는 관계성으로서만 서로를 담보한다.

　우리가 일반적으로 거울을 볼 때, 거울에 비친 대상은 '나 자신'이다. 내 외형을 비추어 볼 뿐만 아니라 동시에 온전한 자기의식도 함께 동반한다. 내 외형은 거울상으로부터 확인되는 것이지만 그 외형에 감싸인

---

12) 「自像」, 『조선일보』, 1936. 10. 9(『정본 이상문학전집』 1, 116면).
13) 「面鏡」.

나의 정신은 거울 밖 나의 의식과 일치한다. 즉 객관적 거울상과 주관적 정신이 함께 작용하고 있는 셈이다. 그런데 이상 문학에서 나타난 자화상은 어떠한가. 그것은 단지 비춰진 모습 그 자체이다. 그것은 정신을 가지지 못한 사물성 자체이다. 자기 인식은 정신을 동반할 때 주관과 객관은 통합된다. 주관과 객관이 만나지 못할 때 자화'상'은 낯설고 기괴한 사물일 뿐이다. 이상 문학에서 자화상을 기록하고 묘사하는 주체는 인식의 주체가 아니며 다만 '보는' 주체이다. 이 주체는 인간의 눈이 아닌 제3의 눈, '카메라 아이'이다.

생활을 거절하는 의미에서 그는 축음기의 레코오드를 거꾸로 틀었다. 악보가 거꾸로 연주되었다.

그는 언제인가 이일을 어느 늙은 樂聖한테 書信으로 써 보낸 일이 있다.

「한번 만나고 싶다」는 회답을 받고 그는 二十二歲의 飄飄한 자태를 그 늙은 樂聖의 秘室에 나타냈다.

樂聖은 한臺의 地球儀를 그에게 보이었다. 그것은 그가 일상, 완구점의 이층에서 愛賞해 마지 않는 것이었다.

「君의 애드레스를 찾아 보게」하는 말을 듣고 그는 조용히 그 地球儀를 조사하기 시작하였다.

五大洲의 大陸에서 最小의 珊瑚礁에 이르기까지 陸地라는 陸地는 모두 꺼멓게 칠해져 있었다. 그리고 다만 文字라고는 물이 된 부분에 「거꾸로 改錄된 악보의 세계」라고 쓰여져 있을 뿐이었다.

「저한테 지상에 살 수 있는 장소, 자격이 없다고라도 말하시는 것인가요」

樂聖은 그저 묵묵히 그의 다음의 秘室로 인도하였다.

거기에서 樂聖은 둘째 손가락으로 天井을 가르키었다.

天井은 하나의 거울로 하나 가득 끼어져 있었다. 樂聖과 그, 두사람의 거꾸로 나타난 立像이 어두침침하게 비치어져 있었다.

그는 愕然해져서 아껴야 할 곳을 알지 못하였다.

　　그리하여 樂聖은 또한 마룻장을 가르키었다. 거기에도 거울은 마루 온
면에 깔려 있었다. 거기에도 두사람의 입상은 아까와는 다른 逆立한 자
태로 비치어져 있었다.

　　樂聖을 잠시동안 그를 바라보고 있었다. 그리고 나서 천천히 전방벽면
을 향해서 걸어갔다. 그리고는 벽을 덮고 있는 커어텐을 제쳤다. 거기에
도 한점의 흠점조차 없는 淸凉한 거울이 단단히 끼워져 있었다.

　　그는 樂聖의 앞에서 창백하게 입술을 떨고 있는 거울 속의 그 자신의
姿態를 들여다 보고 있었지만, 곧 昏倒해서 樂聖 앞에 쓰러졌다.

　　「나의 秘密을 언간생심히 그대로 누설하였도다. 죄는 무겁다. 내 그
대의 右를 빼앗고 종생의 『左』를 賦役하니 그리 알지어라」

　　樂聖의 充血된 叱咤는 氷結한 그의 조그마한 心臟에 수없는 龜裂을 가
게 하였다.14)

　　인용한 글은 각혈로 죽을 고비를 넘긴 "그"는 마치 새로 태어난 듯한
느낌을 받게 된다는 일화를 내용으로 하고 있다. 이 글에서 주목할 부분
은 이러한 일화 다음에 오는 환상적 장면이다. "그"가 방문하게 된 늙은
악성(樂聖)의 비실(秘室)에서 나누는 악성과의 대화와 그 방의 독특한 풍경
에 주목해 보자. 먼저 늙은 악성은 지구의(地球儀) 위에서 그의 어드레스
를 찾아보길 요청하는데, 실상 지구의 상의 육지는 모두 검은 색으로 칠
해져 있어 분간할 수가 없었다. 다만 물이 된 부분에 "거꾸로 改錄된 악
보의 세계"라는 문자만 있을 뿐이었다. 이것은 그에게 "지상에 살 수 있
는 장소, 자격이 없다"라는 언도와도 같은 것이었다. 그가 이 비밀을 발
설하자 악성은 그에게 두 번째 비밀의 방으로 안내한다.

　　그곳은 천정과 마루와 전면의 벽면이 모두 거울로 되어 있는 곳이었
다. 거울의 방은 비밀을 누설한 죄에 대한 벌이자 그에게 주어진 존재론

---

14) 무제, 『정본 이상문학전집』 3, 149-150면(이 글은 『현대문학』(1960. 11)에 김수영의 변
　　역으로 실릴 당시 '원문에 제목이 없음'이라는 편집자의 주석이 붙어 있다).

적 조건이 된다. 그곳에서는 거울상만이 유일한 상이다. 거울상의 가장 두드러진 특징은 바로 좌우가 도치된다는 점인데 이때 좌우가 뒤집어진 거울상의 세계는 현실 세계와 대척점에 있다. 요컨대 거울상의 세계는 현실이 아닌 환상, 피안이 아닌 차안, 혹은 삶이 아닌 죽음을 의미한다고 볼 수 있다.

그는 비밀을 누설한 죄로 우(右)를 빼앗기고 좌를 "부역"받게 된다. 이때 비밀이란 거꾸로 돌아가는 세계, 즉 육지가 아닌 세계, 피안의 세계를 가리킨다. 우를 빼앗기고 좌를 부역 받은 그의 "조그마한 心臟"은 "수없는 龜裂"이 가고 이제 그는 비밀을 모두 알아버린 대가는 죽지 않아도 죽은 것과 다름이 없다. 따라서 좌(左)는 곧 종생(終生)이다. 그런데 문제는 그가 이 죽음의 세계를 '누설'했다는 데에 있다. 악성은 이 '누설'의 죄를 물어 그에게서 우를 빼앗고 좌를 부역하는 벌을 준 것이다.

일견 환상적인 이 에피소드에서 이상 문학의 주요 모티프들이 한꺼번에 등장한다. 늙은 악성의 비밀의 방에서 그는 지구의를 본다. 이것은 그가 완구점에서 늘 감상하던 것이었다. 늙은 악성과 그에게, 세계는 '지구의(地球儀)'의 형태로 사유되고 있다. 시각적 축도 속에 세계를 가두고 그렇게 가두어진 세계의 모형인 지구의를 통해 세계는 간접적으로 사유된다. 세계는 직접적으로서가 아닌 '지구의'라는 하나의 형식을 통해 새롭게 구성된다. 이처럼 이들이 세계를 사유하는 방식은 하나의 형식, 혹은 공식에 의한 재편을 통해서이다. 그리고 이상 문학에서 반복해서 취급되고 있는 좌와 우의 도치와 거울 모티프가 선명하게 드러나 있다. 지구의와 거울은 모두 인식의 도구로 등장했다. 이는 카메라 옵스큐라를 통해 우회적으로 세계를 보는, 그리고 사유하는 방식과 꼭 닮아 있다.

3. '보는' 주체의 이원적 육체의식

그런데 카메라 아이는 시선의 주체가 누구인지에 대해, 독자뿐만 아니라 작가 자신에게도 모호한 경우가 많다. 그러므로 이 시선의 주체는 사실상 카메라의 눈, 작가의 눈, 작가의 눈을 통과한 카메라의 눈, 카메라의 눈을 통과한 작가의 개입 등 무수한 눈이 될 수 있을 것이다. 이러한 시선의 분열상들이 이상 문학의 도처에 자리 잡고 있다. 많은 눈을 가진다는 것은 정보 수집의 양적 성과를 달성하게 할 수 있을 것이다. 그러나 더불어 너무 많은 정보와 그 정보가 주는 감각들과 등등의 복잡한 혼돈은 그대로 주체 스스로의 혼돈이 된다. 이때의 혼돈은 일차적으로 기계적 눈과 작가자신의 눈과의 혼동에서 비롯될 것이다. 정신과 결합되지 못하는 눈은 그대로 가장 기계적인 시선이 된다. 이 눈이 담아내는 풍경은 유기적으로 결합되지 못하는 파편의 경치가 될 수 있다.

四角形의內部의四角形의內部의四角形의內部의四角形의內部의四角形.
四角이난圓運動의四角이난圓運動의四角이난圓.
비누가通過하는血管의비눗내를透視하는사람.
地球를模型으로만들어진地球儀를模型으로만들어진地球.
去勢된洋襪.(그女人의이름은워어즈였다)
貧血緬布, 당신의얼굴빛깔도참새다리같습네다.
平行四邊形對角線方向을推進하는莫大한重量.
마르세이유의봄을解纜한코티의香水의마지한東洋의가을. 람
快晴의空中에鵬遊하는Z伯號. 蛔虫良藥이라고씌어져있다.
屋上庭園. 猿猴를흉내내이고있는마드무아젤.
彎曲된直線을直線으로疾走하는落體公式.
時計文字盤에XII에내리워진一個의侵水된黃昏.
도아―의內部의도아―의內部의鳥籠의內部의카나리야의內部의嵌殺門戶

의內部의인사.

　食堂의門깐에方今到達한雌雄과같은朋友가헤어진다.

　검은잉크가엎질러진角雪糖이二輪車에積荷된다.

　名啣을짓밟는軍用長靴. 街衢를疾驅하는造花金蓮.

　위에서내려오고밑에서올라가고위에서내려오고밑에서올라간사람은밑
에서올라가지

　아니한위에서내려오지아니한밑에서올라가지아니한위에서내려오지아
니한사람.

　저여자의下半은저남자의上半에恰似하다.(나는哀憐한邂逅에哀憐하는나)

　四角이난케—스가걷기始作이다.(소름끼치는일이다)

　라지에—타의近傍에서昇天하는군빠이.

　바같은雨中. 發光魚類의群集移動.

—「AU MAGASIN DE NOUVEAUTES」 전문15)

　　인용한 이상의 「AU MAGASIN DE NOUVEAUTES」은 앞서 언급한
다케나카 이쿠의 「백화점」과 닮아 있다. 시네포엠이라고 명시되지는 않
았지만 좀 더 복잡한 장면들로 구성된다. 비오는 날이라는 점도 공통적
인데, 비가 오면 백화점은 비를 피하러 들어온 사람들까지 가세해서 더
욱 붐빌 것이다. 백화점 건물의 외양에서부터 시작하여 계단을 오르내리
는 다양한 군상들, "저여자의下半은저남자의上半에恰似하다"라는 장면에
서 그 빠른 속도감을 짐작해 볼 수 있다. 이 시에서 화자는 백화점 옥상
정원에서 이 다양한 군상들을 포착해 내고 있다. 이 화자는 "비누가通過
하는血管의비눗내를透視하는사람"으로 나타난다. 이때 "비눗내"는 후각
의 대상이 아닌 시각의 대상이 되고 있다. 이처럼 모든 것이 시각적 감
각의 대상으로 포착되고 있는 이 작품은 그러므로 시네포엠적이다. 모든
대상은 시각화 되어 있다. 특기할 점은 이 화자는 보이는 것의 포착에

---

15) 『朝鮮と建築』, 1932. 7.

그치지 않고 보이지 않는 것은 "투시"하려고 한다는 점이다. 즉 화자에게 모든 사물, 나아가 세계는 시각적으로만 감각되고 있다.

카메라 아이로 인해 특화된 시각감각은 대상뿐만 아니라 주체에게도 향한다는 점이 주목되어야 한다. 이 눈이 주체에게로 향할 때 이것은 편집증적으로 집요하고 사디스트적인 면모를 보이기도 한다. 객관적인 이성의 잣대인 이 눈은 대상에 대한 준열함 만큼이나 주체 스스로에게도 가해진다. 김기림이 "극도로 주관을 누르고 객관에 충실하려는 태도와 방법"16)이라고 언급한 이상의 창작태도는 이러한 시각적 철저성과 충실성에 입각한 태도와 관련된다.

> 보고도 모르는 것을 폭로식혀라! 그것은 發明보다는 發見! 거기에도 노력은 필요하다.17)

이상은 이미 경성고공 시절에도 사진첩에 실린 글귀에서도 시각에 대한 지대한 관심을 표현하고 있다. 시각에 대한 철저한 믿음은 그가 미술과 건축에 종사했다는 이력과도 무관하지는 않다. 그리고 미술과 건축에서 시각은 거의 절대적 비율을 차지하고 있다. 또한 그가 영화에 심취하고 있었다는 것도 확인된 사실이다.

그런데 이상 스스로는 작품 「동해」에서 자신을 "환각의 인"18)이라고 명명하고 있다. 환각이란 무엇인가. 시각적으로 묘사될 수 있지만, 실재하는 것은 아니다. 이는 바꾸어 말하면 가장 객관적이고 철저한 감각인 시각이 어쩌면 가장 손쉽게 환상과 결합된다. 이러한 국면이 이상 문학

---

16) 김기림, 「이상의 문학의 한모」, 『태양신문』, 1949. 4. 26-27면(인용은 『김기림 전집 3』, 심설당, 1988, 180-181면).
17) 경성고공 사진첩, 「아포리즘, 낙서, 기타」, 『정본 이상문학전집』 3, 217면.
18) 「동해」.

전체의 딜레마를 대변해 준다. 결국 현대의 기술문명이 낳은 '카메라 아이'가 담보하는 객관성이라는 성채는 환상 앞에서 무릎을 꿇을 수밖에 없다. 시각은 가장 강력한 근대적 감각인 동시에 또한 가장 불확실한 감각이기도 한 것이다.

그렇다면 이 인공적 눈은 어째서 선택되는가. 이 눈은 실제로 우리가 외부세계를 인지하는 것과 가장 유사하다. 그리고 탁월한 재현 능력을 가진다. 이 재현은 현실의 이면일 수도 있으며, 상상적인 환상의 장면일 수도 있다. 이렇게 되면 카메라 아이가 새로운 환상을 보증하고 있는 셈이다. 카메라 아이는 분명 19세기적인 것이 아니며 20세기적인 산물이다. 이는 새로운 기술, 새로운 도구가 인간의 상상력의 차원을 바꾸어놓는 장면이다. 현미경, 의학의 발달, 영화의 탄생과 더불어 문학적 주체는 새롭게 구성된다. 영화시가 문제적인 것은 그것이 장르들 간의 영향관계에 머물지 않고 우리의 인식 체계를 다시 정립시키기 때문일 것이다. 원근법이 2차원의 평면에서 3차원의 환상을 재현해 보인 것처럼, 이제 카메라의 눈은 인간에게 새로운 차원의 환상을 제공해 준다.

> 피골이 상접. 아야 아야. 웃어야 할 터인데 근육이 없다. 나는 형해다. <u>나−라는 정체는 누가 잉크 짓는 약으로 지워버렸다. 나는 오직 내−흔적일 따름이다.</u>[19]

인용에서 이상은 자신의 상태를 뼈만 남은 형해로 보고 있는데, 이는 주체가 아주 제한적으로 기능하고 있음을 의미한다. 정체성을 잃은 자기 자신은 오직 "흔적"일 뿐이라고 자조한다. 이상 문학에서 육체는 이원적으로 나타난다. 하나는 앞서의 논의에서처럼 '눈'으로 대변되는 감각하

---

19) 「失花」, 『문장』, 1939. 3.

는 육체이다. 이는 단순히 시각적 차원에 머물지 않고 다양한 감각으로 확대된다.

> 밤이면 나는 유령과가치 흥분하야 거리를 쏠엇다. <u>나는 목표를 갓지 안엇다. 공복만히 나를지휘할수잇엇다. (…) 공허에서 공허로 말과가치 나는 광분하엿다.</u> 술이 시작되엿다. 술은 내몸속에서 香水가치 빗낫다.[20]

가령 인용문처럼 이상이 자주 언급하는 "공복" 상태는 직접 들여다보지 않고서도 내장기관을 느낄 수 있는 가장 예민한 감각을 상징적으로 대변해 준다고 할 수 있다. 다른 하나는 병든 육체이다. 시각적으로 산산이 도해된 육체는 골편 이미지로 드러난다. 이상에게서 골편은 두 가지 양상으로 나타나는데 하나는 메마르고 창백한 몸을 은유하는 것으로서, 또 하나는 활자를 의미하는 것으로 등장한다. 활자를 나타내는 경우는 가령 "論文에 出席한 억울한 髑髏"(「禁制」)[21] 등에서 확인할 수 있다. 골편은 아무리 긁어모아도 골편에 머물 수밖에 없다. 이러한 골편들의 집합은 폐허로서의 몸, 또는 활자의 집합인 생명력 없는 책들만을 암시할 뿐이며, 창백한 것으로 대표되는 병적인 상태를 환기하고 있다.

4. 결론을 대신하여

이 글은 이상 문학을 당시 실험적으로 창작되던 '영화시'와의 관련성 아래 살펴보고자 시도하였다. 영화시의 독특한 장르적 특성이 이상의 작

---

20) 220-221면.
21) 『정본 이상문학전집』 1, 110면.

품들과 상당한 친연성을 가지고 있다고 판단하고 그 매개항으로 '카메라 아이'를 상정했다. 이는 단순히 영화시의 외형적 장치에 머물지 않고 당시 영화라는 매체와 더불어 파급력을 높여갔던 시각의 지배적 영향력을 의미하는 것이었다. 이상 문학은 '카메라 아이'라는 이 장치를 통해 대상과 세계 나아가 작가 스스로에게도 판단의 준거로 기능하고 있음을 확인하였다. 또한 이 기계적 눈이 주체에게 향해질 때 이것은 두 가지 방향으로 전개되었다. 하나는 거울 속의 나와 거울 밖의 나와 같이 건널 수 없는 심연으로 가로놓인 상황을 폭로하는 것으로, 다른 하나는 산산히 분해되고 도해되는 육체적 형상을 폭로하는 것으로 나타났다. 즉 이상에게 육체는 감각하는 도구 자체이기도 했으며, 감각된 것이기도 했다. 이러한 이원적 육체의식은 이상 문학의 주체가 처한 딜레마적 상황을 대변해 주고 있다. 즉 육체는 이상이 세계를 판단하는 철저한 준거점이기도 한 반면 그 잣대로 바라본 스스로의 모습 역시 피와 살을 잃고 골편으로 남은 영해임을 자각한 것이다. 이에 이상이 시도하는 탈출적 모색에 대한 논의는 다음을 기약하기로 한다.

참고문헌

권영민 엮음,『이상 전집』1~4, 뿔, 2009.

김기림,『김기림 전집』1~6, 심설당, 1988.

김주현 주해,『정본 이상문학전집』1~3, 소명출판, 2005.

『詩と詩論』1~14권, 厚生閣書店, 1928~1931.

김석원,「관찰자의 시점과 카메라 옵스큐라와 카메라」, 2004. 12.

김윤식 편,『한국현대모더니즘 비평선집』, 서울대출판부, 1991.

나희덕,「김기림의 영화적 글쓰기와 문명의 관상학」,『배달말』38, 2006.

신범순,「무한육면각체의 정원(제논적 거울무한)」,『이상의 사상과 예술』, 신구문화사, 2007.

안드레아 그로네마이어, 권세훈 역,『영화』, 예경, 2005.

조영복,「김기림 시론의 기계주의적 관점과 '영화시'(Cinepoetry)」,『한국현대문학연구』 26, 2008.

_____,「이상의 예술 체험과 1930년대 예술 공동체의 기원」,『한국현대문학연구』23, 2007. 12.

_____,「이상 혹은 리토르넬로의 비교교유록」,『이상의 사상과 예술』, 신구문화사, 2007.

오석윤,「三好達治의 詩의 形成」,『일본문화학보』13, 2002.

최재서,「리얼리즘의 확대와 심화-「천변풍경」과 「날개」에 관하여」,『조선일보』, 1936. 10. 31~11. 7.

이상 문학의 역사 이미지와 "전등형 인간"

김 예 리

1. 알레고리적 글쓰기와 인용의 시학[1]

이상 문학에서 수사학적 층위는 중요한 문제다. 이상은 1930년대 모더니즘 문학의 최전방에서 전위적인 형식실험을 한 작가일 뿐 아니라, 그의 독특한 수사적 장치는 단순한 형식 실험을 넘어서 그의 문학 정신을 그대로 체현하고 있기 때문이다. 이상 식 수사학의 본질은 발화 주체의 투명성과 진술 자체의 진실성을 교란시키는 방식[2]이라고 할 수 있으며, 이러한 자기 은폐의 수사학을 이상은 '위티즘', '아이러니', 혹은 '파라독스'라 불렀다. 자기 은폐의 수사학이라는 점에서 '위티즘'은 "야웅의 천재"나 "번신술"(「종생기」)이라는 말로 대체될 수 있을 것이며, '다마

---

1) 이 글에서의 이상의 시와 소설은 권영민 편, 『이상전집』(뿔, 2009)에서 인용한다. 이하 인용시 특별한 각주 없이 제목을 병기하는 것으로 대신한다.
2) 서영채, 『사랑의 문법』, 민음사, 2004, 259면.

네기 같은 계집의 얼굴'(「실화」)이라는 말로 표상되는 이상 소설의 여성 인물들은 이상 문학에서 '위티즘'이라는 자기 은폐의 수사학을 체현하고 있는 표상이라고 할 수 있을 것이다.

이 '다마네기 얼굴'이 말해주는 바, 이상의 글쓰기는 알레고리적 글쓰기이다. 우의(寓意)라고도 번역되는 알레고리는 어원적인 관점에서 보자면 '다르게 말하기'(수사학적 차원) 혹은 '다른 것을 말하기'(해석학적 차원)이다.3) 자기 은폐의 수사학이라는 것은 결국 말하고자 하는 것을 교묘하게 숨기고 암호화함으로써 발화된 언어의 본질을 숨기려는 욕망의 표출이며, 이 '은폐화'와 '암호화'야말로 알레고리적 글쓰기의 핵심이다. 알레고리는 의미를 담지하고 있지 못한 텅 빈 기호로서의 수사학이며, 말하려는 것과는 다른 것을 말하고 있기 때문에 알레고리에는 언제나 해석의 행위가 동반된다. 특히 의도적 은폐성을 수사적 특징으로 하고 있는 이상의 작품은 암호를 해독하듯이 이상의 기호들을 읽어내지 않으면 안 된다.

이상의 글쓰기가 자기 은폐의 수사학에 의해 작동된다고 했을 때, 그가 은폐의 방법론 중 하나로 가서오는 것은 '인용(Zitat)'이다. 그의 문학에서는 『논어』, 『맹자』, 『장자』 등의 중국 동양 철학에서부터 불교와 기독교적인 종교 철학, 고대 희랍 신화를 비롯한 수많은 신화소들, 도스토

---

3) 그리스어 Allēgoria는 '다른(other)'을 의미하는 "allos"와 '집회에서 말하기(to speak in the assembly)'라는 뜻의 "agoreuein"의 합성어이다. 공개된 집회(open assembly)라는 의미의 "agora"에는 두 가지 의미를 함축하는데, 그것은 공식적 집회(an official assembly)와 시장(the open market)이다. 그런데 "allos(다른)"의 의미가 더해지면서 Allēgoria에는 "공식적인 연설과 좀 다른 것", 혹은 "일상적인 대화와는 좀 다른 종교적이고 철학적인 함축성"이 더해지게 된다. 그래서 Allēgoria라는 단어의 조합은 "다르게 말하다", "다른 것을 말하다", "의미된 것과 다르게 말하다" 등의 의미를 가지게 된다(Jon Withman, "On the History of the Term 'Allegory'", Allegory—The Dynamic of An Ancient and Medival Technique, Harvard University Press, 1987, pp.263-268 참조). 또한 알레고리가 '우의(寓意)'로 번역되는 것은, 한자 '寓'에는 '빈집'이라는 뜻이 내포되어 있기 때문이다.

예프스키, 투르게네프, 톨스토이 등의 러시아 대문호의 작품들부터 콕토, 아폴리네르 등의 서구 전위 작가들, 아쿠타카와 류노스케, 요코미쓰 리이치 등의 유수한 일본 작가들, 르네 클레르, 세실 드 밀, 나카무라 츠네, 슈베르트, 쇼팽, 모차르트『주피타』, 엘만의 랄로 협주곡 등의 음악과 미술, 그리고 영화에 이르기까지 다 열거할 수 없을 정도로 다양한 장르의 예술과 철학적, 종교적 사유들이 인용되어 있다. 이러한 자료들은 그의 독서 폭과 지식 폭을 가늠할 수 있는 근거가 되기도 하고, 이상 문학을 상호텍스트성 차원에서 접근할 수 있는 시발점이 되기도 하지만, 이 글에서 주목하는 부분은 인용의 형식이 만들어내는 이상 문학의 독특한 스타일이다.

인용이라는 것 자체가 애초에 원문맥에서 떨어져 나온 한 조각을 다른 문맥의 흐름 속에 가져다놓는 모자이크적 글쓰기의 특성을 보여주는 것이긴 하지만, 이상의 글쓰기에서 인용은 탈문맥의 정도를 한층 더 심화시키는 특성을 보인다. 「동해」의 한 구절처럼 이상은 "원고 한 줄에 반드시 한 자씩 誤字를 삽입하는 쾌활한 태만성을 가진 사람"이기 때문이다. 그리고 이렇게 탈문맥된 인용구들은 이상 문학 속에서 유기적으로 결합된다기보다는 다시 새로운 결락을 만들어내고, 해석의 여지를 생산해낸다. 예컨대 맹자의 어구 "仰不愧於天, 俯天怍於人"(하늘에 우러러 한 점 부끄럼이 없고, 고개를 숙여 사람을 보아도 부끄럼이 없다)은 「추등잡필」에서는 "仰不愧於天, 俯天快於人"(하늘을 우러러 한점 부끄럼이 없으나, 고개를 숙여 사람을 보니 유쾌하다, 밑줄 인용자)으로 비틀려 있거나, 「종생기」의 서두 "郤遺珊瑚— 요 다섯字 동안에 나는 두字以上의 誤字를 犯했는가싶다"라는 구절이 말해주듯이, 당나라 시인 최국보의 「소년행」의 한 시구 "遺郤珊瑚鞭"을 이상은 "두 자 이상의 오자를 범"하여 자신의 문맥 속에 재배치시키고 있다.4) 그리고 「종생기」에는 반복해서 '珊瑚鞭'이라는 인용구가 암호처럼 산포되어 있다. 탈맥락과 재문맥화의 과정 속에 있다는 점에서 인용은 알레고리적 글쓰기와 일맥상통하는 면이 있다. 탈맥락의 과정 속에서 원문의 맥락은 약화되고, 인용구가 인용문 속에 재배치되면서 인용구는 모자이크의 한 조각처럼 인용문의 한 부분을 담당하게 된다. 즉, 인용은 사물들이 완전히 조각조각 분리되어 떨어진 채 존재하게 만드는 효과를 발생시킨다. 원래의 모습이 어떠했는지를 알 수 없게 만드는 것 알레고리의 효과라고 했을 때,[5] 특히나 인용구들이 한 번 더 왜곡되고 변형되면서 서사를 보충하는 것이 아니라 서사의 흐름을 중단시키고, 문장과 문장 사이에는 결락을 만들어내는 것이 이상의 글쓰기의 특징이라고 했을 때, 이상 문학의 수많은 인용구들은 알레고리적 특성을 갖고 있다고 할 수 있는 것이다.

그러나 이렇게 시간의 흐름을 끊어놓는 형식인 '인용'은 독특하게도 벤야민이 역사를 서술하는 방법론이기도 했다. 벤야민의 역사철학에 대한 대표적인 지작인 「역사의 개념에 대하여」[6]에서 가장 핵심적인 물음은 "역사를 어떻게 서술해야 하는가"이다. 이 글에서 벤야민은 진정한 역사적 의식과 역사 서술의 성립을 위해 극복되어야 할 것으로 랑케로 대표되는 실증주의적 역사주의와 진보에 대한 맹목적인 신념으로 낙관적인 유토피아만을 꿈꾸는 사회민주주의의 역사관을 들고 있다. 역사를 과학화하여 객관적인 문제 혹은 지식의 문제로 대체하는 역사주의는 "동질적이고 공허한 시간"을 사실들로 채워넣고 이 재료들로부터 인과론적으로 하나의 이야기를 만들어낸다. 이를 통해 역사주의는 "과거에 대한 '영원한' 이미지"를 제시하며, 과거의 사건을 역사주의적 시각 속

---

4) '童骸', '烏瞰圖'처럼 이러한 '의도적인 오자(誤字)'놀이는 이상의 언어유희의 기법이기도 하다.
5) W. Benjamin, 조만영 역, 『독일비애극의 원천』, 새물결, 2008, 232-233면.
6) W. Benjamin, 최성만 역, 「역사 개념에 관하여」, 『발터 벤야민 선집 5』, 길, 2008.

에 응결시킨다. 역사주의가 "동질적이고 공허한 시간" 속에 사료들로 채워 넣음으로써 과거의 사건을 과거의 시간 속에 응결시켜버린다면, 벤야민이 또 다른 비판의 대상으로 삼고 있는 사회민주주의의 진보적 역사관은 "인류의 진보"라는 표상을 통해 "균질하고 공허한 시간을 관통하여 진행"한다는 생각으로 요약된다.[7]

이러한 비판을 통해 벤야민이 사유하는 역사 철학에서 역사는 과거와 현재의 긴장된 관계로서의 '꿈과 깨어남의 관계'로 표현된다. 즉, 역사라는 것은 과거–현재–미래라는 균질적이고 공허한 시간의 연속 속에서 규정될 수 없는 것이며, 충만한 '지금현재'의 시간으로 가득 찬 시간이 바로 역사라는 것이다. 과거에 발생했던 어떤 사건의 진정한 의미는 인과론을 주장하는 역사주의의 견해처럼 바로 그 다음 시간이 아니라 천 년 후에 그 결과가 나타날 수도 있는 것이고, 천 년 후에 갑자기 나타난 듯 할 이 '돌연한 경험'은 과거 속의 사건이 아닌 '지금 현재'(Jetztzeit)를 구성하는 한 부분으로 현재의 시간과 주름처럼 겹쳐져 현재화되는 것이다. 즉, 과거의 한 조각이 현재 순간에 '인용'되어 현재를 구성하는 한 부분이 되는 것이다. 과거를 의미확정적인 문맥에서 떼어내어 현재와 함께 생각하는 것(탈맥락과 재문맥), 균질되고 공허한 시간 속에서 서사적인 이야기로 만들어진 인과론을 해체하고 각각 순간의 개체성을 복원하여 크로노스적 시간에서 카이로스적 시간으로 전환시키는 것이 벤야민의 구원으로서의 역사 개념이다.

---

7) 사회진화론자가 생각하는 진보를 벤야민은 세 층위에서 비판을 한다(13테제). 첫째는 그들의 진보란 추상적인 보편개념으로서의 진보이며, 둘째는 "이성이 역사를 지배한다"라는 명제로 요약되는 계몽주의 사관처럼 현재의 가치는 영원히 미래로 유예되어버리고 마는 허망한 진보이며, 셋째는 자동적으로 직선이나 나선형의 궤도로 진행되는 본질적으로 저지할 수 없는 진보, 즉 역사적 인식주체가 삭제된 추상적 역사의 진보라는 것이다(위의 글, 344면 참조).

그러므로 파편화된 시간이라는 것이 어떻게 본다면 더욱 진리에 가까운 시간개념일 수도 있다. 우리가 시간을 인지하는 것은 기억들의 조각들의 연쇄들을 통해서 이루어진다. 우리가 이어져 있다고 생각하는 시간의 흐름은 조각들의 모음인 것이다. 그리고 기억과 망각의 작용을 통해 시간은 전후가 뒤바뀌기도 하고, 시간이 생략되기도 한다. 이상 소설의 서사적 시간은 지속되는 시간이 아니라 언제나 끊어지고 조각난 시간이다. 예컨대 「실화」의 경우 장별로 서울에서의 시간(과거)과 동경에서의 시간(현재)이 교차 편집되고 있고, 「종생기」 역시 과거와 현재가 뒤섞여 있어 서사적 흐름을 파악하는 것이 용이하지 않다. 독자는 독서행위를 통해 서사적 시간의 조각들을 바느질하는 작업을 하지 않는다면 소설의 문맥을 쉽게 놓치고 만다.

그러나 벤야민적 시간관에 의하면 이러한 이상의 소설적 시간이 더욱 진실된 시간의 모습에 가까울 수 있다. 다시 말해 이상의 조각난 시간들은 자의적으로 정리된 서사적 시간 속에 살아가는 근대적 시간을 폭파하고 있는 것이다. 즉, 파편들과 조각들 속에서 진짜의 시간은 부유하고 있는 셈이다. 「LE URINE」의 "역사의 민페이지"나 「명경」의 "잊은 계절"처럼 이상 시에서 간간히 목격되는 역사 이미지들은 거의 대부분 비어 있거나 망각된 채 내버려져 있다. 과거의 시간이 '지금 현재'의 순간으로 상기되고 기억되기 전까지 역사의 시간은 상실로서의 멜랑콜리적 시간일 수밖에 없다. 「오감도 시제14호」에서 읽히는 역사의 멜랑콜리, 즉 "역사의 슬픈 울음소리"는 '지금 현재'를 포착하고 있지 못하는 이상이 갖는 상실감의 시적 은유인 셈이다.

그렇다면 이 상실된 시간이란 어떤 시간인가. 그것은 의식의 시간에 억압된 무의식의 시간일 수도 있고, 타자의 시간일 수도 있으며 제국의 시간에 포섭되지 못하는 식민주체의 시간이자 진화론의 질서에 승차하지 못한 실패자들의 시간일 수도 있다. 그렇다고 할 때, 이상 문학이 보여주는 파편성은 어떤 리얼리스트들의 사유보다 가장 실재적이고 적확한 시대 인식일 수 있고, 그런 점에서 그가 만들어낸 수많은 알레고리적 기호들은 가짜 상징 기호보다 더욱 윤리적인 표상들일 수 있다. 이런 맥락에서 이 글은 은폐와 역설로 가득 찬 이상 문학에 내재되어 있는 진리의 지점을 포착해봄으로써 폐허적인 알레고리적 세계를 견디고 더 나아가 거짓 질서로 체계화되어 있는 이 세계를 이상이 어떻게 파괴하고 있는지 살펴보려고 한다. 이를 위해 이상의 시편들 중에서 시간 이미지가 가장 명징하게 드러나는 「삼차각설계도」 연작시편을 중심으로 이상 문학의 파편적인 시간 이미지를 살펴보고, 이를 토대로 파편적 세계의 주체는 어떤 모습으로 우리 앞에 나타나는지 이상 문학 속에 내장되어 있는 알레고리들을 통해 그 흔적을 찾아보려고 한다.

2. 「삼차각설계도」의 시간이미지

「삼차각설계도」는 「이상한 가역반응」과 「조감도」에 이어 『朝鮮と建築』 (1931. 10)에 세 번째로 발표된 일문시 연작이다. 「삼차각설계도」가 데카르트의 대수적 세계와 계량화되고 추상화된 원자론의 세계, 유클리드적인 기하학적 세계에 대한 비판에서 시작된다는 점은 이미 지적된 바다. 한 점으로 수렴되는 소실점의 세계, 즉 근대의 원근법적 체계 속에서의 세계 인식은 소실점의 반대편에 위치하는 주체의 눈을 통해 이루어진다. 그리고 이 눈의 위치는 데카르트의 코기토라는 추상적 주체가 위치하는 바로 그 지점이다. 이 위치에서 세계는 동질적이고 추상적이며 균질적인 선형적 좌표 속의 점들의 종합으로서 보편 수학의 질서 속에 정리된다.

그러나 보편적 수학 질서로 표백된 이 완벽해 보이는 세계는 시선점의 위치가 조금만 바뀌어도 금세 변형되어버리고 만다. 소실점이라는 원근법적 무한의 사유는 무한이라는 어감이 주는 거대함이 무색하게 조잡해진다. 원근법의 세계에서 소실점이 위치하는 지평선은 시각의 한계점으로 존재하며, 시각의 한계 너머에서 응시되는 타자의 시선은 삭제된다. 「환시기」에서 이상은 이러한 근대적 원근법을 "인색한 원근법"(2, 338)이라 조롱한 바 있거니와, 「오감도 시제1호」의 까마귀의 시선을 통해 감지되는 불안과 공포는 근대적 도시계획에 따라 직선으로 구획된 원근법적 도시를 바라보는 타자적 시선을 암시한다.

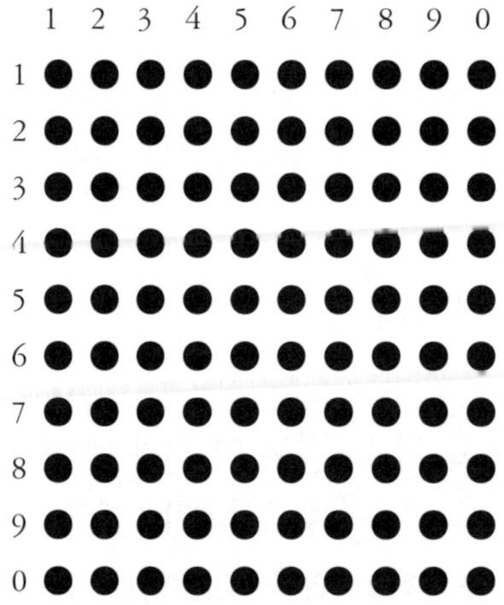

(宇宙는 冪에 의하는 冪에 의한다)
(사람은 數字를 버려라)
(조용하게 나를 電子의 陽子로 하라)

— 「선에관한각서 1」[8] 부분

---

8) 이하 「각서」로 약칭.

일반적으로 통용되는 수학 개념이 아닌 '삼차각'이라는 이상의 독특한 수학적 상상력이 개진된 「삼차각설계도」에서 이상이 제일 먼저 세상에 명령하는 명제는 "사람은 숫자를 버려라"이다. 좌표처럼 보이는 위도식에서 숫자를 버리게 되면, 좌표에 의해 한정되었던 100개의 검은 점에는 어떠한 위치적 확정성도 없이 점들 간의 관계성만 남게 된다. 원근법적으로 이야기하자면 시선점이라고도 할 수 있는 이 숫자의 삭제는 고정점을 지우는 것이며, 고정점을 지움으로 해서 거듭제곱("冪")으로 급격하게 확장되는 우주와도 같은 무한한 점들의 향연이 개시되는 것이다. 게다가 이 각각의 점들은 물질의 기본적인 최소입자로서의 원자가 아니라 주위에 전자가 활발하게 움직이는 운동 공간으로서의 양자이다. 파동이기도 하고 입자이기도 한 양자는 그 속성을 하나로 규정할 수 없는 것으로 빛으로 이루어진 에너지의 다발이라고 할 수 있으며, 「선에 관한 각서」 연작시편에서의 선은 '광선'으로서의 선을 의미하게 된다. 이로써 이상은 고정적이고 확정적인 데카르트적 좌표 공간을 에너지의 운동성에 의해 무한히 확장되고 변형되는 우주 공간, 즉 고정된 공간이 아니라 공간 속에 속도가 부여된 4차원적 시공간으로 변형시킨다.

이 우주적 시간 속에서는 칸트적 의미에서의 '초월적 가상'이 사라진다. 칸트에 따르면 가상은 경험적 가상과 논리적 가상, 그리고 초월적 가상의 세 종류로 구분된다. 경험적 가상이 착시나 착각과 같은 감각 인지의 오류로 인해 발생하는 것이라면, 논리적 가상은 제논의 역설과 같이 범주의 잘못된 사용에 따른 오류를 말한다. 중요한 것은 초월적 가상인데, 초월적 가상이란 초월적 비판을 통해 그것이 허상임을 통찰했음에도 불구하고 여전히 중지할 수 없는 가상을 의미한다.9) 그러나 우주의

---

9) 예를 들어 태양이 움직이는 것이 아니라 인간이 발을 딛고 서 있는 이 지구가 움직이는 것이고 근대인인 우리는 과학적인 지식으로 이 사실을 알고 있지만, 여전히 우리는 태양

시간은 원근법적 주체와 같은 고정점이 사라진 시간이며, 오직 빛의 움직임이라는 절대적 시간으로서의 세계로서 초월적 가상을 통해 유지되던 거짓된 중심이 사라진 세계이다. 이 초월적 가상의 이상식 판본이 바로 「삼차각설계도」의 마지막 시편 「각서 7」에서의 "시각의 이름"이다.

> 하늘은 시각의 이름에 대하여서만 존재를 명백히 한다.(대표인 나는 대표인 일례를 들 것) // 蒼空, 秋天, 蒼天, 靑天, 一天, 蒼穹 (대단히 갑갑한 지방색이 아닐른지) 하늘은 시각의 이름을 발표했다. // 시각의 이름은 사람과 같이 영원히 살아야 하는 숫자적인 어떤 일점이다, 시각의 이름은 운동하지 아니하면서 운동의 코오스를 가질 뿐이다.
>
> ——
>
> 시각의 이름은 빛을 가지는 빛을 아니가진다, 사람은 시각의 이름으로 하여 빛보다도 빠르게 달아날 필요는 없다. // 시각의 이름들을 건망하라. // 시각의 이름을 절약하라. // 사람은 빛보다 빠르게 달아나는 속도를 조절하고 때때로 과거를 미래에 있어서 도태하라.
>
> ―「각서 7」 부분

우리의 머리 위에 있는 '하늘'이라는 존재 역시 초월적 가상의 일종이다. 우주적 관점에서 보자면 '하늘'은 우리의 머리 아래에 있을 수도 있고, '하늘'이 푸르다는 것 역시 거짓말이다. 그러나 우리는 태양이 움직인다고 생각하듯이 하늘에 푸르고 광활한 이미지를 담고 있는 언어들을 붙여놓고 "蒼空, 秋天, 蒼天, 靑天, 一天, 蒼穹" 등과 같은 '하늘'의 이름을 부른다. 이것은 지구가 둥글다는 사실을 망각한 시각의 중심으로서의 주

이 움직인다고 생각한다. 그리고 시간의 흐름을 파악하기 위해서 우리에게는 지구가 돈다는 과학적 사실보다는 태양의 움직임이라는 가상이 더욱 필요하다(졸고, 「이상 시의 공백으로서의 '거울'과 지도적 글쓰기의 상상력」, 『한국현대문학연구』 25, 2008. 8, 128면. 칸트의 세 가지 가상에 대해서는 『순수이성비판』 2(아카넷, 2006)의 「초월적 가상에 대하여」 참조.)

체에 의해 명명된 "대단히 갑갑한 지방색"이며, 오직 "시각의 이름"에 의해서만 그 존재를 명백히 하는 초월적 가상의 결과물일 뿐이다. 그럼에도 불구하고 이 가상으로서의 "시각의 이름"을 포기할 수 없는 것은, "시각의 이름"을 통해서 세계에 질서가 부여되기 때문이다. 그래서 이상은 "시각의 이름"은 운동하지 않고 "운동의 코오스"만 가질 뿐이라고 말한다. 마치 원근법에서 시선점의 주인에 의해 왜곡된 세계의 질서정연함처럼 "시각의 이름"이 만들어놓은 "코오스"를 따라 세계는 질서를 부여받고, 그 질서가 진리인양 착각한다. 이상이 「삼차각설계도」에서 무한의 이미지를 내포하고 있는 '삼차각'이라는 이상 특유의 기호를 통해 개진하고 있는 것은 바로 원근법적인 근대적 주체, 혹은 초월적 가상으로서의 "시각의 이름"의 망각이다.

"시각의 이름"에 대한 이상의 비판적 사유는 역사 서술에 있어서 벤야민이 비판하고 있는 맥락과 이어지는 부분이 있다. 앞서 언급했듯이 벤야민이 역사개념을 비판함에 있어 핵심은 인과론적 내러티브에 의해 구성된 역사적 시간의 가상성이다. "동질적이고 공허한 시간" 속에 사건들의 질서를 부여해서 인과론적인 하나의 이야기를 만들어내고, 이 내러티브가 마치 역사의 진실인양 서술하는 역사주의 사관은 과거의 순간순간을 선조적(線條的)인 역사주의의 시각 속에 고정시켜버린다. 그러나 '순간의 역사시학'의 관점에서 보자면 과거의 순간들은 과거 속에 매몰되는 것이 아니라 언제나 현재의 순간에 각성되는 것이며, 망각된 과거는 현재의 계기 속에서 구원된다. 역사적 내러티브에서 탈문맥하여 재배치하는 것, 그리고 이를 통해 과거의 의미 없이 버려진 시간의 의미를 밝혀내어 순간순간을 구원할 수 있는 계기를 찾는 것이 벤야민의 역사시학이라고 한다면, 「삼차각설계도」는 "시각의 이름"에 의해 부여된 질서의 허위성을 조각내고 파편으로 만들기 위한 이상의 '설계도'인 셈이다.

「삼차각설계도」에서 읽을 수 있는 시간이미지는 과거에서 현재로 그리고 다시 미래로 흘러가는 선조적 시간성이 아니라 조각난 시간 이미지이다. 이상은 "통속사고에 의한 역사성"(「각서 6」)을 부정하고, "미래로 달아나서 과거를 보"기도 하고, "과거로 달아나서 미래를 보"기도 하며, "과거를 현재로 알아라"고 명령하기도 하고, "미래에서 과거를 숨어 기다리"(「각서 5」)기도 한다. 이러한 상상력은 "매초당 300,000킬로미터"의 빛의 속도라는 속도의 한계를 넘어선 시적 상상력이다. 이러한 상상력으로 이상은 과거—현재—미래라는 시간적 인과관계 혹은 선후관계를 뒤흔들어 놓고 있는 셈이다. 이상이 다원적 진화주의에 대해 비판적 견해를 갖고 있었다는 것은 너무나 분명한 사실이고, 맑스주의적 사회진보론 역시 이상에게 큰 설득력을 주지 못했다는 점은 분명해 보인다. "아스피린, 아달린, 아달린, 아스피린, 맑스, 말사스, 마도로스, 아스피린, 아달린"(「날개」)처럼 최면제인 '아달린'으로 언어유희를 하는 와중에 맑스의 이름을 슬며시 끼워넣고 있는 「날개」의 한 장면은 진보에 내한 박연한 낙관과 교조적으로 흘러가는 계급주의적 분위기에 대한 조롱일 것이다.[10]

이상의 시편이 그려내고 있는 시간 이미지가 진화론적, 진보주의적인 선조적 이미지가 아니라 광선의 파동처럼 주름져 있고, 구부러져 있거나, 파편적으로 조각나 있는 것이라면 「이상한 가역반응」에서 읽을 수 있는 직선과 원의 대비법도 이러한 맥락에서 함께 생각해볼 수 있을 것이다.

---

10) 이러한 계급주의 문학에 대한 이상의 비판은 「문학을 버리고 문화를 상상할 수 없다」에서도 읽을 수 있다. "맑스주의의 문학이 문학 본래의 정신에 비추어 허다한 오류를 지적받게까지쯤 되었다고는 할지라도 오늘의 작가의 누구에게 있어서도 그 공갈적 폭풍우적 경험은 큰 시련이었으며 敎唆 얻은 바가 많았던 것만은 사실이다."

임의의 반경의 원(과거분사의 시세)

원내의 일점과 원외의 일점을 연결한 직선

두 종류의 존재의 시간적 영향성
(우리들은 이것에 대해 무관심하다)

직선은 원을 살해했는가

현미경
그 아래에 있어서는 인공도 자연도 똑같이 현상되었다.
—「이상한 가역반응」 부분(강조 원문)

과거분사의 통념으로서의 임의의 반경의 원이 있다고 하자. 이 원은 이미 폐쇄된 원으로 과거의 한 부분일 뿐이다. 그 원 속에 점을 하나 찍고, 원 밖에 점을 하나 찍어 직선을 그어보자. 원 밖의 한 점이므로 과거가 아닌 현재, 혹은 미래의 순간이라고 생각할 수 있다. 그리고 과거의 한 점과 현재 혹은 미래의 한 점을 연결한 이 직선에는 두 종류의 존재의 시간이 있다. 그러나 이 두 종류의 시간성에 대해서 우리는 무관심하다. 시간의 영향성은 시간의 흐름(두 점을 연결한 직선)에 모두 맡겨버리기 때문이다. 마치 시계가 일 초 일 초 흘러가듯이 말이다. 이것은 균질되고 공허한 근대적 시간을 의미한다고 볼 수 있다. 이 시간의 흐름 속에서는 모든 것이 균질하므로 현미경 아래에 있는 물질들처럼, 인공이나 자연은 구분할 수 없는 똑같은 현상이다. 이것이 바로 이상 스스로 강조하고 있듯이 직선이 원을 살해한 현장이다. 그렇다면 직선과 원의 관계는 어떻게 이해할 수 있을까. 계속해서 수학적 상상력으로 유추해 본다면 다음과 같은 그림을 생각해볼 수 있을 것이다.

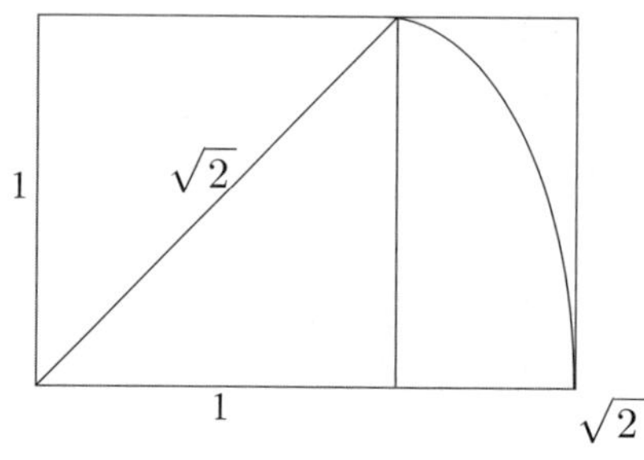

이 그림은 네 면이 각각 1인 정사각형이다. 따라서 정사각형의 대각선의 길이 값은 $\sqrt{2}$이다. 대각선 끝 점을 시작으로 아래로 원호를 그어 직선을 연결하면 직선에 $\sqrt{2}$의 위치가 확정된다. 그러나 $\sqrt{2}$는 무리수이므로 원호의 도움 없이 직선 위에서만은 그 위치를 확정지을 수 없다. 무리수란 하나는 최대값을 갖지 않고 다른 하나는 최소값을 갖지 않는 수렴하는 두 급수의 공통 극한이므로, 완결된 숫자값으로는 표현될 수 없기 때문이다. 원호가 떨어지기 전의 직선, 즉 무리수이 자리를 비워놓고 있는 이 직선은 무한히 많은 누락을 포함할 수밖에 없기 때문에 아이러니하게도 "직선은 곡률들로 뒤섞여"11) 있을 수밖에 없는 것이다. 즉, 모든 직선은 주름져 있다. 다만 이 주름이 펼쳐져 있는 상태일 뿐이다. 따라서 이상의 직선은 원의 흔적이 살아 있는 "굴곡된 직선"(「△의 유희」)이 된다. 그렇다면 직선이 원을 살해한 사건이란 무한한 무한수의 자리를 삭제해버린 사건이며, 이것은 소실점이 위치해 있는 지평선 아래의 세계, 즉 근대적 원근법으로는 볼 수 없는 세계를 마치 없는 것처럼 생각하는 사태, 혹은, 기억에서 사라져서 의식화되지 않는다고 해서 그 기억의 무의식을 없는 것처럼 생각하는 사태, 공허하고 균질화된 시간의 흐름 속에서 오직 인과론적이고 기계적인 법칙으로 이 세계를 인식하는

11) G. Deleuze, 이찬웅 역, 『주름』, 문학과지성사, 2004, 36면.

사태의 수학적 진단인 셈이다.

이렇게 본다면 「삼차각설계도」에서 읽을 수 있는 원호 이미지, 예컨 대 "뇌수는 부채처럼 원까지 퍼졌다, 그리고 완전히 회전하였다"(「각서 3」) 나 "탄환이 일원도를 질주했다(탄환이 일직선으로 달렸다에 있어서의 오류등을 수정)"(「각서 4」)의 부채 이미지나 원 이미지는 조각들의 세계 속에서 발 견한 진리의 지점이라고 할 수 있을 것이다. 이것이 진리인 이유는 안정 적이고 유기적이며 계측 가능한 직선의 세계가 사실은 무수한 원을 살 해함으로써 구축된 구멍투성이의 조각들에 지나지 않는다는 점을 현시 하는 표상체들이기 때문이다.

그러나 이 진리로서의 세계, 즉 파편으로서의 세계를 직시하는 것은 쉬운 일이 아니다. 인과론적인 근대적 세계에 익숙한 우리는 아무런 연 관관계가 없는 두 사건에 인과론적 배치를 만들어 "통속 사고에 의한 역 사성"(「각서 6」)을 만들기 일쑤다. "凸렌즈"로 상징되는 수렴작용, "유크 리트의 초점"(「각서 2」) 등은 "통속 사고에 의한 역사성"이 그러한 것처 럼 파편적이고 조각나 있는 근대 세계를 기하학적 체계를 통해 질서정 연한 세계로 위장한다.

이러한 근대인에게 이상은 다음과 같이 명령한다. "사람은 절망하라, 사람은 탄생하라, 사람은 탄생하라, 사람은 절망하라."(「각서 2」) '절망하 라, 그리고 탄생하라'는 이 기괴한 명령에 숨겨진 말은 '가짜 세계에 숨 지 말고 가짜 질서를 파괴하고, 이 절망적인 파괴된 세계를 직시하여 진 짜 폐허─세계의 주체로 탄생하라'는 것이다. 그리고 먼저 말하자면, 이 폐허 속의 주체를 이상은 "전등형" 인간이라 부른다.

3. 시네포엠과 파편적 세계 속의 주체 "전등형" 인간

이상의 파편적 시간 이미지와 관련하여 영화 예술이 창조해낸 4차원적인 시간·공간적 수준을 간과할 수 없다. "전등형 인간"의 의미를 파악하기 전에 먼저 이상의 파편적 시간 이미지와 영화예술의 관련성을 먼저 정리해보자. 이상이 르네 클레르의 서구 전위영화나 「프랑켄슈타인」, 「지킬박사와 하이드」와 같은 심리 괴기물에 관심이 높았다는 것은 익히 알려진 사실이다. 이상과 정신적 유대의식이 강했던 김기림이 새로운 시 형식의 모델로 시네포엠을 강조했다는 점도 그의 시론을 통해 그리 어렵지 않게 파악할 수 있다. 「삼차각설계도」에서 읽을 수 있는 시간의 역행이나 미래로 훌쩍 달아나는 상상력이 영화적 시공간에서는 현실화된다. 영화가 만들어내는 세계는 시간적인 것과 공간적인 것이 결합된 4차원적 시공간이며, 영화 예술의 가장 큰 특징은 시간과 공간의 경계가 유동적이라는 점이다. 즉, 다른 예술 장르에서는 오직 공간 속에서만 자유롭게 움직였다면, 영화는 한 공간에서 다른 공간으로 가듯이 시간상의 한 지점에서 다른 지점으로 움직인다. 클로즈업으로 시간을 정지시킬 수 있는가 하면, 플래쉬백으로 거꾸로 돌릴 수도 있다. 또한 동시에 일어나는 사건을 전후사건으로 배치하여 시간차를 가지고 있는 듯이 보여줄 수 있는가 하면 시간적 간격을 가진 사건들을 이중노출이나 교차적 몽타주를 통해 동시에 보여줄 수도 있다. 먼저 것이 나중에 나오기도 하고 나중 것이 먼저 나오기도 한다.

특히 유럽 전위영화들은 시간과 공간의 파괴라는 요소를 형식적인 차원에서 적극적으로 활용한다. 예컨대 "영화는 시간과 공간의 모두의 지배를 허락하는 유일한 예술 형식이다"라고 말한 콕토는 그의 대표작 <시인의 피>(1930)에서 시간과 공간을 파괴하는 시적인 표현들을 실험하고 있다. 거대한 공장 굴뚝이 폭파되는 영화의 첫 장면과 이 굴뚝이 마침내 무너지는 영화의 마지막 장면 사이의 1초간의 시간이 한 시간가량의 영화 내용을 감싸고 있다. 사실은 1초에 불과한 시간이지만 콕토는 1초의 시간을 한 시간으로 늘려 매혹적이고 몽환적인 그의 시적인 이미지를 영상화하고 있다. 관객은 마지막 장면을 목격함으로써 다시 꿈에서 깨어나는 경험을 하게 되는 것이다.

경험적 현실의 시간이 고르게 전진하고 빈틈없이 연속된 시간이며 절대로 역행할 수 없는 질서를 이루고 있다면, 영화의 시간은 철저히 주관적이고 무질서한 것처럼 보인다고 할 수 있다.[12] 특히, 이상이 관심을 가졌던 것은 서사적인 이야기가 강조되는 할리우드식 영화보다는 파편적인 영상 이미지와 시퀀스의 조합으로 초현실적인 무의식의 세계를 표현했던 서구 전위영화 쪽이었고,[13] 이러한 아방가르드적 영화가 산출해 내는 파편적인 예술 형식은 그의 소설과 시에 상당한 영향을 끼쳤을 것으로 추측된다. 특이한 점은 소설에서는 「실화」가 보여주듯이, 몽타주적인 장면의 병치 즉, 시간의 공간화의 측면이 강세를 보인다면(그래서 이상의 소설은 줄거리 파악를 쉽게 파악하기가 힘들다), 시에서는 정적인 이미지의 세계에 운동성을 가미하여 움직이는 이미지, 혹은 시간성을 강조하는 측면이 강세를 보인다는 것이다. 물론 여기서 시간성이 강조되고 있다는 것은 임화의 '단편서사시' 같은 서사의 강조가 아니라 이미지 자체의 운동성이 강조되고 있음을 말한다. 「오감도」 연작에 나타나는 질주의 이미지, 「삼차각설계도」의 시간 이미지 등이 그 예라고 할 수 있다.

김기림이 새로운 시의 방향으로 강조했고, 스스로도 『기상도』나 『태양

---

12) A. Hauser, 백낙청 외 역, 『문학과 예술의 사회사』, 창작과비평사, 1998, 241-245면.
13) 조영복, 「이상의 예술 체험과 1930년대 예술 공동체의 기원」, 『한국현대문학연구』 23
　　집, 2007. 12, 210면.

의 풍속』의 시적방법론으로 가져왔던 '영화시'(시네포엠)의 경우는 비슷한
시기의 일본 모더니즘 작가들에게도 실험적인 시적 형식으로 강조되었다.
이상이나 김기림이 즐겨 애독했던 것으로 알려져 있는 일본 모더니즘 잡
지『詩と詩論』에서는 특히 콘도 아즈마(近藤東), 키타가와 후유히코(北川冬彦),
키타조노 카즈에(北園克衛)의 시에서 시네포엠의 형식을 발견할 수 있다.

(A)
1 무너져 내리려는 성문의 정상에는 더부룩하게 풀이 자라,
2 누렇게 말라있다.
3 뿔뿔이 군집(群集)이 달려 나간다.
4 군집을 몰아내는 일대의 기마병,
5 기마병은 한 명의 수인을 굳게 지키고 있다.

—北川冬彦,「血鹽에 대하여」, 부분(『詩と詩論』, 7권)

(B)
1(우리 안)
○표범. 이 올려다보는 맑은 하늘.(줄이 있는 푸른 천이다) 먼 곳을 바
라보는 아이들. 이쪽을 향해 있는, 야윈, 재잘거리는, 눈동자가 검은, 이
이들. 그것이……

(…중략…)

○무역풍. 부채처럼 흔들리는 원시림. 한그루 울창한 노목. 에 기어오
르고 기어올라, 하늘에 포효하는 것은, 표범의 전신,

2(우리 바깥)
○표범은 졸고 있다, 우리 안에서.
○여윈 노인. (흡사 호랑가시나무 잎사귀다. 이 이동동물원의 지배인이
다) 굽실굽실 인사를 한다, 눈앞의 사관에게.
○사관은 알루미늄 색의 군복. 뒤로는 병사들. 종잇조각을 건네고, 우
리를 가리킨다. 노인의 슬픈 듯한 시선.

○종잇조각에는 『표범을 총살해라. 1915년. 프랑스 제3군 계엄사령부.』

— 近藤東, 「표범」 부분(『詩と詩論』, 1권)

(C)

경금속의 목과 그 안구의 보라색의 가스

수정의 볼이 생각지도 않게 문득 보라색이 되면 천공에 노란 원뿔이
나타났다 너는 무엇인가 도대체 누구인가! 그러자 순백의 유리 선반이
정원 쪽으로 나가버립니다 (…중략…) 갑자기 공간이 무너지고 직선의
아래를 녹색의 고양이가 통과했다

혹은 유리의 파라솔을 찌른 소년의 산보

망원경공간이 게으름을 피워 타원형이 되고 2각형이 되고 포물선이
되고 용해되어 버렸다 무색투명의 미소년이 수정의 파이프를 펌프해서
사진기의 어둠상자 속에 나타나온다 안녕하세요 나의 아름다운 하얀 사
진사! 사진사는 플랫폼의 노란 의자에 있다

— 北園克衞, 「수정질의 객관－FILM ABSTRAIT」 부분(『詩と詩論』, 5권)

이 세 명의 시인은 모두 시네포엠 형식의 시를 보여주고 있다. 그러나
키타가와(A)와 콘도(B)의 경우는 주로 장면 병치 즉, 몽타주 기법을 시
창작에 활용하고 있다면, 키타조노(C)의 경우는 기계(카메라)를 신체화(“경
금속의 목과 그 안구”)한다거나, 영화가 상영되는 순간의 풍경을 추상화하
여 ‘천공에 나타난 노란 원뿔’과 같은 기하학적 상상력을 보여주면서 기
하학적 이미지와 초현실적인 이미지의 충돌을 이끌어내고 있어 (A)와
(B)의 경우보다 더욱 몽환적이면서도 운동성이 내포된 이미지를 생산해
내고 있다. ‘갑자기 공간이 무너진다’거나 공간이 무너진 직선 아래를
“녹색의 고양이가 통과”하고 있다는 등의 초현실적이고 동적인 이미지

는 영화(혹은 사진)라는 새로운 기술이 만들어낸 이미지들이라고 할 수 있다. (A)와 (B)가 영화 촬영 기법을 그대로 시 창작술로 사용하고 있다면, (C)는 기계 기술적인 하부 구조의 변화가 시인의 인식 자체에 영향을 미쳐 새로운 상상력이 만들어지고 있음을 보여준다. 그래서 (A)와 (B)에서는 어느 정도의 영화적 서사성이 노출되고 있으나, (C)에는 서사적인 특징을 전혀 찾아볼 수 없고, 독특한 이미지들의 충돌로 인한 환상적이고 초현실적인 이미지가 생산되고 있는 점 등의 차이를 읽을 수 있다.

특히 키타조노는 사진이 촬영되는 순간을 "망원경공간이 게으름을 피워 타원형이 되고 2각형이 되고 포물선이 되고 용해되어버렸다"라는 이미지로 포착하고 있고, 사진이 인화될 때의 순간을 "무색 투명의 미소년이(…) 사진기의 어둠상자 속에 나타나온다"라고 그리고 있는데, 이 이미지들은 인간의 눈이 아니라 카메라라는 기계 눈으로 보는 새로운 세상의 모습일 것이다. 우리는 수없이 눈을 깜빡이지만, 깜빡하는 순간 사라지는 세상과 다시 눈을 떴을 때 나타나는 새상의 모습을 보지 못한다. 그러나 카메라는 인간 눈이 깜빡이는 그 순간의 속도를 늦추어 빛의 양을 조절하면서 같은 장소지만 각기 다른 분위기의 모습을 찍어내기도 하고, 키타조노가 묘사하고 있는 것처럼 인간의 신체 리듬을 고속화하거나 저속화하여 일상적인 눈으로는 보지 못하는 것들을 포착할 수 있게 한다. 벤야민은 이를 두고 "지각의 심화"라고 했는데, 기계 눈이 육안으로 보는 것과는 다른 장면을 우리에게 보여준다는 것은, 결국 사람의 의식이 작용하는 공간의 자리에 무의식이 작용하는 공간이 대신 들어서고 있다는 점을 말해주는 것이다.[14] 이런 점에서 콘도 아즈마의 시 「원」과 이상의 「운동」의 형태의 유사성을 지적하는 견해가 있지만,[15] 이 두 시

---

14) W. Benjamin, 반성완 역, 「기술복제시대의 예술작품」, 『벤야민의 문예이론』, 민음사, 1983, 222-223면.

는 형식상 유사하다고는 할 수 있으나 콘도 아즈마의 「원」이 정적이고 폐쇄적인 이미지를 만들어낸다면, 이상의 「운동」은 동적이고 개방적인 이미지를 만들어낸다는 점에서 이 두 시를 단순 비교하는 것은 적절하지 못하다고 여겨진다. 이상 시의 핵심이 시공간의 파편성과 이 파편들이 만들어내는 운동성에 있기 때문이다.

콘도 아즈마와 키타가와처럼 몽타주나 파노라마, 클로즈업과 같은 실제 영화 기법을 시 창작에 적용한 시네포엠의 형식이 아니라 영화 예술의 기술적인 측면이 인간의 인식을 바꾸어 놓았다는 "지각의 심화"의 차원을 시 창작 방법론으로 하고 있는 키타조노의 시가 시네포엠의 형식으로 여겨질 수 있다면, 이상의 「홍행물 천사」 역시 시네포엠의 형식이라고 봐도 무방할 듯하다. 일문시 「조감도」 계열 중 하나인 「홍행물 천사」에서는 이상의 영화체험의 흔적을 읽을 수 있는데, 이상의 수필 「산촌여정」에서 영화를 보러 나온 마을 사람들을 "북극의 펭귄 새들"로 묘사하고 있는 장면이 「홍행물 천사」에서 그대로 반복되고 있으며("축음기는 나팔처럼 홍도깨비 청도깨비를 불러모았다. 홍도깨비 청도깨비는 펭귄이다"), "여자의 트렁크는 축음기다"라든가, 영화상영기를 비유하는 듯한 "코끼리의 눈과 두개골 크기만한 수정의 눈"의 이미지는 이 시가 영화 예술과 연관되고 있음을 암시하고 있다.[16]

---

15) 김승구, 『이상, 욕망의 기호』, 월인, 2004, 104-106면. 콘도 아즈마의 「圓」은 다음과 같다.
馬の上の男の上の男の上の少女。
少女の下の男の下の男の下の馬は廻.
馬の上の男の上の男の上の少女は空中に圓をかむしむ。
16) 최근 란명은 「홍행물 천사」를 서구 전위영화 예술, 특히 루이스 브뉘엘의 <안달루시아의 개>와 관련지어 논의하고 있으며, 「홍행물 천사」의 "코끼리의 눈"과 "두개골 크기만큼 한 수정눈"을 카메라 렌즈 이미지로 읽고 있다(란명, 「여자의 눈은 왜 찢어졌는가?」, 『한국현대문학연구』 29집, 2009. 12). 또한 '홍행물'이라는 용어는 일본에서는 영화를 뜻하는 어휘이기도 하다(佐々木能理男・飯島正, 『前衛映畵藝術論』, 天人社, 1930).

  서구 전위영화에 대한 이상의 관심은 그들의 표현적 혁명성에 일차적 이유가 있겠지만, 다른 한편으로는 그들의 혁명적인 표현성이 무의식적 세계를 가시화하고 있다는 점 때문일 것이다. 즉, 말끔하게 정돈된 직선의 세계는 사실은 무수한 원의 흔적을 내포하고 있는 주름이며, 서구 전위영화는 가시화, 의식화되지 않은 세계를 의식 위로 끌어올림으로써 이 세계의 질서를 무질서하게 만들고 파편적으로 조각내고 있는 것이다. 「흥행물 천사」는 바로 이 점을 이야기하고 있다.

  整形外科는여자의눈을찢어버리고형편없이늙어빠진曲藝象의눈으로만들고만것이다. 여자는싫것웃어도또한웃지아니하여도웃는것이다.

  여자의눈은北極에서邂逅하였다. 北極은초겨울이다. 여자의눈에는白夜가나타났다. 여자의눈은바닷개의잔등과같이얼음판우에미끄러져떨어지고만것이다.

  世界의寒流를낳는바람이여자의눈에불었다. 여자의눈은거칠어졌지만여자의눈은무서운氷山에싸여있어서波濤를일으키는것은不可能하다.

  여자는大膽하게NU가되었다. 汗孔은汗孔만큼의荊棘이되었다. 여자는노래를부른다는것이찢어지는소리로울었다. 北極은鐘소리에戰慄하였던것이다.
—「흥행물천사」 부분

  근대 기계 기술("정형외과")은 인간의 눈을 찢고("여자의 눈을 찢어버리고") 파편 조각밖에 보지 못하는 '형편없이 늙어빠진 곡예 코끼리의 눈'으로 만들었다. 그러나 이 곡예하고 있는 코끼리의 눈이야말로 현실에서 결핍된 욕망을 드러내고, 그 욕망을 몽상하며, 이 몽상의 예술행위를 통해 직선의 세계를 조각내고 해체하는 예술가의 눈인 것이다. 이상의 이 '곡예코끼리(曲藝象)'는 김기림의 '피에로'[17]와 같은 존재라고 할 수 있다. 봉인이 해제되어 무자비하게 솟아올라오고 있는 심연의 위험한 조각들 때문에 세계는 매서운 바람이 불고, 찢어진 여자의 눈은 거칠어져 매끈한 세계의 모습을 보지 못한 채 세계를 파편으로 만든다. 그래서 그 세계는 "가시밭"이 되고 말지만, 이 '가시밭'으로서의 세계야말로 망각하고 있는 지금 현실의 모습이며 진실인 것이다. 그러므로 여자의 찢어지는 목소리에 진리로서의 세계를 목격한 북극은 전율할 수밖에 없다.

세계를 조각으로밖에 보지 못하는 '여자—천사'의 이미지는 이상의 소설에서는 비밀 가득한 '다마네기 얼굴'을 한 여자로 변주되고, 「광녀의 고백」처럼 자본주의 사회의 물신성을 온몸으로 체현하는 창녀나 정상적인 사회질서 속으로는 포섭되지 못하는 광녀로 변신하며, 「LE URINE」에서는 바짝마른 해수욕장 근처에서 목쉰 소리로 노래 부르는 '새까만 마리아'로 나타나기도 한다. 이들은 모두 근대적 폭력성에 휘둘린 존재들이지만, 근대적 폭력성을 온몸으로 체현해 보이는 존재들이라는 측면에서 이들은 시대의 영웅이기도 하다. 이상은 이들의 영웅적 이미지를 포착하여 "全等形"[18] 인간이라고 부른다. 「각서 5」를 보자.

연상은처녀로하라, 과거를현재로알라, 사람은옛것을새것으로아는도다,

---

17) 김기림은 「「피에로」의 독백」에서 '영화시'에 대한 단편적인 사색을 그려내고 있는데 몇 가지만 예를 들어본다면 "제2의 의미", "자기의 정열까지를 객관적으로 구상화하는 철저한 기술", "모든 순간에 작열하는 감각 위에 瞑目하는 꿈의 발화", "한 개의 「애드벤튜어」", "「힘」은 不均整이다" 등이다(『김기림전집 2』, 심설당, 1998, 299면).

18) 이상의 수많은 알레고리적 기호 속에서 '전등형'이라는 시어를 포착한 이는 신범순이다. 그는 '전등형'이라는 시어를 '삼차각'이라는 이상의 무한 사유와 함께 생각하여, 플라톤의 입체각, 갈릴레오의 무한다각형적 이미지와 유사하다고 풀이한다. 그리고 부채꼴의 이미지와 유사할 것으로 보고 있다(신범순, 『이상의 무한정원 삼차각나비』, 현암사, 2007, 164-165면) 그러나 이 글에서는 '전등형'이 형상화하는 대상의 형체에 집중하기보다, 이상이 이 용어를 사용할 때 형성되는 분위기에서 '전등형'이라는 의미를 간접적으로 유추해보는 길을 택하고자 한다.

건망이여, 영원한망각은망각을모두구한다.

  來到할나는그때문에무의식중에사람에일치하고사람보다도빠르게나는
달아난다, 새로운미래는새로웁게있다, 사람은빠르게달아난다, 사람은광
선을드디어선행하고미래에있어서과거를기대한다, 우선사람은하나의나를
맞이하라, 사람은전등형에있어서나를죽이라.

  사람은전등형의체조기술을습득하라, 그렇지않다면사람은과거의나의파
편을여하이할것인가

  사고의파편을반추하라, 그렇지않으면새로운것은불완전하다, 연상을죽
이라, 하나를아는자는셋을아는것을하나를아는것의다음으로하는것을그만
두어라, 하나를아는것의다음은하나를아는것을할수있게하라.
  사람은한꺼번에한번을달아나라, 최대한달아나라, (…중략…) 사람은달
아난다, 빠르게달아나서영원에살고과거를애무하고과거로부터다시그과거
에산다, 동심이여, 동심이여, 충족될수없는영원의동심이여.

—「각서 5」 부분

  "전등형"은 "삼차각"이나 "삼심원" 혹은 "육면각체"처럼 이상이 만들
어낸 이상의 언어이다. 그러므로 "전등형"이라는 시어가 의미하는 바가
무엇인가를 확정짓는 것은 불가능하다. 다만, 전등형의 주위에 펼쳐져 있
는 이미지들로 유추할 수 있을 뿐이다. 우선, 이상은 "전등형"에서 '나'
를 살해할 것을 명령한다. 따라서 이곳은 파괴의 힘이 강력하게 지휘하
고 있는 곳이다. 그리고 이상은 '전등형 체조'라는 운동성을 강조하며 이
'전등형 체조'를 하지 않는다면 "과거의 나의 조각조각(バラバラ)"들을 어
떻게 할 것이냐고 반문한다. "과거의 나의 조각조각"들은 망각되거나 기
억되거나 둘 중 하나일 것이다. 그러므로 "전등형"은 엄청난 파괴력이
있는 공간이자, 망각이 문제가 되는 시간일 것이다. 그런데 이상은 "영원

한 망각은 망각을 모두 구한다"라고 말한다. 다시 말해 망각을 구하는 것은 망각이라는 것이다. '망각으로 망각을 구한다'는 이 역설은 "연상을 죽여라"라는 명령과 함께 생각해볼 필요가 있다. 연상이야말로 기억술의 한 방법이지 않던가. 이상은 "하나를 아는 사람은 셋을 아는 것을 하나를 아는 것의 다음으로 하는 것을 그만 두"고, "하나를 아는 것"의 다음은 다시 "하나의 것을 아는 것"으로 하라고 한다. 전자가 가산적(可算的)이고 연속적인 방식이라면 후자는 파편적이고 순간적인 방식이다. 전자가 헤겔적인 역사인식이라면, 후자는 벤야민적 역사인식이다. 종합을 지양하는 헤겔의 변증법과 달리 벤야민은 대립과 충돌을 극단화하면서 꿈과 깨어남의 변증법적 체험을 통해 의식적인 세계의 시간의 연속성을 부숴뜨린다. 다시 말해 '망각으로 망각을 구한다'는 역설은 거짓 세계의 질서를 망각하여 인간 의식의 심연에서 부유하고 있는 기억의 조각들(망각)을 구한다는 말로 대신할 수 있을 것이다. 전자의 망각은 의식적인 세계의 시간적 연속성을 망각하는 행위이고, 후자의 망각은 무의식의 저 밑바닥에서 기억되지 못한 채 부유하고 있는 잊혀진 기억들이다.

따라서 이상의 '전등형 인간'이란 이 세계의 거짓 질서를 파괴하는 '파괴자'이자, 우리의 현실이 폐허라는 이 견디기 어려운 사실을 증명해내고야 마는 '마조히스트'이며, 현실에서 결핍된 욕망을 드러내고, 그 욕망을 몽상하며, 이 몽상의 예술행위를 통해 직선의 세계를 조각내고 해체하는 예술가라고 할 수 있다. 「실낙원」의 계열시인 「자화상」에서 이상은 자기의 얼굴을 "도무지 어느 나라인지 분간을 할 수 없"는 "폐허"라고 규정한다. 이렇게 이상은 자기의 얼굴부터 폐허로 만들고 있다. 이 폐허로서의 얼굴, 세계를 파괴하고 폐허를 증명하며 폐허를 견디는 '전등형 인간'은 영원회귀의 반복을 견디는 니체적인 초인에 육박하는 이상의 분신인 셈이다.

4. 비어 있는 역사와 폐허로서의 역사의식

모더니즘 문학에서 역사성을 논의한다는 것은 상당히 이율배반적이다. '현대성'이라는 어휘가 함축하고 있듯이, 모더니즘 예술은 통시성보다는 공시성에 근거를 둔 미학 체계이며, 박태원의 고현학이 그러한 것처럼 당대를 표현하는 것을 본질로 삼는다. 기교주의 논쟁에서 임화가 모더니즘 문학을 비판한 것 역시 이러한 맥락을 근거로 삼고 있다. 역사를 공백으로 백지화한 뒤 오직 기교실험에만 몰두하고 있는 것이 계급문학자 임화의 눈에 비친 모더니즘 문학이었던 것이다. 이러한 체계 속에서 서술적이고 시간적인 구조는 약화되거나 아예 사라져버린다. 프루스트나 조이스의 문학세계가 보여주듯이, 모더니즘 문학에서는 가산적이고 연속적인 시간성 대신 과거와 현재 그리고 미래가 응축된 심리적 시간의 계기가 드러난다. 그러나 역사라는 것을 의식의 지평선 위에 드러난 사건들의 연속체로 보는 것이 성납일 수는 없다. 벤야민의 말처럼 과거의 발생했던 어떤 사건의 진정한 의미는 인과론을 주장하는 역사주의의 견해처럼 바로 그 다음 시간이 아니라 천 년 후에 그 결과가 나타날 수도 있는 것이고, 천 년 후에 갑자기 나타난 듯할 이 '돌연한 경험'은 과거 속의 사건이 아닌 '지금 현재'를 구성하는 한 부분으로 현재의 시간과 주름처럼 겹쳐져 현재화될 수 있는 것이기 때문이다. 이상 문학에서 역사성을 탐색한다는 것 역시 그러하다. 역사가 시간적 계기 속에서만 파악된다면 역사의 서술에 들어가지 못한 수많은 조각들은 망각속으로 잊혀질 수밖에 없다. 그러나 진리는 오히려 망각된 조각들에 있다는 것을 프로이트가 무의식의 사유를 통해 증명하지 않았던가. 이상 문학에서 비어 있는 역사는 역사의 부정이 아니라 역사의 상실이며, 이상 문학은 이 상실된 역사의 흔적 찾기라고 봐도 좋을 것이다. 이 흔적을 찾기 위해 이상은 이 거짓된 질서로 구축되어 있는 세계를 조각내고 파편으로 만들고 있는 것이다. 이상 문학이 혁명적인 것은 바로 이러한 지점에 근거하고 있다고 하겠다.

참고문헌

권영민 편, 『이상 전집』 1~4권, 뿔, 2009.
『김기림전집 2』, 심설당, 1998.
『詩と詩論』 1~14, 厚生閣書店, 1928~1931.

Benjamin, W., 조만영 역, 『독일비애극의 원천』, 새물결, 2008,
Benjamin, W., 최성만 역, 「역사 개념에 관하여」, 『발터 벤야민 선집 5』, 길, 2008.
Benjamin, W., 반성완 역, 「기술복제시대의 예술작품」, 『벤야민의 문예이론』, 민음사, 1983.
Withman, Jon, "On the History of the Term 'Allegory'", Allegory―The Dynamic of An Ancient and Medival Technique, Harvard University Press, 1987.
Deleuze, G., 이찬웅 역, 『주름』, 문학과지성사, 2004.
Hauser, A., 백낙청 외 역, 『문학과 예술의 사회사』, 창작과비평사, 1998.
서영채, 『사랑의 문법』, 민음사, 2004.
신범순, 『이상의 무한정원 삼차각나비』, 현암사, 2007.
조영복, 「이상의 예술 체험과 1930년대 예술 공동체의 기원」, 『한국현대문학연구』 23집, 2007. 12,
란명, 「여자의 눈은 왜 찢어졌는가?」, 『한국현대문학연구』 29집, 2009. 12.

이상의 전위성, 현해탄 건너기의 의미*

김 예 리

1. 기림에게 보낸 편지 : 문학공동체의 요청

김기림은 1936년 봄 센다이로 유학을 떠난다. 30년대 조선의 모더니즘을 대표하는 모더니스트이자 문인기자출신이었던 그는 시인이라기보다는 학자에 가까웠고, 그런 그가 서구의 지식 창구였던 일본을 향한 것은 당연한 수순이었다고 할 수 있다. 문학공동체였던 '구인회'의 동지이자 자신의 문학적 깊이를 이해하고 지지해주었던 김기림의 도일이 이상에게는 일종의 상실의 감각으로 다가왔음은 분명하다. 이런 그리움의 감정으로 이상이 센다이의 김기림에게 보낸 편지는 세상에 소개되었고,[1] 사신들은 이상이 도일하기 전후의 심사가 고스란히 노출되어 있어 이상

* 이 글은 『이상수필작품론』(역락, 2010)에 수록된 글을 재수록한다.

1) 「私信」은 잡지 『여성』에 1936년 8월부터 다음해 1월까지 발표된 것으로 알려져 있다. 그러나 이것은 잘못된 정보이며, 『여성』지 1939년 6월과 9월에 발표되었다. 이 사실을 알려주신 경북대학교 김주현 선생님께 감사드린다.

연구에 중요한 자료로 여겨졌다. 이 편지는 김기림이 센다이로 떠난 1936년 봄부터 1937년 2월 10일까지 이상이 김기림에게 보낸 것이며, 다섯 번째 편지를 보낸 36년 11월 14일에는 이미 이상도 동경행을 감행한 상태였다. 이 편지 안에서는 '구인회' 회원의 동정과, '구인회' 동인지 『시와소설』의 간행소식, 이상이 장정한 김기림의 『기상도』의 출판소식 등, '구인회'에 관련된 소소한 정보들을 읽을 수 있으며, 「날개」, 「종생기」, 「위독」 등의 작품들이 창작된 시점도 유추할 수 있을 뿐만 아니라, 르네클레르의 영화나 미샤 엘만의 음악과 같은 이상의 아방가르드한 예술적 성향도 편지를 통해서 파악할 수 있다. 그러나 무엇보다도 이상이 동경으로 건너가기 전후, 이상의 심정과 동경행을 감행하려는 이상의 모험을 이 편지들을 통해 유추할 수 있다는 점에서 중요한 자료가 아닐 수 없다. 표면적으로 편지에서 읽을 수 있는 굵직한 내용들을 정리해보면 다음과 같다.

첫째, '구인회'의 동인지 『시와소설』의 분제. 『시와소설』의 창간호가 출판되었고, 동인들의 게으름 때문에 2호는 불가능할 것 같다는 것. 이상 혼자의 힘으로라도 만들고 싶고, 다른 동인들이 글을 순다면 "어떤 잡지에도 지지 않는 버젓한 책"을 만들 자신이 있다는 것.(「사신 1」, 「사신 2」)[2]

둘째, "고황에 든 문학병"에서 벗어나고 싶고, 그래서 동경에 가고 싶다는 것.(「사신 3」)

셋째, 「날개」, 「종생기」, 「위독」을 썼다는 것.(「사신 4」)

넷째, "새 세기의 영웅들"인 '삼사문학'에 김기림이 동인이 되어주었으면 좋겠다는 것.(「사신 5」)

다섯째, 마침내 도착한 동경이 실망스러운 도시라는 것.(「사신 6」)

---

2) 「사신」에 붙은 번호는 전집에 따라 조금씩 차이를 보인다. 이 글에서 이상의 작품 인용은 권영민 편, 『이상전집』 판본으로 한다.

여섯째, 서울을 떠나 동경에 올 때의 생각이 헛된 망상이었다는 것. (「사신 7」)

이렇게 '구인회' 동인들에 대한 실망, 벽에 부딪힌 자신의 문학, 그리고 이 절망적인 상황에서 벗어나기 위한 동경행, 그리고 동경의 실체를 목도한 뒤 다시 절망에 빠진 이상이라는 구도로 편지의 흐름을 정리할 수 있다. 그렇다면 이 편지들은 결국 이상이 자신의 정신적인 의지처였던 김기림에게 보낸 일종의 SOS 신호였던 것은 아니었을까. 소설 「김유정」에서 묘사되고 있는 김기림의 어른스러운 면모는 '구인회'라는 문학공동체에서의 김기림의 위상을 말해주는바, 김기림은 이상에게 문학적 동지를 넘어서 자신들의 문학공동체인 '구인회' 그 자체가 가능하게 해주는 정신적 지주와도 같은 존재였다고 할 수 있다. 뿐만 아니라 소소한 일상처럼 '구인회' 회원들의 소식을 전하고 있는 듯하지만, 김기림이 떠난 후 '구인회'의 모임은 이루어지지 않았고, 박태원과 정지용과도 왕래가 소원하다는 점을 편지에 적고 있다는 점, 그리고 '구인회' 동인지 『시와소설』의 발간 사업이 이어지지 않고 있는 것에 대한 실망을 토로하고 있다는 점, 신세대 전위작가들이라고 할 수 있는 '삼사문학' 동인에 김기림의 참여를 유도하고 있다는 점 등을 생각해볼 때, 김기림에게 보내진 이 편지들에는 사적인 내면 고백의 층위보다 한층 더 적극적인 어떤 요청이 내포되어 있다고 여겨진다. 그리고 그 요청은 물론 '구인회'와 관련 있을 것이고, 나아가 '구인회'라는 문학공동체의 연장선상에서의 '삼사문학'과도 연관된 어떤 요청일 것이다. 이 글은 김기림에게 보낸 편지 속에 숨겨져 있는 이상의 요청의 실체를 파악해보기 위한 일종의 흔적 찾기이다.

2. 『시와소설』과 문학공동체에의 갈망

1933년 8월 15일 창립된 '구인회'는 특별한 문학 이념이나 지향점을 내걸지 않았고, 그들의 창립선언문의 언어를 그대로 옮기자면 단지 "순연한 연구적 입장에서 상호의 작품을 비판하며 다독다작을 목적으로"[3] 그야말로 문학을 좋아하는 문학청년들의 모임으로 세상에 소개되었다. 그들은 카프처럼 행동강령이나 조직의 이념을 내세우지 않았고, 조직을 이끌어나갈 리더격의 인물도 선출하지 않았으며, 표나는 조직의 이념을 내세우지 않았으므로 회원들의 문학적 성향도 통일되지 않았다. 그들은 스스로 "9인회는 한낱 문학적 사교성"[4]으로 모인 집단, "대단히 소극적이요 샌님 같은 사교구락부"[5]라고 했고, 이런 그들을 백철은 "무의지파"[6]로 규정했다. 백철의 이런 규정을 거부한 이는 "무의지파인지 아닌지는 총회가 열리어 규약이 발표될 때에 보라"[7]고 공격한 이무영 한 사람에 불과했다.

이처럼 '구인회'는 표면적으로는 "자기들 자신으로 상호비평하는"[8] 순수한 문학모임이었다. 그러니 '순수함'이라고 하는, 의미를 의식적으로 거부하려는 몸짓은 오히려 수많은 의미를 생산해냈고,[9] '순수문학자

---

3) 「'구인회창립' 기사」, 『조선일보』, 1933. 8. 30.
4) 이태준, 「구인회에 대한 난해·기타」, 『조선중앙일보』, 1934. 8. 10.
5) 조용만, 「구인회의 기억」, 『현대문학』, 1957. 1.
6) 백철, 「사악한 예원의 분위기」, 『동아일보』, 1933. 10. 1.
7) 김두용, 「'구인회'에 대한 비판」, 『동아일보』, 1935. 7. 31.
8) 정인택, 「文壇問題抄」, 『삼천리』 제6권 제5호, 1934. 5.
9) 프로문학의 영향력이 서서히 상실되면서 조선 문단에 이념적 공백이 생겨나고 있을 시점인 1933년에 이루어진 '구인회'의 창립은 그 자체가 새로운 의미가 부여되지 않을 수 없는 하나의 사건이었다고 할 수 있다. 당대로서는 신세대 작가들의 모임이라고 하지만, 이태준이라는 묵직한 인물이 버티고 있었고, 정확한 시대감각을 바탕으로 꽤 날카로운 비평 감각을 보여주었던 김기림이나, 학창 시절부터 일본 모더니즘 시 잡지 『近代風景』에 일본의 유수한 작가들과 같은 위상으로 시를 발표하곤 했던 정지용이 함께 한다는

들의 카프의 대타적 조직체'라는 문학사적 규정은 '구인회'의 모호한 색
채를 선명하게 만들었다. 애초에 일본의 신감각파 무리들이 프롤레타리
아 계급문학이 주도하는 분위기에 반기를 들고 만들어진 '13인 구락부'
에서 암시를 얻어 조직이 시작되었다는 점[10]이나 카프에 관여한 적이
있던 김유영과 이종명의 발기와 『조선중앙일보』의 이태준이 합세하면서
시작된 '구인회' 창립 초기의 정치적 목적, 즉 신문 학예면의 발표지면
확보를 통한 저널리즘 장악이라는 정치적 목적을 손쉽게 읽을 수 있다
는 점은 '구인회'를 '카프'와 동일한 위상의 조직체로 볼 수는 없더라도
'구인회'의 정체성을 규정함에 있어 '카프'는 비교 대조항으로 소환되지
않을 수 없었을 것이다.

그러나 두 번에 걸쳐 진행된 '구인회'의 인적조정을 통해 30년대 모더
니즘 문학의 중핵을 구성하는 인물들로 '구인회'는 재배치되었고, 이로
써 다방 '제비'를 중심으로 하는 '라보엠적인 예술공동체'[11]는 구성될

사실만으로 '구인회'의 모임은 관심이 집중되지 않을 수 없었다. 그러나 이 '사건'으로서
의 '구인회'는 카프 계열 작가들의 계속된 비판과 공격에 묵묵부답으로 일관했고, 이러
한 태도는 역설적으로 스스로 어떤 이념에 의해 규정되는 것을 강력하게 거부하는 양상
으로 읽혀졌다. '구인회' 조직에 의미를 부여해주는 것은 오히려 '구인회'에 대한 비판적
담론을 만들어나가던 카프계열의 작가들이었다. '구인회'를 '부르주아 문학단체'로 규정
한 백철은 그들을 '무의지파'로 호명했고, 임화는 이태준, 박태원, 김기림, 이종명 등의
창작 경향에 대해 현실에 대한 '절망과 도피의 문학', '소시민적 인텔리의 애수의 문학'
으로 규정하고는 이러한 현상들이야말로 심화되어 가는 근대문학의 위기를 반증하는 것
이라 단정했다. 백철이나 임화와 달리 박승극이나 홍효민의 경우 "구인회는 조선문학계
에 있어서 카프에 버금가는 문제의 문학 단체", 혹은 "사회 정세가 급각도로 변환되지
않는 한에는 이들의 조직체가 수년 동안 지속"될 단체로 구인회에 대한 긍정적인 시선
을 보여주기도 했다(임화, 「1933년의 조선문학의 제경향과 전망」, 『조선중앙일보』 1934.
1. 1~14; 박승극, 「조선문학의 재건설」, 『신동아』, 1935. 6; 홍효민, 「조선문단 및 조선
문학의 전진」, 『신동아』, 1935. 1). '구인회'의 묵묵부답과 구인회의 정체에 대한 카프 계
열의 수많은 담화가 만들어내는 이러한 형세는 마치 기의 없는 기표에 수많은 의미가
달라붙는 모양새였다.

10) 조용만, 『울밑에 선 봉선화야』, 범양사, 1985, 124면.

11) 신범순, 『이상의 무한정원 삼차각나비』, 현암사, 2007, 63면; 조영복, 「이상의 예술 체
험과 1930년대 예술 공동체의 기원」, 『한국현대문학연구』, 23집, 2007. 12, 209면.

수 있었다. '구인회'가 구인회라는 이름을 걸고 진행한 공식적인 활동은 상당히 미미했지만, 이태준, 정지용, 김기림, 이상, 박태원, 김유정 등 '구인회' 회원들은 1930년대 중반 조선 문단에서 가장 왕성하게 활동한 작가들이기도 했다. 이들은 모였으나 이데올로기적인 집단성은 거부함으로써 자신들의 집단에 최소한의 의미만을 부여하고, 각기 개별 활동을 하지만 그 활동의 맥락 속에는 '구인회'라는 문학적 동류의식이 내재되어 있으며,12) 명시된 조직 방침은 없으나 실험성과 기교성라는 공통된 창작 지향점은 존재하는, 그야말로 모였으나 집단이라고는 부를 수 없는 문학공동체의 형상이었던 것이다. 그런 점에서 '구인회'라는 이름은 이들에게는 일종의 '문학의 이데아'였다고 할 수 있다. 이러한 독특한 집단성은 김기림의 견해이기도 하다.

「스쿨」은 문인 자체에게 있어서도 필요한 것이다. 낡은 전설에서 대척되는 지점에서 자신을 발견하는 기쁨을 의미하며, 전설과 새 출발의 경계선을 의미하는 점에서 유파는 자기 발전의 한 개의 표석이다. 「마티스」의 「포비즘」, 「짜라」의 「다다」, 「올딩튼」 등의 「이미지스트」 운동, 「스푀」 등의 「슈르리얼리즘」 — 이것들은 비평가가 반가워하고 현상이 편해질 뿐 아니라, 그들 자신이 차라리 전통을 의미하지 않는 자기유파의 고유명사에 더 애착을 느낀다.

또한 「스쿨」은 현대 자본주의사회에서 등록상표와 간판의 의미도 가지고 있는 것을 부인하지 않는다. 나는 외람히 생각한다. 우리 문단의 타기의 원인의 일부분은 문인들이 각각 자신의 작은 창작실에 칩거하면서 개인의 길만 걸어가는 데도 있다고ㅡ. 요컨대 문인의 대부분은 너무 비겁한 것이 아닐까. 용감하게 그 간판을 걸고 집단으로서 유파의 동력을

___

12) 이상의 소설 「김유정」이나 박태원의 「방랑장 주인」, 「애욕」과 같이, 그들은 서로를 소설적 주제로 가져오기도 했다. 구인회 동인들간의 전인적인 예술체험과 예술교류의 흔적에 대한 내용은 조영복, 「이상 혹은 리토르넬로 비교교유록」(『이상의 사상과 예술』, 신구문화사, 2007) 참조.

발휘하다면 1933년의 문단은 더 활기 있고 다채해질 것이다.13)

　여하간 새해의 문단은 좀 다채하여야 하겠습니다. 초현실주의도 좋습니다. 즉물주의도 감각파도—. 너희들은 아무 구석에서나 너희들 자신의 특성을 가지고 대담하게 뛰어나오너라. 생기있는 혼돈의 彼方에서는 더 높은 통일의 세계가 빛나고 있을 것이다.14)

　김기림에 의하면, 포비즘이나 다다이즘, 이미지즘, 초현실주의 등 다양한 유파들이 만들어내는 경계들은 추상적인 예술 행위에 특정한 대척점을 만들어주고, 이러한 선명한 '서클'은 다시 다채로운 창작 행위의 밑바탕이 된다. '작은 창작실'에 칩거하면서 개별적인 창작 활동에만 골몰하는 낭만주의적인 개별성으로는 문단에 타기와 나태를 불러일으킬 뿐이다. 조선 문단이 다채롭기 위해서는 '집단으로서 유파의 동력'을 발휘해야 할 필요가 있고, 다채로운 집단성은 '더 높은 통일의 세계'로 지양될 것이라는 것이 김기림의 주장이다. 이러한 그의 논의에서 읽을 수 있듯이 김기림의 '집단성'은 다채로운 목소리를 내기 위한 바탕으로서의 집단성이며, 이러한 다종다기한 유파들이 만들어내는 충돌과 충격으로 조선의 예술은 발전할 수 있다. '작은 주관', '움직이는 주관'이라는 김기림의 독특한 주체론도 이러한 맥락과 이어져 있다. 지도비평으로 집단의 정체성을 정돈하고 집단이 나아가야 할 방향을 제시하는 카프와 같은 거대조직체가 아니라 다채로운 집단성의 향연이 되기 위해서는 그 집단을 구성하고 있는 분자들도 다채롭게 운동하지 않으면 안 된다.

　'구인회' 회원들의 활동 모습도 바로 이러한 것이었다. 이런 점에서

---

13) 김기림, 「「서클」을 선명히 하자」, 『김기림전집』 3, 심설당, 1988, 231면(『조선일보』, 1933. 1. 4).
14) 김기림, 「신민족주의 문학운동」, 『김기림전집』 3, 229면(『조선일보』, 1932. 1. 10).

동인지 형식이 '구인회'라는 집단의 특성상 적절한 형식이 아니었다고도
볼 수 있다. 동인지란 그 동인들이 지향하고 있는 특정한 이념을 향할
수밖에 없고, 이렇게 된다면 열려 있고, 언제나 충돌을 준비하고 있는
동적인 리듬감은 잃어버리고 폐쇄적인 집단성으로 전락할 가능성을 언
제나 담지하고 있는 것이기 때문이다. 『창조』, 『폐허』와 같은 지향성을
내보이는 타이틀이 아니라 문학 그 자체를 뜻하는 『시와소설』이라는 타
이틀이 말해주는 것이 바로 '구인회'의 이념인 것이다. '구인회'의 두 번
에 걸친 인적조정은 저널리즘 장악이라는 문단 정치적인 견해로 '구인
회' 조직에 임했던 이태준보다는 김기림의 엘리트 문학주의적 성향이 발
휘된 결과들이며, 김기림의 문학주의에 화답할 수 있는 이들로 '구인회'
는 재조정되었던 셈이다.

　물론 '구인회'가 동인지를 기획하는 일에 큰 관심이 없었던 것은 신문
학예면을 확보했기 때문이기도 하다. 동인지라는 것은 동인들의 작품을
세상에 내놓기 위한 발표지면의 확보라는 측면에서도 중요한 것인데, 『조
선중앙일보』의 이태준, 『조선일보』의 김기림, 『매일신보』의 조용만, 『동
아일보』의 이무영 등 1930년내 주요 일간지 기자들을 회원으로 포섭함
으로써 이들은 충분한 발표지면을 확보할 수 있었던 것이다. 문제는 이
상의 전위적인 문학적 성향을 대중이 수용하지 못했다는 데 있었다.
1930년대 조선의 문단은 신문 학예면을 중심으로 한 저널리즘이 강세를
보이고 있었고, 저널리즘의 상업적 속성은 출판 자본의 힘에 의해 문단
의 흐름이 좌우되는 경향으로까지 나타나게 되었다.[15] 김남천 역시 상업
출판 자본에 종속될 수밖에 없는 조선 문단의 현실에 대해 냉철한 비판
을 표한바 있거니와,[16] 30년대의 문단에서의 저널리즘의 영향력은 동인

---

15) 1930년대 저널리즘의 상업화 경향에 대해서는 김민정, 「1930년대 문학적 장의 형성과
　　구인회」, 『한국근대문학의 유인과 미적좌표』, 소명출판, 2004 참조.

지 시대인 20년대에 비해 상당히 커져 작가들도 상업적인 측면을 고려하지 않을 수 없게 되었다. 이런 상황에서 이상은 이태준의 도움으로 『조선중앙일보』에 「오감도」를 연재할 수 있는 기회를 가지게 되었지만, 그의 문학을 이해하지 못한 대중들의 반발로 「오감도」 연재를 중지할 수밖에 없게 되었다. 30년대 저널리즘은 자본 침투와의 상관관계를 떠나서 생각할 수 없었고, 따라서 작품의 발표지면을 확보하는 층위와 자신의 문학적 세계를 펼쳐보이는 것은 다른 차원의 문제가 될 수밖에 없었던 것이다. 특히 독자의 거부로 인한 연재 중지라는 스캔들의 주인공인 이상에게는 더욱 저널리즘의 상업적 속성을 대체할 수 있는 다른 형식이 필요했다. 이상이 '구인회'의 다른 동인들과 달리 동인지 『시와소설』에 그렇게 집중할 수밖에 없었던 것을 「오감도」 연재 중단 사건과 30년대 저널리즘에의 자본의 침투와의 상관관계와 함께 생각할 수밖에 없는 것도 이런 이유에서이다.

'구인회' 동인지라고 하지만 『시와소설』은 이상의 노력이 아니었다면 출간될 수 없는, 이상의 작품이었다.[17] 「오감도」의 연재중단을 당한 경험이 있는 이상에게는 동인지 양식이야말로 신문의 한계를 넘어서서 자신들의 '데폴메쑹'한 감각을 표출할 수 있는 창구가 될 수 있었던 것이다. 따라서 이상에게 『시와소설』의 간행은 '구인회'의 다른 동일들에 비해 한층 적극적으로 달려들 수밖에 없는 작업이었고, 『시와소설』은 자신

---

16) 김남천, 「동인지의 임무와 그 동향」, 『김남천 전집』 1, 박이정, 2000(『동아일보』, 1937. 9. 28).

17) 조용만에 의하면 『시와소설』을 발간하기 위해 이상은 구본웅의 부친이 운영하는 출판사인 창문사에 취직하였고, 『시와소설』 후기에도 나와 있듯, "쓰고 싶은 것을 써라 책을랑 내 만들어주마"라고 말하는 친우 구본웅의 원조로 『시와소설』은 발간될 수 있었다. "겉표지에서 뒤표지까지 예서 더할 수 있으랴. 보면 알게다"라고 말하며 뿌듯해하는 이상의 표정에서, 그리고 "『시와소설』에 대한 일체 통신은 창문사 출판부 이상한테 하면 된다"는 후기의 마지막 구절에서 『시와소설』에 대한 이상의 애정의 정도를 짐작케 한다.

의 문학적 전망을 마음껏 표현할 수 있는 문학적 공간이었으므로, 1호를 끝으로 종간하게 된 현실이 이상은 못내 아쉬웠을 것이다. 이런 맥락에서 본다면 이상이 김기림에게 '삼사문학'에의 동인참여를 권유하는 것은 (「사신 5」) '구인회'의 두 차례 있었던 인적조정의 연장선상으로 생각해볼 수 있다. '구인회'적 문학공동체적 감수성을 이상은 '삼사문학'으로 이어가고 싶었던 것은 아닐까.

동인이나 서클과 같이 집단성을 지향하는 것은 '전위' 문학의 일반적인 특징이기도 하다. '전위(avant-garde)'라는 개념에 내포되어 있는 군사적 이미지에는 기교와 도발적인 형태 실험에 관련하여 미학적 동료들을 서로 격려하는 행위를 절대적으로 필요로 하는 작은 전투 집단이 암시되어 있으며, 집단의 격려 속에서 다양한 기성 문화에 '게릴라 습격'을 가할 수 있다.18) 박태원의 소설 「방랑장주인」의 아방가르드적인 형태실험과 문명 비판적이고 폐허가 된 도시 이면의 이미지를 고스란히 보여주고 있는 이상의 시 「가외가전」, 초현실주의적 기법으로 꿈과 환상의 이미저리를 통해 뚜렷한 대상을 해체하여 '유선'이라는 모호한 윤곽선으로만 처리한 정지용의 시 「유선애상」 등 『시와소설』에 발표된 작품들에서 나타나는 '구인회'의 아방가르드적인 실험정신은 문학적 동류의식을 바탕으로 실현된 작품들이라 할 수 있을 것이다.

그러나 '구인회'는 아방가르드적인 전투적 혁신성을 지향하는 집단이라기보다는 '데폴메숑'한 감각으로 발휘된 문학적 감수성을 바탕으로 형성된 온건한 혁신주의였고, 항상 새로움을 강조하는 김기림이지만, 그의 문학세계는 역시 너무나 온건했다. 신문 연재 중지라는 스캔들이 김기림에게는 없었던 점이 이를 증명한다. 반면 '삼사문학'이라는 젊고 신선한

---

18) Eugene Lunn, 김병익 역, 『마르크시즘과 모더니즘』, 문학과지성사, 1986, 53면.

집단에게서 이상은 "20세기 정신의 영웅"(「사신 6」)의 면모를 읽는다. 분명 문학적 성취의 면에서 보자면 '삼사문학' 동인들은 '구인회' 동인들을 넘어설 수 없는 졸렬한 작품들을 생산해냈고, 이상 역시 이들의 문학적 수준을 간파하지 못했을 리 만무하지만, "모림은 새로운 나래(翼)다. 새로운 예술로의 힘찬 추구이다"[19]라고 당당하게 선언문을 들고 등장한 이들에게서 온건한 '구인회' 동인들과는 다른 정신적인 혁신성의 가능성을 이상은 읽어내고 있었던 셈이다. 『시와소설』의 발간이 1호로 끝나버리고, 김기림도 일본으로 건너가버린 뒤, 다방 '제비'에서 꿈꾸던 예술공동체의 꿈을 이상은 다시 한번 꾸고 싶었던 건지도 모른다. 그러나 이미 스캔들을 한번 겪고 났던 이상으로서는 '구인회'보다는 한층 강도 높은 전위적 혁신성을 갈구했을 것은 분명하다. 그리고 이상의 이러한 전위적 감각에 대한 갈증은 그의 동경행과도 어느 정도 관련이 있어 보인다.

 당시 일본 문단에서는 장혁주와 같은 인물이 이미 활발하게 활동하고 있었고, 이광수 역시 유명인사로 일본 문단에 초대받고 있었다는 점, 『詩と詩論』과 『세르팡(セルパン)』의 편집자 하루야마 유키오를 이상이 만나고 싶어했다는 점, 『近代風景』에 작품을 발표했던 구인회 동인 정지용이 일본 문단에서 활동할 수 있는 가능성을 보여주었다는 점, 흐지부지 끝나버린 『시와소설』에 대한 실망과 그 뒤를 이어서 계속 동인지 문학을 이끌어나가고 싶었던 『삼사문학』 등에 대한 김기림에의 참여 호소 등을 고려해본다면 이상은 일본 문단에의 진출을 계산하고 있었던 것일지도 모르겠다. 그러나 일본 문단에의 진출이 곧 제국이라는 보편성의 중심을 지향하는 것이라고는 말할 수 없다. 이상에게 동경은 도달해야 할 목적지가 아니라 새로운 실험을 위한 출발지였기 때문이다. 그리고 이 출발

---

19) 신백수, 「「34」의 선언」, 『삼사문학』 1호, 1934. 9.

은 『詩と詩論』과 같은 잡지가 보여주는 서구 유럽 예술의 전위적 감각과 이러한 전위적 실험이 가능할 수 있는 문학 장(field)의 탐색 작업과 관련성을 가질 것이다. 이런 점에서 이러한 이상의 전위성에의 지향은 그의 동경행을 해명할 수 있는 키워드가 될 수 있을 것이다.

그러나 여기서 두 가지의 문제점이 남는다. 첫째는 이상의 '현해탄 콤플렉스'이고 둘째는 이상이 자신의 정체성으로 규정했던 '19세기 인간'이 의미하는 바이다. 이상의 동경행을 '현해탄 콤플렉스'로 봤을 때, 이상의 문학은 서구적 근대 문명의 기착지이자 서구를 대신하는 일본으로 상징되는 보편성이라는 목적지를 향해 달려 나간 것이 되고, 전위주의가 20세기 미래의 세계의 미학을 보여주는 것이라고 했을 때, '19세기 인간'이라는 이상의 퇴행적 자기규정은 자신의 문학이 전위적인 측면과는 그다지 상관없는 문학이라는 점을 말해주는 듯하다. 김기림에게 보낸 편지에서 이상은 「삼사문학」과 자신은 세대가 다름을 분명히 하고 있는데, 이상의 이러한 선긋기는 「오감도」 연재 중지를 당한 뒤 "왜 미쳤다고들 그러는지 대체 우리는 남보다 수십 년씩 떨어져도 마음 놓고 지낼 작성이냐,(…) 어납은 개꿈 써보고서 시 만들 줄 안다고 잔뜩 믿고 굴러다니는 패들과는 물건이 다르다"라며 그가 보여준 독자에 대한 분노와 시대를 앞서나간다는 자신감에 비교해봤을 때, 상당히 모순적인 태도가 아닐 수 없다. 또한 전위의 감각이 변형과 해체의 '데폴매숑'한 감각을 지향하는 것이라고 했을 때, 그리고 이상의 문학이 보편성의 획득의 측면보다는 아이러니나 이율배반적인 상황의 설정으로 보편성의 불가능성을 보여주는 측면이 더 강하다고 했을 때, 이상의 동경행은 '현해탄 콤플렉스'로만 설명되지 못하는 부분이 존재한다.

3. '19세기 인간'의 전위성과 윤리감각

"동경이라는 곳에 오직 나를 매질할 빈고가 있을 뿐인 것을 너무 잘 알고 있"음에도 불구하고 이상은 "컨디션, 사표, 시야"를 찾아 동경행을 선택했고, 이러한 이상의 선택은 '현해탄 콤플렉스'[20]라는 관점에서 해명되었다. 문명의 '혼모노本物'를 찾아 '나비'처럼 날아갔다가 '니세모노偽物'의 악취 앞에 혼절해버린 이가 이상이라는 점은 이상의 동경행의 심리를 해명하는 기본 전제처럼 여겨졌다. 물론 소설 「실화」나 김기림에게 보낸 편지들, 수필 「동경」 등을 통해 '니세모노' 동경에 대한 이상의 실망과 그로 인한 절망을 읽을 수 없는 바는 아니지만, 거대한 도시 동경에 대한 너무 빠른 이상의 실망은 이 실망조차 이상 특유의 포즈가 아닐까하는 의심을 불러일으킨다. 이상의 동경행이 1936년 10월경이라고 한다면 단지 몇 개월 사이에 이상은 동경을 체험하고, 그 체험을 잣대로 동경을 판단하고, '니세모노' 동경에 실망하기까지를 모두 경험한 것이라는 말이 된다. 아무리 천재 이상이라고 하더라도 이것은 너무나 재빠르지 않은가. 그렇다면 혹시 동경의 모조품인 서울에서 탈출하여 '혼모노 동경'으로 나아간 것이 아니라 오히려 '니세모노 동경'을 목격하기 위해 죽을 것을 뻔히 알면서도 불덩이 속으로 질주하는 불나비처럼 동경행을 선택한 것은 아닐까. 이 질문에 답하기 위해 식민지 조선에서 가장 혁신적인 시인이었던 이상이 스스로 자신의 정체성으로 규정했던 '19세기 인간'(「사신 6」)이라는 표현에 숨은 뜻을 먼저 생각해볼 필요가 있다.

이상이 스스로를 '19세기 인간'으로 호명할 때는 언제나 "엄숙한 도

---

20) 김윤식, 『이상연구』, 문학사상사, 1987.

덕성의 피"가 어떤 계열체처럼 따라온다. "암만해도 나는 19세기와 20세기 틈사구니에 끼워 졸도하려 드는 무뢰한인 모양이오. 완전히 20세기 사람이 되기에는 내 혈관에 너무도 많은 19세기의 엄숙한 도덕성의 피가 위협하듯이 흐르고 있소 그려"(「사신 6」)라고 김기림에게 토로할 때도 그러하고, 이상의 마지막 작품이라고 할 수 있는 「실화」에서도 그러하다("20세기를 생활하는데 19세기의 도덕성 밖에는 없으니 나는 영원한 절름발이로다."). 그러나 이상은 이미 이 도덕성의 피가 폭발하여 터져버린 경험이 있다. 시 「一九三一年」을 보자.

> 나의 방의 시계 별안간 13을 치다. 그때, 호외의 방울 소리 들리다. 나의 탈옥의 기사. 불면증과 수면증으로 시달림을 받고 있는 나는 항상 좌우의 기로에 섰다.
> 나의 내부로 향해서 도덕의 기념비가 무너지면서 쓰러져 버렸다. 중상.
> 세상은 착오를 전한다.
> 13＋1＝12 이튿날(즉 그때)부터 나의 시계의 침은 3개였다.
>
> —「一九三一年(作品第一番)」 부분(강조 : 인용자)

이상의 방에 걸려 있던 시계가 갑자기 '13'을 치자 "호외의 방울 소리"가 들리더니 '나'는 탈옥을 한다. 그러니까 이상의 시계가 13을 친 사건은 '호외'로 보도되는 사건, 즉 제도적인 사회 속에서 충분히 발생 가능하다고 예측 가능한 사건이 아니라 의외의 돌발적인 사건이며, 이 충격의 사건은 다름 아닌 '이상의 탈옥'이다. 1931년은 이상이 『朝鮮と建築』에 「이상한 가역반응」과 「조감도」 계열시, 「삼차각설계도」 연작시 등을 발표하며 수식이나 수학적 기호, 기하학적 좌표 등의 다양한 시각적 기호들을 시어로 수용하고, 쉽게 이해할 수 없는 역설적 명제들로 가

득 찬 전위적인 작품들을 세상에 쏟아내던 시기이다. 이상 문학에서 '13'이라는 숫자는 이상의 '거울'만큼 방대한 해석적 충동을 일으키는 이상 특유의 알레고리이지만, '12'라는 온전한 안정성을 거부한 파편적인 불안정성, 근대적이고 유클리드적인 대칭성을 위협하는(혹은 결여한) 탈근대적인 타자성, 의식의 영역 밑에 깊숙이 침잠해 있다가 문득 주체를 공격하는 무의식의 영역을 향하고 있다는 점은 분명해 보인다. 「오감도 시제1호」에서 막히고 뚫린 식민지 도시의 골목을 이리저리 쫓겨(아)다니는 '13명의 아해'들을 서늘하게 응시하고 있는 까마귀의 시선 역시 불길한 숫자 13의 계열체일 것이다. 그러므로 이상의 탈옥 사건이란 전위적인 예술 행위를 통한 근대적, 의식적 세계로부터 탈주하는 사건일 것이고, 당연히 탈옥 사건 이전의 세계를 지배하던 도덕의 기념비는 무너지고 만다.

그러나 이상에게 '전위'라는 비평용어를 붙일 때는 조금 조심해야 할 필요가 있다. 이상의 전위적 실험이 단지 관습적이고 진부한 과거와 전통을 부정하고 새로운 시대에 적합한 형식을 실험하고 있는 것이 아니기 때문이다. 이상의 시선은 미래에 있지 않다. 오히려 그는 서늘한 까마귀의 눈으로 현재를 응시하며, 19세기의 도덕의 기념비는 이상의 "내부"를 향해 쓰러진다. 이상의 전위적인 형식실험으로 중상을 입은 것은 바로 이상이다. 다시 말해 이상은 파편화된 근대를 육화함으로써 자신의 존재를 식민지 폐허와 일치시키고 있으며, 그런 점에서 「一九三一年」은 이상이 마조히스트 주체로 재탄생하고 있는 장면을 보여주는 시라 할 수 있다. 이상이 동경행을 감행하기 바로 직전에 작업한 것으로 여겨지는 「위독」에는 「一九三一年」에서 읽을 수 있는 파괴적인 내출혈의 이미지들이 가득하고(「침몰」, 「내부」) 마조히스트 주체의 얼굴은 "데드마스크"로 형상화되며(「사상」) "기어을 맡아보는 기관"은 "염천아래 생선처럼 상해들어”간다(「매춘」). 물론 밖으로 내뿜어야 할 피를 몸속에 고스란히 담아놓고 있는 이러한 죽음의 이미지들은 폐결핵 말기환자였던 이상에게 닥친 죽음에 대한 공포와 반대급부로 작용하는 죽음충동의 결과물이라고 볼 수도 있겠지만, 김기림의 평가처럼 「위독」은 “우울한 시대병리학을 기술하기에 가장 알맞은 암호”이자 병을 앓고 있는 “현대의 진단서”21)이기도 한 것이다.

그러나 전위의식이란 기본적으로 미래에 대한 역사적 의식을 바탕으로 시대를 앞서나가려는 의지를 상정한다. 이때 전위주의자들은 새로움을 향한 무한한 운동보다는 하나의 비판적 극복을 택함으로써 스스로에게 역사적 성격을 부여하는 방향으로 흘러간다. 유행이 보여주는 것처럼 새로움이라는 것은 곧 헌 것이 될 운명에 있는 것이고, 이 허무한 시간의 흐름을 감당하기는 쉬운 일이 아니다. 그래서 전위주의자들은 모더니티 속에 내재된 역설, 즉 자기 충족성과 자기 긍정성의 주장을 통해 자기 파괴와 자기 부정을 필연적인 것으로 만드는 역설을 활성화하여 스스로의 존재방식으로 삼게 된다.22) 1920년대 임화를 비롯한 카프 계열 작가들이 계급문학으로 방향을 선회하기 전 잠시 보여주었던 다다이즘 문학의 생명이 그렇게 짧았던 것은 ‘새로움’이라는 요소 이면에 존재하는 허무한 시간의 흐름을 이겨내지 못했기 때문이다. 이처럼 ‘전위’의 개념 속에 내재된 진보와 퇴행의 긴밀한 연결은 아이러니하게도 혁신으로서의 ‘전위’가 퇴폐주의와 같은 맥락에서 논의되는 사태를 초래하기도 했다. 20년대 유행했던 다다이즘 유파에 대해 박영희나 김기진이 ‘데카당한 반동문학의 일종’23)으로 읽은 것은 아방가르드 문학에 내재되어

---

21) 김기림, 「과학과 비평과 시」, 『김기림 전집』 2(『조선일보』, 1937. 2. 21~2. 26), 33면.
22) A. Compagnon, 이재룡 역, 『모더니티의 다섯 개 역설』, 현대문학, 2008, 67-79면 참조.
23) 김기진, 「반자본 비애국적인 전후의 불란서문학」, 『개벽』, 1924. 2; 박영희, 「중요술어사전」, 『개벽』, 1924. 7.

있는 숙명적인 본성이기도 한 것이다.

이처럼 '전위'와 데카당스가 동의어가 되는 아이러니한 사태가 벌어지게 되는 것은 전위주의의 미래지향적인 진보적 성향 때문이다. 군사용어였던 '전위'가 미학적인 차원으로 넘어가면서 공간적인 가치에서 시간적인 가치로 그 중심이 이동된다. 전위예술은 필사적으로 미래에 매달리게 되고, 현재에 밀착되기보다는 미래에 편입되기 위해 현재를 뛰어넘어 예측하는 것을 추구하게 된다. 진부해지지 않기 위해서는 과거가 아니라 현재와 단절해야 하고, 현재를 청산해야만 했다. 이에 따라 전위주의적인 예술은 점점 진화론적이고 변증법적인 진보의 역사철학의 맥락 속에 놓이게 되고, 파괴적이고 혁신적인 예술 형식과는 반대되는 순응주의적이고 목적론적인 세계관에 지배되는 아이러니한 상황에 빠져버리게 된다. 파시즘에 동조하게 된 미래파의 경우가 대표적인 예일 것이다.

전위적인 형식과 순응주의적인 세계관이라는 아이러니적인 사태는 일본의 전위주의 예술에서 역시 예외가 아니었다. 특히 영화장르에 있어서 '전위'의 양식은 이미 일본에서 일반화된 계급주의 예술의 '정치적 전위'의 측면이 아니라 '예술적 전위'의 영역을 분명히 하려는 측면이 강하게 부각되었다.[24] 그러나 영화에서의 '예술적 전위'의 영역에 대한 접

---

24) '전위'로 번역되는 아방가르드는 일반적으로 두 가지 맥락, '정치적 전위'와 '예술적 전위'로 나누어진다. 전자가 정치적 혁명에 복무하는 예술가의 전위라면 후자는 미학적 혁명 기획을 통하여 세계의 변혁을 지향하는 예술가의 전위라고 할 수 있다. 정치적 전위가 프롤레타리아 문학 예술운동사의 맥락에 위치한 것이라면, 예술적 전위는 다다이즘이나 초현실주의와 같은 유럽의 혁신적인 예술운동의 맥락에 놓여 있는 것이다. 전위주의에 대한 이러한 구분은 프랑스에서 1870년을 전후하여 분명히 나뉘어졌다. 콩파뇽에 따르면 군사용어로서의 '전위'가 정치적·미학적 의미로 통용된 것은 1848년 혁명 이후부터이며, 1848년부터 1870년까지 '전위'는 미학적 은유에 있어 핵심적인 변화를 겪는다. 즉, 전위예술은 처음에는 사회적 진보를 위해 복무했다가 나중에는 미학적으로 시대에 앞선 예술이 된다. 다시 말해 1848년 이전에는 주제 면에서 '전위'였다면, 1870년 이후에는 형식면에서 '전위'가 된다(A. Compagnon, 앞의 책, pp.70-71 참조).

근은 형식적 실험성의 측면이 강조되기보다는 전위영화가 자본주의 질서 속에 어떻게 상품으로 안착할 것인가에 대한 문제에 집중되었고,[25] 상품으로서의 영화와 영화의 대중성에 대한 노골적인 욕망을 드러내면서 아이러니하게도 전위영화의 상업적 상품성을 강조하는 방식으로 진행되었다.[26]

이와 같은 전위주의에서의 미학적 태도와 정치적 태도의 역전현상은 미래에 편입되기 위해 현재적 상황에 눈감아버림으로써 현재를 희생시키는 진보에 대한 믿음에서 초래된 아이러니라고 할 수 있다. 벤야민이 「역사 개념에 관하여」에서 비판했던 것도 바로 이 점이다. 진보의 역사철학을 혁명적이라고 생각하지만, 정말 혁명적인 것은 현재의 구원을 한없이 미래에 유예하는 진보의 역사철학이 아니라 '동질적이고 공허한' 시간의 흐름을 폭파하여 시간의 흐름 속에 숨겨져 있는 파편적이고 폐허로서의 현재의 순간을 눈앞에 펼쳐보이는 것, 그리고 부서진 채 망각된 역사의 파편들 속에서 현재의 구원 가능성을 찾는 것이다. 그리고 이 망각된 역사의 파편들이란 물론 승자의 역사로 기록된 내러티브가 아니라 기록된 적도 없고 의식화된 적도 없는 심연의 무의식에서 솟아올라오는 충격 경험으로서의 파편들이며, 진화에 뒤쳐져 승리자의 역사에 기입되지 못한 진보의 실패자들의 세계이다.[27]

그 누구보다 전위적이고 혁명적이었던 이상은 20년대 전위주의자들과 달리 자신의 시선을 미래에 두는 것이 아니라 식민지 폐허의 현재를 응시한다. 이상의 소설이 보여주는 서사적 시간의 단속성(斷續性)이 보여주

---

25) 佐々木能理男・飯島正, 『前衛映畵藝術論』, 天人社, 1930.
26) 峰岸義一, 「「貞操のロボット」日活映畵化」, 『前衛時代』, 1931. 7(波潟剛, 「전위와 아방가르드와의 조우—1930년의 문예・영화비평」, 『일본문화연구』 5집, 2001. 10, 345면에서 재인용).
27) W. Bemjamin, 최성만 역, 「역사 개념에 관하여」, 『발터 벤야민 선집』 5, 길, 2008.

는 바, 그의 시간은 과거−현재−미래라는 역사적 시간의 흐름 속에 위치하는 것이 아니라 끊어진 현재이자 간헐적인 시간의 나열이다. 예컨대 「종생기」는 과거의 시점과 현재의 시점이 혼재되어 있어 시간의 흐름을 파악하기가 쉽지 않고, 동경의 시간과 서울의 시간을 병치적인 몽타주로 번갈아 제시하는 「실화」와 같은 경우는 시간의 병치가 소설의 구성법이 되고 있다. 『시와소설』에 발표된 「가외가전」 역시 타자의 공간, 무의식의 공간, 근대적 도시에서 밀려나간 거리 밖의 거리를 지시하고 있다. '전'이라는 이야기체의 형식을 빌려왔으나, 서술은 해체되고 파편화된 이미지들로만 가득하다. 보들레르가 19세기 파리의 거리를 산책하면서 사유했던 바로 그 폐허이다. 이 거리 밖의 거리에 있는 것은 모두 "방대한 방"에서 쓸어 담은 쓰레기이고, 병법의 천재 '손자'가 탑재한 객차도 피해버리는 속수무책의 폐허이며, 쓰레기투성이의 폐허 속에서 "번식한 거짓천사"들이 온 하늘을 가리고 있어 "방대한 방"은 속으로 곪아서 열통을 앓는다. 이렇게 시간을 파편화하여 지속되는 시간의 흐름을 정지시키고, 서늘한 응시로 거짓된 질서의 허위를 폭로하고 있는 이상의 작품들은 김기림의 평가처럼 현대의 시대병리학을 기술하는 가장 알맞은 암호인 것이다. 미래로의 자기 긍정을 위해 자기 파괴와 자기 부정을 감행하는 것이 아니라 오직 마조히스트적 자기 파괴로 폐허인 현재의 순간을 현시하는 것이 이상의 문학이었고, 그의 전위성이었다.

특히 이상이 동경에서 체류하는 동안 창작된 「실화」에서 우리가 눈여겨봐야 할 것은 제국의 시간(동경)과 식민지의 시간(서울)을 나란히 병치시키고 있는 형식적 기법이다. 이것은 제국의 시간 사이로 식민지의 시간이 떠오르고 있는 것이며, 이 시간은 제국의 내러티브를 조각내는 망각되었던 식민지의 시간이다. 어떻게 본다면 「실화」는 식민지의 시간이 제국의 시간 사이로 떠오르면서 제국의 시간이 조각이 나고 파편화되고 있다고도 볼 수 있다. 수필 「동경」에서 이상은 동경에 대한 자신의 첫인상이 '가솔린' 냄새라고 말한다. '가솔린' 냄새가 가득한 동경 마루노우치 거리를 홀로 19세기식으로 산책하다가 참지 못하고 택시를 잡아탄 이상은 택시 창밖으로 "20세기를 유지하노라고 야단들"인 동경의 거리 풍경을 목격한다. 그것은 '판타스마고리아' 동경의 실체이다. 네온사인으로 번쩍이는 '밤의 긴자'와 달리 "부지깽이 같은 철골"들이 여기저기 마구 얼크러져 있는 '낮의 긴자'의 모습은 마치 "밤의 긴자를 위한 해골"과도 같다. 이상은 이렇게 일본 제국의 중심 동경에서도 파편적인 폐허로서의 현재적 순간에 맞닥트리고, 그 폐허 속에서 살아가면서 판타스마고리아의 환상에 도취되어 살아가는 동경 시민들을 응시하면서 그 폐허를 선뜩하게 목격하는 영웅적 산책자가 된다.

여기서 간과하지 말아야 할 것은 머리 아픈 '가솔린' 냄새가 이상이 동경에 대해 받은 '첫인상'이라는 점이다. 마치 실망하기 위해 동양의 최대 도시이자 첨단의 근대 문명이 압도하는 거대 도시 동경으로 건너온 것인 양 이상은 동경에 도착하자마자 준비한 듯이 '가솔린' 냄새를 맡고, 번쩍이는 네온사인이 군중을 홀리는 밤의 긴자가 아닌 앙상한 철골이 선명하게 노출되는 해골같은 낮의 긴자를 서성이며 '판타스마고리아' 동경의 실체를 폭로하고 있다. 마치 뒷걸음치며 자기의 발 앞에 쉼없이 쌓여가는 잔해와 이 잔해를 만들어내는 "단 하나의 파국"을 응시하는 벤야민의 '역사의 천사'28)처럼 이상은 미래를 향해 내달리고 있는

---

28) 벤야민이 '역사의 천사'를 묘사한 부분은 다음과 같다. "그의 얼굴은 과거를 향했다. 우리들 앞에서 사건들의 연쇄가 나타나고 있는 바로 그곳에서 그는, 잔해 위에 또 잔해를 쉼 없이 쌓이게 하고 또 이 잔해를 그의 발 앞에 내팽개치는 단 하나의 파국만을 본다. 천사는 머물고 싶어 하고 죽은 자들을 불러일으키고 또 산산이 부서진 것을 모아서 다시 결합하고 싶어 한다. 그러나 천국에서 폭풍이 불어오고 있고 이 폭풍은 그의 날개를 꼼짝달싹 못하게 할 정도로 세차게 불어오기 때문에 천사는 날개를 접을 수도 없다. 이 폭풍은, 그가 등을 돌리고 있는 미래 쪽을 향하여 간단없이 그를 떠밀고 있으

근대 자본주의 물신의 세계 동경을 응시하고 있는 셈이다.

이런 점에서 이상의 시에서 간간히 등장하는 역사 이미지가 비어 있거나("역사의 빈페이지", 「LE URINE」), 망각된 채로 나타나며("잊혀진 계절", 「명경」), 상실의 멜랑콜리적 감정으로 그려진다는 점을 주목할 필요가 있다("역사의 슬픈 울음소리", 「오감도 시제14호」). 상실의 멜랑콜리라고 했거니와, 이상의 시에서 역사의 망각을 20년대 다다이스트들이 그러했던 것처럼 과거를 백지화하려는 의지와 동일하게 읽어서는 안 된다. 과거를 부정하고 거부하는 것이 아니라 이상에게 역사란 잃어버린 것이며, 상실된 것으로서의 공백이자, "절망적 공허"(「공포의 기록」)이다.29) 다시 말해 이상은 미래를 이야기하는 이가 아니라, 현재 시간의 '위독함'을 이야기하고, 자본주의 사회의 폐허성을 이야기하며(「날개」), 상실의 멜랑콜리를 보여주는 이였다. 낫을 들고 모든 것을 파괴하는 잔인한 크로노스의 근대적 시간의 악마성을 간파하고 이러한 기계적인 근대적 시간이 유발하는 감정이 '권태'라는 점을 이상은 분명히 알고 있었다(「권태」). 『시와소설』의 후기로 실린 "절망이 기교를 낳고 기교 때문에 또 절망한다"는 이상의 에피그람은 자신의 문학은 세계의 불합리와 모순을 고스란히 노출시킨 폐허의 현재이며, 폐허의 현재를 벗어나지 않는다는 자기 윤리성을 표현하고 있는 지점이자, '절름발이 19세기 인간'이 의미하는 바이기도 하다. 그리고 '절름발이' 이미지는 모순과 아이러니로 가득 찬 이율배반적인 근대 세계를 응시하는 '19세기 인간'의 또 다른 모습이다.

「19세기식」에서 이상은 '간음은 용서할 수 없다'라는 명제와 '연애에

며, 반면 그의 앞에 쌓이는 잔해의 더미는 하늘까지 치솟고 있다. 우리가 진보라고 일컫는 것은 바로 이러한 폭풍을 두고 하는 말이다."(W. Benjamin, 앞의 글, 339면, 강조는 원문, 번역일부수정)

29) 최근 신범순은 이상의 이 '잃어버린 역사'의 흔적을 탐색하는 시도를 보여주고 있다(신범순, 앞의 책).

있어 비밀은 있어야 한다'라는 명제를 동시에 제시한다. 이 두 명제는 상당히 이율배반적인데 전자가 "절대의 애정"을 추구하는 것이라면, 후자는 "情痴 세계의 비밀"을 강조하는 것이기 때문이다. 그러나 이상의 소설을 통해 읽을 수 있는 이상의 연애담이 언제나 불가능한 연애, 빗겨나는 연애이자, '연애 게임'으로서의 사랑이었다고 할 때, "절대의 애정"이라는 진정한 관계성의 측면은 아무래도 이상의 문법과는 어울리지 않는다.30) 하지만 「종생기」, 「단발」, 「동해」 등에서 언제나 교묘한 여자들에게 속아 나가떨어지는 순진한 남자(이는 곧 이상이기도 하다)의 입장에서 보자면, 이 "절대의 애정"에 대한 갈구는 그가 도저히 도달하지 못할 불가능성의 세계이긴 하더라도, 그리고 어떤 위악적인 포즈로 자신의 진심을 숨기고 있더라도, 이 순진한 남자가 지향하는 세계이기도 한 것이다. 이상 문학에서 손쉽게 읽을 수 있는 수많은 이율배반적인 사태들, 아이러니와 역설들은 이상이 이 세계를 바라보는 눈이기도 하다. 그는 이 세계의 불합리성과 모순을 눈감아버리기에 그는 너무 눈 밝은 사람이었던 셈이다. '19세기 인간'이 절름발이라는 것은 이 이율배반의 사태에서 조금도 벗어날 수 있는 가능성이 보이지 않기 때문일 것이다. 그러나 이러한 절름발이의 상태를 유지할 수밖에 없는 것이 미래로 뻗어나가는 20세기 인간이 되지 못하는 19세기 인간 이상의 운명일 것이다. 그리고 이상은 자신의 이 운명을 외면하지 않고 고스란히 껴안는 마조히스트 주체로서 세계의 모순에 맞섰다고 할 수 있을 것이며, 이것이 바로 "19세기와 20세기 틈사구니에 끼워 졸도하려 드는 무뢰한"으로서의 이상이 보여주는 그의 시대감각이라 할 것이다.

---

30) 이상 소설의 연애의 불가능성에 대해서는 서영채, 『사랑의 문법』, 민음사, 2004 참조.

4. 파괴자의 현해탄 건너기

이 글은 이상이 김기림에게 보낸 편지에서 시작되었다. 이 편지에서 이상은 '구인회' 동인지 『시와소설』 간행이 이어지지 않는 것에 대한 낙망과 '구인회' 동인들에 대한 실망, 그리고 예술공동체의 연장선상으로서의 새로운 가능성을 보여주는 '삼사문학'의 발견, 폐허 동경의 목격담, 그리고 자살충동을 일으킬 정도의 폐허 동경에 대한 환멸 등을 이야기하고 있다. 이상이 '구인회'나 '삼사문학'과 같은 문학공동체의 꿈을 포기하지 않은 것은 그의 전위성의 감각과 관련 있다고 할 수 있다. 대중들의 거부로 연재중단을 당한 이상은 '구인회'의 다른 회원들에 비해 상업 저널리즘을 대체할 매체의 필요성을 감지했고, 자신의 전위의 감각을 개진할 수 있는 동인지 중심의 발표지면이 필요했던 것으로 보인다. 특히 전위성은 집단적인 상호관계성을 통해 더욱 가속화될 수 있으며, 집단의 상호 지원으로 더욱 분명한 목소리를 낼 수 있기 때문이다.

그러나 『시와소설』은 1호 간행으로 흐지부지 끝나버렸고, 이에 이상은 새로운 가능성으로서의 '삼사문학'을 바라보고 있었다고 할 수 있다. 그리고 자신의 전위적 감각을 실험할 수 있는 새로운 문학장으로서 그는 동경을 택한 것으로 보인다. 폐쇄적인 식민지 공간의 식민지 지식인이 아니라 '이미그란트'로서의 정체성의 변화가 동경행을 통해 가능할 수 있기 때문이다. 「사신 7」에서 이상은 김기림에게 엘만의 랄로 협주곡에 대해 이야기한다. 엘만의 랄로 협주곡은 "그저 막 헐어내어서 완전히 딴 것"으로 만들어버리는 '데폴메숑'의 기법이 거의 "경탄할만한" 수준이라고 고평한다. 여기서 주목할 부분은 이상이 '데폴메숑'한 전위의 감각과 '이미그란트'의 정체성을 연결시키고 있다는 점이다. "영국 사람인 줄 알있디니 니중에 알고보니까 역시 イミグラント입디다"라고 말하며

'이미그란트'로서의 엘만의 정체성을 강조하고 있다. 여기서 "역시"라는 부사어에 주목할 필요가 있다. '역시'가 의미하는 바는 엘만의 '데폴메숑'한 감각은 그가 '이미그란트'이기 때문에 가능하다는 뜻일 것이다. 보편성으로서의 제국의 문법에서 벗어날 수 있는 타자성으로서의 '이미그란트'과 '이미그란트'의 전위성이 이상의 뇌리 속에 자리잡고 있었던 셈이다.

즉, 이상의 동경행은 '구인회'의 온건한 혁신주의에서 '삼사문학'의 전위적 혁신성으로의 전환, 식민지 조선의 지식인에서 "イミグラント"(「사신 7」)로의 정체성의 전환이자, 폐허의 현재를 마주하는 마조히스트가 세계의 끝을 향해 달려가는 무모해 보이는 자기 파괴의 선택이다. "동경이라는 곳에 오직 나를 매질할 빈고가 있을 뿐인 것을 너무 잘 알고 있지만" 그럼에도 불구하고 "컨디션이 필요하단 말이오. 컨디션, 사표(師表), 시아(視野), 아니 안계(眼界), 구속(拘束), 어째 적당한 어휘가 발견되지 않소만그려!"(「사신 3」)라고 말하며 스스로도 선명하게 언어화하지 못하는 그 무엇을 찾아 일본으로 건너간 이상이 찾으려고 했던 "컨디션"은 결국 전위성을 향한 지향이자 열망이었다. 이상의 동경행은 순진한 나비의 추락이 아니라 불 속으로 돌진하는 부나비의 날갯짓이며, 김기림이 보들레르의 시구를 빌려 말한 바와 같이 "결코 운명에서 풀려나지 못하면서도 그저 '가자'고만 외치는 사람"31)의 여정길이었다.

이상의 동경행은 언제나 '현해탄 콤플렉스'의 주박에서 벗어나기 힘들었다. '현해탄 콤플렉스'는 제국이라는 보편성과 식민지라는 특수성 사이에 낙차를 설정함으로써 이상의 동경행을 식민지 서울에 결여된 보편성을 추구하고자 한 열망과 그 좌절로 규정지었다. 그런 점에서 "현해

---

31) 김기림, 「여행」, 『김기림전집』 5, 심설당, 1988, 173면.

탄을 의식하면서도 그 굴레를 넘어서려 한 보편주의자"[32]로 읽은 최근의 한 연구는 '현해탄 콤플렉스'를 넘어설 수 있는 시사점을 제공해 준다. 그러나 이 글은 여전히 '보편성'이라는 층위를 도달해야 하는 목표 지점으로 상정한 채, 보편(제국)과 특수(민족)의 자리를 바꿔놓는 것으로 이상 문학의 '현해탄 콤플렉스'를 극복하고자 했다. 그러나 제국이라는 보편적 질서를 상정하는 한 이상의 동경행은 결여된 보편성을 획득하려는 불가능한 시도로서만 이해된다. 하지만 이상은 환상으로 가려져 있는 해골 같은 골조를 투시하는 사람이었고, 미래의 진보를 믿는 20세기 인간이라기보다는 현재의 폐허성을 체현하는 마조히스트 주체였다. 이상은 동경에서 동경의 폐허를 목격한다. 이상이 궁극적으로 지향하고자 했던 것은 보편적 질서라는 가상의 껍데기를 파괴하려는 것이었으며, 그 질서 자체를 무화시키려는 것이었다. '현해탄 콤플렉스'가 간과한 것은 이 질서를 벗어나기 위한 모험을 감행하는 이상의 욕망이다. 그리고 이상의 욕망의 흔적은 김기림에게 보낸 편지 속에 감추어져 있었다. 이상이 혁명적인 시인이라고 한다면, 이런 의미에서만 가능하다.

---

32) 방민호, 「「실화」·한복을 입은 이상」, 『이상소설작품론』, 2007.

참고문헌

권영민 편,『이상 전집』1~4권, 뿔, 2009.

김기림,「과학과 비평과 시」,『김기림 전집』2, 심설당, 1988.
김기림,「신민족주의 문학운동」,『김기림전집』3, 심설당, 1988.
김기림,「「서클」을 선명히 하자」,『김기림전집』3, 심설당, 1988,
김기림,「여행」,『김기림전집』5, 심설당, 1988.
김기진,「반자본 비애국적인 전후의 불란서문학」,『개벽』, 1924. 2.
김남천,「동인지의 임무와 그 동향」,『김남천 전집』1, 박이정, 2000.
박영희,「중요술어사전」,『개벽』, 1924. 7.
백철,「사악한 예원의 분위기」,『동아일보』, 1933. 10. 1.
신백수,「「34」의 선언」,『삼사문학』1호, 1934. 9.
이태준,「구인회에 대한 난해·기타」,『조선중앙일보』, 1934 8 10.
정인택,「文壇問題抄」,『삼천리』제6권 제5호, 1934. 5.
조용만,「구인회의 기억」,『현대문학』, 1957. 1.
조용만,『울밑에 선 봉선화야』, 범양사, 1985.
반민호,「「밀화」·한복을 입은 이상」,『이상소설작품론』, 2007.
조영복,「이상 혹은 리토르넬로 비교교유록」,『이상의 사상과 예술』, 신구문화사, 2007.
波潟剛,「전위와 아방가르드와의 조우─1930년의 문예·영화비평」,『일본문화연구』5
    집, 2001. 10.
김민정,「1930년대 문학적 장의 형성과 구인회」,『한국근대문학의 유인과 미적좌표』,
    소명출판, 2004.
김윤식,『이상연구』, 문학사상사, 1987.
서영채,『사랑의 문법』, 민음사, 2004.
신범순,『이상의 무한정원 삼차각나비』, 현암사, 2007.
Bemjamin, W., 최성만 역,「역사 개념에 관하여」,『발터 벤야민 선집』5, 길, 2008.
Compagnon, A., 이재룡 역,『모더니티의 다섯 개 역설』, 현대문학, 2008.
Lunn, E., 김병익 역,『마르크시즘과 모더니즘』, 문학과지성사, 1986,
佐々木能理男·飯島正,『前衛映畫藝術論』, 天人社, 1930.

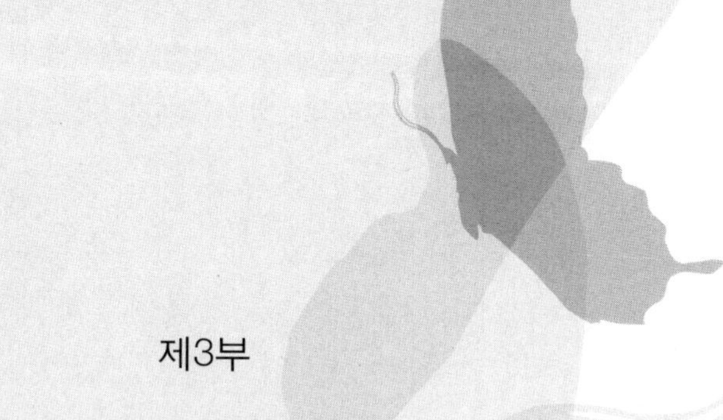

제3부

이상의 일문시의 전고

李箱의 미발표 창작노트의
텍스트 확정 문제와 일본 문학 수용 양상

「與田準一」와 「月原橙一郎」의 출처에 관하여

송 민 호

1. 李箱 문학의 원천과 외부성

지금까지 李箱 문학의 기원을 동시대의 일본 문단의 영향으로부터 찾고자 했던 시도는 퍽 빈번하게 계속되어 왔다고 볼 수 있다. 이는 이상이 1931년, 32년 무렵 『朝鮮と建築』에 다수 발표했던 일문시들에서 보여주고 있는 표현의 기법들이나 사상적인 높이가 모더니티적인 관점에서 당시 일제강점기의 식민지 조선에서 가능했던 수준 이상을 상회하는 것이었다는 판단으로부터 말미암는다. 이렇게 이상이 보여주는 예외적인 창작적 수준의 근거를 단순히 시대초월적인 문학적 '천재'의 소산으로 환치하기보다는 그가 독서행위를 통해 접했던 동시대의 일본 문단으로부터의 영향 관계를 근거해 접근해보고자 하는 시도가 바로 이러한 학술적인 접근의 실질적인 배경이 되어 왔던 것이다. 이러한 관점에서

지금까지 일본에서 서구의 초현실주의적인 문학운동을 전위적으로 흡수
했던 『詩と詩論』 혹은 『文學』 등의 잡지들을 중심으로 활동했던 春山行
夫, 安西冬衛, 北川冬彦 등의 시인들의 시와 이상의 초기 일문시에서 「鳥
瞰圖」까지에 이르는 과정이 어떤 상관적인 영향관계를 갖고 있는 것이
아니겠는가 하는 의문을 밝히고자 하는 연구가 이루어진 바 있다.

　하지만 이상 문학의 형성과 관련된 영향 관계를 동시대의 일본문단에
서 찾아내고자 하는 시도는 여러 모로 한계점을 가지고 있었다고 할 수
있다. 특히 한국적 다다이즘이라는 전체 현상 속에서 이상과 일본 문단
사이의 연관성을 밝히고자 했던 구연식의 경우,1) 이상과 일본 시단 사
이의 관계에 대해 언급했던 김문집2) 이래로 거의 최초로 『詩と詩論』과
이상 사이의 연관성을 밝히려는 시도로서 주목되는 바가 있다. 실제로
『詩と詩論』에 실려 있는 작품과 이상의 작품들 사이의 연관성을 직접 그
기법적인 측면에 있어서 비교하고 있는 점은 탁월하다고 볼 수 있다. 다
만 이 논문에서 그 비교의 근거가 단지 시의 형태적이고 기교적인 유사
성에만 의존하고 있는 것은 분명 한계로 지적될 수 있을 것이다. 물론
이러한 문제는 이상과 일본 시단을 비교하고자 시도했던 연구들 대부분
의 공통적인 것이기도 하다. 이후 이루어진 박철석의 경우,3) 일본의 상
징파, 사회주의파, 모더니즘 시들이 각각 한국 시단에 끼쳤던 영향을 분
석하면서 이상과 萩原朔太郎, 그리고 北川冬彦 사이의 연관관계를 분석하
고 있는데 이 역시 전반적으로 기법적이나 외양적인 유사성을 그 중심

---

1) 구연식, 「한국 다다이즘의 비교문학적 연구」, 『동아논총』, 동아대학교, 1975, 19-175면.
2) 김문집이 이상의 「날개」를 두고서 '이 정도의 작품은 지금으로부터 7, 8년 전 신심리주
　의의 문학이 극성한 동경 문단의 신인 작단에 있어서는 여름의 맥고모자와 같이 흔했다
　는 사실'이라고 지적한 것을 가리킨다(김문집, 「비평문학」, 『청색지』, 청색지사, 1938,
　38-40면).
3) 박철석, 「한일 근대시의 비교문학적 연구」, 『국어국문학』 5, 동아대학교 국어국문학과,
　1983, 29-61면.

적인 판단의 근거로 삼고 있어 추정의 근거가 다소 자의적인 한계를 가지며, 이복숙의 경우4) 역시『詩と詩論』과『文學』에 대한 관련 사항은 상세하게 다루고 있으나 궁극적으로 그러한 일본 모더니즘 시단과 이상의 영향관계에 대한 정밀한 파악에는 이르지 못하고 있다. 이는 이상의 시에 미친 일본 시단의 영향을 확증하고 그 영향 관계를 파악하는 작업이 얼마나 어려운가 하는 사실을 우회적으로 보여준다. 이상이 실제로『詩と詩論』,『セルパン』등의 잡지를 통해 일본문단의 경향들을 직접 접할 수 있었는가 그렇다면 그러한 영향은 어떻게 드러나는가 하는 문제가 명료하게 밝혀지지 않으며 이상 자신의 언급이나 주변 인물들의 증언에 그쳐 명확한 근거보다는 추정에 머물러 있는 경우가 대부분이다. 또 실제 동시대 일본문단에서 발표된 시들과 직접 비교하여 결과를 도출한 경우라고 하더라도 대부분 시의 형태나 기법적인 유사성에 대한 분석에 그쳐 있어 의미적인 측면에 있어서 영향관계가 잘 드러나기 어려웠던 것이다.

한편 또 다른 방향에서 이상과『詩と詩論』사이의 관련성을 찾아내고자 하는 시도로 川村湊(가와무라 미나토)의 것이 있는데 그는 이상의 노트가 마지막으로 공개되었던 무렵,『文學思想』1987년 10월호에「모더니스트 이상의 시세계」(유정 역)라는 글을 발표하면서 이상과 安西冬衛 사이의 관련성을 제기한다. 특히 그는『詩と詩論』의 전신이라고 할 수 있는『亞』(중국 대련에서 발행)라는 잡지를 통해 安西冬衛와 이상이 공통적으로 소유하였던 식민지적 감수성에 대해서 논의함으로써 내용적인 측면에서 본격적으로 이상과 일본시단 사이의 관련성을 문제 삼는다.5) 이어 김윤식은 이러한 川村湊의 문제제기를 끌고 나가 이상의 일본어 시들을 일본

---

4) 이복숙,「한국과 일본의 모더니즘시 비교연구」,『학술지』, 건국대학교, 1990, 123-143면.
5) 川村湊, 유유정 역,「모더니스트 이상의 시세계」,『文學思想』, 1987. 10.

시단의 영향관계로부터 벗어나 국어를 해체하고 '인공어'를 추구하는 새로운 모더니즘을 전개했다고 보았다.[6] 이러한 시도들은 분명 이상과 일본 시단과의 영향관계를 비교문학적 영향관계에 새로운 차원의 의미부여를 행하는 시도들이라고 할 수 있을 것이다.

결국 이상 문학과 일본 문단 사이의 영향 관계를 학술적으로 확인하는 작업에 있어서 가장 긴요한 것은 첫 번째로는 단순한 심증적인 차원이 아니라 분명한 영향관계를 실증하는 작업이다. 이상의 초기 일문시들과 그 무렵 쓰인 미발표 노트 속 작품들, 나아가 「鳥瞰圖」에 이르기까지, 아직까지도 해석에 이르지 못했거나 다양한 해석의 여지를 안고 있는 텍스트들의 내부에 위치하고 있는 다양한 언어들이 당시 일본 문단에서 전위를 실현했던 시작품들과 두루 어떤 연관 고리를 갖고 있는가 밝히는 실증적인 작업을 통해 무엇보다도 이상이 동시대 일본 문단을 의식하고 있었다는 실감의 구조를 밝히는 것이 필요하다는 것이다. 또한 두 번째로, 그러한 영향관계를 통해 이상이 텍스트 속에서 사용하고 있는 다양한 전고(典故)들의 참조점을 생산함으로써 아직도 난해함으로 인해 해석되지 않고 있는 이상 문학, 특히 일문시를 새롭게 해석하고 이를 동시대의 모더니티와의 관련성 속에서 파악하는 작업이 가능해질 것이다.

본고는 이렇게 동시대의 일본 문단과의 비교를 통해 이상의 문학 텍스트를 새롭게 읽어내는 첫 번째 작업으로 우선 이상이 실질적으로 당시 일본 문단을 어떻게 의식하고 있었으며 어떤 영향을 받았는가 하는 사실에 대한 실증적인 작업을 시도해 보고자 한다. 특히 지금까지는 거의 연구자들의 주목을 받지 못했던 이상의 미발표 창작노트 속의 시작품들 중 몇몇 시들이 실제로는 당시 일본 문단에 속해 있던 시인들의 시

---

6) 김윤식, 『이상문학 텍스트연구』(서울대학교 출판부, 1998)의 2장, "텍스트로서의 일어시가 놓인 자리"(112-138면)를 참고할 수 있다.

를 필사해둔 것이라는 사실을 밝히고 이를 통해 이상이 일본 문단에 대
해 실제로 파악하고 있었다는 사실을 실증해보고자 한다.

2. '공포의 성채'와 그 입구 : 「與田準一」와 「月原橙一郎」

1970년대에 조연현이 입수하여 정리, 발표한 이상의 노트 속에는 유
독 특이한 제목의 시 두 편이 있는데, 이는 「與田準一」와 「月原橙一郎」이
다. 두 편의 시작품들은 각각 일본의 실제 시인들의 이름을 제목으로 하
고 있다는 점에서 퍽 특이한 경우라고 할 수 있다.[7] 이 시들은 1976년
7월 『文學思想』에서 유정이 번역해 소개한 이래로, 이후 출판된 모든 이
상 관계 문헌 및 전집에 그대로 이상의 작품인 것으로 간주되어 포함되
어 왔는데[8] 이상이 일본의 시인들 이름을 제목으로 한 시들을 왜 창작
했으며 노트에 남겼는가 하는 사실은 지금까지 밝혀진 바가 없었다.[9]
또한 이것이 일본 시인에 대한 오마주의 차원으로 창작된 시라면, 지금
까지 관련성이 제기되어오던 『詩と詩論』이나 『セルパン』을 중심으로 활
동했던 시인들이 아니라 굳이 '與田準一'와 '月原橙一郎'를 대상으로 하
여 이상이 시를 썼는가 하는 의문 역시 거의 제기되지 않은 채 대부분의

---

7) 이 두 시인은 모두 李箱과 동시대인 1930년대에 주로 활동했으며, 與田準一(1905~1997)
  는 동요시를 주로 쓰던 작가이며, 月原橙一郎(1902~?)는 민요시를 즐겨 쓰던 현대시인으
  로 활동했다고 알려져 있다.
8) 필자가 확인한 바, 이상이 이 시들은 이어령 교주의 『李箱詩全作集』(갑인출판사, 1978)부
  터 이상의 작품으로 간주되어 전집에 등재되어 왔는데, 이후, 이승훈이 엮은 『李箱문학
  전집1·詩』(문학사상사, 1989), 김주현 주해의 『이상문학전집—01 詩』(소명출판, 2005),
  가장 최근에 권영민이 엮은 『이상 전집 4 : 수필』(뿔, 2009)에서는 제3부, "단상 또는 창
  작 노트—1960년대 발굴 자료" 부분에 실려 있다.
9) 이승훈은 해설을 통해 이 시들이 '與田準一' 혹은 '月原橙一郎'나 그의 시를 모티프로 한
  것 같다고만 쓰고 있나(이승훈, 위의 책, 246-247면).

이상 관련 논의에서 철저하게 배제되어 그 의미 또한 적극적으로 해석되지 않고 남겨졌다.

하지만 이 시들은 이상이 각각 「與田準一」와 「月原橙一郎」라는 제목으로 창작한 시가 아니라 일본 시인인 與田準一와 月原橙一郎가 직접 창작한 개별 시들의 일부분이다. 일본 시인협회는 1930년과 1931년에 특별한 분야를 가리지 않고 해당년도를 대표하는 시 모음집인 『1930年詩集』과 『1931年詩集』을 발간하는데, 이 시들은 이 중 일본 시인협회가 1930년 6월 8일에 일본의 아루스(アルス) 출판사를 통하여 펴낸 시 모음집인 『1930年詩集』에 함께 실려 있다. 비록 당시에 일본에서 출판된 모든 시 잡지를 확인하여 가능성을 배제하기는 힘들었지만, 공교롭게도 이상의 미발표 노트의 한 페이지에 동시에 쓰인 시들이 하나의 책 속에 존재하고 있다는 사실은 이상이 바로 이 『1930年詩集』을 보았으며 그 중에서 與田準一와 月原橙一郎가 쓴 시들의 일부를 자신의 노트 속에 필사해두었다는 전후 맥락을 타당하게 확인할 수 있는 근거가 된다고 할 수 있다.

우선 객관적인 사실의 확인을 위하여 먼저 이상의 작품으로 간주되어 번역되고 실린 「與田準一」의 진문을 살펴보자. 이 시는 2행으로 이루어진 대단히 짧은 시이다.

> 海兵이 氾濫했다 海兵이 —
> 軍艦이 구두짝처럼 벗어 던져져 있었다.[10]

이 시는 『1930年詩集』에 실린 「海港風景」이라는 與田準一의 시의 마지막 부분에 해당한다. 이 시의 전문은 다음과 같다.

---

10) 『文學思想』, 1976. 7, 209면.

ユニオンジャツク ガ、
三色菫 ノ ヤウ ニ 揉マレル。

家屋 ノ 空間 に、
黃色イ マスト ガ 蠢動 スル。

海兵 ガ 氾濫 シタ。海兵 ガ一。
一軍艦 ガ 靴 ノ ヤウ ニ
    脫ギステラレテ アツタ。一。

—— 與田準一,「海港風景」[11] 전문

與田準一의 이 시는 바다 항구에서 벌어지는 풍경을 묘사하듯 그려낸 시이다. 위의 인용에서 강조한 부분이 바로 지금까지 시「與田準一」로 오해되어왔던 부분이며, 이 부분을 이상이 실제로 쓴 일본어 노트 원문과 비교해보면,[12] 원작에는 가타카나로 쓰인 한 부분이 한자로 고쳐져 있는 것을 제외하고(脫ギステラレテ → 脫ギ捨テラレテ) 원작에서 與田準一가 지금 관점으로는 히라가나로 쓰여야 할 곳을 가타카나로 표기하고 있는 부분까지 모두 일치한다.

다음으로 마찬가지로 같은 지면에 발표되었던「月原橙一郎」의 전문을 살펴보자. 같은 제목으로 알려진 시는 서로 이어지지 않는 6개의 짧은 시들의 연작 형태로 되어 있다.

(1) 章魚를 처음 먹는 건 누구냐 鷄卵을 처음 먹는 건 누구냐
    어쨌든 충분히 배가 고팠던 모양이군
(2) 돌과 돌이 맞비비어 오랜 동안엔 역시 아이가 생겨나나 보다

---

11) 與田準一,「海港風景」, 詩人協會編,『1930年詩集』, 東京 : 昭和5年, 277면.
12) 김윤식, 앞의 책, 455면.

돌은 좋아하는 돌에게 갈 수가 없다

(3) 나의 길 앞에 하나의 패말뚝이 박혀 있다
    나의 不道德이 行刑되고 있는 증거이다
(4) 나의 마음이 죽었다 고 느끼자 나의 肉體는 움직일 필요도 없겠다
    싶었다

(5) 달이 둥그래지는 내 잔등을 흡사 墓墳을 비추듯 하는 것이다
(6) 이것이 내가 慘殺 당한 現場의 光景이었다13) (괄호 안 번호는 인용
    자가 붙임)

이 시는 발표지면 상으로는 3연의 구성을 취하고 있는 것으로 되어
있는데 실제 이상의 노트 속의 시는 3연의 구성을 취하고 있지 않으며
(1)과 (2)가 나란히 놓여 있고 다음 거리를 두고 나머지 시들이 위치하고
있다. 이 중에서 이상이 필사한 月原橙一郎의 시는 바로 (1)과 (2)이다.
이들은 마찬가지로 『1930年詩集』에 실려 있는 月原橙一郎의 「心像すけつ
ち」라는 제목의 연작 시 중의 일부에 해당한다. 이 시의 전문을 인용하
면 다음과 같다.

I 垣
か塀らたちの新芽か匂つたり / 塀の上から桃の花が覗いたり
犬がじやれついたりする //
垣のない道へ來ると / 急に目が廣くなる / ずつと向うの山を目あつ
てに歩かう

II 石
石と石とがすれ合つて / 長い間にはやはり子供が出來るらしい //

---

13) 『文學思想』, 1976. 7, 209면.

石は好きな石のとこへは行けない。

Ⅲ　坂
坂　/　坂はいつまでも雨にも流れないのか。/　坂から見るけしきは
いゝ。//
ぼくは坂を下りてゐる、/　坂の上を忘れる、/　坂を下りて歩く、

Ⅳ　鏡
鏡の前に紅椿をさした /　椿は鏡の前で微笑した //
ぼくは鏡の前で笑はない花を知つてゐる。

Ⅴ　空腹
章魚を始めて食べたのは誰か、/　鶏卵を始めて食べたのは誰か、
何しろ十分腹か空いてたのに違ひない。

Ⅵ　林檎
あいつの瞳は湖をたゝへてゐる /　眞裸で泳ぎたい /　あいつの唇は蕾
をふくんでゐる /
息を吹きかけたい //　困る事は皮をむくと林檎は駄目だ。

Ⅶ　臍を造る男

　鐵骨のリベツトを打つ男を建物の臍を造る。/　臍は着物にかくれても
その男は臍を知つてゐる。//　臍を知つてゐる男は默つてゐる。
―月原橙一郎의「心像すけつち」14)(전문, 강조는 인용자)

　月原橙一郎의「心像すけつち」라는 시는 7개의 독립된 시들의 연작이
며 각각 담(垣), 돌(石), 고개(坂), 거울(鏡), 공복(空腹), 능금(林檎), 배꼽을 만

---

14) 月原橙一郎,「心像すけつち」, 詩人協會, 앞의 책, 255-257면.

드는 남자(臍を造る男) 등의 개별 제목들을 가지고 각각의 주제가 환기하는 상황을 그려내듯 묘사하고 있다. 이 시들 중에서 기존에 「月原橙一郎」라는 이름으로 알려져 있던 것은 바로 위에 굵게 강조된 Ⅱ와 Ⅴ이며 Ⅱ는 앞서 인용한 「月原橙一郎」의 (2)에, Ⅴ는 (1)에 해당한다. 역시 이를 이상이 직접 쓴 일본어 노트 원문과 비교하면 오기로 보이는 자잘한 실수들을 제외하고, 원본에는 히라가나로 되어 있는 표기를 이상은 가타카나로 하고 있다는 사실15)을 제외하면 내용상 완전히 일치한다.

3. 이상 미발표 노트 속 작품의 텍스트 확정 문제와 그 의미

이렇게 지금까지 이상 작품 중의 하나로 알려져 왔던 미발표된 노트 속의 작품들이 실제로는 일본시인의 시를 필사해둔 것이었다는 사실은 단순히 그동안의 연구상 차오를 비로잡는 데 그치는 것이 아니라 그동안 다소 침체에 빠졌던 이상 문학 연구에 있어서 여러 가지 의미로 새로운 방향성을 발견해낼 수 있다고 하는 가능성을 던져준다. 그동안 한국 근대 문학사에 있어서 이상이 차지하고 있는 위치에 비해 이상 문학의 형성과정이 어떤 의미적인 층위 내에서 존재하고 있는가 하는 문제에 대한 구명이 제대로 이루어질 수 없었던 것은 특히 『朝鮮と建築』을 중심으로 발표해왔던 시와 유고로 발견되어 발표된 시, 특히 일본어 텍스트

---

15) 昭和 초기에 시 창작에 있어서 현재와 같이 외래어가 아닌 일상어를 히라가나가 아닌 가타카나로 쓰고 있는 경향은 『詩と詩論』에서 春山行夫 등이 시적 기교의 차원으로 자주 사용하였던 것이다. 앞서 與田準一의 시 역시 기본 표기를 가타카나로 하고 있다. 이상은 『朝鮮と建築』에 실었던 일문시에서 일반적으로 가타카나를 기본으로 사용하고 외래어는 오히려 히라가나로 표기하고 있으며, 이상의 창작 노트에는 대부분의 내용이 가타카나로 되어 있다.

들이 과연 어떤 지적 배경에 의해서 형성된 것인가 하는 문제가 정밀하게 논의되지 못한 채, 이상 문학 텍스트의 기원 없는 출현을 은연중에 내포하며 그 천재적인 높이를 강조하거나 반대로 당시의 이상 문학 텍스트는 일본 문단의 모방에 불과하다는 무조건적인 폄하에 그치거나 하는 극단적인 경향에 치우쳤기 때문으로 볼 수 있다. 따라서 일제강점기 이상이 실제로 일본의 문단에서 일어나고 있는 새로운 움직임들을 얼마나 참조하고 있었으며 그를 통해 혹은 넘어서 새로운 자기 문학의 전개로 나아갔는가를 확인하는 작업은 그동안 추정이나 방법론적 해석에만 의존해왔던 이상 문학의 해석적 차원을 진동하도록 함으로써 오히려 새롭고 정밀한 해석에 이를 수 있도록 하는 여지를 보여주는 것이라 할 수 있다.

즉 이상의 미발표 노트 속 몇 편의 시가 실제로는 일본시인의 시를 필사한 것이라는 사실은 그동안 '이상'이라는 작가의 이미지 속에 갇혀 접근하기조차 어려웠던 이상의 미발표 노트 속 텍스트 구조를 다층화하는 효과를 낳을 뿐 아니라 그동안 이상이나 주변 인물들의 언급에 의해 추정되던 이상의 독서행위를 실증적으로 파악할 수 있다는 의미를 갖는다. 그렇다면 지금 가장 의문스러운 것은 과연 이러한 이상의 노트 속 필사 행위가 단지 여기에만 해당하는가 아니면 다른 텍스트에도 해당하는 것인가 하는 것일 것임에 틀림없다. 물론 이 문제는 바로 해결될 문제는 아니며 지속적인 검토를 통해서, 당대 일본 문단과의 교차적인 읽기를 통해서야 비로소 확인 가능할 부분일 터이지만, 다만 지금 여기에서는 텍스트 확정의 문제에 있어서 지금까지 「月原橙一郎」라는 시로 알려져 왔던 텍스트의 확인된 나머지 부분은 그렇다면 과연 어떤 것이며 앞부분과는 어떤 관계를 갖는가 하는 것이 확인하는 것이 긴요하다. 이를 확인하기 위해서는 물론 이상의 노트 원문에 이 시가 어떻게 쓰여 있는가 살펴볼 필요가 있을 것이다. [그림 1]을 통해서 보면, 실제로 왼쪽부터 앞서 與田準一가 쓴 것으로 확인한 시가 있고 그 다음으로 앞서 月原橙一郎가 쓴 것으로 확인한 (1)과 (2)가 있으며 일정한 간격의 공백을 두고 나머지 (3)~(6)의 텍스트가 놓여 있음을 확인할 수 있다.16) 즉 (1)과 (2) 그리고 (3)~(6)은 노트의 한 면 안에 함께 있기는 하지만 실제로는 전혀 다른 텍스트라는 것이다. 다만 (3)~(6)에는 제목이 붙어 있지 않았기 때문에 이상 문학 텍스트를 정리했던 사람이 (1)~(6)을 이어져 있는 하나의 텍스트로 파악하고 「月原橙一郎」라는 제목 아래 정리했던 것으로 이해할 수 있다.

이러한 착오는 이 시가 이상의 이름으로 발표된 것이 아니라 노트에 기록된 것이라는 사실 때문에 발생한 것이라고 볼 수 있다. 작가의 창작 노트는 작가가 기록한 육필 원고(원고지에 쓰인)와는 또 다르게 창작상 참고할 만한 메모라든가 인용이라든가 단상들이 경계 없이 어지럽게 기록되어 있는 경우가 대부분이기 때문이다. 따라서 이상의 미발표 창작노트 속에 실은 다른 작가의 시가 인용되어 있다는 상황 자체는 그리 놀라운 일은 아니다. 이러한 난처한 상황은 오히려 이상이 한국 근내문학에서 차지하고 있는 위상 때문에 발생하는 것인데 지금까지 이상은 한국 근대 문학의 위치와 수준을 확인하는 일종의 바로미터의 역할을 해왔기 때문에 이상의 작품은 매체를 통해 발표된 것이든, 발표되지 않은 것이든 그것이 활자화된 것이든 활자화되지 않은 것이든―혹은 활자화되지 않았다는 바로 그 사실 때문에―어느 것이나 소중히 정리될 필요가 있

---

16) 김윤식은 이 노트의 원문이 이상이 실제로 쓴 것이 아니라 나중에 정리한 사람이 이상의 필체를 흉내 내어 그대로 베껴 쓴 것으로 보고 있다. 하지만 시들 사이의 간격이 임의로 조정되지 않고 있다는 사실 등을 감안하면 다른 이유에서 베껴 쓴 것이 아니라 원문의 훼손 정도가 심해 옮겨 쓴 것이라고 추측해볼 수 있다. 따라서 본고에서는 이를 이상의 원문과 거의 일치하는 것이라 간주하고 인용하였다.

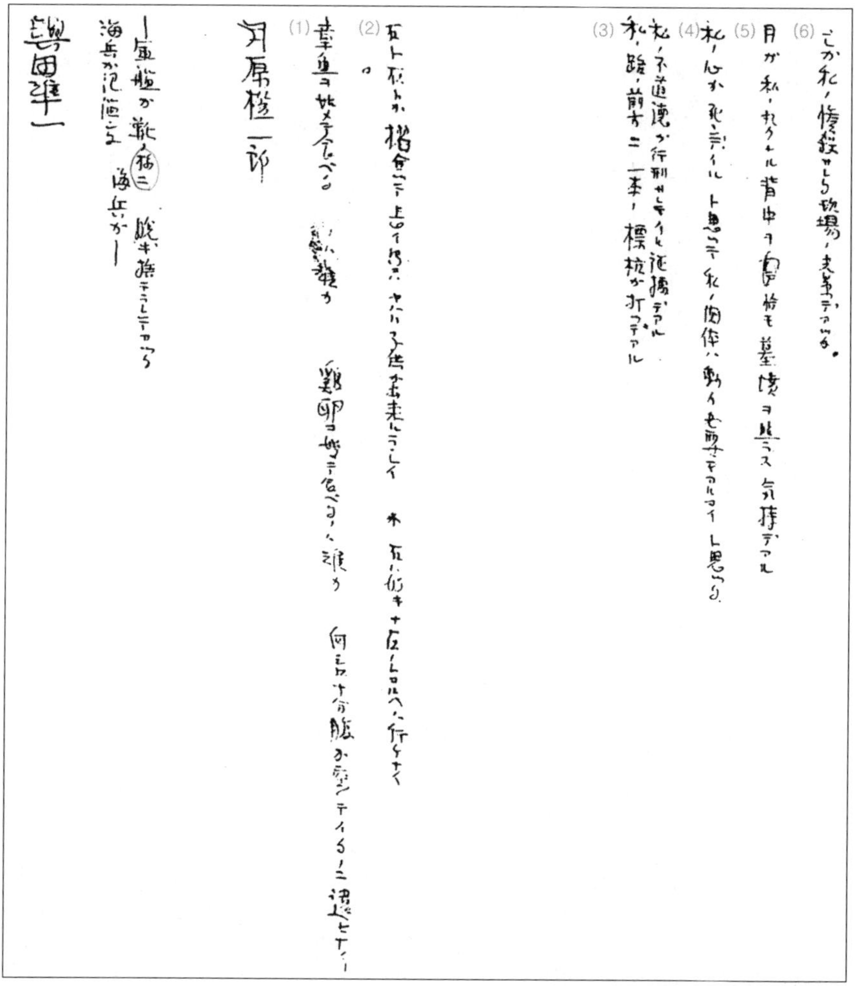

[그림 1] 이상의 미발표 노트 원본(김윤식, 『이상문학 텍스트연구』, 서울대출판부, 1998, 455면, 괄호 안 번호는 인용자가 붙임)

었던 것이다. 그동안 수많은 연구자들이 이상의 전집을 발간하고 텍스트 확정을 시도했던 것에는 바로 그러한 배경이 놓여 있는 셈이다. 따라서 이제 이상 문학 텍스트 확정에 관한 연구는 단지 이상의 작품들을 빠짐없이 모으는 단계를 넘어서 텍스트의 형식적인 차원과 내용적인 차원에서 검증과 확인하는 단계로 넘어갈 필요가 있을 것이다.

그러한 문제의식을 가지고 다시 이상의 창작 노트를 살펴본다면, 이제는 인용으로 밝혀진 (1)과 (2) 외의 (3)~(6)의 텍스트는 어떻게 볼 수 있는가 하는 문제가 남는다. 물론 가능성은 여러 가지가 있을 수 있겠지만 대략 정리해보자면 ① 月原橙一郎의 다른 시의 인용, ② 다른 작가의 시의 인용, ③ 與田準一와 月原橙一郎의 인용된 시에 대한 감상의 차원의 기록, ④ 전혀 독립된 이상의 창작적 기록 등이 될 수 있을 것이다. 이 중 우선 ① 혹은 ②의 것은 아직까지는 확인 및 대조작업이 이루어지지 않은 한, 완결되지 않고 남겨진 가능성이 되겠으나 다만 앞서의 예를 볼 때, 이상이 노트에 시를 인용할 때 시인의 이름을 기재하고 있었다는 사실을 감안하면 다른 시인의 작품일 가능성은 어느 정도 배제할 수 있다. 또한 현재까지 확인 가능한 月原橙一郎의 어떤 작품17)과는 (3)~(6)의 텍스트는 겹치지 않는다는 사실을 통해서 조심스럽게 ①과 ②의 가능성은

---

17) 당시 조선총독부도서관에 소장된 책 중에서 '月原橙一郎'의 시작품은 「少年時代」, 『綠靑』(交欄社, 1927), 「霧の渡し場」, 「小春日」, 『現代新民謠選集 第1輯(1928年集)』(全日本民謠詩聯盟, 1928), 「心像すけつち」, 『1930年詩集』(アルス, 1930), 「冬信」, 『1931年詩集』(アトリヱ, 1931), 「影の聲」, 『新日本民謠年刊 第1』(帝都書院, 1932) 등이 실려 있으며, 月原橙一郎 개인시집으로는 『南有集』(東北書院, 1932) 등이 있다. 이 내용들을 전부 살펴본 결과 (3)~(6)의 텍스트와 일치하는 작품은 확인하지 못했다. 물론 이는 月原橙一郎의 전 작품과 대조하지 않은 이상 확신할 수 없는 것이기는 하지만 月原橙一郎가 일본 내에서도 그렇게 널리 알려진 시인이 아니었다는 사실을 감안하면 과연 조선총독부도서관에 소장되지 않았던 작품들을 이상이 볼 수 있었을까 하는 의문이 드는 것도 사실이다. 하지만 이는 역시 月原橙一郎의 전 작품과의 비교를 통해서야 비로소 분명하게 확인될 것으로 보인다.

유보해둘 수 있다. 그렇다면 이보다는 나머지 것들이 가능한 것이 될 수 있겠는데 일단 ③은 與田準一와 月原橙一郎의 시의 내용과 (3)~(6) 텍스트 사이의 상관성을 따지는 치밀한 해석이 전제되어야 하는 것이며 이상 문학에 끼친 일본 문단의 영향에 대한 포괄적인 연구가 전제되어야 비로소 가능할 수 있는 것이긴 하지만 우선 내용적으로만 볼 때는 그 연관성이 분명하게 잘 드러나지는 않는다. 그렇다면 (3)~(6)의 텍스트는 앞의 인용된 텍스트와는 관련성이 있는 것이 아니라, 단지 제목 없이 기록된 이상의 창작이라고 일단 잠정적으로 판단을 내릴 수 있다.

4. 모더니티와 동시대적 감각, 그리고 동경 문단의 '1930年' : 이상과 北原白秋

일단 앞서의 작업을 통하여 지금까지는 대략적인 정황적인 추정만으로 파악되어오던 이상과 당시 일본 문단의 연관성에 대해 어느 정도 실증한 셈이 될 것이다. 적어도 이상이 동시대의 일본 문단적인 현상들에 대해 폭넓게 이해하고 있었다는 사실과 더불어, 초기 이상이 발표했던 일문으로 된 시들과 노트 형태로 공개된 시들의 의미를 파악하는 데 있어서 당시 일본 문단의 시들을 참조할 필요가 있다는 사실이 보다 분명해진다. 이는 특히 공개된 지면을 통해 발표되지 않은 창작 노트 속 작품들의 텍스트 확정의 측면에 있어서도 분명하게 유효한 문제의식이 될 터이지만 특히 아직 명료하게 해명되지 않고 있는 이상 초기 시들과 미발표 창작 노트 속 작품들의 의미적 차원을 해명하고 그로부터 이후 이상 문학의 결절 과정을 확인하는 데 있어서도 역시 유효한 것이 된다.

이상이 1933년 이후, 자기의 문학적 체계를 완전하게 전개하게 되기

전의 일종의 형성 과정 속에는 동시대의 문학적 현상에 대한 광범위한 관심이 존재하고 있었으며 이는 물리학, 수학, 건축학, 미학, 문학 등 다양한 방면으로 이루어진 독서행위를 통해 실현되어 왔다는 것이 학계에서 일반적으로 인정되는 사실이다. 하지만 지금까지 그러한 이상의 독서 체험을 밝히는 작업은 대부분 이상 자신의 언급 혹은 주변 인물들의 증언에 의존하거나 연구자 자신의 자의적 관점을 따르는 것이 일반적이었다. 도스토예프스키, 위고, 꼭도, 쥘 르나르, 오스카 와일드 등의 유럽 작가들의 작품, 그리고 橫光利一의「機械」나『詩と詩論』을 통해 활동한 일본 작가들의 작품 등, 이상이 읽었던 것으로 밝혀졌거나 혹은 그렇게 추정되는 여러 작가들과의 비교 연구 역시 그러한 관점에 있어서 양자 간의 유사성에 대한 비교를 중심으로 이루어지고 있는 것이 대부분이었다. 하지만 이렇게 양자 사이에서 모티프나 기법상에서 발견되는 유사성을 중심으로 비교를 행하는 연구경향 양자 사해석의 풍요성을 넓히는 데 큰 도움이 되어온 것은 사실이니, 실질적인 영향관계나 그 양상에 대한 판단에 있어서 자의적인 해석의 여지가 상당할 뿐만 아니라 가장 문제적인 부분, 즉 이상 문학의 형성과정이 어떻게 이루어졌는가 하는 바를 밝힘으로써 의미적인 차원에서 새롭게 이상 문학 텍스트를 이해하는 데 도움이 되었다고 보기는 어렵다. 그런 의미에서 이상 문학이 동시대의 어떤 문학적 현상과 실제적인 영향관계를 갖고 있는가 밝히는 작업은 이상이 당시에 접할 수 있었던 문헌 자료들, 즉 잡지, 단행본 등을 중심으로 하여 내용 중심의 비교만이 아닌 출처와 내용을 함께 비교하여 이루어져야 할 필요성이 있다.

그러한 문제의식을 가지고 다시 이상이 필사해 두었던,「與田準一」와「月原橙一郎」의 문제로 돌아가 보자. 앞서 밝혔던 바와 같이 이상이 자신의 창작 노트 속에「與田準一」와「月原橙一郎」를 필사해두었다는 사실은 분명 그럴만한 충분한 개연성이 있는 것이다. 그보다도 다소 의문스러운 것은 이상이 노트에 베껴둔 시들이 왜 하필 그들의 것이었는가 하는 사실일 것이다. 기존 연구에서 볼 때, 이상이 근거해 있었던 문학적 지향성이라든가 사용하고 있는 기법들이 동시대 일본의 모더니즘 작가들의 그것에 가까운 것이라고 본다면, 일본 문단에서 가장 전위적인 활동을 펼쳤던 『詩と詩論』의 작가들의 시가 아니라 오히려 일본민요시연맹에 가담했던 月原橙一郎나 아동문학이나 동요시를 중심으로 다수 창작하였던 與田準一를 실제로 이상이 관심을 갖고 읽고 있었다는 사실은 당혹감을 갖게 하기에 충분한 것이다. 그렇게 보면 지금까지 이상을 모더니즘, 특히 가장 전위적이었던 초현실주의 혹은 다다이즘적인 운동이나 신감각 연관 짓고자 했던 기존의 태도는 분명 수정해야 할 필요가 있을 것으로 보인다. 이상은 단지 전위적인 미래파, 입체파 등의 초현실주의적 문학운동에만 관심을 가지고 있었던 것이 아니라 일본 문단적인 현상 전반에 대하여 폭넓은 관심을 두고 있었던 것이다. 이상의 주변 인물들이 이상이 자주 거론하곤 했다던 일본 작가들로 일본 전위시인들보다 夏目漱石, 有島武郎, 菊池寬, 芥川龍之介, 江戶川亂步[18] 등이나 西條八十[19] 등을 폭넓게 들고 있는 것을 보면 이를 충분히 확인할 수 있을 것이다.

게다가 앞서 밝힌 바와 같이 이상이 『1930年詩集』이라는 시집을 관심을 가지고 읽고 있었다는 사실 역시 퍽 의미 있는 것이라고 할 수 있는데 이는 분명 시대의 수준, 동경 문단의 수준을 따라잡고 모더니티에 이르고자 하는 이상의 의도가 드러나는 문제이기 때문이다. 식민지 조선의 문학가로서 이상은 동경문단의 '1930년'의 시창작을 정리하는 『1930年

---

18) 문종혁, 「심심산천에 묻어주오」, 김유중·김주현 엮음, 『그리운 그 이름, 이상』, 지식산업사, 2004, 97면.
19) 문종혁, 「몇 가지 의의」, 김유중·김주현 엮음, 위의책, 131면.

詩集』이라는 시집을 읽으며 그 수준을 점검하고 그러한 수준을 따라잡고자 하는 의식을 가지고 습작으로 나아갔던 것이다. 이는 좀 더 검토되어야 하는 문제이겠으나, 앞서 與田準一의 「海港風景」 중 일부를 발췌한 것, 그리고 月原橙一郎의 「心像すけつち」 영향 하에서 유독 2개만을 떼어내어 자기 습작 노트에 옮겨 담았던 것은 바로 그 시들이 가장 일본의 '1930년'에 맞는 것이라 생각했기 때문이 아닐까 추측해 볼 수 있다. 그렇게 본다면 이상이 아동문학을 주로 창작한 것으로 알려진 與田準一와 민요시 연맹에 있었던 月原橙一郎에 유독 관심을 가졌던 것도 그 핵심에는 당시 일본에서, 특히 동요시와 민요시 분야에서 유력한 위치를 차지하고 있었으며 이상의 친우인 김소운 역시 유학 중 친분을 가지고 있었던 北原白秋가 놓여 있는 것이 아닌가 하는 생각을 해볼 수 있다.[20] 무엇보다도 與田準一와 月原橙一郎는 北原白秋와 밀접한 친연 관계를 갖고 있는 시인들이기 때문이다. 아직까지 연관관계가 면밀하게 분석된 바 없는 北原白秋와 이상 시이의 분석은 단지 『詩と詩論』의 작가들 혹은 橫光利一, 芥川龍之介와의 비교에 치중되었던 이상의 비교문학적 연구를 새롭게 전환하는 계기가 될 수 있지 않을까.

5. 李箱 문학 텍스트 확정에 담긴 의미와 앞으로의 과제

본고는 1987년 미발표 창작노트의 형태로 공개되어 지금까지 이상의 작품인 것으로 알려져 왔던 「與田準一」와 「月原橙一郎」가 실제로 같은 이

---

20) 김소운의 생애와 北原白秋와의 관련성에 대해서는 다음과 같은 논문을 참고할 수 있다.
최박광, 「韓國과 日本의 틈바구니에서—詩人 金素雲의 경우」, 『教育論叢』, 건국대학교 교육대학원, 1982, 39-36면.
이창식, 「김소운의 민요업적에 대한 연구」, 『韓國民俗學』 28, 민속학회, 1996, 1-28면.

름으로 된 시인들이 쓴 시의 일부이며 그 시들이 일본시인협회가 발간한 『1930年詩集』에 함께 실려 있다는 사실을 바탕으로 이상이 이 시집을 보고 이 시들의 일부를 자신의 창작노트에 베껴 쓴 것이라는 사실을 실증적인 접근을 통해 밝혀보았다. 이러한 발견을 통해 지금까지 추정이나 정황적인 근거만으로 막연히 추측되던 이상의 일본 문학 수용 양상을 실증적인 근거를 통해 다소나마 확인할 수 있는 계기가 되었다고 할 수 있을 것이다. 이러한 발견은 여러 가지 의미를 가질 수 있을 텐데 특히 지금까지 제대로 해석되기 어려웠던 이상의 미발표 창작노트 속의 작품들이 실제로 어떤 문학적인 의미를 담고 있는가 하는 문제에 비로소 접근할 수 있게 되었다고 할 수 있으며 지금까지 그 난해성 때문에, 그리고 '이상'이라는 근대문학상 가장 중요한 문학적 성취를 이룬 인물이 가진 신화적인 성격 때문에 쉽게 파고들기 어려웠던 이상의 미발표 창작 노트 속에 담겨 있는 작품들과 나아가 일문으로 발표했던 시들을 해석하기 위한 계기를 마련하는 데 중요한 발판이 되었다고 볼 수 있을 것이다.

하지만 물론 이 발견만으로 이상에게 끼친 일본 문학의 영향을 전부 확인하는 것은 이 논문이 감당하기 어려운 일이며, 또한 이로 인해 이상의 미발표 창작 노트 속 작품들이 모두 독자성을 잃어버리는 것이라고 판단하기는 무리일 것이다. 이는 오히려 지금까지 이상문학연구자들에게 있어서는 '공포의 성채'나 다름없었던 그의 기호학적 체계 속을 파고들 수 있는 일종의 시작점으로 보다 풍요롭고 정확한 해석을 가능하도록 하는 계기라고 볼 수 있을 것이다. 이후 이러한 성과를 바탕으로 당대 일본 문단과의 광범위한 비교작업이 가능하게 된다면 일제강점기 조선에서 이상이 이루어낸 문학적 성취가, 단편적인 비교와 막연한 찬사로 점철되었던 기존의 평가를 넘어, 보다 정밀하게 평가될 수 있을 것이라 기대해볼 수 있을 것이다.

참고문헌

〈1차 문헌〉

『文學思想』, 『現代文學』.

이어령 교주, 『李箱詩全作集』, 갑인출판사, 1978.

이승훈 편, 『李箱문학전집1·詩』, 문학사상사, 1989.

김주현 주해, 『이상문학전집-01 詩』, 소명출판, 2005.

권영민 편, 『이상 전집 4 : 수필』, 뿔, 2009.

詩人協會, 『1930年詩集』, 東京 : アルス; 昭和5年.

詩人協會, 『1931年詩集』, 東京 : アトリエ, 昭和6年.

月原橙一郎, 『南有集』, 東京 : 東北書院, 昭和7年.

『詩と詩論』 1~14, 東京 : 厚生閣書店, 昭和3年9月~昭和6年12月.

〈논문 및 저서〉

구연식, 「한국 다다이즘의 비교문학적 연구」, 『동아논총』, 동아대학교, 1975, 19-175
　　　면.

권영민, 『이상 텍스트 연구』, 뿔, 2009.

김유중·김주현 엮음, 『그리운 그 이름, 이상』, 지식산업사, 2004.

김윤식, 『이상문학 텍스트연구』, 서울대학교 출판부, 1998.

김은전, 「구인회와 신감각파」, 『선청어문』 24, 서울대학교 국어교육과, 1996, 411-429
　　　면.

노영희, 「李箱文學과 東京」, 『비교문학』 16, 한국비교문학회, 1991, 120-139면.

박철석, 「한일 근대시의 비교문학적 연구」, 『국어국문학』 5, 동아대학교 국어국문학과,
　　　1983, 29-61면.

최박광, 「韓國과 日本의 틈바구니에서-詩人 金素雲의 경우」, 『敎育論叢』, 건국대학교
　　　교육대학원, 1982, 39-36면.

이금재, 「이상에 있어서의 요코미츠 리이치의 수용-이상 문체를 중심으로」, 『日本學
　　　報』 44, 한국일본학회, 2000, 329-344면.

　　　　, 「한국과 일본의 모더니즘 문학-이상과 요코미츠 리이치를 중심으로」, 『日語
　　　日文學研究』 59, 한국일어일문학회, 2006, 155-173면.

이복숙, 「한국과 일본의 모더니즘시 비교연구」, 『학술지』, 건국대학교, 1990, 123-143
　　　면.
이창식, 「김소운의 민요업적에 대한 연구」, 『韓國民俗學』 28, 민속학회, 1996, 1-28면.
川村湊, 유유정 역, 「모더니스트 이상의 시세계」, 『文學思想』, 1987. 10.
蘭　明, 「李箱における橫光利一受容の深層－『上海』および「靑い大尉」との葛藤」, 『日本硏
　　　究』 38, 한국외국어대학교 일본연구소, 2008, 187-209면.
＿＿＿, 「李箱「地図の暗室」を浮遊する"上海"－橫光利一受容及びその他」, 『日本硏究』 40,
　　　한국외국어대학교 일본연구소, 2009, 273-294면.

李箱의 초기 일문시 「且8氏의 出發」의 전고(典故)와 모더니티의 이중적 구조

송 민 호

1. 李箱 문학 텍스트의 전고(典故)들

李箱은 1931, 32년 무렵 『朝鮮と建築』에 다수의 일문시를 발표한 바 있다. 하지만 이 시들은 본격적인 문예잡지가 아닌 건축 관련 잡지에 실렸고 본격적인 문학작품으로서의 성격을 가지기보다는 일종의 실험적인 형태를 취하고 있다. 특히 그들 중 일부는 '漫筆'란에 수록되었다는 사실[1] 때문에 지금까지 그리 많은 주목을 받지는 못하였다. 물론 그 이유

---

1) 이상은 '金海慶'이라는 본명으로 1931년 7월에는 「異狀ナ可逆反應」 외 6편을, 같은 해 8월에는 '鳥瞰圖'라는 제하의 연작시 8편을 『朝鮮と建築』의 '漫筆'란에 일본어로 발표한다. 김주현은 이 시들이 '漫筆'란에 실려 있다는 사실과 이후에 실린 三次角設計圖 연작(7편, 1931. 10), 建築無限六面角體 연작(7편, 1932. 7)이 기하학적인 정리나 도식에 가까워 시적인 형상화에 미치지 못했다는 이유로 이 시들을 그리 높게 평가하지 않는다(김주현, 『이상 소설 연구』, 서울 : 소명출판, 1999, 423-424면).

들 중에는 이 시들이 일본어로 창작되었다는 사실이 큰 몫을 차지하고
있음은 분명하다. 대부분의 시들이 이미 번역되어 있어서 언어 해독상의
어려움은 없다고 할 것이다. 따라서 이는 단순히 일본어 해독상에서 발
생하는 어려움2)을 지칭하는 것이라기보다는 '일본어', '수식', '다이어그
램' 등 1930년대 초기의 이상이 스스로 사용가능한 수단을 모두 사용하
여 어떤 관념을 표현하기 위하여 일종의 인공적인 언어체계3)를 구성한
이상의 기호체계를 해석하고 맥락화 하는 일이 그리 간단치 않음을 의
미하는 것이라 보아야 할 것이다. 즉 이상이 당시 『朝鮮と建築』에 실었
던 시들의 경우, 이후 국문으로 쓰인 시들보다 좀 더 정돈되지 않은 상
태로 당시의 문화 및 지식적인 배경들이 내포되어 있기 때문에 1930년
대의 문화, 예술적 사조들의 배경이 되는 지적인 사유들, 최신 과학 담
론, 예술적 가치체계 등 식민지 조선의 청년이었던 이상이 경험하였던
지적 편력을 어느 정도 따라잡아 이상이 참고했던 전고들의 내용을 파
헤치지 않는다면 이상의 텍스트에 대한 해석적인 시선을 획득하기 어렵
게 된다.

지금까지 수많은 이상 연구자들이 단순히 이상의 문학 텍스트의 내적

---

2) 김주현은 이상의 일본어시의 정리 및 번역 과정에서 발생하는 문제점들이 이상의 텍스
트를 원활하게 해석하는 데 장애가 되어왔다고 본다(김주현, 「이상 문학의 텍스트 확정
에 나타난 문제점 고찰」, 『민족문학사연구』 14, 민족문학사학회, 1999; 김주현・최유희,
「이상 문학의 원전 확정 및 주석 연구」, 『우리말글』 22, 우리말글학회, 2001).
3) 김윤식은 이상이 일본어로 시를 창작했던 문제를 '친일'의 문제와는 거리를 둔 일종의
인공어의 창안과 관련된 것으로 본다(김윤식, 『이상 문학 텍스트연구』, 서울대학교 출판
부, 1998, 112-158면). 이는 가와무라 미나토가 이상의 일본어시를 제국의 수단을 가지고
이를 인공화하여 역으로 제국주의를 비판하는 것이라 보았던 관점(川村湊, 유유정 역, 「모
더니스트 이상의 시세계」, 『文學思想』, 1987. 10.)과 맥을 같이 하면서 여기에서 민족적
인 관점보다는 현대성의 측면을 중시한 것이다. 이러한 관점은 이상이라는 작가를 친일
/민족적이라는 잣대로 해석하기는 무리이며 오히려 현대성의 보편적인 사상과 언어적
체계를 추구하여 발전시킨 것이라고 보는 이상 연구의 방향성을 확립하는데 중요한 역
할을 하였다.

인 해석 경향을 넘어 비교문학적인 연구 방법론이라든가 문화적인 연구 방법론, 문헌학적 방법론, 심지어 타이포그라피적 관점 등 다양한 경로로 이상 문학을 해석적 경향을 넓히고자 했던 것은 바로 이상 텍스트의 심층 속에 접근하여 그 전고들이 도래한 배경을 재구성함으로써 이상 문학의 미로적인 체계 속으로 틈입하고자 하는 시도들에 다름 아니었다고 할 수 있다. 하지만 이러한 시도들이 갖고 있는 공통적인 문제는 이상이 참조한 지식과 정보의 획득 경로에 대한 고려가 결여되어 있다는 사실일 것이다. 당시 식민지라는 상황 속에서 고등교육을 받았던 이상이 접할 수 있었던 사상과 지식의 수준과 높이를 확인해내지 못한다면 자칫 과잉된 해석에 빠지게 될 여지가 크다고 할 수 있는 것이다. 물론 해석행위 당시에 제기되고 유행했던 새로운 이론들을 방법론 삼아 이상 문학 텍스트에 접근하고자 하는 경향들이 이상 문학의 해석적 다양성에 기여한 것은 분명한 사실이 되겠으나 이러한 태도는 이상이라는 작가에 대한 신화화에 기여하거나 이론의 이념적 지평에 맞게 작가의 텍스트를 짜깁기하여 해석하는 경향으로 흐르게 될 위험성을 내포하고 있는 것도 분명하다. 이상 문학 텍스트가 근거하는 전고들이 어디에서 왔는가 하는 사실을 밝히는 일종의 주석적인 작업의 필요성이 지속적으로 제기되어 온 것은 그간 더욱 넓어지기만 했던 이상 문학 해석이 명료한 이해에 이르기보다는 오히려 공허한 양상에 빠지게 된 현재의 상황과 관계있다고 할 것이다.

하지만 이상 문학 텍스트에 내포된 전고들을 파헤치는 작업은 이상이 발표한 일문시를 이해하는 데 있어서 가장 긴요한 것이라고 할 수 있으면서 아직도 전혀 진전되지 못하고 있다고 할 수 있다. 이는 이 시들이 발표되던 시기가 李箱에게 있어서는 일종의 형성기에 해당하기 때문이라고 볼 수 있다 이 시기의 이상은 전공인 건축학뿐만 아니라 근대 물

리학, 예술학, 물론 문학 등의 다양한 분야에 대한 새로운 지식을 흡수
하고 있었으며 이러한 지식을 세련된 문학적인 형식 아래 정련하여 표
현하기보다 오히려 그것을 여과 없이 대담한 형식 속에 담아내었던 것
이다. 따라서 이 시기의 이상의 작품을 읽어내기 위해서는 그야말로 당
대의 다수한 지식과 문화적인 전고들을 해석적 밑바탕에 깔지 않으면
시의 어떤 부분도 해석해내기 힘들게 되고 마는 것이다. 따라서 이상이
당시 발표했던 일문시들을 온전하게 이해하기 위해서는 조선총독부 도
서관 등의 공적인 지식 관리 기관을 통해 이상이 접할 가능성과 여지가
있었던 당시의 지식, 문화, 예술에 관한 이해를 바탕으로 식민지 문학청
년 이상의 내면을 재구성해내는 작업이 무엇보다 필수적이라고 할 수
있을 것이다.

본고는 이러한 문제의식을 바탕으로 하여, 특히 1932년 7월,『朝鮮と
建築』에 建築無限六面角體 연작 중 하나로 발표된 「且8氏의出發」을 중심
으로 이상 문학이 형성과정에 있어 동시대에 이상이 경험했던 지식들과
문화예술적인 배경들이 어떤 전고의 형태로 내포되어 있는지 확인하는
작업의 시작으로 삼아보고자 한다.

2. 輪不輾地의 출처에 대한 재조명

李箱이『朝鮮と建築』에 발표했던 일문시들은 어느 것이나 실험적인 형
식과 생경한 관념어의 사용, 기하학적 도식과 수식의 사용 등을 특징으
로 하고 있다. 그 중에서도 「且8氏의出發」은 특히 그 난해함으로 인하여
해석에 어려움이 뒤따른다. 이는 이 시에 사용되는 특히 일본어와 한자
로 표기된 생경한 관념어들이 서로 단단하게 묶여 있어서 쉽게 해석적

틈을 찾아내기 어렵기 때문이라고 볼 수 있다. 이어령은 「且8氏의出發」에 담겨진 의미를 최초로 해석하고자 시도하며 且8氏가 의미를 가진 언어기호라기보다는 △나 ▽와 같은 활자의 회화적인 의미를 강조한 형태로 보았으며,[4] "地球를掘鑿하라"라는 구절이나 "生理作用"이라는 단어를 남녀 간의 성적인 행위의 비유로 해석하였다. 이후 이 시의 내용을 남녀 간의 성적 행위에 대한 비유로 해석하는 경향이 더욱 강화되었는데, 이승훈은 새롭게 이상 시 전집을 정리하며 「且8氏의出發」에 대한 그간의 해석들을 종합하여 곤봉이나 달의 이미지를 전부 '성기'나 '성적인 행위'에 대한 비유로 통일적으로 해석하였다.[5] 이렇게 이상의 시 속에 등장하는 대상들을 전부 성행위를 암시하는 비유 혹은 상징으로 해석하는 경향은 프로이트의 정신분석학과 연관되어 이상의 왜곡된 성의식에 대한 해명[6]이라든가 창작의식의 연관성을 부각시키는 방향으로 발전되어 거의 모든 이상의 작품을 같은 관점으로 해석하면서 이상 해식에 있어서 중요한 역할을 해왔다. 하지만 이러한 관점의 공통적인 한계는 그것이 시 속에 쓰인 시어들의 연관관계와 의미관계를 중시하기보다는 몇몇 단어나 숫자가 내포하는 관념적인 상징성에만 의존한다는 사실일 것이다. 이러한 해석은 해석자의 주관적 상상이나 기존의 단어들을 중심으로 형성된 통념에 의존하게 되기 쉽기 때문에 이상 시 텍스트가 담고 있는 의미를 해석하고 이해하는 데 도움을 주기보다는 이상에 대한 불분명한 선입견을 계속해서 재생산할 우려를 낳는다.

---

4) 이어령은 이와 같은 해석의 일환으로 且는 모자 모양으로, 8은 눈사람이나 오뚜기 같은 형태로 보아, 且8氏를 모자를 쓰고 있는 눈사람의 형상으로 보았다. 이어령이 교주(校註)한 「且8氏의出發」(文學思想資料硏究室 編, 『李箱詩全作集』, 갑인출판사, 1978, 146면)의 각주 1번을 참고할 수 있다.
5) 이승훈 엮음, 『李箱문학전집』 1, 문학사상사, 1989, 178-180면.
6) 고은, 『이상평전』, 민음사, 1974.

권영민은 이러한 기존의 해석의 문제점을 지적하며, 且8을 且+八=具의 파자행위로 설명하고 이 구(具)자가 이상의 친우인 구본웅을 가리키는 것으로 보았다. 기존에는 형태적인 유사성에 의존하여 단순하게 남성의 성기를 상징한다고 해석되던 棍棒을 구본웅의 육신, 혹은 그가 사용하던 붓의 몸통으로 보아, 척박한 대지에 꽂혀진 곤봉이 자라나 하나의 산호나무가 되기까지의 과정을 통해 구본웅이 자신의 재능을 발휘하여 위대한 예술가로 거듭나는 과정을 보여주는 것으로 보았던 것이다. 이는 且8을 의미가 아닌 도식적 형태 혹은 상형적 기호로 보고자 했던 이전의 해석의 연장선상에 있으면서 이를 시 전체의 의미적 전개와 연결하도록 하는 절묘한 해석이다. 특히 구(具)자가 모자를 쓰고 걸어가는 모양이라든가 『莊子』로부터 패러디한 輪不轉地 등과의 연관적인 해석을 통해 이상이 한자의 형태적 모양과 그것이 내포한 의미를 함께 추구하고자 했던 것으로 파악하는 해석은 분명 이전의 해석으로부터 일층 나아간 바가 있다고 할 수 있다.[7]

다만 이러한 해석에 있어서 輪不轉地라는 구절을 『莊子』의 패러디로 해석하고 이를 且8氏와 마찬가지로 한자를 사용한 이상의 시적 기교도 보는 것에는 일정한 주의가 필요할 것으로 보인다. 다름 아니라 『詩と詩論』의 6권에는 수록되어 있는 安西冬衛의 시 「一九二七年」에서는 다음과 같은 구절이 발견되고 있기 때문이다.

> 「輪不輾地」という莊子の說は、飛行の可能の暗示ではなかつたらうか。
> 「以迂爲直」という孫子の學は、二點の最短距離が曲線であるといふ、大圈航路の啓示ではなかつたらうか。

---

7) 권영민, 『이상텍스트연구―이상을 다시 묻다』, 문학에디션 뿔, 2009, 230-241면.

私が球面三角法の講義に退屈してゐた時に、リンドバーグは僅に七歳
の幼兒だつたのだ。8)

― 安西冬衞, 「一九二七年」 부분(밑줄 인용자)

　여기에서 安西冬衞는 『莊子』의 雜篇 중 天下 편에서 輪不蹍地를 인용하
여 시 속에 포함하고 있으며, 이상과 마찬가지로 蹍을 輾으로 바꾸어 쓰
고 있다. 이 시가 1929년 12월에 발행된 『詩と詩論』 6호에 실려 있고, 「且
8氏の出發」이 1932년 7월에 『朝鮮と建築』에 실렸으므로, 이 둘을 비교
하면 이상이 쓴 輪不輾地라는 어구가 적어도 이상의 독자적인 것은 아님
이 명백하다고 할 수 있다. 당시 일본에서 출판된 『莊子』의 원전 몇 종
을 확인해보면9) 당시 『莊子』에서의 표기는 輪不蹍地가 일반적이었다는
사실을 확인할 수 있으므로 이는 安西의 의도적인 시적기교이거나 관례
적인 바꿔쓰기일 것으로 생각된다. 우선 이 구절이 安西의 의도적인 것
인가 확인하기 위해서 위의 밑줄 친 부분을 보면, "「輪不輾地」という莊
子の說は(「輪不輾地」라고 하는 장자의 설은)"이라고 하며, 시구 속에서 장자
의 글귀를 인용하는 형식을 취하고 있으므로 그가 대상을 패러디할 목
적으로 의도적으로 이 구절을 바꾼 것이라고 보기는 어렵다.10)

　흥미로운 지점은 이상이 자신의 시 속에 쓴 輪不輾地를 『莊子』로부터
끌어와 쓴 것이 아니라 『詩と詩論』에 실린 安西의 이 「一九二七年」에서
끌어온 것인가 하는 여부일 것이다. 1930년대 초 당시 조선총독부 도서

---

8) 安西冬衞, 「一九二七年」, 『詩と詩論』 6, 東京 : 厚生閣書店, 昭和5年(1930), 80면.
9) 鈴木楨治郎, 『莊子講義』, 東京 : 興文社, 明治26年(1893), 62면; 小柳司氣太 譯, 『莊子』, 東
　　京 : 國民文庫刊行會, 大正9年(1920), 79면; 『和譯漢文叢書 第1編 老子, 莊子』, 東京 : 玄黃
　　社, 明治43(1910), 401면.
10) 중국에서 『莊子』와 같이 오래된 역사를 가진 고문의 경우, 한자의 부수를 바꾸어 쓰는
　　것은 흔히 발생할 수 있는 표기상의 관례라고 하나 실제로 그러한 표기가 적용된 예를
　　확인하지는 못했다. 安西冬衞가 중국 대련에서 공부했었다는 사실과 모종의 연관관계를
　　가진 것이 아닌가 생각해볼 수 있다.

관에 『詩と詩論』을 비롯하여 『詩と詩論』 동인의 시집들11)이 거의 시간 차이 없이 들어와 빠짐없이 구비되어 있었다는 사실12)과 이상이 『詩と詩論』을 폭넓게 독서하고 그로부터 영향받고 있었다는 사실을 감안한다면 이상이 『莊子』를 직접 읽고 그것으로부터 이 輪不輾地를 끌어온 것이라기보다는 安西의 시를 읽고 그 맥락으로부터 끌어왔으리라는 추정은 그리 무리한 것이 아니다. 그렇게 본다면 지금까지 연구에서 이상이 창작상에서 기존 한자의 부수를 바꿔 쓴다든가 한자를 파자(破字)한다든가 하는 수법을 사용한 것을 두고 이를 전적으로 '데포르마시옹'(형식파괴)의 기교적인 차원과 연관 짓거나 이상이 높은 수준의 한학적 소양을 획득하고 있었다는 전제로 이어져 왔던 기존 연구의 관점을 근본에서부터 재검토할 여지가 생기게 된다. 물론 이상이 사용한 한자 변형의 기법들이 갖고 있는 독특한 창작적 성격을 모두 배제한다거나 이상이 사용한 한자 어구들이 한학적 소양에서 기인한 것이 아니라 전적으로 일본시의 영향이라고 단정 지어 환치할 수 있는 것은 아니겠으나 '이상'이라는 작가를 둘러싼 신화형성 과정을 통해 이상의 수사적 기교나 한학적 소양을 기정사실로 절대화하던 기존의 시선에 어느 정도 재고가 필요하냐는 것도 분명하다. 이상의 성장 내력 상, 그를 입양했던 백부 김연필이 조선총독부의 상공과 관리였다는 사실과 일제강점기 경성에서 신명학교,

---

11) 당시 『詩と詩論』을 중심으로 활동하던 동인들은 『詩と詩論』이 나오던 厚生閣書店에서 '現代の藝術と批評叢書'라는 이름으로 총서를 내고 있었다. 여기에는 北川冬彦이 번역한 マックス・ジヤコブ(막스 자콥)의 산문시집 『骰子筒』이나 三好達治가 번역한 ボオドレエル(보들레르)의 『巴里の憂鬱』 같은 번역시집들이나 安西冬衛의 『軍艦茉莉』, 春山行夫의 『楡のパイプを口にして』, 『植物の斷面』이나 北園克衛의 『白のアルバム』, 上田敏雄의 『假說の運動』 등의 창작시집들이 포함되어 있었다. 이 시집들은 대부분 당시 조선총독부 도서관에 소장되어 있었다(『朝鮮總督府圖書館新書部分類目錄 : 昭和一二年一月一日 現在』, 京城 : 朝鮮總督府 圖書館, 1937~38 참고).

12) 앞서 위의 『詩と詩論』 6권의 경우, 1929년 12월 10일에 발간되었는데 조선총독부 도서관에는 1929년 12월 23일에 입수된 것으로 되어 있다.

동광학교, 보성고보 등의 근대적인 교육을 받았다는 사실을 감안하면 그가 시에서 사용한 한문 고전들 속 어구들이 전적으로 한문교육과 한학적인 소양에서 기인한 것으로 파악했던 것은 다소 무리한 추정이 되기 쉬운 것이다. 여러 가지 정황상, 이상이 安西와 같은 동시대의 시인들의 시를 통해 『莊子』와 같은 고전에 대해 관심을 키워갔을 가능성이 있으며 그러한 사실을 확인할 수 있다면 이상의 시의 해석에 있어서도 새로운 해석적 참조 지점을 확보할 수 있을 것이라 기대할 수 있게 될 것이다.

3. 시적 모티프로서의 'Z伯號'와 모더니티의 이중적 구조

일단 이상이 安西의 시 「一九二七年」으로부터 『莊子』의 輪不輾地를 꺼내어 쓰고 있을 가능성을 남겨둔 채, 두 시를 꼼꼼하게 읽으며 둘 사이의 의미적인 차원을 결부하여 보도록 하자. 우선 安西의 시 전문을 대략 번역해 보는 것이 필요할 것이다.

크누트 에케나의 인터뷰가 나의 머리에 무게추를 달았다.
「이곳은 프리드리히스하펜과 같은 기분이 든다. 어느 아침의 달이 그라프 체벨린과 함께 일본에 찾아온 것처럼 생각된다」고. //
나는 기울은 채로 회상 속으로 떨어져 간다. //
일찍이 나는 子史를 배웠다.
「輪不輾地」라고 하는 장자의 설은, 비행의 가능성을 암시했던 것이 아니었을까.
「以迂爲直」라고 하는 손자의 학은, 2점 사이의 최단거리가 곡선이라고 하는, 대권항로의 계시였던 것은 아니었을까.
내가 구면삼각법의 강의에 따분해하고 있던 때에, 린드버그는 겨우 7세의 유아였던 것이었다. //

후년 그가 아틀란틱(atlantic, 대서양)을 넘어갔던 때, 나는 지상에서 밀
가루 꽃을 쥐어뜯고 있던 것에 지나지 않았던 것이었다.
아니오. 밀가루 꽃을 쥐어뜯는 것보다도 더 공허한 행위를……13)

— 安西冬衞, 「一九二七年」 전문

이 시는 독일의 비행선인 그라프 체펠린(Graf Zeppelin, LZ-127, ツエツベ
リン伯)호14)가 세계일주를 계획하고 독일을 출발하여 1929년 8월에 중간
기착지로 일본 동경에 도착했던 사건을 시적모티프로 하여 창작된 것이
다. 安西는 체펠린호에 탑승했던 에케나 박사의 인터뷰 내용으로부터 2
년 전에 행해졌던 찰스 린드버그의 대서양 횡단15)을 떠올리며, 비행 산
업과 기계문명에 있어서의 서구의 놀라운 발전에 놀라고 있는 것이다.
그는 그러면서도 동양에서 이미 輪不輾地나 以迂爲直 같은 중국의 철학
자 장자와 손자의 말 속에 이미 첨단의 비행역학적 전제가 들어 있음을
발견한다. 그에 따르면 일찍이 장자가 언급했던 輪不輾地(바퀴는 구르지 않

---

13) 安西冬衞, 「一九二七年」, 앞의 책, 80-81면.
　　위 시의 일본어 전문은 다음과 같다.
　　"クヌート・エツケナ　のインタ一ビユツとか私の頭に錘をつける。/「此處はフリードリヒ
　スハーフエンと同じやうな氣がする。あの朝の月がグラーフ・ツエツベリンと一緒に日本に
　やつて來たやうに思はれる」と。// 私は傾き乍ら回想の中へ墮ちてゆく。// 曾て私は子史を
　習つた。/「輪不輾地」といふ莊子の說は、飛行の可能の暗示ではなかつたらうか。/「以迂
　爲直」といふ孫子の學は、二點の最短距離が曲線であるといふ、大圈航路の啓示ではなかつ
　たらうか。/ 私が球面三角法の講義に退屈してゐた時に、リンドバーグは僅に七歳の幼兒だ
　つたのだ。// 後年彼がアトランテイツクを超えた時、私は地上に麪包の花を毟つてゐたに
　すぎなかつたのだ。いいえ、麪包の花を毟るよりももつと空しいぐさを……"
14) 이 '그라프 체펠린호(LZ-127)'는 독일의 페르디난드 폰 체펠린백작과 휴고 에케너가 만
　든 것으로 LZ-1호부터 지속적으로 개량되어 온 것이다. 이 '그라프 체펠린호'를 타고
　에케나박사는 독일의 프리드리히 하펜에서 출발하여 12,021킬로미터 떨어진 일본에 도
　착했다(下村宏, 『飴ん棒』, 東京 : 日本評論社, 昭和5, 249-250면 참조). 이 체펠린호는 '체
　伯號', '쩨伯號', 'Z伯號' 등으로 지칭되었는데 여기에서 '伯'은 독일어인 'Graf'에 대응
　하는 제작자인 체펠린의 백작지위를 표시하는 것이다.
15) 찰스 린드버그가 단독으로 대서양 횡단을 성공한 것은 1927년 5월이다. 이 시의 제목
　인 '1927년'은 린드버그가 대서양을 횡단했던 년도에서 따온 것으로 보인다.

는다)는 비행 가능성
에 대한 암시이고 손
자가 말했던 以迂爲直
(굽음으로 곧음을 삼는
다)은 3차원의 세계
속에서는 두 점 사이
의 최단거리가 직선

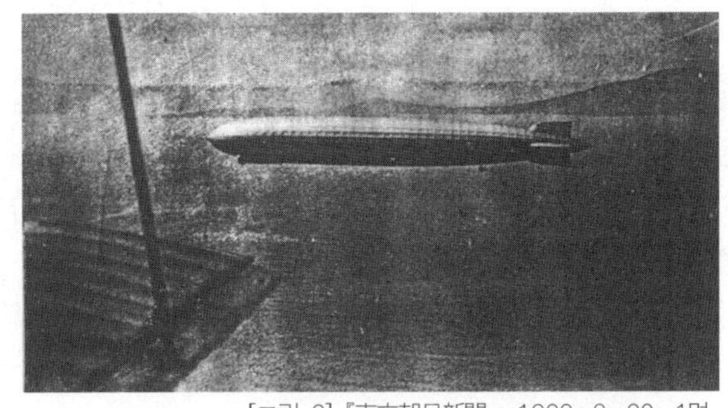

[그림 2] 『東京朝日新聞』, 1929. 8. 20, 1면

이 아닐 수도 있다고 하는, 유클리트 기하학을 깨뜨리는 비유클리트 기
하학의 성취를 담고 있는 발언16)일 수 있다는 것이다. 이렇게 보면, 대
서양을 횡단하며 대권항로를 개척했던 서구의 린드버그가 비행에 대해
서 아무 것도 몰랐던 '백치'이자 '유아'였을 때, 동양인인 자신은 이미
『莊子』나『孫子』를 배우며 그들이 가르치는 '첨단의' 구면삼각법을 배웠
으며 오히려 그것에 지루해 하고 있었다는 것이다. 하지만 이러한 상황
은 1927년이 되어 린드버그가 대서양횡단에 성공했을 때 전혀 뒤바뀌게
되어, 자신은 겨우 지상에서 아무 의미도 없는 공허한 행위나 하고 있을
수밖에 없을 정도로 처지가 뒤바뀌게 되었다. 安西는 이 시를 통하여, 동
양과 서양의 용해되지 않는 과학기술문명적인 차이를 동양의 정신적인
권위로 전치해내고자 하는 의도를 보여주고자 했지만, 서양의 물리학과
비행역학, 그리고 이를 응용한 기계 문명에는 결국 압도당하는 모습을
가감 없이 보여주고 있는 것이다.17)

---

16) 이상은 자신의 문학 텍스트 내에서 여러 번 유클리트 기하학의 한계에 대해 언급하고
   있으며 김윤식은 이를 적극적으로 해석하여 비유클리트 기하학으로의 전환과정을 20세
   기적 사상적 전환과 연관시키고 또 이를 근대성의 모더니티와 관련시켜 해석한 바 있
   다(김윤식,『한국현대문학사상사론』, 일지사, 1992, 20-46면). 하지만 安西의 위 시를 보
   면 당시에 이러한 인식은 오직 이상 특유의 것이었다기보다는 일반적으로 널리 퍼져
   있었던 관점임을 확인할 수 있다.

17) 서구의 물질적인 기계 문명에 대한 安西의 동양 고전의 우위론은 루쉰이 「阿Q正傳」에

이처럼 당시 독일의 비행선이 북극점 주변을 통해 세계를 일주하며 다름 아닌 일본을 중간 기착지로 택했다는 사실은 일본인들에게는 엄청난 사건으로 받아들여졌다. 당시 『朝日新聞』은 특파원을 체펠린호에 파견하고 동승하게 하여 1929년 8월초 체펠린호의 출발 이전부터 동경에 기착하기까지 거의 매일 관련기사를 내보내고 있었으며 체펠린호가 동경에 도착한 8월 18일에는 2차례에 걸쳐서 호외를 발행하는 등18) 지대한 관심을 표현하였다.19) 또한 이 매체는 틈틈이 체펠린호가 지금까지 어느 거리만큼 왔는지 지도에 표시하여([그림 3] 참조) 거의 실시간으로 체펠린의 비행을 중계하다시피 하여 그의 세계일주가 단순히 전혀 다른 시공간적 차원에서 벌어진 사건이 아니라 바로 동시대의 지구상의 시공간 차원 속에서 벌어진 사건임을 실감하도록 했던 것이다.

이러한 체펠린호의 세계일주는 일본인들로 하여금 세계의 크기에 대한 감각을 새롭게 경험하도록 하는 역할을 했다. 즉 이는 단순히 물리적인 크기이 문제기 이니라 징신직인 것이 함께 얽혀진 모더니티의 구조를 형성했던 것인데, 말하자면 이 체펠린호의 일주를 통해 일본과 유럽 사이에 놓인 모더니티의 해소되기 않는 긴극을 비행신이 비롱한 일 만

___

서 풍자하고자 했던 阿Q의 정신적 승리를 떠올리게 한다. 즉 동서양의 경쟁적 관계에 있어서 安西는 중국의 고전을 전유하여 해석하여 그러한 상황을 타개해 보고자 하지만 물질문명에 있어서 동서양의 현격한 차이 앞에서 결국은 패배하게 되고 마는 심리적 매커니즘 속에 빠지게 되는 것이다(루쉰, 김시준 역, 「아큐정전」, 『루쉰(魯迅)소설전집』, 서울대학교 출판부, 1996, 96-151면).

18) 실제로 체펠린호가 독일을 출발한 것은 8월 15일이며 동경까지는 4일이 걸린 셈이다 (Guillaume de Syon, *Zeppelin! Germany and airship, 1900~1939*, 박정현 역, 『비행선, 매혹과 공포의 역사』, 도서출판 마티, 2005, 217-225면). 당시 『東京朝日新聞』은 체펠린호가 출발하기 전인 8월 초부터 지속적으로 준비과정을 기사화 하고 있어 이것이 중요한 정치적인 이슈로 관심을 끌고자 했다는 사실을 알 수 있다.

19) 당시 「朝日新聞」에 실린 Z伯號에 관한 기사와 정보를 확인하는 데 있어서 蘭明 선생님의 선행연구와 특별한 조언이 큰 도움이 되었음을 밝혀두고자 한다(蘭明, 「李箱における橫光利一受容の深層－『上海』および「靑い大尉」との葛藤」, 『日本硏究』 38, 한국외국어대학교 일본연구소, 2008, 191-192면).

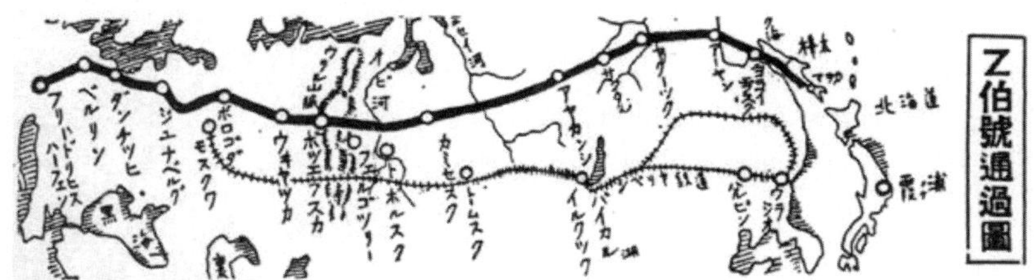

[그림 3] 『大阪朝日新聞』 1929. 8.19, 2면.

여 킬로미터의 거리만큼으로 대체할 수 있었다는 의미이다.[20] 지도 위에 시각화되어 나타난 모더니티의 거리는 따라잡아야만 하는, 혹은 충분히 그럴 수 있는 대상으로서 서구의 기계, 기술문명에 대한 동경을 만들어 내면서 다른 한편으로는 서구에 대한 열등감을 만들어내는 이중적인 내 면구조를 형성하게 되었던 것이다. 安西는 위 시에서 체펠린호의 세계일 주를 통해 희망과 절망이 얽혀 있는 복합적인 심리적 내면을 형상화하 여 보여주고 있다. 동서양의 기술문명의 절대적인 차이를 지도 위의 물 리적인 거리로 치환하는 과정 자체가 서구의 근대적인 비행기술을 통해 서야 가능해졌다는 것이 바로 安西가 무기력하게 절망할 수밖에 없는 지 점일 것이다. 이렇게 체펠린호의 세계일주가 일본인들의 정신에 중요한 영향을 끼쳤다는 사실과 그 양상은 1929년에서 1931년 사이에 北原白秋 를 비롯한 많은 일본의 시인들이 바로 이 체펠린호를 모티프 삼아 창작 했던 시들을 살펴보면 어느 정도 파악이 가능해질 수 있을 것이다. 가령 江口隼人은 다음과 같이 쓰고 있다.

체펠린 비행선이 온 제국호텔에는 칙사대접이란다. / 그렇다면 좋겠네.

---

20) W. Schivelbusch, *Geschichte der Eisenbahnreise—zur Industrialisierung von Raum und Zeit im 19. Jahrhundert*, 박진희 역, 『철도여행의 역사』, 궁리, 1999.

/ 제국호텔의 광고가 된단다 / 그것 하나는 좋네 / ―그런 이야기를 하며
노송나뭇닢담을 친구들과 걸었다. / 다음날 아침, / 신문지는 펄럭펄럭하
는 가을바람을 해가 눌렀던 에케나의 황동색 사진에 흰구름이 고요히 흘
렀다. / ―나도 비행선 타게 되면 좋겠다. (후략)

―江口隼人, 「肥つた秋」²¹⁾ 부분

1929년 일본에서 나온 시 모음집, 『全日本詩集』에 실린 이 시에서 江
口隼人은 체펠린호에 대한 퍽 신속한 감상을 보여준다. 체펠린 비행선에
탑승했던 승무원들이 묵었던 제국호텔 앞이 관계자들과 시민들로 웅성
거리는 것을 두고서 친구들과 나눈 이야기와 감상을 형상화하고 있는
것이다. 가을을 배경으로 체펠린호에 대한 세간의 대단한 관심을 이야기
하는 그의 태도는 어딘지 모르게 쓸쓸한 느낌을 준다. 그 배경에는 분명
서구에 비해 뒤쳐진 일본의 기술문명에 대한 열등감과 부러움이 내재되
어 있을 것이다. 하지만 1930년 이후에 일본에서 나온 체펠린호에 관한
시들은 이와는 달리 대부분 체펠린호에 대한 긍정적인 시선과 더불어
그러한 기술문명을 일본의 미래와 연관 지으며 낙관적인 시선을 보여주
는 경우기 많다. 이는 분명 일본인늘의 정신 속에 동서양의 기계 문명적
차이에 대한 전치가 발생하고 있다는 의미가 될 것이다.

아내여, 잠깐 집밖에 나가 / 체펠린백호의 모습을 보렴. / 3백만 제국도
시의 시민의 환호 위를 / 백은의 선체에 석양을 뒤집어 쓴 / 빛나고, 엄
숙하고, 느긋하게 / 비상하는 한가로운 체펠린백호의 모양을 보렴. // 체

---

21) 江口隼人, 「肥つた秋」, 『全日本詩集』, 東京 : 文書堂, 昭和4年(1929), 9면.
   이 시의 원문은 다음과 같다.
   "ツエツペリン飛行船が來ると帝國ホテルでは御馳走するとさ / そりやあいいね / 帝國ホテ
   ルの廣告になるとさ / そいつはいいね / ―そんな話をして檜葉垣の夜路を友達と歩いた /
   翌朝、 / はい紙はペラペラと秋風をひるがへしたエツケナーの眞鍮色の寫眞に白い雲がひつ
   そり流れた / 俺も飛行船乗りになりやあよかつた"

펠린백호, Z127호 / 이것이야말로 유럽과 아시아를 연결하는 평화의 사
자였다. / 그 피곤한 기색도 없이 / 남성스럽게 위대한 하늘의 정복자를
보라. (후략)

— 澁谷榮一, 「ツエツペリソ伯號を迎へて」[22] 부분

　아아, 체펠린, 은백의 흰 꼬리 독수리. / 너야말로 예지와 환상의 여왕,
시간과 공간의 단축자, 지구를 도는 급속력의 가죽벨트, 기류의 단추. 하
늘계의 심박음. / 너야말로 정교하고 치밀한 근대의 두뇌, 무너지지 않는
힘의 모체, 과연 앙등하는 동심의 발효모체, 포만의 육체, 훈향의 공기주
머니. (…중략…)

　오오, 용약한다, 초월한다, 또 탕요한다, 유동한다, 대기의 비상자, 발
견자, 정확한 한 선의 코스 / 비상한다, 비상한다. 지상을, 녹소(綠素)를,
인류를, 산옥(山獄)을, 해양을, 무지개와 달을 열애하는 정열의 태풍, 천
상의 감각체, 쾌적한 여행선, 체펠린. / 오라, 최신으로 하고 지순한 과학
의 처녀, 장려한 꽃의 신부, / 아아, 아침은 외쳐라, 세계의 새벽에 외쳐
라, 일본은, 동방의 태양은 외쳐라. / 오라, 너의 태양은 외쳐라.

— 北原白秋, 「ツエツペリソ伯號に寄す」[23] 부분

---

22) 澁谷榮一, 「ツエツペリン伯號を迎へて」, 『赤き十字架』, 東京 : 交蘭社, 昭和6年(1931), 90면.
이 시의 원문은 다음과 같다.
"妻よ、暫し戸外に出て / ツエツベリン伯號の姿を見やう。/ 三白萬の帝都の市民の歡呼の
上を / 白銀の船體に夕陽をあびて / 輝しく、肅々と、悠々と / 飛翔するのそかなツエツベ
リン伯號の姿を見やう。// ツエツベリン號、Z一二七號 / これこそは歐亞を結ぶ平和の使者
だ / あの疲れの色もない / 男々しい偉大なる空の征服者を見よ…"
23) 北原白秋, 「ツエツペリン伯號に寄す」, 詩人協會　篇, 『一九三一年詩集』, 東京 : アトリヱ,
昭和6年(1931), 78-79면.
이 시의 원문은 다음과 같다.
"ああ、ツエツベリン、銀白の尾白鷲。/ 君こそは叡智と幻想との女王、時と空との短縮
者、地球を週る急速力の調革、氣流の釦　空界の心音。/ 君こそ精緻なる近代の頭腦、不壊
力の母體、はた昂騰する童心の醱酵母體、飽滿の肉、熏香の氣囊。 (…중략…) おお、踊躍
する、超越する、また蕩搖する、流動する、一氣の飛翔者、發見者、正確なる一線のコー
ス。/ 飛翔する、飛翔する、地上を、　綠素を、人類を、山獄を、海洋を、虹と月とを熱愛
する熱情の嵐、天上の感覺體、快適なる旅船、/ 來れ、最新にして至純なる科學の處女、壯
麗なる花嫁、/ ああ、朝は呼ぶ、世界の黍明(黎明의　오식ー인용자)に呼ぶ、日本は、東方
の太陽は呼ぶ。/ 來れ、汝の太陽は呼ぶ。"

　여기에서 澁谷榮一는 체펠린호에 남성적인 이미지를 부여하며 유럽과 아시아를 연결하는 평화의 사자로서의 역할을 부각하며 찬사를 보내고 있다. 또한 北原白秋의 경우, 근대적인 기계과학문명의 총아로서 체펠린호를 추켜세우고 있다. 이 시들은 마치 체펠린호의 과학기술이 언젠가는 고스란히 일본 자신의 것이 될 것이라는 희망이라도 내포하고 있는 것처럼, 유럽과 아시아가 가까이 연결되어 있음을 부각하고, 다른 한편으로는 일본은 아침으로 세계의 문명은 새벽으로 비유하고 있는 것이다. 새벽과 아침의 시간적 차이는 절망과 부러움이라는 감정이 그 현대성을 따라잡을 수 있다는 희망과 낙관으로 바뀌는 중요한 계기가 되는 것이다. 이러한 사례[24]를 확인해보면, 체펠린호가 일본인들의 정신에 어떤 영향을 주었는가 하는 사실을 어느 정도는 가늠해 볼 수 있을 것이다.

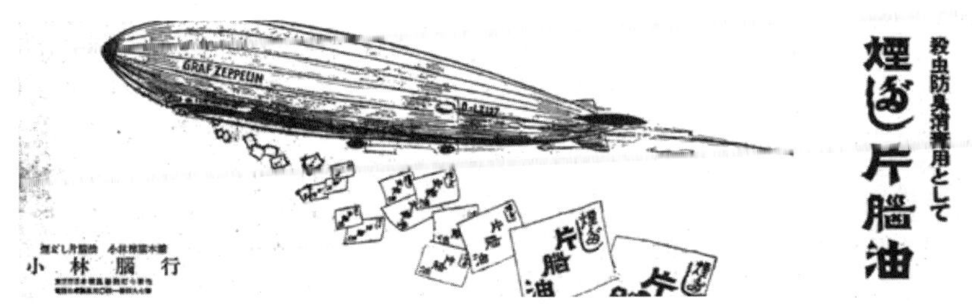

[그림 4] 『東京朝日新聞』, 1929. 8. 21, 6면 광고

---

24) 이외에 天野隆一의 시 「白夜物語」(『一九三〇年詩集』, 東京 : アルス, 昭和5年(1930), 6면)에서는 이 체펠린호를 'Z伯號'로 언급하며 등장시키고 있으나 그에 대한 특별한 태도는 보이지 않는다.

4. 이상 시 「且8氏의 出發」과 비행선 Z伯號 사이의 관련성

지금까지 Z伯號가 세계일주 도중에 일본에 기착한 사건이 일본인들의 심리적 내면에 어떤 영향을 주었는가 하는 것과 이러한 영향이 安西冬衛의 시 「一九二七年」에 어떻게 반영되었는가 하는 것을 살펴보았다. 문제는 과연 이상이 자신의 시 「且8氏의出發」에서 安西가 사용했던 輪不輾地를 사용하면서 체펠린호라는 비행선의 기술적 문명과 관련된 배경까지 끌어다 쓰고 있는가 하는 여부일 것이다. 그리고 보면, 이상은 이미 「且8氏의出發」이 포함된 建築無限六面角體 연작 중 한 작품인 「AU MAGASIN DE NOUVEAUTES」의 한 구절에서 이미 이 Z伯號, 즉 체펠린 백호를 언급한 바 있다.[25]

快晴의空中에鵬遊하는Z伯號 蛔虫良藥이라고쓰여져있다.[26]

　　　　　　　　　　—李箱, 「AU MAGASIN DE NOUVEAUTES」 부분

이 시 「AU MAGASIN DE NOUVEAUTES(새로움들의 백화점에서)」는 당시 자본주의 사회 속에서 발생한 다양한 문화적 편린들을 마치 스케치하듯 묘사하고 있는 작품이다.[27] 위에 인용된 행은 이 시 속에서 의미적으로 연관되지 않는 독립된 한 행에 해당한다. 쾌청한 하늘 위에 마치

---

25) 당시 『東京朝日新聞』은 체펠린백호를 'ツェ伯號'라 통칭하고 있었고, 『大阪朝日新聞』는 'Z伯號'라고 통칭했다. 한편 당시 『朝鮮日報』는 체펠린호를 '쳅伯號', '체伯號' 등으로 지칭하고 있었으므로 이상이 'Z伯號'라는 표기를 빌려온 것은 아마도 『大阪朝日新聞』일 가능성이 높아 보이지만 이후 분명한 확인이 필요한 대목이다.

26) 원문은 다음과 같다.
"快晴の空に鵬遊するZ伯號。蛔蟲良藥と書いてある."

27) 이 시는 형식적으로 볼 때, 당시 『詩と詩論』에 자주 실렸던 '시네포엠'이라는 형식과 매우 유사하다. 당시 동인들 중 하나였던 竹中郁 등은 위의 형식을 통해 현대 사회의 다양한 면모들을 짧은 행 속에 묘사하듯 시 창작을 한 바 있다.

『莊子』의 鵬28)과도 같은 Z伯號가 떠 있는데 그 표면에는 "蛔虫良藥"이라고 쓰여 있다는 것이다. 이상의 이력상, 그가 1929년 8월경 일본 동경에만 왔다 갔던 Z伯號, 즉 체펠린호를 실제로 보았을 가능성이 없기 때문에, 그는 아마도 체펠린호에 대한 정보를 신문기사나 앞서 언급했던 관련 시들을 통해 얻었을 가능성이 높다. 게다가 이 시에서는 Z伯號의 표면에 蛔虫良藥이라고 써 있다고 하니, 이는 아마 체펠린호를 활용한 광고를 신문지상에서 보았을 것이다. 당시 『朝日新聞』에는 체펠린호를 이용한 광고들이 자주 게재되었는데 초반에는 독일산의 기계부품이나 영사기(필름, 렌즈) 광고가 주로 이루어지다가 나중에는 의약품광고나 식품광고로 이어졌다. 특히 [그림 5]의 『東京朝日新聞』에 광고된 糠漬の素는 의약품은 몸속의 기생충을 없애는 기능29)을 갖고 있는 의약품인데 이것의 기능과 광고의 형태를 보면 이상이 위의 시 구절 속에서 언급하고 있는 것은 바로 이 광고가 아니었을까 추측할 수 있게 한다. 주로 묘사적인 기법을 활용하고 있는 위 시에서 이상이 Z伯號에 대한 특별한 감상을

[그림 5] 『東京朝日新聞』, 1929. 8. 21, 4면 광고

---

28) 이 鵬(붕)은 『莊子』의 內篇, 逍遙遊에 등장하는 새이며, 북녘 검푸른 바다의 거대한 물고기인 鯤(곤)이 변하여 된 것으로 등넓이가 몇 천 리나 되는지 알 수 없는 거대한 새이다. 이상이 鵬遊한다고 표현하고 있는 것은 바로 이 Z伯號를 鵬새에 비유하고 있는 것이다(안병주, 전호근 譯註, 『莊子 1』, 전통문화연구회, 2001, 26-44면).

29) 이 의약품의 효능 일반 중에는 다음과 같은 사항, "流行病菌、寄生虫卵を殺菌し、病原を豫防します"(유행병균, 기생충알을 살균하고, 병원을 예방합니다.)이 적혀 있다(『東京朝日新聞』, 1929. 8. 21, 4면 광고).

표현하고 있는 것은 아니다. 하지만 장자의 鵬에 비견되는 Z伯號가 고작 자본주의 광고에 활용되는 현실을 그려내고 있는 것을 보면 어느 정도 시대비판적인 정서를 읽어낼 수 있기도 하다. 무엇보다 이처럼 이상이 Z伯號에 대해 관심을 갖고 있었으며 이를 시적 형상화의 대상으로 삼고 있었다면 아까의 輪不輾地를 바로 安西의 앞 시의 맥락에서 끌어왔을 여지에 있어서도 보다 그럴만한 개연성이 높아지게 된다.30)

輪不輾地 "展開된地球儀"를앞에두고서의設問一題

— 이상, 「且8氏의 出發」 부분

「且8氏의出發」의 위 구절 속에서 보자면 輪不輾地는 다름 아니라 "展開된地球儀"를 앞에 두고서 제출된 설문 중의 하나이다. "展開된地球儀"가 3차원의 입체인 지구를 2차원 평면의 지도 위에 풀어놓았다는 의미가 될 수 있다면 이는 [그림 6]처럼 당시 신문에 게재된 북극점을 둘러싸고 이루어졌던

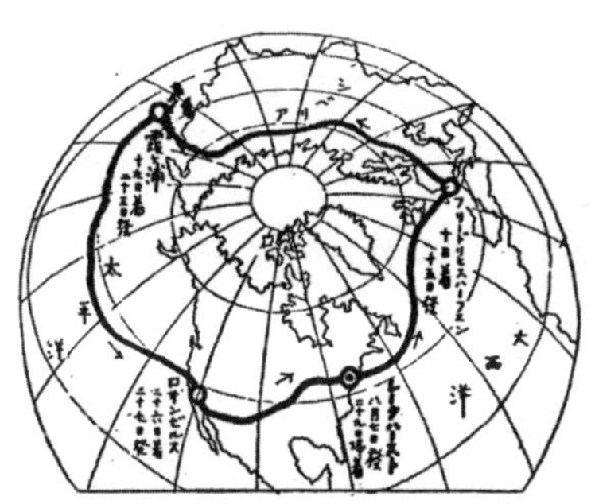

[그림 6] 『大阪朝日新聞』 1929. 8. 30. 1면.

체펠린호의 비행 궤적을 표시한 지도를 연상하도록 하는 바가 있다. 즉 輪不輾地라는 구절은 이상의 이 시에서 비행의 가능성이라는 安西적인 맥락과 관련되어서 읽힐 수 있는 가능성이 있다는 의미이다. 그렇게 보자면 여러 가지 측면에서 이 「且8氏의出發」이 체펠린호와 관련된 시로 해석할 수 있는 가능성이 있다고 할 수 있을 것이다.

---

30) 당시 체펠린백호의 일본 도착이 조선인들에 있어서도 커다란 사건이었다는 사실을 당시 『朝鮮日報』 역시 비록 단신(短信)이나마 1929년 8월 13일부터 계속해서 관련기사를 싣고 있었다는 사실과 체펠린백호의 도착에 관해서 1929년 8월 21일에는 신문지면 3면의 반을 할애하며 관련한 기사를 싣고 있었다는 사실을 통해 확인할 수 있다(『朝鮮日報』, 1929. 8. 13~15, 각 3면; 8. 17~23, 각3면 관련 기사 참조).

5. 모더니티에 대한 절망적 의식과 꽃 없는 식물의 생존방식

「且8氏의出發」의 앞부분에서 화자는 龜裂이生긴 진창 위에 棍棒을 하나 꽂는다. 이 棍棒은 수목(樹木)으로 변하여 사막 위에 울창한 산호나무를 이룬다. 또한 이 棍棒은 "사람에게地面을떠나는아크로바티를가르치는" 존재이다. 즉 이 棍棒은 輪不輾地라는 비행 가능성을 통해 인간에게 지구의 모양을 전개하여 보여주었던 체펠린백호의 길쭉한 원통형의 모양을 비유한 것이라 볼 수도 있을 것이다. Z伯號라는 비행선은 분명 인간으로 하여금 공중을 비행하도록 하는 기술을 제공하고 있는 셈이지만 그것이 모두에게 평등한 기술은 아니며 동서양의 균열된 모더니티 지형도를 딛고선 기계문명이라는 점에서 그것은 인간이 보편적으로 습득할 수 있는 기술과는 다른 것이다. 따라서 棍棒이란 이중적인 의미, 즉 인간에게 비행 가능성을 상기하도록 하는 Z伯號 자체이면서 서구의 기계문명을 상징하는 울창한 산호나무를 이루는 원인이라는 양면성을 갖는다.

> 龜裂이生긴莊稼泥의地에한대의棍棒을꽂음. / 한대는한대대로커짐. / 樹木이盛함. / 以上꽂는것과盛하는것과의圓滿한融合을가리킴. (…중략…)
> <u>滿月은飛行機보다新鮮하게空氣속을推進하는것의新鮮</u>이란珊瑚나무의陰鬱한性質을더以上으로增大하는것의以前의것이다.
> 輪不輾地 展開된地球儀를앞에두고서의設問─題
> 棍棒은사람에게地面을떠나는아크로바티를가르치는데사람은解得하는것은不可能인가.[31]

— 이상, 「且8氏의 出發」 부분(밑줄 인용자)

---

31) 『朝鮮と建築』(1932.7)에 실렸던 이 시 「且8氏の出發」의 해당 부분의 일본어 원문은 다음과 같다.
　"龜裂の入つた莊稼泥地に一本の棍棒を挿す。/ 一本のまま大きくなる。/ 樹木が生える。/

한편 위에서 밑줄로 강조된 대목은 분명 당시 체펠린호에 탑승했던 에케나 박사의 인터뷰를 상기하도록 한다. 에케나는 일본 도착 직후 했던 인터뷰에서 자신이 일본에서 보았던 달이 자신의 고향에서 본 달과 같다는 의미로 "그날아츰의달이쳅伯號와함께日本으로쌸아온것과가티생각된다"[32]고 말한 바 있으며 이 인터뷰 내용은 安西의 시 속에 고스란히 인용되어 있다. 물론 현실적으로 본다면, 달이 비행선을 따라왔을 리가 없으므로 이 에케나의 발언은 당시의 아시아인들이 가장 바라고 있었던 유럽과 아시아 사이의 동시성을 충족해주는 발언이 될 수 있었을 것이다. 이러한 에케나 박사의 인터뷰를 받아 이상은 비슷하지만 약간 다른 맥락에서 "滿月은飛行機보다新鮮하게空氣속을推進하는것의新鮮"이라 표현하고 있다. 하늘에 떠 있는 달은 유라시아 대륙을 4일 만에 횡단했던 비행선 체펠린보다도 빠르게 유럽과 아시아 사이를 건너온 것이다. 달이 비행선보다도 빠르게 공기를 추진하고 있는 것은 당연히 산호나무가 울창해지기 전, 말하자면 서구의 기술문명이 지금처럼 발달하기 전의 일인 것이다. 비행가능성이란 적어도 달에게 있어서는 기본적으로 내재되어 있는 속성에 해당하는 것이지만 이와는 달리 인간은 기계에 의존하지

以上 挿すことと生えることとの圓滿な融合を示す。(…중략…) 滿月は飛行機より新鮮に空氣を推進することの新鮮とは珊瑚の木の陰鬱さをより以上に增すことの前のことである。／ 輪不輾地 展開された地球儀を前にしての設問一題 ／ 棍棒はヒトに地を離れるアクロバテイを敎へるがヒトは了解することは不可能であるか。"

32) 당시 『朝鮮日報』(1929.8.21)는 일본에서 행했던 에케나 박사 인터뷰 기사를 그대로 받아서 전재하고 있다. 다음은 그 전문이다.
"宴會를맛친『엑케나ー』博士는記者에게對하야簡單히
署名도아모것도絶對로謝絶합니다오늘밤은조금머리가압허서宿所로노다가서卽時休養을하도록하여주시오旅行中에는한사람도病人이업고참으로愉快하게지내엇습니다그만큼하고오늘밤은容恕해주시요
라고말하얏다그리고小『엑케나ー』氏는
여기는『푸리드릿히스하ー펜』과같은感想이난다그날아츰의달이쳅伯號와함께日本으로쌸아온깃과기디생각된다"

않고서는 결코 비행할 수 없다. 이상은 절망하는 安西와는 달리 이를 동서양 사이의 모더니티적인 간극이 아닌 인간의 보편성 문제로 환원하고 있는 것이다. 어차피 인간은 棍棒이라는 도구 없이 그것이 가르치는 '아크로바티'를 습득하는 것은 불가능한 것이니 말이다. 그러면 과연 어떻게 해야 할 것인가.

> 地球를掘鑿하라
> 同時에
> 生理作用이가져오는常識을抛棄하라
> 熱心으로疾走하고 또 熱心으로疾走하고 또 熱心으로疾走하고 또 熱心으로疾走하는 사람 은 熱心으로疾走하는 일들을停止한다.
> 沙漠보다도靜謐한絶望은사람을불러세우는無表情한表情의無智한한대의珊瑚나무의사람의脖頸의背方인前方에相對하는自發的인恐懼로부터이지만사람의絶望은靜謐한것을維持하는性格이다.
> 地球를掘鑿하라
> 同時에
> 사람의宿命的發狂은棍棒을내어미는것이어라[33]
>
> 이상, 「且8氏의 出發」 부분

여기에서 이상은 오히려 그렇게 절망하기보다는 역으로 지구를 굴착하라고 명령한다. 인간은 땅을 발로 디디고 있는 것이기 때문에 공중을 떠다니는 모더니티를 동경하고 있는 것은 결국에는 불가능성의 구조들을

---

33) 『朝鮮と建築』(1932.7)에 실렸던 이 시 「且8氏の出發」의 해당 부분의 일본어 원문은 다음과 같다.
　"地球を掘鑿せよ。 / 同時に / 生理作用の齎らす常識を抛棄せよ。 / 一散に走り 又 一散に走り 又 一散に走り 又 一散に走る ヒト は 一散に走る ことらをする。 / 沙漠よりも靜謐である絶望はヒトを呼び止める無表情である表情の無智である一本の珊瑚の木のヒトの脖頸の背方である背方に相對する自發的の恐懼からであるがヒトの絶望は靜謐であることを保つ性格である。 / 地球を掘鑿せよ。 / 同時に / ヒトの宿命的發狂は棍棒を推すことであれ"

만들어내는 것에 다름 아닐 것이기 때문이다. 따라서 그는 인간의 생리 작용이나 고정관념 같이 인간의 물리적인 삶을 규정짓는 요소들로부터 벗어나 차라리 도스토예프스키처럼 물리적인 지하 혹은 정신적인 내면 아래로 침잠하는 삶을 제안하고 있는 것이다. 이상은 이미 이러한 비행 기술과 기계문명이 구축한 현대성의 모더니티가 결국은 인간들 사이의 균열을 만들어내는 절망의 구조를 띠고 있음을 간파하고 있었던 것이다. 이는 물론 이상이 三次角設計圖 연작에서 보여주었던 인간이 물리적으로 는 절대로 다다를 수 없는 속도를 관념 속에서 실험했던 바의 연장선에 해당되는 것이다.[34] 빛보다 빠른 엄청난 속도로도 감당할 수 없는 인간 의 한계는 결국에는 인간을 절망하게 하는 계기로 남게 될 뿐인 것이다.

또한 이상은 인간의 발광(發狂)을 두 가지 차원, 즉 숙명적인 것과 자발 적인 것으로 나눈다. 인간의 숙명적인 발광은 棍棒을 내미는 것, 즉 Z伯 號와 같은 기계문명의 도구를 이용하는 것으로 달성된다. 하지만 그것은 어떤 의미에서는 자발적인 발광이기도 한 것인데 인간이 구축한 기계문 명에 의존하는 것은 인간의 어쩔 수 없는 선택의 지점이면서 한계의 지 점이기도 한 까닭이다. 且8氏의 온실에서 꽃을 피우지 못하는 隱花植物 이 꽃을 피웠던 것은 분명 자발적인 행위일 것이지만, 그것은 결국 且8 氏가 감광지[35]에 비추어 만들어낸 인공적인 조화에 불과했던 것이다. 그 것은 인간이 만들어낸 현대성의 모더니티로부터 도주하고자 했으나 결 국 다시 갇힐 수밖에 없는 숙명에 대한 비유인 것이다.

---

34) 송민호, 「李箱의 「線에關한覺書」에 나타난 시공간 차원과 분신의 주제」, 신범순 외, 『이 상의 사상과 예술』, 신구문화사, 256-266면 참조.

35) 1920~30년대 초현실주의자였던 만레이(Man Ray)는 사물을 감광지 위에 얹어 이미지를 만들어내는 방식으로 작품을 만들어내었으며 이를 레이요그램(rayogram)이라고 명명한 바 있으며, 모호리 나기(Moholy-Nagy) 역시 비슷한 시도를 하였고 이를 포토그램 (photogram)이라고 명명했다. 이상은 『朝鮮と建築』 권두언에서 위의 모호리 나기의 이 름을 언급한 바 있다.

6. 李箱의 성채를 촉진(觸診)하기 위하여 : 결론을 대신함

본고는 그간 연구의 대상이 되지 못했던 이상의 초기 일문시들 중 하나인 「且8氏의 出發」을 대상으로 하여 지금까지 『莊子』의 직접인용, 혹은 패러디로 생각되던 輪不輾地(바퀴는 구르지 않는다)가 실제로는 일본의 『詩と詩論』의 동인이었던 安西冬衛의 시 「一九二七年」에서 이미 똑같은 형태로 바꾸어 쓰고 있었다는 사실을 바탕으로, 이상이 『莊子』로부터가 아니라 安西의 해당하는 시의 원래 맥락으로부터 해당하는 구절을 차용해왔을 가능성을 추론하였다. 安西의 이 시는 1929년 8월 세계일주 도중 동경을 방문한 체펠린백호, 즉 Z伯號를 모티프로 하여 창작된 것인데 그는 輪不輾地를 비행가능성과 연관하여 사용하고 있다. 즉 Z伯號는 서구의 기계문명의 총아로서 동서양 사이의 절대적 거리를 시각화함으로써 모더니티의 이중적 구조를 만들어내었던 것이다. 여러 가지 해석적 정황을 고려하자면, 이상 역시 마찬가지 맥락으로 輪不輾地를 차용하고 있을 가능성을 확인할 수 있었으며 이로부터 「且8氏의 出發」이 기존의 해석대로 성적인 비유로 기득 치 있는 시라든가 구본웅과 관련된 시라기보다는 이전에 발표된 三次角設計圖의 연장선에 위치한 인간에게 내재된 한계성을 넘어서고자 하는 관념 실험의 일종으로, 궁극적으로는 인간이 만들어낸 도구에 스스로 종속되는 양상에 대한 비유로 해석할 수 있었다.

최근까지 李箱에 대한 연구 성과들이 엄청나게 축적되어 오면서 이상 문학 텍스트를 해석하고자 하는 해석적 방법론 역시 고도화되고 있다. 하지만 지금까지의 비교문학적 방법이나 문화연구적 방법 등이 갖고 있는 공통적인 문제는 단지 정보의 질과 양적인 유사성의 측면이 아닌 정보의 전파경로에 대한 고려가 부재하다는 사실이다. 지금까지 대부분의 연구경향들은 그러한 고려 없이, 이상의 문학 텍스트 속에서 초월적인 현대성의 사유를 해석해내는 작업에 몰두해왔다고 평가할 수 있다. 이러한 작업이 분명 새로운 해석적 계기를 확보하고 해석적 다양성을 충족함으로써 이상 문학의 외연을 넓히는 의미가 있는 것은 사실일 것이다. 하지만 이를 이상 문학의 텍스트 해석적 준거로 삼기에는 학문적인 엄밀성 차원에 있어서 결여지점을 노출하고 있는 것도 분명하다. 따라서 이상의 텍스트를 좀 더 치밀한 관점에서 해석해내기 위해서는 그의 텍스트 속에 일종의 전고의 형태로 내재되어 있는 이상과 동시대적인 지식, 문화, 예술과 관련된 정보들을 추적하여 재구성하는 작업은 반드시 필요하다. 이후 이상의 사유의 형성과정을 따라잡는 연구를 진행하기 위해서는 이상이 문학행위를 전개했던 20세기 초 당시의 철학, 과학, 예술, 문학 등 다양한 사유들의 전개양상을 파악할 필요가 있다고 할 수 있을 것이며 아울러 이상이 그러한 동시대적 지식과 사유를 어떻게 흡수하고 발전시켜 이를 문학적으로 실천하였는가 하는 사실을 밝혀내는 작업이 필수적일 것이다. 본 논문이 그러한 작업의 단순한 시작지점에 불과한 것은 바로 그러한 이유 때문이다.

참고문헌

〈국한문 문헌〉

이어령 교주, 文學思想資料硏究室 編, 『李箱詩全作集』, 갑인출판사, 1978.

이승훈 엮음, 『李箱문학전집』 1, 문학사상사, 1989.

김주현 주해, 『이상문학전집』 1, 소명출판, 2005.

권영민 엮음, 『이상전집』 1, 문학에디션 뿔, 2009.

고　은, 『이상평전』, 민음사, 1974.

권영민, 『이상텍스트연구―이상을 다시 묻다』, 문학에디션 뿔, 2009.

김윤식, 『한국현대문학사상사론』, 일지사, 1992.

김윤식, 『이상 문학 텍스트연구』, 서울대학교 출판부, 1998.

김주현, 『이상 소설 연구』, 소명출판, 1999.

김주현, 「이상 문학의 텍스트 확정에 나타난 문제점 고찰」, 『민족문학사연구』 14, 민
　　　　족문학사학회, 1999, 307-334면.

김주현·처유희, 「이상 문학의 원선 확정 및 주석 연구」, 『우리말글』 22, 우리말글학
　　　　회, 2001, 275-306면.

루쉰, 김시준 역, 「아큐정전」, 『루쉰(魯迅)소설전집』, 서울대학교 출판부, 1996.

손민호, 「李箱의 「線에關한覺書」에 나타난 시공간 차원과 분신의 주제」, 신범순 외, 『이
　　　　상의 사상과 예술』, 신구문화사, 2007, 247-272면.

안병주, 전호근 譯註, 『莊子 1』, 전통문화연구회, 2001.

〈외국문헌〉

de Syon, Guillaume, *Zeppelin! Germany and airship, 1900~1939*, 박정현 역, 『비행선,
　　　　매혹과 공포의 역사』, 도서출판 마티, 2005.

Schivelbusch, Wolfgang, *Geschichte der Eisenbahnreise―zur Industrialisierung von Raum
　　　　und Zeit im 19. Jahrhundert*, 박진희 역, 『철도여행의 역사』, 궁리, 1999.

川村湊, 유유정 역, 「모더니스트 이상의 시세계」, 『文學思想』, 1987.

蘭　明, 「李箱における橫光利一受容の深層―『上海』および「青い大尉」との葛藤」, 『日本硏
　　　　究』 38, 한국외국어대학교 일본연구소, 2008, 187-209.

蘭　明, 「李箱 「地図の暗室」を浮遊する"上海"―橫光利一受容及びその他」, 『日本硏究』

40, 한국외국어대학교 일본연구소, 2009, 273-294면.

下村宏, 『飴ん棒』, 東京：日本評論社, 1930.

東亞學藝協會 編, 『全日本詩集』, 東京：文書堂, 1929.

澁谷榮一, 『赤き十字架』, 東京：交蘭社, 1931.

詩人協會 篇, 『一九三一年詩集』, 東京：アトリエ, 1931.

詩人協會 篇, 『一九三〇年詩集』, 東京：アルス, 1930.

鈴木楨治郎, 『莊子講義』, 東京：興文社, 1893.

小柳司氣太 譯, 『莊子』, 東京：國民文庫刊行會, 1920.

발행자 없음, 『和譯漢文叢書 第1編 老子, 莊子』, 東京：玄黃社, 1910.

제4부

이상과 아쿠타가와 류노스케

이상의 '마리아'와 아쿠타가와 류노스케의 '예수'

권 희 철

1. 「종생기」의 일절 혹은
   아쿠타가와 류노스케의 '개세(蓋世)의 일품'

'이상'을 화자로 내세워 '정희'와의 다소 자학적이고 기괴한 연애게임을 진술하게 하는 「終生記」의 한 대목에는 다음과 같은 구절이 있어 눈길을 끈다.

> 열세 벌의 ①유서가 거의 완성해 가는 것이었다. 그러나 그 어느 것을 집어내 보아도 다 같이 ②서른여섯 살에 자수(自殊)한 어느 '천재'가 머리맡에 놓고 간 ③개세(蓋世)의 일품의 아류에서 일보(一步)를 나서지 못했다. 내게 요만 재주밖에는 없느냐는 것이 다시없이 분하고 억울한 사정이었고 또 초조의 근원이었다.(Ⅱ : 129)[1]

---

1) 이하 이상 문학 작품의 인용은 『이상 전집』(권영민 편, 2009)을 참고하고, 본문에서는 전집 권수를 로마 숫자로 인용면수를 아라비아 숫자로 표시했다. 또 이하의 굵은 글씨로

이미 '종생기'라는 제목의 뜻이 암시하고 있는 것이기도 하지만, 위의 인용문은 이 작품이 이상의 ①"유서"에 해당한다는 점을 직접적으로 가리키고 있다. 이 작품이 1936년 11월 20일에 동경에서 쓰여졌고, 그 이듬해 4월 17일 동경제대 부속병원에서 이상이 사망했으며, 같은 해 5월 「종생기」가 유고로 발표된 일련의 사실들 또한 이 작품을 이상의 유서라고 추인(追認)하고 있다.

그런데 이상이 자신의 유서를 쓰며 끊임없이 의식하고 있는 ②"서른 여섯 살에 자수(自殊)한 어느 '천재'"는 누구를 가리키는 것일까? 여기 등장하는 '어느 천재'가 일본의 소설가 아쿠타가와 류노스케(芥川龍之介, 1892~1927)를 가리킨다는 점은 한 전기 연구자에 의해 설득력 있게 제시된 바 있다.2) 이 연구자는 아쿠타가와 류노스케가 외삼촌의 집에서 이모 손에 자랐으며 이에 대해 일종의 콤플렉스를 느꼈다는 점, 천재의식을 갖고 있었으며 젊은 나이에 자살했다는 점 등을 들어 두 작가의 생애의 공통점에 초점을 맞추고 있는데,3)4) 아직 이러한 시각을 보충하고 발전시킬만한 본격적인 비교문학적 후속 연구를 발견하기는 어려운 실정이다.5) 이 대목에서 비교문학적 연구가 전개되어야 함은 필수적이라고

___

강조한 것은 모두 인용자가 한 것이다.
2) 김윤식, 『이상연구』, 문학사상사, 1987, 180-185면.
3) 널리 알려져 있듯이 이상 역시 백부의 손에 자랐으며 무능한 실부 및 가난한 집안 사정에 대해 콤플렉스를 느꼈고, 여러 작품을 통해 천재의식과 자살 충동을 언급했다.
4) 아쿠타가와의 자전적 텍스트들을 검토한 뒤 김윤식은 이렇게 덧붙였다. "이 속에는 천재 개천(아쿠타가와의 한자 음독—인용자)의 백부와 실부에 관한 애정과 증오가 번개처럼 스쳐가고 있다. 이상이 이 미묘한 스침을 놓쳤을 이치가 없다. 그렇지만, 그 이상일 수는 없었다. 이것이 대일본제국의 문학이 안고 있는 벽이다. 이상은 이 벽 앞에 다만 수사학만 배울 수 있었다. (…중략…) 식민지의 유클리드 기하학 수준의 산술밖에 배운 것 없는 총독부 기사였던 이상에 있어서는 일본제국의 적자 출신이자 천재 개천의 「유서」와 견주는 일은 당랑거철(螳螂拒轍) 격이라 할 것이다."(위의 책, 183면.) 그러나 이는 연구자의 초점이 전기적 사실에 맞춰져 있기 때문에 내린 결론이 아닐까. 문학 작품의 수준에서 검토될 수 있는 유사성과 대결의식에 대해서 논의가 보충되어야 할 것인데, 이 점은 2장에서 다시 살펴보기로 하겠다.

할 수 있는데, 왜냐하면 이상과 아쿠타가와 류노스케는 단지 전기적 사실 가운데 일부를 공유하고 있을 뿐만 아니라, 보다 심층적인 차원에서 이상이 아쿠타가와 류노스케의 아포리즘에 영향을 받고 또 경쟁의식을 느낀 것으로 보이기 때문이다. 이 글은 한편으로 이상과 아쿠타가와 류노스케의 비교문학적 연구를 위한 예비적 검토가 될 것이고, 다른 한편으로는 이러한 검토를 바탕으로 이상 문학 전체를 조망하는 새로운 시각을 제시하려고 시도할 것이다.

본격적인 논의에 앞서, 인용문에서 아직 다루지 않은 한 가지 요소에 대한 설명을 추가하기로 하자. 아쿠타가와 류노스케가 머리맡에 남기고 갔다는 ③"개세의 일품"은 어떤 텍스트를 가리키는 것일까. 이 점이 먼저 해명되어야 비교문학적 연구를 위한 예비적 검토가 가능함은 물론이다. 앞서 언급한 전기 연구자는 이것이 「어느 옛 친구에게 보내는 수기(或舊友へ送る手記)」라고 확정해놓고 있다.[6] "그 누구도 아직 자살자 자신의 심리를 있는 그대로 쓴 사람은 없네."로 시작하는, 아쿠타가와의 이 편지가 자신의 자살 충동을 기술하고 있으며 그것을 '막연한 불안'이라는 다소 모호한 용어로 해명하고 있다는 점은 널리 알려져 있다. 스스로의 죽음에 대한 해명인 만큼 이것이 아쿠타가와의 유서의 일종이라는 점은 분명해 보인다. 하지만 다소 모호하고 자기변명이 뒤섞여 있는 이 편지가 이상이 말하는 '개세의 일품'의 자격을 갖췄다고 말할 수 있을까.

---

5) 다음의 연구들은 이상 문학과 아쿠타가와 류노스케 문학에서 발견할 수 있는 공통점을 확인시켜준다는 점에서 비교문학연구라고 말할 수도 있겠지만, 아직까지는 작가의 전기적 공통점이나 작품에서 확인되는 소재상의 공통점을 확인하는 단계에 머무르고 있는 것으로 판단된다. 김주현, 「이상 소설에 나타난 패로디에 관한 연구―<날개>, <종생기>를 중심으로」, 『한국학보』 19권, 1993; 조사옥, 「이상 문학과 아쿠타가와 류노스케」, 『일본문화연구』 7집, 동아시아일본학회, 2002; 이금재, 「아쿠타가와 류노스케와 이상의 문학」, 『일본문화연구』 13집, 동아시아일본학회, 2005.
6) 김윤식, 앞의 책, 180면.

이상은 「종생기」의 앞부분에서 톨스토이를 가리켜 "자지레한 유언 나부랭이로 말미암아 70년 공든 탑을 무너뜨렸고 허울 좋은 일생에 가실 수 없는 흠집을 하나 내어놓고 말았다."(Ⅱ : 125)고 쓰고 있는데, 그렇다면 모호하고 변명투의 문장들이 뒤섞여 있는 사신(私信) 「어느 옛 친구에게 보내는 수기」가 '개세의 일품'이 되기 어려운 것은 아닌지 의심스럽다. 아쿠타가와는 이 편지 안에서 나중에 가족들이 자신의 집을 팔아서 살림에 보태써야 하는데, 자신이 그 집에서 자살하면 사람이 죽어나간 장소라는 이유로 집값이 떨어질 것이라고 걱정하기도 한다. 이를 두고 인간적이라고 할 수 있을지언정, 적어도 이상의 눈에 '개세의 일품'으로 비쳤으리라고 생각하기는 어렵다. 오히려 이상이 지목한 '개세의 일품'은 통상적인 의미에서의 유서와는 다른 형태의 텍스트를 가리킬 것으로 추측할 수 있다.

1927년 7월 24일, 아쿠타가와가 자살한 날이 「속 서방의 사람(續西方の人)」을 완성한 날이기도 하나는 점, 이 작품이 신약성서의 4대 복음서에 대한 독특한 주석이라고 할 수 있는 「서방의 사람(西方の人)」에 대한 보충판이며 봉투에 담겨진 유서와 힘께 그의 베갯머리에서 발견된 것이 성경이라는 점을 강조해보면 어떨까.[7] 유고로 발표된 「서방의 사람」과 「속 서방의 사람」이야말로 "어느 '천재(天才)'가 머리맡에 놓고 간 개세(蓋世)의 일품"에 해당하는 것이 아닐까. 또 아쿠타가와 스스로가 「어느 옛 친구에게 보내는 수기」에서 "막연한 불안"을 해부한 작품으로 지목한 「어느 바보의 일생(或阿呆の一生)」 또한 아쿠타가와 자신의 실제 삶을 논평하고 이 가운데 '자살 미수'의 에피소드를 삽입해 놓고 있어, 이상이 지목한 아쿠타가와의 유서 후보에서 간단히 제외할 수 없다. 아쿠타가와가

---

7) 아쿠타가와 류노스케의 자살에 대해서는 송현순, 『아쿠타가와 류노스케 문학연구』, 보고사, 2002, 59, 62-64, 69면 참고.

자살한 해인 1927년에 발표된 「갓파(河童)」에는 시인 토크라는 인물이 작품의 말미에서 권총으로 자살하고 이에 따른 화자의 상념이 작품의 후반부를 지배하고 있는데, 이를 두고 유고로 발표된 「톱니바퀴(齒車)」에서 "그 초자연적인 동물 중에서 한 마리를 통해 나 자신의 모습을 그리고 있었다."고 쓴 뒤 **"le diable est mort**(악마는 죽었다)"[8]라고 덧붙인 점에 주목해 보면 이 역시 유서의 후보로 손색이 없다고 할 수 있다. 마지막으로 초현실적인 분위기가 가미된 심경소설 「톱니바퀴」는 죽음의 이미지와 신경증적 불안이 작품의 주된 내용을 이루고 있는데, "이것은 내 인생에서 가장 무서운 경험이었다. …나는 더 이상 글을 써나갈 힘을 갖고 있지 않다. 이런 기분으로 살아 있는 것은 고통스럽기까지 하다. 누군가, 내가 잠들어 있는 사이에 살짝 내 목을 졸라 나를 살해해줄 사람은 없을까?"[9]로 끝나고 있어 이 작품 역시 유서의 일종처럼 읽히기도 한다.

결국 「어느 옛 친구에게 보내는 수기」를 포함한 여러 작품 가운데, 어느 하나를 '개세의 일품'으로 확정하는 것은 너무 성급한 판단이 되기 쉬울 것이다. 오히려 이들 작품 전반을 대략적으로 살피면서 이상의 「종생기」 및 그 주변과 비교하는 것이 보다 섬세한 논의를 전개하는 데 유리할 것으로 생각된다.

2. 아쿠타가와 류노스케에 대한 이상의 경쟁 의식

이러한 비교가 단순히 지적 호기심을 자극하는 작업이 아니라는 점은

---

8) 아쿠타가와 류노스케, 노재명 역, 「톱니바퀴」, 『월식』, 하늘연못, 2005, 390면.
9) 위의 책, 397면.

다음과 같은 비교에서 손쉽게 드러난다. 이상 또한 일본 천재문인의 자살이라는 스캔들에 관심을 가진 것이 아니라, 아쿠타가와의 작품이 함축하는 어떤 통찰에 공감하고 있다는 점이 간접적으로 드러나고 있기 때문이다. 이상은 아쿠타가와의 여러 아포리즘에 깊은 인상을 받은 듯, 자신의 작품 속에서 거의 같은 수법을 사용하기도 한다.

(A)는 아쿠타가와 류노스케의 초기 작품에서 손쉽게 찾아볼 수 있는, 서로 대립하는 항목들이 역설적으로 얽혀 있는 장면들 가운데 일부를 인용한 것이다.

> (A) 타락시키고 싶지 않은 것일수록 더 타락시키고 싶습니다. 이만큼 이상한 슬픔이 또 달리 있겠습니까. 저는 이 슬픔을 맛볼 때, 옛날에 보았던 천국의 찬란한 빛과 지금 보고 있는 지옥의 어두움이 저의 작은 가슴속에 하나가 되어 있는 느낌이 듭니다. 아무쪼록 이런 저를 불쌍히 여겨 주십시오. 저는 외로워서 어쩔 줄 모르겠습니다.
>
> ― 아쿠타가와 류노스케, 「악마」10)

> 인간의 마음에는 서로 모순되는 두 가지 감정이 공존한다. 그 누구라도 타인의 불행에 동정심을 갖지 않는 사람은 없다. 그런데 그 사람이 어렵게 불행을 극복해내면 이번에는 뭔가 아쉬운 마음이 드는 경우가 생겨나는 것이다. 조금 과장해서 말한다면 그 사람을 다시 한번 불행에 빠뜨리고 싶은 심정이 드는 것이다.
>
> ― 아쿠타가와 류노스케, 「코(鼻)」11)

> "그렇습니다. 그림을 제대로 알지 못하는 화가들이 추악한 것의 아름다움을 알 리가 있겠습니까?"
>
> ― 아쿠타가와 류노스케, 「지옥변(地獄變)」12)

---

10) 아쿠타가와 류노스케, 하태후 역, 『서방의 사람』, 형설출판사, 2000, 27면.
11) 아쿠타가와 류노스케, 『월식』, 213-214면.

인용문에서 확인할 수 있는 것처럼, 아쿠타가와는 상식적 수준의 선과 악, 미와 추의 구분을 넘어서는 영역에 깊은 관심을 보이고 있다. 선악과 미추의 구분이 일상과 세속의 영역이고 그러한 구분이 무너지며 선악미추가 서로 뒤엉키는 지점이야말로 성스러움의 영역이라고 할 수 있는데,13) 아쿠타가와는 이 초월적인 영역 위에 어떤 주체를 올려놓고 그의 운명을 시험하는 것처럼 보이기도 한다. 여기에 아쿠타가와 류노스케 풍의 문학적인 울림이 있으며 이것이 그의 초기 작품들을 지탱하고 있다. 아쿠타가와 류노스케의 초기 작품을 형성하는 원리가 『곤자쿠모노가타리(今昔物語)』의 설화적 야만성과 현대적 심리주의의 결합이라는 논평14) 또한 같은 대목을 가리키고 있다고 할 수 있다.

그런데 이것은 (a)에서 확인할 수 있는 이상의 어법과 유사하게 보이지 않는가.

　(a) 그대는 이따금 그대가 제일 싫어하는 음식을 탐식(貪食)하는 아이러니를 실천해 보는 것도 좋을 것 같소. 위트와 패러독스와…

— 이상, 「날개」(Ⅱ : 76)

　"가령 자기가 제일 싫어하는 음식물을 상 찌푸리지 않고 먹어보는 거 그래서 거기두 있는 '맛'인 '맛'을 찾아내구야 마는 거, 이게 말하자면 '패러독스'지.

— 이상, 「단발」(Ⅱ : 173)

"제일 싫어하는 음식물"에서 "'맛'을 찾아내구야 마는 … '패러독스'"를 강조하는 이상과, "추악한 것의 아름다움"을 알아차릴 수 있는 일급

---

12) 위의 책, 274면.
13) 로제 카이유와, 권은미 역, 『인간과 성』, 문학동네, 1996, 2장 참조.
14) 요로 다케시(養老孟司), 신유미 역, 『일본 문학과 몸』, 열린책들, 2005, 31-33면.

예술가의 오만함을 표현하는 아쿠타가와에게는 어떤 공통점이 있다. 이
상은 아쿠타가와의 작품을 읽으며, 대립하는 요소들의 역설적인 결합이
주는 문학적 울림을 발견하고 이상 자신과 흡사한 어떤 성격을 감지할
수 있었을 것이다.[15] 그런 점에서 천재의식을 지닌 이상은 아쿠타가와에
게 은밀한 경쟁의식을 느꼈으리라고 추측할 수 있는데, (a)는 그러한 경
쟁의식의 흔적들이라고 할 수 있다.

대립되는 요소들이 역설적으로 결합하는 영역 위에 주체를 올려놓고
실험하는 아쿠타가와의 창작 원리는, 그러나 지속적으로 관철되지 못했
다. 1927년을 전후로 발표된 작품과 유고로 남긴 작품들을 검토해보면
아쿠타가와의 작품에서 초월적인 야만성의 '이야기'가 빠져나가고 '심경
소설'이라고 부를만한 작품들만이 남아 있음을 확인할 수 있다. 우스이
요시이(臼井吉見)는 심경소설을 두고 사회와 도덕을 비평하던 주체가 복잡
한 사회 관계로부터 물러나 일상적인 '나'의 심경으로 위축되고 후퇴한
것[16]이라고 평가하며, 아쿠타가와가 이러한 흐름 속에서 '이야기'를 이
끌어가는 비평적 주체에 기반한 "자신의 예술적 자질에 근본적인 회의
를 품게 되었던 것"[17]이라고 설명한다.

일본 문학사가들은 자살에까지 이른 아쿠타가와의 이 근본적인 회의

---

15) 그러나 이러한 공통점을 두고, 이상이 아쿠타가와 류노스케의 문학을 단순히 수용하기
만 한 것으로 해석할 수는 없다. 아쿠타가와가 대립하는 요소들의 역설적인 결합을 다
루면서 초월적인 야만성을 소설화한 데 비해, 이상은 이것을 소설에서는 '숙명적으로
발이 맞지 않는 절름발이 부부(혹은 연인)'(「날개」)의 형식으로 시에서는 '거울을 중심
으로 맞닿아 있는 두 개의 반대되는 세계로'반복해서 작품화하며 아쿠타가와와는 다른
방향으로 자신의 작품 세계를 전개시켰기 때문이다(이 절름발이와 거울의 의미에 대해
서는 4장에서 보다 자세히 다루기로 하자). 요점은 이상이 아쿠타가와에게서 대립하는
요소들의 역설적인 결합을 배웠다는 데에 있는 것이 아니라, 이상이 아쿠타가와에게서
자신과 비슷한 성격을 발견하고 흥미와 함께 경쟁의식을 느꼈다는 데에 있다.
16) 우스이 요시이(臼井吉見), 고재석·김환기 역, 『일본 다이쇼문학사』, 동국대학교출판부,
2001, 205면.
17) 위의 책, 243면.

야말로 시대적 증상이라고 해석해 왔다. 히라노 겐(平野謙)이 『일본 쇼와 문학사』에서 다이쇼 천황의 서거가 아니라 아쿠타가와 류노스케의 죽음 이야말로 다이쇼 시대의 종언을 알리고 있다고 기술하는 대목[18]이나, 「어느 옛 친구에게 보내는 수기」에서 아쿠타가와 스스로 자살의 동기로 꼽은 '막연한 불안'을 두고 미요시 유키오(三好行雄)가 "동시대를 살아가는 지식계급의 불안과 무력감의 상징"[19]이라고 요약하는 대목이 아쿠타가와의 자살 혹은 근본적인 회의를 다이쇼 말기 혹은 쇼와 초기의 사회적 현상으로 환원하는 시각의 대표적 사례라고 할 수 있다.

그렇다면 아쿠타가와를 압박한 시대적 상황은 어떤 것인가. 미요시 유키오는 아쿠타가와가 민감하게 반응한 시대적 증상을 "자본주의의 급속한 발전과 더불어 근대지식인의 내부에서는 기계문명의 난숙으로 인한 인간성의 해체라는 위기의식"[20]으로 해석하면서 이렇게 쓰기도 했다.

> 아쿠타가와 류노스케의 최후의 불행은 익숙한 비유와 가구(假構) 그리고 계량이라는 문학적 방법을 죽음에 이르기까지 버릴 수 없었다는 데 있다. 아쿠타가와는 「어느 바보의 일생」을 '칼날의 이가 빠져 버린 가느다란 검'이라는 선명한 비유로 끝맺는다. 이 한 마디에는 인생에 절망하고 현실과의 대결에서 패배했으며 예술의 막다른 지점을 자각한 작가의 깊디깊은 피로가 배어 있다. (…중략…) 방법을 부정하고 혹은 부정을 통한 탈출을 소망하면서도 그는 최후까지 그것을 버릴 수가 없었다. 요컨대 방법이 의식을 배반했던 것이다. 이것이 '이야기가 없는 소설'에 대한 굴복이 한층 더 참혹함을 자아내는 이유이며, 의식과 방법의 균열 앞에서 멈춰 버린 아쿠타가와 류노스케의 만년 또한 당대 지식계급의 어두운 심정을 상징하는 처절한 풍경 가운데 하나였다.[21]

---

18) 히라노 겐(平野謙), 고재석·김환기 역, 『일본 쇼와문학사』, 동국대학교출판부, 2001, 15-17면.
19) 미요시 유키오(三好行雄), 정선태 역, 『일본 문학의 근대와 반근대』, 소명, 2002, 232면.
20) 위의 책, 236면.

미요시 유키오의 요점을 조금 과감하게 정리해보자면, 아쿠타가와 류노스케는 시대적 위기의식을 민감하게 감지했지만, 이 위기의식에 대응할만한 새로운 문학적 감각을 갖추지 못했기 때문에 극단적인 고통을 느끼고 이 때문에 자살에 이르렀다는 것이다. 나카노 시게하루(中野重治)의 자전 소설 『마음(むらぎも)』(강담사, 1954)에서 아쿠타가와가 나카노 등에 비해 스스로를 사상적으로나 감각적으로 낡았다고 인식하지 않을 수 없었던 것으로 그려진 점을 떠올리면[22] 미요시 유키오의 견해가 핵심적인 부분을 건드리고 있는 것으로 생각된다. 사회주의 사상이 대두하고 프롤레타리아 문예 운동이 강력한 영향력을 발휘하기 시작했으며 전근대적 인간성을 해체하는 도시문명이 삶을 잠식하기 시작한 다이쇼 말기의 위기의식 속에, 아쿠타가와는 설화적 야만성을 실험하면서 이야기를 만들고 동시에 초월적 영역에 육박하려고 시도했던 자신의 기법에 점차 자신을 잃어간 것 같다.

이 점에서 보면 아쿠타가와 류노스케 말년의 작품들과 유고에서 자주 발견되는 '인공의 날개'의 이미지가 쉽게 이해된다.

(B) 그[아쿠타가와 류노스케를 가리킴 — 인용자]는 이 인공의 날개를 펴고 쉽사리 하늘로 날아올랐다. 그와 동시에 이지(理智)의 빛을 받은 인생의 기쁨이나 슬픔은 모두 그 아래로 잠겨버렸다.

그는 보잘것없는 마을들 위로 반어(反語)와 해학을 떨어뜨려 가면서 막힘 없는 공중을 통과하여 태양을 향해 올라갔다. 인공의 날개를 달고 하늘로 올라가다가 태양빛 때문에 불에 타 올다로 떨어져죽은 ④그 옛날해학을스인도 알지 못하는 것처럼…

---

21) 위의 책, 249면.
22) 호쇼 마사오(保昌正夫) 외, 『일본 현대 문학사』, 문학과지성사, 1998, 63면.

그는 『어느 바보의 일생』을 쓰고 나서, 우연히 고물상 앞을 지나다가 ⑤박제된 백조를 발견했다. 백조는 고개를 들고 서 있었지만, 노란 날개는 이미 벌레에게 파먹힌 상태였다. 그는 자신의 인생을 반추해보면서 눈물과 냉소가 치밀어오르는 느낌을 받았다.

— 아쿠타가와 류노스케, 「어느 바보의 일생」[23)

그 순간 어느 가게의 처마에 걸린 희고 작은 간판이 갑자기 나를 불안하게 했다. 그 간판은 자동차 타이어에 달린 상표를 그려놓은 것이었다. 나는 이 상표에서 인공의 날개를 믿었던 ④ ′ 고대의 그리스인을 생각해냈다.

그 순간 나의 눈꺼풀 속에는 은빛 깃털을 비늘처럼 접은 날개 하나가 보이기 시작했다. (…중략…)

그때 누군가 계단을 급하게 올라오고 있는 소리가 들렸는데, 그 발소리는 다시 아래로 뛰어내려갔다. 나는 그 누군가가 아내라는 사실을 알아채고, 깜짝 놀라서 몸을 일으키자마자 어두운 거실로 내려가보았다. 그런데 아내는 몸을 숙인 채 숨을 헐떡이며 어깨를 떨고 있었다.

"무슨 일이야?"

(…중략…)

"아무 일도 아닙니다마는, 어쩐지 ⑥당신이 죽어버릴지도 모른다는 기분이 들어서…"

— 아쿠타가와 류노스케, 「톱니바퀴」[24)

일상적인 수준을 비웃으며 초월적인 영역으로 상승하는 '인공날개'란 미요시 유키오가 지적한 "비유와 가구(假構) 그리고 계량이라는 문학적 방법"이라고 바꿔 읽어도 좋을 것이다. 아쿠타가와는 이 인공날개, 이지(理智)의 빛으로 반짝거리는 문학적 방법을 이용해 초월적인 영역까지 넘

---

23) 아쿠타가와 류노스케, 『월식』, 320-321, 337면.
24) 위의 책, 386, 396-397면.

봤지만 말년에는 자신의 실패를 예감했고, 그 예감은 상승하는 인공날개를 곧장 추락하는 이카루스의 신화(④ "그 옛날의 그리스인", ④´ "고대의 그리스인")로 바꿔놓는다. 이제 인공날개는 상승에서 추락으로 방향을 바꾸고 아쿠타가와는 스스로를 ⑤ "박제된 백조"와 동일시하며 슬픔과 비참함을 동시에 느낀다. 그리고 이 슬픔과 비참함 속에서 아쿠타가와의 아내는 그의 자살을 예감하기도 했다(⑥).

그런데 우리는 이 대목에서도 다시 이상의 출세작 「날개」를 떠올릴 수 있다.[25]

> (b) '박제(剝製)가 되어버린 천재(天才)'를 아시오? 나는 유쾌하오. 이런 때 연애까지가 유쾌하오.
>
> 나는 불현듯이 겨드랑이가 가렵다. 아하 그것은 내 인공의 날개가 돋았던 자족이다. 오늘은 없는 이 날개, 머릿속에서는 희망과 야심의 말소된 페이지가 딕셔너리 넘어가듯 번뜩였다.
> 나는 걷던 걸음을 멈추고 그리고 어디 한번 이렇게 외쳐보고 싶었다.
> **날개야 다시 돋아라.**
> **날자. 날자. 날자. 한 번만 더 날자꾸나.**
> **한 번만 더 날아보자꾸나.**
>
> — 이상, 「날개」(Ⅱ : 76, 100)

---

25) 두 작가가 '날개'라는 소재를 공통적으로 취급하고 있다는 점에 대해서는 김주현이 이미 지적한 바 있다(「이상 소설에 나타난 패러디에 관한 연구―〈날개〉, 〈종생기〉를 중심으로」, 『한국학보』 19권, 1993, 241-243면) 또 조사옥은 이 공통적 소재를 다룰 때, 아쿠타가와가 체념의 태도를 보여주는 데 비해 이상은 열정적 태도를 보이는 차이점을 지적하기도 했다(「이상 문학과 아쿠타가와 류노스케」, 『일본문화연구』 7집, 동아시아일본학회, 2002, 361-362면). 그러나 조사옥은 이상의 '열정'을 청년다운 일시적 감정으로 해석하는 것 같다. 이 때문에 조사옥은 이상의 열정에 대한 분석을 생략한 채로 곧바로 동경에서의 체험이 이 열정을 금세 수그러들게 한 것이라고 설명한다. 이 글에서는 조사옥이 지적한 열정을 뒷받침하는 문학적 근거가 이상에게 있다는 점을 보이고자 했다.

　(A)와 (a)에 비할 때, (B)와 (b)의 관계 속에서 아쿠타가와의 영향은 한 층 직접적으로 드러난다. 아내의 매춘으로 생활을 유지하는 한 바보 같은 사내의 이야기를 그리고 있는 「날개」는, 그 시작과 끝 부분에서 이것이 단순한 바보의 이야기가 아니라는 점을 내세우고 있는데, (b)의 인용문은 「날개」의 시작과 끝에 해당한다. 여기서 이상은 아쿠타가와처럼 천재의 몰락을 다루고 있으며, '날개'와 '박제'라는 아쿠타가와의 메타포를 사용하고 있다. 여기서도 중요한 점은 이상이 한편으로는 아쿠타가와가 보여주는 것들에 영향을 받았지만 다른 한편으로는 이것을 비틀어놓고 자기식으로 변용하고 있다는 데에 있다. 특히 눈여겨 볼 것은 이상이 박제에 따라붙는 "눈물과 냉소"를 제거하고 죽음에 대한 예감으로 이어지는 '이카루스의 추락' 또한 삭제시켜놓고 있다는 점이다. 이상은 아쿠타가와의 음울한 분위기를 반대로 뒤집어, 인공의 날개가 다시 돋기를 요구하며 정오의 태양이 가지는 강렬한 이미지를 작품의 마지막 장면에 배치해 놓고 있다. '날개'와 '박제'의 이미지를 들여오면서 이상은 아쿠타가와의 아포리즘에 중대한 변경을 가하고 있는 것이 아닌가.

　(C)와 (c)의 인용문에서도 이와 같은 영향관계와 변경 사항을 손쉽게 확인할 수 있다.

> (C) "죽고 싶어 하신다면서요."
> 　　"네, 아니, 죽고 싶다기보다 사는 데 질렸습니다."
> 　　그들은 이런 이야기를 나눈 후 함께 죽기로 약속했다.
> 　　"플라토닉 수어사이드군요."
> 　　**"더블 플라토닉 수어사이드."**
>
> 　　그는 자신의 침착함을 스스로 신기하게 생각했다.
> 　　　　　　　　　　　── 아쿠타가와 류노스케, 「어느 바보의 일생」[26]

> 그러나 나는 [자살할 : 인용자 추가] 수단을 정한 뒤에도 반쯤은 삶에
> 집착하고 있었다. 따라서 죽음에 뛰어들기 위한 스프링 보오드가 필요
> 했다.
>
> — 아쿠타가와 류노스케, 「어떤 옛벗에 보내는 수기」[27]

> (c) 죽음은 식전의 담배 한 모금보다도 쉽다. 그렇건만 죽음은 결코 그
> 의 창호(窓戶)를 두드릴 리가 없으리라고 미리 넘겨짚고 있는 그였다. 그
> 러나 다만 하나 이 예외가 있는 것을 인정한다.
>
> **A double suicide**
>
> 그것은 그러나 결코 애정의 방해를 받아서는 안 된다는 조건이 붙는
> 다. 다만 아무것도 이해하지 말고 서로서로 '스프링보드' 노릇만 하는
> 것으로 충분히 이용할 것을 희망한다.
>
> — 이상, 「단발」(Ⅱ : 169)

아직까지 이 인용문들만큼 이상에게 미친 아쿠타가와 류노스케의 영
향을 직접적으로 보여주는 대목은 알려져 있기 않다. 비틀린 연애관세라
는 소재가 유사할 뿐 아니라, 정사(情死)에 해당하는 표현(더블 플라토닉 수
어사이드 혹은 A double suicide), 그리고 정사의 파트너를 위아저시게도 '스
프링보드'일 뿐이라고 말하는 부분에서 두 작가가 완전히 일치하고 있
다.[28] 그러나 인용문 뒤에 이어지는, 동반자살을 요구하는 자기 자신에
대한 논평에서 두 작가의 태도는 완전히 달라지고 있다. 아쿠타가와의
경우 상대 여자가 청산가리 병을 건네주며 "서로 힘이 되겠죠?"라고 두
둔하고 남자는 "죽음이 그에게 가져다줄 평화를" 음미하고 있지만,[29] 이

---

26) 위의 책, 335-336면.

27) 『介川龍之介集』, 講談社, 1960, 454면.

28) 조사옥은 이 점에 대해서도 앞의 논문에서 이미 지적했다. 다만 이 동반자살의 문제를
    작가 이상의 실제 삶에서 찾으려는 시각이나 "이상은, 아쿠타가와처럼 자살을 위한 스
    프링 보드를 찾지 못하고 용기도 부족하여 자살하지 못했다."(352면)는 해석은 납득하
    기 어렵다.

상의 경우에는 여자가 남자의 제안을 거절한다. 남자는 "혼자 죽을 수 있는 수양을 허지."라며 거짓된 호기를 부리고, 여자는 "불행을 짊어지고 살아가는 것이 제게는 더없는 매력입니다. 그렇게 내어버리구 싶은 생명이거든 제게 좀 빌려주시지요."(Ⅱ : 170-171)라며 남자의 거짓 선언을 간파하고 심지어 살아야만 한다고 종용한다. 아쿠타가와 쪽이 삶이 주는 모든 고통을 한시 바삐 끝내기 위한 죽음충동에 사로잡혀 있는 반면, 이상 쪽에서는 그러한 충동에 굴복하는 것이 간단히 허락되지 않는다. 아쿠타가와와 이상의 이러한 차이는 마치, 두 작가가 실제 삶에서 자살할 것인가 그렇지 않을 것인가의 차이처럼 보이기도 한다.

여기서 우리가 맨 처음에 언급한 「종생기」로 다시 돌아가 보자. 이쯤 되면 이상이 아쿠타가와 류노스케를 가리켜 '천재'라고 하거나 (우리가 아직 확정하지 못한 어느 한 작품을) '개세의 일품'이라고 부른 것을 액면 그대로 받아들이기 어렵다. 이상이 한편으로 아쿠타가와 작품의 특정 요소에 자극받고 이를 수용하는 것은 분명해보이지만, 다른 한편으로는 이들 요소를 비틀어서 다른 의미를 생성하고 있기 때문이다. 특히, 아쿠타가와 류노스케가 말년에 심경소설에 해당하는 작품에 몰두했던 사실을, 「종생기」의 다음 구절과 함께 읽어보면 이상이 아쿠타가와적 창작 기법에 저항하고 있는 것처럼 보인다.

> (d) 거룩하다는 칭호(稱號)를 휴대하고 나를 찾아오는 '연애(戀愛)'라는 것을 응수하는 데 있어서도 어디서 어떤 노소간(老少間)의 의뭉스러운 선인(先人)들이 발라먹고 내어버린 그런 유훈(遺訓)을 나는 헐값에 걸어드려다가는 제련(製鍊) 재탕(再湯) 다시 써먹는다.
> 는 줄로만 알았다가도 또 내게 혼나는 경우가 있으리라.
> 나는 찬밥 한 술 냉수 한 모금을 먹고도 일세(一世)를 위압할만한 '고

---

29) 아쿠다기와 류노스케, 『월식』, 336면.

언(苦言)'을 적적(摘摘)할 수 있는 그런 지혜의 실력을 가졌다.

(…중략…)

난마(亂麻)와 같이 갈피를 잡을 수 없는 얼마간 비극적인 자기탐구(自己探究).

이런 흙발 같은 남루한 주제는 문벌(門閥)이 버젓한 나로서 채택할 신세가 아니거니와

— 이상, 「종생기」(Ⅱ : 134-136)

이상이 주장하는 바에 따르면, 그는 단순히 '선인들의 유훈(遺訓)'을 반복하고 있는 것이 아니다. 이상이 기존의 작가들을 단순히 반복하는 수준에 있다고 판단하다가는 "내게 혼나는 경우가 있으리라"고 이상은 경고했다. 이러한 경고는 "고언(苦言)을 적적(摘摘)할 수 있는 그런 지혜의 실력"이나 "문벌(門閥)이 버젓한 나"라는 표현과 함께 허풍에 가까운 과장일 수 있지만, 적어도 이상의 의도에서 「종생기」의 참주제는 기존의 작가들을 단순히 반복하는 데 있는 것이 아니며 또한 아구타가와 풍의 비극적 자기탐구는 더더욱 아니라는 점은 확실하다. 한편으로는 공감하고 받아들이면서 다른 한편으로는 반발하고 넘어서려고 하는, 아구다가와에 대한 이상의 태도를 '경쟁의식'이 아니라면 무엇이라고 부르겠는가.

3. 예수, 메피스토펠레스, 마리아

이 경쟁의식을 보다 선명하게 부각시키려고 한다면, 아쿠타가와 류노스케의 '예수'와 이상의 '마리아'를 대립시켜 보는 것이 효과적일 것이다. '예수'는 우리가 앞서 "개세의 일품"의 가장 강력한 후보로 꼽은 「서방의 사람」과 「속 서방의 사람」의 핵심적인 모티프이고, '마리아'는 이

상의 문학작품 전반에 걸쳐 확인되는 모티프이다.

아쿠타가와 류노스케가 자살했을 때, 봉투에 담겨진 유서와 함께 그의 베갯머리에는 성경이 있었고, 그가 마지막 순간까지 집필했던 「서방의 사람」과 「속 서방의 사람」이 예수의 일생을 다룬 네 개의 복음서에 대한 독특한 각주라는 사실은 앞서 지적한 바 있다. 이 작품들의 제목이 가리키는 '서방의 사람'이 곧 예수를 의미한다. 그만큼 죽음을 염두에 두고 아쿠타가와 류노스케가 그리스도에 접근해 있음을 알 수 있다.[30]

아쿠타가와 류노스케는 예수를 '성령'의 의지와 '마리아'의 의지의 결합으로 이해했다. 그의 해설에 따르면 전자는 현실적 질서를 초월하고자 하는 원리이고, 후자는 현실적 질서에 안주하며 그것을 보존하려는 원리이다.[31] 그는 예수의 삶이 그토록 극적인 이유가 두 원리가 충돌했기 때문이라고 이해했던 것 같다. 만일 예수가 '성령'의 원리로만 이루어진 인물이었다면 예수는 신 그 자체이기 때문에 여기에 인간적 드라마가 발생할 틈이 없다. 반대로 예수가 '마리아'의 원리로만 이루어진 인물이라면 예수는 사두개인과 바리새인과 같은 처세술로 죽음을 피할 수 있었을 것이다.[32]

그러나 아쿠타가와 류노스케는 이 둘을 동등한 원리로 보지 않았다. 그는 현세적인 마리아의 원리를 은근히 멸시하면서 이를 초월하는 성령의 원리를 추켜세우고, 저 피안의 너머까지 상승하는 초인적인 의지와 능력을 강조했다. 아쿠타가와가 니체를 언급할 때마다, 마리아를 그 대립항으로 상정한 이유가 여기에 있다. 아쿠타가와는 삶에 대한 애착을 '인간적인 것'이라고 이해하는 듯하면서도 그것을 멸시하고, 인간적인

---

30) 고영자, 『일본의 지성 아쿠타가와 류노스케』, 전남대학교출판부, 2000, 295면.
31) 아쿠타가와 류노스케, 「서방의 사람」, 『월식』, 116-117, 126-127, 142-143면.
32) 아쿠타가와 류노스케, 「속 서방의 사람」, 『월식』, 154, 156-157면.

한계를 뚫고 상승하는 초인적 의지에 높은 가치를 부여했다. 그는 다른 글에서도 '인간적인 것'을 가치 없고 능력없는 자들의 자기 위안일 뿐이라고 계속해서 니체적으로 비웃고 조롱했다.[33]

　이러한 비웃음과 조롱에는 자학적인 요소가 있다. 아쿠타가와는 예수 그리스도를 지탱하는 두 개의 원리 가운데 초월적인 성령의 원리만을 강조했지만,("그는 어머니 마리아보다도 아버지의 성령의 지배를 받고 있었다."[34]) 2장에서 살펴본 것처럼 정작 아쿠타가와 자신이 이 초월적 원리를 관철시킬 수 없어 괴로워했다. 그는 인공의 날개 다음에는 추락과 죽음, 박제의 이미지를 연상할 수밖에 없었고, 죽음 속에서의 안식을 원하기까지 했다. 그의 자살은 시대적 위기감에 대한 민감한 문학적 반응이었지만, 여기에 불안과 우울, 패배감이 섞여 있음을 부정하기는 어려울 것이다.

　이상이 「종생기」에서 '유서' 운운하며 아쿠타가와 류노스케와의 경쟁의식을 노출시킨 것이라면, 아쿠타가와에 대한 반발의 핵심은 이 니체풍의 '예수론'과 여기에 서어 있는 불인과 우울, 패배감을 겨냥한 것이 아닐까. 어쩌면 이상은 아쿠타가와 류노스케와는 다른 복음서 주석을 내놓으며 아쿠타가와 말년의 음울한 분위기를 넘어서려 했던 것일지도 모른다. 뒤에서 자세히 다루겠지만 그것은 '마리아'의 지위를 강조하는 것일 텐데, 이 점을 살피기에 앞서 아쿠타가와 류노스케의 '예수'에 맞먹는 것으로 생각되는 이상의 '메피스토펠레스'를 간략히 언급하기로 하자. 이 메피스토펠레스가 인간적인 것, 삶에 안주하는 것의 원리로서의 '마리아'가 아니라 뒤에서 살펴볼 신성한 신부로서의 '마리아'를 이해하는 예비적 토대일 수 있기 때문이다.

<hr>

33) 아쿠타가와 류노스케, 양희진 역, 「난쟁이 어릿광대의 말」, 『쓸쓸함보다 더 큰 힘이 어디 있으랴』, 문파랑, 2007, 21-22, 43-44, 54, 93, 103면.
34) 아쿠타가와 류노스케, 「서방의 사람」, 『월식』, 143면.

이상은 1931년 「삼차각설계도」의 계열시 가운데 하나인 「선에관한각서 5」에서 화자의 입을 빌려 메피스토펠레스가 바로 자신이라고 썼다.

> 사람은다시한번나를맞이한다, 사람은보다젊은나를적어도만나기는한다, 사람은세번나를맞이한다, 사람은젊은나를적어도만나기는한다, 사람은편하게기다리라, 그리고파우스트를즐기거라, 메피스트는나에게있는것도아니고나이다.(Ⅰ : 291)

한 주석가는 이 구절을 두고 다음과 같이 설명했다. "여기서 '메퓌스트'는 『파우스트』에 등장하는 악마 메피스토펠레스를 말한다. '메퓌스트'가 바로 '나'라고 하는 것은 인간의 의식 내부에 신에게 도전하고자 하는 욕망이 담겨 있음을 말한다."[35] 그러나 시의 전체 맥락을 고려해보면 이 설명에는 어색한 구석이 있다. 이 시에는 빛보다 빠르게 달아나는 사건이 제시되면서 이 사건 속에서, 반복되는 결혼, 과거와 미래의 결합, 또 무수한 '나'를 모으는 문제, 새로운 인간형을 창조하는 문제가 차례로 등장한다. 빛보다 빠른 속도의 운동을 통해 현재가 고정시키는 한계 틀에서 벗어나 과거 속에서 미래를, 미래 속에서 과거를 보기를 요구하는 이 시의 전체적인 어조와 '신에게 도전하고자 하는 욕망'이 잘 어울리지 않는다. 완전히 새로운 인간형을 요구하는 이 시에 등장하는 '메퓌스트'가 『파우스트』의 메피스토펠레스임에는 틀림없겠지만, 이 악마에 대해서는 엘리아데의 견해에 귀 기울이는 것이 이상을 이해하는 데 더 큰 도움이 될 것 같다.

『파우스트』의 메피스토펠레스를 분석하는 엘리아데의 요점은, 메피스토펠레스가 단순히 신에 대립하는 악마가 아니라는 데에 있다.[36] 생(生)

---

35) 권영민 편, 『이상 전집』 1권, 뿔, 2009, 297면 각주 11.
36) 메피스토펠레스에 대한 이하의 분석은 미르체아 엘리아데, 최건원·임왕준 역, 「메피스

을 방해하는 장난꾼 메피스토펠레스는 역설적으로 생에 긴장을 도입하면서 활력을 불어넣고 예기치 않은 방식으로 신을 보조하면서 생을 자극하고 분출시킨다. 엘리아데는 이것이 오랫동안 전승되어 온 양성인(兩性人)의 신화에 대한 괴테적 판본이 아니겠는가 추측했다. 겉보기에 반대의 극처럼 보이는 부정한 영(靈)과 신이 사실은 조화로운 짝패를 이루면서 신성한 기능을 수행하기 때문이다. 비록 괴테가 양성인의 신화를 의식적으로 반복하려고 했던 것은 아니겠지만, 가장 선한 것은 동시에 가장 악한 것과의 결합을 통해서만 진정한 신성의 차원, 참된 시작과 창조의 차원에 도달할 수 있지 않겠는가 하는 점을 이 위대한 독일의 문호가 감지했으리라는 것이다.

이상은 신에 대항하는 악마적 메피스토펠레스가 아니라, 대립과 결합의 독특한 구조를 갖고 있는 양성인의 한쪽 짝패인 메피스토펠레스를 내세운 것처럼 보인다. 이상이 이 시에서, 반복되는 결혼을 언급하고, 과거와 미래를 결합시키며, 무수한 '나'를 한데 모으는 문제에 대해서 언급한 것 또한 같은 맥락일 것이다. 이 시는 전체적으로 빛보다 빠르게 달아나는 사건 위에서 떠오르는 어떤 문제들을 다루고 있는데, 이상은 빛의 속도를 뛰어넘는 이 강력한 운동을 통해서 현재 속에서 분리되어 대립하고 있는 영역들의 경계선을 깨뜨려 어떤 결합의 상태를 만들어내려고 했던 것 같다. 이상이 전문화(專門化)라는 이름으로 파편화된 현대인들을 비판하면서, 이들을 종합하는 것에 미래적 가치가 있다고 쓴 것 또한 이러한 사정과 관련된 것으로 보인다. 이상은 『조선과 건축』 8호의 권두언에 이렇게 썼다. "원시인은 혼자서 엽사, 공예가, 건축사, 의사를 겸했다. … 현대인은 그 중 하나를 선택한다. 미래는 전적인 인간을 요

토펠레스와 양성인 또는 총체성의 신비」, 『메피스토펠레스와 양성인』, 문학동네, 2006 참고.

구한다."37)

아쿠타가와 류노스케의 경우 현실의 범주를 넘어서 새로운 미래로 나아가는 방법이, 자신 안에 초월적 존재자인 '성령'이 있는가 없는가 혹은 자신이 '천재'인가 아닌가 하는 자학적인 물음과 연결된다면, 이상의 경우는 분리되어 있는 영역들을 깨뜨려 하나로 결합시킬 수 있는가 없는가 하는 연금술적 물음 속에 미래로 나아가는 방법이 있는 것처럼 보인다. 우리는 이 문제를 이상이 언급한 <누가복음>과 '마리아'를 통해 재확인할 수 있다.

이상은 수필 「산촌여정」에서 자신이 여행한 성천 마을에 신화적 분위기를 불어넣으며 누에를 치기 위해 뽕나무에 오르는 검은 피부의 여인들을 '귀화한 마리아'라고 불렀다. 그런데 성천 마을에 머문 자신의 심경을 토로한 이 수필에 이런 구절이 삽입되어 있다. "그러나 공기는 수정처럼 맑아서 별빛만으로라도 넉넉히 좋아하는 <누가복음>도 읽을 수 있을 것 같습니다."(Ⅳ : 36)

이상이 이 신화적 분위기가 감도는 성천의 밤 시간에 떠올린 것이 유일하게도 성경이었으며, 그것이 아쿠타가와처럼 4대 복음서가 아니라 그 가운데 특별히 <누가복음>이었다는 점에 주목해보면 어떨까. <누가복음>은 양극의 균형이라는 관점을 두드러지게 강조하고 있는데, 이 때문에 이 복음서에는 '대조'의 형식이 자주 발견된다. 예컨대 누가는 이웃 사랑이라는 주제를 다룬 직후에(10장 25절~37절) 하나님 사랑이라는 주제를 다루면서(10장 38절~42절) 사랑의 의미를 어느 한 방향에서만 바라보는 것을 거부한다. 누가는 또한 한 남자의 에피소드 다음에는 다시

---

37) 김윤식 편, 『이상문학전집』 3, 문학사상사, 1993, 201면. 이 권두언은 R이라는 필명으로 쓰였는데, 김윤식은 이상이 이 잡지 편집에 가담했다는 점, 이 권두언의 문체가 이상의 문체와 유사하다는 점을 들어 R을 이상이라고 추정하고 있다(같은 책, 211면).

한 여자의 에피소드를 제시하면서 한 벌의 짝패를 통해 종교적 메시지를 전달한다. 서양화가들이 무수히 반복해서 재현한 수태고지의 에피소드를 보면, 누가는 한 번은 사가랴와 엘리사벳 부부의 이야기로 다시 한 번은 요셉과 마리아 부부의 이야기로 신이 고지한 신성한 아기의 잉태를 두 번 반복하고, 각각의 이야기에서 사가랴와 요셉의 남성적 반응과는 엘리사벳과 마리아의 여성적 반응을 각각 구별하면서 반복한다.[38] 한 쌍의 짝패를 통해서 서사를 구성하려는 <누가복음>의 구조는 이상 문학의 기본 구조와 유사한 측면이 있다(이 점은 4장에서 다시 언급될 것이다).

<누가복음>의 이러한 구성 때문에 이 복음서는 성경 가운데 가장 여성 인물을 강조한 문서이며,[39] 신약에서는 유일하게 남방에서 온 '시바의 여왕'을 언급(11장 31절)한 문서이기도 하다. '시바의 여왕'은 구약 <열왕기 상> 10장에도 나오는 인물로 솔로몬의 지혜를 얻기 위해 유례가 없이 많은 향료를 갖고 예루살렘을 찾은 남방의 여왕이다. 에티오피아 그리스도인들의 경전인 <케브라 나가스트>, 즉 '왕들의 영광'에는 흥미로운 전설이 포함되어 있는데, 이에 따르면 시바의 여왕은 한쪽은 인간의 발, 다른 한쪽은 염소의 굽이 털이 난 나리를 가지고 태어났으며 이 때문에 그녀는 자신의 짝을 찾을 수 없으리라고 여겼다. 그리고 이 점이 중요한데 그런 시바의 여왕이 이스라엘에서 자신의 짝 솔로몬 왕을 만났다는 것이다. 이것은 이슬람 경전에서도 공통적으로 발견할 수 있는 대목이다.[40]

요점은, 이상이 '시바의 여왕' 에피소드를 알고 있었을 가능성이 있다는 것이 아니라, <누가복음>의 메시지가 다양한 짝패 관계들로 구성되

---

38) 안셀름 그륀, 이성우 역, 『예수, 인간의 이미지』, 분도출판사, 2006.
39) 존 놀랜드, 김경진 역, 『누가복음(중)』, 솔로몬, 2005, 404-405면.
40) 마이클 우드, 최애리 역, 『신화추적자』, 웅진, 2005, 212, 238면.

어 있으며 특히 남녀간의 결합으로 구성된 은유들로 넘치고 있다는 것
이다. 염소의 다리를 한 여자와 지혜로운 왕의 결합, 순진한 시골 청년
과 다른 남자의 아이를 임신한 약혼녀의 결합, 제사장의 가문에서 고귀
한 혈통으로 태어난 세례 요한과 다윗의 혈통이지만 목수의 아들로 태
어난 예수 그리스도의 결합, 이러한 짝패들의 관계란 이상이 즐겨 제시
한 절름발이 짝패 관계와 크게 다르지 않은 것처럼 보인다.

　<누가복음>에 숨겨진 짝패 관계를 언급하면서, 성모 마리아가 아닌
숨겨진 마리아, 막달라 마리아에 대해서 빼놓을 수 없다. <누가복음>은
막달라 마리아에 대해 모두 세 번 언급하고 있는데, 한번은 예수에 의해
"일곱 마귀가 나간 자"로, 다시 한번은 예수를 돕는 여자들 가운데 한
사람으로, 끝으로 부활절 아침 동이 트자마자 무덤에 찾아간 여인으로
나타난다. <누가복음>은 분명히 막달라 마리아를 예수의 추종자들 가
운데서도 중요한 인물로 묘사하고 있지만, 이 여자가 예수나 그의 제자
들과 어떤 관계였는지, 또 그녀가 어떤 방식으로 예수를 도왔는지에 대
해서 구체적인 언급을 하고 있지는 않다. 마이클 베이전트 등은 알비파
의 종교적 신념과 이 지역에서 전승되는 다양한 전설들을 분석하면서,
막달라 마리아를 예수의 발에 값비싼 향유를 부은, 이름이 밝혀지지 않
은 여인과 동일시하면서 그녀를 가톨릭 전통에서 의도적으로 배제한 예
수의 숨겨진 신부라고 주장한 바 있다.[41] 막달라 마리아가 실제로 예수
의 신부였다는 사실을 증명할 수는 없지만, 이러한 가설을 지지하는 상
당한 증거들이 성경 속에 포함되어 있으며, 예수와 막달라 마리아 사이
에서 신성한 결혼이 이루어졌다는 믿음이 중세 남부 프랑스 지역을 중
심으로 광범위하게 유포되었다는 점은 역사적 사실이다.[42] 요점은 '막달

---

41) 마이클 베이전트 · 리처드 레이 · 헨리 링컨, 이정임 · 정미나 역, 『성혈과 성배』, 자음과
　　모음, 2005.

라 마리아'를 중심으로 한 '신성한 결혼' 혹은 '신랑을 기다리는 신부'의 이미지가 중세 유럽의 강력한 신앙의 대상이었으며 그 근거가 될 만한 요소들이 <누가복음>에도 숨겨져 있다는 점이다.

이 신성한 결혼에 대한 관념은 기독교라는 특정 종교에만 국한된 것은 아니다. 여신을 숭배하던 고대의 유럽과 근동지역에서는 여신을 대리하는 왕가의 상속녀 혹은 왕족 사제가 왕의 머리에 기름을 붓는 것으로 이 신성한 결합을 선포하고 특정 기간 동안 풍성한 혼인 잔치를 열어 공동체의 부활과 활력, 그리고 조화를 빌었다. 여신으로부터 나오는 사랑과 왕권이 남성 영웅에게 부여될 때 신성한 결혼이 이루어지며, 공동체적 질서가 작동하기 시작한다.[43] 이러한 신성한 결혼에 대해서 예수 자신이 신약의 여러 장면에서 언급하고 있으며 <누가복음>에서는 바리새인들을 비판하는 자리에서 "그러나 그날에 이르러 그들이 신랑을 빼앗기리니 그 날에는 금식할 것"(5장 35절)이라고 말한 바 있다.

이상은 <누가복음>에 암시적으로 제시된 이러한 남녀의 신성한 결합, 서로 다른 것처럼 보이지만 조화를 이루면서 강력한 에너지를 발생시키는 결합에 이끌렸던 것 같다. 그리고 이 결합의 구조야말로 신화적 분위기로 가득한 '성천'의 공간에 합당한 텍스트라고 여겼을 것이다. 그러나 더 이상 저 신성한 결혼의 고대적 축제가 불가능한 것처럼 보이는 식민지 경성에서 이상은 이 신성한 결혼을 완전히 뒤집힌 방식으로, 절름발이 부부 관계로 그려놓았다. 이상이 이런 식으로 뒤집힌 거울상을 통해 근대적 현실을 비판해왔다는 것은 주지의 사실이다. 타락한 모습이라고 하더라도 여전히 신성의 표지를 간직하고 있는 이상 문학의 여성 이미지들, 타락한 여신·신부들이 절름발이 짝패의 한쪽 영역을 감당하

---

42) 마가렛 스타버드, 임경아 역, 『성배와 잃어버린 장미』, 루비박스, 2004.
43) 신성한 결혼에 대한 이상의 내용은 마가렛 스타버드, 앞의 책, 89-101면 참조.

고 있는 장면들을 계속해서 살펴보자.

4. 이상 문학의 절름발이 짝패와 마리아의 세속적 분신들

메피스토펠레스가 함축하는 양성인 신화와 <누가복음>의 대립항들의 결합구조를 분석하면서, 우리는 아쿠타가와의 '예수'와 비교할만한 이상의 '마리아' 이미지를 상상해 보았다. 이러한 이미지가 이상의 문학 텍스트 속에서 실제로 나타나고 있는지를 검토하는 작업이 여기에 뒤따라야 함은 물론이다.

「종생기」 등 연애관계를 다룬 이상의 소설에는 거의 단일한 유형의 남녀가 등장하는데, 그것을 이상 자신의 비유에 따라 '숙명적으로 발이 맞지 않는 절름발이 부부(혹은 연인)'(「날개」)라고 부를 수 있다. 가장 내밀하고 친숙해야 할 연인 혹은 부부가, 이상 소설 속에서는 절름발이 관계로 기이하게 비틀려 있다. 이상의 출세작 「날개」에서 유치증 환자처럼 보이는 무능한 남편과 매춘으로 남편을 먹여살리는 아내가 등장하고, 「동해」, 「종생기」, 「실화」 등에서 서로의 마음을 숨기고 연애 게임을 벌이며 다른 남자와 동침하는 여자, 그리고 그런 여자를 보며 괴로워하는 남자가 등장한다. 소설 속에 등장하는 이 절름발이 짝패는 하나로 묶여 있고 또 닮아 있으면서도 근원적으로 다르고 조화를 이루지 못한다.

이상 문학 연구자들은, 이 절름발이 짝패를 분석하면서 대체로 이상의 전기적 사실에 크게 의존하고 있다. 「날개」 등에 등장하는 이 기이한 남녀 관계가 이상 자신의 실제 행적의 반영이라는 것이다. 이상은 1933년 2차 각혈을 겪고 이를 치유하기 위해 조선총독부 기수직에서 물러나 배천온천으로 여행을 떠났으며 여기서 기생 금홍과 만나 서울에서 동거 생활을 시작하고 함께 다방 제비를 경영했으나 경영난 등으로 불화가 생겨 금홍이 수차례 가출했고, 35년에는 금홍과 결별하고 36년에는 다시 변동림과 결혼한 사실이 확인된다.44) 많은 연구들에서 이 전기적 사실과 이상의 소설적 진술들을 동일시하려는 경향을 확인할 수 있다.

하지만 2차 각혈 이전, 1차 각혈(1930년 여름) 직후에 쓰인 시들, 예컨대 「흥행물천사」와 「광녀의 고백」과 같은 시에 이 절름발이 부부 관계의 한쪽 짝패인 '매춘부'가 등장한다는 사실을 눈여겨봐야 한다. 이러한 사례들에서 작가 김해경(이상의 본명)의 기이한 행적이 있기 전에 이미 '절름발이 짝패 관계'가 이상 문학의 중요한 모티프로 자리잡고 있다는 점을 어느 정도 확인할 수 있다. 요점은, 작가의 전기적 사실로 환원시킬 수 없는 이상 문학의 근본적 원리 가운데 하나가 '절름발이 짝패 관계'이며, 바로 이것이 앞서 살핀 마리아의 신성한 결혼식의 뒤집힌 형태라는 것이다. 이 점에서 2차 각혈 이전에 쓰인 이상의 초기 작품에 등장하는 여성 이미지를 검토하는 것이 필수적이다.

(E)여자인S옥양(孃)한테는참으로미안하오. 그리고B군사네안네삼사하지아니하면아니될것이오. 우리들은S양의전도에다시광명이있기를빌어야하오

창백한여자.
얼굴은여자의이력서이다. (…중략…) 온갖밝음의태양들아래여자는참으로맑은물과같이떠돌고있었는데참으로고요하고매끄러운표면은조약돌을삼켰는지아니삼켰는지항상소용돌이를갖는퇴색한순백색이다.
(…중략…)
(F)등쳐먹으려고하길래내가먼첨한대먹여놓았죠.

---

44) 김윤식, 『이상연구』, 문학사상사, 1987, 110-112면.

(…중략…) 온갖표적은모두무용이되고웃음은산산이부서지고도웃는다. 웃는다. 파랗게웃는다. 바늘의철교와같이웃는다. (G)여자는나한(羅漢)을밴[孕]것인줄다들알고여자도안다. 나한은비대하고여자의자궁은운모(雲母)와같이부풀고여자는돌과같이딱딱한초콜릿이먹고싶었던것이다. 여자가올라가는층계는더욱새로운초열빙결지옥(焦熱氷結地獄)이었기때문에여자는즐거운초콜릿이먹고싶지않다고생각하지아하는것은곤란하기는하지만 (…중략…)

여자는물론모든것을포기하였다. (…중략…) 여자의피부는벗기고벗긴피부는선녀의옷자락과같이바람에나부끼고있는참서늘한풍경이라는점을깨닫고사람들은고무와같은두손을들어입을박수하게하는것이다.

이내몸은돌아온길손, 잘래야잘곳이없어요.

여자는마침내낙태한것이다. (H)트렁크속에는천갈래만갈래로찢어진 POUDRE VERTUESE가복제된것과함께가득채워져있다. 사태(死胎)도있다. 여자는고풍스러운지도위를독모(毒毛)를살포하면서불나비와같이난다. 여자는이제는이미오백나한(羅漢)의불쌍한홀아비들에게는없으려야없을수없는유일한아내인것이다. 여자는콧노래와같은ADIEU를지도의엘리베이션에다고하고No.1~500의어느사찰인지향하여걸음을재촉하는것이다.(I : 246-248)

먼저 순백색의 창백하고 매끄러운 피부를 가진 S양이 있는데, 이 S양의 고백 (F)"등쳐먹으려고하길래내가먼첨한대먹여놓았죠"에서 확인할 수 있듯이, 여기에 서로가 서로를 속이려드는 모종의 사건이 있었을 것이다. 시의 도입부 (E)를 보면 이 사건이 B군에게 감사를 표하고 있는 화자와 B군, 그리고 S양, 이 세 남녀 사이에 일어난 일이라는 사실을 알 수 있으며, 이 삼각관계가 성적인 것이라는 점은 (G)의 임신 사실에서 확인할 수 있다. 그리고 (H)에 이르면 S양이 화자나 B군과 결합하지 않고 결국 낙태했다는 것, 이것을 계기로 '오백명의 불쌍한 홀아비들에게 없을 수 없는 유일한 아내'가 되었다는 것이 드러난다. 그러나 이러한 사건들이 S양이 두 남자로부터 버림을 받았다거나, 이로 인해 S양이 모든 남자들(오백명의 불쌍한 홀아비들)과 상대해야 하는 매춘부가 되었다는 식으로 이해하는 것은 곤란하다. S양의 고백(F)에 따르면, 서로를 속여야 하는 게임에서 먼저 속임수를 쓴 것은 S양이고, 마지막 구절에서도 S양이 1번에서 500번의 후보 남성들에게 차례로 작별인사를 고하며 능동적으로 다른 남성들을 찾아 나서고 있기 때문이다. 아버지가 불분명한 임신이나 낙태와 같은 사건들에도 불구하고 오히려 이러한 사건들을 주도하고 있는 것은 S양처럼 보인다.

흔히 이상과 변동림 사이의 관계를 반영하고 있다고 생각되는 소설들과 이 시를 비교해보면 몇 가지 공통점을 확인할 수 있으며 이를 통해서 이 시를 명확하게 이해할 수 있다. 우선 소설 「동해(童骸)」는 '나'와 '윤', 두 남자 사이를 오기는 '임', 이들의 삼삭관계로 되어 있는데, 이것은 「광녀의 고백」에서 제시된 상황이기도 하다. 또한 (F)에서 확인할 수 있는, 서로를 속이려드는 연애 관계가 「동해」의 주요 서사이기도 하다.

여기에 이 시의 S양이 새로운 남자들을 찾아나설 때마다 끌고 다니는 트렁크가 「동해」에도 등장하고 있다는 점에 주목할 수도 있다.

> 불원간 나는 굳이 지킬 한 개 슈트케이스를 발견하고 놀라야 한다. 계속하여 그 슈트케이스 곁에 화초처럼 놓여 있는 한 젊은 여인도 발견한다.
> (…중략…)
> 결혼하면 나는 임(姙)이를 미워한다. 윤? 임이는 지금 윤한테서 오는 길이다.(Ⅱ : 101-102)

인용문은 「동해」의 도입부로, '윤'의 애인인 '임'이 이 관계를 정리하지 않은 채로 서술자를 찾아온 장면인데, 이때 그녀의 도착을 알리는 첫 번째 사물이 ‘슈트케이스’이다. 이것은 상대방을 속이는 가면(“복제된 것”) 과 이전 남자에게서 묻어온 끔찍한 흔적(“사태(死胎)”)이 들어 있는 S양의 트렁크를 떠올리게 한다.

우리가 위에서 제시한 기묘한 연애관계와 속임수로서의 연애 기법은 「동해」뿐 아니라 「단발」, 「봉별기」, 「종생기」, 「실화」 등에서도 쉽게 확인할 수 있는 요소들이다. 요점은 우리가 흔히 이상의 전기적 사실로 환원하곤 하는 절름발이의 짝패 관계란 실상 이상의 초기 시(이상이 기생 금홍이나 변동림과 만나기 전에 발표된 작품들이다)에서도 발견된다는 것이다. 따라서 우리는 이상이 자신의 체험을 문학 텍스트에 반영해서 절름발이의 짝패 관계를 만들어낸 것이 아니라, 오히려 이러한 짝패 관계가 먼저 있고 이를 기본 구조로 해서 이상 자신의 체험을 제작하고 있다고 이해해야 할 것이다. 그리고 이 짝패 관계가 메피스토펠레스, 마리아의 신화적 모티프와 연결될 수 있음은 앞서 길게 논한 바 있다.

이러한 독법이 가능한 것은, 이상 소설에서 남자들을 배신하는 ‘연’과 ‘임’의 원형이라고 생각되는 저 「광녀의 고백」의 S양에게서 여신의 흔적이라고 할 만한 것들을 찾아볼 수 있기 때문이다. 이 부분은 대단히 미묘하고 불투명해서 세심한 주의를 기울여야 한다. S양은 비록 삼각관계 속에서 임신하고 낙태하는 여자로 전락했지만, 초열빙결지옥의 계단을 오르는 여자이며, (역설적인 표현이기는 하지만) 깨달음을 얻은 아라한들의 유일한 아내이기도 하다. 또 그녀는 이 지옥 속에서 피부가 벗겨지는 고통을 느끼는데, 이 피부는 선녀의 옷자락처럼 보인다. 여기서, 연인이자 아들인 두무지를 구하기 위해 자신의 보석을 하나씩 빼앗기며 여섯 개의 금지된 문을 통과해 지옥으로 내려가는 바빌로니아의 여신 이슈타르를 떠올리는 것을 지나친 비약이라고 할 수도 있겠지만, 「광녀의 고백」에 일상적인 연애 관계의 차원을 초과하는 어떤 신성성(神聖性)의 흔적이 희미하게 남아 있음을 부정하기는 어려울 것이다.

이 희미한 신성성의 흔적은 「광녀의 고백」의 속편이라고 할 수 있는, '어떤 후일담으로'라는 부제를 달고 있는 「흥행물천사」에서도 확인할 수 있다. 이 시의 제목이 가리키는 바, S양의 후일담이란 흥행물로 전락한 '천사'의 이야기이다.

여자의눈은북극에서해후하였다. 북극은초겨울이다. 여자의눈에는백야 가나타났다. 여자의눈은바닷개잔등과같이얼음판위에미그러져떨어지고만 것이다.

세계의한류를낳는바람이여자의눈물을불었다. 여자의눈은거칠어졌지만 여자의눈은무서운빙상에싸여있어서파도를일으키는것은불가능하다.

여자는대담하게NU가되었다. 한공(汗孔)은한공만큼의형극(荊棘)이되었 다. 여자는노래부른다는것이찢어지는소리로울었다. 북극은종소리에전율 하였던것이다.

거리의음악사는따스한봄을마구뿌린걸인과같은천사. 천사는참새와같이 수척한천사를데리고다닌다.(I : 257-258)

초열결빙지옥의 계단을 오르던 S양이 여기서는 북극의 추위 속에서 대담하게 맨 몸으로 서서 찬바람을 맞으며 형극에 처해 있다. 그녀의 눈은 단단하게 얼어붙어 무서운 빙산으로 둘러싸여 있고 그녀가 부르는 노래는 찢어지는 소리로 흩어질 뿐이다. 이 대목을 그녀가 실제로 북극을 향해 가고 있다고 읽을 수도 있겠지만, 그녀가 처해 있는 현실이 싸늘하게 얼어붙은 북극과 같다고 읽는 것이 더 자연스러울 것이다. 시의 중반에서 그녀는 찢어지는 소리로 노래하는 거리의 음악사로 묘사되어 있는데, 이 장면은 급작스런 무대변경이라기보다 북극처럼 보이는 공간의 현실적 이미지가 등장하는 순간으로 보인다. 현실의 거리에서 그녀는 자신의 음악을 판다는 점에서 '흥행'과 관련되지만 차가운 거리에 '따스한 봄을 마구 뿌린'다는 점에서 '천사'이기도 하다. 그녀는 한편으로 세속적 시장에 내던져지며 타락했지만, 다른 한편으로는 북극의 차가움을 녹여줄 봄의 여신이기도 하다. 이 시의 후반부에서 그녀가 결국은 '추파를 남발하'는 매춘부의 이미지로 그려진다는 점을 간과할 수는 없겠지만, 이 타락한 현실을 살아가고 있는 여자에게 이상이 구원을 예비하는 천사의 이미지를 덧씌워놓고 있다는 점 역시 충분히 강조되어야 할 것이다.

이상은 또한 수필 「혈서삼태」와 「서망율도」에서 이렇게 쓰고 있기도 하다.

생활에 면허가 없는 욱(이상의 친구인 문종혁을 가리킴 — 인용자)의 눈에 매춘부와 성모의 구별은 어려웠다. 나는 그때 창작도 아니요 수필도 아닌 <목로의 마리아>라는 글을 퍽 길게 써보던 중이요 또 그 중에 서경적인 것의 몇 장을 욱에게 보낸 일도 있었다. 항간에서 늘 목도하는 '언쟁하는 마리아 군상'보다도 훨씬 청초하여 가장 대리석에 가까운 마리아를 마포강변 목로술집에서 찾았다는 이야기다.

— 「혈서삼태」(Ⅳ : 24)

목로 뒷방에서 아주먼네가 인사 없이 나온다. 손 베어질 것 같은 소복에 반지는 끼지 않았다.

얼큰한 달래 나물에 한잔 술을 마시며 나는 목로 위에 사늘한 성모(聖母)를 느꼈다. 아픈 혈족의 '저'를 느꼈다.

— 「서망율도」(Ⅳ : 67)

「혈서삼태」에서 이상이 습작했다고 밝힌 「목로의 마리아」는 현재 남아 있는 자료 가운데서는 찾아볼 수 없다. 하지만 이 글에서 매춘부와 성모가 구분되지 않고 하나의 이미지로 결합되어 있음은 분명히 확인할 수 있다. 이것이 다만 매춘부의 성적 매력에 대한 과장된 수사에 불과한 것이라고 추측하기는 어려울 것이다. 이상의 산문 가운데 드물게 서정적이며 그리움을 토로하고 있는 「서망율도」에서, 이상은 목로주점의 작부에게서 성적인 분위기를 완전히 제거하고 성모의 이미지만을 강조하면서 거기에 타락한 현실에서 살아가는 고귀한 혈통의 슬픔을 새겨놓고 있기 때문이다.

이상 문학에서 이러한 신화적 요소와 함께 마리아의 이미지가 가장 선명하게 드러나는 것은 「조감도」 계열에 속하는 시 「LE URINE」이다. 이 시에는 「홍행물천사」에서처럼 북극의 차갑게 얼어붙은 대지 위에 비록 작은 규모로나마 뜨거운 오줌, 뱀을 떠올리게 하는 꿈틀거림을 불어넣어 대지 속에 숨거긴 뜨거운 생명력을 일깨우는 신화적 이야기로 읽을 수 있는 요소들이 포함되어 있다.

> 불길과같은바람이불었건만불었건만얼음과같은수정체는있다. 우수(憂愁)는DICTIONARE(DICTIONAIRE의오식 : 인용자)와같이순백하다. 녹색풍경은망막에다무표정을가져오고그리하여무엇이건모두회색의명랑한색조로다.

> 들쥐(野鼠)와같은험준한지구등성이를포복하는짓은대체누가시작하였는가를수척하고왜소한ORGANE을애무하면서역사책비인페이지를넘기는마음은평화로운문약이다. 그러는동안에도매장되어가는고고학은과연성욕을느끼게함은없는바가장무미하고신성한미소와더불어소규모하나마이동되어가는 실(糸)과같은동화가아니면아니되는것이아니면무엇이었는가.

진녹색납죽한사류(蛇類)는무해(無害)롭게도수영하는유리(瑠璃)의유동체
는무해롭게도반도도아닌어느무명의산악을도서(島嶼)와같이유동하게하는
것이며그럼으로써경이와신비와또한불안까지를함께뱉어놓는바투명한공
기는북국과같이차기는하나㉠양광(陽光)을보라. <u>까마귀는흡사공작과같이</u>
<u>비상하여비늘을질서없이번득이는반개의천체에금강석과추호도다름없이</u>
평민적윤곽45)을일몰전에빗보이며교만함은없이소유하고있는것이다.

이러구려숫자의COMBINATION을망각하였던약간소량의뇌수에는설탕
과같이청렴한이국정조로하여가수상태(假睡狀態)를입술우에꽃피워가지고
있을즈음번화로운꽃들은모다어데로사라지고이것을목조의작은양이두다
리잃고가만히무엇엔가귀기울이고있는가.

수분이없는증기하여왼갖고리짝은말르고말라도시원치않은오후의해수
욕장근처에있는휴업일의조탕(潮湯)은파초선과같이비애에분열하는원형음
악과휴지부,　오오춤추려무나,　일요일의뷔너스여,　목쉰소리나마노래부르
려무나일요일의뷔너스여.

그평화로운식당또어에는백색투명한MENSTRUATION이라문패가붙어
서한정없는전화를피로하여LIT(불어로　침대 : 인용자)우에놓고다시백색여
송연을그냥물고있는데.

㉡<u>마리아여, 마리아여, 피층(皮層)은새까만마리아여, 어디로갔느냐</u>, 욕
실수도콕크에선열탕이서서히흘러나오고있는데가서얼른어젯밤을막으럼,
나는밥이먹고싶지아니하니슬립퍼어를축음기우에얹어놓아주려무나.

---

45) 『정본 이상문학전집』(소명출판, 2005)을 펴낸 김주현은 이 부분을 '평면적 윤곽'의 오식
　　이라고 풀이했지만, 그 근거를 제시하지는 않았다. 김주현은 아마도 '윤곽'이라는 시어
　　를 눈여겨보며 사물의 형태를 나타내는 이 말과 어울리는 용어로 '평면'을 떠올리는 것
　　같다. 하지만 이 '평면'은 까마귀가 '공작'처럼 비상하는 장면과 대비되는 효과를 낳는
　　다는 점에서 원문의 '평민'이 시인의 의도를 반영한 것이라고 생각된다. 권영민 편 전
　　집에서도 '평민적 윤곽'으로 표기되어 있다.

무수한비가무수한추녀끝을두드린다두드리는것이다. 분명상박과하박과
의공동피로임에틀림없는식어빠진점심을먹어볼까— 먹어본다. 만도린은제
스스로포장하고지팽이잡은손에들고그작으마한삽짝문을나설라치면언제
어느때향선(香線)과같은황혼은벌써왔다는소식이냐, <u>숫닭아, 되도록이면순
사가오기전에고개숙으린채미미한대로울어다오, 태양은이유도없이사보타
아지를자행하고있는것은전연사건이외의일이아니면아니된다.</u> (밑줄 강
조 : 인용자, Ⅰ : 231-232)

이 시의 도입부에는 '불길'과 '얼음'의 대립구도가 선명하게 제시된다.
겨울 동안 대지 속에 감추어진 채로 응축된 생명력은 따뜻한 봄바람을
만나 깨어나고 대지 위로 움트는데, 이상은 이 봄바람을 보다 강렬하게
바꾸면서 "불길과 같은 바람"을 이 시의 도입부에서 불러일으키고 있다.
그러나 이러한 강력한 열기에도 녹지 않는 추위가 '불길'에 대립하고 있
다. 이 "불길과 같은 바람"에도 녹지 않는 "얼음과 같은 수정체"는 물론
우리 눈에 있는 렌즈를 가리키는 것이지만, 다음 연의 "험준한 지구 등
성이"와 관련지어 볼 때 이것은 투명하고 차가운 이미지로 얼어붙은 지
구를 연상시키는 기호이기도 하다. "불길과 같은 바람"으로도 깨이나지
않는 거대한 얼음 덩어리인 지구는 순백의 우수(憂愁)로 가득하고, 이 차
갑고 슬픈 렌즈를 통과할 때는 기운 넘치는 녹색도 회색으로 뒤바뀐다
(불길과 얼음의 대립구도는 「흥행물천사」의 봄—북극의 대립구도 및 「광녀의 고백」
의 '초열—빙결지옥'의 대립구도를 떠올리게 한다).
2연이 가리키는 바, 이 얼어붙은 지구—수정체에서 살아가는 것은 쥐
처럼 포복하는 비참한 삶이고, 성기(organ)가 "수척하고 왜소"해지는, 생
식력이 위축된 삶이다. 만일 여기에 어떤 생명력을 불어넣을 수 있는 것
이 있다면, 미동도 없는 얼음의 세계에 어떤 움직임('이동(移動)')을 불러일
으킬만한 것이 있다면, 그것은 가느다란 실처럼 이어져 내려오는 태곳적

의 동화(童話)이며, 신화적 요소들이 모두 빠져나간 학문으로서의 고고학은 아닌 것이다. 오직 동화와 같은 것만이 성욕을 느끼게 하며, 이것이 차갑게 얼어붙은 유리─지구에 뱀처럼 꿈틀거리는 움직임을 도입한다(3연). 그것은 비록 불안한 것이라고 할지라도 경이롭고 신비한 것이다.

여기에서 우리는 이 시의 제목이 가리키는바 '오줌'과 "진녹색 납죽한 사류(蛇類)는 무해(無害)롭게도 수영하는 유리의 유동체는 무해롭게도 반도도 아닌 어느 무명(無名)의 산악(山岳)을 도서(島嶼)와 같이 유동하게 하는것이며"와 같은 구절을 겹쳐 읽을 수 있다. 다시 말해서 이 시는 차갑게 얼어붙은 대지 위에 작은 규모로나마 뜨거운 오줌을, 뱀을 떠올리게 하는 꿈틀거림을 불어넣어 대지 속에 숨겨진 생명력을 일깨우는 신화적 이야기로 읽을 수 있다.46) "진녹색의 납작한 뱀"은 동화에 의해 자극받은 성기에서 흘러나온 뜨거운 물줄기이기도 하고, 고대적 지혜에서 현재까지 가느다란 실처럼 이어진 동화 그 자체이기도 하다.

여기서 조금 더 나아가 ㉠의 '양광(陽光)'과 '까마귀'에 주목하면서, 이상 시에 잠복해 있는, 신화적 상상력에 기초한 기호들을 찾아낼 수도 있다. 이상은 "양광을 보라"로 끝나는 문장의 바로 뒤를 이어서 어떠한 시적 설명도 없이 "까마귀는"으로 시작하는 문장을 쓰고 있다. 우리는 이 두 문장 사이에서 일오(日烏)로도 불리는, 태양 속에 산다는 까마귀, 혹은 삼족오(三足烏)와 관련한 오래된 신화적 이미지를 떠올릴 수 있다. 이 시의 2연에서 역사책을 뒤적거리는 것이 별 소득도 없는 자위행위에 불과하고, 성욕을 불러일으키는 것이 오로지 동화(童話)라고 한 점에 비추어 본다면, 우리와 밀접하게 관련되어 있는 고대 동이족의 신화적 이미지인 태양-까마귀를 떠올리는 것이 무리한 비약은 아닐 것이다.47)

---

46) 신범순, 『이상의 무한정원 삼차각나비』, 현암사, 2008, 151, 251면.
47) 삼족오의 연원은 고조선의 후예들이 살았던 산동반도 소호족(少昊族)의 설화에 남아 있

그러나 이러한 신화적 에너지는 아직 얼음—지구를 녹일 수 있을 만큼 충분히 강력한 것은 아니다. 이 시가 다루고 있는 것은 제목이 가리키는 바, 뜨거운 파도가 아니라 소규모의 '오줌'에 불과하기 때문이다. 이 때문에 태양도 곧 저물고, 이 신성한 태양—까마귀가 보는 것은 어떤 심오하고 귀족적이며 내밀한 비밀이 아니라 다만 '평민적 윤곽'일 뿐이다. 4연에서 모호하게 제시된 것은 이 '평민적 윤곽'과 관련되어 있을 것이다. 4연은 숫자의 콤비네이션을 망각한 상황을 제시하는 것으로 시작되는데, 이상이 수학적 기호들을 다루는 관습에 기대어 보면 숫자의 콤비네이션은 대수적 수학의 경직된 한계를 뚫고 나가는 살아 있는 수학, 이상 식으로 말하자면 숫자의 어미변화에 해당한다. 숫자의 콤비네이션을 망각했을 때, 뇌수는 살아 있는 수학의 체계를 잃어버리고, 번화하던 꽃들은 모두 사라지고 가수상태(假睡狀態)만이 남아 있다.

4연의 마지막에 갑작스럽게 등장하는 수수께끼와 같은 대상, '두 다리를 잃어버린 목조의 작은 양'을 이해하기 위해서는 이 시의 전반부에 지속적으로 환기되는 대립의 구도를 염두에 두어야 한다. 다시 말해서 '얼음으로 뒤덮인 지구—수척하고 왜소해진 '생기'와 이들 녹이고 활력을 불어넣는 '불길과 같은 바람—고고학—뜨거운 오줌—태양—까마귀', 이 두 계열 사이의 대립을 염두에 두어야 한다. 양은 두 번째 계열에 속하

는데, 『회남자』와 『산해경』의 의한 소호족 설화의 요지를 간추려 보면 다음과 같다. 태양이 돋는 곳은 산동(山東)지방으로부터 바다 건너 동쪽 양곡(暘谷)이란 곳인데 여기에는 부상(扶桑)나무가 있다. 양곡의 통치자, 천제(天帝) 제준(帝俊)에게는 열 명의 아들 태양이 있는데, 이들은 모두 태양을 이마에 이고 있는 까마귀 혹은 태양 속에 있는 까마귀들로 발이 세 개이며 황후 희화(羲和)에 의해 번갈아 하나씩 떠올라 세상을 알맞게 환하고 따뜻하게 비추고 있었다. 그런데 번갈아 뜨고 지는 일의 반복에 싫증을 느낀 이 태양—까마귀들이 어느날 한꺼번에 떠올라 대지가 타들어갔다. 요임금은 크게 놀라 천제(天帝)에게 도움을 요청했고, 제준은 활을 잘 쏘는 예(羿)를 내려보내 아홉 개의 태양을 쏘아떨어뜨리게 해 한 개의 태양만이 남게 되었다. 손환일, 「삼족오 문양의 시대별 변천」, 『삼족오』, 학연문화사, 2007, 72-73면.

는 것으로 보이는데 왜냐하면 양은 태양의 동물로 볼 수 있기 때문이다.[48] 그러니까 4연의 전체적인 상황을 종합해 본다면, 숫자는 콤비네이션을 망각하고 '경직'되었으며, 변화하는 꽃 대신에 '가수상태'의 꽃이 피었고, 태양을 운반하는 양이 다리를 잃어 태양의 순환 운동이 '정지'하고 세계수가 목각 인형으로 '축소'된 것이다.

5, 6연은 이 작은 양이 귀 기울여 듣고 있는 것, 이 시의 화자가 반쯤 잠든 상태(가수상태)에서 꾼 꿈의 일부를 장면화한 것이다. 이 꿈 속에는 춤추며 노래하는 비너스가 등장하는데, 이 여신의 춤과 노래는 욕실에 흘러드는 뜨거운 해수(海水)와 함께 얼음─지구의 피로를 풀어준다. 태양이 그러하듯 비너스의 음악은 원형으로 퍼져나가고, 비너스의 꿈을 꾸는 자는 그 원형으로 퍼져나가는 음악에 자신의 보조(步調)를 맞추기를 소망한다("슬리퍼를 축음기 위에 얹어놓아주려무나"). 그러나 이 목욕탕은 오늘이 휴업일이고 '월경'이라는 문패가 붙어 있는 출입문은 열릴 줄을 모른다. 이 시의 화자는 신화적이고 뜨거운 꿈의 세계에 완전히 진입하지 못하고(이 시에서는 결국 비너스와 동일 인물이라고 생각되는[49]) 마리아의 행방을 쫓는다(ⓛ).

사라져버린, 피부가 까만 마리아는, 어쩌면 평민적 윤곽만을 보며 일

---

48) <요한계시록>에 등장하는 양은 일곱 개의 눈과 뿔을 갖고 있는데 이것은 태양의 원리를 재현하는 칠지 촛대 혹은 일곱 개의 '횃불'과 동일한 의미를 갖는다. 여기에 뿔 달린 짐승이라는 유사성 때문에, 태양 처녀를 태우고 천공을 질주하는 사슴과 양은 서로 교환 가능한 상징이다. 그런 점에서 양은 태양의 동물이라고 할 수 있다. 그리고 사슴과의 유사성에 계속해서 기대어 본다면, 뿔의 상징성 때문에 사슴─양은 세계수를 운반하는 동물이기도 하다(폴 조르주 상소네티, 전혜정 역, 『성배와 연금술』, 문학동네, 2005, 4-6, 21-22, 95-96, 104-105면).

49) 에케하르트 로터와 게르노트 로터는 성모 마리아의 신격이 '성적 기능이 제거된 비너스'에 해당하는 것으로 풀이한다(『비너스·마리아·파티마』, 2001). 이 글의 논의에서 마리아와 비너스가 성적 기능을 기준으로 구분된다고 보기는 어렵겠지만, 이 두 여신이 서로 교환가능한 요소라는 점에서 이들의 논의를 참고할 수 있다.

몰과 함께 사라졌을 태양-까마귀의 또 다른 형태일지도 모른다. 그러한 해석은 7연에서 마리아를 찾던 화자가 태양의 태업을 문제 삼으며 수탉에게 울게 한다는 것, 다시 말해서 마리아를 찾는 것과 태양을 찾는 것의 동일시에서 어느 정도 설득력을 갖는 것처럼 보인다.[50]

이 세부적인 이미지의 변신술이 신화적 분위기를 강력하게 암시하고 있다는 사실과 함께 더불어 강조해야 하는 것은, 매춘부의 타락한 이미지를 강하게 띠고 있는 '홍행물천사'가 여기서 '비너스'와 '마리아'로 변주되고 있다는 점이다. 「홍행물천사」에서 제시된 부정적 현실이 북극이었다는 점과 이 시에 제시된 부정적 현실이 얼어붙은 지구라는 점, 그리고 두 시에서 모두 이러한 현실을 탈출하기 위한 장치로 홍행물천사나 비너스가 부르는 '음악'이 요청된다는 점에서 '홍행물천사'와 '비너스-마리아'가 동일한 계열에 속한다는 점은 확실해 보인다. 그녀들은 얼어붙은 지구를 녹일 태양의 노래를 부르는 여신이고, 타락한 현실 속에서 위축되어 있지만 여전히 '소규보'나마 신성을 지닌 여신들인 것이 아닐까.

5. 예수의 죽음과 마리아의 결혼 피로연

지금까지의 논의에서 우리는 이상의 작품 전반에 절름발이 짝패 관계의 구조가 퍼져 있음을 확인하고 이것이 신성한 결혼식의 음화(陰畵)일 가능성을 점검했다. 이상이 그려보이는 여성 인물들이 신성성의 표지를 간직하고 있는 한에서 그녀들은 마리아의 세속적 분신이며 또한 신성한

---

50) 우리는 「산촌여정」을 이러한 분석과 연결시키면서 「산촌여정」의 뽕나무를 태양-까마귀가 앉는 부상(扶桑) 나무로, 그리고 검은 피부의 여인들을 피부가 까만 마리아로 읽을 수도 있다.

결혼을 기다리는 신부이다. 그리고 그녀들이 매춘부의 지위로 전락하는 한에서 이 신성한 결혼이 더 이상 이루어지지 않는 현실에 대한 증상화이자 비판이라고 할 수 있다. 이상은 자신의 시와 소설 속에서 충만한 결합 상태로부터 벗어나 분리되고 파편화된 상태에 대해 반복해서 언급하면서 이들이 결합할 수 있는 가능성을 은밀히 실험했다. 그것은 얼어붙은 지구를 녹이는 시와 오줌이나 목 쉰 소리로 부르는 비너스의 노래(「LE URINE」)로 이루어진 실험이었다. 이상의 이 실험은 흥미롭게도 신화적인 분위기 속에서 이루어졌는데, 이 때문에 현실에서는 타락한 상태로 전락하고 말았지만 여전히 신성함의 표지를 지니고 있는 여신들, 특히 마리아가 빈번하게 호출되었다.

이상이 「종생기」에서 자신의 경쟁 상대로 지목했던 아쿠타가와 류노스케는 자신의 유서로 니체적 관점에서 쓴 '예수론', 「서방의 사람」과 「속 서방의 사람」을 남겼다. 이 작품들 속에서 아쿠타가와 류노스케는 초인적인 초월 의지인 '성령'의 원리를 내세우며 세속적 차원에 머물러 있는 '마리아'의 원리를 조롱했다. 그가 물었던 것은 '인간적인 차원을 벗어나 초월적인 차원으로까지 상승할 수 있는가' 하는 것이다. 이상은 여기서 현실의 비루함을 조롱하는 아쿠타가와 류노스케의 아포리즘과 남성적 힘에 강하게 이끌렸지만, 초월의 제스처와 여기에 수반하는 위기의식, 패배감, 죽음충동을 모두 거부하고 과연 이 타락한 현실에 세워진 분리와 대립의 벽을 무너뜨릴 뜨거운 사랑이 가능할 것인지 물었다. 그가 집요하게 물은 것은 '사랑의 뜨거움을 통해 부서진 삶의 단편들을 하나로 결합할 수 있을 것인가'이다.[51] 하지만 그는 타락한 현실 속에서

---

51) 신범순은 「날개」를 분석하면서 이 물음을 발견했다(『이상무한정원삼차각나비』, 현암사, 2007, 91면). 이 물음은 연애담을 기초로 하고 있는 「날개」 이후의 모든 소설에 공통적으로 적용되는 것 같다.

그것을 늘 비틀린 방식으로 물을 수밖에 없었다. 그것이 절름발이 짝패 관계의 연애나 결혼으로 나타나고 「종생기」에서는 또 이렇게 나타나기도 한다.

> 족하(足下)는 족하가 기독교식으로 결혼하던 날 네이브 · 앤드 · 아일에서 이 '쓰레기', '우거지'에 근이(近邇)한 감흥(感興)을 맛보았으리라고 생각이 되는데 과연 그렇지는 않으십니까.(Ⅱ : 126-127)

비틀린 절름발이 짝패 관계를 쓰레기, 우거지의 상태로부터 신성한 결혼식의 차원으로 상승시켜야 한다는, 그것을 통해 조화로운 결합의 상태로 돌입할 수 있어야 한다는 이상의 은밀한 요구를, 이 글은 포착하고자 시도했다. 이상이 요구한 것은 아마도 마리아의 결혼식 피로연과 같은 것이 아니었을까. 조화로운 결합을 축복하고 여기에서 생겨날 충만한 열매들을 축하하고 나누는 그런 잔치 말이다. 이상은 우리가 앞서 분석한 「흥행물천사」의 마지막 장면에서 이 결혼식 피로연이 현실 속에서 추락한 한 장면을 그려놓았다. 본래 신에게 바치는 신성한 음식이었으며, 마야 문명에서 결혼식 연회에 쓰였던 순수한 카카오, 그러나 오늘날에는 값싼 사탕과 식물성 지방과 혼합되어 다른 상품들과 구별하기 어렵게 된 초콜릿이 이 장면에 새겨져 있다.[52]

> 여자는코끼리의눈과두개골크기만한수정눈을종횡으로굴리어추파를남발하였다.

> 여자는만월을잘게잘게썰어서향연을베푼다. 사람들은그것을먹고돼지처

---

52) 신의 열매로서의 카카오에 대해서는 인류학자 도브잔스키 코 부부의 『초콜릿』(서성철 역, 지호, 2000), 50-51, 72-77면 참조.

럼뚱뚱해지는초콜레이트냄새를방산하는것이다.(Ⅰ : 258-259)

　시장의 상품으로 추락한 이 초콜릿의 쓸쓸한 맛에 마야 문명의 신성한 결혼의 차원이 깃들어 있는 것처럼, 이상이 제시한 위악적인 포즈와 기괴한 연애 관계 속에서 우리는 또한 절름발이 짝패들의 신성한 결합에 대한 은밀한 요구를 읽을 수 있다. 그러므로 우리는 종생기에 걸려 있는 저 아쿠타가와 류노스케에 대한 선망과 질투를 또 한번의 이상 스타일의 위트와 패러독스라고 읽어야 할 것 같다. 실상 이상은 자신이 아쿠타가와의 아류라고 고백하고 있다기보다는, 절름발이 짝패의 신성한 결합이라는 마리아의 원리로, 현실을 초월하려는 아쿠타가와 류노스케의 예수의 원리를 넘어서려 하고 있기 때문이다.

참고문헌

권영민 편, 『이상 전집』 1~4권, 뿔, 2009.
김윤식 편, 『이상문학전집』 3, 문학사상사, 1993.
김주현 주해, 『정본 이상문학전집』 1~3권, 소명출판, 2005.
아쿠타가와 류노스케, 하태후 역, 『서방의 사람』, 형설출판사, 2000.
아쿠타가와 류노스케, 노재명 역, 『월식』, 하늘연못, 2005.
아쿠타가와 류노스케, 김명주 역, 『아쿠타가와 류노스케 단편집』, 지만지, 2008.
아쿠타가와 류노스케, 양희진 역, 『쓸쓸함보다 더 큰 힘이 어디 있으랴』, 문파랑, 2007.

권영민, 『이상텍스트연구』, 뿔, 2009.
김윤식, 『이상연구』, 문학사상사, 1987.
서영채, 『사랑의 문법』, 민음사, 2004.
신범순, 『이상무한정원삼차각나비』, 현암사, 2007.
신범순 외, 『이상문학연구의 새로운 지평』, 역락, 2006,

고영자, 『일본의 지성 아쿠타가와 류노스케』, 전남대학교출판부, 2000.
김난희, 『아쿠타가와 류노스케 문학의 이해』, 한국학술정보, 2008.
송현순, 『아쿠타가와 류노스케 문학연구』, 보고사, 2002.
이금재, 「아쿠타가와 류노스케와 이상의 문학」, 『일본문화연구』 13집, 동아시아일본학
     회, 2005.
조사옥, 「이상문학과 아쿠타가와 류노스케」, 『일본문화연구』 7집, 동아시아일본학회,
     2002.

미요시 유키오, 정선태 역, 『일본 문학의 근대와 반근대』, 소명, 2002.
요로 다케시, 신유미 역, 『일본문학과 몸』, 열린책들, 2005.
우스이 요시이, 고재석·김환기 역, 『일본 다이쇼문학사』, 동국대학교출판부, 2001.
호쇼 마사오 외, 『일본 현대 문학사』, 문학과지성사, 1998.
히라노 겐, 고재석·김환기 역, 『일본 쇼와문학사』, 동국대학교출판부, 2001.

로제 카이유와, 권은미 역, 『인간과 성』, 문학동네, 1996.
마가렛 스타버드, 임경아 역, 『성배와 잃어버린 장미』, 루비박스, 2004.
마이클 베이전트·리처드 레이·헨리 링컨, 이정임·정미나 역, 『성혈과 성배』, 자음
　　과 모음, 2005.
마이클 우드, 최애리 역, 『신화추적자』, 웅진, 2005.
미르체아 엘리아데, 최건원·임왕준 역, 「메피스토펠레스와 양성인 또는 총체성의 신
　　비」, 『메피스토펠레스와 양성인』, 문학동네, 2006
소피 D. 코 & 마이클 D. 코, 서성철 역, 『초콜릿』, 지호, 2000.
안셀름 그륀, 이성우 역, 『예수, 인간의 이미지』, 분도출판사, 2006.
에케하르트 로터 & 게르노트 로터, 신철식 역, 『비너스·마리아·파티마』, 울력, 2001.
존 놀랜드, 김경진 역, 『누가복음(중)』, 솔로몬, 2005.
폴 조르주 상소네티, 전혜정 역, 『성배와 연금술』, 문학동네, 2005.

1930년대 일본 모더니즘의 현장

여기에 번역 수록한 일본 시인의 작품(11명의 시 129편)은 이상 문학과의 관련성을 찾아볼 수 있는 시편을 중심으로, 조선총독부 도서관에 소장되어 있었던 『詩と詩論(시와시론)』에서 주로 선택한 것이다. 텍스트 및 표기에 대해서, 몇 가지의 설명을 덧붙이도록 하겠다.

이 책에 수록된 시편들과 이상의 창작과의 관련성을 단정할 수 있는 것은 아니며, 이 책에 수록되지 않은 『詩と詩論』의 다른 작품들이 이상 문학과 아무런 관련성이 없다고 단정 지을 수도 없다. 그러나 지면상 주요 시인 및 작품으로 제한할 수밖에 없었다. 다키구치 슈조나 니시와키 준자부로와 같은 시인들의 작품을 수록하지 못한 것은 아쉬운 일이다.

본서가 비교 연구 텍스트로 참고되기를 바라는 마음에서 일본어 시편들의 원작 및 출처(게재된 잡지의 호수)를 명기했다.
일본어 카나와 한자는 원칙적으로 원전 그대로 입력했다. 다만 한자의 일부는 신자로 입력했다.

—『日本現代詩辭典』(おうふう社, 1986),
『日本近代文學大事典』(講談社, 1984) 등 참조

키타가와 후유히코(北川冬彦)

▌空腹について

　腹の中には、眞つ青な芝生がある。灰色の花が、その周圍を美しく飾つてゐ
る。白い球が、夕燒の空を跳ね廻つてゐたが、何處かへ行つて了つた。瓦斯燈に
ふくれた街路樹の下には、人間の食物がある筈だ。地下室の焙り肉。地下室の焙り
肉。だが、口には白い球が嵌つてゐる!　太つた桃色の腿の上の蟻群の空腹行進曲。
空腹、空腹、空腹は清淨だ、清淨だ、清淨だ、白い球のやうに、白い球のやうに。

—『詩と詩論』1号

▌絶望の歌

　がらんとした税關倉庫のつめたいコンクリートの上で、わたしは一人の男を介
抱してゐる。この男は誰れであるのか? わたしはそれを知らない。わたしの腕
は、男の一本の脚の上で、油のない歯車のやうな軋音をたててゐる。男の他の一
本の脚はすでに墮ちて了つた。朝から夜中まで、夜中から朝までわたしはひつき
りなしに、男の殘つた一本の脚を撫でつづけてゐる。わたしは、何ぜこの男を介
抱しなければならないのか?　見知らぬ男を、屍のやうな見知らぬ男を、夜が更け
月の光が燐のやうに流れても曇つた硝子のやうな眼球をかすかに見開いて「絶望
だ、絶望だ、絶望してゐなければ生きてはゐられないー」と呻きやめないこの見
知らぬ男を。わたしには判らない, 判らない、判らない、判らない、判らない。

—『詩と詩論』1号

▌萎びた筒

　わたしは墜ちたつて知らんと呟いてゐるやうな木橋の上にゐた。橋の兩端に
は、橋そつくりな朽ちた男が二人、どぶに小便をしてゐた。その中の一人が萎びた
筒をぶら下げたまま歩いて來て、まだ小便の終らないもう一人の肩を叩いて、「ど
うしたい、どうしたい」と云つてにやにや笑つた。やがて、二人は肩を組んで、泡
盛・ドブ酒・享樂亭といふデコデコの看板の出てゐる露地に這入つて行つた。

▍공복에 대하여

배 속에는, 새파란 잔디밭이 있다. 잿빛 꽃이, 그 주위를 아름답게 장식하고 있다. 하얀 공이, 석양의 하늘을 뛰어 돌다가, 어디론가 가버렸다. 와사등에 불룩해진 가로수 아래에는, 인간의 음식물이 있을 것이다. 지하실의 볶은 고기. 지하실의 볶은 고기. 그러나, 입에는 하얀 공이 꼭 들어 차 있다! 살찐 복숭아 빛 허벅지 위에 개미 무리의 공복행진곡. 공복, 공복, 공복은 청정하다, 청정하다, 청정하다, 하얀 공처럼, 하얀 공처럼.

—『시와시론』 1호

▍절망의 노래

텅 빈 세관창고의 찬 콘크리트 위에서, 나는 한 남자를 간호하고 있다. 이 남자는 누구일까? 나는 그것은 알지 못한다. 나의 팔은, 남자의 한 쪽 다리 위에서, 기름 없는 톱니바퀴 같은 마찰음을 내고 있다. 남자의 다른 편 다리는 이미 떨어져 버렸다. 아침부터 밤중까지, 밤중부터 아침까지 나는 쉴 새 없이, 남자의 남은 한 쪽 다리를 계속해서 어루만지고 있다. 나는, 어째서 이 남자를 간호하지 않으면 안 되는 것일까? 알지 못하는 남자를, 시체처럼 알지 못하는 남자를, 밤이 깊어 달빛이 도깨비불처럼 흘러도 구름 낀 유리와 같은 안구를 희미하게 뜨고, 「절망이다, 절망이다, 절망하지 않으면 살 수가 없다」라고 읊조리기를 멈추지 않는 이 알지 못하는 남자를. 나는 모른다, 모른다, 모른다, 모른다, 모른다.

—『시와시론』 1호

▍시든 통

나는 떨어져도 모른다고 중얼거리고 있는 듯한 목교(木橋) 위에 있다. 다리의 양 끝에는, 다리와 똑같이 허름한 남자가 두 명, 하수구에 소변을 보고 있다. 그 중의 한 명이 시든 통을 늘어뜨린 채 걸어 와서, 아직 소변을 마치지 않은 또 한 명의 어깨를 두드리며, 「어떻게 할래, 어떻게 할래」라고 말하며 히죽 히죽 웃었다. 결국 둘은 어깨를 나란히 하고, 포성, 도부주, 향락정이라고 하는 간판을 넉지덕지 걸어놓은 골목으로 들어갔다.

わたしは，墜ちたつて知らんと呟いてゐるやうな木橋の上にゐた。盆槍して。

—『詩と詩論』1号

▌肉親の章

　たつた一人のわたしの妹が、わたしを想ひはじめた。彼女は、　彼女の友達やわたしの友達の眼のまへで、いきなりわたしの髪の毛を引拔るのだ。わたしのフォークの動かし方が彼女の教へたとほりでないと言つて、わたしの詩稿をずたずたに引裂いて了ふのだ、「一番大切なものを壞してやる—」と叫びながら。いまではもう、彼女は、わたしは彼女のものであると信じ切つてゐる、鋼のやうに、鋼のやうに。

—『詩と詩論』1号

▌風景

　青空の下には、家鴨が浮いてゐる。混凝土の壁に立てかけられた鐵の梯子は影よりも希薄だ。ダイナモのやうに廻轉する太陽、太陽、ああ太陽。

—『詩と詩論』1号

▌剃刀

　西洋剃刀の刃は透明な鉛棒である。舐めて見ると、瞬間、唇は稲妻のやうに剪り落された。これは素敵な清凉劑だ! これは素敵な清凉劑だ!

—『詩と詩論』1号

▌腕

　よく廻はる。ははははははははは。よく廻はる。彼女は魚のやうな腕をくるくる廻はす。ははははははは。よく廻はる、廻はる、廻はる。

—『詩と詩論』1号

나는 떨어져도 모른다고 중얼거리고 있는 듯한 목교(木橋) 위에 있다. 망연히.

―『시와시론』1호

▎육친의 장

단 하나뿐인 나의 여동생이, 나를 생각하기 시작했다. 그녀는 그녀의 친구들과 나의 친구들의 눈앞에서, 갑자기 나의 머리카락을 잡아 뽑았다. 나의 포크 놀림이 그녀가 가르쳐준 대로가 아니라고 말하며, 나의 시 원고를 갈기갈기 찢어버렸던 것이다, 「가장 소중한 것을 망가뜨려 주겠어―」라고 외치며. 지금에 와서 이미 그녀는 내가 그녀의 것이라고 완전히 믿고 있다, 강철처럼, 강철처럼.

―『시와시론』1호

▎풍경

청공(靑空) 아래에는 갈매기 가족이 부유하고 있다. 콘크리트 벽에 기대어 세워진 철제 사다리는 그림자보다도 희박하다. 발전기처럼 회전하는 태양, 태양, 아아 태양.

―『시와시론』1호

▎면도칼

서양 면도칼의 날은 투명한 납 막대기이다. 핥아보면, 순간, 입술은 번갯불처럼 잘려 나갔다. 이것은 근사한 청량제다! 이것은 근사한 청량제다!

―『시와시론』1호

▎팔

질 돌아간다. 하하하하하하하. 잘 돌아간다. 그녀는 물고기처럼 팔을 뱅글뱅글 돌린다. 하하하하하. 잘 돌아간다, 잘 돌아간다, 잘 돌아간다.

―『시와시론』1호

▌水兵

　水筒の胴を撫でながら、街路一杯に肩を擴げて阪を降りてゆく水兵。水兵の肩の上を、貴婦人が鳥のやうに横切つた。

—『詩と詩論』1号

▌光について

1

　骨片は、飢えた海の光である。華やかな庭は鳥のやうに消え去つた。花を祝へば、橋は頬桁を歪めて一本の道を示す。光に膨れあがつた一本の道は、墜ち凹んで一本の道の中の一本の道となつて安堵の霧を吐く、安堵の霧を吐く。

2

蟻の群が芋蟲の背中に咬みついてゐる。
木の葉が一枚、蝶のやうに落ちて來た。蝕まれた心臟。小石のやうな齒。死。

3

壁のうへの蟻の凍死、焰のつらら。

4

黃ろい屋根を輕蔑する猫は嫉妬を抱いてゐる。嫉妬を抱く猫、猫を抱く嫉妬。尻尾を黃ろくした猫はゐつて骨片の日傘の上に蹲り日向ぼつこをするであらう。骨片の日傘の下に墜ちた嫉妬の猫は、石になつて河原に曝されるであらう。

5

　君は知らないか? 青空を翔つてゆく鳥の翼の中に潛んでゐる一かたまりの光を。光はやがて、地上にこぼれ落ちるであらう。

▌수병(水兵)

물통의 몸통을 어루만지며, 거리 가득 어깨를 펴고 비탈을 내려가는 수병. 수병의 어깨 위를, 귀부인이 새처럼 가로질렀다.

—『시와시론』1호

▌빛에 대하여

1

골편은, 굶주린 바다의 빛이다. 화려한 정원은 새처럼 사라져갔다. 꽃을 축복하면, 다리(橋)는 광대뼈를 뒤틀어 한 줄기 길을 드러낸다. 빛에 불어난 한 줄기의 길은, 영락하여 한 줄기의 길 가운데의 한줄기의 길이 되어 안도의 안개를 토한다, 안도의 안개를 토한다.

2

개미의 무리가 애벌레의 등을 물어뜯고 있다。
나뭇잎이 한 장, 나비처럼 떨어져왔다. 좀 먹은 심장. 조약돌 같은 이. 죽음.

3

벽 위의 개미의 동사(凍死), 불꽃의 고드름.

4

황색 지붕을 경멸하는 고양이는 질투를 품고 있다. 질투를 품은 고양이, 고양이를 품은 질투. 꼬리가 노란 고양이는 미끄러져 떨어진 골편의 양산 위에 웅크리고 앉아 볕쬐기를 할 것이다. 골편의 양산 아래에 떨어진 질투의 고양이는, 돌이 되어 강변에서 바래갈 것이다.

5

당신은 알지 못하는가? 청공을 비상해 가는 새의 날개 속에 숨어 있는 한 뭉치의 빛을. 빛은 머지않아 지상에 넘쳐흘러 떨어질 것이다.

6

一かたまりの光は、少女から離れないであらう、筋肉のやうに。一かたまり
の光は骨片の中に潜んでゐる。骨片を翳す少女は幸福なるかな。

—『詩と詩論』2号

▍花

1

骨片の上に、茸のやうに生えてゐる日傘。日傘。骨片は埋めなければならな
い、屍のやうに。日傘は飛ばさなければならない、青空一杯に、鳥のやうに、鳥
のやうに。

2

嚴封された鳥は、先端から眞白な焰を迸らす一本の針を欲する、青空に開放され
るために。

—『詩と詩論』2号

▍人間

1

幸福な猫は、ヤスリのやうな舌で、灰色の巨大な人間の胸を舐める。幸福な猫
は美しい猫であらう。

2

豊滿な遊戲に耽りながら猫は、原野の羊の子を嚙み殺す、乳色にぬれた脣のゆゑに。

3

華やかな胸に、遽しい蟻の群が映るとき、その意慾は死のやうに強烈である。
完成されゆく嫉妬を見よ。

6

한 뭉치의 빛은, 소녀로부터 떨어지지 않을 것이다, 근육처럼. 한 뭉치의 빛은 골편 속에 숨어 있다. 골편을 가린 소녀는 행복할까.

—『시와시론』 2호

▌꽃

1

골편 위에 버섯처럼 자란 양산. 양산. 골편은 묻지 않으면 안 된다, 시체처럼. 양산은 날리지 않으면 안 된다, 청공 가득하게, 새처럼, 새처럼.

2

엄봉(嚴封)된 새는, 끝에서부터 새하얀 불꽃을 내뿜는 한 개의 바늘을 원한다, 청공으로 개방되기 위해.

—『시와시론』 2호

▌인간

1

행복한 고양이는, 줄(鑢)과 같은 혀로, 잿빛의 거대한 인간의 가슴을 핥는다. 행복한 고양이는 아름다운 고양이인가.

2

풍만한 유희에 탐닉하며 고양이는, 벌판의 새끼 양을 물어죽였다, 우유색에 젖은 입술 때문에.

3

화려한 가슴에, 분주한 개미의 무리가 나타날 때, 그 의욕은 죽음처럼 강렬하다. 완성되어가는 질투를 보라.

4

磨滅せる脣は、花園の周圍に錆びた廻轉をつづけるであらう。
火花よ。火花よ。

―『詩と詩論』 2号

▌戰爭

義眼の中にダイヤモンドを入れてもらつたとて何にならう。苔の生えた肋骨に勳章を懸けたとてそれが何にならう。

腸詰をぶら下げた巨大な頭を粉碎しなければならぬ。腸詰をぶら下げた巨大な頭は粉碎しなければならぬ.

その骨灰を掌の上でタンポポのやうに吹き飛ばすのは、いつの日であらう。

―『詩と詩論』 3号

▌菱形の脚

この支那の郵便配達夫の脚は菱形に曲つてゐる。阪を降りてゆくときには、その脚の間にジャンクを浮べた灰色の海が見える。彼は氣まぐれに仕事をしてゐる。郵便物が、しばしば屆かない。が、しかし、それは決して彼の菱形に曲つた脚のためではない。何故かと云へば、たんまり心づけをやると、彼は郵便物をどつさり置いてゆくからだ。他家の手紙や小包をさへ雜ぜて。

―『詩と詩論』 3号

▌花

軒並みに盗んできた花の中に埋まつて、日向ぼつこをしてゐる雜布のやうな支那の老人は樂しいのだ。樂しいのだ。

―『詩と詩論』 3号

4

마멸시킨 입술은, 화원의 주위에 녹슨 회전을 계속할 것이다.
불꽃이여. 불꽃이여.

—『시와시론』 2호

▌전쟁

의안 가운데 다이아몬드를 넣는다고 무엇이 될까. 이끼 낀 늑골에 훈장을 단다
고 그것이 무엇이 될까.

순대를 매단 거대한 머리를 분쇄하지 않으면 안 된다. 순대를 매단 거대한 머리
는 분쇄하지 않으면 안 된다.

그 골분(骨粉)을 손바닥 위에서 민들레처럼 불어 날려버리는 것은, 어느 날일까.

—『시와시론』 3호

▌마름모꼴의 다리

이 지나(支那)의 우편배달부의 다리는 마름모꼴로 구부러져 있다. 비탈을 내려
갈 때에는, 그 다리 사이에 범선을 띄운 잿빛의 바다가 보인다. 그는 변덕스럽게
일을 하고 있다. 우편물이 종종 오지 않는다. 하지만, 그러나 그것은 결코 그의 마
름모꼴로 굽은 다리 때문이 아니다. 왜냐하면, 수고료를 충분히 주면, 그는 우편물
을 잔뜩 놓고 가기 때문이다. 다른 집의 편지와 소포마저 섞어서.

—『시와시론』 3호

▌꽃

집집마다 훔쳐 온 꽃 가운데 묻혀, 볕쬐기를 하고 있는 걸레와 같은 지나(支那)
의 노인은 즐거운 것이다. 즐거운 것이다.

—『시와시론』 3호

▌埃

　眼の爛れた蒙古の女は、いきなり籠に手をつつこんで鮒を盗みとつてゆく。それを、魚屋は追つかけようともしない。また、その女の足どりは、どう見ても「逃げる」のだとは思はれない。たしかに、彼女は「歸つて」ゆくのだ。

　やがて、砂埃が彼女の姿をかくして了ふ。

—『詩と詩論』3号

▌ナミダ

1

泥の中から生えてゐる腕の上をナミダが流れる。

2

ナミダが涸れたのに、この眼球の重量はどうであらう。

3

眼前の風景がぼやけるぐらゐは大したことではない。

—『詩と詩論』3号

▌灰

　太陽はつひに去つた。減却せる光は灰よりも醜い。泥の花は愛すべきかな。花よ。花よ。泥の花よ。

—『詩と詩論』3号

▌機械

　あの男の心臓の壁は鋼鐵で出來てゐる。蒸氣のやうに、血が逆るといけない

▌티끌

눈이 짓무른 몽고의 여자는, 갑자기 바구니에 손을 넣어서 붕어를 훔쳐간다. 그것을 생선가게에서는 쫓으려고도 하지 않는다. 또, 그 여자의 걸음걸이는 어떻게 보아도「도망가는」것이라고는 생각되지 않는다. 확실히, 그녀는「돌아가는」것이다.

이윽고, 모래바람이 그녀의 모습을 가리고 만다.

—『시와시론』 3호

▌눈물

1

진흙탕 속에서 자라나고 있는 팔 위를 눈물이 흐른다.

2

눈물이 말라버렸는데도, 이 안구의 중량은 어떻게 된 것인가.

3

눈앞의 풍경이 흐릿해지는 정도는 대단한 일이 아니다.

—『시와시론』 3호

▌재

태양은 마침내 갔다. 사라져버린 빛은 재보다도 추하다. 진흙탕의 꽃은 사랑해야만 하는 걸까. 꽃이여. 꽃이여. 진흙탕의 꽃이여.

—『시와시론』 3호

▌기계

저 남자의 심장의 벽은 강철로 되어 있다. 증기처럼, 피를 내뿜으면 안 되기

からだ。鋼鐵のこの壁を破る女は、血を浴びて鳥のやうに燒死するであらう。

—『詩と詩論』3号

▌壞滅の鉄道

軍國の鐵道は凍つた砂漠の中に無數の齒を、釘の生えた無數の齒を植えつけて行つた。突然、一かたまりの街が出現する。鳥の飛ばない凍つた灰色のこの砂漠の中に。芋虫のやうな軌道敷設列車をめぐつて、街の構成要素が一つ一つ集つてくる。掃溜のやうに。例へば眼の爛れた脚のすでに冷脚した賣淫婦。一連の列車の中の牢固とした階級のヴァリアション。鐵道は人間をいためることによつてのみ完成される。人間の腕が枕木の下で形を變へる。それは樹を離れる一葉の朽葉よりも無雜作である。鐵道の完成は街の消滅である。人間の群は忽ち蟻のやうに散つて了ふ。砂漠は砂漠を回復する。一本の星にとどく傷痕を殘して。軈て、軍國はこの一本の傷痕をすりへらしながら巨大な腕を延ばすのである。

壞滅へ。

—『詩と詩論』4号

▌腕

痩せた細い腕。ぢつに。が、悲しむことはない。腕は分裂するからだ。針金のやうな腕に分裂するからだ。太陽に足の裏を向けることぐらゐはわけはない。もう嵐など少しも恐れなくていいのだ。

眼の中には劍を藏つてゐなければならぬ。背中の上の針鼠には堪へてゐなければならぬ。太陽には不斷の槍をなげてゐなければならぬ。

腕は泥の中から生えてゐるのだ!

—『詩と詩論』4号

때문이다. 강철의 이 벽을 파괴하는 여자는 피를 두르고, 새처럼 불타버릴 것이다.

―『시와시론』 3호

▌괴멸의 철도

군국의 철도는 얼어붙은 사막 가운데에 무수한 이(齒)를, 못(釘)이 난 무수한 이를 심어가고 있다. 돌연, 한 뭉치의 거리가 출현한다. 새가 날지 않는 언 잿빛의 이 사막 가운데에. 애벌레처럼 궤도부설열차(軌道敷設列車)를 둘러싸고, 거리의 구성요소가 하나씩 하나씩 모여든다. 쓰레기장처럼. 예를 들어 눈이 짓무른 다리가 이미 얼어버린 매음부. 일련의 열차 가운데 견고(牢固)해진 계급의 베리에이션(variation). 철도는 인간을 손상하는 것에 의해서만 완성된다. 인간의 팔이 침목(枕木) 아래에서 형태를 바꾼다. 그것은 나무를 떠난 한 장의 썩은 잎보다도 손쉽다. 철도의 완성은 거리의 소멸이다. 인간의 무리는 갑자기 개미처럼 흩어져버린다. 사막은 사막을 회복한다. 한 개의 별에 이르러 상흔을 남기고. 이윽고 군국(軍國)은 이 한 개의 상흔을 닳도록 문지르며 거대한 팔을 뻗치는 것이다.

괴멸로.

―『시와시론』 4호

▌팔

야위고 가는 팔. 정말로. 하지만, 슬퍼할 일은 아니다. 팔은 분열하기 때문이다. 철사와 같은 팔로 분열하기 때문이다. 태양에 다리의 안쪽을 향하게 하는 것쯤은 아무것도 아니다. 이미 폭풍우 따위 조금도 두려워하지 않아도 좋은 것이다.

눈 속에는 검(劍)을 숨기고 있지 않으면 안 된다. 등 위의 고슴도치에는 견뎌내지 않으면 안 된다. 태양에는 부단(不斷)의 창(槍)을 던져대지 않으면 안 된다.

팔은 진흙탕 속에서 자라나는 것이다!

―『시와시론』 4호

▌鯨

巨大な鯨を浮べると、海峡は一瞬ののち壊滅されて了つた。無辜の海峡。いな。いな。正された方向の方向。惡は、すでに巨大な鯨を浮べたところにあるのである。海峡への思ひ出。これ立派な惡の所業也。

巨大であること、それはすべて惡である。惡にほかならん!

—『詩と詩論』4号

▌戀愛の結果

骨片を桐の木の下に埋めると、一本の茸が生えた

茸はいい匂ひがする

何よりも私を樂しませてくれた

どこか骨の匂ひのするのが、いひやうなく懐しかつた

私は骨片を舐めるよりも、この一本の茸の匂ひを嗅ぐ方に傾いて行つた。

—『詩と詩論』5号

▌ハガネの冷風

私はハガネとハガネの谷を歩かなければならぬ。

—『詩と詩論』5号

▮ 고래

거대한 고래를 띄우니, 해협은 일순간에 괴멸되고 말았다. 무고(無辜)한 해협, 아니. 아니. 바로잡혀진 방향의 방향. 악은, 이미 거대한 고래를 띄운 것에 있는 것이다. 해협에의 추억. 이것도 어엿한 악의 소행이다.

거대한 것, 그것은 모두 악이다. 악에 다름 아니다!

—『시와시론』 4호

▮ 연애의 결과

골편을 오동나무 아래 묻으니, 한 개의 버섯(茸)이 자라났다

버섯은 좋은 향기가 난다

무엇보다도 나를 즐겁게 해 주었다

어딘가 뼈의 향기가 나는 것이, 말할 수 없이 그리웠다

나는 골편을 핥는 것보다도, 이 한 개의 버섯의 향기를 맡는 쪽으로 기울어져 갔다.

—『시와시론』 5호

▮ 강철의 냉풍

나는 강철과 강철의 골짜기를 걷지 않으면 안 된다.

—『시와시론』 5호

▮ 皮膚の經營

私は鐵屑のやうな皮膚を愛してゐる

鐵屑のやうな皮膚の上の經營ほどまた高貴なものはない

私の手は、次第に磨かれてゆくのである

—『詩と詩論』5号

▮ 埋葬

烈風が壁を引き剝ぐ。泥水の溜りへ倒れる鷄。腕を折られた樹木。巨大な重量の反響が烈風の咽喉を塞ぐ。ずぶ濡れの軍隊だ。この寒村の底へ沈んでゆく軍隊だ。下降する赭土の斷層。

明日は太陽が見えるだらう。

—『詩と詩論』6号

▮ 鏡

一

墜ちる飛行船。勇氣がフラスコの中で、微塵に碎ける。疲れ果てて松の木の下を歩く。海に翳した手は鏡のやうに磨かれてゐる。そして、それは、磨かれれば磨かれるほど曇つて了つた。餘りに透明を欲し過ぎた結果である。

二

地獄の骨。飛翔。ぶらりと下るステツキのやうな脚。咽喉を閉塞する骨灰。

—『詩と詩論』6号

▌피부의 경영

나는 쇠부스러기 같은 피부를 사랑한다

쇠부스러기 같은 피부 상의 경영만큼 또 고귀한 것은 없다

나의 손은, 점차 갈라져가는 것이다

—『시와시론』5호

▌매장(埋葬)

열풍이 벽을 훑는다. 흙탕물 웅덩이에 거꾸러진 닭. 팔이 꺾인 수목. 거대한 중량
의 반향이 열풍의 목구멍을 막는다. 흠뻑 젖은 군대다. 이 한촌의 밑바닥에 침전해
가는 군대다. 하강하는 적토의 단층.

내일은 태양이 보일 것이다.

—『시와시론』6호

▌거울(鏡)

—

추락한 비행선. 용기가 플라스크 속에, 티끌로 부서진다. 몹시 지쳐서 소나무 아래
를 걷는다. 바다에 가린 손은 거울처럼 닦여 있다. 그리고, 그것은, 닦여지면 닦여
질수록 흐려져 버렸다. 너무나 지나치게 투명을 욕심낸 결과이다.

二

지옥의 뼈. 비상. 훌쩍 내려간 지팡이와 같은 다리. 목구멍을 폐색(閉塞)한 골분.

—『시와시론』6호

▌大軍叱咤

將軍の股は延びた、軍刀のやうに。毛むくぢやらの脚首には、花のやうな支那の賣淫婦がぶら下つてゐる。黄塵に汚れた機密費。

—『詩と詩論』6号

▌金庫

掌を磨りへらす錆びた金庫。人間は青空に釘づけされてゐる。空つぼの金庫。掌は一枚の錫板となつて墮ちた。

—『詩と詩論』6号

▌シネ・ポエム

血鹽について

1 崩れかゝつた城門の頂上にはもぢやもぢや草が生え、

2 黄ろく枯れてゐる。

3 ばらばらっと群集が驅けて出る。

4 群集を蹴散らす一隊の騎馬兵、

5 騎馬兵は一人の囚人を固めてゐる。

6 馬賊の巨頭だ。

7 首枷の重量、

8 よろめいて。

▌대군질타

장군의 허벅지는 늘어났다, 군도처럼. 북슬개의 발목에는, 꽃과 같은 지나(支那)의
매음부가 매달려있다. 황진(黃塵)에 더럽혀진 기밀비(機密費).

—『시와시론』 6호

▌금고

손바닥을 닳게 한 녹슨 금고. 인간은 청공에 못 박혀져 있다. 속이 빈 금고. 손바
닥은 한 장의 석판이 되어 떨어졌다.

—『시와시론』 6호

▌씨네 포엠

혈염에 대하여

1 무너져 내리려는 성문의 정상에는 더부룩하게 풀이 자라,

2 누렇게 말라있다.

3 뿔뿔이 군집(群集)이 달려 나간다.

4 군집을 몰아내는 일대의 기마병,

5 기마병은 한 명의 수인을 굳게 지키고 있다.

6 마적(馬賊)의 거두다.

7 항쇄의 중량,

8 비틀거려.

9 削いだやうな頬骨に、黃塵がぱっと覆ひかぶさる。

10 河原。

11 砂礫の上に、馬賊の巨頭が立膝してゐる、

12 眼は劍を橫たへ。

13 とりまいてゐる馬脚の間をぎつちり塗りつぶしてゐるボロ布。

14 雲足の早い夕空。

15 ── 曠野の一本道には馬糞が凍りついてゐる、

16 それを拾つてゐる小兒。

17 涙が瀧のやうに流れる、

18 ぼやける網膜にうつる靑龍刀

19 空がばつたり落ちかゝる。

20 立膝のまゝ搖れてゐる首のない胴體。

21 倒れる。

22 喑鬱な沼面。

23 鎭まつてゐた群集の壁がどっと崩れ、

9 깎은 듯한 광대뼈에, 황진(黃塵)이 확 덮인다.

10 강변.

11 모래자갈 위에, 마적의 거두가 한쪽 무릎을 세우고 앉아 있다,

12 눈은 검을 옆에 차고.

13 에워싼 말 다리 사이를 빈틈없이 덮고 있는 누더기 옷감.

14 구름의 움직임이 빠른 저녁하늘.

15 ― 광야(曠野)의 한 줄기 길에는 말똥이 얼어붙어 있다,

16 그것을 줍고 있는 어린아이.

17 눈물이 폭포처럼 흐른다,

18 흐릿해진 망막에 비치는 청룡도(靑龍刀),

19 하늘이 털썩 떨어져 내리려고 한다.

20 한쪽무릎을 세우고 앉은 채 흔들리고 있는 머리 없는 동체(胴體).

21 쓰러진다.

22 음울한 늪의 표면.

23 잠잠해졌던 군집(群集)의 벽이 와르르 무너져,

24 爆破される軍國の一大橋梁。

25 血鹽をどくどく噴いてゐる首めがけて押しかぶさり、かさなる。

26 血鹽にまみれた麵麭を一片れづゝ食卓にのせてゐる一家族、

27 噎びなく少年。

28 眞っ赤な夜空がはね上る、

29 銅色の腕がぬつと突き出され、

30 ほゝ笑む。

31 そのたくましい腕の中に現はれる小さな白い腕。

32 (受繼がれる反逆の血鹽!)

33 川面に響き渡つてゐる爆破の餘韻。

—『詩と詩論』7号

키타가와 후유히코(北川冬彦, 1900∼1990)

시가현 오츠시(滋賀縣大津市) 태생. 본명 타쿠로 타다히코(田畔 忠彦). 도쿄 제국대학 불법과를 졸업, 1924년 중국 대련에서 안자이 후유에(安西冬衛) 등과 『아(亞)』를 창간, 다음 해 첫 시집 『삼반규관상실(三半規管喪失)』을 출판. 『면(面)』, 『주문(朱門)』, 『일본시인(日本詩人)』, 『청공(靑空)』 등을 거쳐, 1928년 9월의 『시와시론(詩と詩論)』에 참가. 신산문시 운동 이후, 시네포엠・시론이나 신서사시 운동 등을 제창. 다소 현실참여적인 성향을 보였던 그는 『시와시론(詩と詩論)』을 탈퇴, 칸바라 타이(神原泰) 등과 1930년 『시・현실(詩・現實)』을 창간, 그 외로 『시간(時間)』, 『빵(麵麭)』 등에서도 활동함. 전후, 네오・리얼리즘론 등으로 활약. 시집에 『전쟁(戰爭)』(1929), 『불쾌한 신(いやらしい神)』(1936) 등. 시론, 영화 평론서도 많다.

24 폭파된 군국(軍國)의 일대교량(一大橋梁).

25 혈염을 콸콸 내뿜고 있는 머리를 향해 뒤덮어 쌓인다.

26 혈염에 더러워진 빵을 한 조각씩 식탁에 올려놓은 일가족,

27 목메어 우는 소년.

28 새빨간 밤하늘이 뛰어오른다,

29 구릿빛 팔이 불쑥 돌출되어,

30 미소 짓는다.

31 그 억센 팔 가운데에 나타난 작고 하얀 팔.

32 (계승된 반역의 혈염!)

33 강의 수면에 퍼져나가는 폭파의 여운.

—『시와시론』 7호

번역·입력, 이형진

안자이 후유에(安西冬衛)

▌眞冬の書

    mes cahiers

常磐木は黒く、恒に私の手は潔い。どんな惡德も、もう私をよごしはしない。

閃く斧。

摧けちる薪。

營みは眞冬の中にも。

藁におりて冬蝶は、もうそれとみわけられぬ。

藤波は夙く眠り、家畜達も今は寒を避けてゐる。

ただ道のみが行手にしるい、たとえば德のやうに。

——『詩と詩論』1号

▌百年

象牙の紙ナイフで、トーストに牛酪を塗る——晒ふべき現象だ。

月の央ばになつて僅に自分の讀んだものは、「水の上」に過ぎぬ。

文明批評といふのは、月夜の海岸線を走る燈明臺に似てゐる。

コスト、ルブリ。なんといふ快速力だ。彼等が地上に墮ちたとき(降りるといふ代わりに、私は墮ちると言はふ。これは不吉な言葉ではない。) 往々頻煩なる日常家庭の生活に、ある種の焦燥を感じないだらうか?

リンドバーグは大佐がmaximumた。この後或は大將に進むとき、恐らく彼はその重量の爲に墮ちるだらう。

▌한겨울의 글

나의 공책들

상록수[常磐木]는 검고, 항상 나의 손은 희다. 어떠한 악덕도, 이제 나를 더럽히지는 않는다.

번쩍이는 도끼.

부수어지는 장작.

살림살이는 한 겨울 중에도.

잎에서 내려온 겨울나비는, 이제 그것과 분별되지 않으면 안 된다.

등나무꽃[藤波]은 깊이 잠들고, 가축들도 지금은 추위를 피하고 있다.

다만 길[道]만이 가려는 사람에게 희게 빛난다. 예를 들어 덕(德)과 같이.

—『시와시론』1호

▌백년

상아로 된 종이나이프로 토스트에 버터를 바른다—웃어야만 하는 현상이다. 보름이 되었는데 내 독서는 겨우 「물의 위」를 넘어갔도다.

문명비평이라고 하는 것은 달밤의 해안선을 달리는 등대를 닮았다.

코스트와 르 브리.1) 얼마나 쾌속력인가. 그들이 지상에 떨어졌을 때(내려왔다고 하는 대신, 나는 떨어졌다고 말한다. 그것은 불길한 단어는 아니다.) 이따금 번거로운 일상가정의 생활에서 어느 종(種)의 초조를 느끼지 않았을까?

린드버그2)는 대좌가 최대한(maximum)이다. 이후 혹은 대장에 진급할 때, 그는 두려워서 그 중량 때문에 떨어져 버린 것이다.

---

1) 코스트와 르 브리(コスト, ルブリ) : 1927년 10월 14~15일에 남태평양을 무착륙 횡단한 프랑스인(2명)이다. 세네갈부터 브라질까지 3,460km를 19시간 5분 동안 비행했다.
2) 찰스 오거스터스 린드버그(Charles Augustus Lindbergh, 1902~1974) : 1927년에 미국 롱아일랜드에서 파리까지 무착륙으로 횡단했다.

スローガンという言葉は移民の見せ金に似てゐる。

猫の横顔は蛤のやうだ。

私は壯大なオペラに接待されたい。たとへば「サムソンとダリラ」のやうな。
ケーベル博士は言ふ
『もう百年すると日本にもオペラが誕生する』と。
百年? 私が洋齒の葉となる時に―

—『詩と詩論』1号

▌輪廻

白雲之中に凝つて草石蠶生じ。海老鼠木の股に寄生木と變る。

—『詩と詩論』1号

▌誕生日

梨の花の咲く下で私は遠い朝の夢をみてゐたい。
招いた蒙古十官はDoilyを隱袋に匿ひこむ(沙漠に消える川のやうに)

私の安南の金魚よ
お客様に失禮のないやうに
あつちむいていらつしやい。

—『詩と詩論』1号

▌再び誕生日

私は蝶をピンで壁に留めました―もう働けない。幸福のこのやうに。

슬로간(slogan)이라고 하는 단어는 이주민[移民]이 내보이는 신용담보금을 닮았다.

고양이의 옆얼굴은 조개와 같다.

나는 장대한 오페라에 초대되고 싶다. 예를 들면 「삼손과 데릴라」 같은.
케베르 박사3)는 말한다
"백 년쯤 지나면 일본에도 오페라가 탄생한다"고.
백 년? 내가 양치류로 되는 때에─

─『시와시론』 1호

▌윤회

백운지(白雲地) 가운데 엉겨 있는 두루미냉이가 산다. 멍게나무(海老鼠木)의 가장자리에서 기생목(寄生木)4)으로 변한다.

─『시와시론』 1호

▌탄생일

배꽃이 핀 아래에서 나는 먼 아침의 꿈을 보고 싶다.
초대받은 몽고의 장교는 Doily을 호주머니에 숨기고 있다.(사막에 사라진 강처럼)

나의 안남(安南)의 금붕어여.
손님에게 실례되지 않도록
저쪽에 가 있으세요.

─『시와시론』 1호

▌다시 탄생일

나는 나비를 핀으로 벽에 꽂았다─이제 움직이지 않는다. 행복도 그와 같이.

---

3) 케베르 박사(Raphael von Köber, 1848~1923) : 독일계 외국인으로 동경대학에서 철학을 강의했다. 칸트를 전공했으며 서양 고전 음악에도 조예가 깊었다. 나츠메 소세키는 케베르에게 강의를 듣고 『ケーベル先生』이라는 글을 남기기도 했다.
4) 멍게나무(海老鼠木)와 기생목(寄生木)은 일본어 발음이 'ほやき'로 동음이의어이다.

食卓にはリボンをつけた家畜が家畜の形を。

壜には水が壜の恰好を。

シュミズの中に彼女の美しさを。

—『詩と詩論』1号

▌物集茉莉

A Fuyuhiko Kitagawa

第一章

　最初、その少女に遭ふたのは、旅順行貨物列車の最後部の便乘室だつた。秋雨の
ぐしょぐしょ車床をよごす日で、私はさういふ日に私の有つてゐる事務所に通ふ
ことに、ひどく小説めいた氣持がした。だからその日もことさらに、自分は龍動
グリン會社製の鼠色の毛深い帽の下に,想へ深い顔をして仔細らしく曲げた肘を、膝
の間に立てた大型の蝙蝠傘の柄に托してゐた。尤もこれは必ずしも、私の架空癖か
らばかりではなかつた。といふのは当時實際自分は「Conan Doyle　を持てる茉莉」
といふ伝奇的な作品を結構してゐた、その央だつたからである。
　すると列車が夏家河子といふ驛に着いた時、突然濡れたレーン・コートを羽織
つた黒いリボンの少女が車室に入つてきた。そして私の前にゆつくり座席した。
手に副讀本らしい、褪紅色の薄い洋書を持つてゐる。彼女はそれを膝に裏返した。
私は危なく「あツ」と聲を發てようとした。何故なら、さういふ彼女は、不思議に
も私作中に出てくる茉莉といふ少女だったからである。咄嗟に私はその洋書を調
めて、確かにその表紙に
The Adventures of a Scandal in Bohemia
と刷られてゐなければならない筈の事實をはつきりとつきとめて、この運命的
な邂逅に、逢い面を合わせたい衝動を感じた。しかし遽に、それをどうすること
も出來なかつた。

식탁에는 리본을 단 가축이 가축의 모양을.

항아리는 물이 항아리의 모양을.

슈미즈 속의 그녀는 그녀의 아름다움을.

— 『시와시론』 1호

▮ 物集茉莉

기타가와 후유히코에게

제1장

최초로, 그 소녀를 만났던 곳은, 여순행 화물열차의 맨 뒤의 편성차량이었다. 가을비가 흠뻑 차 바닥을 적셨던 날에, 나는 그런 날에 내가 갖고 있던 사무소에 다니는 것에 몹시 소설적인 기분을 느꼈다. 그래서 그날도 일부러, 나는 용동그린회 사제의 쥐색 털이 많이 달린 모자를 쓰고, 깊은 생각에 빠진 얼굴을 하고, 사정이 있는 듯이 구부린 팔꿈치를, 무릎 사이에 세운 대형의 박쥐우산의 손잡이에 기대고 있었다. 하지만, 이것이 반드시 나의 공상벽(가공벽, 架空僻)때문만은 아니었다. 이렇게 이야기하는 것은 당시 실제 나는 '코난도일을 들고 있는 말리'라고 하는 전기적인 작품을 기획[結構]하고 있었던 중이었기 때문이다.

열차가 '샤쟈허즈'[夏家河子]라고 하는 역에 도착했을 때, 갑자기 젖은 레인 코트를 걸친 검은 리본의 소녀가 차실로 들어왔다. 그리고 나의 앞에 천천히 앉았다. 손에는 부교재 같은, 연분홍의 얇은 양서를 가지고 있다. 그녀는 그것을 무릎에서 뒤집었다. 나는 하마터면 '앗'하고 소리를 낼 뻔했다. 왜냐하면, 그 여자는 불가사의하게도 나의 작품에 나오는 말리라고 하는 소녀였기 때문이다. 순간, 나는 그 양서를 조사해서 확실히 그 표지에,

The Adventure of a Scandal in Bohemia

라고 인쇄되지 않으면 안 되었을 사실을 분명히 확인하고, 이 운명적인 해후에, 대면하고자 하는 충동을 느꼈다. 그러나 아무 것도 할 수 없었다.

　私は止むを得ず、私の作中の主人公に

「お嬢さん、お嬢さん、一寸その本を拝見させて下さいませんか」

といふ挨拶をくりかえさせてゐた。さうしてかろうじて衝動を堪へてゐた。もと
よりしかし何事も知る筈のない彼女は、更に顔さへあげようとはしなかつた。

　そしてその日はそのまま驟て列車は石油を泛べた秋雨の市へ。

　それなり二人は別れていつた―

―『詩と詩論』1号

▌勳章

地を這ふ「青い痣」。落日が倒れた。慘憺たる終焉が戰の上に垂れ下つた。

旣に一度はきて犯した屍班が、長い長い夜陰と痛苦の後に斷たれた。

困憊した軍醫の手に、蒼然として私の一脚が墮ちた。

天明が來た。

―『詩と詩論』2号

▌無花果

　無花果の木の下で、私は人生に、漠然Uといふ字に近い嫌惡をもちてめまし
た。

　幼年學校での私の生活的awkwardだつた。

　決鬪用のナイフで、決鬪の代わりに、私は曇つたその木膚に、何か湯のやうな
ものをうちこんだ。感情を。對象を。彼女のイニシアルを。

　彼女は併し、解釋學の教科書を擲つよりも容易に私を擲つた。

　私は術科に不得手だつた。

　私は白いユニホオムを生理的に惡み、さういふmassを形づくる自分を、冷かに
憫んだ。

　或は曇つた午後。平衡感覺の喪失が、遂に私を肋木から墜した。

나는 어쩔 수 없이, 나의 작품의 주인공에게

"아가씨, 아가씨, 잠시 그 책을 보도록 해주실 수 없겠습니까?"

라는 인사말을 반복하도록 했다. 그렇게 해서 겨우, 충동을 견디고 있었다. 그러나 아무 것도 알 리 없는 그녀는, 더욱 더 얼굴조차도 들려고 하지 않았다.

그래서 그날은 그대로, 이윽고 열차는 석유가 떠 있는 가을비의 시내로.

그렇게, 두 사람은 헤어졌다—

—『시와시론』1호

▌훈장

땅을 기는 「파란 사마귀」. 지는 해가 거꾸러졌다. 참담한 종언이 전쟁 위에 드리워졌다.

이미 한번 와서 침범한 시반(屍斑)이, 길고 긴 야음과 고통의 뒤에야 잘려졌다.

고달팠던 군의(軍醫)의 손에, 창연하게 나의 한쪽 다리가 떨어졌다.

새벽이 왔다.

—『시와시론』2호

▌무화과

무화과의 나무 아래에서, 나는 인생에, 막연히 U라고 하는 글자에 비슷한 혐오를 가지게 되었다.

유년학교에서의 나의 생활은 서툴렀다(awkward).

결투용의 나이프로, 결투 대신에, 나는 어두운 그 나무껍질에, 무언가 뜨거운 물 같은 것을 부어 넣었다. 감정을. 대상을. 그녀의 이니셜을.

그녀는 그러나, 해석학의 교과서를 내던지는 것보다 더 쉽게 나를 내던졌다.

나는 공부를 잘 못했다.

나는 흰 유니폼을 생리적으로 싫어해서, 그러한 군중(mass)을 만들고 있는 자신을, 차갑게 동정했다.

어느 흐린 오후. 평형감각의 상실이 마침내 나를 늑목에서 떨어뜨렸다.

病竈が私を倒した。

そして次第に、私を蝕んでいつた—

—『詩と詩論』2号

鶉

　きびしい霧がおりて、一度に櫻の葉を推いていつた。黒いリボンは涙でよごれた。茉莉! 私はけふ市へ、陸橋を渡つていつた。バルトの繪を需めるために。私はそれを浴室のかべに貼らうと思ふのだ。なぜ? 併し無かつた。仕方がない。私はそれから、なんといふこともなく、—町へ寄つてみた。—町では御冬さんが、ミツドンス夫人の眞似をして笑つてゐた。自分だけがつまらない氣がした。すると御冬さんは、すぐ私の顔色をみて『どうかなすつた?』と訊ねた。

　—非常に寒い。

　實際寒ム氣ガした。さうしたら御冬さんは『ばかね』といつて、私を叱つてくれた。あのひとのいふことは、なにも知らない私にはとく分らない。

　—あたしのいふこと、もしちがつてたら云つてね、あたしよく分らないのよ、自分でも。あたし安江大好き。だけど大好きなんてことなんにもなりやあしないわね。おかしいかしら?

　お前はどう思ふ。

　私は考える。推けた櫻の葉が再び舊の枝にかへる時が、又あるだらうか? そんなこと自分に言つてきかせたつて仕方がない。せめてもう一度、昔の春に逢へるなら、＿＿＿＿さういへばどこか遠くで鶉が鳴いてゐる—

—『詩と詩論』2号

河口

　歪な太陽が屋根の向ふへ又墮ちた。

병소가 나를 거꾸러뜨렸다.
그리고 점점 나를 좀먹고 있다.

—『시와시론』 2호

▌개똥지빠귀

심한 서리가 내려, 한꺼번에 벚나무잎을 꺾어버렸다. 네가 달고 있던 검은색 리본은 눈물로 얼룩졌다. 말리(茉莉)! 나는 오늘 시내로 향하는 육교를 건너갔다. 바르트의 그림을 구하기 위해. 나는 그것을 욕실의 벽에 걸어야지, 하고 생각했던 것이다. 어째서? 하지만 없었다. 어쩔 수 없다. 나는 그래서, 하릴없이, ―마을에 와 보았다. ―마을에는 후유(御冬)씨가 시돈스(シツドンス)부인5)과 비슷하게 웃고 있었다. 자신만이 시시해진 기분이었다. 그러자 후유(御冬)씨가 곧 나의 안색을 보고 "무슨 일 있어?"라고 물었다.

―이상하게 춥네.

실제로 한기가 들었다. 그러니 후유(御冬)씨는 '바보'라고 말하며 나를 질책했다. 그 사람이 말하는 것은 아무 것도 모르는 나에게는 잘 이해되지 않는다.

―제가 말하는 건, 만약 달랐다면 말하세요. 나 잘 모르겠는 걸. 나 자신도. 나 야스에(安江) 많이 좋아해. 하지만 좋아하게 되는 건 아무것도 소용없어. 이상한가?

너는 어떻게 생각하나.

나는 생각한다. 떨어진 벚나무잎이 다시 옛 가지로 돌아오는 때가, 또 있을까? 그런 것을 자신에게 말해 들려주어도 소용없다. 그나마 이제 다시 옛날의 봄과 만나게 된다면…… 그리고 보면 어딘가 먼데서 개똥지빠귀가 울고 있다―

—『시와시론』 2호

▌하구

삐뚤어진 태양이 지붕 쪽으로 다시 떨어졌다.

---

5) 사라 시돈스(Mrs. Sarah Siddons, 1755~1831) : 근대 초 영국에서 활약한 여배우, 영국의 화가 토마스 게인스버러(1727~1788)가 그린 초상화가 런던 국립미술관에 남아 있다.

　乾いた屋根裏の床の上に、マニラ・ロープに縛られて、少女が監禁されてゐた。夜毎に支那人が土足乍らに來て、少女を×していつた。さういふ蹂躪の下で彼女は、汪洋とした河を屋根屋根の向ふに想像して、黒い慰ねの中にぼそい胸を堪へてゐた

　河は實際　さういふ屋根屋根の向ふを汪洋と流れてゐた。

―『詩と詩論』2号

▌十年

十年。白い陶器製の骰子に似た世界。不潔よりも不潔な清淨。

―『詩と詩論』2号

▌秤

食鹽の消費量で不潔な人口を算定することを、神々は說ばれぬ

―『詩と詩論』2号

▌掩護陣地　舊式

殊ニ不毛ノ地ニ於テ
發砲ニ因ル、後退スル砲車ノ運動量ハ、網膜ニ映大スル白煙ノ總容積ニ相等シ。

―『詩と詩論』3号

▌役

投げ與へられた骨、その爭鬪が、生死の爭鬪だつた。私は殘虐な殺戮のdetailを避けたい。

마른 지붕의 뒤 마루 위에, 마닐라 로프6)에 묶여, 소녀가 감금되어 있다. 매일 저녁 중국인이 신발 신은 채로 들어와서 소녀를 범하고 있다. 그러한 유린의 아래에서, 그녀는 넓디넓은 강이 지붕과 지붕을 통과하는 방향을 상상하고 검은 위로[慰]의 가운데에서 연약한 가슴을 견디고 있다.

강은 실제로 그렇게 지붕과 지붕을 통과하는 방향으로 넓디넓은 바다[汪洋]처럼 흐르고 있었다.

—『시와시론』 2호

10년

10년. 흰 도자기로 된 주사위에 흡사한 세계. 불결보다도 불결한 청정.

—『시와시론』 2호

바둑판(枰)

식염의 소비량으로 불결한 인구를 산정한다는 사실을, 신들은 발설하지 않는다.

—『시와시론』 2호

엄호진지(구식)

특히 불모의 땅에 있어서
발포에 의해, 후퇴하는 포차의 운동량은, 망막에 비친 흰 연기의 총용적에 상등하다.

—『시와시론』 3호

임무

뼈가 던져져서 날아다니는, 그 쟁탈이 생사의 쟁탈이었다. 나는 잔학한 살육의 디테일을 피하고 싶다.

---

6) 마닐라로프(manila rope) : 마닐라 마에서 얻어지는 섬유로 만든 밧줄, 주로 선박에 쓰임.

　只、頭骨容量の彈丸測定、それが終焉— 役だ。

　約千六百六十六立方糎の榴散彈粒が、彼ｘ一等卒の中樞盤を充塡して、條忽にその毛骨を敲きつけた。

　死ぬために要るだけの土地の上に。

　するとｘ上等兵が、 ｘ一等卒をもう起てなくした。

— 『詩と詩論』3号

▌地球開発会社

　甘肅省といふ文字は建築物の機構を暗示する。私は埋葬された都市の發掘を支那政府に建言する

— 『詩と詩論』3号

▌韃靼海峽と蝶

　木の椅子に膝を組んで銃口を鼻にする。蒼い腦髓で嗅ぐ硝煙の匂が、私を內部立体の世界へ導いた。

　私を乗せた俥は公園に沿うて坂を登っていった。曇天の下でメリイゴオランドが將に出發しようとして、馬は革製の耳を揃へてゐた。しかし私を乗せた俥は、この時もう曇天を墮して坂を登り盡してゐた。

　私は遊離された進行に同意する。

　彼女は目を眠ってゐた。壁に垂れた地図に横顔をあてて。彼女の肩を辿つて青褪め韃靼海峽が肩掛のやうに流れてゐた。

　流れる彼女の眸子はいつも慍つてゐる。

　併し私は氣にしない。

　私は構はずレッスンをとる。

다만, 두개골 용량의 탄환측정, 그것이 종언(終焉)―임무[役]였다.

약 천백육십육 입방 센티미터의 유산탄입자가 그 X일등병의 중추를 파고들어가 그 모골(毛骨)을 세게 내리쳤다.

오직 죽기 위해서 필요할 뿐인 땅 위에서.

그래서 X상등병이 X일등병을 이미 잃어버렸다.

―『시와시론』 3호

▌지구개발회사

감숙성(甘肅省)이라고 하는 문자는 건축물의 기구(機構)를 암시한다. 나는 매장된 도시의 발굴을 중국 정부에 건의한다.

―『시와시론』 3호

▌달단해협7)과 나비

나무의자에서 무릎을 포개고 총구를 코에 댄다. 푸른 뇌수로 맡아지는 타는 냄새가, 나를 내부입체의 세계에 이끈다.

나를 태운 인력거는 공원을 따라 난 고개를 올라가고 있다. 흐린 하늘 아래에, 회전목마가 곧 출발하려고 말(馬)은 가죽으로 된 귀를 모으고 있다. 그러나 나를 태운 인력거는 그때 이미 흐린 하늘을 떨어져 고개를 다 올라가고 있다.

나는 유리(遊離)된 진행에 동의한다.

그녀는 눈을 감고 있다. 벽에 걸린 지도에 옆얼굴을 대고. 그녀의 어깨를 빠져나간 파랗게 바랜 달단해협이 숄[肩掛]처럼 흐르고 있다.

흐르는 그녀의 눈동자는 항상 화내고 있다.

그러나 나는 신경 쓰지 않는다.

나는 신경 쓰지 않고 레슨을 받는다.

---

7) 유라시아 대륙과 사할린섬을 가르는 해협, 타타르 해협이라고도 불리운다.

レッスンをとるために歩きまはる。

歩きまはるために、私はたちどまる。さういふ私を彼女は始めて笑ふのだ。

微笑がいきなり彈道を誘致した。彈道が彼女を海峽に縫ひつけた。

次の瞬間、彼女の組織が解体するだらう。穿たれたホールから海峽が落下奔騰するだらう。その氾濫の中で如何にして自分は、自分自身を收容すべきであらうか。

私は決意した。

銃の安全装置を解す音は田舎驛の改札に似てゐる。

銃を擬して、私はピッタリと彼女をマークした。

すると一匹の蝶がきて靜に銃口を覆うた。

—『詩と詩論』4号

▎再び韃靼海峽と蝶

妹の狹い胸に水銀が昂つてゐた。

昂る水銀が彼女の eccentricity を息めて、眠に誘ふた。

夜は最早陰かつた。

わたしはゲーヂを措いて床に就いた。

併し仕事は眼の中にまでつづくのである。

夢の中でリダイト彈の重い輪郭と、彼女の柔い沿岸とが相交錯した。

觸發をおそれ乍ら、しかし私は計量の手をやめなかつた。

水壓の音とchain-rammerに響がきこれてきた。

私は目を醒した。そして魔されてゐる妹を傍にみた。

月がどこからか翳してゐた。

私は月光を逃げて、壁に垂れた地圖に辿りついた。

靑褪めた韃靼海峽に一匹の黒い蝶が駐つてゐた。

레슨을 받기 위해 돌아다닌다.

돌아다니기 위하여 나는 멈추어 선다. 그러한 나를 보고 그녀는 처음으로 웃는 것이다.

미소가 갑자기 탄도를 유치(誘致)한다. 탄도가 그녀를 해협에 꿰매어 붙인다.

다음 순간, 그녀의 조직이 해체되겠지. 뚫린 구멍으로부터 해협이 낙하분등하겠지. 그 범람하는 중에 얼마나 자신은, 자기 자신을 받아들여야만 하는 것인가.

나는 결의했다.

총의 안전장치를 푸는 소리는 시골역의 개찰구의 소리를 닮았다.

총을 흉내 내어, 나는 딱, 하고 그녀를 표시(マーク, mark)했다.

그러자 한 마리의 나비가 와서 조용히 총구를 뒤집었다.

—『시와시론』 4호

▌다시 달단해협과 나비

누이의 작은 가슴에 수은(水銀)이 오르고 있다.

오르는 수은이 그녀의 기벽(奇癖, eccentricity)을 진정시켜, 잠으로 이끌었다.

밤은 어느새 어두워졌다.

나는 게이지(gauge)를 두고 잠자리로 갔다.

그러나 일은 수면 중에까지 계속하는 것이다.

꿈을 꾸는 중에 리다이트탄[8]의 무거운 윤곽과, 그녀의 연약한 연안(沿岸)이 서로 교착했다.

촉발을 늦게 한 채로, 하지만 나는 계량의 손을 그만두지 않았다.

수압의 소리와 chain-rammer[9]의 소리가 들려왔다.

나는 눈을 떴다. 그리고 가위 눌려있는 누이를 곁에서 보았다.

달이 어디에서부터인가 비치고 있다.

나는 월광을 피해, 벽에 걸린 지도에 겨우 도달했다.

파랗게 바랜 달단해협에 한 마리 검은 나비가 머물러 있다.

---

8) 리다이트탄(lyddite) : 피클린산(酸)으로 된 고성능 폭약
9) Chain-rammer : 잠수함 등에서 연쇄적으로 어뢰 등을 장전할 수 있도록 해주는 도구.

私は私にそれを脱した。
この時妹の面を蒼白なものか冷かに流れた。
水壓の音はもうしなかつた。

—『詩と詩論』4号

▌HAREM

無花果ハ土耳古カラ來ル。

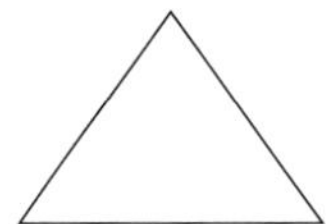

Macaroni Vatican San Marino 伊太利は何んと穴の多いことだ。

—『詩と詩論』4号

▌未成鉄道

一

未成鐵道が私に同意した。
乾草と小麥の數字がリベットのやうに、打つて私の組織を強靭にした。
その奥にharemがあり、宗教があり、宗教と苟合する無花果があつた。
夜、私は地圖の下でピジャマの肋骨を脱して寝る。寝てゐる中にプランを青寫眞のやうにうつしとるために。

二

併し私は風邪をひいた。
惡寒が髓を這ふて擴つていてた。
不潔な人口が府をひきずつてくるやうに、惡性の熱が斑點をつれてきた。
皮膚の上の府
黄色い火

나는 나에게서 그것을 벗겨냈다.
이때 누이의 얼굴을 창백한 것이 차갑게 흘렀다.
수압의 소리는 이미 나지 않았다.

―『시와시론』 4호

▎HAREM

무화과는 터키(土耳古)로부터 온다.

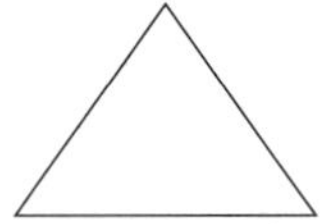

마카로니(macaroni) 바티칸(vatican) 산 마리노(san marino) 이태리는 정말로 구멍이 많은 것이다.

―『시와시론』 4호

▎미완성철도

1

미완성철도가 나에게 동의했다.
건초와 보리의 숫자가 리벳(rivet)처럼, 때려서 나의 조직(組織)을 강인하게 했다.
그 깊은 하렘(harem)이 있고, 종교가 있고 종교와 가합(苟合)하는 무화과가 있다.
밤, 나는 지도 아래에서 파자마의 늑골(肋骨)을 벗고 잔다. 자고 있는 중에 계획(plan)을 청사진처럼 베끼기 위하여.

2

그러나 나는 감기에 걸렸다.
오한이 뇌수를 따라 넓어지고 있다.
불결한 인구가 마을을 끌고 오는 것처럼, 악성의 열이 반점을 데려 왔다.
피부 위의 마을.
황색의 불.

　私の意識を混濁させて、黒い河が阿片のやうに晝夜を舍かず流動した。

—『詩と詩論』4号

▌一九二七年

　クヌート・エッケナーのインタービュウが私の頭に錘をつける。
　「此處はフリードリヒスハーフエンと同じやうな氣がする。あの朝の月がグ
ラーフ・ツェツペリンと一緒に日本にやつて來たやうに想われる」と。

　私は傾き乍ら回想の中へ墮ちてゆく。

　曾て私は子史を習つた。
　「輪不ㆍ輾ㆍ地」といふ莊子の説は、飛行の可能の暗示ではなかつたらうか。
　「以ㆍ迂爲ㆍ直」といふ孫子の學は、二點の最短距離が曲線であるといふ、大圈航
路の啓示ではなかつたらうか。
　私が球面三角法の講義に退屈してゐた時に、リンドバーグは僅に七歳幼兒だつ
たのだ。
　後年彼がアトランティツクを超えた時、私は地上に夠包の花を毟つてゐたにす
ぎなかつたのだ。
　いいえ、夠包の花を毟るよりももつと空しいしぐさを……

—『詩と詩論』6号

나의 의식을 어지럽혀, 검은 강이 아편(阿片)처럼 주야를 가리지 않고 유동한다.

—『시와시론』4호

▌一九二七年

크누트 에케나[10]의 인터뷰가 나의 머리에 무게추를 달았다.
「이곳은 프리드리히스하펜과 같은 기분이 든다. 그날 아침의 달이 그라프 체펠린[11]과 함께 일본에 찾아온 것처럼 생각된다」고.

나는 기울은 채로 회상 속으로 떨어져 간다.

일찍이 나는 子史를 배웠다.
「輪不輾地」라고 하는 장자의 설은, 비행의 가능성을 암시했던 것이 아니었을까.
「以迂爲直」라고 하는 손자의 학은, 2점 사이의 최단거리가 곡선이라고 하는, 대권항로의 계시였던 것은 아니었을까.
내가 구면삼각법의 강의에 따분해하고 있던 때에, 린드버그는 겨우 7세의 유아였던 것이었다.
후년 그가 아틀란틱(atlantic, 대서양)을 넘어갔던 때, 나는 지상에서 빵꽃(麵包)을 쥐어뜯고 있던 것에 지나지 않았던 것이었다.
아니오. 빵꽃을 쥐어뜯는 것보다도 더 공허한 동작을….

—『시와시론』6호

---

10) 에케나(Hugo Eckener, 1868~1954) : 독일 태생으로 경식 비행선의 개발자이다. 독일 최초의 비행선 개발자인 체펠린 박사의 동료로 체펠린 박사가 죽은 뒤 만든 그라프 체펠린호로 세계일주를 하는 도중에 동경에 들렀다. 이 인터뷰는 동경도착 시에 했던 인터뷰를 의미한다.
11) 1929년 8월에 동경에 기착한 그라프 체펠린(Graf Zeppelin) 127호를 의미한다.

▌メエズ

　大學の寄生虫學敎室へ論文―　寄生蟲卵殊に蛔虫卵に於ける溫度及び調味料に對する抵抗に就いてといふ論文の確定實驗に初めて行つた時、彼女は歸りの出口を見失つて、地階から地下室への階段を半ば下りかけた、
「そつちへ行つてもなんにもありませんよ」
　幽市から吸いてくる黴びた氈のような臭が天井に木靈して、嗄て聲を墮してきた、
「死體室ですよ……」
　　　　　＊
　この話をして吳れたお孃さんは「大學つてそんなところよ」といつて、悲しげに笑つた。

―『詩と詩論』6号

▌燭臺

非常な美貌をもつた有名な作家が、私に秘藏の燭臺をみせてくれた。
　　　　　＊
　生涯で最も美しい德行は復讐である。僕は前年一人の少女を犯したのだ。そして殘忍な異約を與へたのだ。
　最後の晩に彼女は復讐を僕に盟つた。それは五本の指を順に斷つて、私の異約した日に贈るといふのである。時が過ぎた。僕は今四つの紀念品を、そして間もなくそれは五つになるだらう。
　― 本統のことでせうか?
　― 嘘を云ふ必要が僕にあるだらうか。
　それから作家は立つて、莊麗なフオームでカッボードに近づいた。そして扉を開いて一基の燭臺を取出した。
　氷が私の髓を奔つた。

―『詩と詩論』6号

▎메즈

　대학의 기생충학 교실에 논문－기생충알 특히 회충알에 관하여 온열과 조미료에 대해 저항에 관하여라는 확정실험에 처음 갔던 때에, 그녀는 귀가하는 출구를 잃고 지하층으로부터 지하실로 가는 계단을 반만 내려가,

　"그쪽에 가는 것은 절대로 안되세요."

　유령도시로부터 불어오는 희미한 양탄자[氈]같은 냄새가 천정에 신목(神木)이 되어, 목쉰 소리를 떨어뜨리고 갔다.

　"시체실이에요……"

＊

　이 말을 해주었던 아가씨는 "대학이라는 그런 곳이에요"라고 말하며, 슬프게 웃었다.

—『시와시론』 6호

▎촛대

　비상한 미모를 가진 유명한 작가가, 나에게 비장(秘藏)의 촛대를 보여주었다.

＊

　생애에서 가장 아름다운 덕행은 복수이다. 나는 작년 1인의 소녀를 범했던 것이다. 그리고 잔인한 다른 약속[異約]을 주었던 것이다. 최후의 밤에 그녀는 복수를 나에게 맹세했다. 그것은 다섯 개의 손가락을 순서대로 잘라, 내가 다른 약속을 했던 날에 주겠다고 하는 것이다. 시간이 지났다. 나는 지금 4개의 기념품을, 그리고 겨를 없이 그것은 5개가 될 것이다.

　－사실인가?

　－거짓말을 할 필요가 내게 있을까?

　그것으로부터 작가는 일어서서 장려한 폼으로 차고에 가까이 갔다. 그리고 문을 열어 한 개의 촛대를 꺼냈다.

　얼음이 나의 골수를 달렸다.

—『시와시론』 6호

▌堕ちた蝶

「私は空砲を放つて、面紗を被いだ大氣に孔を穿つた。そして行手に横はるであらう河身一沃土の發見に力めた。併し私の足下には苦蓬さへ今はあとを絶つた空しい曹達地が無限に移動をつづけるのみであつた。

磅礴するこのエーテルの中には、刻々歴史に改惡されてゆく文明、(その胸の中に憲兵を伴つてゐるプロシヤ人)。苔の匂のするタブーを纏つてゐるインヌイト。デカルトの解析幾何學。(樹の中にある代數學) 甘肅の宗敎戰爭。成都の萬里橋。スミルナの無花果。御冬の中にのつてゐる蝶等一切の微粒子が、タピオカのプテイングのやうに私を密封してゐるのである。

にも拘はらず、この不毛の地から脱出して實體と和合する可能は、殆んど私の飢渇の前に竭きてゐた。

私はしばしば火を燃やした。焔が蝶を招ぶといふ土人の傳說を憑んで……」

*　　　　　*　　　　　*

すべてが過ぎ去つた。

そして今ではすべてが眠つてゐた。

ただ、この夜陰―罪の堆積の下に、自分だけが目ざめてゐた。

一年前に嘗めた韃靼紀行の苦さが容易に私を眠らせないのである。

私は強ひて目をつむつた。

すると、御冬の優しい骨盤―石灰質の蝶が苦えてくるのであつた。

―『詩と詩論』7号

▍떨어진 나비

「나는 공포탄(空砲彈)을 쏘아, 면사(面紗)를 쓴 대기에 구멍을 내었다. 그래서 가는 길과 나란히 있었을 강바닥(河身)—즉 옥토의 발견에 힘썼다. 그러나 나의 발밑에는 구절초가 자라 지금은 뒤를 잘려 비어있는 조달지(曹達地)가 무한하게 이동을 계속할 뿐이었다.

방박(磅磚)한 그 에테르 가운데에는, 때때로 역사 속에서 개악되어간 문명(그 마음 속에 헌병을 동반하고 있는 프러시아인). 이끼의 향기를 내는 욕조(タブ-,tub)를 묶고 있는 이누이트. 데카르트의 해석기하학. (나무 가운데 있는 대수학). 감숙(甘肅)의 종교전쟁. 성도(成都)의 만리교. 스미르나의 무화과. **후유씨(御冬)의 속에 얹혀져 있는 나비** 등 일체의 미립자가, 타피오카의 푸딩처럼 나를 밀봉하고 있는 것이다.

그래도, 잡히지 않고 이 불모의 땅으로부터 탈출하여, 실체와 화합하는 가능은, 거의 나의 기갈의 앞에서 굶주리고 있었다.

나는 자주 불을 질렀다. 불꽃이 나비를 초대한다고 하는 토인(土人)의 전설을 믿고서……」

       *   *   *

모든 것이 지나가 버린다.

그리고 지금은 모두 잠들어 있다.

곧 이 야음—죄가 퇴적된 아래에서, 자신만이 눈을 뜨고 있다.

일 년 전에 맛보았던 달단기행의 괴로움이 나를 쉽게 잠들지 못하게 하는 것이다.

나는 눈을 꼭 감았다.

그러자 후유씨(御冬)의 예쁜 골반(骨盤)—석회질의 나비가 힘겹게 오는 것이었다.

—『시와시론』 7호

▌ サンドキツチ

書店

僕は書架の前に僕の著作物を調めてゐる一人の男の背後に不圖もイちあはせる。
このコンビネーシヨンは僕にとつて催慾的である。

A'

X

A

Fig.

然るに、このアペタイゼならーの冷肉は薄すぎた。

なぜならーその理由を言ふ必要を僕は認めない。

只、この輕薄なる冷肉に對する復讎として、作家は更に一切を作品にするまで
のことだ。

— 『詩と詩論』 8号

안자이 후유에(安西冬衛, 1898~1965)
나라시(奈良市) 태생. 사카이(堺) 중학 졸업 후, 아버지를 따라 중국 만주(満洲)의 대련
(大連)으로 건너감. 병으로 오른쪽 다리 절단. 그 후 시창작을 시작하고, 기타가와 후유
히코(北川冬彦), 카키구치 타케시(瀧口 武士) 등과 『아(亞)』를 창간(1924. 11). 『시와시론
(詩と詩論)』에 참가함. 일본의 모더니즘 시의 대표적인 시인. 첫 시집 『군함 마리(軍艦
茉莉)』(1929) 외, 『자리 다투는 투우사(座せる鬪牛士)』(1949) 등이 있다. 초기의 일행시
「봄」 "나비가 한마리 타타르족 해협을 건너 갔다(てふてふが 一匹 韃靼海峽を渡つて行
つた)"는, 단시 운동의 대표작으로서 남아 있다.

▌샌드위치

書店

나는 서가 앞에서 내가 쓴 책[著作物]을 고르고 있는 한 남자의 등 뒤에서 우연히 서성이게 되었다. 이 콤비네이숀은 나에게 있어 식욕을 자극한다.

A'
X
A

Fig.

하지만, 이 에피타이저의 냉고기는 얇다.

왜냐하면—그 이유를 말할 필요가 있는지 나는 모르겠다.

단지, 이 경박한 냉고기에 대한 복수라고 하기엔, 작가는 더욱 모든 것을 작품으로 쓰기까지의 일인 것이다.

—『시와시론』 8호

번역·입력, 송민호· 김예리

하루야마 유키오(春山行夫)

▌白い絵本

一月

水のなかの一枚の皿のやうに
枯枝を透くパステルの白い穹窿
そのカーヴのしたに燻んだ壁があり
鐵製手摺を差出した露臺があり
黒い蔦が臥てゐる階段があり
音のせぬ煙突を伸した屋根があり
その屋根を踏んで北風が
慄えた雲を庭にうちつけ
ぐるぐる屋敷をまはつてゐる
が光線のすべての栓がぬかれた室內では
食器棚のすべての銀製スプンがひかり
石竹色の羅紗がつられた楕円形の扉のまえで
恒くん(ボリールの風景を仰ぎながら
手製のギターを彫つれゐる)と
僕(古新聞で手を拭きながら
粘土に家をこねてゐる)の
パイプのけむりの友達が
のどかな冬を暮してゐる

▌하얀 그림책

혹은 츠네시 군에게 바쳐진 앨범

1월

물속의 한 장의 접시처럼

고목나무 가지로 비치는 파스텔의 하얀 하늘

구부러진 가지 아래 그을린 벽이 있고

철제 난간에서 뻗어 나온 발코니가 있고

검은 담쟁이가 엎드려있는 계단이 있고

소리 없는 굴뚝이 늘어선 지붕이 있고

그 지붕을 밟고서 북풍이

벌벌 떠는 진눈깨비를 정원에 부딪치며

빙글빙글 저택을 돌고 있다

그러나 광선의 모든 마개가 빠진 실내에는

식품선반의 모든 은제 스푼이 빛나고

연분홍색 명주가 유혹하는 타원형 문 앞에서

츠네시군(보나르[1])의 풍경을 우러러보며

수제 기타를 치고 있다)과

나(옛날 신문으로 손을 닦으면서

점토의 팻말을 반죽하고 있다)의

파이프 연기의 친구가

화창한 겨울을 보내고 있다

---

1) ボナール(Bonnard, Pierre, 보나르) 1. 프랑스의 화가(1867~1947). 나비파(Nabis派)의 한 사람. 색채의 조화에 능하여 '색채의 마술사'로 불림. 석판화·포스터에도 우수한 작품을 남김.

二月

霧のなかに暖爐が鳴る
屋根に朽ちた風鷄が軋る
石のやうに頰を搏つ冷たさ
ものおとを負つて喚くかぜ……
僕等は無智な木製椅子に座つて
白い壁のやうな世界に
打ちこまれた釘のやう
小さな叡智の足とはかない手をのべて
はて知れぬ無限を支えてゐる……
墳上けがレエスの影をおとし
けむりの蜘蛛が吸はれてゆく
支那インクのにじんだ森に
彌徹にゆくひとびとが消える時……。

四月

楡の茂にの露臺の
暗くなつた大理石の唐草模様
《あゝ白い看風機ね
《えゝあの和蘭館の
《そらそのうへに
《なあに……
黃水仙いろの窓帷をひらいて
恒くんが鐵筆で指す
蒼白めた夕暮のフアントム
圓頂にはリネンの月
《もう四月
《短艇のりがしたいな

2월

안개 속에서 난로가 운다
지붕에 썩은 풍향계가 돈다
돌처럼 뺨을 때리는 차가움
소리를 짊어지고 외치는 바람……
우리들은 무지한 목제의자에 앉아
하얀 벽과 같은 세계에
박힌 못처럼
작은 지혜의 발과 덧없는 손을 뻗쳐
끝을 알지 못하는 무한을 떠받치고 있다……
분수가 레이스의 그림자를 늘어뜨리고
연기의 거미가 빨려들어가는
중국 잉크가 번진 숲에
미사(彌撒)에 간 사람들이 사라질 시간……

4월

느릅나무 수풀의 발코니의
어두워진 대리석의 당초모양
  (저 하얀 바람개비 있잖아
  (응응 저 화란관(和蘭館)2)의
  (하늘 그 위에
  (뭐어……
노란 수선화 색의 커튼을 열고
츠네시군이 연필로 가리킨다
창백한 해질 무렵의 환영
첨탑에는 리넨으로 된 달
  (벌써 사월이구나
  (보트타기가 하고 싶어

---

2) 네덜란드

((フリージヤが匂つてよ
((やさしい唄ね
黒い窓をすぎる人影と
遠くに消える鶯時計の唄。

八月

淑やかに霧となる噴上げ
凋んでゆく眞赤な睡蓮
薄紗のやうに翻る胡蝶
冷たくなつた白いデミダツス
お互ひがお互ひの麥稈帽子を膝にして
僕等はひいやりした榭亭に座つてゐる
((しつ、靜かに
((なあに 微風
((いゝや唄聲
((青い鶯ね……
子供のやうに素直な足ぶみで
微風が僕等をすぎると
綠葉が鬱蒼と溶けこんだ池の面に
紫がかつた穹窿が顏を出す
そして唄聲が梢にきえると
忘れてしまつた故里の風月が蘇みがえる

十一月

空庭をはしりまはる落葉の中に
晩禱の鐘が泣いてゐる
僕等はもう動かないで
茶卓の「唐詩選」を見つめてゐる

(프리지어 냄새가 나
(아름다운 노래구나
검은 창을 지나는 사람들의 그림자와
멀리서 사라지는 꾀꼬리 시계의 노래

8월

부드럽게 안개로 된 분수
시들어가는 새빨간 수련
얇은 사(薄紗)처럼 나부끼는 호접
차가워진 하얀 드미타스3)
서로가 서로의 밀짚모자를 무릎에 놓고
우리들은 차가워진 정자에 앉아있다
　(쉿, 조용히 해봐
　(뭐야 바람
　(아니 노랫소리
　(청 꾀꼬리구나……
아이 같은 순진한 발걸음으로
미풍이 우리를 지나치면
푸른 잎이 울창하게 녹아들어간 연못의 수면에
보랏빛으로 가득 찬 하늘이 얼굴을 내민다
그리고 염불소리가 나무 끝에 닿으면
잊어버렸던 고향의 풍월이 되살아난다

11월

텅 빈 정원을 굴러다니는 낙엽 속에서
밤 기도의 종소리가 울리고 있다
우리들은 더 이상의 움직임 없이
차 탁자 위에 놓인 「당시선」을 응시하고 있다

---

3) (프랑스어)demitasse, 작은 커피잔. 또는 그것으로 마시는 커피.

《《吹笛秋山風月淸　誰家巧作斷腸聲

《《風飄律呂相和切　月傍關山幾處明

《《笛を玩ぶ支那人は淸いね

《《月を賞でる支那人は憐れね

《《恒くん　どこかで薪の山がくづれてゐる

《《えゝどこかの鎧戸が飛んでゐる

《《恒くん　もう冬ね

《《だれかゞさよならをいつてゐる

茶卓にパイプを載せたまゝ

僕等は默つて目をつむる

空庭をはしりまはる落葉のなかに

晚禱の鐘が消えてゆく。

─『詩と詩論』1号

▌KODAK

白い遊步場です

白い椅子です

白い香水です

白い猫です

白い靴下です

白い頸です

白い空です

白い雲です

そして逆立ちした

白いお嬢さんです

僕のKodakです

─『詩と詩論』2号

(吹笛秋山風月淸　　誰家巧作斷腸聲

(風飄律呂相和切　　月傍關山幾處明4)

(피리를 만지는 지나인은 정갈하구나

(달을 감상하는 지나인은 불쌍하구나

(츠네시군 어디선가 장작더미 산이 무너지고 있어

(음, 어딘가의 미늘창이 날아다니고 있어

(츠네시군 벌써 겨울이구나

(누군가가 안녕이라고 말하고 있어

차탁에 파이프를 놓아둔 채

우리들은 잠자코 눈을 감는다

빈 정원을 굴러다니는 낙엽 속에서

밤 기도의 종 소리가 사라지고 있다.

―『시와시론』 1호

▌KODAK

하얀 운동장입니다

하얀 의자입니다

하얀 향수입니다

하얀 고양이입니다

하얀 양말입니다

하얀 목입니다

하얀 하늘입니다

하얀 구름입니다

그리고 물구나무선

하얀 아가씨입니다

나의 Kodak입니다

―『시와시론』 2호

---

4) 吹笛秋山風月淸(취적추산풍월청)　　피리소리 가을 산 바람부는 달에 맑게 울리네
　誰家巧作斷腸聲(수가교작단장성)　　누구네 집에서 묘하게 애끊는 소리를 내는가
　風飄律呂相和切(풍표율려상화절)　　바람과 나부끼는 가락 서로 맞아 떨어지니
　月傍關山幾處明(월방연산기처명)　　달과 마주한 산 어느 곳이 밝겠는가

▌庭園

　庭園は美しい。山梔、梓、桂、椎が青い。園丁はサラダ、胡瓜、アスパラガスヲ植える。秋になると美事な果物が實る。午後、棘のなかのテラスで、お父さんやお母さんや子供たちがカフエを飲む。木馬のうへの日傘は小馬のやうに快活である。園丁は美しい花を咲かせたり、美事な果物が實らせるために勤勉でなければならない。土壘が日溜りで膨れる。石の噴水に鵲がきてとまる。

―『詩と詩論』2号

▌丘

　丘にしろいホテルがあつてホテルからしろい馬車がとび出した。馬車には白いフランス人が乗つてゐて白いパイプのけむりをスパスパあげたがけむりは空へあがつて白い雲の飛行船にぶつつかつた。白い雲の飛行船はむくむくとふくたんで白い馬車をおひかけたが馬車は白いフランス人の白いパイプのけむりをはいてどんどん見えなくなつてしまつた。

―『詩と詩論』2号

▌少女

　　手製のギターに添へて

　庭の露臺　露臺の椅子　椅子の少女　ひとりの少女が庭を見てゐる。朝の穹窿に庭と風と風と天使と天使と椅子と椅子と庭と庭と影と影と天使と風と風と庭と椅子と椅子と天使と天使と風と風と庭とが仲よく遊んでゐる。木製の籠　籠の窓　窓の窓框　窓框の少女　ひとりの少女が薔薇の鉢植えを並べてゐる。

―『詩と詩論』2号

▌정원

정원은 아름답다. 치자나무, 가래나무, 계수나무, 메밀잣밤나무가 푸르다. 정원 사는 샐러드, 오이, 아스파라가스를 심는다. 가을이 되면 훌륭한 과일이 열린다. 오후, 가시나무 속의 테라스에서 아버지와 어머니와 아이들이 카레를 먹는다. 목마 위의 양산은 작은 말처럼 쾌활하다. 정원사는 아름다운 꽃이 피어나게 하고, 훌륭한 과일을 팔기 위해서 근면하지 않으면 안 된다. 흙더미가 양지에서 부풀어 오른다. 돌 분수에서 까치가 와서 머문다.

—『시와시론』 2호

▌언덕

언덕에 하얀 호텔이 있고 호텔에서 하얀 마차가 달려왔다. 마차에는 하얀 프랑스인이 타고 있고 하얀 파이프의 연기를 뻐끔뻐끔 피워 올렸으나 연기는 허공으로 올라가서 하얀 구름의 비행선과 부딪혔다. 하얀 구름의 비행선은 뭉게뭉게 부풀어 하얀 마차를 뒤따라갔지만 마차는 하얀 프랑스인의 하얀 파이프의 연기를 신고 점점 보이지 않게 되어버렸다.

—『시와시론』 2호

▌소녀

수제 기타에 덧붙여서

정원의 발코니 발코니의 의자 의자의 소녀 한 명의 소녀가 정원을 보고 있다. 아침의 하늘에 정원과 바람과 바람과 천사와 천사와 의자와 의자와 정원과 정원과 그림자와 그림자와 천사와 바람과 바람과 정원과 의자와 의자와 천사와 천사와 바람과 바람과 정원이 사이좋게 놀고 있다. 목제의 바구니 바구니의 창 창의 창틀 창틀의 소녀 한명의 소녀가 장미 화분을 진열하고 있다.

—『시와시론』 2호

▌苑

(第四章)

森の枝を破つて池が石鹼玉のやうに透き通つて見える。曙が空に硝子の日除け
を裝塡した。階段の凹みの亞細亞地圖。赤い支那航路の進路に、太い青鉛筆の線が倒
れて苑の悲嘆を永劫に紆つてゐる。海戰紀念日の白菊と紋服、オルガンのコチロ
ン！ 假道はネクタイのやうに疲れて村へ辿りつき、郵便局の屋根は光りのシヤツ
を着て看風機のペタルを踏みはじめる。壁虎のやうに動かない壁、壁が跫音を呟
き、下婢が突然窓の蕾を破る。白い光りのなかでカーテンは花のやうに愉快であ
る。亞細亞地圖はつひに售られてしまつた。

—『詩と詩論』3号

▌ALBUM

*

昇降機が眞鍮と花崗石の愚痴を最後に拒絶する。突然大きな白いポスターがわた
しが眼にとびかかる。煙草のけむりとマントを脱ぎすてると、シヤツが埃つぱ
い護謨の葉を蹴つてゐる。踊子たちの饒舌な足並が萬國旗のやうに波打つ。二人の
少女がわたしを選擇する。メロン色のカテンの下カラ古い町が素早く彼女たちの
靴下の間をくぐりぬける。しかしじきに彼女たちは他の男たちの白いカラーにブ
ラさがる．針金の輪を捲くやうに急激に踊る男，魚のやうに着こんだ桃色の夫人。
拍手がピアノの蓋に納はれると給仕人たちが紙製花を買りにくる。卓子につくと
匙形の雲を支へた町がメニユーのかげに見えなくなる。

—『詩と詩論』3号

▌정원

제4장

숲의 가지를 부러트리니 연못이 비누 방울처럼 투명하게 보인다. 새벽이 허공에 유리의 해가리개를 장전했다. 계단의 요면의 아시아 지도. 붉은 지나항로의 진로에 거대한 청연필의 선이 넘어져 정원의 비탄을 영겁을 우회하고 있다. 해전기념일의 흰 국화와 가문의 표장이 있는 예복, 오르간의 코치용! 거리는 넥타이처럼 피곤에 절어 마을에 겨우 도착하여 우편국의 지붕은 불빛의 셔츠를 입고 풍향계의 페달을 밟기 시작한다. 도마뱀붙이처럼 움직이지 않는 벽, 벽이 발소리를 중얼거리고, 여자 하인이 돌연 창의 꽃봉오리를 깨트린다. 흰 불빛 속에 커튼은 꽃과 같이 유쾌하다. 아시아지도는 결국 팔려버렸다.

—『시와시론』 3호

▌앨범

*

승강기가 놋쇠와 화강암의 푸념을 최후로 거절한다. 돌연 거대한 흰 포스터가 나의 눈에 덤벼든다. 담배 연기와 망토를 벗어던지면 재즈가 먼지투성이 고무나무 잎을 걷어찬다. 춤추는 아이들의 수다스런 발걸음들이 만국기처럼 물결친다. 두 명의 소녀가 나를 선택한다. 멜론 색의 커튼 아래에서 오래된 거리가 재빠르게 그녀들의 양말 사이를 헤쳐 나간다. 그러나 곧 그녀들은 다른 남자들의 흰 깃에 브라를 내린다. 철사 뭉치를 만 것처럼 급격하게 춤추는 남자, 물고기처럼 껴입은 복숭아색의 부인. 박수가 피아노 덮개에 넣어지면 급사들이 종이로 만든 꽃을 사러 온다. 탁자에 닿으면 숟가락 형태의 구름을 지탱한 거리가 메뉴의 그늘에 보이지 않게 된다.

—『시와시론』 3호

▌植物の断面

方法の可能とその適用について

★

道路ノ中央デアル
銅像ガ立ツテヰル
太陽ノ下デアル
馬車ガ通リスキル
噴水ノ上デアル
鳩ガトビアガル
倉庫ノ影デアル
影ガオリテクル

★

教會ノ屋根ト
サボテンノ花ガ並ブ
パイプヲ街エタ
バナナ色ノ飛行船
パンノ匂ヒガ
露臺カラアルキダス
壜ト
ギタアト
サラダト
アレト
貧乏ナ雲ガ
ヨゴレタコルセデ
アソンデヰル

▌식물의 단면

방법의 가능과 그 적용에 관해서

도로의 중앙이다
동상이 서 있다
태양의 아랫니다
마차가 자주 지나간다
분수의 위다
비둘기가 날아오른다
창고의 그림자다
그림자가 내려온다

교회의 지붕과
선인장의 꽃이 늘어서다
파이프를 입에 물었던
바나나 색의 비행선
빵의 향기가
발코니에서 걷기 시작하는
항아리와
기타와
샐러드와
그것과
가난한 구름이
질척해진 코스에서
놀고 있다

★

白い少女 白い少女 白い少女 白い少女 白い少女 白い少女 白い少女
白い少女 白い少女 白い少女 白い少女 白い少女 白い少女 白い少女
白い少女 白い少女 白い少女 白い少女 白い少女 白い少女 白い少女
白い少女 白い少女 白い少女 白い少女 白い少女 白い少女 白い少女
白い少女 白い少女 白い少女 白い少女 白い少女 白い少女 白い少女
白い少女 白い少女 白い少女 白い少女 白い少女 白い少女 白い少女
白い少女 白い少女 白い少女 白い少女 白い少女 白い少女 白い少女
白い少女 白い少女 白い少女 白い少女 白い少女 白い少女 白い少女
白い少女 白い少女 白い少女 白い少女 白い少女 白い少女 白い少女
白い少女 白い少女 白い少女 白い少女 白い少女 白い少女 白い少女
白い少女 白い少女 白い少女 白い少女 白い少女 白い少女 白い少女
白い少女 白い少女 白い少女 白い少女 白い少女 白い少女 白い少女
白い少女 白い少女 白い少女 白い少女 白い少女 白い少女 白い少女
白い少女 白い少女 白い少女 白い少女 白い少女 白い少女 白い少女
白い少女 白い少女 白い少女 白い少女 白い少女 白い少女 白い少女
白い少女 白い少女 白い少女 白い少女 白い少女 白い少女 白い少女

★

ある種の植物について

★

흰소녀 흰소녀 흰소녀 흰소녀 흰소녀 흰소녀 흰소녀
흰소녀 흰소녀 흰소녀 흰소녀 흰소녀 흰소녀 흰소녀
흰소녀 흰소녀 흰소녀 흰소녀 흰소녀 흰소녀 흰소녀
흰소녀 흰소녀 흰소녀 흰소녀 흰소녀 흰소녀 흰소녀
흰소녀 흰소녀 흰소녀 흰소녀 흰소녀 흰소녀 흰소녀
흰소녀 흰소녀 흰소녀 흰소녀 흰소녀 흰소녀 흰소녀
흰소녀 흰소녀 흰소녀 흰소녀 흰소녀 흰소녀 흰소녀
흰소녀 흰소녀 흰소녀 흰소녀 흰소녀 흰소녀 흰소녀
흰소녀 흰소녀 흰소녀 흰소녀 흰소녀 흰소녀 흰소녀
흰소녀 흰소녀 흰소녀 흰소녀 흰소녀 흰소녀 흰소녀
흰소녀 흰소녀 흰소녀 흰소녀 흰소녀 흰소녀 흰소녀
흰소녀 흰소녀 흰소녀 흰소녀 흰소녀 흰소녀 흰소녀
흰소녀 흰소녀 흰소녀 흰소녀 흰소녀 흰소녀 흰소녀
흰소녀 흰소녀 흰소녀 흰소녀 흰소녀 흰소녀 흰소녀
흰소녀 흰소녀 흰소녀 흰소녀 흰소녀 흰소녀 흰소녀
흰소녀 흰소녀 흰소녀 흰소녀 흰소녀 흰소녀 흰소녀

어떤 종류의 식물에 관해서

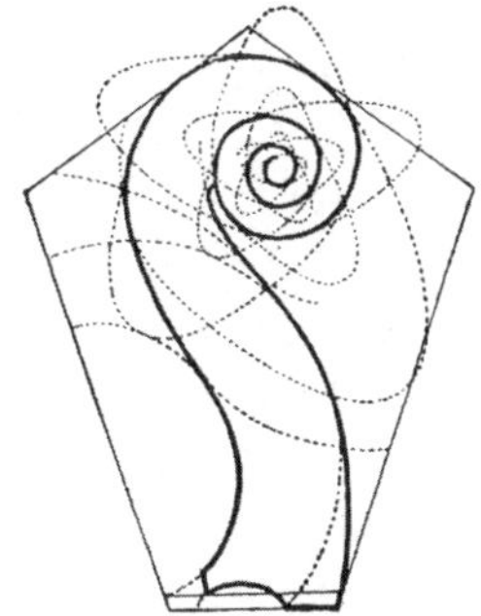

★

博物館ノ速力ニ就テ批評ノ夢ニ就テ歴史ノ抽象ニ就テ花ノフオルブニ就テ天使ノ
冒險ニ就テ鳥ノ感光ニ就テ少女ノスポオトハ博物館ト批評ト歴史ト花ト天使ト鳥ニ
一致スルメダフイジツクデアル

—『詩と詩論』 4号

▍POESIE

花を花を花を花を花を僕は買はねばならない
僕がインクで弓を書く僕の椅子に踊子が座る
であらうしかしひとは觀念を換へないであら
うひとはすべてその故郷では花甘藍を置換へ
ないで鐵道廣告の僞善を信じないであらう
僕がそれを知つて旅行してゐる時颱風は蝶
を知らないでそれを吹き飛ばすであらうか
廊下で木苺は青い枝を睡らせないであらうか
美しい光線は雨に顫へるであらうか鬪牛士は
砂丘の丁で歌ふであらうか彼の死後どうして
木綿の布が碁盤石の砥石になるであらうか
どうして北極に白いバナナ生えるであらう
か否それはハバナであつたらうからたとへば
パイプであるその青い階段で僕の抱いてゐる
卵が盗まれるであらうかそれが若し皮蒲團で
あつたらなんといふ悲劇であらうかそれは
故意に飛ぶであらうか微かに歌ふシャンパン
はピアノのなかへ唉かないであらうかなにひ

★

　박물관의 속력에 관해서 비평의 꿈에 관해서 역사의 추상에 관해서 꽃의 형식
에 관해서 천사의 모험에 관해서 새의 감광에 관해서 소녀의 스폿은 박물관과 비
평과 역사와 꽃과 천사와 새에 일치하는 형이상학이다

—『시와시론』 4호

▍POESIE

　꽃을 꽃을 꽃을 꽃을 꽃을 나는 사지 않으면 안 된다
내가 잉크로 궁(弓)을 쓰는 나의 의자에 춤추는 소녀가 앉을
것이다 그러나 사람은 관념을 바꾸지 않을 것
이다 사람은 모두 그 고향에서는 화감람(花甘藍)5)을 옮겨 놓지
않고 철도광고의 위선을 믿지 않을 것이다
내가 그것을 알고서 여행하고 있을 때 태풍은 나비
를 모르고 그것을 불어 날려버린 것인가
낭하(廊下)6)에서 나무딸기는 푸른 가지를 늘어뜨리지 않는 것인가
아름다운 광선은 비에 흔들리는 것인가 투우사는
모래언덕 아래에서 노래를 부르는 것인가 그가 죽은 뒤 어떻게
목면의 포목이 바둑돌의 숫돌으로 된 것인가
어떻게 북극에 하얀 바나나가 자라난 것인
가 아니 그것은 하바나였던 것인가 예를 들어
파이프인 그 푸른 계단에서 내가 품고 있던
계란을 도둑맞은 것인가 그것이 만약 이불보였
다면 어떤 비극인 것인가 그것은
고의로 나는 것인가 희미하게 노래를 부르는 샴페인
은 피아노 속에 피지 않는 것인가 무엇하나

---

5) 감람(甘藍)은 양배추를 말한다.
6) 복노, 두 건물을 잇는 지붕이 있는 통로.

とつ絶望に似てゐるものはない天使の裸體以
外にアナナスに似てゐるものとてはないその
果が枝を搖つてゐつといふことがないのであ
るこれが僕の挨拶であるそして見本帳である
花を花を花を花を花を僕は買はねばならない

—『詩と詩論』 10号

▌花ト glass

地圖ノ龜裂ニasparagus が
ノツテキツソコハ Panama ダ
空氣ハ非常ニ甘イ ribbon ダ
ソレハ一秒每ニ融ケテユク琺瑯質ダ
封蠟ノヤウニ modern ナ少女ガ piano
ヲ練習スルガマルデ paraffin 紙ノササヤキ
ヨリモ小サイ seraphin ハ世間見ズダ
僕ハナニモシラナイヒトハナニモ理解シナイ
着色寫眞ハ lamp ヨリモ赤イカンガルウヨイモ
赤イ parachute ノ花粉ートビコム
apartment カラ graph が運バレル
celert ノ畑デ苣萵ガシメツテヰル
aperitif ニ花屋ノ匂ヒガアル
アリフレタ pipe ノナカノ雲ニ見トレル
帽子店ノ roofgarden ノツツジノ木
ニジョロガ干シテアルソレハ黃色イ
orange ノシダデニハトリガ歌フ
大キナバラガ spoon ノ上ニノツテヰル

절망과 닮은 것은 아닌 천사의 나체이
외에 아나나스[7]와 닮은 것은 아닌 그
과실이 가지를 흔들고 있다고 하는 것이 아닌
그것이 나의 인사 그리고 견본장(見本帳)인
꽃을 꽃을 꽃을 꽃을 꽃을 나는 사지 않으면 안된다

—『시와시론』 10호

▌꽃과 glass

지도의 균열에 아스파라거스(asparagus)가
놓여있는 저곳은 파나마(Panama)다
공기는 굉장히 달콤한 리본(ribbon)이다
그것은 일 초마다 녹아가는 법랑질이다
밀랍처럼 모던(modern)한 소녀가 피아노(piano)
를 연습하는데 마치 파라핀(paraffin) 종이의 소근거림
보다 더 작은 세라핀(seraphin)은 세상물정에 어두운
나는 아무 것도 모르는 사람은 아무 것도 이해하지 않는
착색 사진은 램프(lamp)보다도 붉은 캥거루보다도
붉은 낙하산(parachute)은 화분에 뛰어드는
아파트(apartment)에서 그래프(graph)가 운반된다
샐러리(celert)의 밭에서 채소가 축축해져있다
반주(aperitif)에 화단의 향기가 난다
흔하게 있는 파이프(pipe) 속의 구름을 넋을 잃고 바라보는
모자가게의 옥상정원(roofgarden)의 진달래 나무
에 물뿌리개가 말라 있는 그것은 노란색
오렌지(orange)의 아래에서는 새가 운다
커다란 장미가 숟가락(spoon) 위에 놓여있다

---

7) 브로멜리아라고도 한다. 보통 파인애플과 식물 가운데, 꽃과 잎이 아름다워 관엽가치가
있는 여러해살이풀을 통틀어 일컫는다. 뿌리가 발달하지 못하여 나무 위와 바위면에 붙
어서 자라는 것이 많다. 우기(雨期)에 잘 자라고 건조기에도 견디며, 해충에도 강하기 때
문에 기르기가 쉽다. 대부분 줄기가 짧고 잎은 단단하고 톱니가 있다.

イツマデナンヂハウロツイテヰルカ
bananaヲ垂レタ時計ノ
glass　ノ牧場ノ太陽ノ牛乳ヲ

—『詩と詩論』12号

▌麦稈の籠

庭ノサラダ類ノ葉ハ
地面一杯ヲ埋メテヰル
冬ヲ忘レタ金雀兒ノ枝デ
屋根ノ風見ハソノ日暮シダ
麥稈ノ籠カラシコラヲトツテ
窓カラ倒所ノ村ヲ見ル
シカシXマスガスンダ
陸橋ノ上ヲ通ル一人モナイ
忍耐ヅヨイ梨の畑ガ風ヲ防イデヰル
シカシマンドナシデ歩クコトガデキル

歩道ハ國境ノ方向ニ向フ
テニス・コウトノ空氣ハ美クシイ
スペイン風ノ日影ガ落チテヰル
ブルにエ氏ノ白イデッキデ
鶯が不便ニ卽チ梅氏デアル
ブルニエ氏ハ卽チ梅氏デアル
梅氏ノデッキニ鶯ガ歌フ
彼女ノ音量ハナハダ劣弱デアル
眞晝ノ藪ハ勾リガナイ
蜜蜂ガ井戸ニカクレル

★

언제까지 너는 서성거리고 있는가
바나나(banana)를 늘어뜨린 시계의
유리(glass)의 목장의 태양의 우유여

—『시와시론』 12호

▌밀짚 바구니

정원의 샐러드 류(類)의 잎은
지면 가득 뒤덮고 있다
겨울을 잊은 금작화의 가지에서
지붕의 풍향계는 하루살이 생활이다
밀짚 바구니에서 시코라를 빼서
창문에서 곳곳의 마을을 본다
그러나 크리스마스가 지난
육교 위를 다니는 사람은 한 사람도 없다
참을성 강한 배 밭이 바람을 막고 있다
그러나 망토 없이 걸을 수 있다

보도는 국경의 방향을 향한다
테니스 코트의 공기는 아름답다
스페인 풍의 햇살이 내리쬐고 있다
브뉘엘씨의 흰 덱크에서
휘파람새가 불편하게 노래하고 있다
브뉘엘씨는 즉 매氏이다
매氏의 덱크에서 휘파람새가 노래한다
그녀의 음량은 매우 열약(劣弱)하다
대낮의 조리는 만곡이 없다
꿀벌이 우물에 숨는다

★

白合の花は白合の花に白合の花で白合の花へ白合の花
が白合の花の白合の花を白合の花は白合の花に白合の花
で白合の花へ白合の花が白合の花の白合の花を白合の花
は白合の花を見せることを普通の思考の思考を思考する
思考の思考を思考する思考を思考する思考の思考で思考
する思考の思考を思考することは純粋な菫色のインク壺
から貴婦人が驚く夕暮の香氣に白色の海洋の巨大な星の
心臟の隅に氣候を彩色する丘の首環を訪問する不幸なピ
アノの個人的な沈默に震へる古典的な太陽の秘密に醉ふ
梨の木の徐かな影の傾斜よりも狹い中庭の家禽の一枚の
羽根を迂曲する暴風の單純な語彙を理解せんとする白堊
の白合の花は白合の花に白合の花で白合の花へ白合の花
が白合の花の白合の花を白合の花は白合の花に白合の花
で白合の花へ白合の花が白合の花を見せる思考である。

—『詩と詩論』14号

하루야마 유키오(春山行夫, 1902~1994)

나고야시(名古屋市) 태생. 본명 이치하시 와타루(市橋 涉). 나고야시립 상업고 중퇴. 1928년 9월 『시와시론(詩と詩論)』을 창간. 스스로 기획한 『현대의 예술과 비평 총서(現代の芸術と批評叢書)』 전23권(1929. 4~32. 7)으로 모더니즘 문학의 역사적 형성에 주도적 역할을 완수했다. 『식물의 단면(植物の斷面)』(1929)으로 포말리즘의 시적 실험을 시도해 『시의 연구(詩の硏究)』(1931), 『신식 시론(新しき詩論)』(1940) 등을 통해 구미의 시적 사고나 방법론을 소개. 『세르팡(セルパン)』, 『시법(詩法)』, 『신영토(新領土)』, 『웅계통신(雄鷄通信)』 등, 항상 세계적 동시성으로 현대문화의 미와 사상의 운명을 통찰하는 그의 이념은 높게 평가된다. 제2차 세계대전 이후부터는 독자적인 문화 철학의 실천 형태로서 『꽃의 문화사(花の文化史)』, 『맥주 문화사(ビール文化史)』, 『서양 잡학 안내(西洋雜學案內)』 등을 간행.

백합의꽃은백합의꽃에백합의꽃에서백합의꽃으로백합의꽃
이백합의꽃의백합의꽃을백합의꽃은백합의꽃에백합의꽃
에서백합의꽃으로백합의꽃이백합의꽃의백합의꽃을백합의꽃
은백합의꽃을보게하는것을보통의사고의사고를사고하는
사고의사고를사고하는사고를사고하는사고의사고에서사고
하는사고의사고를사고하는것은순수한흙빛의잉크병
에서귀부인이놀라운황혼의향기에백색의해안의거대한별의
심장의한구석의기후를채색하는언덕의목걸이를방문하는불행한피
아노의개인적인침묵에흔들리는고전적인태양의비밀에취한
배나무의완만한그림자의경사보다도협소한안뜰의가축의한장의
날개뿌리를구부러진폭풍의단순한어휘를이해하게하는흰벽
의백합의꽃은백합의꽃에백합의꽃에서백합의꽃으로백합의꽃
이백합의꽃의백합의꽃을백합의꽃은백합의꽃에백합의꽃
에서백합의꽃에백합의꽃이백합의꽃을보이게하는사고이다.[8]

—『시와시론』14호

·· 번역·입력, 김예리

---

8) 春山行夫는 자수를 정확하게 계산하여 정확한 사각형 모양으로 시를 구성했다. 원문의
형태를 참고하면 좋겠다.

▍水晶質の客觀

FILM ABSTRAIT

輕金屬の頸とその眼球の紫の瓦斯

　水晶の頰が思はずほつと紫色になると　天空に黃色い圓錐が現れた　君は　なんだ　いつたい　なんだ! すると　純白の硝子棚が庭園の方へ出て行つてしまひます　金屬の窓をあけて夏の海岸に輝くホテルを眺めてごらん純白のホテルを見てごらんよ! とつぜんに空間が破れて直線の下を綠色の猫が通過した

水晶の踵の尖つた明白な襟飾の少年

　飛行眼鏡を懸けた踊子よ　あまたは螢色の抛物線に跨つてMetaphysiche Anfangsgrnde der Naturwisenschaft　という歌を歌ふ　見ると　直線や曲線だらけの空間の底で　メエデエか一群のピストンになつて動いてゐた

金屬の縞ある少年と黃色い手術室の環

　ある極限に來ると逆にぶらさがつてしまつた　彈條のはまもなくです　それから額帶鏡のやうなもので黃色い圓錐を求めながら　スポイトのやうなもので螢色の限界を靜かに吸ひはじめた

聰明な鉛の魚　またはフラスコの中の曲線

　圓錐曲線をはづせ　すると純白の猿が孔雀色の眼鏡を靜かに懸け　水晶のパラシゥトに乗つてビヤホオルのかなたに消えてしまふ

▌수정질의 객관

FILM ABSTRAIT

경금속의 목과 그 안구의 보라색의 가스

수정의 뺨이 생각지도 않게 문득 보라색이 되면 천공에 노란 원뿔이 나타났다 너는 무엇인가 도대체 무엇인가! 그러자 순백의 유리 선반이 정원 쪽으로 나가버 립니다 금속의 창을 들어서 여름의 해안에서 빛나는 호텔을 응시해보세요 순백의 호텔을 보세요! 갑자기 공간이 무너지고 직선의 아래를 녹색의 고양이가 통과했다

수정의 뒤축이 날카로워진 명백한 옷깃에 장식을 단 소년

비행안경을 걸친 무희여 너는 형광색의 포물선에 걸터앉아 Metaphysiche Anfangsgrunde der Naturwisenschaft[1]라고 하는 노래를 부른다 보고 있으면 직선과 곡선 투성이의 공간 속에서 메이데이인가 일군의 피스톤이 되어 움직이고 있었다

금속의 줄무늬 소년과 노란색 수술실의 테두리

어떤 극한이 오면 반대로 남에게 의지하고 말았다 태엽장치가 헝클어지는 것은 순식간입니다 거기서부터 액대경[2]과 같은 것으로 노란 원뿔을 구하면서 스포이드 와 같은 것으로 형광색의 한계를 조용하게 불기 시작했다

총명한 납 물고기 혹은 플라스크 속의 곡선

원뿔곡선을 떼어내라 그러면 순백의 원숭이가 공작깃털 색의 안경을 조용하게 걸치고 수정 낙하산에 올라 비어홀의 저편에서 지워져버린다

---

1) 독일 철학자 임마누엘 칸트(Immanuel Kant, 1724~1804)의 저서 『자연과학의 형이상학 적 원리』(1786)
2) head mirror

硝子のリボンを頭に捲いた美少年の水晶の乳房とそのおびただしい階段

　見よ　蝸牛色の空間がねぢれて　ちぎれて　とんでしまつた　すると全く液体になつた方向から黃金色の縞ある戀人が　聰明な額の環をみせてプロセニアムで滑り出して來た

望遠鏡地帶の軟かな機械の影

　いちどあの水晶の細い長い階段を降りて行つてみるがよい　物理學的のストラタスの中からいかに純白の圓錐をきどつてウルトラ　バイオレツト　レエが素足のあるまま現れて來るか　ふつと消えてしまつた

水晶の釦の下つた少年のステツキまたは眼鏡

　踊れ　輕金屬の眼球の流行兒子よ　そのとき僕は Laibnitii opera philosophica といふ書物を抱へ　水晶のパラシウトに乘つて忽ち透明になつた空間の中を純白の立體市街に向つて垂直に落ちてゆく

あるいは硝子のパラソルをさした少年の散步

　望遠鏡空間が怠けて卵円形になり　2角形になり　抛物線になり　溶けてしまつた無色透明の美少年が水晶のパイプを啣へて暗箱の中に現はれて來る　こんにちは　私の美しい白い寫眞師! 寫眞師はプラットホオムの黃色い椅子に居る

透明な少年の透明な少年の影

　愛する少年よ　天空に輝く針金を傳つて永遠の海のアクロバアトを眺めよ　夢は夢は光る車輪といつしよにあなたの薔薇と建築を　夏の砂礫の中に運んで行く

유리의 리본을 목에 두른 미소년의 수정의 유방과 그 수많은 계단

보라 달팽이색의 공간이 뒤틀리고 갈기갈기 찢어져서 날아가버렸다 그러자 완전히 액체로 된 방향에서 황금색의 줄무늬 연인이 총명한 얼굴의 고리를 보이며 프로시니언3)에서 미끄러지기 시작했다

망원경지대의 부드러운 기계의 그림자

한차례 저 수정의 가늘고 긴 계단을 내려가보는 것이 좋다 물리학적 층운 속에서 얼마나 순백의 원추인 체하는 울트라 바이올렛 광선이 맨발인 채로 나타나왔는가 문득 사라져버렸다

수정의 단추가 매달린 소년의 지팡이 또는 안경

춤춰라 경금속의 안구의 유행아이여 그 때 나는 Laibnitii opera philosophica라고 하는 책을 껴안고 수정의 낙하산에 올라서 금세 투명하게 된 공간 속을 순백의 입체 시가(市街)를 향해서 수직으로 떨어져간다

혹은 유리의 파라솔을 찌른 소년의 산보

망원경공간이 게으름을 피워 타원형이 되고 2각형이 되고 포물선이 되고 용해되어버렸다 무색투명의 미소년이 수정의 파이프를 펌프해서 사진기의 어둠상자 속에 나타나온다 안녕하세요 나의 아름다운 하얀 사진사! 사진사는 플랫폼의 노란 의자에 있다

투명한 소년의 투명한 소년의 그림자

사랑하는 소년이여 천공에서 빛나는 철사를 전하여 영원의 바다의 아크로바트를 응시해라 꿈은 꿈은 빛나는 차륜과 함께 너의 장미와 건축을 여름의 자갈(砂礫)속으로 운반해간다

---

3) 연극에서의 돌출무대

愛する少年よ　醒めよ　そして吸取紙の中に　またインクの瓶の中に死のごとく輝く
微笑をもつて快速力の海を殺害せよ

フラスコの中の少年の死

いきなり壁のやうなものに衝突した　そしてぶらさがつたが　瞬間に落ちてしまつた

Omitted

—『詩と詩論』5号

SECONDE HUMAINE

LETTRE A PETITES COUSINES

ちひさな人魚が漂流いたしました
それで私の脳髄は　たいへん音樂的になつてゐます

しかし　すべての人魚はすべてのマンドリンではないのです

海が靈魂の微笑を松の葉らのなかに搖つてゐる
海は聰明だつたのです

彼女は心臟かわりに水平線を絞めあげた
噫　？

海は救はれました

1930

惡趣味の自然の傾斜はすでに險しい。けれども1912年以來ある人びとを誘惑する贋の大膽。
そして他の人びとには一途な憎惡のうちに眞の大膽が　—　通俗的な趣味家たちの無數な等級に侵
入した。Jean Cocteau

—『詩と詩論』8号

사랑하는 소년이여 깨어나라 그리고 흡취지(吸取紙) 속에서 또 잉크 병 속에서 죽음처럼 빛나는 미소를 가지고 쾌속력의 바다를 살해해라

플라스크 속의 소년의 죽음

갑자기 벽과 같은 것에 충돌했다 그리고 매달렸지만 순간 떨어지고 말았다

Omitted

—『시와시론』 5호

▌SECONDE HUMAINE

LETTRE A PETITES COUSINES

작은 인어가 표류했습니다
그래서 나의 뇌수는 대단히 음악적으로 되었습니다

그러나 모든 인어는 모든 만도린이 아닙니다

바다가 영혼의 미소를 소나무 잎사귀들 속에서 흔들고 있다
바다는 총명했던 것입니다

그녀는 심장 대신에 수평선을 옥죄었다
아아?

바다는 구원받았습니다

1930

악취미의 자연의 경사는 이미 험준하다. 그렇지만 1912년 이래 어떤 사람들을 유혹하는 거짓의 대담함. 그리고 다른 사람에게는 외곬의 증오 속에 참된 대담함이 — 통속적인 취미가들의 무수한 등급에 침입했다. Jean Cocteau

—『시와시론』 8호

▌LE JEU DE CONSTRUCTION

á Théophile Gautier

1 夏の一夜

詩よ! 私は呼びかけるのです

飾り窓の硝子には彼女たちのイニシアルを書いたのもあるので
僕は晴れた夜が懷しいのです

しかし街では、すべての硝子がダイヤのクヰキンではない

プラタナスの葉が初夏を噴きあげてゐる
青いろの麥酒のやうに

そして彼女のしろい帽子を染めるほど

あ?

トランプは切れました
〈しかしそれにしても勝負なら御安く御讓りいたしませう〉

3 散歩道

またふたたび街は午後6時です
街燈がいつせいにオレンジエドを溫めた

若い從妹たちよ? いかに辛い思ひをあなた達はするか
あなたの靴の白さが白鳥なら街は硝子のスクリインだつた

あ しかし骰子を僕はふらう

LE JEU DE CONSTRUCTION

á Théophile Gautier

1 여름의 하룻밤

시여! 나는 불러보는 것입니다

장식된 창의 유리에는 그녀들의 이니셜을 적은 것도 있어서
나는 청명한 밤이 애잔한 것입니다

그러나 길에서는 모든 유리가 다이아의 여왕인 것은 아니다

플라타너스의 입이 초여름을 내뿜고 있다
푸른색의 맥주처럼

그리고 그녀의 흰 모자를 물들이는 정도

아?

트럼프는 끝났습니다
≪그러나 그래도 승부라면 간단하게 양보해드리지요≫

3 산보길

또 다시 길은 오후 6시입니다
가로등이 일제히 오렌지에이드를 데웠다

젊은 사촌누이들이여? 얼마나 괴로운 생각을 너희들은 하는가
너의 백색의 구두가 백조라면 거리는 유리의 스크린이었다

아 그러나 주사위를 나는 흔들어 흔들어 뿌린다

自動車が走る
自轉車がパンクする

　けれども街のボオトマンよ　そんなに透明な街の中のそんなに靜かな森の秘密
を誰がしるか
　ポイント型の爪が僕らの愛に傷をつけるかも知れないので僕は今でもありふ
れた平凡な夢を愛してゐる

4　言葉

夏には青いランプシエドを買いませう

僕たちの　そしてあなた達の美しい指を飾る爲に

星の街では爪が貝殻でできてゐる天使もあるのです

我儘なみすぼらしい天使よ　それはあなたなのです

アカシアの葉の波の影で　水いろの森のなかでほんとうに美爪術もするのです
が
しかしそれにしてもこれは鉛筆で書いた氣紛れな天使に過ぎません

5　秘密な影

彼女たちは美しいごとが何であるかをよく知つてゐて不意に寫眞機の中へ眞逆
に墮ちて來ます
　≪パラソル骨も折らずに≫

자동차가 달린다
자전거가 펑크난다

그래도 거리의 사진사여 그렇게 투명한 길 가운데 그렇게 조용한 숲의 비밀을
누가 알겠는가
포인트 형의 손톱이 우리들의 사랑에 상처를 줄지도 모르기 때문에 나는 지금
이라도 흔히 있는 평범한 꿈을 사랑하고 있다

4 말

여름에는 푸른 남포등의 갓을 삽시다

우리들의 그리고 당신들의 아름다운 손가락을 장식하기 위하여

별의 거리에서는 손톱이 조개껍데기로 되어 있는 천사도 있는 것이다

자기 멋대로인 초라한 천사야 그것은 너인 것이다

아카시아의 잎의 파도의 그늘에서 물색의 숲 속에서 정말 손톱화장술도 하는
것이지만
그러나 그렇다고 해도 그것은 연필로 그린 변덕스러운 천사에 지나지 않지요

5 비밀의 그림자

그녀들은 아름다운 것이 어디에 있는가를 잘 알고 있어서 불시에 사진기 속에
완전히 거꾸로 떨어져 왔습니다
≪파라솔 대도 부러뜨리지 않고≫

こうした現實が僕の夢でもあるから貴女の白い破片は何になるかヴイナスよ

生活よりも輕く物質よりも重い夏
　夏は戀の季節ではないのですが　あなたがたの愛が扇のながから生れるなら眞
實ヴイナスも貝殻の中から生れたのかも知れぬ

　冒險的な眼たちの中にあなたがゐた

―『詩と詩論』11권

Tu es bête

Idee

空が金髪を縮らせる
私はここに!
馬は馳りながら軆ては石膏になつてしまふのだつた

若いコロニイ

すべての庭園のなかですべての薔薇は僕に有益である
そして青葉の蔭のいく時間
蝶らの發狂は僕に有益だ
そしてそして午後6時の素敵なシャベット
夜が街路樹のなかから飛び出るのをごらん
僕は當惑するマダムの指を可憐に想ふムッシュウで永
遠にあいたいものだ
あ　しかしきみらは僕の眼の優しい塔を
そしてなにものも理解しない
おそらくは西の方向に豚はすばやく死んでゆく

―『詩と詩論』13号

이러한 현실이 나의 꿈에도 있으므로 고귀한 여자의 하얀 파편은 무엇이 될까
비너스여

생활보다도 가볍고 물질보다도 무거운 여름
여름은 연애의 계절인 것은 아니지만 당신의 사랑이 부채 속에서 태어난다면
정말 비너스도 조개껍데기 속에서 태어났을지도 모른다

모험적인 눈들 속에 당신이 있었다

—『시와시론』 11호

Tu es bête

Idee

하늘이 금발을 수축하게 하다
나는 여기에!
말은 달리게 하면서 결국은 석고가 되어버린 것이었다

젊은 식민지

모든 정원 속에서 모든 장미는 나에게 유익하다
그래서 푸른 잎의 그늘로 가는 시간
잎사귀들의 발광은 나에게 유익하다
그래서 그래서 오후 6시의 훌륭한 샤베트
밤이 가로수 속에서 뛰어나오는 것을 보세요
나는 당혹해하는 마담의 손가락을 가련하게 상념하는 무슈로 영원히 있고 싶은
것이다
아 그러나 당신들은 나의 눈의 우아한 탑을
그리고 어떤 것도 이해하지 않는다
아마도 서쪽 방향으로 돼지는 재빨리 죽어간다

—『시와시론』 13호

Le Masque Inconnue

白と黑

砂礫をくぐる時計の鳩を殺害する僕

僕は輕蔑した

僕はシヤボテンのなかでサルタンの歌ふのをきいた

それはサルタンの優婉なシヤボテンであつた

それは歌ふサルタンであつた

それはサルタンの優婉な歌であつた

生きる砂礫

頰の死のピアノを愛した

つぶやく椅子を森に運んだ

石膏の胸像を燃やす野獸のエテルニテ

屋根の上の光る卵それは颱風の卵であつた

それは光る卵それが颱風の卵であつた

それは颱風の卵である光る卵であつた

それは光る卵それは颱風の卵であつた

砂漠の廻廊

黑い鳩の生命は黑い

黑い鳩は薔薇の影に眠つている

黑い背中の薔薇の影に

それは詩人の黑い鳩だつた

それは詩人の薔薇の影だつた

それは詩人の眠りだつた

そしてすべてはそれだつた

Le Masque Inconnue

백과 흑

자갈을 빠져나가는 시계의 비둘기를 살해하는 나
나는 경멸했다
나는 선인장 속에서 슐탄의 노래를 들었다[4]
그것은 슐탄의 상냥하고 부드러운 선인장이었다
그것은 노래하는 슐탄이었다
그것은 슐탄의 상냥하고 부드러운 노래였다
소생시킨 자갈
뺨이 죽음의 피아노를 사랑했다
투덜거리는 의자를 숲에서 운반했다
석고의 흉상을 태우는 야수의 영원
지붕 위의 빛나는 알 그것은 돌개바람의 알이었다
그것은 빛나는 알인 돌개바람의 알이었다
그것은 돌개바람의 알인 빛나는 알이었다
그것은 빛나는 알 그것은 돌개바람의 알이었다

사막의 회랑

검은 비둘기의 생명은 검다
검은 비둘기는 장미의 그림자에 잠들어 있다
검은 잔등의 장미의 그림자에
그것은 시인의 검은 비둘기였다
그것은 시인의 장미의 그림자였다
그것은 시인의 졸음이었다

그리고 모든 것은 그것이었다

---

4) 샤보텐(선인장)과 사루탕(슐탄)의 발음이 비슷하다.

Le manquemant

白い球は死なない

それは僕を氣絶させる

それはそしてじうぶんに輕い

それは玄關や窓にぎつちりはさまつてゐる

それはポケットを破裂する

それは交番をパンクする

それはそしてじうぶんに輕い

それはそしてじうぶんに死なない

それはそしてじうぶんに白い

それはそしてじうぶんに破裂させる

—『詩と詩論』14号

기타조노 가츠에(北園克衛, 1902~1978)

미에현 이세시(三重縣伊勢市) 태생. 본명 하시모토 켄지(橋本健吉). 중앙 대학 경제학부 출신. 미라이파, 표현파, 나나이즘의 영향을 받아 『장미·마술·학설(薔薇·魔術·學說)』(1926), 『VOU(바우)』(1935)를 주재. 니시와키 준자부로(西脇順三郎), 타키구치 슈우조(瀧口修造) 등과 함께 『의상의 태양(衣裳の太陽)』을 창간. 1929년 하루야마 유키오의 『시와 시론(詩と詩論)』과 1930년 타키구치 슈우조가 편집한 「LE SURREARISME INTERNATIONAL」에도 참가. 시집 『흰색앨범(白のアルバム)』(1929), 『풍토(風土)』(1943), 평론 『노랑 있어라 있어 타원(黃いろい楕円)』(1953) 등. 1950년대부터는 사진 작품을 발표한다. 소설, 하이쿠, 평론 등의 창작뿐만 아니라 잡지의 편집, 서적의 장정 등 활동의 폭이 넓다.

Le　manquemant

흰 공은 죽지 않는다
그것은 나를 기절시킨다
그것은 그래서 충분히 가볍다
그것은 현관과 창문에 빽빽이 끼어있다
그것은 주머니가 찢어지게 한다
그것은 교번(交番)을 펑크낸다
그것은 그래서 충분히 가볍다
그것은 그래서 충분히 죽지 않는다
그것은 그래서 충분히 희다
그것은 그래서 충분히 파열하게 한다

—『시와시론』14호

………………………………………………………………………… 번역·입력, 김예리

콘도 아즈마(近藤東)

ポエム・イン・シナリオ[1]

▍軍艦

　－笑つてゐる、にやにやと、誰かが。

　－肥つた夫人－派手で豪奢な舞踏服。……

　－一隻の超努級軍艦。

　－軍艦の舳－　紋章。艦腹。

　－夫人の大きな臀部(いさらひ)。

　－笑つてゐる、にやにやと、誰かが。

　－夫人はおどり始める。此處は舞踏場。

　－此處は舞踏場。－花傘電燈。花。三鞭酒。喫煙。喝采。音樂。おどる紳士淑女。おどる夫人。

　－薔薇が飛ぶ－花合戰。媚。

　－夫人の二の腕を掠めて、花の礫が……

　－床に落ちる。踏みにじる舞踏靴。

　－海面－砲彈の水煙。

　　舞踏場。踏る。飛ふ薔薇。さくそはん。

　－樂隊。突然奏で始める國歌－何處のだか判らない。

　－一同直立、それに和して唱ふ。

　－見渡す朝の軍港－　數隻の軍艦。檣に昇る潑剌な海軍旗。

　－合唱する一同。夫人。……の胸の胸飾。

　－軍艦の舳の紋章。

　－合唱する、あゝ高らかに。壯嚴なる一同の後姿、そして夫人の大きな臀部。

　－笑つてゐる、にやにやと、誰かが。

　－笑つてゐる、にやにやと、誰かが。

－『詩と詩論』1号

---

1) 이하의 「軍艦」, 「豹」가 "Poem in scenario(시네포엠)"로 소개되어 있다. (편집자 주)

Poem in scenario

▌군함

 −웃고 있다, 히죽히죽, 누군가가.

 −뚱뚱한 부인− 화려하고 호사스러운 드레스. ……

 −한 척의 초노급군함.

 −군함의 뱃머리− 문장. 군의 배(軍腹).

 −부인의 거대한 엉덩이.

 −웃고 있다, 히죽히죽, 누군가가.

 −부인은 춤추기 시작한다. 여기는 무도장.

 −여기는 무도장− 꽃갓을 쓴 전등. 꽃. 샴페인. 흡연. 갈채. 음악. 춤추는 신사
숙녀. 춤추는 부인.

 −장미꽃이 난다− 꽃의 전투. 교태.

 −부인의 두 팔을 스치면서, 꽃의 돌팔매가……

 −갑판에 떨어진다. 짓밟는 무도화.

 −수면− 포탄의 물보라.

 −무도장. 밟다. 나는 장미. 색소폰.

 −악대. 갑자기 연주되기 시작하는 국가− 어디인지 알 수 없다.

 −일동직립, 거기에 맞춰 노래한다.

 −멀리 보이는 아침의 군항− 수척의 군함. 돛대에 오른 발랄한 해군기.

 −합창하는 일동. 부인. ……의 가슴의 브로치.

 −군함의 뱃머리의 문장.

 −합창한다, 아아 소리 높여. 장엄한 일동의 뒷모습, 그리고 부인의 거대한 엉
덩이.

 −웃고 있다, 히죽히죽, 누군가가.

 −웃고 있다, 히죽히죽, 누군가가.

—『시와시론』 1호

▌豹

1(檻の中)

○豹。が仰ぐ晴天。(縞のある青布です)眺めやる子供たち。此方向いてる、痩せた、ぺらぺらな、瞳の暗い、子供たち。それが……

○だんだん、濕地の草、權木[2]、羊齒類、月夜茸になる。(幻です)

○貿易風。扇とゆらめく原始林。一本の鬱々な老樹。によぢ登りよぢ登り、天に咆哮するのは、豹の轉身、

○現身の彼。は假睡に墮ちて行く。(諦です)彼の祖先の俤。が靜かに招ぶ。(どれも同じ容貌です)

○晝の月。(青布の紙票です)

○かくて、豹は睡る。

2(檻の外)

○豹は睡る、檻車の中で。

○痩せた老人。(まるで柊の葉つばです。この移動動物園の支配人です)ぺこぺことお辭儀をする、目の前の上官に。

○士官はあるみにうむ色の軍服。後に兵隊。紙片を渡して、檻車を指さす。老人の悲しげな視線。

○紙片には『豹ヲ銃殺スヘシ。一九一五年。ふらんす第三軍 戒嚴司令部。』

○豹は睡る、檻車の中で。

3(天國)

○公園。を散歩する人々。皆、制服。(天國は平等です)胸章は違つてゐる。……

○十字架の胸章の人……(前世は牧師です)

○SKELETON KEYの人……(前世は泥棒です)

---

2) 灌木의 오식. (편집자주)

▌표범

1(우리 안)

○표범. 이 올려다보는 맑은 하늘. (줄무늬가 있는 파란 천이다) 먼 곳을 바라다보는 아이들. 이쪽을 향해 있는, 야윈, 재잘거리는, 눈동자가 어두운, 아이들. 그것이……

○점점, 습지의 풀, 관목, 양치류, 월야심(月夜茸[3])이 된다. (환영이다)

○무역풍. 부채처럼 흔들리는 원시림. 한그루 울창한 노목. 에 기어오르고 기어올라, 하늘에 포효하는 것은, 표범의 전신,

○현신의 그. 는 졸음에 빠져든다. (체념이다) 그의 선조의 용모. 가 조용히 부른다. (어느 것도 같은 얼굴이다)

○낮달. (파란 천의 꼬리표다)

○이리하여, 표범은 잔다.

2(우리 바깥)

○표범은 잔다, 우리 안에서.

○여윈 노인. (흡사 호랑가시나무 잎사귀다. 이 이동동물원의 지배인이다) 굽신굽신 인사를 한다, 눈앞의 사관에게.

○사관은 알루미늄 색의 군복. 뒤로는 병대. 쪽지를 건네고, 우리를 가리킨다. 노인의 슬픈 듯한 시선.

○쪽지에는 『표범을 총살해라. 1915년. 프랑스 제3군 계엄사령부.』

○표범은 잔다, 우리 안에서.

3(천국)

○공원. 을 산보하는 사람들. 모두, 제복. (천국은 평등하다) 흉장(胸章)은 달라져 있다. ……

○십자가 흉장의 사람……(전생은 목사다)

○SKELETON KEY를 가진 사람……(전생은 도둑이다)

---

3) 버섯의 이름.

〇何も無い人……(子供です。基督です。そしてあらゆる無識です)

〇豹も居る。今、眠つてゐる。矢つ張り檻の中で、檻に貼札。それは……

〇『豹。天國動物園保管』とある。

〇豹は眠つてゐる、尙も。檻の中で。

—『詩と詩論』1号

上海 —未定稿—[4]

▌レエニンの月夜

橋からの下り勾配。黃包車は西瓜[5]の種だ。西瓜の種はコムニストではない。

黃浦江の靄は拳銃を亂射した。ソビエト領事館の窓が 無數に散つて光つた。空色の軍艦が水兵を吐瀉した。陸戰隊。透明な哨兵は一着の黃合羽である。

ぼくは月夜を感じた。月夜を。レエニンの月夜を。寢臺の中で。女は白系ロシアの食用薔薇。女は機關車のやうにおしかかつて來た。ぼくは轢死する。

—『詩と詩論』3号

▌ニウ・カアルトン

泡のやうな女たち。および
泡のやうな女たちの男たち。
泡のやうな女たちと男たち。
魚の居ない水族館風景。

—『詩と詩論』3号

---

4) 이하 「レエニンの月夜」, 「ニウ・カアルトン」, 「圓」, 「野雉」, 「逃亡」 5편은 "上海"의 계열 시이다. (편집자 주)
5) 西瓜의 오식. (편집자 주)

○아무것도 없는 사람……(아이다. 기독이다. 그리고 온갖 무식이다)

○표범도 있다. 지금, 자고 있다. 역시나 우리 안에서, 우리에 붙은 벽보. 그것은……

○『표범. 천국동물원보관』이라고 되어 있다.

○표범은 자고 있다, 여전히. 우리 안에서.

—『시와시론』 1호

상하이 −미정고−

▌레닌의 달밤

다리에서 내려가는 비탈. 인력거는 수박씨다. 수박씨는 코뮤니스트는 아니다.

황포강의 안개는 권총을 난사했다. **소비에트** 영사관의 창문이 무수히 반짝이며 흩어졌다. 하늘빛 군함이 수병을 토해냈다. 육군부대. 투명한 보초병은 한 벌의 노란 비옷이다.

나는 달밤을 느꼈다. 달밤을. **레닌**의 달밤을. 침상에서. 여자는 백계 **러시아** 식용장미. 여자는 기관차처럼 밀려들어왔다. 나는 치어죽는다.

—『시와시론』 3호

▌뉴 스케치

거품과 같은 여자들. 및
거품과 같은 여자들의 남자들.
거품과 같은 여자들과 남자들.
물고기가 없는 수족관풍경.

—『시와시론』 3호

▌圓

馬の上の男の上の男の上の小女。
小女の下の男の下の男の下の馬は廻る。
馬の上の男の上の男の上の小女は空中に圓をかなしむ。

—『詩と詩論』3号

▌野雉

群集の肩越しにぽつかりと表情のラムプを點す。

お前の額に時計を植えます。

お前は僕の空腹です。

—『詩と詩論』3号

▌逃亡

おんなの髪に昨夜の新月が引つ懸つてとれない。
おんなの腋毛は飴色の腋毛だ。

窓の港には白いパイロット・ボオトが搖れてゐる。
おんなと僕は急に悲しくなつた。

日本の軍艦は遡行して入港した。 午後三時。
—— とうとう驅逐艦で追つかけて來たわヨ。

—『詩と詩論』3号

▎원(圓)

말 위의 남자 위의 남자 위의 소녀
소녀 아래의 남자 아래의 남자 아래의 말은 돈다.
말 위의 남자 위의 남자 위의 소녀는 공중에 원을 슬퍼한다.

—『시와시론』 3호

▎꿩

군집의 어깨너머로 뻐끔히, 표정의 램프를 켠다.

너의 이마에 시계를 심습니다.

너는 나의 공복이다.

—『시와시론』 3호

▎도망

여자의 머리카락에 어젯밤의 초승달이 걸려서 떨어지지 않는다.
여자의 겨드랑이 털은 조청색 겨드랑이 털이다.

창의 항구에는 하얀 파일럿 보트가 흔들리고 있다.
여자와 나는 금세 슬퍼졌다.

일본의 군함은 거슬러 올라 입항했다. 오후세시.
—— 마침내 구축함으로 뒤쫓아 왔네.

—『시와시론』 3호

灣 [6]

▌盗まれた脣

市街戰。娼婦と電車と小學校の貧困。艦隊と領事館の白い結婚。空はTobaccoの廣告板。

ぼくはこの支那賭博をにくむ。ぼくは化粧した騎馬路を走つた。月光。

居留地で、ぼくは脣をふたつ盗まれた。おんなは上瞼を銀色に磨いてゐる。ブレゲー機のやうに。

——『詩と詩論』 4号

▌白夜

明方に飯店は氷殼であつた。
ふたりは陶器のやうに默つてゐた。

—— あたし、北極へ歸りたい。

おんなの鄕愁を避寒する爲に、青い青い頸脚を吸つてゐた。

——『詩と詩論』 4号

▌白いジアンヌ・ダルク

豊艶な天使の 豊艶で惡虐な天使の 翼を賭博盤に忘れた天使の 欺瞞を天啓する天使の 堆肥の上の天使の 戰爭をしろしめす天使の 絹絲の作術の天使の 競馬場と林檎畑の天使の 落胎された月夜の天使の 氣象を換算する天使の 好色で武裝する天使の 白色の戰慄すべき白色の天使の

---

6)「盗まれた脣」,「白夜」는 "灣" 아래의 계열시이다. (편집자 주)

만(灣)

▍도둑맞은 입술

시가전. 창녀와 전차와 소학교의 빈곤. 함대와 영사관의 하얀 결혼. 하늘은 타바코의 광고판.

나는 이 지나(支那) 도박을 증오한다. 나는 화장한 기마로를 달렸다. 월광.

거류지에서, 나는 입술을 두 번 도둑맞았다. 여자는 눈꺼풀을 은빛으로 빛내고 있다. 브레게기[7]와 같이.

—『시와시론』 4호

▍백야

새벽녘의 레스토랑은 얼음시내(氷谿)였다.
두 사람은 도기처럼 잠자코 있다.

—— 난, 북극으로 돌아가고 싶어.

여자의 향수를 피하기 위해, 푸르디푸른 발목을 들이마셨다.

—『시와시론』 4호

▍하얀 잔 다르크

농염한 천사의, 농염하고 잔악한 천사의, 날개를 도박판에서 잃어버린 천사의, 기만을 천계(天啓)하는 천사의, 퇴비 위의 천사의, 전쟁을 다스리는 천사의, 견사(絹絲)의 작술(作術)의 천사의, 경마장과 사과밭의 천사의, 낙태당한 달밤의 천사의, 기상(氣象)을 환산하는 천사의, 호색으로 무장한 천사의, 백색의 전율해야 할 백색의 천사의

---

7) Breguet기(機). 프랑스 루이 샤를르 브레게(Louis Charles Breguet)가 1911년 창업한 비행기 회사, 그리고 그 비행기명.

　欺瞞されたジアンヌ・ダルクの　暖流のやうにリリカルなジアンヌの　季節と逆上したジアンヌの　青ズボンを洗濯するジアンヌの　街の風のジアンヌの　果物を持つたスカアトを穿かないジアンヌの　流轉されたジアンヌの　愚かでジアンヌの　白色の白色のあまりに白色のジアンヌの

—『詩と詩論』6号

▌新婦

　新婦の右の眼は美眼であつた。それ故新婦の右の眼は無思想であつた。それでも新婦の左の眼は彗星を嫉妬した。彗星を。

　新婦は郊外の撞球場のゲイム採りであつた。
　新婦は東日本の賣淫婦である。

　新婦は今宵**クララ**のやうに結婚した。ぼくの花礫は三片の銀貨である。花礫が頬ぺたに痛いだらう。花礫が頬ぺたに痛いだらう。

—『詩と詩論』6号

▌海ノセロ

　シオカゼハシロイシロイシオカゼガボクノキジグチカラツギコマレルボクハマネキンノヤウニワラヒヲウシナフマネキンハワラハナイマネキンノハダハミガカレルマネキンハヒンケツスルヒンケツハツキミサウヲハナサカスハナバカリノツキミサウハボクノクビノウヘニアルガボクハフルサトヲモタナイボクノニツボンハアメリカデアルボクノヒザハツメタイボクハマネキンデアルマネキンハツキヲミルツキハウミニユラレルツキハイスノウヘニハジデキルイスハウミノウヘノフネノウヘノデツキノウヘニアルシロイシオカゼガフネヲキルキラレタフネハマストガナイマストノナイフネガボクヲノセテハシツテイルノダ

—『詩と詩論』6号

기만당한 잔 다르크의, 난류(暖流)와 같이 리리컬한 잔의, 계절을 거슬러 오르는 잔의, 푸른 바지를 세탁하는 잔의, 거리의 바람의 잔의, 과일을 담은 스커트를 입지 않은 잔의, 유전된 잔의, 어리석은 잔의, 백색의 백색의 유난히도 백색의 잔의

—『시와시론』 6호

▌신부(新婦)

신부의 오른쪽 눈은 아름다운 눈이었다. 그러므로 신부의 오른쪽 눈은 무사상(無思想)이었다. 그래도 신부의 왼쪽 눈은 혜성을 질투했다. 혜성을.

신부는 교외의 당구장의 게임보조였다.
신부는 동일본의 매음부다.

신부는 오늘밤 클라라처럼 결혼했다. 나의 화력(花礫)은 세 닢의 은화(銀貨)다. 화력이 뺨에는 아플 것이다. 화력이 뺨에는 아플 것이다.

—『시와시론』 6호

▌바다의 제로

바닷바람은 하얗다 하얀 바닷바람이 나의 생채기에 불어 들어온다 나는 마네킹과 같이 웃음을 잃는다 마네킹은 웃지 않는다 마네킹의 피부는 닦여진다 마네킹은 빈혈이다 빈혈은 달맞이꽃을 피운다 곧 필 것 같은 달맞이꽃은 나의 목 위에 있는데 나는 고향이 없다 나의 일본은 아메리카다 나의 무릎은 차갑다 나는 마네킹이다 마네킹은 달을 본다 달은 바다에서 흔들린다 달은 의자 위에 튀고 있다 의자는 바다 위의 배 위의 갑판 위에 있다 하얀 바닷바람이 배를 가른다 갈려진 배는 돛대가 없다 돛대가 없는 배가 나를 태우고 달리고 있는 것이다

—『시와시론』 6호

▌軍靴

　戰場に忘却された軍靴。ときの華やげる貴族の一人が腺病質な體軀を颯爽と馬で運んだ。馬は白い。片眼鏡とシガレット。

　戰場に忘却された軍靴の持主であるある男は戰場に軍靴を忘却させられた。忘却した。忘却させられた。忘却しない。一本のヒトサシ指と共に。
　一本のヒトサシ指。
　一本のヒトサシ指。
　一本のヒトサシ指。
　失はれた一本のヒトサシ指で銅像のスタンドに貼られた膨大なポスタア。風。廣場にて。

―『詩と詩論』7号

▌タバコ娘

　機械ら。
　反復。
　疲勞。
　空虚の私生兒。
　それは黄薔薇色の皮膚をした。

　彼女らの好色な肩は正確に搖れる。
　彼女らの肺臟はタバコの粉で充塡される。
　彼女らの指頭にシイリングスタムプが花咲いて瞬間に消散する。
　彼女らの思想はダブルマイナス０。

　タバコ娘に思想は恐るべきデス。
　恐るべきデスカ。

―『詩と詩論』7号

▌군화(軍靴)

　　전장에서 망각된 군화. 시간을 홍겹게 할 수 있는 귀족 하나가 허약한 체구를 씩씩하게 말로 옮긴다. 말은 희다. 외안경과 시가렛.

　　전장에서 망각된 군화의 소유자인 어떤 남자는 전장에서 군화를 망각 당했다. 망각했다. 망각 당했다. 망각하지 않는다. 한 개의 집게손가락과 함께.
　　한 개의 집게손가락.
　　한 개의 집게손가락.
　　한 개의 집게손가락.
　　잃어버린 한 개의 한 개의 집게손가락으로 동상의 스탠드에 붙여진 방대한 포스터. 바람. 광장에서.

—『시와시론』7호

▌타바코 아가씨

　　기계들.
　　반복.
　　피로.
　　공허의 사생아.
　　그것은 황장미색의 피부를 했다.

　　그녀들의 호색(好色)한 어깨는 정확하게 흔들린다.
　　그녀들의 폐는 타바코 가루로 충전된다.
　　그녀들의 손끝에는 실링 스탬프가 꽃피고 순간에 흩어진다.
　　그녀들의 사상은 더블 마이너스 0.

　　타바코 아가씨에게 사상은 무서워해야 되는 것입니다.
　　무서워해야 되는 것입니까.

—『시와시론』7호

▍國際港の雨天

★

少女ハ南方カラ來ル少
女ハ白イ垢ノヤウニ南
方カラ來ル國際港ハ少
女ニ壤デアツタ透明固
體ノ內ノ棲息蹴リ上ゲ
タスリツパガ空ニ當ツ
テ落チテ來タ悲シムナ
少女ヨ悲シムナ少女ヨ

★

十六歲ノ支那花嫁ハ、アノ每度ニ卓上デ墨西哥銀貨ヲ彈マセタ。カアテンヲ出テ。

宵、彼女ハ街角ノショウウインドウニ凍テツイタ。トキドキ、英吉利兵ノ杖ガ
頰ヲ撥ネタ。

彼女ノケイプノ襟飾ハ造花デアツタ。造花ニハ思想ガナイ。ソレ故、雨ノ日ニ
ハ雨色ニ匂ツタ。

★

ボクノ上着ハ港ノ新聞紙デアツタ。ボクハ霧ノヤウニ上陸シタ。霧ノヤウニ。

シルクハツトノ中デ白皮手袋ガ泳イダ。女ガハダカデ踊ツテキタ。踝飾ガ靑イ
內股ヲ撲ツテキタ。芙蓉花ノヤウナ乳房ガ搖レテキタ。ジヨンブルノ好色ガ水脈
ヲヒイテ往來スル。

ボクハ瞳孔ノ黴ヲハラツテ埠頭ヘ歸ツタ。遠イ機關銃ノ空射ガ街路ヲペイヴシ
テキタ。

▌국제항의 비오는 날

★

소녀는 남방에서 온다 소
녀는 하얀 물때처럼 남
방에서 온다 국제항은 소
녀에게 항아리였다 투명고
체 안의 서식 걷어
찬 슬리퍼가 하늘에 닿
아 떨어져 내렸다 슬픈
소녀여 슬픈 소녀여

★

열여섯 살의 지나 아가씨는, 그 매번마다 탁상에 멕시코 은화를 튕기게 했다.

밤, 그녀는 길모퉁이 쇼윈도에 얼어붙었다. 때때로, 영국 병사의 지팡이가 뺨을 튕겼다.

그녀의 케이프 브로치는 조화였다. 조화에는 사상이 없다. 그러므로, 비오는 날
에는 비색 냄새가 났다.

★

내 저고리는 항구의 신문지다. 나는 안개처럼 상륙했다. 안개처럼.

실크해트 안에는 하얀 가죽장갑이 헤엄친다. 여자는 나체로 춤추고 있다. 발찌
가 파르스름한 허벅다리를 치고 있다. 부용화를 닮은 유방은 흔들리고 있다. 존
불8)의 호색이 수맥을 끌어와 왕래한다.

나는 동공의 곰팡이를 털어내고 부두로 돌아왔다. 멀리 기관총의 난사가 거리
를 덮고 있다.

---

8) John Bull ; 전형적인 영국인. 또는 영국인의 별명.

★

イタリア人ノ安宿

乞食ノ昇天

昇天シタ乞食ハタキシイドヲ着テヰル昇天シタ乞食ハフルウツポンチヲ喫ベテヰル肉着ヲハヅシタ女ガ卓上デ仰反ツテヰル女ノ腿ハ氷蜜柑ヨリツメタイ。

昇天シタ乞食

乞食ノ昇天

巡捕ガ皺クチヤニナツタ彼ノ體ニノシヲカケテヰル昇天シタ乞食ハタシカニ! タキシイドヲ着テヰル。

—— ムツソリイニ萬歳デセウネ
—— 左様ムツソリイニ萬歳

—『詩と詩論』8号

▎秋の唄

1　單眼鏡

2　サブマリン

3　旗

　ぼくの記憶するボキヤブラリイは以上であつたぼくは電信符號ばかりをもつてゐたぼくの文學は破産したしかしをんなはぼくのものとなつたしかしをんなはぼくのものとなつたぼくはをんなの乳房を愛撫しながら街を歩いた海へ展いた街ををんなは冷たかつたをんなは腰部ばかりであつた腰部ばかりのをんなはぼくに戀をした掌のやうに白い敷布の上で掌のやうに白い敷布の上で

—『詩と詩論』10号

★

이탈리아인의 여인숙(安宿)

거지의 승천

승천한 거지는 턱시도를 입고 있다 승천한 거지는 후르츠 펀치를 먹고 있다 속옷을 벗은 여자가 탁상에서 몸을 젖히고 있는 여자의 허벅지는 얼은 밀감(氷蜜柑)보다 차다

승천한 거지

거지의 승천

순사가 쭈글쭈글해진 그의 몸에 다림질을 하고 있는 승천한 거지는 확실히! 턱시도를 입고 있다

—— **무솔리니** 만세네요

—— 그래 **무솔리니** 만세

—『시와시론』 8호

▌가을의 노래

1 외눈망원경

2 서브머린

3 깃발

내가 기억하는 보캐블러리는 이상이었다 나는 전신부호만을 가지고 있다 나의 문학은 파산했다 그러나 여자는 나의 것이 되었다 그러나 여자는 나의 것이 되었다 나는 여자의 유방을 애무하면서 거리를 걸었다 바다로 펼쳐진 거리를 여자는 차가웠다 여자는 허리뿐이었다 허리뿐인 여자는 나에게 사랑을 했다 손바닥처럼 하얀 시트 위에서 손바닥처럼 하얀 시트 위에서

—『시와시론』 10호

▌POP' GIRL

　ヲンナハオトウサンノムスメデアルカ。然リヲンナハオトウサンノムスメデアル。ヲンナハオトウサンノムスメデナイカ。歪ヲンナハオトウサンノムスメデナイ。ヲンナノオトウサンハ東洋人ノ皮膚ヲ持ツカ。オトウサンノムスメデアルヲンナノ皮膚ハ東洋人ノ皮膚デアル。ヲンナハ星デアルカ。星デアル。ヲンナハ分泌腺ト旗ヲ持ツカ。ヲンナハ黄色イバラヲ持ツ。ヲンナハ黄色イバラデアル。腹部ノアル黄色イバラデアル。

　ヲンナハストツキングヲ内股ノ刺青デ止メテ居ル。

　ヲンナハハナヤカナ體重ニ沈ンデ居ル。

　ヲンナハ要ノアタリデスネテ居ル。

　ヲンナハ無邪氣ナ腋窩ヲ持ツ。

　ヲンナハ雪崖ノ肌理ヲ登攀サセル。

　ヲンナハナヨナヨト汗ニ堪エテ居ル。

　ヲンナハオトウサンノムスメデアルカ。オトウサンノムスメデナイオトウサンノムスメハ腹部ノアル黄色イバラデアル。

―『詩と詩論』11号

▌ニグロ

　天使ガ最初ニ　出會ツタノハ、ユタカナ鳳梨ノ實デアツタ。鳳梨ノ實ヲ舐メテヰルニグロノ女デアツタ。

　ニグロノ女ハ鳳梨ノヤウナ乳房ヲ波ウタセテ、皓イ歯デ笑ツタ。

　部厚イ彼女ノ表皮ノ上ニ灣ガアル。淺瀬ガ快適ニ溫マツテキタ。

　天使ハ鳳梨ノ實ヲ舐メテ、ソノ酸味ニ眉ヲヒソメナガラ、蒼然ト墮落シテ行ツタ。

―『詩と詩論』13号

▌POP' GIRL

여자는 아버지의 딸인가. 그렇다 여자는 아버지의 딸이다. 여자는 아버지의 딸이 아닌가. 아니다 여자는 아버지의 딸이 아니다. 여자의 아버지는 동양인의 피부를 가졌는가. 아버지의 딸인 여자의 피부는 동양인의 피부다. 여자는 별인가. 별이다. 여자는 분비선과 깃발을 가졌는가. 여자는 황색 장미를 가졌다. 여자는 황색 장미다. 배가 있는 황색 장미다.

여자는 스타킹이 허벅지의 문신에 멈추어 있다.

여자는 화려한 체중에 잠겨 있다.

여자는 허리 부분에서 토라져 있다.

여자는 순진한 겨드랑이를 가졌다.

여자는 눈벼랑 같은 살결을 등반하게 한다.

여자는 나긋하게 땀에 견디고 있다.

여자는 아버지의 딸인가. 아버지의 딸이 아닌 아버지의 딸은 복부가 있는 황색 장미다.

—『시와시론』 11호

▌니그로

천사가 최초에 만난 것은, 풍요로운 파인애플 열매였다. 파인애플 열매를 맛보고 있는 **니그로** 여자였다.

니그로 여자는 파인애플 같은 유방을 출렁출렁 물결 지으면서, 하얀 이로 웃었다.

두툼한 그녀의 표피 위에 만(灣)이 있다. 얕은 여울(淺瀨)이 쾌적하게 따뜻해졌다.

천사는 파인애플 열매를 맛보고, 그 신맛에 눈썹을 찌푸리면서, 창연히 타락해 갔다.

—『시와시론』 13호

▌海

　犬ガボクノ鼻先デ吠エテキル。ボクハ犬ノヤウナ雲ノアル海岸ヲオシノケル。葉書ノヤウニ白イ窓ニ。ボクハ地球ヲオシノケル。ソシテ社交的ナアキレス腱ヲ置キ忘レル。

　機體ハ　ネテ見セル。少女ノヤウニ。少女ハオシリヲクネラセル。海ハ颯爽ト傾斜スル。少女ノ指デハ水平線ハヘコマナイ。少女ノ指ガ青ク　マツテシマフ。

　アキレス腱ハ下方デ呼ブ。小サナ遞信省ノ水上機ガ浮イテキタ。灣ハ縞瑪瑙ノ斷面ノヤウニ光ツテキタ。遠ザカツタ犬ガマスマス吠エテキル。

—『詩と詩論』13号

콘도 아즈마(近藤東, 1904~1988)

도쿄·쿄바시(東京·京橋) 태생. 메이지 대학영법학부 졸업. 어렸을 때부터 단가나 시를 창작. 『시와시론(詩と詩論)』 창간 이래의 동인. 『시법(詩法)』의 편집자, 『신영토(新領土)』의 편집 농인이기도 했다. 시네포엠의 제창자의 한 명으로서 일본 모더니즘의 핵심에 있는 시인이다. 풍자와 역설에 의한 비판 정신을 한자와 가타카나의 표기로 표현. 오랫동안 국철에 재직해, 낭독시운동이나 근로시(勤勞詩)를 제창. 시집으로 『서정시낭(抒情詩娘)』(1932) 등이 있다.

▌바다

개가 내 코앞에서 짖어대고 있다. 나는 개와 같은 구름이 있는 해안을 밀어제친다. 엽서와 같이 하얀 창에서. 나는 지구를 밀어제친다. 그리고 사교적인 **아킬레스**건을 잊어버리고 두고 온다.

기체는 토라져 보인다. 소녀와 같이. 소녀는 엉덩이를 실룩인다. 바다는 경쾌하게 기운다. 소녀의 손가락에서는 수평선은 패이지 않는다. 소녀의 손가락이 파랗게 물들어 버린다.

아킬레스건은 아래쪽으로 부른다. 조그만 체신성의 수상기(水上機)가 떠 있다. 만(灣)은 오닉스의 단면과 같이 빛나고 있다. 멀어졌던 개가 더더욱 짖어대고 있다.

—『시와시론』 13호

번역·입력, 이민정

타케나카 이쿠(竹中郁)

▌百貨店 Cinèpoème

á M. Man Ray

1 開いては閉まる昇降機だ。人ひとり居ない。

2 床のうへに落ちてゐる花だ、花瓣のない花だ。

3 階段を驅けのぼつてゆく靴靴靴。女の靴。

4 中に踵のとれた靴。

5 鏡の面で身をくねらせてゐる寶石の首飾りをつまんでみたまへ。美しい寶石は美しい蛇類に似た執拗さをもつてゐる。
(そこの鋭い光線が井戸を覗くやうに深い。)

6 輕快な計算器が舌をだす、舌をだす、舌をだす。

7 白い舌。

8 美爪術した細い女の手だ。

9 一グルテンの銀貨を搔き集める手、女の手。

10 計算器がとまる。その數字の最大限に達つしたからだ。

11 自動車の後尾の排氣孔からでる瓦斯の繼續。白い瓦斯だ。

12 大きな赤ん坊。

▌백화점 Cinèpoème

á M. Man Ray

1 열고는 닫히는 승강기다. 사람 하나 없다.

2 마루 위에 떨어지고 있는 꽃이다, 꽃잎이 없는 꽃이다.

3 계단을 달려 올라가는 구두 구두 구두. 여자의 구두.

4 안에서 뒤축이 빠진 구두.

5 거울의 표면으로 몸통을 구불거리게 한 보석 머리장식을 잡아 보시오. 아름다운 보석은 아름다운 뱀을 닮은 집요함을 지니고 있다.
(그곳의 날카로운 광선이 우물을 들여다보는 것처럼 깊다.)

6 경쾌한 계산기가 혀를 내밀고, 혀를 내밀고, 혀를 내민다.

7 하얀 혀.

8 매니큐어를 한 가느다란 여자의 손이다.

9 1굴덴의 은화를 그러모으는 손, 여자의 손.

10 계산기가 멈춘다. 그 숫자가 최대한에 달했기 때문이다.

11 자동차 후미의 배기통에서 나오는 가스의 계속. 하얀 가스다.

12 커다란 아기.

13　獨逸文字で「この子の父親をさがしてゐます」

14　裝飾窓にうつる絶叫せる群像。

15　母親は硝子の中で傭はれて、生きてゐる人形を務めてゐる。

16　裸體の母親。

17　特に美しい足から股。

18　白い夜會のネクタイが飛ぶ。蝶々をまねて飛ぶ。

19　ただ廻轉する、廻轉する廻轉ドアー。空虚な白晝の廻轉。

20　(その中に囚はれて動けぬ男の影が見えますか。)

21　驟雨と廻轉ドアー。咫尺をわかたぬ急遽な廻轉數と雨の線とだ。

22　二十三秒。

23　流れに浮みあがる花。

24　まもなく揉まれる花。

25　手の下に手、手の下に手、手の下に手限りなくでてくる手、手。

26　計算器の內部の美しい囁きをみよ。

27　階段を驅け下りる鼠だ、鼠だ。

13 독일 글자로 「이 아이의 아버지를 찾고 있습니다」

14 쇼윈도에 비추이는 절규하는 군상.

15 어머니는 유리 안에 고용되어, 살아있는 인형 역할을 맡고 있다.

16 나체의 어머니.

17 특히 아름다운 다리에서 허벅지.

18 흰 연회의 넥타이가 난다. 나비들을 흉내 내어 난다.

19 단지 회전하는, 회전하는 회전문. 공허한 한낮의 회전.

20 (그 가운데 갇힌 움직이지 않는 남자의 그림자가 보입니까.)

21 소나기와 회전문. 지척을 분간하지 않는? 급한 회전수와 빗줄기다.

22 23초.

23 흐름에서 떠오르는 꽃.

24 곧 이리저리 밀리는 꽃.

25 손 아래 손, 손 아래 손, 손 아래 손 끝없이 나오는 손, 손.

26 계산기 내부의 아름다운 속삭임을 보라.

27 계단을 달려 내리는 쥐다, 쥐다.

28 振りかへる鼠。

29 押し摧かれた花、形のない花が、折れたマッチ、燒けた紙、硝子の破片、煙草の吸ひ殼などと一緒に落ちてゐる。

30 開いては閉まる昇降機だ。人ひとりゐない。

—『詩と詩論』4号

▌闘牛

圓形建築の砂の中の牛は、表面張力でもりあがつたインクだ。Watermanのブリュゥブラックだ。やがてペン先が弄びはじめる。形がくづれる。砂の眞中に書かれたのは死と云ふ文字だつた。

—『詩と詩論』5号

▌地球

すばらしい驟雨があらゆる聲々をのんでいつた。死の世界もかうは靜寂ではないであらう。僕の軀は、ほんの瞬間ではあつたがこの地球ではない喜びにうちおののいた。
　驟雨がやむのと一緒に、僕はとてつもない速力で地球の表面へ牽きもどされる。悲しい速力。悲しい速力。

—『詩と詩論』5号

▌内部にあるもの

僕はいつも決闘した
僕の陰の形を衣裳にしてゐるひとりの男と

僕はいつも決闘して勝負をつけたことがない

28 뒤돌아보는 쥐.

29 짓이겨진 꽃, 형태가 없는 꽃이, 부러진 성냥개비, 불탄 종이, 유리 파편, 담배꽁초 등과 함께 떨어지고 있다.

30 열고는 닫히는 승강기다. 사람 하나 없다.

—『시와시론』 4호

▌투우

원형건축의 모래 가운데 소는, 표면장력으로 고조된 잉크다. Waterman의 블루 블랙이다. 곧 펜촉이 장난을 시작한다. 모양이 흐트러진다. 모래 한가운데 쓰인 것은 죽음이라는 문자였다.

—『시와시론』 5호

▌지구

심한 소나기가 온각 소리들을 마시고 있었다. 죽음의 세계도 떠받치는 것은 정적은 아닐 것이다. 내 몸은, 그저 순간이었지만 이 지구에는 없는 기쁨으로 전율했다.
소나기가 그치는 것과 함께, 나는 터무니없는 속력으로 지구 표면으로 되돌려진다. 슬픈 속력. 슬픈 속력.

—『시와시론』 5호

▌내부에 있는 것

나는 언제나 결투했다
내 그림자의 모양을 의상으로 하고 있는 한사람의 남자와

나는 언제나 결투해서 승부를 지은 적이 없다

僕はいつも決鬪してうしろを見ないで歸つてくる
僕が決鬪して歸つてくるといつも相手の男が石階の上でおじぎする
僕がありがたうと云つてその男の手を握ると
「わたしは貴方に幽閉されてゐるのです
あなたを殺してしまはねば
他にわたし自身を解放する途がない」

僕が急いで玄關の扉をしめると
石階の上で落葉のまふ音がする
男のつぶやく聲がする

―『詩と詩論』5号

▌ラグビイ

cinépoème　アルチュル・オネガ　作曲

1 寄せてくる波と泡とその美しい反射と。

2 帽子の海。

3 Ｋｉｃｋ ｏｆｆ！ 開始だ。靴の裏には鋲がある。

4 水と空氣とに溶解けてゆく球よ。橢円形よ。石鹸の悲しみよ。

5 ((あつ どこへ行きやがつた!))

6 脚。ストツキングに包まれた脚が工場を夢みてゐる。

7 仰ぎみる煙突が揃つて石炭をたいてゐる。雄大な朝をかまへてゐる。

나는 언제나 결투하고 뒤돌아보지 않고 돌아온다
내가 결투하고 돌아오면 언제나 상대편 남자가 돌계단 위에서 머리 숙여 절을 한다
내가 고맙다고 말하고 그 남자의 손을 잡으면
「저는 당신에게 유폐되어 있는 겁니다
당신을 죽여 버리지 않는다면
달리 제 자신을 해방할 길이 없다」

내가 서둘러 현관문을 닫으면
돌계단 위에서 낙엽이 바람에 흩날리는 소리가 난다
남자의 중얼거리는 소리가 난다

—『시와시론』 5호

▌럭비

cinépoème Arthur Honegger 작곡

1 기대어 오는 파도와 물방울과 그 아름다운 반사와.

2 모자의 바다

3 킥오프! 시작이다. 구두 뒤축에는 징이 있다.

4 물과 공기에 용해되어 가는 볼이여. 타원형이여. 비누의 슬픔이여.

5 ((앗 어디로 가버린 거람!))

6 다리. 스타킹에 에워싸인 다리가 공장을 꿈꾸고 있다.

7 올려다보는 굴뚝이 모여 석탄을 때고 있다. 웅대한 아침을 준비하고 있다.

8　俯向いてゐる青年。考へてゐる青年。額に汗を浮べてゐる青年。叫んでゐる青年。青年。青年。青年はあらゆる情熱の雨の中にゐる。喜ぶ青年。日の當つてゐる青年。

9　美しい青年の齒。

10　心臟が動力する。心臟の午後三時。心臟は工場につらなつてゐる。飛んでゐるピストン。

11　昇る壓力計。

12　疲勞する勞働者。鼻孔運動。

13　タツクル。横から大きな手だ。五本の指の間から、苔のやうな人間風景。

14　人間を人間にまで呼び戻すのは旗なのです。旗なの振幅。(忘れていた世界が再び眼前に現はれる。)三角なりの旗。惡の旗。

15　工場の汽笛。白い蒸汽。白い蒸汽の噴出、花となる。

16　見えぬ脚に踏みつけられて、起きつづける草の感情。中に起きられない草。風、日に遠い風のふく地面。

17　ドリブル六秒。ころがる球。雨となるベルトの廻轉。

18　汗をふいて溜息する青年。歪んでゐる青年。((球は海が見たいのです。))

19　伸び上る青年。松の尖つた枝々。

20　密集! 機械の胎內。がつちりと喰い合つて齒車。

8 머리를 숙이고 있는 청년. 생각하고 있는 청년. 이마에 땀이 맺혀 있는 청년. 소리치고 있는 청년. 청년. 청년. 청년은 온갖 정열의 빗속에 있다. 기뻐하는 청년. 태양을 마주하고 있는 청년.

9 아름다운 청년의 이.

10 심장이 동력한다. 심장의 오후세시. 심장은 공장에 늘어서 있다. 날고 있는 피스톤.

11 오르는 압력계.

12 피로한 노동자. 콧구멍운동.

13 태클. 옆에서의 커다란 손이다. 다섯 개의 손가락 사이에서, 이끼와 같은 인간풍경.

14 인간을 인간으로 되돌리는 것은 깃발인 것이다. 깃발의 진폭. (잊고 있던 세계가 다시 눈앞에 나타난다.) 삼각이 난 깃발. 악의 깃발.

15 공장의 기적. 하얀 증기. 하얀 증기의 분출, 꽃이 된다.

16 보이지 않는 다리에 짓밟혀서, 계속해서 일어나는 풀의 감정. 가운데 일어나지 못하는 풀. 바람, 태양에서 먼 바람이 부는 지면.

17 드리블 6초. 구르는 공. 비가 되는 벨트의 회전.

18 땀을 닦으며 한숨 쉬는 청년. 뒤틀려 있는 청년. ((공은 바다가 보고 싶은 것이다.))

19 뻗어 오르는 청년. 소나무의 뾰족한 가지들.

20 스크럼! 기계의 태내. 빈틈없이 맞물리는 톱니바퀴.

21 ぐつたりとする青年。機械の中へ食われてゆく青年。深い深い睡眠に落ちこ
むやうに。

22 何を蹴つてゐるのだらう。胴から下ばかりの青年。
　（（ああ僕は自分の首を蹴つてゐる。））

23 Ｔｒｙ！

24 旗、旗旗旗。

25 わつと放たれた勞働者の流れが、工場の門から市中さして。夕闇のやうに黒
い服で。

26 飛んでゆく新聞紙、空氣に海月と浮いて……。

27 踏切がしまる。近東行急行列車が通りすぎる。全く夜。

28 落ちてゐる首。（どこかで見た青年だ。）

29 大鼓の擦り打ち。鈍く、鈍く。

30 雨だ、雨だ。

—『詩と詩論』6号

▎不幸

壁がそそりたつてゐる。不幸のやうに。
僕は起きる。
僕はすでに囚はれてゐる。家庭に。
僕は机にむかふ。苦しみを苦しむために。

21 녹초가 되는 청년. 기계 안으로 삼켜지는 청년. 깊고 깊은 수면(睡眠)으로 떨어지는 것과 같이.

22 무엇을 차고 있는 것일까. 몸통에서부터 아래뿐인 청년.
((아아 나는 내 머리를 차고 있다.))

23 트라이!

24 깃발, 깃발 깃발 깃발.

25 앗하고 풀려난 노동자의 흐름이, 공장 대문에서 시내를 향해서. 저녁어스름과 같은 검은 옷을 입고.

26 날아가는 신문지, 공기에 해파리처럼 떠서…….

27 건널목이 닫힌다. 근동행 급행열차가 지나간다. 완전히 밤.

28 떨어져 있는 머리. (어디선가 봤던 청년이다.)

29 큰북 두드리기. 느리고, 느리게.

30 비다, 비다.

—『시와시론』 6호

▌불행

벽이 치솟아 있다. 불행과 같이.
나는 일어난다.
나는 이미 붙잡혀 있다. 가정에.
나는 책상으로 향했다. 고생을 고생하기 위해서.

ああ、しかし、僕が机に座るまへに、誰かが僕の場所へ座つてしまつてゐる。

—『詩と詩論』8号

▌海に落ちこむ人

道は海へ落ちてゆく。

薔薇の垣根に沿つて、夕暮がある。

手帛で咳をうけてゐる人につづいて、手帛で咳をうけてゐる人の長い影がある。歩くたびに舞ひあがる埃の天使たちよ。

僕は胸を病んでゐる。療養所には女がゐる。女の眼をみるのは可怕い。

道は海へ落ちてゆく、こんな細長い時間をあるくのはたまらないではないか。

海よ、近よつて吳れたまへ。

海よ。

—『詩と詩論』8号

▌胸の蝶

1

樂器の絃の一本を指で彈いて鳴らした

音が地球のあちら側から廻はつてきた
音が地球のあちら側から廻はつてきた

2

朝日をいつぱい胸にあてる
肋と肋とのあひだに一羽の蝶が休んでゐるのが見える

아아, 그러나, 내가 책상에 앉기 전에, 누군가가 내 자리에 앉아 버렸다.

―『시와시론』 8호

▌바다로 뛰어드는 사람

길은 바다로 떨어져 간다.
장미 울타리를 따라, 황혼이 있다.
손수건으로 기침을 받고 있는 사람에 이어서, 손수건으로 기침을 받고 있는 사람의 긴 그림자가 있다. 걸을 때마다 날아오르는 먼지 천사들이여.

나는 가슴을 앓고 있다. 요양소에는 여자가 있다. 여자의 눈을 보는 것은 무섭다.
길은 바다로 떨어져 가고, 이렇게 좁고 긴 시간을 걷는 것은 견딜 수 없는 것이 아닐까.
바다여, 다가와서 주려무나.
바다여.

―『시와시론』 8호

▌가슴의 나비

1

악기의 줄 하나를 손가락으로 튕겨 울렸다

소리가 지구의 저편에서 돌아서 왔다
소리가 지구의 저편에서 돌아서 왔다

2

아침 해를 한가득 가슴에 맞았다
늑골과 늑골과의 사이에 한 마리 나비가 쉬고 있는 것이 보인다

二枚にたたまれて蝶ははばたかぬ
蝶ははばたかぬ

—『詩と詩論』8号

▋反射

一人の男が鏡の中へ手を突込んでは、しきりに何かを捜してゐる。

彼の手に次次と現れてくるのは、たとえば細いネクタイとか、白い堅いカラアだとか、カフス釦などの類である。

そして、いつ果てるともなくその動作は繰り返されて、男はついぞ顔色ひとつ変へようとはしない。

やがて、男は、堆いネクタイやカラアやカフス釦などの中に埋まつていつてしまつた。

鏡がいつまでも、空しくそれらのものを寫してゐた。

私は惡ろしさに眼を覆つた。

—『詩と詩論』10号

▋詩の行方

詩よ。おまへはおまへを僕の中へ閉ぢ込めたなり、何處へ行つてしまつた。僕が苦しまねばならぬのはそのためだ。僕の血管には、おまへが脈を搏つてゐる。僕はありありとおまへを眞近に感じながら、しかも其處におまへは居ない。

時どき僕は耐えきれなくなると、自分で自分の皮膚を引き裂いて、おまへを開放しようとする。

そしてその度ごとに、おまへはだんだん僕の軀の表面を隱すやうに染めてゆく。惡く濁つたインクの雲で。

僕は害はれた。(僕に殘つてゐる半生。)

두 장으로 겹쳐진 나비는 날 수 없다
나비는 날 수 없다

—『시와시론』 8호

▮반사

　한사람의 남자가 거울 속으로 손을 집어넣고는, 자꾸만 무엇인가를 찾고 있다.
　그의 손에 연이어 나타나는 것은 예를 들어 가느다란 넥타이라던가, 하얗고 빳빳한 칼라라던가, 커프스 버튼 등의 종류다.
　그리고, 언제 끝난다는 것도 없이 그 동작은 되풀이되고, 남자는 단 한 번도 얼굴색 하나 바꾸려고 하지 않는다.

　이윽고, 남자는, 수두룩하니 쌓인 넥타이와 칼라와 커프스 버튼 등의 속으로 묻혀 버리고 말았다.
　거울이 언제까지고, 보람 없이 그것들을 비추고 있었다.

　나는 두려움에 눈을 가렸다.

—『시와시론』 10호

▮시의 행방

　시여. 너는 너를 내 속에 가둔 채로, 어딘가로 가버렸다. 내가 괴로워하지 않으면 안 되는 것은 그 때문이다. 내 혈관에는, 네가 맥박을 치고 있다. 나는 생생히 너를 아주 가깝게 느끼면서, 그럼에도 거기에 너는 없다.
　때때로 나는 참을 수 없게 되면, 스스로 자신의 피부를 찢어발겨, 너를 풀어주려고 한다.
　그리고 그 때마다, 너는 점점 내 몸의 표면을 감추는 것처럼 스며든다. 심하게 탁해진 잉크 구름으로.
　나는 망가졌다. (나에게 남은 반생.)

やがてその中に、僕は僕でなくなつてしまふのであらう。ペン軸を手にした
まま。

―『詩と詩論』11号

▌位置

尋ねさがすものは、眼であり、翼であり、美しい距離であり……
私の腕に來てとまる小鳥は、咽喉が裂けるほど立派に鳴いた。

しかるに私の眼は開かぬ。
私はどちらを向いても歩けない、歩きだせない。

私、
私はつひに腕を嚙んで、小鳥のつつくがままにまかせた。
血が私を押し流した、はるかに。
そして、光が私を捉えへはじめた。

―『詩と詩論』11号

▌鵞ペン

私の頭上を飾るやうに一羽の鳥が翔けてゆく。
水の中の影のやうに音を殺して。

　　私は抜け落ちた一本の羽根をふと發見けて、
　　とるとしもなく手に添へた。

ひとたび私の手が白く展べた紙のうへを過ぎるや、
私の手を流れる青いインクが純潔の羽根の軸を傳ふた

이윽고 머지않아, 나는 내가 아니게 되어 버릴 것이리라. 펜대를 손에 든 채로.

―『시와시론』 11호

▌위치

찾아내려는 것은, 눈이고, 날개이고, 아름다운 거리이고……
내 팔에 내려앉은 작은 새는, 목이 찢어질 정도로 충분히 울었다.

그런데 내 눈은 열리지 않는다.
나는 어디를 향해서도 걸을 수 없다, 걸음을 뗄 수 없다.

나,
나는 드디어 팔을 깨물고, 작은 새가 쪼는 대로 맡겼다.
피가 나를 밀어 흘려보냈다, 아득하니.
그리고, 빛이 나를 사로잡기 시작했다.

―『시와시론』 11호

▌거위펜

내 머리를 장식한 것처럼 한 마리 새가 날아간다.
물속의 그림자와 같이 소리를 죽이고서.

나는 떨어진 깃털 하나를 문득 발견하고,
잡으려 하지도 않았는데 손에 쥐어졌다.

한번 내 손이 하얗게 펼쳐진 종이 위를 지나자,
내 손을 흘러가는 파란 잉크가 순결한 깃대의 축을 통했다

私の頭上へ一羽の鳥がまひ戻つてくる。
劇しく騒ぐのは私の血液であらうか。

羽搏く鳥の苦悶が紙のうへに現はれて、
私の顔を描く。眼の球に星が二個。

文字の網の中から聞こえる叫びが、
人々よ、あなたの皮膚を傷つけぬ要心をなし給へ。

—『詩と詩論』13号

다케나카 이쿠(竹中郁, 1904~1982)

코베시(神戸市) 태생. 본명 다케나카 이쿠사부로(竹中育三郞). 칸사이 학원 대학 영문과 출신. 1924년 『일본 시인(日本詩人)』(신시인호)으로 시단에 등장. 해항 시인 클럽을 결성. 시지 『나침(羅針)』(1924)을 편집. 『근대 풍경(近代 風景)』(1926)에서 활약. 1928년 유럽 방문. 2년간에 이르는 파리 생활로 모더니즘의 미와 사상을 만끽. 『시와시론(詩と詩論)』에 시네포엠을 연속적으로 발표. 1932년 시집 『상아 해안(象牙海岸)』을 간행. 『시법(詩法)』, 『사계(四季)』에 참가. 제이카 세게데건중은 『신시총시(新詩叢書)』를 기획했나.

내 머리 위로 새 한 마리가 되돌아온다.
격하게 떠드는 것은 내 혈액인 것일까.

날갯짓하는 새의 고민이 종이 위에 나타나,
내 얼굴을 그린다. 안구에는 별이 두개.

문자의 그물 속에서 들려오는 외침이,
사람들이여, 당신의 피부를 상하지 않게 조심하거라.

—『시와시론』13호

⋯⋯⋯⋯⋯⋯⋯⋯⋯⋯⋯⋯⋯⋯⋯⋯⋯ 번역·입력, 이민정

요시다 잇스이(吉田一穂)

▌新約

　朝、我々は各自の獨房から冷たい獄庭へ引き出れた。石疊の上でカチヤカチヤ手錠が鳴る。天井の硝子を透してくる蒼い水のやうな薄明の底で、肩すり寄せて囁いたり、誇らしげな笑顔で默解を求める感傷的な同志達の素振りに、私は冷然として應じなかつた。もはや私は何物をも信ぜじ、愛なく、ただ自由と劒が、信條と鎖が、新しい血で錆ついてゆく事を知つてゐる。牢獄の壁は私を彼等と社會から唯一者として、自らの心に救ひを見出す自由なる感性の世界を解放した。法廷では假髮をかぶつた法官が彼等の天の石をもつて、地の子らの手のせる槌と鎌とを打碎いた。我々は直ちに抗訴した。法に依つてか?　否!　囚人に殘された唯一の鬪爭の道、戰ひを戰はんがために。

　この死人の家の壁を叩く同志の叩音が、無爲と觀念思案で腦を疲らし、扁心し、日毎に錯亂してゆく心的狀態を傳へて、まもなく彼は病監に移された。外境に對して私の心身は執拗な適應性と安易な自適性を現はしてきた。國法と社會律との階級的認識の、及びその信據の依つて以つて異なれる專制的强權への抗爭に於て囚はれた我々は一力と力ーこの辛い夜明前に耐え、且つ新しい日の出を待たう。

　夜、私は鐵窓から參星の昇つてくるのをみた。外では霜がギシギシと結晶してゐるであらう。嘗て私は波荒い北海で鯨を探す檣の上からこの星に指ふれた事がある。やがて天狼星の爛々たる青光が私の胸の鼓動を昂める。その未來に渇えた若くして美しい一つの太陽がーそれは我々の新約の血だ!彼の純白な魂クロポトキンもまた自らの體溫で不毛の地を暖めながら、綠の地平線を夢みたであらうか。

▍新約

　아침 우리들은 각자의 독방으로부터 차가운 감옥의 정원으로 끌려 나갔다. 돌바닥[石疊] 위에 철컥 철컥 수갑이 울렸다. 천정의 유리를 투과해오는 푸른 물 같은 어스름의 아래, 어깨를 기대고 소곤거리거나 자랑스레 웃는 얼굴로 침묵의 이해를 구하는 감상적인 동지들의 표정에, 나는 냉연하게 응하지 않았다. 이미 나는 어떤 것도 믿기 어려웠고, 사랑도 없고 그대로 자유의 칼이, 신조와 인연이, 새로운 피에 녹슬어간 일을 알고 있다. 감옥의 벽은 나를 그들과 사회로부터 혼자로 만들어, 자신들의 마음에서 구함을 찾는, 자유로운 감성의 세계를 해방했다. 법정에서는 가발을 쓴 법관이 그들의 하늘의 돌을 가지고, 땅의 아들들의 손에 빌려준 망치와 낫을 깨부수었다. 우리들은 곧장 항소했다. 법에 의지하기 위하여 일까? 아니오! 수인에게 남겨진 유일의 투쟁의 길, 싸움과 싸움을 하기 위하여.

　이 죽은 자의 집 벽을 두들기는 동지의 노크가, 무위(無爲)와 관념사안(觀念思案)으로 뇌를 지친, 편향되고, 매일 착란되어 가는 심적 상태를 전하여, 곧 그는 병감으로 이동되었다. 외계[外境]에 대해서 나의 심신은 집요한 적응성과 안이한 작적성을 보여왔다. 국법과 사회규율과의 계급적 의식의, 또한 그 믿음의 근거에 의하는 것으로서 구분되었던 전제적 강권에의 항쟁에 대해 갇혀 있던 우리들은─힘과 힘─그 괴로운 밤 어스름 앞을 참고, 또 새로운 해의 출현을 기다리겠다.

　밤, 나는 철창으로부터 삼태성(오리온)이 올라오는 것을 보았다. 밖에는 서리가 서걱서걱 결정화하고 있겠지. 일찍이 나는 거센 파도 치는 북해에서 고래를 찾는 마스트 위에서 이 별의 지시를 받았던 일이 있다. 이윽고 시리우스의 빛나는 푸른 빛이 나의 가슴을 더욱 고동치게 한다. 그 미래에 목말랐던 젊고 아름다운 한 개의 태양이─그것은 우리들의 신약의 피다! 그의 순백한 혼 크로포트킨도 마찬가지로 스스로의 체온으로 불모의 땅을 덥히면서, 녹색의 지평선을 꿈꾸었던 것이 아닐까.

　世界は一の虚誕だ。政治といふ權力行使の墮獄の印!私は憎惡する、人間が人間を搾取し規定し支配する××的組織を守る秩序の名に於ての彼等の權力を。人類は救はれないであらう。闘爭を主題として巨砲は彼との我との間に巨砲であり、プロレタリヤのネロン・マルクスの戰車は更に新しい血を流すだらう。

　人間・機械一生きんとする意欲、思考し、意志し、感情の表現、即ち個人の生活は、自力圏內の行動にすぎない。人類の解放運動は自由の謬想から出發した。暴力的表現の××一全ては力と力の抗爭である。この砦を何者が築いた? 民衆に飛びかかるニイチエ風の鷲!そして我々は何んの名に於て戰つた? 否! 私はそれを自らの欲求として敢て爲した。火であり焚木であつた。隣室から同志の叩音が呼びかける。私は答へない。汝等フリオ・フレニトの弟子達よ。私はもはや同志の一人でもなく約束もなく、ユトピア・フリーランドを想はず、また何んの主義を奉ずる者でもない。ただこの現實に對する憤怒と憎惡が私の血を荒だてるばかりである。

　早夜から近くの敎會堂の鐘が鳴つてゐる。檐の鳩がク、ク、と冷たい外氣を顫はせてゐる夜半の涙より溫いものを知らぬ監房で、自分の吐いた寢息が鐵窓の硝子に氷の華を咲せてゐる。微かな朝の光がそれを溶し始めた。私は信じた、生の悦びを。私はそれを欲し、そして爲すだらう! 透明にして碧い空、今日は日曜であらうか、固い雪の上を軋んでゆく橇や人の氣配を感じる。私はまだ若い! 彼處の廣い世界に就いて識り、新鮮な果實、生々しい命を貪りたい。太陽と草、未だ誰れにも唇づけられない滾々たる自然の泉があらう私は生活のアプリオリを成す愛を持たないが、憎惡がある。それが戰ひに生きる、私の欲求であり、權利である。私はまだ覺えてゐる。ある冬、罠に玉菜をかけたまま數日後、積雪を掘返してみると、何者かが雪の下から穴を穿つて來て餌を奪ひとつてゐた。それは荒漠たる雪原になほ生きんとする野鼠の切實な欲求と銳敏な感覺、即ち生の意義や倫理を絶した熾烈な生命を示すものであつた。刹那を充たす全行動の中に、生命を燃焦する最も大膽な、最も自由な一人として私は彼方の世界へ還つてゆかう。

세계는 한 개의 허탄(虛誕)이다. 정치라고 하는 권력행사의 타옥(墮獄)의 자취! 나는 증오한다, 인간이 인간을 착취하고 규정하고 지배하는 XX적 조직을 지키는 질서의 이름에 의한 그들의 권력을. 인류는 구제받지 못할 것이다. 투쟁을 주제로 하여 대포는 그와 나의 사이에 대포이고, 프롤레타리아의 네론 마르크스의 전차는 다시 새로운 피를 흐르게 할 것이다.

인간·기계— 살아있다고 하는 의욕, 사고나 의지나 감정의 표현, 곧 개인의 생활은, 스스로의 힘 안의 행동에 지나지 않는다. 인류의 해방운동은 자유의 진상의 왜상에서 출발했다. 폭력적 표현의 xx-전부는 힘과 힘의 항쟁이다. 이 성을 누가 만들었나? 민중에 덤벼드는 니체풍의 독수리여! 그래서 우리들은 어떤 명예를 갖고자 싸웠나? 아니다! 나는 자기 자신의 욕구로 그것을 과감히 행했다. 불이 붙은 장작이었다. 옆방으로부터 동지의 두들기는 소리가 호소하고 있다. 나는 답하지 않는다. 너희들 훌리오 후레니토(JulioJurenito)의 제자들[1]이여. 나는 이미 동지의 1인도 아니고, 약속도 아니고, 유토피아 프리랜드를 꿈꾸지 않는다. 또 어떤 주의를 신봉하는 사람도 아니다. 다만 이 현실에 대해 분노와 증오가 나의 피를 황폐하게 하는 것뿐이다.

이른 아침에 가까운 교회당의 종이 울리고 있다. 담의 비둘기가 구구하고 차가운 바깥 공기를 전하고 있다. 밤중의 눈물보다 따뜻한 것을 알지 못하는 감방에서, 스스로 토해낸 침식(寢息)이 철창 유리에 얼음꽃을 피우게 하고 있다. 희미한 아침의 빛이 그것을 녹이기 시작했다. 나는 믿었다. 생의 기쁨을. 나는 그것을 바랐고, 그래서 행한 것이겠지! 투명해지는 푸른 하늘, 오늘은 일요일일까? 단단한 얼음 위에 삐걱거려가는 썰매나 인간의 기척을 감지한다. 나는 아직 젊다! 그곳의 광대한 세계를 알고, 신선한 과실, 생생한 생명을 탐하고 싶다. 태양과 풀, 지금까지 누구에게도 욕보여지지 않은 용솟음치는 자연의 샘이겠지. 나는 생활의 아 프리오리(a priori)를 만드는 사랑을 갖지 못했으나, 증오가 있다. 그것이 전쟁 속에서 사는, 나의 욕구이고, 권리이다. 나는 아직 기억하고 있다. 어느 겨울, 굴(窟)을 파고 양배추를 넣어둔 지 수 일 뒤, 쌓인 눈을 파내어 보니 누군가가 눈 아래 구멍을 뚫고 들어와 식량을 빼앗아 갔다. 그것은 황막한 설원에 살고 있는 야생쥐의 절실한 욕구와 예민한 감각, 곧 생의 의의나 이론을 넘어서는 치열한 생명을 보여주는 것이었다. 찰나를 채우는 모든 행동의 가운데에, 생명을 태우는 최고로 대담한, 최고로 자유로운 1인으로서의 나는 저쪽의 세계에 둘러싸이게 된 것이다.

---

1) 러시아의 작가인 일리야 에렌부르그(Ilya Ehrenburg, 1891~1967)가 쓴 소설 제목, 일본에서는 1927년에 「フリオ フレ二ト弟子達」라는 제목으로 河村雅에 의해 번역되었다.

狹い檻の中でグルグルと額の廣い一匹の獅子、スチルネルが所有權とその自由に就いて哮える。

おお日夜の焦燥、この胸の飢渇! 窓硝子に指ふれて、私は冬の遲々たる太陽の仄かなぬくもりを感觸する。鐵窓に限られた方尺の靑空、自由よ! 空氣よ! 私は激昂する、外は動いてゐるのだ。世界は美しい。何んとなればリトミツクな生命の表現が、生活があるからである。世界は唄つてゐるやうだ.例へ彼處の世界が私のために悲しい生活の繼母であつたとしても。

我々の登つてゆく處に斷頭臺がある。恐怖に魅惑されたザヴンコフは、ラグリマ・クリステの芳醇を知らざるものの如く、彼自らの純粹な生命の盃を傾け盡した。或は猶太風に人生を論證と規定の方法論的範疇に置き、觀念論を否定して更に古い觀念に追込む就中スコラ臭い唯物論者は、シオンの娘と劍をもつて婚約する。我々は先づ何者よりも自己內心の掟から、一切の觀念から自らを解放し、自由な感性をもつて出發するであらう、例へそれが我々のゆくダマスコへの道、血に渇えた不毛の地であるとしても、我が感性に花ひらく沙漠の薔薇を見出すであらう。

一一九二三年 二月・獄中斷片一

—『詩と詩論』1号

▌故園の 書 春

過ぎてゆく一雨ごとに鮮麗な落葉松林の感覺が、さつと淺綠に芽ぶく。みすぼらしい亞寒帶植物が泥沼の邊りをおづおづと寛しはじめ、雪解の水は溢れて樹木を涵し、落ちて雪に埋れた去年の林檎が浮いて流れる。光と影に眩暈く水の氾濫!

濕潤な濛氣のうちに、水底伽藍の海樓夢の如く、幽暗の生命が形態への意識にめざめてくる。樹液は靑空に梢頭の夢を描き、早春の彼方へ鶫の群が放浪してゆく。自然は太古に甦り、春の鼓動を昴めてくる。

좁은 감옥 가운데 빙빙거리는 이마 넓은 한 마리의 사자, 강철손톱(スチルネル, steel nail)이 소유권과 그 자유에 대해서 울부짖었다.

오오 밤낮의 초조, 이 가슴의 기갈! 창유리를 손가락으로 만지면서, 나는 겨울의 늦은 태양의 어렴풋한 따스함을 감촉한다. 철창에 한정된 방척(方尺)의 하늘, 자유여! 공기여! 나는 격앙한다. 밖은 움직이고 있는 것이다. 세계는 아름답다. 왜냐하면 리듬 있는 생명의 표현이, 생활이 있으니까다. 세계는 소리 내고[唄] 있는 것같다. 비록 그곳의 세계가 나를 위해서 슬픈 생활의 계모(繼母)였다고 해도.

우리들이 올라왔던 곳에 단두대가 있다. 공포에 매혹되었던 자빈코프가, 라 그리마·크리스테(그리스도의 눈물)의 방순(芳醇)함을 알게 된 것과 같이, 그 자신의 순수한 생명의 술잔을 기울이기를 다하였다. 혹은 오히려 태풍에 인생을 논증과 규정의 방법론적 범주에 위치하여, 관념론을 부정하고 다시 옛 관념에 빠진 특히 스콜라 냄새 나는 유물론자는, 시온의 여인과 검을 가지고 혼약한다. 우리들은 먼저 어떤 사람보다도 자기 내심의 법도를 따라, 일체의 관념으로부터 스스로를 해방하여 자유로운 감성을 가지고 출발하는 것일 테지, 예로 그것이 우리들의 가는 다마스코에의 길, 피에 목마른 불모의 땅이라고 해도, 내가 감성에 꽃피운 사막의 장미를 찾아낼 것이다.

1923년 2월·옥중단편

―『시와시론』1호

▌故園의 書 春

소용돌이 쳐 가고 있는 한 차례의 비에, 선려한 낙엽송림의 감각이, 순식간에 천록(淺綠)으로 싹을 틔웠다. 빈약한 아한대식물이 진창의 주변을 쭈볏뿌볏 침범하기 시작해, 눈 녹은 물은 넘쳐 수목을 적시고, 떨어진 눈에 묻힌 지난해의 사과가 떠서 흘러갔다. 빛과 그림자에 현기증 나는 물의 범람!

습윤한 안개의 속에, 물밑 가람[水底伽藍]의 신기루 같이, 그윽하고 어두침침한[幽暗] 생명이 형태에 대한 의식으로 깨어나온다. 수액은 청공에 우듬지 맨 위[梢頭]의 꿈을 그리고, 이른 봄의 저쪽으로 개똥지빠귀 무리가 방랑해간다. 자연은 태고에 되살아나, 봄의 고동을 높여 온다.

李、桃、櫻、こぶし、胡藤、林檎の花ど一齊にひらき、馥郁の香氣と夢幻に傷む春
宵もなく、忽ち惜春の嗚咽を廳く麥雨の晨、林園に散りしく落花、雨水の痕の泥ま
ぶれ、或は堰にあふれて境界を越え、おちて谿流のたゆたりに遠きあたりに一葩
の名殘りを掬する人をして、いたづらに朔林の春を嘆かしめんか。

　童骸未不燒　哀夜來白雨　蔽柩以綠草　待霽故山春

—『詩と詩論』1号

▌故園の 書 冬

　夜、孤獨な魂を點ずる燭がある。片照る面を現實にむけて、蜜蜂の去つた地平線
を想ひ、自らの體溫で不毛の地を暖めながら待つ春への思索の虹—この雪に埋れた
ヒユツテの一室に私は暖爐を焚き、木を斫り、家畜を養ひ、燈火の下で銃を磨き嵐
の音に沈思する。

　今朝、谿の斜面に楢の木立が、鮮やかな藍と紫の影を印してゐた。丘に沿ふ美
しい起伏を痕して吹雪は去つた。雪は蛋白石の神秘な內在の世界を光輝する。落葉
松林の奥で肉食鳥の聲が鋭い。斧がキラリと光り、丁々と木精は冴え、粉雪を散ら
して木は倒れる。尺寸の幹すら四五十年の年輪を刻んでゐた。私は自然を會得する
一本の草木の如く生きて疑を懷かない。冬の脅威から家畜を成り、苛酷な自然に面
して一挺の斧と銃と營みを續けてゆく。一塊の土のある限り農民は、氷の上にす
ら田を作り得るであらう。彼等は蜥蜴に變形しても生命を保つ。が一度、社會組織
の殘忍な纂奪機構に入り込む時、彼等は人と人の間で餓死せねばならない！　自然と
適應する最も單純な樣式が生活の根本であり、人間を勞作の自主たらしめる生存權
の奪還方法である。

자두, 복숭아, 앵두, 목련, 아카시아(胡藤), 사과꽃 등이 일제히 피어, 복욱(馥郁)의 향기와 몽환에 다친 봄밤도 없이, 갑자기 석춘(惜春)의 오열을 듣는 맥우(麥雨)의 새벽, 숲의 정원에 흩어진 낙화, 빗물의 흔적에 진창이 파여, 또는 둑에서 만나게 된 경계를 넘어, 내려온 계곡물에 흔들리는 먼 부근에, 한 송이 석별의 마음을 움켜쥐는 사람을, 장난삼아 초하루숲의 봄을 탄식해 버린 것일까.

　童骸未不燒 (아이의 시체는 아직 타지 않았고)
　哀夜來白雨 (슬픈 밤에 흰 비가 내린다)
　蔽柩以綠草 (푸른 풀을 가지고 관을 닦는다)
　待靄故山春 (옛 산의 봄을 기다린다)

—『시와시론』 1호

▎故園의 書 冬

밤, 고독한 혼을 켜는 초가 있다. 빛이 비치는 한 쪽 면을 현실에 향하고, 꿀벌이 갔던 지평선을 생각하며, 자기 자신의 체온으로 불모의 땅을 덥히면서 기다린 봄에 사색의 무지개— 이 눈에 파묻힌 산장의 일실(一室)에 나는 난로를 피우고, 나무를 자르고, 가축을 키우고, 등불 아래에서 총을 닦고, 바람의 소리에 생각에 잠긴다.

오늘 아침 계곡의 사면에 졸참나무 숲이, 선명한 푸르름과 자색의 그림자를 각인하고 있다. 언덕에 이어진 아름다운 기복을 남기던 눈보라는 갔다. 눈은 오팔(Opal, 蚤白石)의 신비한 내재의 세계를 광요(光耀)한다. 낙엽송림의 향기에 맹금의 소리가 날카롭다. 도끼가 번쩍 하고 빛나고, 탕탕하고 메아리는 맑고, 눈보라를 뿌리던 나무는 쓰러진다. 매우 작은 줄기마저 45년의 연륜을 새기고 있다. 나는 자연을 터득한 한 그루의 초목처럼 살아감을 의심하지 않는다. 겨울의 맹위로부터 가축을 지키고, 가혹한 자연에 맞서 한 자루의 도끼와 총으로 살림살이를 이어갈 것이다. 한 덩어리의 흙이 있는 한정된 농민은, 얼음 위에조차 밭을 만들 수 있을 것이다. 그들은 도마뱀으로 변형하여서라도 생명을 지킨다. 그러나 한 번, 사회조직의 잔인한 약탈기구에 들어갔을 때, 그들은 사람과 사람 사이에서 아사(餓死)하지 않으면 안 된다! 자연과 적응하는 최대한 단순한 양식(樣式)이 생활의 근본이고, 인간을 노작의 자기 주인 자리를 차지하도록 하는 생존권의 탈환방법이다.

　外には北極星が寒氣に磨かれて恐怖に輝いてゐるであらう。駛者座は金色の五邊
形を描き、參星も高く昇つたであらうか。霜にとざされた硝子窓に愴絶な青光を放
つてゐる爛々たるは彼の天狼星であらう。私の頭腦にスピノザがゐる。そして私
は絶えずハムズンの強烈な生活意慾の息吹を感じる。
　地平線を遠く吹雪が吼えてゆく。

──『詩と詩論』1号

▌内部

　外部に齒をむく垂直な骨格をした人間は、その最惡なる生活の斷崖に爪を研ぎ、
吠えて月は落ちた。敗衄の泥土にもがく日々の陰慘なテロア! つひに耐え難い飢渇
が、ガツクリと膝を折つて彼を突き倒した。虛しい反射痙攣の描く半圓を痕して。忽ち霾風の死班が翳つて肉體を冒した。
　彼の内部から蒙古の原始へ羽根を開いて一羽の鷲が戰慄した。そして離魂した自
らの腐屍に、銳く嘴を突き立てて啄み貪つた。骨を刺す劇しい痛痒が、嘈々と渦く
意識の暗流に白鱗を閃めかした。彼は立つて蹌踉と再び内面の深潭へ投身した。

──『詩と詩論』6号

▌DOMINICAL LETTER

Ａ 北

Ｎ★磁石・Stoicisme・雪の反射・hyperborden　の額・柯刺波[2]。

<家系樹>

---

2) 불전. 가자파론.

밖에는 북극성이 차가운 공기에 닦여 공포에 빛나고 있겠지. 카펠라좌는 금색의 오각형을 그리고, 오리온좌도 높게 오르고 있겠지. 서리에 갇힌 유리창에 창절(愴絶)한 푸른 빛을 내고 있는 반짝 반짝임은 저 시리우스겠지. 나의 두뇌에 스피노자가 있다. 그래서 나는 끊지 못하는 함순3)의 강렬한 생활의욕의 호흡을 느낀다.

지평선 멀리 눈보라가 울고 있다.

—『시와시론』1호

▌내부

외부에 이(齒)를 향하여 수직한 골격을 했던 인간은, 그 최악의 생활의 단애(斷崖)에 손톱을 갈고, 울부짖는 달은 떨어졌다. 패육(敗肉)의 진흙에 허우적거리는 하루하루의 음참한 테러! 드디어 견디기 어려운 기갈이, 무릎을 푹 굽히고 그들을 갑자기 넘어뜨렸다. 허탈한 반사 경련이 그리는 반원의 흔적을 남기고. 갑자기 흙비바람의 사반(死斑)이 그늘진 육체를 무릅썼다.

그의 내부로부터 몽고의 원시에 향해 날개를 펼친 한 마리의 독수리가 전율했다. 그래서 이혼(離魂)했던 스스로의 부패한 시체에 예리한 부리를 갑자기 일으켜 쪼아먹는다. 뼈를 자르는 고통이, 조용하게 소용돌이치는 의식의 어두운 흐름에 흰 비늘을 번뜩였던, 그는 창랑하게 일어서 다시 내면의 깊은 못으로 투신했다.

—『시와시론』6호

▌DOMINICAL LETTER

A. 北

N★자석 · 스토이시즘(금욕주의) · 눈(雪)의 반사 · hyperborean의 가자파.

<가계수家系樹>

---

3) 크누트 함순(Knut Hamsun, 1859~1952) : 노르웨이의 소설가. 「굶주림」(1890) 등의 소설이 있음.

祖父(1863__)は銃を擔つて霧に濡れながら獵地を驅け廻つてゐるだらう。葉を落した森林、獸の足跡、野鴨の下りる沼地、壯者のやうに木を斫り、水を掬み、火を焚いて松鷄の黎明を待つだらう。古蘇格蘭風の厚い土塀をめぐらした、封建的な最後の一族の佳む、その生靈のやうな邸で、老ひたる家長は痼癖強く、嚴格で、專制的であつた。ドメステイクな暖爐、湯氣のたつ廚房、搖れる石油燈の暈、煤けた天井、屋根室への裏梯子、冬の菜や酒を藏して置く窖、多勢の婢や僕たら、內庭の納屋に畜へられた穀物……。

彼(1808__)は圓頂や尖塔、時計臺のある市の大學で、一九一〇年代の自由思想を呼吸した。論爭し、懷疑に耽り、麥酒を飮み、試驗に苦しみ、競技に熱中し、その學生々活の習ひに從つて決鬪もした。

彼女(1901__)その嬰兒を捧ける女體支柱。

檀(1929__)母の肩越しの一年、子平線と地平の双曲線に投影する季節。音・色・線の形づくるカンイドスコプの世界 ＜意味＞ 感念・偶像一蜘蛛の巢。新しい分裂!

犬(E.A.Poe) ポインター一種。

B 土地

勞動。果樹。汗。

チ々アノの空。曝された家族。跣足。燬けた赭土砂。妻の背に泣き寢入る幼兒。渴! 白い齒。立つてゆく犬……。

市の門。彼等の背後に新月が落ちた。

조부(1863_)는 총을 메고 안개에 젖어서 사냥지대를 헤매고 있는 것이겠지. 잎이 떨어진 삼림, 야수의 족적, 야생오리가 내려간 늪지대. 나이 든 노인 같은 나무를 자르고, 물을 건지고, 불을 지펴 들꿩의 새벽을 기다리겠지. 古蘇의 격을 따른 난풍(네덜란드 양식)의 두터운 흙울타리를 둘러싼, 봉건적인 최후의 일족의 아름다울, 그 생령 같은 집에, 늙은 가장은 성벽 까다롭고, 엄격한, 전제적이었다. 집안의 난로, 탕기가 갖춰진 부엌방, 흔들리는 석유등의 무리[暈], 그을린 천정, 다락방으로 가는 뒷사다리, 겨울 채소나 술을 저장하여 두는 움, 많은 노비나 우리들, 안쪽 정원의 납실에 비축된 곡물……。

그(1808_)는 원정(圓頂)이나 첨탑, 시계탑이 있는 도시의 대학에서 1910년대의 자유사상을 호흡했다. 논쟁하고, 회의에 빠져, 맥주를 마시거나, 시험으로 고통을 겪거나, 경기에 열중하면서, 그 학생생활의 습관을 좇아 결투도 했다.

그녀(1901_) 그 영아(갓난아기)를 받쳐들은 여체지주.

檀(1929_) 어머니의 어깨너머로 1년, 자평선(子平線)과 지평의 쌍곡선에 투영한 계절. 음·색·선의 모양을 만드는 만화경(kaleidoscope)의 세계(의미) 감념(感念)― 거미(蜘蛛)의 집. 새로운 분열!

개(E. A. Poe) 포인터 종.

B. 토지

노동. 과수. 땀.

청색(Zyano)의 하늘. 방치된 가족. 맨발. 불탄 자토사(赭土砂). 처의 등에서 울다 잠든 유아. 목마르다! 하얀 치아. 서서 걸어가는 개……。

도시의 문. 그들의 배후에 새로운 달이 떨어졌다.

C キリコの町

力學。鑛質の堆積。巨大な機構の上で可憐な生物、燕や蜂や鳩が優しい生理を營んでゐた。天を搔き濁してゐる煤煙の下で機械の心臟が搏動する。

エーテル假說。

角度。

映畫の街の風景。

唯物論。多稜鏡の精神分析學敎室。計數されたメカニズム。個の潰滅。普遍性。社會。解體してゆくオルガニズム。靜止。立體。類型的人工生產・Y氏X夫人Z孃・機械人。

D 彼等

塊

生活・必然に膚を剝く。現實。當爲。階級と秩序。背后への憎惡! 鐵。人間のみが意識し作る「時代」。

偶像の破片。

E 薄明

雨に濡れた點燈。呼吸する表現派の町の時間。暗渠に落ちる永遠の濁水。光る小魚。函數番號。斷層。拳銃。室內。

F 白

綠の感覺。圖書館。六月。艦隊入港。嬰兒・(1930……彼女の新しい時代・機械に於ける社會進化)止つた柱時計。石膏(トルソオ)ラ・フオンテエヌ。童話。家婦はエミールを讀み始めた。

C. 키리코의 마을

역학. 광질의 퇴적. 거대한 기구의 위에 가련한 생물, 제비나 벌이나 비둘기가 우아한 생리를 영위하고 있다. 하늘을 저어 흐리고 있는 매연 아래 기계의 심장이 박동한다.

에테르 가설.

각도.

영화의 거리의 풍경.

유물론. 다능경의 정신분석학 교실. 계산된 매커니즘. 개개의 궤멸. 보편성. 사회. 해체해가는 유기체(organism). 정지. 입체. 유형적 인공생산. Y씨X부인Z양 · 기계인.

D. 그들

대중(mass).

생활 · 필연적으로 피부를 벗겨내다. 현실. 당위. 계급과 질서. 배후에의 증오! 철. 인간만이 의식하여 만드는 「시대」.

우연의 파편.

E. 박명(薄明)

비에 젖은 점등. 호흡하는 표현파(表現派)의 마을의 시간. 어두운 개천에 떨어지는 영원의 탁수(흐린물). 빛나는 작은 물고기. 함수번호. 단층. 권총. 실내.

F. 백

녹색의 감각. 도서관. 6월. 함대입항. 영아 · (1930……그녀의 새로운 시대 · 기계에 의한 사회진화.)멈춘 벽시계. 석고(토르소) 라 폰테뉴. 동화. 가정부는 에밀을 읽기 시작했다.

C　家

白い食卓

日誌

鹽

—『詩と詩論』7号

▋棄民

生活線 － 北緯四十七度・東徑一四三度

彼方ニ太陽ガアルカ　漂石マヂリノ赭土砂　低濕ナ凍土帶　落葉松林ガ吼エル　コ々モ地殼ノ一點デアルカ

白ト灰　生キテキル世界ニ叫ブ　何處ニ天ガアル　立體ノ生キ物　剝ゲタ平面ヲ匐フ雪明リノ裸ノ追放地　流水ノ風向　鷗　鰊ハ磁極ヲ指ス

夜半ノ太陽ノ下ニ眠ラザル勞動　鮭ハ砂金ノ河ヲ溯ル（價値ニ就テ）　銛ガ飛ブ　魚腹ヲ割キ鹽ヲフル女ラノ血染レノ手　太陽ノ岸ニ彼等ハ跣足デアル　汝ノ神ハ―汝ハ汝ノ主人デアル　土地　協働　相寄ル體溫
共餐ノ卓　物々交易

天ノ拒否　穀物ニ就テ爪ヲ剝グ　白夜ノ眼ノ底ニアルモノ　狂　靑　めらんこり　食物一粒ノ生命デアルカ　彼等ハ存在スルカ　行倒レノ屍ヲ啄ンデ鴉ハ悲哀ノ世界ヲ永遠ニ受ケ繼グ　コノ白眼ノ無表情ナ時空ニ黑イ一點ノかるばヨ

夢モ稔ラヌ不毛ノ地ニ秋ハ急調スル　水平線ニ消エテユク北洋警備艦　濃霧……　鱈蟹（領海權ニ就テ）　霙　マヂリノ朔風ヲ衛イテ密獵船ガ出沒スル　吹雪　西岸結氷期ニ入ル

C. 집

하얀 식탁.

일지.

소금

—『시와시론』 7호

▌棄民

생활선 – 북위 47도·동경143도

저편에 태양이 있는가? 표석 사이의 자토사(赭土砂) 저습한 동토대 낙엽송림이 우는 그곳도 지각의 하나의 점인가?

흰색과 회색 살아있는 세계에 절규하는 어느 곳에 하늘이 있는 입체의 생물 벗겨진 평면을 기어가는 밝은 눈의 벌거벗은 추방지 유빙의 풍향 갈매기 청어는 자극(磁極)을 향한다.

밤중의 태양 아래에 잠든 노동 연어는 사금의 강을 거스른다 (가치에 관해서) 작살이 나른다 고기의 배를 갈라 소금을 뿌리는 여인들의 핏빛의 손 태양의 언덕에 그들은 맨발이다 너의 신은 – 너는 너의 주인이다 토지 협동 서로 모인 체온 공찬(共餐)의 탁자 물물교역

하늘의 거부 곡물에 대해 손톱을 벗긴다 백야의 눈의 낮게 있는 것 광(狂) 청(靑) 멜랑콜리 식물 낱알의 생명인가 그들은 존재하는가 역행의[行倒] 시체를 따라 까마귀는 비애의 세계를 영원히 받아들이기를 계속한다 이 흰 눈[白眼]의 무표정한 시공에 검은 한 점의 카르바여.(carpaccio)

꿈도 결실이 없는 불모의 땅에 가을은 급조한다(빠르다) 수평선에 소멸해가는 북양경비함 농무…… 대구[鱈] 게[蟹](영해권에 관하여) 진눈깨비 마지리노의 북풍으로 향한 밀렵선이 출몰하다 눈보라 서안결빙기에 든다

饑餓線・零下三〇度　薄明ハ永遠デアルカ　魚油燈ハ燻ル　鳥ノ肺ハ腐ルデアラウ吼エル深林デ終日ぱるぶ會社ノ木ヲ伐リ運ブ　凍傷ニヤラレ苦役ニブツ斃レテ雪ヲ嚙ム　肉ヲ咬ム　怒リヲ吐ク　雪ニ濕ム血滴ヒツバタカレ打チノメサレテ求める日々ノ糧

否定　絶ヘ間ナイ吹雪ノ下ニ埋レテユクモノ　苛酷ナ自然　燒ケル生理　敵　彼等!　高緯度ニ棄テラレク裸ノ人間タチ（植民政策ニ就テ）生ケル世界ガ遠クアルカ　深林ニ火ヲ放ツテ會社ハ焦土カラ枯骨ヲ採ル地表ヲ剝グモノ　人肉ヲ啖フモノ　生活ノ罠　氷牢　滅ビテユク生物ノ形　然シコノ劇シイ感覺　憎惡!

—『詩と詩論』8号

▍鴉を飼ふツアラトウストラ

智慧の樹は斫られた。

その外では機械の莊麗な體系が廻轉した。動植物と天狼星等に就ての太陽の影を失つて、樂園再興の考へを步む。圓き世界の循環律をα軸に於て、オルガニズムの反射爐・煉獄で鍛えた齒車や杆槇を、必然の動物帶が搏動する。零。

影のない人間の穹窿。虛構の内部に在つてこの意志は、透明なる神と格鬪した。或は石を持つ人間獸。我の背後に我等を成す巨大な機構の幻影と抗し、前方に自己の幽靈を語る。目的。或はユトピアに就て。

曆と植物。乏しい自然の限界に降りてくる鴉。洞窟の弟子達は生活の斧をとつて勞働と規律に從ふ。灯した薄明の街がある。賑かな地方語を話す商人たち。眩しい水の反映。それらを週る機械の透明な輪轉。

기아선·영하30도 여명은 영원인가? 어유등은 연기가 난다 새의 폐는 부패하고 있겠지 소리지르는 깊은 숲에 종일 펄프회사의 나무를 잘라 옮긴다 동상에 걸리는 고역에 폐사한 눈을 먹는다 고기를 씹는다 분노를 토한다 눈에 축축한 핏방울 두드려 치는 것의 목표하여 구하는 하루의 양식

아니, 조금도 사이가 없는 눈보라의 아래에 매장되어가는 것 가혹한 자연 태워진 생리적 그들! 고위도에 버려진 벌거벗은 인간들 (식민정책에 관하여) 되살려진 세계가 멀리 있는가 깊은 숲에 불을 놓은 회사는 초토(焦土)로부터 죽은 사람의 뼈(古骨)를 캐낸다 지표를 벗겨내는 것 인육을 씹어먹는 것 생활의 덫 얼음감옥 사라져가는 생물의 형체 그러나 이 극심한 감각 증오!

—『시와시론』 8호

▌까마귀를 기르는 차라투스투라

지혜의 나무는 베어졌다.

그 밖에는 기계의 장려한 체계가 회전했다. 동식물과 천랑성 등에 대해 태양의 그림자를 잃어 낙원재흥의 고려로 나아가다. 원의 세계의 순환율을 이루는 α축에 의해, 유기체(organism)의 반사로(反射爐)·연옥에서 두드려진 톱니바퀴나 지렛대를, 필연의 동물대가 박동한다. 영(零).

그림자 없는 인간의 궁륭(穹窿). 허구의 내부에 있는 이 의지는, 투명한 신과 각기 싸웠다. 혹은 돌을 가진 인간수(人間獸). 나의 배후에 우리들을 이룬 거대한 기구의 환영과 맞서, 전방에 자기의 유령을 이야기한다. 목적. 혹은 유토피아에 관하여.

曆과 식물. 가난한 자연의 한계에 내려온 까마귀. 동굴의 제자들은 생활의 도기를 가지고 노동과 규율을 따른다. 밝혀지는 여명의 거리가 있다. 왁자지껄한 지방어를 말하는 상인들. 눈부신 물의 반영. 그것들을 도는 기계의 투명한 윤전.

書卓の燈暈。　白紙。　作圖題。　數一鴉が明鏡へ映る雪の上に暗點する。

—『詩と詩論』 11号

요시다 잇스이(吉田一穗, 1898~1973)

홋카이도 카미이소군(北海道上磯郡) 태생. 본명은 요시다 요시오(吉田 由雄). 와세다대학 영문과 중퇴. 1924년, 최초의 저서로서 동화집 『바다의 인형(海の人形)』을 간행. 1926년에는, 가네코 미쓰하루(金子光晴) 등과 일본 시인회를 창설했다. 1926년 11월 제일 시집 『바다의 성모(海の聖母)』, 1930년 산문시집 『고향의 서(故園の書)』를 세상에 발표. 특이한 방법론을 가진 시인으로서의 지위를 확립했다. 그 밖의 시집 『미래자(未來者)』(1948), 시론집 『쿠로시오 회귀(黑潮回歸)』(1941), 『고대 녹지(古代綠地)』(1958) 등이 있다. 그의 시의 원점은 홋카이도(北海道)에 있어, "극북의 시인"이라고도 불린다.

서탁(書卓)의 등불. 백지. 작도문제. 수ー까마귀가 안경에 비친 눈 위에 암점(暗點)한다.

—『시와시론』 11호

번역·입력, 송민호·김예리

PETITES CHOSE

★

鵝鳥は小徑を走る、
彼女の影も小徑を走る。

鵝鳥は芝生を走る、
彼女の影も芝生を走る。

白い鵝鳥と彼女の影と、
走る走る — 走る。

ああ, 鵝鳥は水に身を投げる!

★

走つてゆく二輪車の、薔薇の四鉢五鉢 —。
人浪をかき分けて、移動する小さな花園。
僕といつしよに止まりませう、
踏切が堰められました。荷物列車が通ります。

★

昨日はどこにもありません
あちらの簞笥の抽出しにも
こちらの机の抽出しにも
昨日はどこにもありません

PETITES CHOSE

거위(鵝鳥)는 소로(小路)를 달린다,
그녀의 그림자도 소로를 달린다.

거위는 잔디밭을 달린다,
그녀의 그림자도 잔디밭을 달린다.

하얀 거위와 그녀의 그림자와,
달린다달린다 — 달린다.

아아, 거위는 물에 몸을 던진다!

달려가는 삼륜차의, 장미 화분 네 개, 다섯 개 — .
인파를 헤치고, 이동하는 작은 화원.
나와 함께 멈춰섭시다,
건널목이 막혔습니다. 화물열차가 지나갑니다.

★

어제는 어디에도 없습니다
저편 옷장의 서랍에도
이편의 책상의 서랍에도
어제는 어디에도 없습니다

それは昨日の寫眞でせうか
そこにあなたの立つてゐる
そこにあなたの笑つてゐる
それは昨日の寫眞でせうか

いいえ昨日はありません
今日を打つのは今日の時計
昨日の時計はありません
今日を打つのは今日の時計

昨日はどこにもありません
昨日の部屋はありません
それは今日の窓掛けです
それは今日のスリツパです

今日悲しいのは今日のこと
昨日のことではありません
昨日はどこにもありません
今日悲しいのは今日のこと

いいえ悲しくありません
何で悲しいものでせう
昨日はどこにもありません
何が悲しいものですか

昨日はどこにもありません
そこにあなたの立つてゐた
そこにあなたの笑つてゐた
昨日はどこにもありません。

그것은 어제의 사진입니까
거기에 서 있는 당신의
거기에 웃고 있는 당신의
그것은 어제의 사진입니까

아니요 어제는 없습니다
오늘을 치는 것은 오늘의 시계
어제의 시계는 없습니다
오늘을 치는 것은 오늘의 시계

어제는 어디에도 없습니다
어제의 방은 없습니다
그것은 오늘의 커튼입니다
그것은 오늘의 슬리퍼입니다

오늘 슬픈 것은 오늘의 것
어제의 것이 아닙니다
어제는 어디에도 없습니다
오늘 슬픈 것은 오늘의 것

아니요 슬프지 않습니다
왜 슬픈 것일까요
어제는 어디에도 없습니다
무엇이 슬픈 것입니까

어제는 어디에도 없습니다
거기에 서 있던 당신의
거기에 웃고 있던 당신의
어제는 어디에도 없습니다.

★

　この水のほとりに立つてゐるのは誰でせう。この、林の中を通つてきたのは誰でせう。（―林の中の小徑では、晴れた空路が見えてゐた。）

　この夕暮の中にたたずむでゐるのは誰でせう。この、うつむいて煙草を喫つてゐるのは誰でせう。（― 煙草の煙は、二度とは同じ形にのぼりません。）

　山と山との間ではほんとに一日が暮れ易い。暮れ易い空を眺めて、そこを流れる小さな雲に、まだ今日の太陽が映つてゐると、あすこにはまだ畫があると、ぼんやりと、この懷ろ手をしてゐるのは誰でせう。この青年は誰でせう。

　林の中を人が通る。林の中を犬が通る。もうこんなに吹曝しの冬になつては、旅藝人の群も渡つてこないし、小舍掛芝居の太鼓の音も聞えはしない。實に静かだ、静かなものだ、と、この落葉を眺めてゐるのは誰でせう。この青年は誰でせう。―いいえ僕ではありません。

　いいえ僕ではありません。この夕暮にたたずむでゐる、この青年の肩の上に、空路から舞ひくる落葉。梢から舞ひくる落葉。舞ひくる舞ひくる舞ひくる落葉。くるくる、くるくるくる。くるくる、くる。くる。ああ空は高い。水は流れる。

―『詩と詩論』3号

▌鴉

風の早い曇り空に太陽のありかも解らない日の、人けない一すぢの道の上に私は涯しない野原をさまよふてゐた。風は四方の地平から私を呼び、私の袖を捉へ裾をめぐり、そしてまたその荒まじい叫び聲をどこかへ消してしまふのだつた。その時私はふと枯草の上に捨てられてある一枚の黒い上衣を見つけた。私はまたどこからともなく私に呼びかける聲を聞いた。

　―とどまれ!

★

    이 물가에 서 있는 사람은 누구일까요. 이, 숲속을 지나 온 사람은 누구일까요. (— 숲속의 소로(小路)에는, 맑게 갠 항로(空路)가 보이고 있었다.)

    이 황혼의 한가운데서 서성이고 있는 사람은 누구일까요. 이, 고개를 숙이고 담배를 피우고 있는 사람은 누구일까요. (— 담배의 연기는, 두 번 다시는 같은 모양으로 피어오르지 않습니다.)

    산과 산의 사이에서는 정말 하루가 빨리 저문다. 빨리 저무는 하늘을 바라보며, 그곳을 흐르는 작은 구름에, 아직 오늘의 태양이 빛나고 있으면, 거기에는 아직 낮이 있는 것이라고, 멍하니, 팔짱을 끼고 있는 이 사람은 누구일까요. 이 청년은 누구일까요.

    숲속을 사람이 지나간다. 숲속을 개가 지나간다. 벌써 이렇게 바람받이의 겨울이 된 것은, 떠돌이 광대의 무리도 건너오지 않고, 연극판의 북소리도 들리지는 않는다. 실은 조용하다, 조용한 것이다, 라며, 이 낙엽을 바라보는 있는 사람은 누구일까요. 이 청년은 누구일까요. — 아니요 저는 아닙니다.

    아니요 저는 아닙니다. 이 황혼에 서성이고 있는, 이 청년의 어깨 위에, 항로로부터 춤추듯 오는 낙엽. 우듬지로부터 춤추듯 오는 낙엽. 춤추듯 오는 춤추듯 오는 춤추듯 오는 낙엽. 온다 온다, 온다 온다 온다. 온다 온다, 온다. 온다. 아아 하늘은 높다. 물은 흐른다.

—『시와시론』 3호

▎갈까마귀

바람이 빠른 흐린 하늘에 태양이 있는 곳도 모르는 날의, 인기척 없는 한 줄기 길 위에 나는 끝없는 들판을 헤매고 있었다. 바람은 사방의 지평에서 나를 부르고, 나의 소매를 잡고 옷깃을 에워싸며, 그리고 또 그 거친 외침소리를 어딘가로 사라져 버리게 했던 것이다. 그때 나는 문득 마른 풀 위에 버려진 어떤 한 장의 검은 상의를 발견했다. 나는 또 어디에선가 나를 부르는 소리를 들었다.

    — 멈춰라!

私は立ちどまつて周圍に聲のありかを探した。私は恐怖を感じた。

　　　— そのお前の着物を脫げ!

私は恐怖の中に羞恥と微かな憤りを感じた。けれども餘儀なくその命令の言葉に從つた。するとその聲はなほも冷やかに、

　　　— 裸になれ! その上衣を拾つて着よ!

と，も早や抵抗しがたい威嚴を帶びて、草の間から私に命じた。私は慘めな姿に上衣を羽織つて風の中に曝されて立つた。私の心は敗北に用意をした。

　　　— 飛べ!

しかし何と云ふ奇怪な、思ひがけない言葉であらう。私は自分の手足を顧みた。手は長い翼になつて兩腋に疊まれ、足は鱗をならべて三本の指で石ころを踏んでゐた。私の心はまた服從の用意をした。

　　　— 飛べ!

私は促されて土を蹴つた。私の心は急に怒りに滿ち溢れ、鋭い悲哀に貫かれて、ただひたすらにこの屈辱の地をあとに、あてもなく一直線に翔つていつた。感情が感情に鞭うち、意志が意志に鞭うちながら—。私は永い時間を飛んでゐた。そしても早や今、あの慘めな敗北からは遠く飛び去つて、翼には疲勞を感じ、私の敗北の祝福さるべき希望の空を夢みてゐた。それだのに、ああ!　なほその時私の耳に近く聞えたのは、あの執拗な命令の聲ではなかつたか。

　　　— 啼け!

나는 멈춰서서 주위에 소리가 난 곳을 찾았다. 나는 공포를 느꼈다.

— 너의 그 옷을 벗어라!

나는 공포 속에 수치와 작은 분노를 느꼈다. 그러나 어쩔 수 없이 그 명령의 말을 따랐다. 그러자 그 목소리는 더욱 싸늘하게

— 벌거벗어라! 그 상의를 주워 입어라!

라고, 이제는 저항하기 어려운 위엄을 띠고, 풀 사이에서 나에게 명령했다. 나는 비참한 모습으로 상의를 걸쳐 입고 바람 가운데에 노출된 채 섰다. 나의 마음은 패배를 준비했다.

— 날아라!

그러나 뭐라 할 수 없이 기괴한, 생각지도 못한 말이리라. 나는 자신의 수족을 돌아보았다. 손은 긴 날개가 되어 양 겨드랑이에 접고, 발은 비늘을 나란히 하고 세 개의 발가락으로 자갈을 딛고 있다. 나의 마음은 또 복종의 준비를 했다.

— 날아라!

나는 재촉을 받고 땅을 박찼다. 나의 마음은 갑자기 노여움에 가득 차, 예리한 비애로 관통되어, 단지 그저 이 굴욕의 땅을 뒤로하고, 정처도 없이 일직선으로 날아갔다. 감정이 감정에 채찍질하고, 의지가 의지에 채찍질하면서 — . 나는 오랜 시간을 날고 있었다. 그리고 어느새 지금, 저 참담한 패배로부터는 멀리 날아가, 날개에는 피로를 느끼고, 나의 패배의 축복해야 할 희망의 하늘을 꿈꾸고 있었다. 그런데도, 아아! 또한 그때 나의 귀에 가까이 들린 것은, 그 집요한 명령의 소리였던 것은 아니었을까.

— 울어라!

おお、今こそ私は啼くであらう。

　　— 啼け!
　　— よろしい、私は啼く。

そして，啼きながら私は飛んでゐた。飛びながら私は啼いてゐた。

　　— 鳴々鳴々、鳴々鳴々、
　　— 鳴々鳴々、鳴々鳴々、

風が吹いてゐた。その風に秋が木葉をまくやうに私は言葉を撒いたゐた。冷たい
ものがしきりに頰を流れてゐた。

—『詩と詩論』6号

▌鳥語

　私の窓に吊るされた白い鸚鵡は、その片脚を古い鎖で繋がれた金環のもうすつ
かり錆びた圓周を終日嚙りながら、時としてふと、何か氣紛れな遠い方角に空虚な
ものを感じたやうに、いつもきまつて同じ一つの言葉を叫ぶ。

　　— ワタシハヒトヲコロシタノダガ……。

　實は、それは甲高く發音される佛蘭西語でただ　J'ai　tué……と云ふだけの、ほ
んの單純な言葉だから、こんな風に譯したのではすつかり私の空想になつてしま
ふのである。しかしまたこの私の空想にも理由がある。
　最初私は、私の工夫から試みにそれを、J'ai tué……le temps　と補つて見て、そ
の下で、毎日それを氣にもしないで、秩序のない私の讀書を續けてゐた。つま
り、

오오, 지금이야말로 나는 울리라.

　— 울어라!
　— 좋아, 나는 운다.

그리고, 울면서 나는 날고 있었다. 날면서 나는 울고 있었다.

　— 嗚嗚嗚嗚, 嗚嗚嗚嗚
　— 嗚嗚嗚嗚, 嗚嗚嗚嗚

바람이 불고 있었다. 그 바람에 가을이 나뭇잎을 뿌리듯이 나는 말을 뿌리고 있었다. 차가운 것이 자꾸만 뺨을 흐르고 있었다.

—『시와시론』 6호

▌조어(鳥語)

　나의 창에 걸어놓은 하얀 앵무(鸚鵡)는, 그 한쪽 다리를 낡은 쇠사슬로 묶은 금환(金環)의 이제 완전히 녹슨 원주를 종일 갉아 먹으면서, 때로는 문득, 뭔가 변덕스러운 먼 방향에 공허한 것을 느낀 것처럼, 언제나 정해진 동일한 한 마디 말을 외친다.

　— 나는 사람을 죽였지만…

　실은, 그것은 날카롭게 발음된 불란서어로 단지 J'ai tué⋯⋯라고 말할 뿐의, 정말 단순한 말이기 때문에, 이런 식으로 번역한 것은 완전히 나의 공상이 되어 버리는 것이다. 그러나 아직 이 나의 공상에도 이유가 있다.
　처음에 나는, 궁리 끝에 시험삼아 그것을, J'ai tué⋯⋯ le temps라고 보충해 넣어 보고, 그 아래에서, 매일 그것을 신경도 쓰지 않고, 질서 없는 나의 독서를 계속하고 있었다. 요컨대,

　　——キノフモケフモワタシハムダニヒヲスゴス。

　と、さう云つて、彼女は私の窓で、無邪氣に頸をかしげてゐたのである。そして
それから後、ある日ふとした會話の機みから初めて、その言葉の不吉な意味を私
に暗示したのは、この家の痩せて背の高い女中のローズであつた。薔薇と呼ばれ
る年とつたその女中は、今私のゐるここの一家の人人と共に、永い年月を、長崎か
ら神戸を經て、こんな風に東京の郊外で住まふやうになるまで、彼女の運命と時間
を、主家の住居の一隅でいつも正直に過ごして來たものらしい。
　「……けれど、どうも變ですわね。うちの人達はみんな、それを聞くのを、
きつと厭やなのに違ひありまてん。
　私は、それに就てはもう何も彼女から聞きたくなかつた。ただ新しく、云は
ばこの家族の隙間に一室を借りただけの私にとつて、知らぬ他國から遠く移つて
來た人達の、その瑣瑣とした歴史の永く變遷した、昔の出來事の詳しい穿鑿など
は、も早や趣味としても好ましくなかつたのである。何故なら、凡そどのやう
な事の眞實も所詮は自由なイデエの、私の空想よりも遙かに無力であつたから。

　　——J'ai tué……　ワタシハヒトヲコロシタノダガ……。J'ai tué……　J'ai tu
é……。

　それにしても、しかしいつたい何のために、誰が誰を殺したのだらう？　それ
も何時？ どこで？ どんな風にして？——よろしい！ 消え去つた昔のことはどちらで
もいい！　それよりも先づ第一に、その言葉を信ずるなら、この金環に繋がれてゐ
る鳥が誰かを殺したのに相違ない。そこで一瞬の間に、私の想像がすぐに奇怪な
デサンの織布を織りあげる。たとへば私はここの主婦にかう云つて尋ねるであら
う。
　　——答へて下さい、きつとかうなんでせう。昔、あなたの家のお祖父さまが、
あなたの良人に仰つしやつたのです。どうかお前は、私がゐなくなつたなら、
もうこの國には住まないで、遠い東の、日の國へでも行つて暮してお吳れ、この
私はもうそんな遠い旅行に耐えられない年齢になつたが、しかしお前は行つてお
吳れ。どうか、それの詳しい理由は訊かないで、私の唯一の頼みだから、もうすぐ

― 어제도 오늘도 나는 헛되이 하루를 보낸다.

라고, 그렇게 말하고, 그녀는 나의 창에서, 천진난만하게 목을 갸우뚱하고 있었던 것이다. 그리고 그 이후부터, 어느 날 우연한 대화 끝에 처음으로, 그 말의 불길한 의미를 나에게 암시했던 것은, 이 집의 야위고 키가 큰 하녀 로즈였다. 장미로 불리는 나이 든 그 하녀는, 지금 내가 있는 이 일가의 사람들과 함께, 오랜 세월을 나가사키(長崎)에서 고베(神戶)를 거쳐, 이러한 방식으로 동경의 교외에서 살게 될 때까지, 그녀의 운명과 시간을, 주인 일가 집의 한쪽 구석에서 언제나 정직하게 보내왔던 것 같다.

「…… 하지만, 아무래도 이상해요. 우리집 사람들은 모두, 그것을 듣는 것을, 분명 불쾌해하는 것이 틀림없어요.」

나는, 그것에 대해서는 더 이상 아무것도 그녀로부터 듣고 싶지 않았다. 고쳐 말하면, 이 가족의 틈새에 방 하나를 빌렸을 뿐인 나에게 있어서, 알지 못하는 타국에서부터 멀리 이주해온 사람들의, 그 자질구레한 역사의 오랫동안 변천해 온, 옛날에 일어난 일의 자세한 천착 등은, 이미 취미로서도 마음에 들지 않았다. 왜냐하면, 대체로 어떠한 사건의 진실도 결국은 자유로운 이념의, 나의 공상보다도 훨씬 무력했기 때문에.

― J'ai tué…… 나는 사람을 죽였지만…… J'ai tué…… J'ai tué……

그건 그렇다하더라도, 대체 무엇을 위해, 누가 누구를 죽였다는 것일까? 그것도 몇 시? 어디에서? 어떤 방법으로? ― 좋다! 사라져간 옛날의 일은 어느 쪽이라도 좋다! 그것보다도 우선 제일 먼저 그 말을 믿는다면, 이 금환에 묶여있는 새가 누군가를 죽였음에 틀림없다. 거기에서 일순간에, 나의 상상은 곧바로 기괴한 그림의 피륙을 완성시켰다. 예를 들어 나는 이곳의 주부에게 이렇게 물어 볼 것이다.

― 대답해 주세요, 분명 이런 것이지요. 옛날, 당신 집안의 할아버님께서, 당신의 부군 마리에게 말씀하셨던 것입니다. 아무쪼록 자네는, 내가 죽게 되면, 더 이상 이 나라에는 살지 말고, 먼 동쪽의, 해의 나라에라도 가서 살아다오, 이 나는 벌써 그런 먼 여행에는 견대내지 못할 나이가 되었지만, 그러나 자네는 가다오. 아무쪼록, 그 자세한 이유는 묻지 말고, 나의 유일한 부탁이니, 이제 곧

私が死んでしまつたなら、早く、私のこの願を實行してお呉れ。と、きつとそんな風に仰つたのです。あなたの良人に。

――さうですわ。なくなつた良人のジヤンが、いつかそんなことを私に敎へました。あなたもまた、それをあのジヤンからいつかお聞きになつたのでせうか?

――いいえ、私はあなたのジヤンを知りません。……　そして、それからある日のこと、お祖父さまは朝のベッドの上で、誰も知らない間に冷めたくなつておしまひになつたのです。部屋の中には、何も平生と少しも變つたところがありませんでした。それにたつた一つ、お祖父さまの枕トに吊るされてあつたあの生きものの鸚鵡だけが、さうでせう、氣がついて見ればその朝から、あんなに不吉なことを叫び初めたのです。それでその當座は、どうかしてあれを捨ててしまひたいとも思つて見たのでせうが、破れ靴でさへ捨て場に困るものを、まして生きてゐる鳥の捨て場所もないし、鳥の言葉が單純に、その意味の通り、お祖父さまの生涯を早めたとは、たとへ子供にだつて、素直にさうと信じらるべきことでもなし、その上あんなにお祖父さまは、永い年月の間あの鸚鵡を可愛がつてゐらつしやつたのだから、それは今になつて見れば、あのお祖父さまの思出の、生き殘つてゐる唯一のものなんだし、それをこの家から失くすることは誰にも出來ないのでせう。

――さうです。それは事實と少しも違つて居りません。あなたの仰つしやることは、私にとつても、この家族の誰にとつても、決して嬉しいことではありませんが、私は正直に答へませう。

たとへこの會話が、私の想像の上であらうとも、私はもうここで、それを打切らなければならない禮儀を知つてゐる。

事實はあまりに明瞭だ。夜明けに死んだジヤンの父は、恐らくその生涯の半ばよりも永い間、誰にも祕密にした言葉を胸に抱いて、そのために不思議なほど無口な生活を續續けてゐたものであらう。そして幾度となく不眠の夜を過したものに違ひない。實に、彼がこの世を去つた日の、その明け方に到るまで、彼は豫感のそれが最後の夜となりさうなあはれな恐怖に戰きながら、遙かに遠く過ぎ去つた昔の日の、制しがたかつた情熱の、激しい悔恨を繰り返してゐたのに違ひない。そしてその憂鬱の堆積の一夜の疲勞と入り混じつて、僅かに慰められたやうに感じられたその明方に、もう窓硝子の白くなつてゐるのも氣づかずに、ふと彼は、追憶の壞れ落ちる胸から、祈りのやうに、吐息のやうに

내가 죽고 나면, 빨리, 나의 이 원을 실행해 주게. 라고, 분명 그러한 식으로 말씀하셨던 것입니다. 당신의 부군께요.

— 그렇네요. 죽은 남편 쟝이, 언젠가 그런 것을 나에게 가르쳐 줬어요. 당신도 또, 그것을 저 쟝으로부터 언젠가 듣게 되었던 것인가요?

— 아니요, 나는 당신의 쟝을 알지 못합니다. ……그리고, 그로부터 어느 날의 일입니다. 할아버님은 아침의 침대 위에서, 누구도 알지 못하는 사이에 차가워져 버리고 말았던 것입니다. 방 가운데에는, 평소와 다른 점은 아무것도 없었습니다. 그런데 단 한 가지, 할아버님의 머리맡에 걸려 있던 저 산 앵무만이, 그렇겠지요, 깨닫고 보면 그 아침부터, 저렇게 불길한 것을 외치기 시작했던 것입니다. 그리하여 그 당장에는 어떻게든지 저것을 버려버리고 싶다고도 생각해 보았던 것이겠지만, 망가진 구두조차 버릴 곳이 마땅치 않은 것을, 하물며 살아 있는 새를 버리는 장소도 없고, 새의 말이 단순하게, 그 의미대로, 할아버님의 생애를 앞당겼다고는, 비록 아이라도, 솔직하게 그렇다고 믿어야 할 것도 없고, 게다가 그렇게 조부님은 오랜 세월 동안 저 앵무를 귀여워해 오셨던 것이기 때문에, 그것은 지금이 되어 보면, 저 할아버님의 추억의, 살아남아있는 유일한 것이기도 하고, 그것을 이 집에서 없애는 것은 누구도 할 수 없겠지요.

— 그래요. 그것은 사실과 조금도 다르지 않아요. 당신이 말씀하신 것은, 나에게 있어서도, 이 가족의 누구에게 있어서도, 결코 기쁜 일은 아닙니다만, 저는 정직하게 대답하겠어요.

비록 이 대화가 나의 상상 속에 있는 것이라도, 나는 이제 여기에서, 그것을 그만두지 않으면 안 되는 예의를 알고 있다.

사실은 너무나 명료하다. 새벽녘에 죽은 쟝의 아버지는, 틀림없이 그 생애의 절반보다도 오랫동안, 누구에게도 비밀로 한 말을 가슴에 품고, 그 때문에 불가사의 할 정도로 과묵한 생활을 계속해 왔던 것이겠지요. 그리고 몇 번이나 불면의 밤을 보낸 것임에 틀림없다. 실제로, 그가 이 세상을 떠난 날의, 그 새벽녘에 도달할 때까지, 그는 예감적으로 그것이 최후의 밤이 될 것 같은 비참한 공포에 떨면서, 아득하게 멀리 지나가버린 옛날의 억제하기 어려웠던 정열의 격렬한 회한을 반복하고 있었던 것이 틀림없다. 그리고 그 우울이 퇴적된 하룻밤의 피로와 뒤섞여 조금 위로받은 것처럼 느껴진 그 새벽녘에, 벌써 창유리가 희어지고 있는 것도 눈치 채지 못한 채, 문득 그는, 추억이 무너져내리는 가슴으로부터, 기도와 같이, 한숨과 같이

心の忘れられない言葉を呟いたのである。すると枕もとから、まだ眠つてゐる筈のこの鸚鵡が、判きりと、快活な夜明けの聲で、その言葉を再び彼の耳に繰り返したのである。

——ワタシハヒトヲコロシタノダガ……。

然り、今度は鳥の言葉が彼を殺した。そしてこの鳥は、それから後、彼女のかたく繋がれた運命の、もうすつかり錆びた金環の圓周の中で、永くその言葉を叫び續けてゐる。私は日に幾度となく、この、嘗ては彼の悔恨であり、今はまた彼女の悔恨であるところの、さう思へば不思議に懷かしい言葉を聞くのである。

——ワタシハヒトヲコロシタノダガ……。

この言葉は、しかしいつとなくそれを聞く私の心に深く滲み入り、日に日に私の記憶と入り混じつて了つた。そしてやがてもう今では、嘗て昔の日に、私が人を殺したのだと、さう云つて、誰かが私の上に罪を露いたとしても、私は恐らくそれを否定しないであらう。今日も、私の無秩序な讀書と、窓に咲き誇るダーリアの上で、鳥はその同じ言葉を繰り返してゐるのである。—— 君も私の部屋に來て、この鳥の言葉を聞くがいい。もし君にして、人を殺した記憶がなく、なほその記憶が欲しいのなら。

——『詩と詩論』6号

미요시 다쓰지(三好達治, 1900~1964)

오사카부 오사카시(大阪府大阪市) 출신. 도쿄 제국대학 문학부 불문학과 졸업. 대학 재학 중에 가지이 모토지로(梶井基次郎) 들과 함께 동인지 『청공(青空)』(1925)에 참가. 그후 하기와라 사쿠타로(萩原朔太郎)와 알게 되어, 『시와시론(詩と詩論)』 창간에 참여. 보들레르의 산문시집 『파리의 우울(巴里の憂鬱)』(1929)의 전역. 그 후 첫 시집 『측량선(測量船)』(1930)을 간행. 서정적인 작풍으로 화제가 되었다. 수십 권의 시집 외에, 수필집 등이 있다.

마음의 잊을 수 없는 말을 중얼거렸던 것이다. 그러자 베갯머리로부터, 아직 자고 있어야 할 이 앵무가, 분명하게, 쾌활한 새벽의 소리로, 그 말을 다시 그의 귀에 반복했던 것이다.

　— 나는 사람을 죽였지만…

그렇다, 이번에는 새의 말이 그를 죽였다. 그리고 이 새는, 그 이후부터, 그녀의 단단히 묶인 운명의, 이미 완전히 녹슨 금환의 원주 속에서, 영원히 그 말을 외치기를 계속하고 있다. 나는 하루에 몇 번이고, 이, 예전에는 그의 회한이었고, 지금은 또 그녀의 회한인 바, 그렇게 생각하면 불가사의하게 정겨운 말을 듣는 것이다.

　— 나는 사람을 죽였지만…

이 말은, 그러나 언제보다 나의 마음에 깊게 스며들어와, 나날이 나의 기억과 뒤섞여버렸다. 그리고 이윽고 지금에 와서는 일찍이 예전 어느 날에, 내가 사람을 죽였던 것이라고, 그렇게 말하고, 누군가가 나의 죄를 폭로한다 해도 나는 아마 그것을 부정하지 않을 것이다. 오늘도, 나의 무질서한 독서와, 창에 흐드러지게 핀 달리아의 위에, 새는 그 똑같은 말을 반복하고 있는 것이다. — 그대도 나의 방에 와서, 이 새의 말을 듣는 게 좋다. 만약 그대가, 사람을 죽인 기억이 없고, 또한 그러한 기억을 갖고 싶다면.

—『시와시론』 6호

··· 번역·입력, 이형진

心象すけつち

Ⅰ　垣

からたちの新芽か匂つたり
塀の上から桃の花が覗いたり
犬がじやれついたりする
＊
垣のない道へ來ると
急に目が廣くなる
ずつと向うの山を目あつてに歩かう

Ⅱ　石

石と石とがすれ合つて
長い間にはやはり子供が出來るらしい
＊
石は好きな石のとこへは行けない。

Ⅲ　坂

坂
坂はいつまでも雨にも流れないのか。
坂から見るけしきはいゝ。
＊
ぼくは坂を下りてゐる、
坂の上を忘れる、
坂を下りて歩く、

Ⅳ　鏡

鏡の前に紅椿をさした

▍심상스케치

Ⅰ. 담

탱자나무의 새싹이 향기를 내다가
담 위로부터 복숭아 꽃이 슬쩍 들여다 보다가
개가 재롱을 부리거나 한다
         *
담 없는 길에 오자
갑자기 눈이 커졌다
바로 향한 산을 보고서 걷자

Ⅱ. 돌

돌과 돌이 만나 문질러
오랜 시간이 지나니 아이가 생기는 것 같다.
         *
돌은 좋아하는 돌이 있는 곳에 갈 수 없다.

Ⅲ. 비탈

비탈은
언제까지라도 비에도 쓸려가지 않는 것인가.
비탈로부터 보는 표정이 좋다.
         *
나는 비탈을 내려가고 있다.
비탈의 위를 잊고,
비탈의 아래로 걷는다,

Ⅳ. 거울

거울의 앞에 붉은 동백나무를 세웠다

椿は鏡の前で微笑した
　＊
ぼくは鏡の前で笑はない花を知つてゐる。

Ⅴ　空腹

章魚を始めて食べたのは誰か、
鷄卵を始めて食べたのは誰か、
何しろ十分腹か空いてたのに違ひない。

Ⅵ　林檎

あいつの瞳は湖をた々へてゐる
眞裸で泳ぎたい
あいつの唇は蕾をふくんでゐる
息を吹きかけたい
　＊
困る事は皮をむくと林檎は駄目だ。

Ⅶ　臍を造る男

鐵骨のリベツトを打つ男は建物の臍を造る。
臍は着物にかくれてもその男は臍を知つてゐる。

臍を知つてゐる男は黙つてゐる。

―『一九三〇年詩集』

▌冬信

霜柱らが持上げる飛石ら・雪を呼ぶ水仙ら。
樹らの冥想・土石らの坐禪。

동백은 거울 앞에서 미소지었다.
　　　*
나는 거울 앞에서 웃지 않는 꽃을 알고 있다.

V. 공복

낙지를 처음 먹은 것은 누구인가,
달걀을 처음 먹은 것은 누구인가,
어떻든 충분히 배가 고팠던 것에 틀림없다.

VI. 사과

그놈의 눈은 호수를 담고 있다
옷을 다 벗고 수영하고 싶다
그놈의 입술은 꽃봉오리를 입에 물고 있다
냄새를 맡아보고 싶다
　　　*
곤란한 일은 껍질을 벗기면 사과는 소용없다.

VII. 배꼽을 만드는 남자

철골의 리벳을 치는 남자는 건물의 배꼽을 만든다.
배꼽은 옷에 숨겨져 있어도 그 남자는 배꼽을 알고 있다.

배꼽을 알고 있는 남자는 침묵하고 있다.

　　　　　　　　　　　　　　　　—『一九三〇년시집』

▌冬信

서릿발들이 올리는 비석들·눈을 부르는 수선들.
나무들의 명상·토석들의 좌선.

霜燒けは一つの快感だ、仕事の凍結は胃の冬眠だ
國家の隆昌は國家の隆昌だ
紀元節には旗を樹てるのか、空腹のバンザイ

垢にそまつてゐる爪らの固さ
錢湯は「骨」のアンデパンダン・骨と骨と雑音ら

部屋にどなりこむ風・泣き乍らふせぐ障子ら
餘命に喘ぐ炭火ら
壁に張りついた人間・影
黑・黑・黑

骨を橫へる布團の鐵板
この擔架の上で、君の頰骨を現像する

隻眼を光らす天體
石らを持ち上げる霜柱らのカゥ聲
君に遺る冷熱らー

—『一九三一年詩集』

츠키하라 토우이치로(月原橙一郎, 1902~1989)

본명 하라요시아기(原嘉章). 시라토리 쇼우고(白鳥省吾)가 창설한 「대지사(大地舍)」에 참가해, 시지 『지상 낙원(地上樂園)』(1926) 동인이 된다. 가와지 류코(川路柳虹) 주재의 『시작(詩作)』(1936) 등에 투고. 시집 『동선(冬扇)』(1928, 대지사간) 등 출간.

동상(凍傷)는 하나의 쾌감이다. 일의 동결은 위(胃)의 동면이다.
국가의 융창(융성)은 국가의 융창이다
기원절에는 깃발을 다는 것일까, 공복의 만세

더러움에 물든 손톱들의 단단함.
목욕탕은 '뼈'의 앙데팡댕1). 뼈와 뼈의 잡음들

방안에 돌입한 바람·울면서 막는 장지들
여명에 헐떡이는 숯불들
벽에 뻗어져 만들어진 인간·그림자
검은색·검은색·검은색

뼈를 가로지르는 포단(布團)의 철판
이 들것 위에, 너의 광대뼈를 현상한다.

겹눈을 빛내는 천체
돌들을 가져 올리는 서릿발의 맞춤 소리
너에게 남기는 냉열들—

—『一九三一년시집』

번역·입력, 송민호

---

1) 앙데팡댕(Independant) : 1884년 프랑스 관전인 살롱 데 자르티스트 프랑세의 아카데미즘
에 반대하여 개최된 무심사 미술전람회.

요다 쥰이치(與田準一)

▌デツサン

コバルト ブリユー ハ 空間 ノ 表情 デ アル。
時刻 ハ 木ノ葉 ノ ヤウ ニ 涼シイ。
牝鶏 ガ 雄然 ト 脱卵 スル。
日向 ノ 年齢 ハ 菫色 デ アル。

—『一九三〇年詩集』

▌海港風景

ユニオンジャツク ガ、
三色菫 ノ ヤウ ニ 揉マレル。

家屋 ノ 空間 に、
黄色イ マスト ガ 蠢動 スル。

海兵 ガ 氾濫 シタ。海兵 ガ一。

一軍艦 ガ 靴 ノ ヤウ ニ
　脱ギステラレテ アツタ。一。

—『一九三〇年詩集』

▌貨幣と愛情

貴女の爽明な服装はポケツトを無視した。
赤い財布は掌にさゝへられて、
礫のやうに十哩を通過する。
草園とステイシヨンが飛んできた。
土地案內圖のなかの吹奏樂が、

▌대상

코발트 블루는 공간의 표정이다.
시각(時刻)은 나무의 잎처럼 서늘하다.
암탉이 천천히 알을 낳는다
양지의 연령은 제비꽃 색깔이다.

—『一九三〇년시집』

▌海港風景

유니온잭이,
삼색 제비꽃처럼 뒤섞인다.

가옥의 공간에,
황색 마스트가 준동한다.

해병이 범람했다. 해병이 —.

—군함이 신발처럼
벗겨져 버려져 있었다. —.

—『一九三〇년시집』

▌화폐와 애정

당신의 상명(爽明)한 복장은 포켓을 무시했다.
붉은 돈지갑은 손바닥에 의해 유지되어,
돌멩이처럼 10리를 통과했다.
초원과 스테이션이 날아왔다.
토지안내도 가운데의 취주악이

人々をこほろぎのやうに降ろす。

書冊から離れた貴女は、廻轉する、廻轉する。

風の中の帽子のやうに空腹を押さへぬばならない。

雲團を眺望に入れて食べたい。

耳の中へピンポンが飛び込む。

發汗しない肢體はブールをたゝえるに相違ない。

オールが銀貨を押へてたか? 僕は氣を負うて萱の中へ逃れる。

　　　　　　　　　　　　　　　　　　　　　　　　—『一九三〇年詩集』

요다 쥰이치(与田準一, 1905~1997)

후쿠오카미야마시(福岡縣みやま市) 태생. 舊姓 아사야마(淺山). 키타하라 하쿠슈(北原白秋)에 사사.『붉은 새(赤い鳥)』의 편집을 담당. 다쓰미 세이카(巽聖歌) 등과 친교가 있음. 그 후 본격적인 집필 활동을 개시, 1929년 첫 동요집『기·봉·운(旗·蜂·雲)』을 출판. 1962년부터 일본 아동문학자 협회의 제6대 회장을 맡았다. (“與田準一”로 표기하기도 한다.)

사람들을 귀뚜라미처럼 내린다.

서책으로부터 떨어진 당신은, 회전한다, 회전한다.

바람 가운데 모자처럼 공복을 참지 않으면 안 된다.

구름덩어리[雲團]를 조망(眺望)에 넣어 먹고 싶다.

귀 가운데에 평풍이 날아와 숨는다.

발한(發汗)하지 않는 몸은 풀(수영장)을 채우는 것과는 다르다.

오르(oar, 보트의 노)가 은화를 억눌렀던 걸까? 나는 기를 질려 오수유나무 가운데로 도망쳤다.

—『一九三〇년시집』

번역·입력, 송민호

키타하라 하쿠슈(北原白秋)

■ ツエッベリン伯號に寄す

しんしんとして 近づきつつある、

さうさうとして 近づきつつある。

爆々として、囂々として，悠容として，颯爽として近づきつつある。

ああ、ツエツベリン、銀白の尾白鷺。

君こそは叡智と幻想との女王、時と空との短縮者、地球を週る急速力の調革、氣流の釦空界の心音。

君こそ精緻なる近代の頭腦、不壞力の母體、はた昂騰する童心の醱酵母體、飽滿の肉、熏香の氣囊。

はた、飄々たる、茫漠たる宇宙の眉、大勇の縛力。

ああ、君こそは高空の放雷塔、飛び來るホテル、鮮麗なる連星のゴンドラ。

虔虔にして また無上の眞實、輝く一つの耳、綠色の複眼、雲の上の鰓。

おお、踊躍する、超越する、また蕩搖する、流動する、一氣の飛翔者、發見者、精確なる一線のコース。

飛翔する、飛翔する、地上を、綠素を、人類を、山獄を、海洋を、虹と月とを熱愛する熱情の嵐、天上の感覺體、快適なる旅船、ツエツペリン。

來れ、最新にして至純なる科學の處女、壯麗なる花嫁、

ああ、朝は呼ぶ、世界の黎明に呼ぶ、日本は、東方の太陽は呼ぶ。

來れ、汝の太陽は呼ぶ。

—『一九三一年詩集』

키타하라 하쿠슈(北原白秋, 1885~1942)

쿠마모토 난칸(熊本南關) 태생. 친가는 후쿠오카의 야나가와(福岡 柳川). 본명은 키타하라 류기치(北原隆吉). 1908년 상징주의, 탐미주의적 시풍을 지향하는 문학 운동의 거점이 된 <빵의 회(パンの會)>에 참가. 1909년 『스바루(スバル)』 창간에 참가. 시지 『옥상정원(屋上庭園)』 창간. 첫 시집 『사종문(邪宗門)』 출판. 관능적이고 미적인 상징시 작품이 화제가 된다. 『붉은 새(赤い鳥)』의 동요, 아동시란을 담당. 뛰어난 동요 작품을 차례차례 발표해, 이후의 구어적, 가요적인 시풍에 큰 영향을 주었다. 1930년 만주 여행. 1932년 요시다 잇스이(吉田一穗), 오오키 아쯔오(大木 惇夫)와 함께 『신시론(新詩論)』 창간. 1934년 대만, 1935년 조선을 여행. 1938년에는 히틀러의 일본 방문에 즈음해 「만세 Hitler·청년(万歳ヒットラー・ユーゲント)」을 작사하는 등, 국가주의에 심취했다.

▍ツエッベリン伯號에 보내다

조용히 조용히 가까워지고 있다,

쏴쏴하고 가까워지고 있다,

포포하고, 효효하고, 유전하게, 씩씩하게 가까워지고 있다,

아아, 체펠린, 은백의 흰 꼬리 독수리.

너야말로 예지와 환상의 여왕, 시간과 공간의 단축자, 지구를 도는 급속력의 가죽벨트, 기류의 단추. 하늘계의 심박음.

너야말로 정교하고 치밀한 근대의 두뇌, 무너지지 않는 힘의 모체, 깃발 솟아오르는 동심의 발효모체, 포만의 육체, 훈향의 기낭(공기주머니).

깃발 흩날리고 황막한 우주의 눈썹, 대용(大勇)의 박력(搏力).

아아, 너야말로 고공의 방뢰탑, 날아오는 호텔, 선려(鮮麗)한 연성(連星)의 곤돌라.

견허(虔虚)해서 다시 무상의 진실, 빛나는 하나의 귀, 녹색의 복안, 구름 위의 아가미.

오오, 용약한다, 초월한다, 또 탕요한다, 유동한다, 대기의 비상자, 발견자, 정확한 한 선의 코스.

비상한다, 비상한다. 지상을, 녹소(綠素)를, 인류를, 산악(山嶽)을, 해양을, 무지개와 달을 열애하는 정열의 태풍, 천상의 감각체, 쾌적한 여행선, 체펠린.

오라, 최신으로 하고 지순한 과학의 처녀, 장려한 꽃의 신부,

아아, 아침은 외쳐라, 세계의 새벽에 외쳐라, 일본은, 동방의 태양은 외쳐라.

오라, 너의 태양은 외쳐라.

—『一九三一년시집』

번역·입력, 송민호

후기

이 논문집은 2009년도 내가 객원연구원으로서 서울대학교 인문대학 국어국문학과 및 청화대학 인문사회과학원(중국)에 있어서의 연구 활동의 총결이다.

여기에 수록한 글들은 내가 집필한 것과 내가 서울대학교에서 객원연구원의 신분으로 체제 중에 진행된 『詩と詩論』 연구회의 멤버 및 후원 멤버의 것이다. 멤버들은 모두 서울대학 국어국문학과 박사과정 수료 후 (혹은 과정 중)의 젊은 연구자들이며, 대학에서 교편을 취하면서, 정력적으로 연구 활동을 하고 있는 이들이다.

비교 문학이나 일본 문학 전공자가 아니라, 국문학 전공의 젊은 연구자들과 함께 일하고 싶었던 것은 한국 현대문학 텍스트를 축으로 한 동아시아 문학 네트워크적 연구를 전개하고자 하는 목적이 있었기 때문이다. 달리 말하면, 동아시아 문학과 한국 현대문학의 쌍방적인 조사를 시도하기 위한 것이었다. 따라서 이 논문집은 일종의 문제 제기라고도 할 수 있을 것이다.

이 결과물이 이상 연구뿐만이 아니라 한국 현대문학, 나아가 동아시아 문학 연구의 새로운 지평을 개척하는 데 있어 도움이 될 수 있으리라 믿는다. 문제점이나 부족한 점 등에 대한 독자 여러분의 지적과 지도를 받을 수 있다면 고맙겠다.

　이상이 이 세상에 태어나 백주년이라는 고비에, 이러한 형식으로 논문집을 낼 수 있게 되어 기쁘게 생각한다. 나의 숙원을 풀어주신 서울대학교 국어국문학과의 선생님들, 특히 신범순 교수님과 권영민 교수님께 고마운 말씀을 전한다. 신범순 선생님의 이상 연구에 많이 자극을 받았다. 신범순 선생님 덕분으로 이 책이 출판될 수 있었다(생각하면 선생님께서 제자인 김예리 씨를 소개해 주신 것은 연구회를 시작하게 되는 계기가 되었다. 김예리 씨에게 고생을 시켰다). 이상에 관한 선구적인 연구를 지속적으로 발표하신 권영민 선생님은 새롭게 편찬된 『이상전집』(뿔, 2009)을 내 손에 쥐어주셨고, 또 나의 연구 발표에 대해 귀중한 의견을 주셨다.

　마지막으로, 오랜 동안에 연구상에서 조언과 편의를 제공해 주신 청화대학 인문사회과학원의 왕중침(王中忱) 교수님, 그리고 이 책의 출판에 재빠르게 대응해 주신 도서출판 역락 이대현 사장님께도 진심으로 감사드린다.

2010년 3월 21일
서울 관악산 기슭에서 란명

집필자 소개

란　명(蘭　明) | 中國東北師範大學中國文學系 졸업, 中國社會科學院大學院 外文系日本文學 전공 석사과정, 東京大學 大學院 人文社會系 박사과정 수료. 현 日本實踐女子대학 인간사회학부 교수. 문학박사. 주요 업적 『李箱詩集』(일어), 「透谷＜山庵雜記＞における『菜根譚』の受容」, 「魯迅と透谷－「鬼」の場合」, 「最近三十年における韓國女性詩に關する槪說的考察－現代東アジア女性文學表現史論の一環として」, 「"여자의 눈"은 왜 찢어졌는가－이상과 전위영화 및 『詩と詩論』의 그 주변」 등

권희철(權熙哲) | 서울대학교 국어국문학과 졸업. 동 대학원 국어국문학과 박사과정 수료. 현 서울예술대학 강사. 주요 논문 「"＜나＞는 누구인가?"에 대한 1920년대 문학의 문답 지형도－'불축제' 계열시와 김소월 시의 관련 양상을 중심으로」, 「이상 시에 나타난 비대칭 짝패들과 거울 이미지에 관한 몇 가지 주석」, 「속삭이는 목소리로서의 '대동강'과 어머니 형상의 무 얼굴－김동인 소설의 정신분석적 읽기 시론」 등

김예리(金禮利) | 서울대학교 국어국문학과 졸업. 동 대학원 국어국문학과 박사과정 수료. 현 홍익대학교 강사. 주요 논문 「매저키스트 이상, 근대를 사유하는 두 방식」, 「이상 시의 공백으로서의 거울과 지도적 상상력」 등

송민호(宋敏昊) | 서울대학교 국어국문학과 졸업. 동 대학원 국어국문학과 박사과정 수료. 현 서울여자대학교 강사. 주요 논문 「李箱 문학에 나타난 화폐와 글쓰기의 상관성 연구」, 「李箱의 '선에대한각서'에 나타난 시공간 차원과 분신의 주제」, 「李箱 소설 '동해'에 나타난 감각의 문제와 글쓰기의 이중적 기호들」, 「1920년대 근대 지식 체계와 '개벽'」 등

이민정(李珉庭) | 서울대학교 국어국문학과 졸업. 동 대학원 국어국문학과 박사과정 수료. 현 건국대학교 강사. 주요 논문 「백석 시의 신화적 상상력 연구」

이형진(李亨眞) | 서울대학교 국어국문학과 졸업. 동 대학원 국어국문학과 박사과정 수료. 현 동국대학교 강사. 주요 논문 「박완서 소설에 나타난 가족의 의미 연구」, 「이광수 소설의 '유혹'과 '초월'」 등